Nevernight

3. L'Aube obscure

JAY KRISTOFF

NEVERNIGHT

3. L'AUBE OBSCURE

Traduit de l'anglais (Australie)
par Sébastien Guillot

DE SAXUS

Ceci est une œuvre de fiction.
Toute ressemblance avec des personnages, lieux, organisations
ou évènements existant ou ayant existé ne serait que purement fortuite.

AVERTISSEMENT DE CONTENU

VIOLENCE, TORTURE, LANGAGE GROSSIER, SEXE, VIOL,
DESCRIPTION EXPLICITE DE BLESSURES, ALCOOL,
TRAITE D'ÊTRE HUMAIN, MORT ANIMALE

Nevernight - 3. L'Aube obscure
par Jay Kristoff

Publication originale en 2019 sous le titre "Darkdawn" par St. Martin's Press, New York
Illustration de couverture de l'édition brochée : © Jason Chan
Illustration de la jaquette de l'édition reliée : © Kerby Rosanes
Texture du soleil (jaquette de l'édition reliée) : © Shutterstock.com

Conception graphique de la couverture française : Eilean Books – Volodymyr Feshchuk

Cartes : Virginia Allyn

Ouvrage publié sous la direction de Sam Souibgui
Coordination et suivi éditorial : Christian Martin

Pour mes lecteurs,
c'est aussi grâce à vous que j'y suis arrivé.

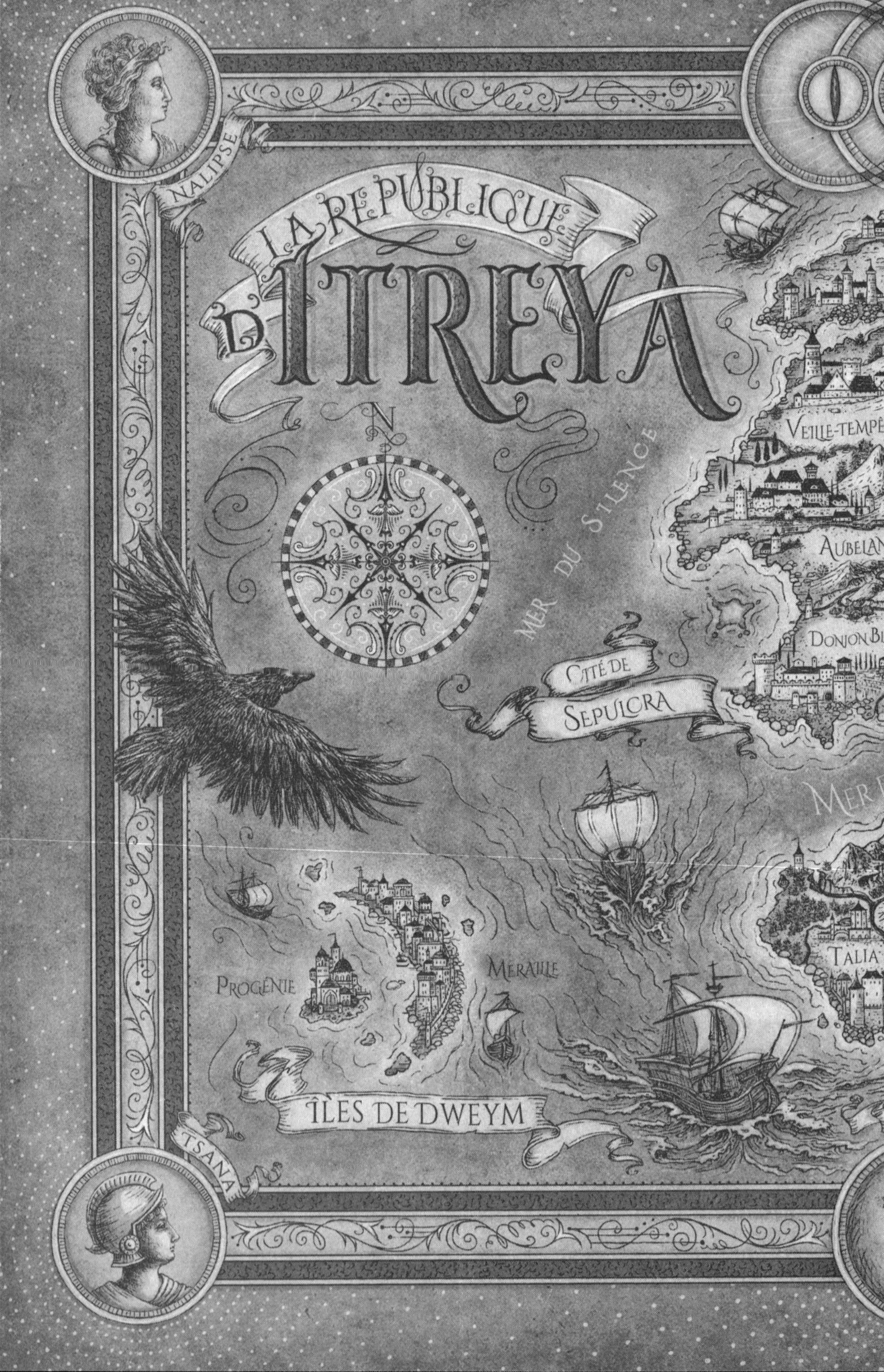

LA REPUBLIQUE D'ITREYA
NALIPSE
TSANA
N
MER DU SILENCE
CITÉ DE SEPULCRA
VEILLE-TEMPÊ
AUBELAN
DONJON B
MER
TALIA
PROGÉNIE
MERAILLE
ÎLES DE DWEYM

UL'STAAD
VAAN
CHÂTEAU-CHAROGNE
TRELENE
BOIS-GAROU
MER DES ÉTOILES
PONT-NOIR
ITREYA
NID DU CORBEAU
LA MONTAGNE TACITURNE
MER DES LARMES
DERNIER-ESPOIR
YSIIR
GALANTE
AMAI
LIIS
ELAI
TA'NISE
KEPH

Le Bras Armé
L'Épine Dorsale
Le Cœur
Mer du Silence
Cathédrale
Boutique de Mercurio
Marché Lisien
La Baie des Bouchers
Génitaux Occidentaux
Le Pont des Folies
AU SEIN DE LA RÉP

Le Bras Défensif
L'Aqueduc
Les Côtes
Le Palazzo Blanc
La Pierre Philosophale
N
Génitaux Orientaux
Sepulcra
La Cité des Ponts et des Os
BLIQUE ITREYENNE

LA COURONNE

DE LA LUNE

Eh bien, nous revoilà, chers amis.

Et de me dire que des excuses s'imposent peut-être. Tant pour la conclusion de la deuxième partie de l'histoire de Mia que pour l'état dans lequel je vous ai laissés ensuite. Vous m'avez l'air passablement contrariés. Soyez assurés qu'il n'y aura pas de grand moment de suspense à la fin de cette ultime danse. Comme promis, à sa naissance vous avez assisté, sa vie vous avez vécu. Ne reste plus que sa mort.

Mais avant que les obscénités et la boucherie ne débutent pour de bon, permettez-moi une ultime remise à niveau pour ceux d'entre vous qui ont des souvenirs aussi fiables que ceux de votre narrateur. Après quoi nous pourrons nous remettre à la tâche de tuer notre petite salope meurtrière, d'accord ?

DRAMATIS PERSONAE

Mia Corvere – assassin de l'Église rouge, gladiatii des Faucons de Remus, elle est à présent la tueuse la plus tristement célèbre de toute la République itreyenne. Enfant d'une rébellion infructueuse, Mia a passé les huit dernières années de sa vie à poursuivre une vendetta meurtrière contre les hommes qui ont anéanti sa familia.

Après avoir découvert que l'Église rouge était impliquée dans le meurtre de son père, Mia a rompu les rangs avec les assassins et s'est vendue à une écurie de gladiatii. Alors qu'elle venait de remporter les grands jeux de Sepulcra, Mia a coup sur coup fait plusieurs découvertes stupéfiantes :

— son petit frère, Jonnen, qu'elle croyait mort, avait en fait été enlevé par son ennemi mortel, le consul Julius Scaeva, qui l'a élevé comme son fils ;

— en réalité, Jonnen *est* le fils de Scaeva. Cela signifie que la mère de Mia, Alinne, couchait avec l'homme qui allait finir par orchestrer le meurtre de son époux et son propre trépas dans les entrailles de la Pierre philosophale ;

— tout comme Mia, Jonnen est un enténébré, doté de la capacité de contrôler les ombres.

À la fin des grands jeux, Mia a assassiné le grand cardinal Francesco Duomo. Elle aurait également soi-disant tué Scaeva et récupéré son frère avant de tomber dans une arène inondée remplie de guivres des tempêtes.

… Par les dents de la Vorace, c'était *vraiment* un final palpitant, pas vrai ?

Gentilhomme – Compagnon de Mia depuis son enfance, Gentilhomme est – selon la personne à qui on pose la question – un démon, un passager, ou un familier, capable de dévorer la peur des gens. Il est fait d'ombres et de sarcasme. Malgré son esprit acerbe, il ne fait guère de doute que Mia lui inspire une affection aussi profonde que durable. Mieux vaut éviter de dire une chose pareille devant lui, par contre…

Il revêt la forme d'un chat – même si, comme une bonne partie de ce qui le concerne, son aspect ne s'avère pas tout à fait authentique.

Éclipse – un autre démon de l'ombre. Éclipse était la passagère de Cassius, ancien Seigneur des Lames de l'Église rouge. Elle s'est liée à Mia à la mort de Cassius.

Éclipse arbore l'apparence d'une louve ; avec Gentilhomme, ils s'entendent – suspense… – comme chien et chat.

Ashlinn Järnheim – ancienne disciple de l'Église rouge, de sang vaanien. Ashlinn a trahi le Ministère pour venger son père, Torvar, et a failli réussir à mettre l'Église rouge à genoux. Mia ayant déjoué ses plans, Ashlinn s'est retrouvée à travailler pour le cardinal Duomo, qui l'a chargée de récupérer une carte en un lieu secret de l'antique Ysiir – une carte d'une importance vitale pour l'Église rouge. Craignant d'être trahie, Ashlinn l'a fait tatouer sur son dos avec de l'encre arkémique, qui s'effacera en cas de décès.

Ashlinn a aidé Mia à remporter les grands jeux, et les deux jeunes femmes ont fini par devenir amantes[1]. Après la fin des jeux, Ashlinn a été abordée par le Ministère de l'Église et le consul Scaeva – toujours en vie, merci pour lui. Celui-ci lui a révélé que Mia n'avait en fait tué qu'un sosie façonné par la tisseuse de chair, Marielle, et que lui-même avait œuvré avec l'Église rouge dans le but d'éliminer son rival, le cardinal Duomo.

Histoire d'en rajouter une couche, Scaeva lui a révélé qu'il était également le père de Mia.

Ashlinn a alors été attaquée par des assassins de l'Église rouge, mais une ombre familière l'a alors sauvée…

Tric – un disciple de l'Église rouge de sang-mêlé, mi-itreyen mi-dweymeri, et ex-amant de Mia. Il a été assassiné par Ashlinn Järnheim alors qu'elle s'employait à capturer le Ministère de l'Église rouge, et son cadavre a été jeté des hauteurs de la Montagne taciturne.

Tric est apparemment revenu à la vie, bien que sous une forme plus sombre, *magik*. Il a abordé Mia dans la nécropole de Galante et lui a donné plusieurs avertissements énigmatiques sans pour autant lui révéler son identité. Il a ensuite sauvé Ashlinn des sbires de l'Église rouge.

Personne ne sait comment il a fait son retour du royaume de la Mère noire, ni pourquoi il a sauvé la fille qui l'a assassiné.

1. Aaah, les adolescents et leurs hormones, chers amis. Tout un programme, hein ?

Le vieux Mercurio – confident et mentor de Mia avant qu'elle ne rejoigne l'Église rouge. Mercurio a lui-même été une Lame de l'Église pendant de nombreuses années, avant de devenir l'évêque de Sepulcra. Bien qu'étant un incurable grincheux, il a aidé Mia à tuer Duomo et Scaeva, sans nullement ignorer que ses actions allaient lui valoir la colère du Ministère.

Lors de la finale des grands jeux, il a été capturé par l'Église et ramené à la Montagne taciturne sur ordre de…

Julius Scaeva – élu à trois reprises consul de la République itreyenne, surnommé le « sénateur du peuple ». La fonction de consul est généralement partagée, mais Scaeva règne *de facto* seul sur le Sénat depuis la rébellion du Faiseur de roi, il y a huit ans.

Utilisant celle-ci comme excuse pour prolonger son mandat, Scaeva a collaboré avec l'Église rouge dans le but de revendiquer le titre d'imperator et des pouvoirs d'urgence perpétuels. Il a présidé à l'exécution du père de Mia, et condamné sa propre maîtresse, la mère de Mia, à mourir dans les entrailles de la Pierre philosophale. Il a également kidnappé le petit frère de Mia et ordonné à ses sbires de la noyer dans un canal, tout en sachant qu'elle était sa fille.

Le terme « salopard » ne semble pas vraiment lui rendre justice.

Mais puisqu'on parle d'individus *sympathiques*…

Drusilla – Dame des Lames dans l'Église rouge et, malgré son âge apparemment avancé, l'un des assassins les plus meurtriers de la République. Bien que se prétendant dévouée à la Mère noire, Niah, Drusilla a œuvré de concert avec le consul Scaeva pour mener à terme son ambition de prendre le contrôle de la République itreyenne.

La Dame des Lames a une dent contre Mia depuis que celle-ci, encore disciple de l'Église rouge, a échoué à ses épreuves. On peut supposer que les récentes trahisons de l'enténébrée n'ont rien fait pour améliorer l'opinion que Drusilla se fait d'elle.

Solis – Vénéré Père et Shahiid des Chants, maître dans l'art de l'acier, et sans doute l'homme le plus revêche du monde. Bien qu'apparemment aveugle, il manie l'épée comme personne. Jadis prisonnier dans la Pierre philosophale, Solis a été le seul survivant d'une tuerie sanglante baptisée « la Réduction », durant laquelle les détenus étaient encouragés à s'entretuer en échange de la liberté. La victoire de Solis lui a valu son nom, qui dans la langue de l'antique Ysiir signifie « le Dernier ».

Mia lui a tailladé le visage lors de leur première séance d'entraînement dans les entrailles de la Montagne taciturne. Il lui a coupé le bras en représailles. Solis a choisi de conserver sa cicatrice – ainsi qu'une rancune tenace envers la fille qui l'avait battu.

Tueuse-d'Araignées – Shahiid de la salle des Vérités et maîtresse des poisons. Mia était l'une de ses disciples les plus prometteuses, mais l'affection que la jeune femme inspirait à la Shahiid avait déjà peu ou prou disparu avant même que Mia ne choisisse de trahir les enseignements de l'Église.

Si jamais elle vous offre un verre de vin doré, je ne saurais trop vous conseiller de refuser.

Greffier – maître de l'escamotage et Shahiid des Poches. Un type charmant, qui se caractérise par un visage de jeune homme, des yeux de vieillard – et un penchant pour les sous-vêtements féminins.

Greffier n'avait aucune inimitié envers Mia avant sa trahison, mais les récents agissements de la jeune femme lui ont sans doute valu d'être rayée de sa liste de cadeaux pour la prochaine Grande Dîme.

Aalea – maîtresse des secrets et Shahiid des Masques. Aussi belle que séduisante, le nombre de morts à son actif n'a d'égal que la quantité d'encoches qui garnissent sa colonne de lit.

À dire vrai, elle appréciait beaucoup Mia avant la trahison de la jeune femme – mais aucun membre du Ministère de l'Église n'a atteint sa position en faisant preuve de sentimentalisme.

Marielle – l'une des deux sorcerii albinos au service de l'Église rouge. Marielle est une experte du tissage de la chair, une forme de magik antique pratiquée dans l'empire déchu d'Ysiir. Elle est capable de sculpter la peau et les muscles comme s'il s'agissait d'argile, mais le prix à payer pour détenir un tel pouvoir s'avère terrible – sa propre chair est hideusement déformée, sans qu'elle puisse y faire quoi que ce soit.

Outre son apparence perturbante, Marielle semble également aimer un peu trop son frère Marius…

Marius – le deuxième sorcerii à la solde de la Montagne taciturne. Marius est un orateur de sang, capable de manipuler le vitus humain – il peut faire passer des messages *via* le sang, le manipuler d'une simple pensée, mais aussi transporter des personnes et des objets jadis vivants à travers les piscines de sang des chapelles de l'Église rouge. Grâce aux arts de sa sœur, il est d'une beauté incomparable.

Il a assassiné le frère d'Ashlinn, Osrik, lors de l'assaut Luminatii sur la Montagne. Mia lui ayant sauvé la vie, il a une dette – toujours en cours – envers la jeune femme.

« Du sang t'est dû, Petite Corneille. Et le sang doit être… reversé. »

Aelius – chroniqueur de la Montagne taciturne. Aelius est le maître du grand athénée de l'Église rouge – une vaste bibliothèque en essor permanent de livres ayant été détruits, perdus au fil du temps, voire qui n'ont *jamais* été écrits. Il doit également se coltiner les énormes « vers des livres » carnivores qui rôdent entre les étagères dans l'obscurité – une tâche d'autant plus difficile que lui-même, comme tout ce qui réside dans la bibliothèque de la Mère noire, est mort.

Il n'en reste pas moins un bon vivant…

Naev – une Main de l'Église rouge, chargée de gérer les caravanes d'approvisionnement qui traversent les Plaines chuchotantes d'Ysiir. Après quelques anicroches initiales, Mia et elle sont devenues amies et confidentes.

Naev a été défigurée par la tisseuse Marielle jalouse de sa liaison avec son frère, Marius. Mais après que Mia eut fait échouer l'assaut donné sur la Montagne taciturne, Marielle a restauré sa beauté en guise de faveur faite à l'héroïne du tour.

Naev garde son visage voilé, et ses sentiments pour elle.

Chut – une Lame accomplie de l'Église rouge. Apparemment muet, Chut communique *via* une forme de langage des signes appelée sans-langue.

Bien qu'ayant été disciple en même temps que Mia – il l'a même aidée à réussir ses épreuves –, il reste fidèle au Ministère. Il a tenté de capturer Ashlinn sur ordre du Ministère – mais la Vaanienne lui a échappé avec l'aide de Tric.

Francesco Duomo – grand cardinal de l'Église de la Lumière et membre le plus puissant du ministère de l'Omnivoyant. Bien qu'apparemment alliés, le cardinal et le consul Scaeva étaient en réalité d'implacables rivaux. Avec Scaeva et le justicus Marcus Remus, Duomo a prononcé une sentence de mort contre le Faiseur de roi – le père de Mia, Darius – et ses fidèles.

On peut affirmer sans trop se tromper que Mia l'a pris personnellement – elle lui a taillé la barbe jusqu'à l'os devant cent mille personnes hystériques.

Alinne Corvere – la mère de Mia, et une redoutable politicienne qui est presque parvenue à faire tomber la République itreyenne. Son mariage avec le justicus Darius s'est révélé être une union d'amitié et d'opportunisme politique – elle était en réalité la maîtresse de Julius Scaeva, à qui elle a donné deux enfants : Mia et Jonnen.

Malgré leur relation, le consul n'a eu aucun scrupule à se débarrasser d'elle après la rébellion ratée de son époux. Alinne a été emprisonnée à la Pierre philosophale, où elle est morte dans la folie et la détresse.

La mère de Mia n'était donc pas le parangon de vertu qu'elle pensait connaître – une réalité dont elle n'a eu connaissance que récemment.

Darius Corvere, dit « le Faiseur de roi » – l'homme que Mia appelait « Père ». Ancien justicus de la légion Luminatii, Darius a forgé une alliance avec son amant, le général Gaius Maxinius Antonius, afin d'emmener ce dernier jusqu'au trône d'Itreya.

L'intervention de l'Église rouge, cependant, a permis la capture des deux hommes la veille de la bataille, et Darius a fini pendu aux côtés de celui qu'il voulait faire roi, Antonius.

Dire que Mia a mal pris sa mort serait de l'ordre de l'euphémisme.

Jonnen Corvere – le petit frère de Mia. Présumé mort avec sa mère, mais Mia a récemment appris que le garçon avait été élevé comme le fils légitime de Scaeva sous le nom de « Lucius » – l'épouse de Scaeva, Liviana, étant apparemment incapable de lui donner des enfants.

Jonnen n'a aucune idée de ses véritables origines, et a été enlevé trop jeune pour se souvenir de son vrai nom ou de sa sœur.

Furian – l'Invaincu, et champion du Collegium Remus. Furian était lui aussi un enténébré, capable de plier les ombres à sa volonté. Il n'avait pas de passager, par contre, et refusait d'explorer son don – le considérant comme une abomination.

Mia a tué Furian au plus fort des grands jeux. Au moment de la mort du champion, la jeune femme a eu une brève vision d'un ciel nocturne dans lequel trônait un gigantesque orbe lumineux, et a entendu les mots « *La multitude était une. Et le redeviendra* ».

Au terme de cette expérience, Mia s'est rendu compte que son ombre était devenue assez noire pour quatre.

Sidonius – un ancien membre des Luminatii ayant servi sous les ordres de Darius Corvere. Sid a été banni de la légion après avoir refusé de participer à la rébellion planifiée par le général Antonius contre le Sénat. Vendu comme esclave, il a finalement été acheté par le Collegium Remus et a combattu comme gladiatii lors du *Venatus Magni*.

Lorsque Mia a été vendue au même collegium, Sidonius a découvert son identité et a pris l'enténébrée sous son aile, faisant office pour la jeune Lame de frère aîné de substitution.

Il a les manières d'une chèvre et le cœur d'un lion.

Les Faucons de Remus – Charmeuse-de-Lames, Bryn, Dompteur-de-Vagues, Boucher, Felix et Albanus – tous des gladiatii du Collegium Remus, amis et alliés de Mia d'un bout à l'autre des jeux. Alors qu'elle semblait les avoir trahis – et assassinés –, Mia a en réalité orchestré leur fuite de Sepulcra.

Ils sont actuellement en cavale quelque part en Itreya, et vraisemblablement bourrés comme des coings.

Aa – chef du panthéon itreyen, le Père de la Lumière, également appelé l'Omnivoyant. Les trois soleils, Saan (le Voyant), Saai (l'Omniscient) et Shiih (l'Observateur), seraient, dit-on, ses yeux ; il y en a généralement au moins un dans les cieux – de sorte que la nuit véritable, ou vrainuit, ne tombe sur la République qu'une seule semaine tous les deux ans et demi. Au moment où reprend cette histoire, le vraijour – la période durant laquelle les trois soleils brillent dans les cieux – ne va pas tarder à passer la main.

La vrainuit approche, chers amis.

Tsana – Dame du Feu, Celle qui Brûle nos Péchés, l'Immaculée, Patronne des Femmes et des Guerriers, et fille aînée d'Aa et de Niah.

Keph – Dame de la Terre, Celle qui Sommeille Incessamment, l'Âtre, Patronne des Rêveurs et des Bouffons, et deuxième née d'Aa et de Niah.

Trélène – Dame des Océans, Celle qui Boira le Monde, le Destin, Patronne des Marins et des Vauriens, troisième née d'Aa et Niah, et jumelle de Nalipse.

Nalipse – Dame des Tempêtes, Celle qui se Souvient, la Miséricordieuse, Patronne des Guérisseurs et des Chefs, quatrième née d'Aa et de Niah, et jumelle de Trélène.

Niah – la Vorace, la Mère de la nuit, et Notre-Dame du Saint-Meurtre. Sœur-épouse d'Aa, Niah règne sur un territoire sans lumière de l'au-delà baptisé « les abîmes ».

Aa et elle se partageaient équitablement la domination du ciel à l'origine, mais, enjointe à ne donner que des filles à son mari, Niah désobéit à la volonté d'Aa et engendra un fils.

En guise de punition, elle fut bannie des cieux par son bien-aimé, pour ne pouvoir y retourner qu'à l'occasion de brefs séjours de quelques années.

Et qu'advint-il de leur fils ?

Eh bien, chers amis, je crois qu'il est temps de vous donner quelques réponses.

Quand tout est sang,
Le sang est tout.

DEVISE DE LA FAMILIA CORVERE

LIVRE 1

L'OBSCURITÉ INTÉRIEURE

CHAPITRE 1

Frère

Huit ans de poison, de meurtre et de merde.

Huit ans de sang, de sueur et de mort.

Huit ans.

Elle était tombée tellement loin, son petit frère dans les bras, ses doigts encore collants de rouge. La lumière des trois soleils au-dessus de leurs têtes, brûlante, *aveuglante*. Les eaux de l'arène inondée sous leurs pieds, rouges de sang. La foule hurlante, abasourdie, indignée par les meurtres de leur grand cardinal et de leur consul bien-aimé – l'un comme l'autre des mains de leur vénérée championne. Les jeux les plus mémorables de l'histoire de Sepulcra s'étaient terminés par les assassinats les plus audacieux de toute l'histoire de la République. Un chaos sans nom régnait dans l'arène. Mais au terme de toutes ces épreuves, dans un concert de cris, de rugissements et de rage, Mia Corvere avait enfin connu le triomphe.

Au bout de huit ans.

Huit putains d'années.

Mère.

Père.

J'y suis arrivée.

Je les ai tués pour vous.

Elle avait violemment percuté l'eau, qui s'était empressée d'engloutir les images et les sons de l'arène de Sepulcra. Du sel lui piquait les yeux. Son souffle lui brûlait les poumons. Ses oreilles bourdonnaient encore des rugissements du public. Son petit frère, Jonnen, se débattait, ruait, se tortillait dans ses bras comme un poisson échoué sur une plage. La jeune femme sentait les ombres serpentines de guivres des tempêtes se rapprocher d'elle dans l'obscurité. Imaginait leurs sourires acérés et leurs yeux morts.

Le vraijour était si brillant – même ici, sous la surface. Mais malgré la présence de ces trois détestables soleils, malgré toute l'indignation de l'Omnivoyant qui se déversait du ciel, ses propres ombres se trouvaient avec elle. Assez intenses pour quatre, désormais. Mia tendit la main vers la canalisation enfouie dans le sol de l'arène – vers le large embout par lequel s'écoulaient tout ce sel et toute cette eau – et

pénétra

dans les

ombres

qui se situaient à l'intérieur.

Cela la laissait étourdie, nauséeuse – elle avait encore conscience de cette lumière aveuglante dans le ciel. Elle coula comme une pierre dans son armure, alourdie par le fer noir et les ailes de faucon gorgées d'eau, entraînant

Jonnen jusqu'au fond du tuyau d'évacuation. Mia n'avait que quelques instants devant elle, juste l'air que contenaient ses poumons. Et elle n'avait pas prévu d'avoir un enfant hystérique dans les bras ce faisant.

Au terme d'une épuisante progression le long de la canalisation, Mia trouva une poche d'air à l'intérieur de la soupape de pression – exactement comme Ashlinn l'avait promis. Après avoir refait surface, et repris tant bien que mal son souffle, elle colla son frère tout contre son corps. Le garçon crachota dans ses bras, gémissant, s'agitant dans tous les sens – au grand dam du visage de l'enténébrée.

« Lâche-moi, esclave ! s'écria-t-il.

— Arrête ! haleta Mia.

— Lâche-*moi* !

— Jonnen, s'il te plaît, arrête ! »

Elle enveloppa le garçon de ses bras, immobilisant les siens pour faire cesser la déferlante de coups. Ses cris résonnaient sur la canalisation qui les surplombait. À force de se débattre de sa main libre avec les boucles et les sangles de son armure, Mia parvint à s'en débarrasser, une pièce après l'autre. À se dépouiller de sa peau de gladiatii, d'assassin, de fille vengeresse, qui lui collait au dos depuis huit longues années. Ça en avait valu la peine. Doux euphémisme. Duomo, mort. Scaeva, mort. Et Jonnen, son sang, le bébé qu'elle croyait enterré depuis bien longtemps dans sa tombe…

Mon petit frère est en vie.

Le garçon ne cessait de la rouer de coups de pied et de poing, de la mordre. Il n'y avait pas de larmes dans ses yeux pour son père assassiné, uniquement de la fureur, le rouge de la haine. Mia l'avait cru mort des années plus tôt – englouti dans les entrailles de la Pierre philosophale avec sa mère et ses ultimes espoirs. Mais s'il lui restait le moindre doute sur son appartenance à la lignée Corvere, sur l'identité de sa mère, la rage sanglante de son frère se chargeait de le passer au fil de l'épée.

« Jonnen, écoute-moi !

— Je m'appelle *Lucius* ! hurla-t-il, sa voix résonnant sur le fer.

— D'accord, Lucius - écoute !

— Certainement pas ! Tu as t-tué mon père ! Tu l'as *tué* ! »

Une vague de pitié déferla en son for intérieur, mais Mia serra la mâchoire, endurcit son cœur pour la repousser. « Je suis désolée, Jonnen. Mais ton père... » Elle secoua la tête, prit une longue inspiration. « Écoute, il faut qu'on sorte de cette canalisation avant qu'ils ne commencent à vider l'arène. Les guivres des tempêtes vont repasser par ici, tu comprends[2] ?

Qu'elles viennent – j'espère qu'elles vont te *dévorer* !

— *... OH, JE L'AIME BIEN, CELUI-LÀ...*

---

2. Des trois races de guivres qu'on trouve dans les eaux itreyennes – la guivre blanche, la guivre-sabre et la guivre des tempêtes –, la troisième est de loin la plus stupide. Ces créatures mangent pratiquement tout ce qui rentre dans leur bouche, y compris leurs congénères et leurs propres petits. Une liste complète des curiosités découvertes dans des ventres de guivres des tempêtes est conservée aux archives zoologiques du Collegium de Fer, et comprend, sans ordre particulier :

— une armure de plates complète ;

— une méridienne en cuir ;

— une scie à bois de deux mètres de long ;

— l'intégralité d'une famille de porcs-épics (vraisemblablement enragés).

Cette propension à dévorer tout ce qui a l'air vaguement intéressant leur a valu le surnom d'« égouts des mers » parmi les pêcheurs itreyens, car lorsque vous en attrapez une et que vous l'ouvrez, vous risquez fort de trouver toutes sortes de choses étranges dans ses entrailles...

Ouaip.

Vous comprenez l'idée.

— … *pourquoi est-ce que ça ne me surprend pas…* »

L'air qui les entourait devint soudain glacial. Le garçon se tourna vers les formes obscures qui se matérialisaient à côté d'eux sur le mur : un chat fait d'ombres et une louve de la même étoffe, qui le fixaient de leurs non-yeux. Gentilhomme étudiait l'enfant tout en remuant la queue. Éclipse se bornait quant à elle à incliner la tête, en ondulant légèrement. Jonnen se tut un instant, ses sombres prunelles dilatées passant des passagers de Mia à la fille qui le retenait.

« Toi aussi tu les entends… », haleta-t-il.

L'enténébrée opina du chef. « Je suis comme toi – nous sommes pareils. »

Il la dévisagea, expérimentant peut-être la même nausée, la même faim, le même *désir* qu'elle. Mia l'examinait elle aussi, les larmes aux yeux. Tous ces kilomètres, toutes ces années…

« Tu ne te souviens pas de moi, chuchota-t-elle d'une voix tremblante. Tu n'étais qu'un bébé quand tu nous as été arraché. Mais *moi* je ne t'ai pas oublié. »

L'espace d'un instant, elle se retrouva presque submergée par l'émotion. Des larmes dans les cils, un sanglot coincé dans sa gorge, Mia se remémora le petit garçon emmailloté sur le lit de sa mère le tour où son père avait péri, occupé à la fixer de ses grands yeux noirs. Elle se revit l'envier d'être trop jeune pour comprendre que l'intégralité de leur univers venait de voler en éclats.

Sauf que Darius Corvere n'était pas *le père de Jonnen, pas vrai ?*

Mia secoua la tête, cligna des yeux pour en chasser ces détestables larmes.

Ô, Mère, comment avez-vous pu…

Face à cet enfant, en cet instant, elle parvenait tout juste à parler. À forcer sa mâchoire à bouger, ses poumons à respirer, ses lèvres à former les mots qui lui brûlaient la poitrine. Il avait les mêmes yeux qu'elle, d'un noir silex, les mêmes cheveux d'un noir d'encre. Leur mère tout craché – c'était comme se regarder dans un miroir. Mais au-delà de ce qu'il avait hérité d'elle, quelque chose dans la forme de son petit nez, dans la ligne de ses joues potelées...

Elle pouvait le voir.

Scaeva.

« Je m'appelle Mia, parvint-elle finalement à articuler. Je suis ta sœur.

— Je n'ai pas de sœur, cracha le garçon.

— Jonn... » Mia se reprit. Passa sa langue sur les lèvres – elles avaient un goût de sel. « Lucius, il faut y aller. Je vais tout t'expliquer, promis. Mais on n'est pas en sécurité, ici.

— ... TOUT IRA BIEN, MON ENFANT...

... tu n'as rien à craindre... »

Mia regarda ses démons se glisser dans l'ombre du garçon, ronger sa peur comme ils le faisaient toujours pour elle. Mais si la panique s'atténua dans ses yeux, la rage ne fit que s'amplifier, les muscles de ses petits bras se contractant soudain contre les siens. Il se tortilla et s'agita de plus belle, se libérant une main pour la griffer au visage.

« Lâche-moi ! » s'écria-t-il.

Son pouce trouva l'œil de sa sœur, lui arrachant un sifflement. Elle écarta brusquement la tête en poussant un grognement.

« Arrête ! fulmina-t-elle, sa patience à bout.

— Lâche-*moi* !

— Si tu ne te tiens pas tranquille, *moi* je vais te calmer ! »

Mia poussa violemment le garçon contre la canalisation, l'y colla, le maintenant malgré ses crachats et ses ruades. La jeune femme pouvait certes comprendre sa rage, mais en vérité elle n'avait nullement le temps de gérer son chagrin dans l'immédiat. Œuvrant de sa main libre sur les boucles restantes de son armure, elle se débarrassa des longues lanières de cuir qui maintenaient en place son plastron et ses épaulettes – l'armure ne tarda pas à se retrouver sur le sol de la canalisation. Elle garda ses bottes, sa jupe en cuir cloutée, la vieille tunique tachée de sang qu'elle portait en dessous. Et se servant des sangles – une pour ses poignets, une autre pour ses chevilles – elle ligota son frère comme un porc à abattre.

« Lâche-m... *ffll-ggmm* ! »

Une autre lanière dans sa bouche vint étouffer ses protestations. Mia prit sans ménagement Jonnen dans ses bras et le regarda droit dans les yeux. « Il va falloir qu'on nage, lui dit-elle. Et si j'étais toi, je ne gaspillerais pas mon souffle à crier. »

Des yeux sombres se rivèrent aux siens, scintillants de haine. Mais le garçon semblait suffisamment sensé pour obtempérer : il finit par inspirer une longue goulée d'air dans ses poumons.

Et Mia commença à nager vers la liberté.

Une demi-heure plus tard, ce fut au son des cloches qu'ils refirent surface dans l'eau saphir.

Jonnen collé contre elle, Mia avait traversé les vastes réservoirs situés sous l'arène, dans l'obscurité des tuyaux d'écoulement manciés, reprenant son souffle là où elle le pouvait, pour finalement déboucher dans la mer à quelques dizaines de mètres au nord du port du Bras Armé. Son frère l'avait foudroyée du regard tout du long – il ne pouvait guère faire autre chose avec ses mains et ses pieds liés.

Mia s'en voulait à mort de devoir attacher un membre de sa propre familia comme un agneau de printemps, mais elle ne savait pas quoi faire d'autre de lui. Jamais elle n'aurait pu le laisser là-haut, sur l'estrade du vainqueur, devant les corps à moitié refroidis de son père et de Duomo. L'abandonner était hors de question. Sauf que les plans qu'elle avait établis avec Ashlinn et Mercurio ne prenaient pas en compte le fait d'avoir à maîtriser un garçon de neuf ans après avoir assassiné son père devant ses yeux.

Son père.

La pensée flottait derrière ses paupières, trop sombre, trop *lourde* pour qu'elle s'attarde dessus trop longtemps. Mia s'employa donc à l'écarter, se concentrant sur une tâche bien plus urgente : les amener dans des eaux moins profondes. Ash et Mercurio l'attendaient à bord d'une galère rapide baptisée le *Chant des sirènes*, qui mouillait au Bras Armé. Plus vite ils quitteraient Sepulcra et mieux ce serait. La nouvelle de l'assassinat de Scaeva n'allait pas tarder à se répandre d'un bout à l'autre de la métropole – et si elle n'était pas déjà au courant, l'Église rouge allait bientôt apprendre que son plus riche et plus puissant mécène avait péri. Une tempête de couteaux et de merde était sur le point de s'abattre sur la tête de Mia.

Alors qu'elle nageait vers les quais de Bras Armé, elle vit que les rues de la métropole au-delà étaient en plein chaos. Les cathédrales sonnaient le glas de la Cité des Ponts et des Os. Des gens émergeaient des tavernes et des immeubles, déconcertés, scandalisés, terrifiés, à mesure que la rumeur du meurtre de Scaeva se répandait à travers la ville comme du sang dans de l'eau. Il y avait des légionnaires partout ; l'horrible lumière de ces putains de soleils faisait scintiller leurs armures.

Avec toute cette agitation, bien peu de personnes remarquèrent la jeune esclave débraillée – manifestement blessée – qui barbotait lentement en direction du rivage, un garçon dans les bras. Se frayant prudemment un passage entre les gondoles et les petits canots occupés à danser dans le port du Bras Armé, Mia atteignit enfin l'ombre projetée par une longue promenade en bois.

« Je vais nous dissimuler un moment, murmura-t-elle à son frère. Tu ne pourras rien voir dans l'intervalle, mais j'ai besoin que tu sois courageux. »

Celui-ci se borna à lui lancer des regards noirs derrière ses boucles sombres. Mia étendit ses doigts pour les envelopper tous deux de son manteau d'ombres. Ça lui demanda un véritable effort, avec le vraijour qui incendiait le ciel – elle avait presque l'impression de *brûler*. Mais même si ses passagers chevauchaient présentement son frère, l'ombre de Mia était deux fois plus intense qu'avant la mort de Furian. Son emprise sur l'obscurité plus forte. Plus ferme. Plus… intime.

La jeune femme se remémora la vision qu'elle avait eue après avoir tué l'Invaincu devant la foule en liesse. Le ciel n'avait alors rien d'aveuglant au-dessus de sa tête – il était d'un noir d'encre, constellé d'étoiles. Y brillait un orbe gigantesque, aussi pâle que parfait.

Un peu comme un soleil, mais… pas tout à fait.

« LA MULTITUDE ÉTAIT UNE. ET LE REDEVIENDRA. »

Du moins était-ce ce qu'elle avait entendu à ce moment-là. Comme en écho au message de ce spectre Sans-Âtre qui lui avait sauvé la vie avec ses lames en ossacré dans la nécropole de Galante.

Mia ignorait ce que cela signifiait. Elle n'avait jamais eu de mentor capable de lui expliquer en quoi consistait le fait d'être une enténébrée. N'avait jamais trouvé de réponse à l'énigme de sa propre nature. Elle ne savait pas. Ne *pouvait* pas savoir. Par contre elle savait ceci, aussi sûrement qu'elle connaissait son propre nom : depuis l'instant où Furian était mort de ses mains, une force nouvelle coulait dans ses veines. D'une manière ou d'une autre, elle était... *davantage*.

Elle se revêtit de son manteau d'ombres, et tout ce qui l'entourait sombra dans une noirceur fuligineuse – son frère et elle se résumant à deux taches floues sur les aquarelles du monde. Jonnen fixait sur elle des yeux plissés empreints de suspicion dans l'obscurité de son manteau, mais au moins avait-il cessé pour un temps de se débattre. Suivant les indications que lui chuchotaient Gentilhomme et Éclipse, Mia gravit lentement une échelle incrustée de bernacles pour atteindre la jetée proprement dite, Jonnen sous un bras. Et là, à l'ombre d'un chalutier à fond plat, elle se tapit pour attendre, ses bras ruisselants d'eau autour de son frère.

Gentilhomme se matérialisa dans l'obscurité qui s'étendait aux pieds de Jonnen, et entreprit aussitôt de se lécher une patte translucide. Éclipse s'extirpa quant à elle de l'ombre du garçon, pour former une masse noirâtre se détachant de la coque du bateau.

« ... *JE REVIENS AU PLUS VITE*..., grogna la non-louve.

— ... *tu vas nous manquer*..., lui lança le non-chat dans un bâillement.

— ... *TA LANGUE TE MANQUERA-T-ELLE AUTANT QUAND JE L'AURAI ARRACHÉE DE TA BOUCHE*... ?

— Ça suffit, tous les deux, siffla Mia. Fais vite, Éclipse.

— ... *comme il te plaira*... »

L'ombrelouve disparut dans un frisson, voletant le long des planches de la jetée avant de suivre le mur du port.

« ... *je déteste cette bâtarde*..., soupira Gentilhomme.

— J'ai cru comprendre, oui, grommela la jeune femme. Vu que tu l'as répété à peu près un millier de fois.

— ... *c'est tout ? j'aurais dit plus*... »

Malgré sa fatigue, un sourire étira les lèvres de Mia.

Gentilhomme poursuivit ses ablutions inutiles, et l'enténébrée continua de longues minutes à bercer son frère, les muscles endoloris, ses coupures irritées par l'eau salée, sous les soleils qui flamboyaient au-dessus de leurs têtes. Elle était éreintée, *épuisée* ; ses combats dans l'arène lui avaient valu une dizaine de blessures ouvertes. L'adrénaline consécutive à sa victoire était en train de se dissiper, laissant dans son sillage une profonde lassitude. Elle avait livré deux batailles d'importance plus tôt dans le tour, aidé ses compagnons gladiatii du Collegium Remus à échapper à leur servitude, massacré des dizaines de personnes – y compris Duomo et Scaeva –, remporté les plus grands jeux de l'histoire de la République, vu tous ses plans se réaliser.

Un vide insondable prenait progressivement la place de son exaltation. Une faiblesse qui la laissait les mains tremblantes. Elle avait envie d'un lit moelleux et d'un cigarillo, de savourer le goût d'un vin doré – de l'Albari, de préférence – sur les lèvres d'Ashlinn. De sentir leurs os s'entrechoquer, puis de dormir pendant mille ans. Mais plus encore, outre le désir, la fatigue et la douleur, en regardant son frère, la jeune femme s'avisa qu'elle se sentait…

Affamée.

C'était similaire à ce qu'elle avait éprouvé en présence de Lord Cassius. De Furian. Ou la première fois qu'elle avait vu le garçon sur les épaules de son père, aux pieds de l'estrade du vainqueur. Et ça la taraudait encore en cet instant – l'envie de résoudre une énigme, la quête d'une pièce manquante.

Mais qu'est-ce que ça signifie ? se demanda-t-elle.

Et Jonnen – c'est la même chose pour lui ?

« … j'ai un mauvais pressentiment, mia… »

Le murmure de Gentilhomme l'arracha à la contemplation de la nuque de son frère. L'ombrechat avait cessé de faire semblant de se nettoyer la patte ; il contemplait à présent la Cité des Ponts et des Os depuis l'ombre de Jonnen.

« Qu'y a-t-il à craindre ? rétorqua-t-elle. J'ai accompli ma mission. Et tout bien considéré, ça s'est plutôt bien passé – haut les nichons.

— *... je ne vois pas trop le rapport avec la direction que prennent tes seins...*

— *Dixit* quelqu'un qui n'a jamais eu de seins. »

Gentilhomme lança un coup d'œil au garçon qu'il chevauchait.

« ... il semble que nous ayons des bagages inattendus... »

Jonnen marmonna quelque chose d'incompréhensible sous son bâillon. Mia ne doutait nullement que ses sentiments à son égard n'avaient rien de flatteur, mais elle resta concentrée sur l'ombrechat.

« Tu t'inquiètes trop, lui dit-elle.

— *... et toi pas suffisamment...*

— À qui la faute ? C'est *toi* qui dévores mes peurs. »

Le démon inclina la tête, mais se garda bien de répliquer quoi que ce soit. Mia attendit en silence, les yeux fixés sur la ville qui se déployait au-delà de son voile d'ombres. Son manteau assourdissait les sons de la capitale, les couleurs se résumaient à un mélange indistinct de blanc et de terre cuite. Mais la jeune femme pouvait encore entendre des cloches sonner, des gens courir, des cris de panique dans le lointain.

« Le consul et le cardinal ont été tués !

— *À l'assassin ! À* l'assassin *! »*

Mia baissa le regard sur son frère, pour découvrir qu'il ne faisait rien pour dissimuler la haine qu'elle lui inspirait. Il aurait tout aussi bien pu l'exprimer à voix haute.

Tu as tué mon père.

« Il a fait emprisonner notre mère, Jonnen, lui lança-t-elle. Il l'a laissée mourir dans d'atroces souffrances à l'intérieur de la Pierre philosophale. Il a tué *mon* père, et des centaines d'autres malheureux. Tu ne te souviens donc pas de lui sur l'estrade du vainqueur, lorsqu'il t'a *jeté* sur moi pour sauver sa pitoyable peau ? » Elle secoua la tête, lâcha un soupir. « Je suis désolée. C'est difficile à comprendre, j'en ai parfaitement conscience. Mais Julius Scaeva était un monstre. »

Sans crier gare, le garçon se mit alors à s'agiter violemment ; son front vint percuter le menton de l'enténébrée. Mia se mordit la langue, jura, attrapa son frère et le serra de toutes ses forces pour l'empêcher de remettre le couvert. Il tirait sur ses sangles gorgées d'eau, lui contusionnant la peau à chacune de ses ruades. Mais malgré toute sa fureur, Jonnen n'était qu'un gosse de neuf ans. Sa sœur se borna donc à le retenir jusqu'à ce qu'il se retrouve à bout de forces, jusqu'à ce que s'éteignent ses cris étouffés – jusqu'à ce qu'il finisse par s'avachir dans ses bras, avec un petit sanglot de rage.

La jeune femme l'étreignit un peu plus fort, tout en avalant le sang qui avait envahi sa bouche. « Tu comprendras un tour, murmura-t-elle. Je t'aime, Jonnen. »

Il se débattit une dernière fois, puis s'immobilisa. Dans le silence gênant qui s'ensuivit, Mia sentit un frisson glacé lui parcourir la colonne vertébrale. Sa peau se couvrit de chair de poule, son ombre s'obscurcit, et un grondement grave s'éleva des planches situées sous ses pieds.

« … ILS NE SONT PAS LÀ… », déclara Éclipse.

Mia cligna des yeux ; son ventre fit une petite embardée sur la gauche. Les paupières à moitié closes, elle regarda la silhouette imprécise du *Chant des sirènes* tanguer doucement à quai, quelques jetées plus loin. « Tu en es sûre ? demanda-t-elle.

— ... *J'AI INSPECTÉ LE BATEAU DE LA PROUE À LA POUPE. MERCURIO ET ASHLINN NE SE TROUVENT PAS À BORD...* »

Mia déglutit distinctement, sa langue épaisse de sel. Il était prévu qu'Ashlinn et son ancien professeur se retrouvent à la chapelle de Sepulcra, rassemblent leurs affaires, puis se rendent au port pour attendre Mia à bord du *Chant*. Vu le temps qu'il lui avait fallu pour nager de l'arène jusqu'à l'océan, puis en ressortir...

« Ils devraient être arrivés à l'heure qu'il est, chuchota-t-elle.

— ... *chuuut...*, murmura l'ombrechat à ses pieds... *tu entends ça... ?*

— ... Quoi donc ?

— ... *on dirait le bruit de... seins qui s'inclinent vers le ciel... ?* »

La plaisanterie lui valut un regard noir de la part de Mia, qui balança ses cheveux trempés par-dessus son épaule. Son cœur s'était mis à battre plus vite, mille pensées lui traversaient l'esprit. Il n'y avait tout simplement aucune chance que Mercurio ou Ash soient en retard – leurs vies à tous étaient en jeu, après tout. « Il leur est arrivé quelque chose...

— ... *JE PEUX TOUJOURS ME RENDRE À LA CHAPELLE, PUIS REVENIR FAIRE MON RAPPORT... ?*

— Non. Si elle... S'ils... » Mia se mordilla la lèvre, se força à se remettre debout malgré sa fatigue. « On va y aller ensemble.

— ... *y compris nos nouveaux bagages... ?*

— On ne peut pas se borner à le laisser ici, Gentilhomme », rétorqua la jeune femme d'un ton sec.

Le non-chat soupira.

« ... et les nichons continuent à se soulever... »

Mia regarda son frère. Le garçon semblait temporairement vaincu – renfrogné, tout tremblant, silencieux. Il était trempé jusqu'aux os, et une colère sans nom embrumait ses yeux sombres. Mais la présence de Gentilhomme dans son ombre lui épargnait au moins tout sentiment de peur. Aussi Mia le hissa-t-elle sur ses pieds avant de le balancer tant bien que mal sur son épaule. Il était aussi lourd qu'un sac de briques ; ses coudes et ses genoux osseux la cognaient partout où il ne fallait pas. Mais l'enténébrée était dure comme un clou après tous ces mois passés à s'entraîner au Collegium Remus, et, malgré ses blessures, elle se savait capable de le gérer un certain temps. Progressant avec lenteur sous son manteau d'ombres, l'improbable quatuor se fraya donc un chemin à tâtons le long de la jetée, puis sur la promenade bondée. Les clapotements de l'eau accompagnaient leurs pas.

Suivant les indications chuchotées de l'ombrelouve, Mia laissa derrière elle les patrouilles de légionnaires et de Luminatii qui fouillaient le port pour se retrouver dans les rues de Sepulcra. Le poids de son frère sur ses épaules tirait douloureusement sur ses muscles. Son sang pulsait dans ses veines – quant à son ventre, il lui donnait l'impression de faire des sauts périlleux. Éclipse rôdait devant elle ; Gentilhomme chevauchait toujours Jonnen. Ainsi privée de ses passagers, Mia en était réduite à *essayer* de repousser les hypothèses alarmantes susceptibles d'expliquer le retard d'Ashlinn et de Mercurio.

Des Luminatii ?

Le Ministère ?

Qu'est-ce qui aurait pu mal tourner ?

Par la Déesse, s'il leur est arrivé quoi que ce soit à cause de moi…

À force d'arpenter sans bruit ruelles et autres petits ponts, le groupe finit par atteindre les clôtures en fer forgé qui entouraient la nécropole de la ville. Ses bottes presque silencieuses sur le gravier, une main tendue devant elle, Mia tâtonnait à l'aveugle. Presque inaudibles sous le carillon des cloches de la cathédrale, les chuchotements d'Éclipse lui permirent de se frayer un chemin à travers les demeures biscornues des morts de la ville, les rangées d'imposants mausolées et de tombes séculaires. Dans la partie la plus ancienne de la nécropole, envahie de mauvaises herbes, elle franchit une porte sculptée d'un relief de crânes humains. Un passage menant aux ossuaires l'attendait au-delà.

C'était un soulagement sans nom de se retrouver à l'abri de ces détestables soleils, malgré la sueur qui irritait ses blessures. Mia se débarrassa de son manteau d'ombres et fit glisser Jonnen de son épaule. Il était petit, mais par la Déesse, il pesait son poids, et les jambes de la jeune femme – sans même parler de sa colonne vertébrale – lui parurent presque *pleurer* de soulagement lorsqu'elle le déposa sur le sol de la chapelle.

« Je vais te détacher les pieds, l'avertit-elle. Essaie de fuir, et je ne manquerai pas de resserrer tes liens. »

Son frère ne fit aucun bruit derrière son bâillon, se bornant à la regarder s'agenouiller pour desserrer la lanière qui retenait ses chevilles. Elle voyait de la méfiance dans ses yeux noirs, sa colère toujours aussi intense, mais il ne tenta pas de s'échapper immédiatement. Après avoir passé la sangle par les liens qui retenaient ses poignets, Mia se redressa et reprit sa progression, en tirant le petit garçon derrière elle comme un chien récalcitrant au bout d'une laisse imbibée d'eau.

Elle se fraya sans un bruit un chemin à travers des tunnels sinueux de fémurs et de côtes – les restes des indigents et des anonymes de la ville, trop pauvres pour s'offrir leur propre tombe. Un levier presque indécelable lui permit d'ouvrir une porte secrète dans un empilement d'os poussiéreux, et elle se retrouva enfin dans la chapelle de l'Église rouge dissimulée au-delà.

Les couloirs tortueux qu'ils suivaient étaient remplis des squelettes de malheureux depuis longtemps défunts. Jonnen, qui se traînait derrière elle, fixait des yeux écarquillés sur les ossements qui les entouraient. Mais Gentilhomme restait lové dans son ombre – ils s'enfonçaient donc dans la chapelle sans que le garçon ne se retrouve définitivement *submergé* par sa peur.

Les couloirs étaient sombres.

Silencieux.

Vides.

Quelque chose ne va pas.

Mia le sentit presque immédiatement. Dans l'air. Les faibles relents de sang n'étaient nullement incongrus dans une chapelle de Notre-Dame du Saint-Meurtre, contrairement à l'odeur persistante d'une bombe pierre tombale et d'un parchemin brûlé.

La chapelle était bien trop silencieuse, l'air bien trop calme.

Fidèle à son mot d'ordre – la méfiance –, Mia força Jonnen à se rapprocher, mancia son manteau d'ombres sur leurs épaules, et reprit sa progression presque à l'aveuglette. Son frère respirait par trop bruyamment pour leur bien, sa propre main était imprégnée de sueur sur la laisse. Ses oreilles restaient à l'affût du moindre bruit, mais l'endroit semblait désert.

Mia s'immobilisa dans un couloir bordé d'ossements, les poils de sa nuque hérissés. Avant même d'entendre l'avertissement d'Éclipse, elle sut que quelque chose n'allait pas.

« *... DERRIÈRE TOI...* »

Le poignard jaillit alors de l'ombre, d'un argent étincelant noirci de poison. Mia se cambra aussitôt en arrière, ses cheveux humides fouettant l'air dans son dos, sa colonne vertébrale formant une arche absolument parfaite. La lame passa juste au-dessus de son menton, la manquant d'un souffle. De sa main libre elle se repoussa du sol, le cœur battant à tout rompre.

L'enténébrée réfléchissait à toute vitesse, son front plissé de confusion. Elle était presque aveugle sous son manteau d'ombres, certes, mais ses ennemis n'auraient pas *non plus* dû la voir.

Aveugle…

Ô, par la Déesse.

Il émergea de l'obscurité, sans un bruit malgré sa corpulence. Ses protections en cuir gris avaient bien du mal à contenir ses larges épaules. Un fourreau vide pendait à sa taille – du cuir sombre gaufré d'un motif de cercles concentriques qui évoquait des yeux. Il y avait trente-six petites cicatrices gravées sur son avant-bras – une pour chaque vie qu'il avait prise au nom de l'Église rouge. Ses yeux étaient d'un blanc laiteux, mais Mia s'avisa que ses sourcils avaient complètement disparu. La brosse blonde qui lui recouvrait jadis la tête était d'un noir carbonisé, comme si elle avait brûlé, et les quatre pointes de sa barbe se résumaient désormais à des nodosités carbonisées.

« Solis. »

Son visage était enveloppé d'ombres ; son regard aveugle fixait le plafond. Il tira de son dos deux courtes lames à double tranchant, l'une comme l'autre noircies de poison. Et le manteau qui dissimulait la jeune femme ne l'empêchait en aucune façon de s'adresser directement à elle. « Espèce de petite pute félonne », grogna-t-il.

De sa main libre, Mia se mit en quête de son poignard en ossacré. Son cœur manqua un battement quand elle réalisa qu'il était resté enfoncé dans la poitrine du consul Scaeva.

« Oh, merde », murmura-t-elle.

CHAPITRE 2

Ossuaires

Le Vénéré Père de l'Église rouge s'avança d'un pas décidé, lames levées. « Je me demandais si tu serais assez stupide pour revenir ici », grommela-t-il.

Mia resserra sa prise sur la laisse de son frère. Percevant du mouvement, elle lança un regard par-dessus son épaule – pour découvrir un svelte garçon aux yeux bleu vif, occupé à s'extraire des ombres de la nécropole. D'une pâleur cadavérique, il était vêtu d'un pourpoint noir carbonisé. Deux couteaux menaçants luisaient dans ses mains, leurs lames noires de toxine.

Chut.

« Eh bien ? ricana Solis. Rien à dire, gamine ? »

Mia garda le silence – elle se demandait comment Solis parvenait à la localiser malgré son manteau d'ombres. Le son, peut-être ? L'odeur de son sang et de sa sueur ? Quoi qu'il en soit, elle était épuisée, désarmée, blessée – pas franchement en état de se battre. Percevant sa peur, le froid qui se répandait dans ses entrailles, Gentilhomme abandonna l'ombre de l'enfant pour se fondre dans la sienne. Mais sitôt que le démon eut quitté l'obscurité qui entourait ses pieds, le petit Jonnen roua de coups de pied les tibias de sa sœur et s'arracha à ses mains glissantes de sueur.

« Jonnen ! » cria-t-elle.

Le garçon fit volte-face et commença à déguerpir. Mia tendit le bras dans sa direction pour essayer de le rattraper. Quant à Solis, il se borna à soulever ses lames, à baisser la tête – et à charger.

L'enténébrée s'écarta de son mieux, l'épée du Shahiid lui frôlant la joue alors même que Chut se rapprochait dans son dos. Tout en virevoltant sur elle-même, Mia se débarrassa de son manteau et entreprit de mancier les ombres qui s'étendaient aux pieds du garçon. Il trébucha, tomba pendant que Mia esquivait une autre frappe de Solis. En jetant un coup d'œil à l'obscurité glaciale du couloir qui se trouvait au dos du Shahiid, elle vit Jonnen s'enfuir par où ils étaient arrivés. Mâchoire serrée, elle

pénétra

dans l'obscurité

qui se déployait derrière Solis

et s'élança à la poursuite de son fuyard de frère.

« Jonnen, *arrête* ! »

Éclipse poussa un grognement d'avertissement ; Mia évita tout juste l'une des épées courtes de Solis qui venait de jaillir du noir dans sa direction. La lame frappa le mur d'ossements devant elle alors même que la jeune femme prenait un virage serré, se ficha à l'intérieur d'un crâne au minimum séculaire. Mia la récupéra au passage de sa main gauche sans même ralentir d'un iota.

Désavantagé par ses petites jambes, Jonnen se retrouva bien vite surclassé. Voyant d'un coup d'œil par-dessus son épaule Mia le rattraper dans le couloir, il tenta vainement d'accélérer. Ses mains étaient toujours attachées, mais il avait réussi à extraire le bâillon de sa bouche – ce qui lui permit de beugler à pleins poumons lorsque sa sœur le fourra sous son bras. « Lâche-moi, souillonne ! hurla-t-il tout en se tortillant de rage.

— Jonnen, calme-toi ! siffla Mia.

— Lâche-*moi* !

— … *tu l'apprécies toujours autant, hein… ?* chuchota Gentilhomme depuis l'ombre de la jeune femme.

— … *DE MOINS EN MOINS À CHAQUE INSTANT*…, répliqua Éclipse, qui bondissait devant eux.

— … *eh bien,* maintenant *tu comprends ce que tu m'inspires…*

— Fermez-la, tous les deux ! » s'écria Mia.

Elle rebondit sur un mur d'ossements et prit tant bien que mal un nouveau virage, Solis et Chut sur ses talons. Après avoir ouvert d'un coup de pied la porte du tombeau, Mia remonta en hâte l'escalier en ruine – et finit par retrouver le terrible éclat des trois soleils brûlants. Gentilhomme avait beau se gaver de sa peur, son cœur menaçait de jaillir de ses côtes.

L'enténébrée avait déjà passé l'intégralité du tour à se battre à mort – elle n'était donc pas en état d'affronter une Lame de l'Église rouge lourdement armée, sans même parler de l'ex-Shahiid des Chants. Sourcils roussis mis à part, Solis était l'un des épéistes les plus dangereux du monde. La dernière fois qu'ils avaient eu un différend, il lui avait sectionné le bras au niveau du coude. Chut n'était pas un manche lui non plus, et toutes les affinités qu'il avait manifestées à l'égard de Mia à l'époque où tous deux étaient encore disciples semblaient s'être évaporées depuis longtemps. À ses yeux, la jeune femme avait trahi l'Église rouge – elle ne méritait donc qu'une mort aussi lente que douloureuse.

Elle était en infériorité numérique. Et dans son état actuel, surclassée.

Mais, par les abîmes, comment Solis arrive-*t-il à me voir ?*

Mia traversa les ombres pour se donner un tant soit peu d'avance, mais avec les trois soleils qui flamboyaient dans le ciel et l'épuisement consécutif aux grands jeux qui épaississait son sang, la jeune femme ne parvint à se déplacer que de quelques dizaines de mètres. Elle s'écorcha le tibia sur une pierre tombale, tituba, et faillit tomber. Peut-être aurait-elle pu remettre son manteau d'ombres, mais Solis semblait quand même capable de la repérer. Et à dire vrai, elle était trop fatiguée pour tout gérer – le garçon qui se tortillait dans ses bras, cette poursuite éperdue, mancier l'obscurité. Le temps était venu de trouver un moyen de s'échapper.

Elle sauta par-dessus une tombe basse en marbre, franchit d'un bond la clôture en fer forgé de la nécropole. Se réceptionnant tant bien que mal par terre, elle manqua de tomber à nouveau. L'enténébrée se trouvait sur le sol d'une imposante chapelle désormais dédiée à Aa, érigée à proximité des maisons des morts. Au-delà de l'enclos paroissial, elle voyait une large route pavée parsemée de citoyens, de grands immeubles d'habitation bordant la rue, des fleurs dans les jardinières. La chapelle proprement dite était en calcaire et en verre ; les trois soleils de son beffroi reproduisaient ceux qui parcouraient le ciel.

Par la Mère noire, ils étaient si brillants, si chauds, si…

« … MIA, ATTENTION… ! »

Un poignard sifflait en direction de son dos, jailli de la main tendue de Chut. Elle l'évita presque par miracle, la lame coupant une mèche de ses longs cheveux noirs en passant devant sa joue balafrée, assez près pour qu'elle sente la toxine dessus. C'était du rictus – un paralysant à effet rapide. Une bonne égratignure, et Mia se retrouverait aussi impuissante qu'un nouveau-né.

Ils me veulent vivante, comprit-elle alors.

« Relâche-moi, vaurienne ! hurla son frère, qui avait recommencé à se débattre.

— Jonnen, s'il te plaît…

— Je m'appelle Lucius ! »

Le garçon ne cessait de se tortiller sous son bras, toujours à essayer de se libérer de sa prise. Il parvint à extraire sa main des liens de cuir détrempés qui entouraient ses poignets, et s'empressa de la balancer au visage de sa sœur. Et comme si les soleils s'étaient soudain éteints dans le ciel, le monde entier plongea dans le noir.

Elle trébucha dans la soudaine obscurité. Sa botte buta contre une dalle cassée, et ses jambes partirent en arrière. Mia serra les dents en heurtant le sol, qui lui érafla profondément les genoux et les paumes – lui arrachant au passage un sifflement de douleur. Son frère tomba lui aussi, lâchant un cri d'anthologie avant de s'immobiliser sans grâce sur le gravier.

Il se releva aussitôt. Le garçon qu'elle croyait mort depuis longtemps. Le garçon qu'elle venait d'arracher aux griffes d'un homme qu'il aurait dû haïr.

« À l'assassin ! rugit-il. *L'assassin est ici !* »

Et aussi vite qu'il en était capable, Jonnen se précipita dans la rue.

Mia cligna des yeux, secoua la tête – elle pouvait encore l'entendre crier, mais ne voyait plus rien du tout. La jeune femme s'avisa tout d'un coup que son frère lui avait d'une manière ou d'une autre mancié des ombres sur ses yeux, l'aveuglant complètement. C'était là un truc qu'elle n'avait jamais appris, jamais essayé, et elle n'aurait pas manqué d'admirer la créativité du garçon s'il ne se révélait pas être un petit connard à ce point pénible.

Mais bon, elle était capable de mancier les ombres aussi bien que Jonnen, surtout quand la mort la suivait d'aussi près. De ses doigts crispés en griffes, la jeune femme arracha l'obscurité qui lui recouvrait les yeux – au moment précis où le Vénéré Père et son compagnon silencieux sautaient par-dessus la clôture de fer pour se laisser retomber derrière elle dans le cimetière.

L'enténébrée se remit tant bien que mal debout, cilla pour recouvrer pleinement la vue. Ses bras lui donnaient l'impression d'être en mastic. Ses jambes tremblaient. Elle se tourna néanmoins face aux deux tueurs, à peine capable de lever son épée volée. Alors même que son ombre s'enroulait autour de ses longues bottes de cuir, Solis et Chut se déployèrent pour la cerner.

« Appelez les gardes ! entendit-elle Jonnen hurler dans le lointain. *À l'assassin !* »

Les citoyens se tournèrent dans sa direction, interloqués par ce vacarme. Un prêtre d'Aa franchit les portes de la chapelle, affublé de ses vêtements sacerdotaux. Un groupe de légionnaires itreyens postés au bout de la rue dressèrent l'oreille aux cris du garçon. Mais Mia n'était pas franchement en situation de leur prêter attention.

Solis fondit sur sa gorge, sa lame réduite à un tourbillon flou. Puisant dans la force nouvelle qui coulait dans ses veines, Mia tendit éperdument la main pour emmêler les pieds du Shahiid dans son ombre avant qu'il n'ait pu l'atteindre. Le Vénéré Père grogna de frustration, son coup ayant raté sa cible. Chut lança alors un autre couteau ; dans un hurlement, Mia le délogea des airs avec son épée volée, produisant dans le mouvement une grêle d'étincelles coruscantes. Après quoi elle chargea le garçon muet, voulant à tout prix égaliser les chances avant que Solis ne soit parvenu à se libérer de son ombre manciée.

Chut tira une rapière de sa ceinture pour parer son attaque – acier contre acier. Mia le connaissait depuis l'époque où tous deux s'étaient formés dans les couloirs de la Montagne taciturne – ils avaient même partagé une brève camaraderie. Elle savait d'où il venait, de quoi il avait vécu avant de rejoindre l'Église, pourquoi il ne parlait jamais. Ce n'était pas parce qu'il n'avait pas de langue, non – mais parce que les propriétaires de la maison de tolérance dans laquelle il avait été forcé de travailler dans sa jeunesse lui avaient brisé les dents pour le plus grand plaisir de leur clientèle.

Mia s'exerçait à l'art de l'épée depuis l'âge de dix ans. Chut œuvrait encore à quatre pattes sur des draps de soie à l'époque. L'un comme l'autre s'étaient entraînés sous l'égide de Solis, si fait, et le garçon s'était révélé être franchement doué avec une lame. Sauf qu'au cours des neuf derniers mois, la jeune femme avait sué sang et eau sous le fouet d'Arkades, le Lion rouge d'Itreya – l'un des plus grands épéistes du monde l'avait formée aux arts des gladiatii. Elle avait beau être épuisée, en sang, meurtrie, ses muscles n'en restaient pas moins d'acier, ses doigts calleux, à force de sculpter son corps d'innombrables heures sous la lumière brûlante des soleils.

« Gardes ! entendit-elle Jonnen hurler. Elle est *ici* ! »

Mia frappa alors de taille, forçant Chut à s'écarter tel un danseur, ses yeux bleus constellés d'étincelles. L'enténébrée leva sa lame, comme pour lui assener un autre coup. Mais d'un mouvement de botte habile – un vieux truc de gladiatii –, elle lui balança du sable en plein dans le visage.

Le garçon tituba en arrière ; le tranchant de l'arme de Mia lui *raya* la poitrine, à quelques centimètres seulement de lui fendre les côtes. Son pourpoint – et la chair au-delà – s'ouvrit comme de l'eau, sans pour autant que Chut ne produise le moindre bruit. Il recula tant bien que mal, une main pressée sur sa blessure, tandis que la jeune femme se préparait à lui donner le coup de grâce.

« ... MIA... ! »

Elle se retourna en haletant, déviant tout juste l'attaque qui n'aurait pas manqué de lui fendre le crâne. Solis avait littéralement *découpé* ses bottes, les laissant enveloppées dans les vrilles de son ombre, pour ensuite charger Mia pieds nus. Le colosse lui rentra dedans, l'envoyant valdinguer dans les airs ; l'enténébrée se râpa le dos et les cuisses sur la pierre en heurtant le sol. Elle se releva avec difficulté, en poussant un juron d'anthologie, pour aussitôt repousser la rafale de coups dont Solis gratifiait sa tête, son cou et sa poitrine. Mia lui rendit la pareille, trempée de sueur, éperdue, ses longs cheveux noirs collés à sa peau, pendant que Gentilhomme et Éclipse s'efforçaient autant que possible de dévorer sa peur.

« Gardes ! »

Ce n'était plus une jeune Lame de l'Église qu'elle affrontait désormais, non, mais bien l'épéiste le plus mortel de la congrégation. Et aucun des trucs au rabais que l'enténébrée avait appris dans l'arène ne pouvait l'aider en pareilles circonstances. Juste son adresse. Et l'acier. Ainsi qu'une volonté irréductible.

Elle riposta, leurs lames résonnant sous les soleils brûlants. Les yeux blancs de Solis étaient plissés – ils fixaient le vide au-delà de l'épaule gauche de la jeune femme. Et pourtant l'aveugle se déplaçait comme s'il voyait arriver ses coups à des kilomètres. La forçant à reculer sous son déluge de coups. *L'épuisant*.

La foule s'était rassemblée devant les portes de la chapelle, désormais, attirée par les cris de Jonnen comme des mouches par un cadavre. Le garçon, posté au beau milieu de la rue, faisait signe aux légionnaires qui marchaient lourdement dans leur direction. Mia était fatiguée, affaiblie, en infériorité numérique – elle n'avait que quelques instants avant que cette situation ne se transforme en une flaque de merde.

« Où sont Ashlinn et Mercurio ? » lança-t-elle d'une voix impérieuse.

La lame d'un Solis tout sourire passa juste sous son menton. « Si jamais tu souhaites revoir ton vieux maître vivant, gamine, tu ferais mieux de lâcher ton arme et de venir avec moi. »

Les paupières à moitié closes, Mia s'attaqua aux genoux du colosse. « Ne me traitez pas de gamine, espèce de salopard. Dans votre bouche, on dirait un synonyme de "petite merde". »

Le Shahiid éclata de rire, puis se fendit d'une riposte qui faillit décapiter l'enténébrée. Elle l'évita tant bien que mal, une frange trempée de sueur devant les yeux.

« Peut-être n'entends-tu que ce que tu veux bien entendre, *gamine*.

— Ouais, siffla-t-elle, marrez-vous pendant que vous le pouvez. Mais qu'est-ce que vous allez faire sans votre Scaeva bien-aimé ? Quand vos autres *mécènes* découvriront que le sauveur de la putain de République est mort des mains d'une de vos propres Lames ? »

Solis inclina la tête ; son sourire s'élargit, figeant le cœur de Mia dans sa poitrine. « Tu m'en diras tant...

— Halte ! Au nom de la Lumière ! »

Les légionnaires franchirent alors les portes de la chapelle, tous affublés d'armures étincelantes et de casques surmontés de panaches rouge sang. Chut était à genoux, léthargique, encore sous l'effet du rictus qui enduisait la lame volée de Mia. L'enténébrée et Solis continuaient à se faire face, épées en main, malgré les légionnaires qui se déployaient dans la cour. La carrure du centurion qui se trouvait à leur tête évoquait un tas de briques ; il arborait de lourds sourcils ainsi qu'une épaisse barbe hérissée.

« Déposez vos armes, citoyens ! » aboya-t-il.

La jeune femme considéra les troupes qui les encerclaient, les arbalètes pointées droit sur sa poitrine haletante. Jonnen, qui s'était frayé un chemin parmi les soldats, la désigna alors du doigt.

« C'est elle ! beugla-t-il à pleins poumons. Tuez-la sur-le-champ !

— Recule, mon garçon ! » lui lança le capitaine.

Jonnen le fusilla du regard, se redressa de toute sa taille[3]. « Je suis Lucius Atticus Scaeva, cracha-t-il. Fils aîné du consul Julius Maximillianus Scaeva. Cette *esclave* a assassiné mon père, et je vous *ordonne* de la tuer ! »

3. Un mètre trente.

Solis inclina légèrement la tête, comme s'il remarquait pour la première fois le garçon. Le centurion haussa un sourcil, toisa de pied en cap le petit nobliau. Malgré son apparence débraillée, son visage maculé de crasse et ses robes trempées, on aurait eu du mal à ne pas remarquer qu'il était vêtu de violet éclatant – la couleur de la noblesse itreyenne. Sans compter qu'il n'arborait pas sur la poitrine les trois soleils qui formaient le cimier de la légion Luminatii.

« *Tuez-la !* » rugit le garçon en trépignant sur place.

Les doigts des arbalétriers se crispèrent sur les gâchettes. L'officier considéra Mia, reprit son souffle avant de se remettre à hurler :

« Dépo... »

Un frisson parcourut alors la scène – les légionnaires, les assassins, la foule rassemblée dans la rue derrière les portes. Malgré la chaleur torride, Mia sentit sa peau nue se couvrir de chair de poule. Une forme familière se dressa derrière les soldats, son visage dissimulé par une capuche, des épées en ossacré entre ses mains d'un noir d'encre. Mia la reconnut immédiatement – c'était l'inconnu qui lui avait sauvé la vie dans la nécropole de Galante. Celui-là même qui lui avait délivré ce message cryptique.

« CHERCHE LA COURONNE DE LA LUNE. »

Son visage restait dissimulé dans les profondeurs de son manteau. L'haleine de Mia formait des nuages blancs devant ses lèvres, et malgré la chaleur, elle se retrouva à frissonner de froid.

Sans un mot, le nouvel arrivant s'attaqua au soldat le plus proche, son arme en ossacré fendant comme du beurre son plastron. Dans un concert de hurlements, les autres légionnaires braquèrent leurs arbalètes sur leur assaillant. Alors que la silhouette se faufilait parmi eux, ses lames étincelantes, ils lui tirèrent dessus. Les carreaux l'atteignirent au niveau du ventre et de la poitrine, sans que cela ne paraisse le ralentir le moins du monde. La foule dans la rue céda à la panique face à cette silhouette occupée à virevolter parmi les hommes de la troupe, les découpant en morceaux sanglants desquels s'échappait une pluie rouge.

Se mouvant rapidement malgré sa fatigue, Mia attrapa son forcené de frère par la peau du cou. Solis *volait* sur les dalles irrégulières dans sa direction, et la jeune femme leva son épée pour bloquer son assaut. Les coups du Shahiid étaient d'une rapidité mortelle, d'une perfection absolue. Et malgré toute sa rapidité, tous ses efforts, elle sentit un coup franchir sa garde et lui mordre l'épaule.

L'enténébrée s'écarta tant bien que mal, laissant au passage tomber sa lame volée. Le rictus ne mit que quelques instants à envahir ses veines depuis la blessure – un frisson engourdissant commençait à ramper le long de son bras. Au prix d'un effort presque surhumain, avant de chuter sur le dos – son frère serré tout contre sa poitrine –, elle étendit la main pour réenvelopper les pieds de Solis dans son ombre. Le Shahiid trébucha, jura, s'efforçant d'arracher ses orteils nus à sa prise. Gentilhomme et Éclipse se matérialisèrent entre eux sur la pierre – l'ombrechat feulant, poils hérissés, le grognement de l'ombrelouve semblant s'extraire de la terre même.

« … arrière, salopard…

— … VOUS NE LA TOUCHEREZ PAS… »

Derrière Mia, l'étrange personnage avait achevé sa sinistre besogne. Le cimetière évoquait le sol d'un abattoir, avec des morceaux de légionnaires éparpillés un peu partout. Des passants paniqués prenaient leurs jambes à leur cou. Ses lames en ossacré dégoulinantes de sang, l'inconnu vint se poster devant la jeune femme à terre tout en pointant une de ses épées en direction de la gorge de Solis. Le Vénéré Père de l'Église rouge semblait imperturbable malgré le trio de créatures d'ombres déployées autour de lui ; de ses lèvres retroussées s'échappait un souffle blanc qui allait se perdre dans les airs.

La silhouette se mit alors à parler, sa voix teintée d'une étrange réverbération : « TU AS BEAUCOUP DÉÇU LA MÈRE, SOLIS.

— *Qui* es-tu, démon ?

— TU ES *VRAIMENT* AVEUGLE, répliqua-t-elle. MAIS QUAND L'OBSCURITÉ ADVIENDRA, *ALORS* TU VERRAS. »

Elle s'agenouilla ensuite auprès de Mia. Celle-ci avait le bras droit engourdi, et parvenait tout juste à soulever la tête. Mais elle s'accrochait toujours à son frère telle une sinistre faucheuse – après tout ce sang, tous ces kilomètres et toutes ces années, qu'elle soit damnée si elle le perdait à nouveau juste après avoir découvert qu'il avait survécu. Jonnen, pour sa part – entre la présence de cet étrange spectre et le massacre sanglant qu'il venait de perpétrer –, semblait paralysé par la peur.

Leur sauveur toucha d'une main – noire et brillante, comme si on venait de la tremper dans de la peinture fraîche – l'épaule blessée de la jeune femme, qui sentit une douleur terrible l'envahir jusqu'au cœur. La terre parut aussitôt comme se précipiter sur elle, dans un vertige glacé qui fit tourbillonner le monde entier.

La submergea alors une vague de chagrin. De douleur. Un interminable frisson empreint de désolation.

Elle se sentit tomber.

Puis ne sentit plus rien du tout.

CHAPITRE 3

Charbon ardent

Mercurio se réveilla dans l'obscurité.

Il avait une migraine digne d'une cuite de trois tours, et pourtant il ne se rappelait pas s'être récemment livré à la moindre débauche. Sa mâchoire lui faisait mal, et il sentait du sang sur sa langue. Dans un gémissement pathétique, il se redressa lentement, une main sur le front, pour se découvrir au beau milieu d'un lit recouvert d'une douce fourrure grise. Le vieillard n'avait aucune idée de l'endroit où il se trouvait, mais quelque chose… l'odeur dans l'air peut-être, lui évoquait d'anciens souvenirs.

« Bonjour, Mercurio. »

Il se tourna sur sa gauche, pour cette fois découvrir une vieille femme assise sur son lit à ses côtés. Elle semblait avoir à peu près son âge, avec de longs cheveux gris joliment tressés. Elle était vêtue d'une robe gris foncé, et de lourds cernes soulignaient ses yeux d'un bleu glacial. On aurait pu s'attendre de prime abord à la trouver installée dans un rocking-chair devant un âtre chaleureux, entourée d'une poignée de petits-enfants, un matou à moitié sénile sur ses genoux. Sauf que Mercurio n'était nullement dupe.

« Salut, vieille pute meurtrière », répliqua-t-il.

Drusilla, Dame des Lames, se borna à sourire. « Tu as toujours eu une langue d'argent, mon cher. »

Elle souleva de la soucoupe posée sur ses genoux une tasse de thé fumant, qu'elle commença tranquillement à siroter. Sans un instant quitter des yeux son prisonnier, occupé à regarder autour de lui – et à comprendre, enfin, où il se trouvait. Le chant d'un chœur planait dans la fraîcheur de l'air, de même qu'une odeur de bougies et d'encens, d'acier et de fumée. Le vieillard se souvint alors d'avoir été abordé par le Ministère dans la chapelle de Sepulcra. D'une lame empoisonnée dans la main de Tueuse-d'Araignées. Le sang qu'il sentait dans sa bouche, comprit-il alors, appartenait à des porcs.

Ils m'ont ramené à la Montagne.

Il soupira. « Tu n'as pas beaucoup changé de décor.

— Tu me connais, mon amour. Je n'ai jamais été du genre extravagante.

— La dernière fois que je me suis retrouvé dans ce lit, lui lança Mercurio, je t'ai dit que c'était *vraiment* la dernière fois. Mais si j'avais su que tu crevais à ce point d'envie d'un petit rappel…

— Oh, s'il te plaît, marmonna la vieille femme. Tu aurais besoin d'un *palan* pour bander à ton âge. Déjà que ton cœur arrivait tout juste à suivre quand on avait vingt ans… »

Mercurio sourit bien malgré lui. « Ça me fait plaisir de te revoir, 'Silla.

— J'aimerais pouvoir en dire autant. » La Dame des Lames secoua la tête, lâcha un soupir. « Espèce de vieil imbécile à l'esprit dérangé.

— Tu m'as vraiment traîné jusqu'à la Montagne taciturne pour me *réprimander* ? » Il se mit en quête de son manteau pour y récupérer ses clopes – en vain. « Tu aurais pu te contenter de me faire la peau au Sépulcre.

— Qu'est-ce que tu avais en tête ? lui lança Drusilla, en reposant son thé sur la soucoupe. Aider cette petite idiote à mener à bien ses stupides projets ? Tu te rends compte de ce que tu as fait ?

— Je ne suis pas tombé de la dernière pluie, 'Silla.

— Non, tu es l'évêque de Sepulcra ! » Drusilla se leva, contourna le lit tout en le fusillant du regard. « Des *années* de loyaux services. Lié par serment à la Mère ténébreuse. Et pourtant tu as aidé une Lame de l'Église à briser la Promesse rouge et à assassiner l'un de nos propres mécènes[4] !

---

4. Vous n'avez peut-être pas oublié, chers amis, mais même les salopards meurtriers de l'Église rouge sont soumis à une sorte de code, connu sous le nom de Promesse rouge. Ses cinq principes sont les suivants :
— inéluctabilité – aucune offrande n'est restée inexaucée dans toute l'histoire de l'Église ;
— immunité – un client en affaire avec l'Église ne peut être choisi comme cible de l'Église ;
— confidentialité – l'Église ne dévoile jamais l'identité de ses employeurs ;
— fidélité – une Lame ne servira qu'un employeur à la fois ;
— hiérarchie – toutes les offrandes doivent être approuvées par le Seigneur/la Dame des Lames ou le/la Vénéré.e Père/Mère.
Il convient de noter que, depuis son élaboration, la Promesse rouge n'a jamais été rompue par une Lame de l'Église. Les adeptes de Notre-Dame du Saint-Meurtre la considèrent comme une affaire très sérieuse, et seront prêts à se livrer aux pires extrémités pour faire en sorte qu'elle demeure inviolée. Un célèbre récit de dévouement parle d'une Épée connue seulement sous le nom de Forde, employée pour assassiner Agvald III, souverain de Vaan. Les excès en tous genres intéressaient bien plus Agvald que la gestion de son royaume, et au terme d'une interminable *(Suite de la note page suivante)*

— Ô, par la Déesse, grogna Mercurio, ne joue pas à la dévote blessée avec moi. Ça se voit comme les couilles d'un beagle que toi et ton nid de serpents vouliez la mort du cardinal Duomo. Ça fait des *années* que vous êtes tous de mèche avec Scaeva. Lord Cassius était-il au courant ? Ou bien est-ce quelque chose que toi et les autres avez conspiré dans son dos ?

— Tu es bien placé pour parler de conspirations, mon amour.

— Comment crois-tu que le reste de la congrégation réagirait s'ils l'apprenaient, 'Silla ? S'ils découvraient que le

---

Suite de la note n° 4 : séance de quête, ses nobles parvinrent enfin à rassembler les pièces nécessaires pour le faire liquider professionnellement. Ce fut ainsi que la non-nuit du trentième anniversaire du roi, Forde infiltra les appartements du roi pour y attendre sa proie dans les ténèbres.

Agvald avait décidé de fêter ses trente ans avec style. Après une séance prolongée de beuverie avec sa cour, le souverain se retira dans son boudoir avec six concubines et l'intégralité d'un cochon de lait. Au cours de la débauche qui s'ensuivit, il tenta de manger un carré de côtes tout en se faisant simultanément honorer par trois de ses favorites. L'exploit demandait malheureusement un peu plus de coordination qu'anticipé et, contrairement à ses concubines, le bon roi *inspira* alors qu'il aurait dû avaler. Agvald s'effondra par terre en se tenant la gorge, sa peau prenant peu à peu une teinte bleuâtre. Mais sous le regard stupéfait des concubines royales, Forde jaillit alors des ombres et s'employa à marteler le dos du roi jusqu'à ce qu'il ait expulsé l'os incriminé à l'autre bout de la chambre. La Lame offrit un verre d'eau au roi reconnaissant, apaisa ses nerfs froissés. Et une fois le souverain suffisamment calmé, l'assassin planta à six reprises son couteau dans le cœur d'Agvald et lui trancha la gorge d'une oreille à l'autre.

« Pourquoi ? s'écria l'une des concubines horrifiées. Pourquoi lui sauver la vie si c'est pour le tuer juste après ? »

La Lame jeta un coup d'œil à la côte de porc et haussa les épaules. « C'était *ma* promesse. »

Ministère était disposé à s'incliner devant notre bien-aimé sénateur du peuple ? Les mains de Niah sur cette terre, devenus les marionnettes d'un putain de tyran ?

— J'aurais dû te faire *tuer* pour ta trahison, grogna Drusilla.

— Et pourtant je ne peux pas m'empêcher de remarquer que je ne suis pas mort. » Il jeta un coup d'œil sous les draps. « Ou qu'on m'a retiré mon pantalon. Tu es vraiment sûre de ne pas m'avoir fait venir ici pour un rappel ? J'ai appris quelques trucs depuis… »

Drusilla lui balança une robe grise au visage. « Tu te trouves ici pour *servir,* tel le ver de terre que tu es.

— … Pour servir *d'appât,* tu veux dire ? » Mercurio secoua la tête. « Tu crois vraiment qu'elle est assez stupide pour venir me sauver ? Après tout ce qu'elle a traversé, après tout ce qu'elle…

— Je *sais* qui est Mia Corvere, l'interrompit Drusilla. C'est une fille qui a renoncé à toute chance d'avoir une vie normale ou de connaître le bonheur pour venger ses parents. Qui s'est elle-même réduite en esclavage au moyen d'un stratagème que même un fou considérerait comme dément, uniquement pour avoir *une* chance d'éliminer les hommes qui ont anéanti sa maison. Qui ne connaît pas la peur – sa témérité ne connaît aucune limite. Et donc, s'il y a une chose que j'ai apprise au sujet de ta Petite Corneille, c'est bien ceci : il n'y a *rien* que cette fille ne fera pas pour sa familia. *Rien.* »

Elle se pencha sur le lit, fixa le vieil homme droit dans les yeux. « Et toi, cher Mercurio, tu es davantage un père à ses yeux que son géniteur ne l'a *jamais* été. »

Il lui rendit son regard, sans mot dire, en avalant la bile qui lui inondait la bouche. La Dame des Lames se borna pour sa part à sourire, en se rapprochant encore un peu plus. Sa beauté restait visible malgré les cicatrices du temps. Mercurio se rappelait encore la dernière non-nuit qu'ils avaient passée ensemble dans cette chambre, bien des années plus tôt. De la sueur et du sang – et du poison si *doux*.

« Tu peux déambuler dans la Montagne si tu le souhaites, dit Drusilla. Je ne doute pas que tu t'en rappelles encore tous les recoins. La congrégation a été informée de ta trahison, mais personne ne te fera le moindre mal. On a besoin de toi en vie – pour l'instant. Mais s'il te plaît, ne t'avise pas de trop tester mon amitié en jouant *encore* plus les imbéciles que tu ne l'as déjà fait. »

Drusilla glissa alors une main entre ses jambes sous le drap, et *serra* – lui arrachant un petit cri au passage. « Un homme n'a pas besoin de *ça* pour respirer, après tout. »

Elle insista quelques instants supplémentaires, puis relâcha sa prise glacée. Ses lèvres toujours retroussées en un sourire de matrone, la Dame des Lames récupéra sa soucoupe et sa tasse, pivota sur ses talons et partit d'un pas raide en direction de la porte de la chambre.

« Drusilla. »

La Dame des Lames lança un regard par-dessus son épaule. « Oui ?

— Tu es *vraiment* une sale pute, tu sais ?

— Toujours aussi flatteur. » Son sourire avait disparu lorsqu'elle se retourna face à lui. « Mais un homme dans ton genre devrait savoir *exactement* où mène la flatterie avec une femme telle que moi. »

Mercurio resta assis dans la pénombre après son départ ; aux rides de son front s'ajoutaient des plis d'inquiétude. « Ouaip, grommela-t-il. Dans la merde jusqu'au cou. »

Il resta tapi dans la chambre quelques heures supplémentaires, à soigner son mal de crâne et son ego blessé. Mais l'ennui finit par le pousser à enfiler la robe grise que Drusilla lui avait donnée, et à se nouer une fine bande de cuir autour de la taille. Mercurio ne se donna même pas la peine d'essayer de dénicher une arme – le vieil homme savait qu'il n'y avait que trois moyens de quitter la Montagne taciturne : une marche de deux semaines à travers les Plaines chuchotantes ysiiri, la piscine de sang de l'orateur Marius, ou en sautant par-dessus les rambardes de l'Autel céleste – pour ensuite chuter dans la nuit informe qui s'étendait au-delà.

S'échapper d'ici sans aide, ou sans ailes, était peu ou prou impossible.

Il sortit de la pièce, appuyé sur la canne qu'on lui avait (plutôt gentiment) laissée, pour se retrouver dans la pénombre de la Montagne taciturne. Ses yeux bleu métallique, qui semblaient nés pour lancer des regards noirs, scrutèrent l'obscurité qui l'entourait. Le chœur désincarné chantait faiblement, nulle part et partout à la fois. Les salles, en pierre noire, éclairées par des vitraux et des soleils factices, étaient décorées de grotesques statues d'ossements et de peau. Des motifs en spirale recouvraient chaque centimètre de mur, aussi complexes qu'horripilants.

Dès que ses pieds eurent touché les dalles situées devant les appartements de Drusilla, il perçut la présence d'une silhouette vêtue d'une robe, occupée à le surveiller depuis la pénombre. L'une des Mains de Drusilla, sans nul doute, chargée de le suivre comme son ombre pendant toute la durée de son séjour[5]. Ignorant l'individu, le vieillard se mit

5. Vous n'avez certainement pas oublié que les serviteurs de Notre-Dame du Saint Meurtre se divisaient en deux grandes catégories : les Lames, qui la servent en qualité d'assassins d'un bout à l'autre de la République, et les Mains, qui font à peu près tout le reste. *(Suite de la note page suivante)*

tranquillement en route – tout en l'écoutant le suivre dans son dos. Ses vieux genoux se rappelèrent à son mauvais souvenir dans les escaliers plongés dans le noir et les couloirs labyrinthiques qui le conduisent finalement aux portes de la salle des Oraisons funèbres.

Mercurio considéra le vaste espace autour de lui, incapable de ne pas en admirer la grandeur même après toutes ces années. Il y avait là d'énormes piliers de pierre disposés en cercle, surmontés de pignons de pierre sculptés dans la montagne elle-même. Les noms des innombrables victimes de l'Église étaient inscrits sur le granit à ses pieds. Des tombes anonymes de fidèles recouvraient les murs.

Les lieux étaient dominés par une colossale statue de Niah en personne. Ses yeux noirs plissés semblaient suivre les déambulations de Mercurio dans la lumière artificielle. Elle tenait dans ses mains une balance et une épée menaçante ; son visage était beau, serein – et froid. Des joyaux scintillaient sur sa robe ébène, telles des étoiles dans le ciel de la vrainuit.

Celle qui est Tout et Rien.

Mère, servante et matriarche.

Suite de la note n° 5 : Si beaucoup rejoignent l'ordre de la Mère ténébreuse avec l'espoir de commettre des meurtres sanglants en son nom, très peu possèdent le mélange unique de compétences, de cruauté et de folie nécessaire pour devenir des tueurs professionnels.

La plupart des gens qui intègrent l'Église finissent par se retrouver à la logistique ou à l'administration, ce qui n'est pas très romantique et ne ressemble guère à une épopée de *high fantasy*. Mais l'espérance de vie moyenne d'une Lame est d'environ vingt-cinq ans, là où la majeure partie des Mains ont l'occasion de profiter d'une retraite bien méritée.

Préféreriez-vous qu'on écrive des livres sur vous, chers amis, ou vivre assez longtemps pour lire des ouvrages sur autrui ?

Nous parvenons rarement à faire les deux.

Mercurio toucha ses paupières, ses lèvres, son cœur, tout en fixant des yeux embués sur sa déesse. Alors qu'il se tenait là, presque immobile, un groupe de jeunes pénétra dans la salle par les escaliers inférieurs. Ils gratifièrent le vieil évêque de regards méfiants en passant devant lui, en se gardant bien de le dévisager trop longtemps. Une peau lisse, des yeux brillants et des mains propres – des adolescents, tous autant qu'ils étaient. De nouveaux disciples, selon toute apparence, qui venaient à peine de débuter leur formation.

Il les regarda partir avec nostalgie. En se remémorant son propre apprentissage entre ces murs, la dévotion que la Mère de la Nuit lui inspirait alors. Comme tout cela semblait lointain, à présent – il était devenu tellement *froid* en son for intérieur. Jadis il était fait de feu. Le respirait. Le saignait. Le *crachait*. Mais maintenant la seule braise qu'il maintenait en vie brûlait pour elle – cette petite aristo morveuse qui avait fait irruption dans sa boutique bien des années plus tôt, une broche en argent en forme de corbeau à la main.

Il n'avait jamais pris le temps de fonder une familia. Vivre une existence de Lame de la Mère, c'était vivre avec la mort – avec la pleine conscience que chaque tour pouvait être le dernier. Ça ne lui semblait pas juste de prendre une épouse qui allait probablement finir veuve, ni de faire un enfant qui risquait fort de devenir orphelin. Mercurio n'avait jamais pensé éprouver un jour le *besoin* d'avoir des enfants. Si vous lui aviez demandé pourquoi il avait accueilli cette gosse squelettique aux cheveux noir corbeau à l'époque, il aurait grommelé quelque chose à propos de ses talents, de son cran, de sa débrouillardise. Il aurait éclaté de rire si vous lui aviez dit qu'il avait besoin d'elle autant que l'inverse. Il vous aurait tranché la gorge et enterré six pieds sous terre si vous lui aviez dit qu'un tour, il l'aimerait comme la fille qu'il n'avait jamais eue.

Mais en son for intérieur, même s'il vous avait tué, il aurait su que c'était la vérité.

Et voilà ce qu'il était devenu, désormais. Un ver accroché à l'hameçon de Drusilla. Malgré toutes ses rodomontades, il savait que la Dame des Lames disait vrai – Mia l'aimait comme un membre de sa familia. Elle ne le laisserait jamais mourir ici, pas si elle pensait avoir la moindre chance de le sauver. Et avec ces misérables démons qui chevauchaient son ombre et dévoraient sa peur, dans la tête de Mia il y avait *toujours* une chance.

Le vieillard considéra l'immense statue de granit qui le surplombait. L'épée et la balance qu'elle tenait entre ses mains. Ses yeux noirs impitoyables rivés sur les siens.

« *Où* êtes-vous, bordel de merde ? » murmura-t-il.

Le vieil évêque quitta alors la pièce, la Main de Drusilla rôdant à une distance respectueuse derrière lui tandis qu'il se frayait un chemin dans le labyrinthe de la Montagne, sa canne martelant la pierre noire. Ses genoux lui faisaient mal lorsqu'il atteignit sa destination – Mercurio ne se rappelait pas qu'il y avait autant d'escaliers en ces lieux. Deux portes en bois sombre se dressèrent bientôt devant lui, sculptées du même motif spiralé que celui qui ornait les murs. Chacune devait peser une tonne, mais le vieillard tendit une main noueuse et les poussa sans difficulté.

Le vieil évêque se retrouva sur une mezzanine surplombant une forêt d'étagères ornementées, disposées à la manière d'un labyrinthe végétal. Elles se déployaient dans un espace trop sombre – et trop vaste – pour qu'on puisse en voir les limites. Sur chacune s'amoncelaient des livres de toutes formes et de toutes tailles. Des tomes poussiéreux, des rouleaux de vélin, des carnets de notes affamés – et tout ce qu'on pouvait imaginer d'approchant. Le grand athénée de la déesse de la Mort, peuplé des mémoires de rois et de conquérants, des théorèmes d'hérétiques, de chefs-d'œuvre d'écrivains déments. De livres morts, de livres perdus et de livres qui ne furent jamais – certains brûlés sur les bûchers des fidèles, d'autres simplement engloutis par le temps, et d'autres encore tout bonnement trop dangereux pour *être* écrits.

Un paradis sans fin pour n'importe quel lecteur, et un véritable enfer pour tout bibliothécaire.

« Tiens donc, fit une voix sourde, rauque. Regardez ce que les chiens galeux nous ont rapporté. »

Mercurio fit volte-face, pour découvrir un vieux Liisien vêtu d'un gilet dépenaillé, appuyé sur un chariot chargé de livres jusqu'à la gueule. Deux masses de cheveux blancs encadraient son cuir chevelu, et une paire de lunettes aussi épaisses que des doigts ornait son nez crochu. Son dos était tellement courbé que le malheureux évoquait un point d'interrogation ambulant. Un fin cigarillo se consumait entre ses lèvres exsangues.

« Bonjour, chroniqueur, dit Mercurio.

— Vous êtes bien loin de Sepulcra, monseigneur », grogna Aelius.

Le chroniqueur s'approcha, fit face à Mercurio – et le foudroya du regard. Il parut gagner quelques centimètres, son ombre s'étirant quelque peu. Un sinistre courant d'air se mit à souffler, et Mercurio entendit des formes colossales se déplacer entre les étagères. Dans *leur* direction.

Les sombres yeux brûlants d'Aelius étaient rivés sur ceux de l'évêque de Sepulcra, sa voix se faisant moins aimable à chacun de ses mots. « Pour peu que je puisse encore t'appeler ainsi, bien sûr, cracha-t-il. Après ce que tu as fait, je ne pensais pas que tu aurais le culot de mettre un pied en dehors de ta chambre. Et encore moins de traîner ta vieille carcasse ici-bas. Qu'est-ce qui amène ta peau perfide à la bibliothèque de la Mère noire ? »

Mercurio désigna d'un doigt le cigarillo de secours niché en permanence derrière l'oreille du chroniqueur. « Une clope ? »

Le chroniqueur Aelius demeura un instant immobile, ses yeux brûlant d'une flamme menaçante. Et puis, avec un petit gloussement, il déplia les bras pour gratifier d'une tape la fine épaule de Mercurio. Après avoir allumé son propre cigarillo, il le tendit à son interlocuteur. « Comment va, blanc-bec ?

— J'ai l'air d'aller bien, l'ancêtre ? répliqua Mercurio.

— Pas vraiment, non. Mais c'est toujours poli de demander. »

Mercurio s'appuya contre le mur et embrassa la bibliothèque du regard, tout en inhalant un doux nuage de gris dans ses poumons. La fumée avait un goût de fraise ; le papier sucré faisait danser sa langue. « On n'en fait plus des comme ça, soupira-t-il.

— On pourrait dire la même chose de tout ce qui se trouve dans cette pièce, répliqua Aelius.

— Et toi, vieux salopard, comment va ?

— Toujours aussi mort[6]. »

---

6. Dans le folklore itreyen, les morts étaient jadis confiés à la garde de Niah, qui les enveloppait à jamais dans sa douce étreinte. Mais, après la disgrâce de la Mère, l'on s'attendait à ce que sa fille Keph ne s'occupe plus que des défunts les plus méritants. Tsana, déesse du Feu, créa alors un âtre gigantesque dans le domaine de Keph pour les garder au chaud – ils y résident dans la lumière et la félicité jusqu'à la fin du monde.
Les âmes malfaisantes, cependant, se voient paraît-il refuser une place devant le foyer. Connus sous le nom de « Sans-Âtres » – ou simplement « Défunts » –, ce sont des personnages courants *(Suite de la note page suivante)*

Le chroniqueur s'installa auprès de lui. « Et toi ?

— Pas beaucoup mieux. »

Aelius ricana, inspira un panache grisâtre. « Tu as encore un pouls, d'après ce que je peux voir. Par les abîmes, pourquoi es-tu descendu bouder ici, gamin ? »

Mercurio tira sur son cigarillo. « C'est une longue histoire, l'ancêtre.

— Une histoire qui concerne ta Mia, j'imagine ?

— ... Comment as-tu deviné ? »

Aelius haussa ses épaules osseuses ; ses yeux se mirent à scintiller derrière ses improbables lunettes. « Elle m'a toujours donné l'impression d'être une fille qui avait une histoire à raconter.

— Il semble bien que nous approchions de la dernière page, j'en ai peur.

— Tu es trop jeune pour faire montre d'autant de pessimisme.

— J'ai *soixante-deux* putains d'années, grogna Mercurio.

— Exactement : bien trop jeune. »

Mercurio se retrouva à glousser, exhalant au passage un nuage de fumée. Il se réadossa au mur ; l'effet de la clope commençait à se faire sentir dans son sang. « Ça fait combien de temps que *tu* arpentes ces lieux, Aelius ? »

Suite de la note n° 6 : du folklore itreyen, qu'on tient pour responsables d'à peu près tout ce qui va de travers dans la vie quotidienne. Des moutons ont disparu ? Un coup des Sans-Âtres. Vous n'arrivez pas à retrouver vos clés ? Putains de Sans-Âtres. Quelqu'un a mangé la tarte au sucre ? « Ce n'était pas moi, chérie, c'était les *Sans-Âtres* ! »
Quant à savoir pourquoi les gens s'obstinent à rejeter la faute sur le surnaturel plutôt que d'admettre leurs propres conneries, c'est là l'un des grands mystères de l'existence.
N'empêche : ils donnent de bonnes histoires bien flippantes.

Le chroniqueur soupira. « Oh, un bail. Mais bon, je n'ai jamais vu beaucoup d'intérêt à compter les années. Ce n'est pas comme si j'avais vraiment le choix quant à la date de mon départ, hein.

— La Mère ne garde que ce dont elle a besoin, murmura Mercurio.

— Ouaip. » Aelius opina du chef. « C'est bien son genre. »

Mercurio inclina la tête en arrière, considéra de ses yeux lourds tous ces livres morts. « Et tu lui en tiens rancune ?

— Blasphème, le sermonna le vieux fantôme.

— Vraiment ? Et si peu lui importait ce qu'on dit ou ce qu'on *fait* ?

— Et qu'est-ce qui te fait dire une chose pareille ?

— Ma foi, gronda Mercurio, qui agitait sa canne en direction de l'obscurité, regarde ce que cet endroit est devenu. Jadis, c'était une maison de loups. Chaque meurtre, une offrande à Notre-Dame du Saint-Meurtre. Pour apaiser sa faim. La rendre plus forte. Hâter son retour. Et maintenant ? » Il cracha sur les dalles. « C'est devenu une maison *close*. Le Ministère nourrit ses propres coffres, pas la Vorace. Leurs mains dégoulinent d'or, pas de sang. »

Mercurio secoua la tête, tira sur sa clope avant de poursuivre : « Oh, on continue à prononcer tous les mots qu'il faut, à faire tous les gestes appropriés, d'accord. *Cette chair est ton festin. Ce sang, ton vin.* N'empêche : quand toutes les bonnes prières ont été débitées, on se met à genoux devant des gens dans le genre de ce putain de Julius Scaeva. Comment peux-tu affirmer que Niah en a quoi que ce soit à faire, si elle laisse ce poison suppurer dans ses propres couloirs ?

— Par les dents de la Vorace. » Aelius haussa un sourcil d'un blanc immaculé. « Quelqu'un s'est réveillé du mauvais côté du lit, ce matin.

— Va te faire foutre.

— Que veux-tu qu'elle y fasse ? répliqua le chroniqueur. Ça fait des *millénaires* qu'elle a été bannie des cieux, mon garçon. Qu'elle est autorisée à régner une minuscule poignée de tours tous les deux ans et demi. Elle a vraiment son mot à dire sur tout ça, à ton avis ? Quelle influence penses-tu qu'elle puisse exercer depuis la prison que son époux lui a édifiée ?

— Si elle est à ce point impuissante, pourquoi *continuer* à la considérer comme une déesse ? »

La moue d'Aelius s'accentua. « Je n'ai jamais dit qu'elle était impuissante.

— Parce que tu n'as jamais été du genre à enfoncer des putains de portes ouvertes. »

Le chroniqueur foudroya Mercurio du regard. « Je me souviens de ton arrivée ici, mon garçon. Vert comme l'herbe, tu étais à l'époque. Aussi mou que de la merde de bébé. Mais tu *croyais*. En elle. En tout ceci. Plus brillante est la lumière, et plus intense est l'ombre. »

Mercurio se renfrogna. « J'ai autant besoin de vieux proverbes ysiiri que d'une seconde paire de couilles, l'ancêtre.

— Des couilles supplémentaires, tu risques d'en avoir davantage besoin que tu ne le penses, avec la jeune Drusilla dans les parages. » Aelius afficha un petit sourire narquois. « N'empêche, mon garçon, tu *avais* la foi à l'époque. Où est-elle passée ? »

Mercurio coinça le cigarillo entre ses lèvres, réfléchit longuement. « Je crois toujours, répondit-il enfin. Le dieu de la Lumière, la déesse de la Nuit et leurs Quatre putains de Filles – ce ne sont nullement des contes de bonne femme à mes yeux. Je veux dire, cet endroit existe. *Tu* existes. La Mère ténébreuse conserve à l'évidence un minimum d'influence. »

Il haussa les épaules. « Mais c'est là un monde dirigé par des hommes, pas par des divinités. Et malgré tout ce sang, toutes ces morts, toutes les vies que nous avons prises en son nom, je la sens toujours *tellement* loin de nous.

— Elle est plus proche que tu ne l'imagines, rétorqua Aelius.

— Je le jure par tout ce qui est saint : si tu t'avises de me dire qu'elle réside dans le temple de mon cœur, on va découvrir si les gens peuvent revenir deux fois d'entre les morts. »

Le chroniqueur haussa à son tour les épaules. « Je peux déjà te répondre : c'est impossible. Même la Mère ne possède pas ce pouvoir. Si tu meurs une fois, tu peux *éventuellement* revenir – avec sa bénédiction. Mais *retraverser* les Abîmes ensuite ? Même pas en rêve

— C'était censé être une menace rhétorique, espèce de vieux débris. »

Un large sourire aux lèvres, Aelius écrasa son cigarillo contre le mur et en fourra le mégot dans la poche de son gilet. « Viens avec moi. »

Il s'appuya sur son chariot RETOURS, puis entreprit de le descendre jusqu'au sol de l'athénée le long de l'interminable rampe de la mezzanine. Mercurio le regarda s'éloigner sans cesser de tirer sur sa propre clope.

« Allez, blanc-bec ! » aboya Aelius.

L'évêque de Sepulcra lâcha un soupir, mais il se résolut quand même à suivre le chroniqueur dans la bibliothèque proprement dite. Les deux hommes arpentèrent côte à côte le labyrinthe d'étagères – mélange d'acajou, de parchemins et de vélins – qui les entourait. Aelius s'arrêtait de temps à autre pour remettre un des volumes à sa place, presque révérencieusement. Les étagères étaient trop hautes pour qu'on puisse voir par-dessus, et toutes les allées se ressemblaient aux yeux de Mercurio. Il se retrouva donc bientôt irrémédiablement perdu – et peu ou prou incapable de comprendre, la Mère lui en était témoin, comment Aelius faisait pour se repérer dans cet endroit dénué de toute logique.

« Par les abîmes, grommela-t-il en frottant ses genoux douloureux, où est-ce que tu m'emmènes ?

— Dans une nouvelle section, lui répondit Aelius. Il en surgit tout le temps dans le coin. Quand elles *veulent* qu'on les trouve, bien sûr. Je suis tombé sur celle-ci il y a presque deux ans. Juste avant l'arrivée de ta gamine ici. »

De l'obscurité leur parvenaient les bruits caractéristiques de vers des livres occupés à mouvoir leur énorme masse parmi les étagères – leurs peaux parcheminées égratignant la pierre dans le mouvement, leurs grognements caverneux résonnant à travers le sol. L'air sec et frais bruissait de la chanson de ce magnifique chœur. Ces lieux avaient quelque chose de paisible, aucun doute là-dessus. Mais Mercurio se demandait s'il y passerait une éternité avec autant de flegme qu'Aelius.

Ils s'engagèrent dans une longue allée légèrement incurvée. Alors même qu'ils suivaient les rangées de tomes poussiéreux recouverts de vieilles peaux et de bois poli, Mercurio s'avisa que la courbe se resserrait lentement – qu'en réalité elle formait une spirale de plus en plus petite. Et non loin de son centre, perdu dans toute cette obscurité, Aelius finit par faire halte.

Le chroniqueur tira un livre épais de l'étagère du haut, pour le déposer dans les mains de Mercurio. « La Mère ne garde que ce dont elle a besoin, dit-il. Et elle fait ce qu'elle peut. Dans la mesure de ses petits moyens. »

L'évêque de Sepulcra haussa un sourcil, clope fumante toujours au bec, et entreprit d'examiner le volume. Il était relié en cuir, et aussi noir qu'un ciel de vrainuit. Les tranches de ses pages étaient rouge sang, et il y avait un corbeau en vol imprimé en relief sur la couverture.

Il ouvrit le livre, baissa les yeux sur la page de titre.

« *Nevernight*, grommela-t-il. Quel nom stupide pour un bouquin.

— Ça n'en reste pas moins une lecture intéressante », rétorqua Aelius.

Mercurio tourna les pages jusqu'au prologue, qu'il parcourut de ses yeux chassieux.

CAVEAT EMPTOR

Les gens se chient souvent dessus lorsqu'ils trépassent.

Leurs muscles se relâchent, leur âme se libère, et tout le reste… s'échappe. Malgré tout l'amour que leur public porte à la mort, les dramaturges…

Mercurio feuilleta quelques pages supplémentaires, en ricanant doucement. « Il y a des notes de bas de page ? Quel genre de branleur écrit un roman avec des notes en bas de page ?

— Ce n'est pas un roman, rétorqua Aelius d'une voix blessée. C'est une biographie.

— De qui ? »

Le chroniqueur se borna à redésigner l'ouvrage d'un signe de tête. Mercurio feuilleta quelques pages supplémentaires, pour finalement atteindre le début du troisième chapitre.

… laissa tomber l'animal sur le chemin d'une servante en approche. La malheureuse tomba en poussant un hurlement. Dona Corvere se tourna alors vers sa fille – royale, furieuse.

« Mia Corvere, empêche ce pitoyable animal de nous traîner dans les pattes, sans quoi nous serons contraints de nous en débarrasser ! »

Mia.

Mercurio se sentit chanceler. Ses lèvres s'asséchèrent d'un coup autour de son cigarillo. Son sang se glaça quand il comprit enfin ce qu'il tenait entre ses mains. D'un regard il fit le tour des étagères qui l'entouraient. Les livres morts, les livres perdus et ceux qui ne furent jamais – certains brûlés sur les bûchers des fidèles, d'autres engloutis par le temps, et d'autres encore…

Tout bonnement trop dangereux pour être *écrits.*

Aelius était parti explorer un autre coin de la rangée incurvée, mains dans les poches, en grommelant dans sa barbe, une mince traînée de fumée grise dans son dos. Mercurio, par contre, semblait comme enraciné sur place. Complètement hypnotisé. Il entreprit de feuilleter plus rapidement les pages, ses yeux ne captant que des fragments du texte qu'il parcourait tant il lisait fébrilement.

« Les livres que nous aimons, ils nous *rendent* cet amour. »

« Je transmettrai tes salutations à ton frère. »

« Qui est la Lune ? demanda-t-elle. Si c'est bien un *qui*… »

Une fois arrivé à la fin, Mercurio tourna à plusieurs reprises le livre entre ses mains. En se demandant pourquoi il n'y avait pas là davantage de pages. Il leva les yeux vers la bibliothèque des morts, muet de stupéfaction et de peur.

« J'en ai déniché un autre, également, lui lança alors Aelius, qui était de retour. Il y a environ trois mois. Un tour il n'était pas là, et le lendemain il apparaissait comme par magik. »

Le chroniqueur lui tendit un lourd volume. Il ressemblait beaucoup à celui que le vieillard venait de parcourir, mais les pages avaient des tranches bleu ciel plutôt que rouge sang. Et un loup était imprimé en relief sur la couverture noire, en lieu et place d'un corbeau. Après avoir calé le premier livre dans le creux de son coude, Mercurio ouvrit la couverture du second et regarda le titre.

« *Les grands jeux* », grommela-t-il.

Aelius opina du chef. « La suite directe du premier. Je crois que j'ai préféré celui-là, au demeurant. Moins de coucheries au début. »

Le chœur chantait dans la pénombre fantomatique qui les entourait, résonnant d'un bout à l'autre de l'athénée. Les mains tremblantes, un cigarillo en équilibre pour le moins instable au bec, Mercurio batailla un instant avec le premier tome, pour finalement parvenir à l'ouvrir en page de titre :

NEVERNIGHT
LIVRE 1 DE LA CHRONIQUE DE LA NON-NUIT
par Mercurio de Liis

Le vieil homme referma le livre, fixa des yeux interdits sur le chroniqueur de Niah. « Putain de merde », murmura-t-il.

CHAPITRE 4

Présent

Des globes arkémiques scintillaient aux plafonds voûtés ; la musique faisait bomber la poitrine de Mia, et tout ce qui l'entourait était constitué soit d'os pâles, soit d'or étincelant. Postée entre son père et sa mère, ses petites mains serrant les leurs, elle fixait des yeux émerveillés sur la piste de danse en contrebas. D'élégantes donas – vêtues de robes éblouissantes de rouge, de perle et de noir – virevoltaient dans les bras de dons charmants affublés de longues redingotes. Des plats délicieux étaient disposés sur des plateaux d'argent ; des serviteurs emplissaient de liqueurs pétillantes des verres de cristal chantant.

« Alors, ma colombe ? s'enquit son père. Qu'est-ce que tu en penses ? »

Mia poussa un soupir. « C'est magnifique. »

Ils se trouvaient au sommet de l'immense escalier en colimaçon, et la petite fille sentait tous les regards rivés sur eux. Le portier avait annoncé leur arrivée au grand palazzo, et tous s'étaient tournés vers eux. Le fringant justicus de la légion Luminatii, Darius Corvere. Sa charmante et redoutable épouse, Alinne. Ses parents se frayèrent un chemin à travers la foule de moelle-nés, les aimables sourires, les hochements de tête polis, les visages dissimulés derrière de magnifiques masques de Carnivalé. La salle de bal du palazzo était pleine à craquer, et la fine fleur de Sepulcra avait été invitée à la soirée – l'élection d'un nouveau consul restait l'occasion rêvée de sortir ses plus beaux atours.

« Voulez-vous danser, ma chère ? » s'enquit son père.

Alinne Corvere pouffa doucement, une main appuyée sur son ventre rebondi. Le bébé n'allait pas tarder à naître, Mia le savait. Elle espérait avoir un petit frère. « Non, mon époux – sauf si vous avez une brouette rangée sous ce pourpoint.

— Hélas, répliqua Darius en glissant une main sous les plis de son costume. Je n'ai que ceci. »

Le justicus remit à son épouse une rose rouge sang, en s'inclinant bien bas au bénéfice des spectateurs qui les entouraient. Un sourire aux lèvres, Alinne accepta la fleur, qu'elle huma longuement tout en étudiant son mari. Pour ensuite passer une fois encore la main sur son ventre, en gratifiant Darius d'un regard entendu.

Le père de Mia se retourna, s'agenouilla devant elle. « Et toi, ma colombe ? Tu veux danser ? »

Mia s'était sentie bizarre toute la semaine, à dire vrai. Depuis l'arrivée de la vrainuit, son ventre était tout agité, et elle sentait bien que quelque chose clochait. N'empêche : quand son père lui tendit la main, elle ne put qu'afficher un large rictus, comme envoûtée par la chaleur de ses yeux. « Voui, Père, zézaya-t-elle.

— Nous devrions aller féliciter notre nouveau consul, intervint sa mère.

— Bientôt. » Son père hocha la tête, tout en offrant son bras à Mia. « Mi Dona ? »

Tous deux s'élancèrent sur la piste, les autres moelle-nés s'écartant pour les laisser passer. Mia n'avait que neuf ans – pas encore assez grande ni assez vieille pour danser correctement. Mais Darius Corvere posa ses petits pieds sur les siens et commença doucement à la faire tournoyer au rythme de la musique. Mia voyait les couples sourire autour d'eux, charmés – comme toujours – par le beau justicus et sa fille précoce. Elle lançait des regards émerveillés de tous côtés, hypnotisée par la chanson, les robes et les lumières scintillantes au-dessus de sa tête.

Les trois soleils avaient disparu derrière l'horizon depuis plus d'une semaine, et le bref règne de la Mère de la Nuit sur le ciel n'allait pas tarder à prendre fin. Mia pouvait entendre le popopopop *des feux d'artifice à l'extérieur, censés repousser la Nuit dans les Abîmes. D'un bout à l'autre de Sepulcra, les gens étaient blottis devant leurs foyers, dans l'attente qu'Aa ouvre à nouveau les yeux. Mais ici, dans les bras de son père, Mia s'avisa qu'elle n'avait pas du tout peur. Au lieu d'être effrayée, elle se sentait en sécurité.*

Forte.

Aimée.

La gamine savait que son père était un bel homme, et elle était assez âgée pour remarquer les coups d'œil envieux des dames moelle-nées – et de quelques dons – qui le regardaient passer sur le sol de la salle de bal. Mais malgré la présence en ces lieux de la fine fleur de Sepulcra, le père de Mia n'avait d'yeux que pour elle.

« Je t'aime, Mia.

— Moi aussi.

— Promets-moi de t'en souvenir. Quoi qu'il arrive. »

Elle le gratifia d'un sourire perplexe. « Promis, Père. »

Ils continuèrent à danser, virevoltant sur les planches polies au rythme de la chanson magik. Mia leva les yeux vers les plafonds qui les surplombaient, pâles et brillants. L'extravagant palazzo du consul occupait la base de la première Côte, tout près du Sénat et l'Épine dorsale de Sepulcra. La piste de danse était une mosaïque rotative représentant les trois soleils, qui tournaient les uns autour des autres exactement comme le faisaient les danseurs. Le bâtiment avait été taillé dans l'ossacré, de cette même Côte, tout comme l'épée longue à la taille de son père, ou l'armure qu'il portait lorsqu'il partait à la guerre. Le cœur de la République itreyenne, ciselé dans les os d'un titan depuis longtemps tombé.

À travers la foule, Mia repéra sa mère sur une estrade située au fond de la pièce, occupée à discuter avec un inconnu resplendissant dans ses robes d'un violet éclatant ; un laurier doré lui ceignait le front, et des anneaux dorés constellaient ses doigts. Ses cheveux étaient aussi sombres qu'épais, ses yeux plus sombres encore, et il était – quand bien même la gamine ne l'aurait jamais admis – peut-être un peu plus beau que son père.

Mia vit sa mère s'incliner devant lui. Une femme élégante assise sur l'estrade parut mécontente de voir l'individu embrasser la main d'Alinne Corvere en retour.

« Qui est-ce, Père ? s'enquit la jeune fille.

— Notre nouveau consul, lui répondit Darius, qui avait suivi son regard. Julius Scaeva.

— C'est un ami de Mère ?

— En quelque sorte. »

Mia observa l'individu poser une main sur le ventre rebondi d'Alinne Corvere. Un bref contact, aussi léger que des plumes. Un regard échangé, vif comme l'éclair. « Je ne l'aime pas, déclara-t-elle.

— N'aie crainte, ma colombe, répliqua le justicus. Ta mère l'aime suffisamment pour vous deux. Et ça ne date pas d'hier. »

Mia cilla, leva vers son père des yeux noirs plissés. Il y avait une corde autour de son cou en lieu et place de sa cravate, désormais – une corde à nœud coulant.

« Que voulez-vous dire par là ? » s'enquit-elle.

Il soupira. « Oh, réveille-toi, Mia.

— Père, je…

— Réveille-toi. »

« Réveille-toi. »

Un violent coup de pied dans son ventre. Une voix d'enfant, quelque part dans le lointain.

« Réveille-toi, maudite sois-tu ! »

Un nouveau coup, au niveau de sa récente blessure à l'épaule cette fois. Mia haleta de douleur et ouvrit les yeux, pour découvrir une silhouette penchée au-dessus d'elle dans la pénombre. Sans réfléchir, elle projeta sa bonne main en avant pour saisir l'inconnu à la gorge. Son agresseur couina, se débattit ; de petits doigts s'enfoncèrent dans l'avant-bras de la jeune femme. Ce ne fut qu'alors, à travers la douleur et les quelques relents persistants de brume toxique, que Mia reconnut...

« ... Jonnen ? »

Elle lâcha le cou du garçon comme s'il avait du métal brûlant à la place de sa peau. Complètement horrifiée, l'enténébrée tendit les mains pour lisser sa toge pourpre crasseuse. « Oh, Jonnen, je suis dés...

— Je m'appelle Lucius ! » cracha le garçon, en la repoussant violemment.

Mia reprit son souffle, s'efforça de calmer son cœur tonitruant. Elle avait failli le blesser – jamais elle ne se le serait pardonné. Dans son esprit déambulaient des images d'une somptueuse salle de bal, d'un ciel de vrainuit et de la main de Scaeva posée sur le ventre de sa mère. D'une arène remplie de spectateurs atterrés la regardant enfoncer son poignard en ossacré dans la poitrine du consul. Du visage blême de Jonnen alors qu'elle déposait son père par terre devant lui.

« Je suis désolée, répéta-t-elle. Je ne t'ai pas fait mal, au moins ? »

Le garçon se borna à la dévisager, ses yeux aussi sombres, insondables que ceux de sa sœur. D'un regard Mia fit le tour des lieux, en se demandant où ils pouvaient bien être. Un vaste espace noir les entourait, éclairé par la lueur d'une unique lanterne posée par terre à côté d'elle. La lumière fantomatique ne portait que sur une poignée de mètres ; au-delà se déployait une obscurité abyssale.

Le sol était inégal sous son corps, et Mia se rendit compte qu'il était entièrement composé de mains et de visages humains – des reliefs en pierre, sculptés dans le socle rocheux d'une blancheur immaculée. Les visages étaient tous féminins – ceux de la même femme, en réalité, avec des traits magnifiques et de longues tresses légèrement bouclées. Mais chacun exprimait de l'angoisse, voire de la *terreur* ; les bouches de pierre grandes ouvertes hurlaient muettement. La multitude de mains était braquée vers le plafond invisible, comme s'il était sur le point de s'effondrer.

Mia cligna des yeux, essayant de se rappeler comment elle était arrivée là. Elle se remémora sa confrontation avec Solis et Chut. Cette silhouette spectrale qui était venue à sa rescousse dans la nécropole de Galante, sauvant une fois de plus sa peau parmi les maisons des morts de Sepulcra. Si la jeune femme sentait encore le poison de Solis dans ses veines, elle remarqua que la blessure à son épaule avait été bandée avec un morceau de tissu sombre. La toxine continuait à la rendre léthargique, et le froid environnant ne faisait rien pour arranger les choses. Ses plaies lui faisaient mal, le sang séché lui tirait la peau, et quelque part au loin bouillonnait une colère sans nom, informe. Et en contemplant cette mer de visages figés dans une grimace de terreur, Mia prit soudain conscience – tel un homme devenu sourd depuis longtemps qui se met brusquement à réentendre – qu'elle avait…

Peur.

La jeune femme scruta l'obscurité qui l'entourait, à la recherche de ses passagers parmi ces mains de pierre et ces bouches ouvertes, et s'avisa qu'elle n'arrivait à les sentir nulle part. Sa peau la picotait, son ventre était noué ; tout en lâchant un sifflement de douleur, elle se força à se relever.

« Gentilhomme ? Éclipse ? »

Aucune réponse. Uniquement le martèlement de son pouls dans ses veines, le vide effroyable que laissait leur absence. Éclipse marchait à ses côtés depuis la mort de Lord Cassius, Gentilhomme depuis la pendaison de son père. Cela faisait une éternité qu'ils ne l'avaient pas quittée, sauf sur sa demande. Mais se retrouver seule *maintenant*…

« Où sommes-nous ? murmura-t-elle, tout en examinant la mer de visages et de mains.

— Je n'en sais rien », lui répondit Jonnen d'une voix légèrement tremblante.

Son cœur s'adoucit, et elle lui tendit la main dans l'obscurité. « Tout va bien, Jonnen, je suis là, avec…

— Je m'appelle Lucius ! hurla-t-il en tapant du pied. Lucius Atticus Scaeva ! Je suis le fils aîné du consul Julius Maximillianus Scaeva, et je suis tenu par l'honneur de te tuer ! » Il pointa sur elle un doigt accusateur, les joues rouges de fureur. *« Tu as assassiné mon père ! »*

Mia retira sa main, étudia les traits du garçon. Ses lèvres tremblantes, retroussées. Ses yeux sombres et menaçants, si semblables aux siens. Si semblables à ceux de *Scaeva*.

« J'avais l'habitude de chanter pour toi, lui dit-elle. Quand tu étais petit et qu'il y avait de l'orage. Tu *détestais* le tonnerre. » Elle se retrouva à sourire à ce souvenir. « Un hurleur au visage rose, avec une paire de poumons capables de réveiller les morts – voilà ce que tu étais. Les nourrices s'épuisaient à essayer de te calmer. J'étais la seule capable d'y arriver. Tu te rappelles ? »

Elle s'éclaircit la gorge, et entama un air rouillé :

« Dans la pire des pénombres,

sous les climats les plus sombres,
quand souffle le vent froid…

— On dirait une harpie qui réclame son souper à cor et à cri », grogna le garçon.

Mia se mordit la lèvre, luttant pour maîtriser son caractère notoirement mauvais. Elle avait passé près de huit ans à orchestrer la mort des hommes qui avaient tué ses proches. Six ans à s'entraîner sous les ordres des tueurs les plus dangereux de la République, encore une année au service de l'Église rouge, pas loin d'une autre à se battre à mort sur les sables des arènes d'Itreya, du sang jusqu'aux aisselles. À aucun moment au cours de toute cette période elle n'avait appris à s'occuper d'un enfant moelle-né pourri gâté pleurant la perte de son salopard de père. Ce qui ne l'empêchait pas *d'essayer* d'imaginer ce que le garçon avait en tête. Ce qu'il devait ressentir face à la fille qui avait assassiné son géniteur.

En vérité, ce n'était pas si difficile de se mettre à sa place. Mia se rappelait encore l'épisode similaire qu'elle-même avait vécu, des années auparavant – lorsqu'elle avait regardé ces hommes pendre son propre père sur le forum. Le serment de vengeance qui résonnait dans sa tête, la haine pareille à de l'acide chauffé à blanc dans ses veines.

Jonnen éprouvait-il la même chose à son égard, en cet instant ?

Suis-je son *Scaeva ?*

« Jonnen, je suis désolée. Je sais que c'est dur. Je sais que tu es effrayé, en colère, et qu'il y a des choses que tu…

— Ne me parle pas, esclave », grogna-t-il.

Sa main se porta à la marque arkémique tatouée sur sa joue. Les cercles jumeaux qui la désignaient comme la propriété du Collegium Remus. La jeune femme pouvait sentir la cicatrice qui barrait l'autre côté de son visage. La balafre qui débutait au niveau du front, pour ensuite former un disgracieux crochet le long de sa joue gauche – un souvenir de ses épreuves sur les sables. Elle pensa brièvement à Sidonius. À Charmeuse-de-Lames et aux autres Faucons. Se demandant s'ils avaient réussi à se mettre en sécurité.

« Je ne suis pas une esclave, dit-elle – d'une voix qui s'était teintée de fer. Je suis ta sœur.

— Je n'ai pas de sœur, rétorqua Jonnen.

— Demi-sœur, alors. Nous avons la même mère.

— Tu es une menteuse ! cria-t-il, en se remettant à taper du pied. Une *menteuse* !

— Je ne mens pas, insista Mia, en se pinçant l'arête du nez pour apaiser la douleur. Jonnen, écoute-moi, s'il te plaît... Tu étais trop jeune pour t'en souvenir. Mais on t'a enlevé à notre mère dans ta prime jeunesse. Elle s'appelait Alinne. Alinne Corvere.

— Corvere ? se gaussa-t-il, ses yeux sombres réduits à deux fentes. L'épouse du Faiseur de roi ? »

Mia cligna des yeux. « ... Tu as entendu parler de la rébellion ?

— Je ne suis pas un gamin des rues, esclave, cracha Jonnen en arrangeant ses robes crasseuses. J'ai une mémoire tranchante comme une épée, tous mes tuteurs l'affirment. Je connais le Faiseur de roi. Mon père a envoyé ce traître au bourreau, et sa catin à la Pierre philosophale.

— Surveille ta langue, l'avertit Mia, ses doigts se soulevant en même temps que sa mauvaise humeur. C'est de ta *mère* que tu parles là.

— Je suis le fils d'un *consul* ! s'emporta le garçon.

— C'est vrai. » Mia hocha la tête. « Mais Liviana Scaeva n'est pas ta mère.

— Tu *oses* ? » Ses petits poings se refermèrent. « La tienne était peut-être la putain d'un traître, mais *moi* je ne suis pas un bât… »

Sa gifle le fit tomber sur son derrière comme une brique. C'était de la rage qui coulait dans les veines de Mia, une rage palpitante qui menaçait de l'engloutir tout entière. Jonnen la regarda en cillant, des larmes plein les yeux, une main collée à sa joue brûlante. Ce gosse était un jeune aristocrate moelle-né, héritier d'un vaste domaine, enfant d'une maison noble. Personne n'avait jamais dû poser la main sur lui auparavant. Et surtout pas quelqu'un marqué d'un tatouage d'esclave. N'empêche…

« Frère ou pas, l'avertit Mia, tu ne *parles* pas d'elle comme ça. »

Sa colère n'empêchait pas Mia d'être horrifiée par son geste. La jeune femme se sentait épuisée, effrayée ; elle avait mal partout, jusque dans ses os. Toutes ces années, elle avait cru Jonnen mort – sans quoi jamais elle ne l'aurait laissé sous la coupe de Scaeva. Elle aurait dû l'étreindre joyeusement dans ses bras, pas le faire choir sur son petit cul prétentieux.

Surtout pas pour avoir dit la vérité.

Elle avait appris de la bouche de Sidonius que le mariage de ses parents était une union opportuniste, sans la moindre passion. Darius Corvere était amoureux du général Antonius, l'homme qui avait cherché à devenir roi d'Itreya. L'arrangement du Faiseur de roi avec son épouse était une alliance politique, pas une grande et belle histoire d'amour. Et cela n'avait rien d'étrange – ainsi allait la vie dans de nombreuses maisons moelle-nées de la République.

Mais de tous les hommes qu'Alinne Corvere aurait pu prendre comme amant, à qui elle aurait pu donner un enfant, de tous les hommes que comptait ce monde, comment avait-elle pu choisir ce *putain de Julius Scaeva* ?

Jonnen se frotta les yeux, passa une main sur l'empreinte que Mia avait laissée sur sa joue. À l'évidence, il se retenait de pleurer – préférant piétiner ses larmes, serrer les dents et transformer sa souffrance en haine.

Par les dents de la Vorace, ce gosse est vraiment *mon frère.*

« Je suis désolée, reprit la jeune femme d'une voix plus douce. Ce sont des vérités blessantes que je te dis là, j'en ai parfaitement conscience. Mais ton père était un homme malfaisant, petit frère. Un tyran qui voulait se tailler un trône dans les os de la République.

— Tout comme le Faiseur de roi ? » cracha Jonnen.

Mia déglutit distinctement, les paroles du garçon lui faisant l'effet d'un coup de poing dans l'estomac. Malgré tous les efforts qu'elle consentait pour se maîtriser, sa colère recommençait à l'envahir. Comme si la fureur de Jonnen alimentait la sienne.

« Tu n'es qu'un petit garçon. Trop jeune pour comprendre.

— Et toi une *menteuse* ! » Il se releva, de plus en plus hystérique. « Mon père a battu le tien, et ça te rend folle de rage !

— Bien sûr que ça me rend folle de rage !

— Tu l'as piégé ! hurla-t-il. Sur l'estrade du vainqueur ! Tu as caché ce couteau dans ton armure, sans quoi *jamais* tu ne l'aurais atteint !

— J'ai fait ce qu'il fallait faire, répliqua-t-elle d'un ton sec. Julius Scaeva *méritait* de mourir !

— Tu ne te bats pas loyalement !

— Loyalement ? s'écria-t-elle. Il a tué notre *mère* !

— Tu n'as aucun honneur, auc... »

La voix du garçon s'éteignit, l'air méchant qu'arborait son visage laissant place à une stupeur silencieuse. Mia suivit son regard jusqu'au sol – ce tableau de visages gémissants et de mains ouvertes éclairé par la lueur spectrale de leur unique lanterne. Là, sur la pierre gravée, elle pouvait voir leurs ombres, sombres et ténébreuses dans la lumière fantomatique. Et elles étaient en *mouvement*.

Celle de Jonnen ondulait en arrière, telle une vipère se préparant à frapper. La sienne s'étira dans sa direction, ses cheveux voletant comme sous l'effet d'une petite brise. En un clin d'œil, l'ombre de son frère se jeta sur la sienne, refermant ses mains autour de la gorge de son adversaire. Celle de Mia se mit à ondoyer violemment pour échapper à sa prise. Les deux ombres s'agitaient en tous sens – une soudaine violence peinte en noir ondoyant – alors même que Jonnen et sa sœur restaient totalement immobiles, totalement indemnes.

La fureur *parfaite* qui habitait les yeux de son frère reflétait la guerre qui faisait rage entre eux dans l'obscurité. C'était comme si leurs ombres interprétaient leurs sentiments les plus intimes : la haine de Jonnen, le mépris avec lequel il traitait son affection. Et la jeune femme le comprit alors, aussi sûrement qu'elle connaissait son propre nom : ce garçon la tuerait s'il en avait la possibilité. Il lui trancherait la gorge et l'abandonnerait aux rats. Elle considéra ces rubans de ténèbres, se rappelant que son ombre avait réagi de la même façon en présence de Furian. Lorsqu'elle regardait son frère, Mia éprouvait la même nausée, le même *désir* qu'à proximité d'autres enténébrés. Comme si elle s'était endormie avec quelqu'un à ses côtés et s'était réveillée pour se découvrir seule. Avec le sentiment que quelque chose… manquait.

Elle força sa voix à se calmer. Poussa son ombre à s'immobiliser. « Je *suis* ta sœur, Jonnen. Nous sommes pareils, toi et moi. »

Le garçon se garda bien de lui répondre – sans pour autant la quitter de ses yeux empreints de haine. Mais l'animosité s'apaisa peu à peu entre leurs ombres, qui finirent par reprendre leur forme normale – seules de faibles ondulations indiquaient qu'elles n'étaient quand même pas tout à fait *normales*. Un silence de mort régnait sur l'obscurité qui les entourait. Les yeux écarquillés d'un millier de visages de pierre ne cessaient de les scruter.

« Depuis combien de temps te parle-t-elle ? lui demanda doucement Mia. L'obscurité ? »

Jonnen garda le silence, ses petits poings fermés.

« Je n'étais pas beaucoup plus âgée que toi, le tour où elle m'a parlé pour la première fois. » Mia lâcha un soupir, l'âme terriblement lasse. « Le tour où ton père a fait pendre le mien, où il a donné l'ordre de me noyer, où il t'a arraché des bras de notre mère. Le tour où il a *tout* anéanti. »

Le garçon considéra leurs ombres, ses yeux sombres embrumés.

« Ça m'a pris huit longues années, poursuivit-elle. J'ai parcouru d'innombrables kilomètres, fait couler des *litres* de sang. Mais c'est fini, maintenant. Pour le meilleur ou pour le pire, Julius Scaeva est mort. Et nous, nous sommes redevenus une familia.

— Perdus, cracha-t-il. *Voilà* ce que nous sommes, Faiseuse de roi. »

Mia regarda autour d'eux, s'efforçant de percer l'obscurité qui s'étendait au-delà du cercle de lumière qu'engendrait leur lanterne. Vu la fraîcheur de l'air et le silence dans lequel ils baignaient, elle avait deviné qu'ils se trouvaient sous terre, assez loin de la surface. Dans quelque partie clandestine de la nécropole, peut-être.

Pourquoi ce Sans-Âtre lui avait-il sauvé la vie, pour ensuite l'abandonner ici ?

Où donc étaient Gentilhomme et Éclipse ?

Mercurio ?

Ashlinn ?

Pourquoi se bornait-elle à rester là, telle une servante effrayée ?

Mia ramassa la lanterne. Sa surface pâle et lisse, sculptée de reliefs en forme d'étranges croissants, évoquait des griffes de corbeau.

De l'ossacré[7], s'avisa-t-elle.

La jeune femme sentait encore cette pulsion en son for intérieur. Lorsqu'elle regardait le garçon, ou leurs ombres qui se déployaient par terre. Sauf qu'il y avait *autre chose*, finit-elle

---

7. L'ossacré est un matériau étrange, léger comme du bois, mais plus résistant que l'acier. On ne le trouve qu'à un seul endroit dans toute la République : les Côtes et l'Épine dorsale de Sepulcra, en plein cœur de la ville. Les secrets de son travail sont perdus – ou du moins étroitement gardés par le Collegium de Fer. Même si un voleur entreprenant possédait les outils nécessaires pour en découper un morceau, dégrader une partie quelconque des Côtes ou de l'Épine dorsale est un crime punissable de mort par crucifixion.

Les armes et armures en ossacré s'avèrent par conséquent extrêmement prisées. Mais la possession du moindre objet fabriqué à partir de cette substance extraordinaire est un signe de prestige et de richesse, et les nobles itreyens avaient la réputation de les entasser compulsivement. Avant la rébellion qui emporta son époux, la reine Isabelle, épouse de Francisco XV, était une collectionneuse acharnée de babioles en ossacré – elle les amassait, disait-on, dans l'espoir d'ouvrir un musée pour « le petit peuple », ainsi qu'elle appelait si *affectueusement* les citoyens de Sepulcra. Sa collection de bibelots en ossacré comprenait des coupe-papier, des chausse-pieds, des anneaux de dentition, une multitude de brosses à cheveux, de peignes et de broches, un service de table de soixante-quatorze pièces ainsi qu'une dizaine de godemichés commandée par au moins sept reines itreyennes différentes.

Et on ose dire que l'argent ne fait pas le bonheur.

par comprendre. Qui l'attirait dans toute cette obscurité et ce froid. En bougeant la lanterne dans sa main, elle s'avisa que leurs ombres ne bougeaient pas en réaction à la lumière. Bien au contraire : elles restaient braquées dans une seule direction, comme du fer attiré par une magnétite.

Mia était tellement fatiguée qu'elle n'aurait même pas pu dormir. Elle avait des bleus et des coupures partout, et elle avait *peur*. Mais la volonté qui la faisait avancer quand tout semblait perdu, quand le monde entier semblait s'être ligué contre elle, quand sa tâche semblait presque impossible, lui intimait de continuer à marcher. L'enténébrée ignorait où ils se trouvaient, mais savait qu'ils ne pouvaient pas rester là. Elle tendit donc la main en direction de son frère. « Viens.

— Où ça ? »

D'un signe de tête, elle lui désigna leurs deux ombres. « Elles connaissent le chemin. »

L'enfant la regarda, ses yeux emplis de rage et de méfiance.

« Notre familia avait un adage, dit Mia. Avant que ton père ne l'anéantisse. *Neh diis lus'a, lus diis'a.* Tu sais ce que ça veut dire ?

— Je ne parle pas le liisien, grogna le garçon.

— Quand tout est sang, le sang est tout. »

L'enténébrée tendit à nouveau la main. « Le sang est tout, petit frère », répéta-t-elle.

Jonnen leva les yeux vers elle. Dans l'obscurité, parmi ces beaux visages hurlants, ces mains ouvertes et la lumière fantomatique de l'ossacré, Mia pouvait voir le reflet de son père dans ces insondables yeux noirs.

Mais il finit néanmoins par lui prendre la main.

« Toi aussi tu sens ça sous tes pieds ? »

La voix de Mia résonnait dans la pénombre, bien trop forte à son goût. Ils avaient l'impression d'avoir parcouru des kilomètres, dans un labyrinthe tortueux de tunnels. Les murs, le sol... tout se résumait à des mains et des visages de pierre, dont elle sentait le relief sous ses pieds.

Il y avait quelque chose de singulièrement déconcertant à arpenter une surface de cris muets. Mia était convaincue que l'endroit faisait partie de la nécropole de Sepulcra, mais rien ne lui semblait familier, et elle n'aurait su dire pourquoi quelqu'un aurait passé des années à tailler ainsi les murs et le sol. Plus ils progressaient, et plus la jeune femme se sentait mal à l'aise. Il lui arrivait de surprendre un mouvement du coin de l'œil, de voir – elle l'aurait juré – une main de pierre bouger, ou un visage se tourner pour la regarder passer. Mais lorsqu'elle les fixait directement, ils semblaient immobiles.

L'obscurité était oppressante, l'air lourd ; la sueur irritait les coupures et les entailles qui jonchaient sa peau. Cette colère sans nom ni forme bourgeonnait dans sa poitrine, sans qu'elle comprenne pourquoi. La sensation qui l'habitait depuis son réveil en ces lieux s'accentuait à chacun de ses pas – elle se faisait l'effet d'une mite attirée par les flammes.

Dans l'immédiat, la peur du noir de Jonnen semblait l'avoir emporté sur la haine qu'elle lui inspirait, et bien qu'il ait longtemps refusé de lui tenir la main, il restait consciencieusement sur ses talons. Tout en menant la marche dans ces tunnels, la lanterne en ossacré bien haut entre ses doigts, elle jetait parfois un regard par-dessus son épaule – pour le découvrir occupé à fixer sur elle des yeux brillants d'une animosité manifeste.

Au mépris total de la lumière fantomatique émise par la lanterne, leurs ombres s'étiraient encore le long du couloir, bien plus distendues qu'elles n'auraient dû l'être.

À chacun de ses pas, l'attraction semblait se renforcer.

La colère brûlait plus intensément dans sa poitrine.

« Je n'aime pas cet endroit, chuchota Jonnen.

— Moi non plus », répliqua Mia.

Ils poursuivirent néanmoins leur progression, presque collés l'un à l'autre. Mia sentait une fureur vibrer dans l'air tout autour d'elle. Un mélange de rage profonde, irréductible, de douleur, de besoin et de faim – identique à celui qui l'avait envahie pendant le Massacre de la Vrainuit. Ou juste après sa victoire dans l'arène.

La malveillance qui imprégnait jusqu'aux os de cette cité.

L'air avait quelque chose d'huileux, et l'enténébrée avait la nette impression de sentir une odeur de sang. Les visages bougeaient incontestablement sur les murs désormais, le sol remuait sous leurs pieds et des mains de pierre se tendaient dans leur direction, tandis que des *lèvres* de pierre articulaient des mots silencieux. Le cœur de Mia faillit jaillir de sa gorge lorsqu'elle sentit des doigts toucher les siens. Elle baissa aussitôt la tête – Jonnen avait repris sa main et la serrait de toutes ses forces, les yeux écarquillés de peur.

De faim.

De colère.

De haine.

Le tunnel déboucha enfin sur une autre salle, trop vaste pour qu'on puisse en discerner les murs. Les visages angoissés sous leurs pieds formaient une pente s'étendant jusqu'à un large bassin, à peine visible dans la pâle lueur de la lanterne. Le rivage était intégralement constitué de bouches et de mains ouvertes, et Mia s'avisa que le bassin était rempli de liquide – noir, velouté, dans lequel disparaissaient les yeux et la bouche des visages les plus proches du rebord. Ça ressemblait à du goudron, mais la puanteur était reconnaissable entre toutes. Salée, cuivrée, avec une pointe de pourriture.

Du sang.

Du sang noir.

Et là, sur ce littoral de cris silencieux, Mia aperçut deux formes familières. Occupées à fixer de leurs non-yeux l'étendue de noir.

« Gentilhomme ! s'écria-t-elle. Éclipse ! »

Ses passagers restèrent immobiles le temps qu'elle vienne s'effondrer à genoux devant eux, non sans trébucher sur les visages et les mains au passage. Soupirant de soulagement, elle fit courir ses mains sur leurs corps, leurs silhouettes ondulant telle de la fumée noire dans la brise. Mais ni l'un ni l'autre ne quittait de ses non-yeux cette piscine d'obscurité veloutée.

Gentilhomme inclina la tête, parlant comme dans un état second :

« ... *vous sentez ça... ?*

— ... MOI OUI..., répondit Éclipse.

— Mia ? »

Elle se tourna aussitôt vers la voix, son cœur bondissant dans sa poitrine. Et là, dans l'obscurité, parmi les yeux de pierre et les cris silencieux, Mia découvrit un spectacle d'une beauté à nulle autre pareille. Une fille de haute taille vêtue d'une tenue de garde tachée de sang, sa propre lanterne dans une main, une épée en ossacré à la taille. Des cheveux blonds teints au henné, des joues bronzées parsemées de taches de rousseur, des yeux d'un bleu ciel brûlé par les soleils.

« Ashlinn... », haleta Mia.

L'enténébrée se mit à courir, d'un pas si léger qu'elle avait l'impression de voler. Toute sa souffrance et tout son épuisement passèrent à l'arrière-plan – même l'image de cette piscine noire fut reléguée au rang des souvenirs lointains. Trébuchant sur les visages de pierre, son cœur martelant sa poitrine, Mia ouvrit les bras et se jeta dans ceux d'Ashlinn, la percutant si violemment qu'elle faillit faire tomber son amante par terre. Envahie d'une joie presque douloureuse, l'enténébrée passa ses doigts dans ses cheveux, lui toucha le visage pour vérifier qu'elle était bien réelle et, le souffle court, finit par gratifier la Vaanienne d'un baiser enflammé.

« Ô, par la Déesse », murmura-t-elle.

Ash essaya de parler, mais la bouche de Mia étouffait ses paroles. Du sang s'était remis à s'écouler de la lèvre fendue de l'enténébrée – mais peu lui importait : elle serrait de toutes ses forces son corps contre celui de son amante.

« Je ne te laisserai plus jamais me quitter. » Elle saisit dans ses deux mains les joues d'Ashlinn et l'embrassa de plus belle. « Jamais, tu m'entends ? *Jamais.*

— Mia, protesta la Vaanienne, en posant une main sur sa poitrine.

— Quoi ? » chuchota l'enténébrée.

Submergée par l'émotion, elle repartit à l'assaut de la bouche de sa maîtresse, mais Ash se détourna, la fixa droit dans les yeux et la repoussa doucement. Mia scruta ce bleu brûlé par les soleils, cillant de confusion.

« … Ash, qu'est-ce qu'il y a ?

— BONJOUR, MIA. »

Une voix, derrière elle. Son sang se glaça aussitôt dans ses veines. La température des lieux se refroidissait à mesure qu'elle faisait volte-face, sa peau la picotait. Elle découvrit alors une silhouette familière, le dos orné de lames jumelles en ossacré. Ses robes sombres étaient effilochées au niveau des ourlets, ses mains noires ; des ombres se tortillaient comme des tentacules au bord de sa capuche.

Mia jeta un regard à Ashlinn, vit ses yeux bleus emplis de peur. Elle s'extirpa des bras de son amante pour se tourner face à l'étrange silhouette. De pâles volutes s'échappèrent de ses lèvres ensanglantées. « Tiens donc, dit-elle. Mon mystérieux sauveur. »

L'inconnu s'inclina bien bas, ses robes ondulant comme sous l'effet de quelque brise fantôme. Sa voix étouffée, sifflante, se répercuta jusque dans les entrailles de la jeune femme. « MI DONA.

— Des remerciements s'imposent, j'imagine. » Mia croisa les bras, balança ses cheveux par-dessus son épaule. « Mais ils vont devoir attendre des présentations en bonne et due forme. Qui êtes-vous ?

— UN GUIDE, répondit l'individu. UN PRÉSENT.

— Arrêtez de tourner autour du pot, grogna Mia, qui se sentait perdre patience. Qui êtes-vous ?

— Mia..., murmura Ashlinn, en posant une main hésitante sur son épaule.

— *Parlez !* » s'emporta Mia, en s'avançant, poings fermés.

La silhouette leva ses mains d'un noir d'encre pour retirer sa capuche. Dans la lumière fantomatique, l'enténébrée découvrit des yeux noirs et une peau d'albâtre sans la moindre imperfection. Des salines sombres et épaisses, qui s'agitaient comme si elles étaient dotées d'une vie propre. Il était toujours beau à pleurer – une mâchoire puissante et de hautes pommettes, autrefois griffonnées d'horribles taches d'encre, mais que les mains de la tisseuse avaient ensuite rendues parfaites.

Des lèvres qu'elle avait embrassées jadis.

Un regard dans lequel elle s'était noyée.

Un visage qu'elle avait adoré.

Mia fixa Ashlinn droit dans ses yeux effrayés. Pour ensuite revenir aux deux flaques de noir sans fond occupées à la dévisager. « Par la putain de Mère noire », haleta-t-elle.

CHAPITRE 5

Révélations

« Comment ? » murmura Mia.

Elle toisait Tric de pied en cap, bras croisés sur sa poitrine, toute frissonnante de froid. Il avait changé – sa peau jadis olive semblait désormais comme façonnée dans le marbre, ses yeux autrefois noisette se résumaient à des globes de pure obscurité. Il ressemblait à une des statues du forum, sculptée par quelque maître, d'une perfection telle qu'elle aurait pris vie. Son visage était magnifique. Sans le moindre défaut. Aussi pâle que de l'ossacré, tout aussi lisse – et tout aussi coupant. Le cœur de la jeune femme peinait à accepter l'histoire que ses yeux lui racontaient.

Pourtant c'était bien le garçon qu'elle avait connu, aucun doute là-dessus.

Le garçon qu'elle avait… aimé ?

« Mais elle… » Mia se tourna vers Ashlinn, incrédule. « Tu l'as *tué*. »

La Vaanienne était inhabituellement silencieuse ; ses yeux brillaient de peur. Gentilhomme et Éclipse se tenaient toujours côte à côte sur cet étrange rivage – Jonnen les avait rejoints, son sombre regard braqué sur cette piscine plus sombre encore. Les visages de pierre qui les entouraient articulaient des prières silencieuses, leurs tresses ondoyant comme sous l'effet d'un vent d'hiver. Mais Mia se contentait de rester là, à fixer son ex. En s'efforçant d'ignorer le déluge d'émotions qui se déchaînait dans sa poitrine – et de donner un sens quelconque à tout cela.

« Comment peux-tu te trouver ici si tu es mort ? »

La lumière froide de la lanterne faisait scintiller les yeux noirs de Tric. « LA MÈRE NE GARDE QUE CE DONT ELLE A BESOIN. »

Mia prit quelques longues inspirations, malgré le froid qui lui brûlait les poumons. Elle avait entendu parler de spectres renonçant à l'Âtre pour revenir hanter les vivants, et y voyait pour la plupart des contes de bonne femme à oublier. Sauf que ce n'était nullement une fable pour enfants qui se tenait présentement devant elle. C'était son vieil ami, aussi sûrement que son cœur battait dans sa poitrine. Le garçon qui avait traversé avec elle les Plaines chuchotantes d'Ysiir, en qui elle avait trouvé un allié et un confident lors des épreuves de l'Église rouge, qui avait partagé sa couche et chassé ses cauchemars quand elle était au fond du trou. Son premier véritable amant.

Tué par celle qui avait pris sa place.

Mia sentait Ashlinn derrière elle, assez proche pour qu'elle puisse la toucher. Le goût de ses lèvres s'attardait encore sur les siennes. Celui de sa peau, qui exhalait un parfum de sueur et de cuir. L'enténébrée savait que Tric avait dû les voir ensemble, être témoin de la passion et de la joie dont Mia avait fait montre en embrassant sa meurtrière.

« Je… » Elle secoua la tête. En quête d'une quelconque justification. Déconcertée par le besoin qu'elle éprouvait de s'expliquer. « Je pensais que tu étais mort… »

Ses yeux d'un noir de poix se braquèrent sur Ashlinn.

« C'EST LE CAS, répliqua Tric.

— Il m'a sauvé la vie, Mia, murmura la Vaanienne dans son dos. Le Ministère m'a tendu une embuscade à la chapelle. Ils ont ramené Mercurio à la Montagne. Ils avaient prévu de faire la même chose avec moi, mais… Tric… il m'a aidée. »

Mercurio, *capturé*… Mia sentit son estomac se nouer. « Pourquoi ? demanda-t-elle. Pourquoi t'aider après ce que tu lui as fait ?

— Je n'en sais rien. » Ash posa une main délicate sur son épaule. « Mia, il faut que je te dise…

— À quoi joues-tu, Tric ? » Mia se retourna vers le garçon, brûlante d'une curiosité mêlée d'indignation. « Pourquoi sauver Ashlinn après ce qu'elle t'a fait ? Pourquoi *nous* sauver, Jonnen et moi, pour ensuite nous laisser errer comme des rats dans le noir ? »

À la mention de son nom, le frère de Mia se détourna de la piscine noire. Il cligna des yeux, se les frotta comme un garçon qui viendrait de se réveiller. Il semblait remarquer Tric pour la première fois, mais Mia voyait de la suspicion plutôt que de la peur dans son regard. Les yeux plissés de curiosité, il toisa Ashlinn de pied en cap – et une bonne dose de haine refit surface lorsqu'il revint à sa sœur.

Les prunelles de Tric étaient fixées sur Mia. La jeune femme s'avisa alors qu'elle ne l'avait pas encore vu ciller une seule fois.

« C'EST LE VRAIJOUR, répondit-il. LES TROIS YEUX D'AA L'OMNIVOYANT BRILLENT DANS LE CIEL. MÈRE NIAH NE SE TROUVE JAMAIS AUSSI LOIN DE CE MONDE QU'ELLE NE L'EST EN CE MOMENT. ET C'EST UNIQUEMENT PAR SA VOLONTÉ QUE J'ARPENTE PRÉSENTEMENT CES LIEUX. J'AI TOUT DONNÉ POUR REVENIR ICI.

— Et Gentilhomme ? s'enquit Mia. Éclipse ? Pourquoi nous séparer ?

— ILS ONT ÉTÉ ATTIRÉS ICI PENDANT QUE TU DORMAIS. »

Mia se tourna vers ce rivage assombri, devant lequel ses passagers demeuraient assis. Maintenant que la joie de revoir Ashlinn, le choc de retrouver Tric, se dissipaient, elle sentait à nouveau l'attrait qu'exerçaient sur elle ces lieux palpiter sous sa peau. La malveillance quasi enivrante qui se propageait dans cette vaste piscine noire. En regardant ses pieds, la jeune femme pouvait voir son ombre s'étendre dans sa direction, malgré la lumière de la lanterne. Et elle prit alors conscience de son envie presque irrépressible de la rejoindre.

« J'en ai soupé des énigmes, Tric, dit-elle. Explique-moi une bonne fois pour toutes ce qui se passe ici.

— ÇA NE VA PAS TE PLAIRE.

— *Parle*, putain de merde ! »

L'ombre d'un sourire retroussa les lèvres exsangues de Tric. « TU AS TOUJOURS UNE FAÇON BIEN À TOI DE TE FAIRE DES AMIS, FILLE PÂLE. »

Ces paroles lui lacérèrent le cœur. Il n'y avait plus aucun doute : cette apparition était *bel et bien* son vieil ami. La jeune femme se remémora le temps qu'ils avaient passé ensemble, les promesses qu'ils s'étaient faites, ce qu'elle ressentait quand ses doigts la parcouraient…

« S'il te plaît », chuchota-t-elle.

Le garçon Sans-Âtre prit une longue inspiration, comme s'il s'apprêtait à parler. Tout l'air qui l'entourait parut faire silence ; les mains et les visages de pierre s'immobilisèrent enfin. Ses salines s'agitaient comme des vipères en plein rêve, l'ourlet déchiré de sa robe dansait sous l'effet d'un vent qui ne soufflait que pour lui.

« J'AI SENTI LA LAME. » Tric jeta un coup d'œil à Ashlinn. « QUAND ELLE L'A ENFONCÉE DANS MA POITRINE. J'AI SENTI LE VENT LORSQU'ELLE M'A POUSSÉ DE L'AUTEL CÉLESTE ET QUE JE SUIS TOMBÉ DANS LE NOIR QUI S'ÉTEND AU-DELÀ DE LA MONTAGNE TACITURNE. MAIS JE N'AI PAS SENTI LE SOL. »

Mia frissonna quand son amante lui prit la main. Elle s'avisa que le froid l'empêchait de sentir ses doigts. Le monde lui-même semblait retenir son souffle.

« JE ME SUIS RÉVEILLÉ DANS UN LIEU SANS COULEUR, poursuivit Tric. MAIS LOIN DEVANT MOI, J'AI DISCERNÉ UNE FLAMME VACILLANTE. UN ÂTRE. JE SAVAIS QUE JE SERAIS EN SÉCURITÉ, LÀ-BAS. JE POUVAIS SENTIR SA CHALEUR, COMME LES MAINS D'UNE AMANTE SUR MA PEAU. » Le spectre secoua la tête. « MAIS ALORS QUE JE COMMENÇAIS À M'APPROCHER DE LUI, J'AI PERÇU UNE VOIX DERRIÈRE MOI, QUI SEMBLAIT ME PARVENIR DE TRÈS LOIN.

— Et qu'est-ce qu'elle disait ? s'entendit murmurer Mia.

— LA MULTITUDE ÉTAIT UNE, répondit Tric. ET LE REDEVIENDRA ; UN SOUS LES TROIS, POUR RESSUSCITER LES QUATRE, LIBÉRER LA PREMIÈRE, AVEUGLER LE DEUXIÈME ET LE TROISIÈME. »

Ô, Mère, Mère si noire, que m'est-il arrivé ?

Mia sentit son ventre chavirer au souvenir du livre que le chroniqueur Aelius lui avait donné à l'époque où elle travaillait pour l'Église rouge. Elle avait demandé au vieillard un ouvrage sur les enténébrés, et il était revenu lesté d'un journal intime défraîchi relié en cuir.

« Le journal de Cléo, dit-elle. Ce sont *ses* mots que tu cites là.

— NON, rétorqua le Défunt. CE SONT CEUX DE NIAH. ELLE ME LES A CHANTÉS DANS L'OBSCURITÉ, LA MUSIQUE DE SES PROMESSES ÉCLIPSANT LA LUMIÈRE DE CE MINUSCULE FOYER, ET TOUT DÉSIR DE S'INSTALLER DEVANT LUI. ET QUAND SA BERCEUSE A PRIS FIN, LA MÈRE M'A MONTRÉ UN PASSAGE À TRAVERS LES TÉNÈBRES

SÉPARANT LES ÉTOILES. ET À TRAVERS UN FROID SI INTENSE QU'IL EN DEVENAIT BRÛLANT, À TRAVERS UN NOIR SI LUGUBRE QU'IL M'A PRESQUE ENGLOUTI EN ENTIER, J'AI REBROUSSÉ TANT BIEN QUE MAL CHEMIN. »

Tric releva les manches de sa robe ; Mia vit alors que ses mains et ses poignets étaient maculés de noirs, comme s'il avait trempé ses bras jusqu'aux coudes dans de l'encre. « ET JE SUIS DEVENU.

— Devenu quoi ?

— UN PRÉSENT À TON ATTENTION, répondit-il. UN GUIDE. »

L'enténébrée se borna à secouer la tête d'incompréhension.

« TU ES PERDUE, reprit Tric. AU RISQUE DE TE RÉPÉTER CE QUE JE T'AI DIT JADIS, TA VENGEANCE EST PAREILLE AUX SOLEILS, MIA. ELLE NE SERT QU'À T'AVEUGLER. »

Mal à l'aise, Mia reprit les derniers mots qu'il lui avait lancés dans la nécropole de Galante : « Cherche la Couronne de la Lune.

— ... La Couronne de la Lune ? » répéta Ashlinn dans un souffle.

Mia se tourna vers la fille postée à côté d'elle, surprise par l'étrange note que contenait sa voix. « Ça te dit quelque chose ? »

Les yeux de son amante étaient toujours fixés sur Tric. Son air incrédule reflétait ce que Mia ressentait.

« ... Ash ? »

Celle-ci cligna des paupières, pour ensuite se concentrer sur le visage de l'enténébrée. « La carte, dit-elle. Celle que Duomo m'a chargée de retrouver. »

Mia déglutit, se rappelant la première fois qu'elle s'était retrouvée dans le lit d'Ashlinn. Les doux baisers et la fumée de cigarillo ensuite, ses longs cheveux roux s'écartant pour révéler la mancie complexe qui recouvrait le dos de son amante. Ashlinn avait été engagée par le cardinal Duomo pour récupérer une carte à l'intérieur d'une ruine, sur la côte de l'antique Ysiir. Mais, craignant une trahison de sa part, elle se l'était fait tatouer dans le dos à l'encre arkémique, qui s'effacerait en cas de décès – tout comme la marque d'esclave inscrite sur la joue de Mia. Dans le chaos qui avait précédé le *magni*, elles n'avaient jamais vraiment trouvé le temps d'en discuter.

« Duomo croyait qu'elle conduisait à une arme, murmura Ashlinn. À une magik capable de causer la perte de l'Église. Scaeva et le Ministère devaient en être persuadés eux aussi, sans quoi ils ne t'auraient *jamais* envoyée la voler, Mia. Je n'ai pas eu le fin mot de l'histoire sur la question. Ce que je sais, par contre, c'est que la carte mène à un endroit situé au plus profond des déserts ysiiri. Un lieu appelé la Couronne de la Lune.

— LÀ OÙ TU DOIS TE RENDRE, intervint Tric.

— Pourquoi ? voulut savoir Mia. Par les abîmes, c'est *quoi* cette Lune à la fin ? Et pourquoi aurais-je quoi que ce soit à *foutre* de sa putain de couronne ?

— TU ES L'ÉLUE DE LA MÈRE, répliqua le spectre.

— Oh, *arrête* avec tes conneries. Si je suis l'élue de Notre-Dame du Saint-Meurtre, pourquoi suis-je obligée de fuir pour échapper à *ses* foutus assassins ? Si je suis la-fille-de-mon-putain-de-père, pourquoi ai-je vécu dans le sang et la merde jusqu'au cou ces huit dernières années ?

— L'ÉGLISE ROUGE S'EST… ÉGARÉE, répondit Tric. ET LA MÈRE SE TROUVE TRÈS LOIN D'ICI, MIA. MAIS ELLE A FAIT SON POSSIBLE POUR TE METTRE SUR LA BONNE VOIE. ELLE T'A SAUVÉE DANS TA JEUNESSE PAR L'INTERMÉDIAIRE DE MERCURIO. ELLE T'A ENVOYÉ LE JOURNAL DE CLÉO PAR L'INTERMÉDIAIRE D'AELIUS. ELLE T'A ENVOYÉ LA CARTE PAR L'INTERMÉDIAIRE D'… » Il lança un bref regard enflammé en direction d'Ashlinn. « … *D'ELLE*. ET POUR FINIR LA MÈRE *M'A* ENVOYÉ T'AIDER. TU N'IMAGINES PAS LES EFFORTS QUE ÇA LUI A DEMANDÉS POUR INFLUENCER CE MONDE DEPUIS L'INTÉRIEUR DES MURS DE SA PRISON. TOUJOURS EST-IL QU'ELLE T'A DONNÉ TOUTE L'AIDE QU'ELLE POUVAIT, NE SERAIT-CE QUE DE LA FAÇON LA PLUS INFIME.

— Mais pourquoi ? répéta Mia. Pourquoi *moi* ? »

Tric porta ses doigts noirs à ses lèvres, se bornant un bon moment à la fixer sans mot dire. « AU DÉBUT, finit-il par reprendre, LE MARIAGE DE NIAH ET AA ÉTAIT HEUREUX. LA LUMIÈRE ET LA NUIT SE PARTAGEAIENT ÉQUITABLEMENT LA GOUVERNANCE DU CIEL, FAISANT L'AMOUR À L'AUBE AINSI QU'AU CRÉPUSCULE. CRAIGNANT L'APPARITION D'UN RIVAL, AA ORDONNA À NIAH DE NE PAS ENFANTER DE FILS, ET ELLE LUI DONNA CONSCIENCIEUSEMENT QUATRE FILLES – LES DAMES DU FEU, DE LA TERRE, DES OCÉANS ET DES TEMPÊTES. MAIS PENDANT LES LONGUES HEURES GLACIALES D'OBSCURITÉ, NIAH SE LANGUISSAIT DE SON ÉPOUX. ET POUR SOULAGER SA SOLITUDE, ELLE MIT AU MONDE UN PETIT GARÇON. » Tric se tourna vers l'étendue de ténèbres dans son dos, sa voix empreinte de chagrin. « LA NUIT NOMMA SON FILS ANAÏS.

— Et Aa a banni Niah du ciel pour son crime. » La patience de Mia était à bout. « C'est un conte pour enfants, tout le monde le connaît. En quoi cela me concerne-t-il ? »

D'un doigt, Tric lui désigna la piscine. Sa noire surface lisse reflétait tel du verre le plafond – Mia pouvait y voir un orbe pâle, suspendu dans l'obscurité comme de la fumée. « DANS L'EMPIRE DE L'ANTIQUE YSIIR, ON CONNAISSAIT ANAÏS SOUS UN AUTRE NOM. »

La jeune femme considéra l'orbe luisant – le même qu'elle avait vu au moment où elle avait tué Furian dans l'arène de

Sepulcra – et sentit son ombre s'assombrir encore un peu plus. « La Lune », comprit-elle alors.

Tric opina du chef. « LE DÉVOREUR DE PEUR. LE JOUR DANS L'OBSCURITÉ. IL REFLÉTAIT LA LUMIÈRE DE SON PÈRE ET ILLUMINAIT LA NUIT DE SA MÈRE. DANS L'EMPIRE DE L'ANTIQUE YSIIR, IL ENSEIGNA AUX PREMIERS SORCERII LES ARCANES DES ARTS OCCULTES. UN DIEU DE MAGIK, DE SAGESSE ET D'HARMONIE, VÉNÉRÉ PLUS QUE TOUT AUTRE. PAS D'OMBRE SANS LUMIÈRE, À LA NUIT SUCCÈDE LE JOUR, ENTRE LE NOIR ET LE BLANC...

— Il y a du gris..., murmura Mia.

— IL ÉTAIT L'ÉQUILIBRE ENTRE LA NUIT ET LE JOUR. LE PRINCE DE L'AUBE ET DU CRÉPUSCULE. SAUF QUE, CRAIGNANT SON POUVOIR CROISSANT, L'OMNIVOYANT SE RÉSOLUT À TUER SON FILS UNIQUE. »

Les reliefs de pierre se remirent à bouger pendant que Tric parlait. Des mains gravées à se mouvoir pour recouvrir des yeux aveugles. Des bouches à s'élargir d'horreur. L'orbe s'anima dans la piscine, pour prendre la forme d'un croissant acéré dégoulinant de sang. En son for intérieur, Mia aurait juré entendre d'autres voix. Des *milliers* de voix, au seuil de sa capacité auditive.

Et elles *hurlaient*.

« AA FRAPPA ALORS QU'ANAÏS DORMAIT, poursuivit Tric. IL SECTIONNA LA TÊTE DE SON FILS ET JETA SON CORPS DES CIEUX. LE CADAVRE D'ANAÏS S'ÉCRASA SUR LA TERRE, DÉVASTANT LA RÉGION DE SA CHUTE ET PLONGEANT LE MONDE ENTIER DANS LE CHAOS. L'EMPIRE YSIIRI, À L'EST, FUT COMPLÈTEMENT DÉTRUIT. ET LÀ OÙ GISAIT LE CORPS DE SON FILS, À L'OUEST, AA ORDONNA À SES FIDÈLES DE BÂTIR UN TEMPLE À SA GLOIRE. CE TEMPLE DEVINT UNE VILLE, QUI DEVINT LE NOUVEAU CENTRE DE SA FOI.

— Les Côtes. » Ash jeta un coup d'œil à la lame en ossacré suspendue à sa taille. « L'Épine dorsale.

— L'intégralité de cet endroit… », comprit alors Mia, en regardant tout autour d'eux.

Tric hocha la tête. « LE SÉPULCRE D'UN DIEU. »

Le cœur battant à tout rompre, la bouche sèche, la jeune femme se remémora l'illustration qu'elle avait trouvée à la fin du journal de Cléo – une carte d'Itreya avant l'avènement de la République. La baie de Sepulcra avait entièrement disparu, une péninsule remplaçant la mer du Silence là où se trouvait désormais la capitale itreyenne. Et à cet endroit, cinq mots avaient été inscrits à l'encre rouge sang.

« Ce fut là qu'elle tomba… », chuchota-t-elle.

Tric hocha de nouveau la tête. « CE FUT LÀ QU'ELLE TOMBA. MAIS LES DIEUX NE MEURENT PAS SI FACILEMENT. ET LA MÈRE NE GARDE QUE CE DONT ELLE A BESOIN. L'ÂME D'ANAÏS N'A PAS ÉTÉ ANÉANTIE. » Il prit une interminable inspiration, comme avant une plongée en profondeur. « ELLE A ÉTÉ BRISÉE. »

Ses yeux insondables fixaient ceux de Mia. « DES FRAGMENTS SE SONT ACCUMULÉS ICI, SOUS LA PEAU DE CETTE VILLE. LA PARTIE *ENRAGÉE* DE SON ÊTRE. PLEINE DE HAINE. QUI SOUHAITAIT UNIQUEMENT QUE TOUT DISPARAISSE, TOUT COMME LUI-MÊME. » Le spectre lança un regard en direction de Gentilhomme et d'Éclipse, qui le considéraient désormais de leurs non-yeux. « AVEC LE TEMPS, D'AUTRES ÉCLATS ONT ACQUIS UNE APPARENCE SPÉCIFIQUE, APRÈS S'ÊTRE EXTIRPÉS DE LA BOUE QUI S'ÉTENDAIT SOUS SA TOMBE. COUPÉS DE CE QU'ILS AVAIENT ÉTÉ, ET IGNORANT CE QU'ILS ÉTAIENT, ILS SE MIRENT À CHERCHER LEURS SEMBLABLES. SE NOURRISSANT DE PEUR, COMME ANAÏS AUPARAVANT, PRENANT DES FORMES ET ADOPTANT DES COMPORTEMENTS QUI RÉCONFORTAIENT CEUX QU'ILS CHEVAUCHAIENT.

— Des démons, dit Mia. Des passagers. »

Ses yeux d'un noir de poix lui rendirent son regard. « ET AU BOUT DU COMPTE, LES PLUS GROS FRAGMENTS DE LA TOTALITÉ,

LES PARTIES LES PLUS PUISSANTES, ONT TROUVÉ UN MOYEN DE S'ASSOCIER À…

— … des gens, murmura Ash.

— Les enténébrés », compléta Mia.

Tric acquiesça. « MAIS EN VOTRE FOR INTÉRIEUR – DÉMONS OU ENTÉNÉBRÉS –, VOUS ÊTES TOUS PAREILS. EN QUÊTE DES PIÈCES MANQUANTES DE VOUS-MÊMES. CHERCHANT À REDEVENIR ENTIERS. LES MORCEAUX ÉPARPILLÉS D'UN DIEU BRISÉ.

— … *QUELLE FOLIE EST-CE LÀ…*, persifla Éclipse.

— … *je ne veux alarmer personne, mais je suis d'accord avec la bâtarde…*

— REGARDE TON OMBRE, MIA, reprit Tric. QU'EST-CE QUE TU VOIS ? »

La jeune femme considéra l'obscurité à ses pieds. Elle s'étirait toujours vers cette piscine de sang noir, tout comme celle de Jonnen. Mais même avec les passagers de Mia assis sur la rive face à elle, ladite obscurité n'en restait pas moins… « Assez sombre pour deux, dit-elle.

— ET IL EN ÉTAIT DE MÊME AVEC CLÉO. ELLE AUSSI A DÉCOUVERT LA VÉRITÉ SUR SA VÉRITABLE NATURE. ÉLUE DE LA MÈRE, ELLE A ARPENTÉ LES TERRES D'ITREYA POUR TENTER DE RÉUNIR LES ÉCLATS BRISÉS DE L'ÂME D'ANAÏS. ELLE A RASSEMBLÉ UNE LÉGION DE PASSAGERS À SES CÔTÉS. CHERCHÉ D'AUTRES ENTÉNÉBRÉS POUR…

— Les dévorer, termina Mia, qui se souvenait de chaque mot du journal.

— POUR ABSORBER EN ELLE LES ÉCLATS DE L'ESSENCE D'ANAÏS. »

Mia fronça les sourcils. « Donc le fragment qui se trouvait à l'intérieur de Furian…

— … FAIT MAINTENANT PARTIE DE TOI. EN TUANT SON DÉPOSITAIRE DE TES PROPRES MAINS, TU L'AS REVENDIQUÉ COMME TIEN. LES DEUX ONT FUSIONNÉ EN UN TOUT PLUS GRAND. LA MULTITUDE ÉTAIT UNE. ET LE REDEVIENDRA.

— Mais Lord Cassius est mort sous mes yeux. Et je ne me suis pas sentie plus forte.

— CASSIUS N'A PAS ÉTÉ TUÉ PAR UN ENTÉNÉBRÉ. LE FRAGMENT QUI SE TROUVAIT EN LUI ÉTAIT PERDU À JAMAIS. AU BOUT DU COMPTE, MÊME LES DIEUX FINISSENT PAR MOURIR. »

Le sang de Mia palpitait dans ses veines, son ventre lui évoquait une plaque de glace tourbillonnante. La jeune femme *sentait* la malveillance qui émanait de cette piscine noircie, la fureur dans l'air qui l'entourait. Elle comprenait de quoi il s'agissait, à présent – enfin. C'était la même fureur qu'elle avait effleurée pendant le Massacre de la Vrainuit, le soir où son pouvoir s'était pleinement déchaîné pour la première fois. Mia avait réduit à néant la Pierre philosophale. Pris d'assaut la Basilica Grande et détruit l'imposante statue d'Aa qui se dressait devant. S'ouvrant entièrement à la rage noire et amère qui imprégnait les ossements de cette ville.

C'était la rage d'un enfant, trahi par celui qui aurait dû l'aimer le plus.

La rage d'un fils, assassiné par son père.

Les yeux insondables du Défunt étaient rivés aux siens.

« Le journal de Cléo… elle y parlait d'un enfant *en* elle, dit Mia.

— *… ELLE ÉTAIT FOLLE, MIA…*, grogna Éclipse.

— C'est *toute* cette histoire qui confine à la folie, murmura-t-elle.

— NON, rétorqua Tric. C'EST…

— *… le destin… ?* » persifla Gentilhomme.

Tric fixa ses yeux sans fond sur l'ombrechat. « SI ELLE A SUFFISAMMENT DE COURAGE POUR L'EMBRASSER.

— *… j'ai rarement entendu une telle absurdité…* »

Éclipse acquiesça d'un ricanement.

« ... *VOUS VOULEZ HONNÊTEMENT ME FAIRE CROIRE QUE CET IDIOT DE MATOU EST UN DIEU... ?*

— L'ÂME D'ANAÏS S'EST BRISÉE EN CENTAINES DE FRAGMENTS. VOUS N'ÊTES PAS PLUS DIVINS QU'UNE GOUTTE D'EAU N'EST L'OCÉAN. MAIS VOUS *DEVEZ* TOUS VOUS SENTIR LIÉS LES UNS AUX AUTRES, NON ? N'AVEZ-VOUS PAS L'IMPRESSION D'ÊTRE... INCOMPLETS ? »

Mia savait de quoi parlait le garçon Sans-Âtre : la nausée et la faim qui l'envahissaient en présence de Cassius, de Furian – et maintenant de Jonnen. La jeune femme ne se sentait jamais aussi entière que lorsque Gentilhomme et Éclipse se logeaient dans son ombre. Et elle était plus forte que jamais depuis que Furian avait péri de ses mains.

N'empêche : ça ressemblait à de la pure folie – cette histoire de dieux fragmentés et d'âmes brisées, de restaurer l'équilibre entre la lumière et l'obscurité.

« TU DOIS RECONSTITUER CE QUI A ÉTÉ BRISÉ, MIA. TU DOIS RENDRE AU MONDE SA MAGIK. RÉTABLIR L'ÉQUILIBRE ENTRE LE JOUR ET LA NUIT, TEL QU'IL ÉTAIT À L'ORIGINE. TEL QU'IL A TOUJOURS ÉTÉ *CENSÉ* ÊTRE. UN SOLEIL. UNE NUIT. UNE LUNE. »

Elle lui désigna d'une main la piscine noircie. « S'il me faut bel et bien retrouver des fragments d'Anaïs, ça me semble être un bon endroit où commencer.

— NON, fit Tric. ÇA, C'EST SA FUREUR. SA RAGE. LA PARTIE DE LUI QUI S'EST ALLONGÉE DANS L'OBSCURITÉ ET QUI A SUPPURÉ – QUI VEUT UNIQUEMENT *DÉTRUIRE*. TU DOIS RÉGÉNÉRER LE MONDE, MIA. PAS CAUSER SA PERTE. C'EST LÀ TON *BUT*. »

Les yeux de Mia se réduisirent à deux fentes. « Mon *but* était de venger ma familia. De tuer Remus, Duomo et Scaeva. Et c'est ce que j'ai fait, après avoir vécu dans le sang et la merde jusqu'au cou pendant huit putains d'années. Sans l'aide de ta précieuse Mère.

— Mia…, murmura Ashlinn.

— L'Église rouge a capturé Mercurio, Tric. La Vorace seule sait ce qu'ils lui veulent, mais il se trouve entre leurs griffes. Ils savent probablement qu'il m'a aidée à tuer Scaeva. Je dois absolument…

— *Mia* », insista la Vaanienne.

Elle se tourna vers son amante, vit ses beaux yeux bleus saturés de peur. « Qu'est-ce qu'il y a ?

— Il faut que je te dise quelque chose. À propos de Scaeva.

— Je suis tout ouïe.

— … Tu ferais mieux de t'asseoir.

— Tu plaisantes, j'espère ? *Crache* le morceau, Ashlinn. »

La Vaanienne se mordilla la lèvre. Prit une longue inspiration frissonnante. « Il est en vie. »

Les yeux de Jonnen s'écarquillèrent, sa petite bouche béa. Mia sentit son cœur manquer un battement ; une peur terrible envahit ses entrailles, plus froide que le Défunt posté derrière elle.

« Qu'est-ce que tu racontes ? siffla l'enténébrée. J'ai enfoncé une lame en ossacré entre ses côtes. J'ai coupé en deux son putain de cœur ! »

Ash secoua la tête. « C'était un double, Mia. Un acteur, façonné par la tisseuse Marielle pour *ressembler* à Scaeva. Le consul était de mèche avec l'Église rouge – et ils connaissaient depuis le début le plan qu'on avait élaboré pour remporter le *magni*. Ils *voulaient* que tu assassines Duomo. Scaeva va utiliser le meurtre public du cardinal comme excuse pour exercer des pouvoirs d'urgence permanents, revendiquer le titre d'imperator, et devenir *de facto* roi d'Itreya. »

La tête de Mia se mit à tourner. Son cœur battait la chamade. Une fine couche de sueur glacée recouvrit sa peau.

Était-ce *possible* ?

Scaeva avait-il pu anticiper ses plans ?

Avait-elle pu être à ce point aveugle ?

Ses jambes flageolaient. Étourdie d'épuisement – sans même parler de la perte de sang et de la toxine de Solis, qui s'attardait dans ses veines –, l'enténébrée jeta un regard à Jonnen, pour découvrir du triomphe dans les yeux noirs du garçon. Mia s'était montrée tellement minutieuse. Rien ne pouvait mal tourner. Elle se souvenait encore de l'exaltation qui l'avait envahie lorsque sa lame avait ouvert la poitrine de Scaeva, de sa joie enivrante quand le sang du consul – d'un rouge profond, épais, *magnifique* – avait éclaboussé son menton et ses lèvres.

« Ô, par la Déesse... »

Elle dévisagea Ashlinn, en quête désespérée d'un mensonge, d'une ruse. « Comment peux-tu savoir une chose pareille ?

— C'est Scaeva qui me l'a dit. Dans la chapelle, quand ils m'ont tendu une embuscade. Et Mia... il m'a également révélé autre chose. » Ash déglutit distinctement. « Mais je n'ai aucune envie de te faire souffrir, reprit-elle d'une voix tremblante. Je ne sais pas comment t'en parler, sachant ce que ça te fera.

— Je croyais que c'était fini... » Mia sentit des larmes amères emplir ses yeux. Elle était trop fatiguée, trop *blessée* pour parvenir à les retenir plus longtemps. « Huit p-putains d'années, et je... je me suis laissée aller à croire que tout était fini. »

Elle s'effondra à genoux sur une mer de visages hurlants, tentée de se mettre à hurler avec eux. « Qu'est-ce qui pourrait bien être pire ?

— Ô, Déesse, pardonne-moi... » Ashlinn se laissa choir à ses côtés sur la pierre. Attrapa les mains de l'enténébrée et prit une profonde respiration chevrotante. « Mia… » Elle secoua la tête ; des larmes s'écoulaient le long de ses joues. « Mia… c'est ton père. »

CHAPITRE 6

Imperator

Mia était assise sur un rivage noir, sa tête le théâtre d'une guerre opposant trois couleurs.

La première était le rouge du sang. Celui de la rage. Elle la sentit refermer ses poings. L'emplir au point de déborder, des pieds jusqu'au sommet du crâne. La pousser à cracher des jurons et du feu, à piétiner ces visages de pierre angoissés. Cela lui fit un bien fou de s'y abandonner un moment, d'embrasser pleinement le mauvais caractère qui faisait son renom. Au moins savait-elle d'où il provenait, à présent : il flottait dans l'air tout autour d'elle, dans les rues de la ville à la surface, modifiait l'architecture même de la jeune femme.

Sa vie tout entière.

La rage d'un dieu terrassé.

La deuxième était le gris froid de l'acier. Celui de la suspicion, qui s'insinuait comme un couteau glacé dans son ventre. L'espace d'un instant, elle pria pour que tout ceci ne soit qu'un tour de passe-passe – une manipulation fomentée par un homme qui s'était toujours révélé avoir trois longueurs d'avance. Sauf que dans les profondeurs les plus sombres de son être, tout sonnait juste. La façon dont Scaeva l'avait regardée ce tour-là, dans les appartements de sa mère. Tout ce qu'il lui avait enlevé d'un seul geste de sa main. La lueur dans ses yeux quand il lui avait souri, aussi sombre que des hématomes.

« Tu veux savoir ce qui me tient chaud la nuit, petite ? »

Ainsi donc, la fureur tua la suspicion. La noya sous un déluge écarlate.

Mais après le gris froid de la suspicion était venu le chagrin. Aussi noir que des nuages d'orage. Transformant ses imprécations en sanglots et sa fureur en larmes. Elle s'était affalée sur cette rive de hurlements muets et avait commencé à pleurer. Comme un enfant. Comme un putain de bébé. Laissant son chagrin, sa terreur, son angoisse se déverser de ses lèvres et dévaler ses joues jusqu'à ce que ses sclérotiques prennent la couleur du sang et que sa gorge la brûle.

Darius Corvere. Justicus des Luminatii. Chef de la rébellion du Faiseur de roi. L'homme qui lui offrait des casse-tête à l'occasion de la Grande Dîme, qui lui lisait des contes avant l'heure du coucher, dont la barbe lui chatouillait les joues lorsqu'il l'embrassait pour lui souhaiter bonne nuit. L'homme qui avait posé ses petits pieds sur les siens et l'avait fait virevolter dans cette fastueuse salle de bal.

« Je t'aime, Mia.

— Moi aussi.

— Promets-moi de t'en souvenir. Quoi qu'il arrive. »

L'homme qu'elle avait adoré, l'homme qu'elle avait pleuré, l'homme qu'elle avait passé les huit dernières années à essayer de venger. L'homme qu'elle appelait *Père* jusqu'à peu.

Encore raté.

Ashlinn s'installa derrière elle et lui entoura la taille de ses bras, le front doucement appuyé contre son dos. Gentilhomme et Éclipse, assis à proximité, les observaient en silence. Jonnen la regardait avec une confusion toute neuve qui faisait scintiller ses yeux insondables. Couleur plumes de corbeau. Couleur vrainuit.

Identiques à ceux de Scaeva.

Identiques aux miens.

« Son épouse ne peut pas avoir d'enfants, murmura Ashlinn, la voix lourde de chagrin. Scaeva, je veux dire. Je suppose que c'est pour ça qu'il a pris Jonnen sous son aile… ensuite…

— Tous les rois dignes de ce nom ont besoin de fils, chuchota Mia. De filles, beaucoup moins.

— Je suis désolée, mon amour. » Ash lui prit la main, pressa ses lèvres contre les doigts sanguinolents de sa maîtresse. « Mère noire, je suis tellement désolée. »

Éclipse se rapprocha alors, pour envelopper son corps translucide autour de la taille de l'enténébrée et poser sa tête sur ses genoux. Gentilhomme était pour sa part installé sur ses épaules, enchevêtré dans ses cheveux, une queue protectrice enroulée autour de sa poitrine. Mia puisa du réconfort dans leur fraîcheur fuligineuse, dans le contact presque immatériel de leurs corps contre le sien, dans les bras d'Ashlinn qui l'entouraient. Mais ses yeux revinrent bientôt à cette piscine noire qui leur faisait face, la puanteur cuivrée du sang qui flottait lourdement dans l'air. Elle considéra à nouveau ses mains vides, les passagers à ses côtés, l'ombre sous ses pieds – plus sombre qu'elle ne l'avait jamais été.

La multitude était une.

Et le redeviendra ?

La jeune femme se tourna vers le Sans-Âtre silencieux qui se tenait devant elle. Ses yeux noirs étaient fixés sur Ashlinn. Sur leurs doigts entrelacés. Ses prunelles avaient jadis une teinte noisette, se souvint alors Mia. Et ses doigts avaient exploré des zones de son corps que personne n'avait jamais touchées.

Sa révélation résonnait encore à ses oreilles. Le poids de la vérité qu'elle avait cherchée toutes ces années, et qui lui écrasait à présent les épaules. Une partie d'elle-même trouvait encore tout ça impossible à croire – même avec le souvenir du Massacre de la Vrainuit qui chantait sous son crâne, la puissance et la fureur qu'elle avait déployées si facilement, les ombres aussi coupantes que des épées dans ses mains tendues. Elle avait tué tellement d'hommes à cette occasion, cédant à la rage qui l'avait nourrie pendant toutes ces années, tous ces kilomètres et toutes ces non-nuits sans sommeil.

Elle la sentait réenvahir son âme en cet instant, ramper dans sa direction depuis cette maudite piscine. Toxique. *Narcotique*. Le noir étouffant du chagrin sous des vagues d'un rouge familier, réconfortant.

Si elle était en colère, elle n'avait pas besoin de réfléchir.

Si elle était en colère, elle pouvait se contenter d'*agir*.

De traquer.

De poignarder.

De tuer.

Ce salopard. L'araignée tapie au centre de toute cette putain de toile pourrie. L'homme qui avait condamné sa mère à mourir dans les entrailles de la Pierre philosophale, qui avait ordonné à ses sbires de la noyer, qui s'était servi d'elle pour se débarrasser de ses rivaux, pour finir par se retrouver à portée de main de son maudit trône. L'homme qui l'avait manipulée de loin pendant toutes ces années, l'aiguillonnant, la modelant à sa guise, la transformant en…

Elle considéra ses mains tremblantes, grandes ouvertes.

En ceci.

Aussi s'abandonna-t-elle à la rage, la laissant étouffer le chagrin qui l'habitait. Et dans l'obscurité, elle chuchota : « Si c'est une tueuse qu'il veut, c'est ce qu'il aura. »

Ashlinn cligna des yeux. « Pardon ? »

Mia se releva en grimaçant. Tendit sa main. « Donne-moi cette lame, Ash. »

Celle-ci baissa son regard sur l'épée longue glissée à sa taille. Elle l'avait récupérée dans les appartements de Mia à la chapelle de Sepulcra. Une arme en ossacré, aussi tranchante que la lumière des soleils, avec une poignée sculptée à l'image d'un corbeau en vol. Jadis propriété de Darius Corvere, elle s'était retrouvée entre les mains de Marcus Remus, qui l'avait récupérée dans son bureau du Nid du Corbeau. Mia avait tué Remus par la suite – elle lui avait tranché la gorge dans un trou à rats poussiéreux situé sur la côte d'Ysiir –, et revendiqué la lame comme sienne.

Vengeant ainsi son père – du moins le croyait-elle.

« Je t'aime, Mia.

— Moi aussi. »

« Donne-la-moi, insista l'enténébrée.

— Pourquoi ?

— Parce qu'elle m'appartient.

— Mia… » Ash se releva, prudence et inquiétude transformant sa voix en velours. « Mia, quoi que tu aies en tête… tu es épuisée. Blessée. Ce que Tric vient de nous apprendre… c'est forcément difficile à…

— Donne-moi cette *putain* d'épée, Ashlinn ! » hurla alors Mia.

Les ombres se dilatèrent ; l'obscurité résonnait dans son timbre, le teintant de fer. Elle s'agitait tel un stroboscope autour de ses pieds, dessinant des formes et des motifs insensés. La lumière fantomatique faisait scintiller les yeux ambre du corbeau gravé sur la poignée. La piscine ondulait derrière elle, comme touchée par une pierre minuscule.

Ashlinn blêmit sous ses taches de rousseur. Mia s'avisa qu'elle tremblait bel et bien. Mais elle n'en campait pas moins sur ses positions. Dents serrées, elle ferma les poings pour faire cesser ses frissons. Tenant tête à Mia comme personne d'autre n'osait jamais le faire. « Non », répliqua-t-elle.

Mia lâcha un grognement. « Ash, je te préviens…

— Préviens-moi autant que tu le voudras, l'interrompit son amante, avant de prendre une longue inspiration. Je sais que tu es en colère. Que tu es blessée. Mais il faut que tu *réfléchisses.* » D'un geste, elle embrassa l'obscurité qui se déployait derrière Mia. « Loin de cette maudite piscine. Ta peau débarrassée de ce sang, un cigarillo au bec, et une bonne non-nuit de sommeil pour te remettre de toute cette merde. »

Si Mia la foudroya du regard, celui-ci n'en vacilla pas moins. « Donne-moi mon épée, Ashlinn. »

Cette dernière suivit d'une main délicate l'affreuse cicatrice qui barrait la joue de l'enténébrée. La courbe de ses lèvres. Mia sentit son cœur fondre à la vue de ce qu'elle devinait dans ses yeux.

« Je t'aime, Mia. Même ce qui me fait peur en toi. Mais tu as suffisamment morflé pour un seul tour. Je refuse de te voir souffrir davantage. »

Des larmes s'échappèrent alors des yeux de l'enténébrée. Du noir s'extirpant du rouge. Les murs se dressaient autour d'elle, prêts à s'effondrer. Ses mains s'agitaient contre ses flancs, comme en quête désespérée d'une étreinte – sauf qu'elle était trop déchirée pour l'implorer. Avec un murmure compatissant, un regard vers le garçon Sans-Âtre occupé à les observer, Ashlinn se rapprocha de l'enténébrée, l'enveloppa de ses bras et lui embrassa le front. « Je t'aime, chuchota-t-elle.

— Je suis désolée, murmura Mia, la bouche enfouie dans les cheveux de son amante, ses mains lui parcourant le dos.

— Tout va bien.

— Non. » Les mains de Mia descendirent jusqu'aux hanches d'Ashlinn, ses doigts effleurant la poignée de l'épée longue. Et d'un ample geste, l'enténébrée tira la lame de son fourreau et recula hors de portée de sa maîtresse. « Loin de là.

— Espèce... » Ash écarquilla les yeux, la bouche béante. « Espèce de...

— Salope ? »

Mia fit tourner l'arme dans sa main, essuya ses larmes sur sa manche crasseuse. « Ouais. » Elle hocha la tête. « Mais une salope pleine de ressources. » Elle fit alors face à Tric, renifla bruyamment, et cracha. « Comment je sors d'ici ?

— Il faut que tu écoutes...

— Même pas en rêve, le coupa l'enténébrée. Julius Scaeva se trouve à Sepulcra, tu comprends ça ? Le *vrai* Julius Scaeva. Cent mille personnes l'ont vu se faire poignarder par la lame d'un assassin. Il va devoir se montrer devant la foule pour rassurer tout le monde avant que la ville ne s'embrase. Et son sosie est mort. Du coup tu vas me montrer le moyen de sortir de ce putain de trou à rats, ou me laisser errer dans le noir, contrainte de jouer aux devinettes ? Parce que, d'une manière ou d'une autre, je *vais* retourner au Sépulcre.

— Moi, je me souviens du chemin qu'on a pris pour arriver ici », lança alors une petite voix.

Celle de Jonnen, posté devant le rivage noir, toujours affublé de ses robes pourpres crasseuses. Le garçon la fixait de ses grands yeux sombres, ne sachant à l'évidence plus trop comment se comporter avec elle. Il ne voulait pas croire qu'ils étaient frère et sœur, la chose semblait assez claire. Mais si Ash avait dit vrai à propos de son père, alors *tout* était peut-être vrai. Quand Mia se résumait à la personne qui avait tué son père, la situation était simple : ça faisait d'elle une *ennemie*, détestée autant que redoutée. Mais maintenant que Jonnen savait son père toujours en vie, que ressentait-il pour la sœur qu'il n'avait jamais connue ?

« Vraiment ? » lui demanda Mia.

Il hocha la tête. « J'ai une mémoire aussi tranchante qu'une épée. Tous mes tuteurs le disent. »

Mia tendit la main vers son frère. « Allons-y, dans ce cas. »

Le garçon leva vers elle des yeux emplis de suspicion et de faim. Lentement, néanmoins, il se résolut à accepter l'invitation. Gentilhomme s'installa sur les épaules de Mia, ronronnant doucement pendant qu'Éclipse venait rôder autour de ses chevilles. La jeune femme récupéra la lanterne en ossacré et fit un pas dans l'obscurité – mais Tric se posta alors juste devant elle, se dressant au-dessus de la jeune femme tel un beau spectre exsangue tout droit sorti d'un conte qu'on se murmure au coin du feu.

Elle pouvait sentir le froid irradier de son corps, là d'où jadis se diffusait une chaleur douloureuse. Ses yeux remontèrent la ligne d'albâtre de sa gorge, l'arête de sa mâchoire, la fossette discrète qui lui barrait la joue. D'une pâleur laiteuse. D'une pâleur de mort.

« Tu m'as dit que la Mère t'avait envoyé ici pour me servir de guide, fit Mia. Alors montre-moi le chemin.

— Ceci n'est pas ton chemin, Mia, murmura le Sans-Âtre. Ashlinn dit vrai. Tu es blessée. En colère. Tu as besoin de sommeil, d'un repas décent et d'un moment de détente.

— Tric, tu te souviens, à l'époque où on était encore des disciples, de la fois où tu m'as dissuadée de faire quelque chose que j'avais *décidé* de faire en en appelant à mon côté raisonnable ? »

Il inclina la tête. « … Non.

— Moi non plus. Et maintenant, montre-moi le chemin. Ou débarrasse le plancher. »

Tric jeta un coup d'œil à Ashlinn. L'obscurité qui les entourait bruissait de la chanson du meurtre. La piscine ondulait d'une fureur flegmatique. Il regarda Mia droit dans les yeux. Un noir sans fond. Complètement indéchiffrable. Mais il finit néanmoins par pousser un soupir glacial. « Suivez-moi. »

« Au forum ! »

Il y avait des crieurs sur chaque pont, des sonneurs dans chaque rue pavée. Le hurlement parcourait les artères et les tavernes, franchissait les canaux reliant les Génitaux aux Bras. C'était l'intégralité de Sepulcra qui résonnait de cette exhortation.

« Le forum ! »

Le chaos avait tenté de s'enraciner pendant qu'ils se trouvaient sous la cité – une odeur de sang et de fumée planait dans l'air. Mais alors même qu'ils émergeaient des tunnels qui couraient sous la nécropole de Sepulcra, Mia s'avisa que la ville n'avait pas encore sombré dans l'anarchie la plus totale. Des Luminatii et des soldats patrouillaient dans les rues, écartant les gens à coups de boucliers et de matraques. Les rassemblements de plus d'une douzaine de personnes étaient promptement brisés, de même que le nez de tous ceux qui protestaient un peu trop vigoureusement. La légion semblait avoir été informée en amont des troubles à venir – presque comme si le consul avait anticipé une vague de chaos après la fin des jeux.

Toujours une longueur d'avance, espèce de salopard…

Et à présent l'annonce se répandait dans les rues. Flottait par-dessus les balcons et les toits en terre cuite, retentissait par-dessus les canaux. Faisant taire les rumeurs, apaisant les troubles et promettant les réponses que tous les habitants de cette ville attendaient.

Le cardinal avait-il vraiment été assassiné ? Le consul également ?

Le Sauveur de la République, terrassé par la lame d'un simple esclave ?

Mia avait chipé un manteau sur la corde à linge de quelque lavandière, ainsi qu'une bande de tissu à enrouler autour de la cicatrice et de la marque d'esclave qui déparaient son visage. Ils se frayèrent un chemin à travers le Bras Armé et descendirent vers le Cœur – Ashlinn à sa gauche, Tric à sa droite, et Jonnen dans ses bras. Le poids du garçon tirait sur ses muscles, et sa colonne vertébrale ne manquait pas de lui signifier son mécontentement. Mais même si elle n'était plus l'assassin qui avait tué son père, elle n'en restait pas moins la ravisseuse qui prétendait être sa sœur depuis longtemps disparue, et Mia le soupçonnait de vouloir prendre ses jambes à son cou à la moindre occasion. La jeune femme avait beau ne pas craindre que son petit malin de frangin se fasse la malle, l'idée de le perdre à nouveau la mettait dans tous ses états.

Pas après tout ce qu'elle avait traversé.

Grâce à la présence d'Éclipse et de Gentilhomme dans son ombre, le garçon semblait un peu plus calme – il fixait même sur elle des yeux embués. Ensemble ils se frayèrent un chemin dans les rues de Sepulcra, sur les pavés et les grandes piazzas du quartier moelle-nés, en direction du forum. La foule qui les entourait irradiait un mélange de peur et de curiosité, la violence attendant son heure dans les coulisses. Mia apercevait ici et là des lames dissimulées. Des lèvres retroussées. Un potentiel de *ruine*, à un souffle ou à un mot près.

Chaque rancune. Chaque esclave, chaque plébéien malheureux, chaque mécontent ayant un compte à régler. Elle vit combien tout cela était fragile – cette soi-disant « civilisation ». La rage qui bouillonnait au sein même de cet endroit. Sepulcra lui faisait l'effet d'un baril de verrewyrd, enveloppé de chiffons imbibés d'huile. À l'affût de la moindre étincelle capable de tout enflammer.

À quelques centaines de mètres de la première Côte, ils découvrirent des rues tout simplement trop bondées pour leur permettre d'approcher davantage. Les rues et les ponts grouillaient de gens de toutes sortes – jeunes et vieux, riches et pauvres, itreyens, liisiens, vaaniens, dweymeri. Plutôt que d'insister, Mia et ses camarades se frayèrent un chemin jusqu'à la base de la puissante statue représentant l'Omnivoyant qui s'élevait au centre du forum.

L'effigie dominait la foule du haut de ses quinze mètres, taillée dans du marbre massif. L'une des mains tendues d'Aa tenait trois globes arkémiques représentant les trois soleils. L'autre brandissait une puissante épée. Mia avait détruit ladite statue la vrainuit de ses quatorze ans, mais Scaeva avait ordonné sa reconstruction, payant la note de ses propres deniers. Un autre geste pieux censé acheter l'adoration du public.

Le quatuor fit l'ascension de la statue, Jonnen dans les bras de Tric, pour finalement trouver un endroit où se jucher dans les gigantesques plis des robes de l'Omnivoyant. Et contempler la foule qu'ils surplombaient.

« Déesse noire, murmura Ash à côté d'elle, regarde tous ces gens. »

Mia n'en croyait pas ses yeux. La foule devant laquelle elle s'était battue pendant le *Venatus Magni* était déjà impressionnante, mais là, c'était comme si *tous* les citoyens de Sepulcra s'étaient rassemblés ici en prévision de l'annonce. Les Côtes se dressaient au-dessus de leurs têtes – seize arches en ossacré d'une blancheur éclatante qui semblaient partir à l'assaut du ciel. Soldats et Luminatii s'ouvraient un chemin à travers le public en fendant quelques crânes au passage, maintenant l'ordre par la force. Peur et désespoir planaient dans l'air comme la puanteur du sang dans une boucherie. Au moins avaient-ils leur perchoir pour eux seuls – si Tric paraissait apprécier le vraijour aussi peu que Mia, sa présence glaciale dissuadait qui que ce soit d'autre de trop s'approcher.

Mia plissa les yeux pour les protéger de l'éclat aveuglant du vraijour. Leur remontée jusqu'à la surface, aussi longue que silencieuse, s'était résumée à une succession de tours et de détours. La jeune femme n'avait aucune idée de la durée de leur périple – le temps lui avait paru dénué de sens dans les labyrinthes sombres qui couraient sous la peau de la ville. Mais maintenant qu'ils en étaient sortis, le désir avait fait son retour. Cette piscine noire. Ces visages figés en un cri silencieux. Ça lui manquait, tout comme lui manquaient Gentilhomme et Éclipse lorsqu'ils se retrouvaient séparés. Ça lui manquait comme si une partie d'elle-même lui avait été arrachée.

La multitude était une.

Elle repoussa cette pensée pour se concentrer sur la rage, ses doigts blanchis sur la poignée de son épée en ossacré.

La Lune, Niah, Cléo, Mercurio, Ashlinn, Tric – rien de tout cela n'avait la *moindre* importance.

Pas tant que ce salopard est encore en vie.

Des trompettes se mirent à sonner, nettes et précises dans la lumière du vraijour. Les soleils dans le ciel étaient des créatures *vivantes*, qui lui pilonnaient les épaules, la broyaient sous leur lumière comme on écrase un ver sous une botte. Son seul répit, elle le trouvait dans les ombres projetées par les plis des robes de l'Omnivoyant – et Mia s'y accrochait tel un enfant aux jupes de sa mère. Mais elle se redressa quand même au son de la fanfare, plissant les yeux pour contempler le gigantesque amphithéâtre ouvert du forum et le cercle d'imposants piliers couronnés de magnifiques statues. Le Sénat proprement dit se trouvait à l'ouest, splendide assemblage de colonnes cannelées et d'ossements polis. La première Côte se profilait au sud ; le balcon du palazzo consulaire grouillait de Luminatii recouverts de plaques d'os-sacré et de sénateurs affublés de couronnes vertes de laurier et de robes blanches ondoyantes ornementées de pourpre.

Les trompettes claironnèrent longtemps, faisant taire les cris, les chuchotements, l'incertitude qui couvait dans la Cité des Ponts et des Os. À dire vrai, Mia n'avait jamais vraiment réfléchi aux conséquences qu'auraient ses récents agissements bien au-delà de la mort de Duomo et de Scaeva. Mais à mesure que la rumeur de leur trépas se répandait, la cité semblait danser de plus en plus près du bord de l'abîme.

Qu'adviendrait-il de cet endroit si le consul disparaissait bel et bien ?

Que deviendrait véritablement cette ville, cette République, si l'enténébrée lui coupait la tête ? Se contenterait-elle de s'agiter dans tous les sens un certain temps, le temps qu'il lui en pousse une nouvelle ? Ou, tel un dieu terrassé par la main de son père, se briserait-elle en mille morceaux ?

« Miséricordieux Aa ! cria quelqu'un dans la rue en contrebas. Regardez ! »

Un autre hurlement leur parvint aussitôt d'un toit situé derrière eux : « Par les Quatre Filles, c'est bien lui ? »

Mia sentit son cœur cogner contre sa poitrine. Plissant les yeux pour les protéger de l'éclat éblouissant des soleils, elle se tourna vers le balcon des appartements du consul. Les Luminatii et les sénateurs qui s'y trouvaient étaient en train de s'écarter.

Ô, Déesse.

Ô, miséricordieuse Mère noire.

Sa robe pourpre était encore trempée de sang, et son laurier doré avait disparu. Un pansement imbibé de rouge enveloppait sa gorge et son épaule. Il avait le visage pâle, des cheveux poivre et sel humides de sueur. Mais c'eût été impossible de le confondre avec quelqu'un d'autre lorsqu'il s'avança, main levée, tel un berger devant ses moutons. Trois doigts tendus formaient le signe d'Aa.

« Père », dit Jonnen.

Mia lui lança un regard noir, se demandant s'il allait oser appeler à l'aide – mais son frère semblait trouver le garçon Sans-Âtre qui le tenait suffisamment effrayant pour rester tranquille dans l'immédiat. La foule, en revanche, se retrouva submergée par une vague de jubilation – un rugissement assourdissant, étourdissant, qui se propagea jusqu'aux extrémités du forum depuis les spectateurs assez proches pour voir le consul de leurs propres yeux. Les gens plus éloignés se mirent à hurler, à réclamer la vérité, à exiger de voir, à se bousculer et à se battre. Des soldats intervinrent, leurs matraques prêtes à frapper. Les rues semblaient comme tanguer, des gens se poussaient, crachaient, se balançaient les uns les autres des ponts – les canaux en contrebas étaient garnis de corps ; le chaos ne faisait que s'amplifier, s'intensif…

« Mon peuple ! »

Le cri s'était échappé des cors éparpillés d'un bout à l'autre du forum, amplifié, résonnant sur les murs du Sénat et l'ossacré de l'Épine dorsale. Comme par quelque magik, il diffusait du calme dans la confusion. Diminuait les oscillations du couteau.

Julius Scaeva se trouvait trop loin pour que Mia discerne vraiment son expression, mais sa voix était rauque de douleur. L'enténébrée distinguait son épouse, Liviana, à ses côtés – sa toge rouge pareille à une tache de sang, sa gorge scintillante d'or. Mia se tourna alors vers Jonnen, vit ses yeux fixés sur la femme qui prétendait être sa mère.

Le garçon lui rendit son regard. Pour se détourner à nouveau, tout aussi rapidement.

Scaeva prit une longue inspiration avant de poursuivre. « Mon peuple ! répéta-t-il. Mes compatriotes ! Mes amis ! »

Un lourd silence s'abattit sur la Cité des Ponts et des Os. L'air était suffisamment calme pour qu'on puisse entendre les murmures de la mer dans le lointain, la douce prière du vent. Mia avait connu l'amour de la foule dans l'arène, si fait. Le public s'était levé pour elle, avait rugi de liesse, frissonné, hurlé, chanté son nom comme un hymne adressé au ciel. Mais jamais, à l'époque où elle arpentait les sables, l'enténébrée ne l'avait subjugué à ce point-là.

Ils appelaient Julius Scaeva « Senatum Populiis » – le sénateur du peuple. Le Sauveur de la République. Et même si ça la révulsait de l'admettre, la jeune femme s'émerveillait de le voir ainsi soumettre toute une ville avec une simple poignée de mots.

« J'ai entendu des rumeurs ! lança Scaeva. Comme quoi votre République serait décapitée ! Comme quoi votre consul aurait été assassiné ! Comme quoi Julius Scaeva serait tombé ! Ces rumeurs, je les ai entendues, et à mon tour je défie mes ennemis devant vous tous ! » Il abattit un poing ensanglanté sur la balustrade. « Je suis bel et bien là ! Et Dieu m'en soit témoin, je compte bien y rester ! »

Un rugissement. Tonitruant, joyeux, qui se propageait à travers la foule tel un feu de forêt. Mia voyait des gens l'embrasser en contrebas, les joues humides de larmes de liesse. Son estomac se noua, ses lèvres se retroussèrent ; ses doigts agrippaient si fermement son épée que sa main en tremblait.

Au terme d'une pause idoine, Scaeva leva la main pour imposer le silence, qui s'abattit une fois de plus sur le forum comme un marteau sur une enclume. Il prit une longue inspiration, puis toussa à deux reprises. Une main posée sur son épaule ensanglantée, il alla tant bien que mal se poster devant le cor mancié. Soldats et sénateurs s'avancèrent aussitôt pour l'empêcher de tomber. Une vague de désarroi parcourut la foule. Mais d'un signe de la tête Scaeva écarta ses bons samaritains et se redressa de toute sa hauteur, malgré ses « blessures ». Courageux, indestructible, et ô combien *puissant*.

La foule perdit alors son esprit collectif. Un déluge d'extase et de béatitude s'abattit sur les présents. Bien malgré elle, Mia ne pouvait s'empêcher d'admirer cette théâtralité. La façon dont ce serpent tournait à son avantage chaque difficulté, chaque moment de flottement.

« Nous sommes blessés ! s'écria-t-il. Cela ne fait aucun doute. Et en dépit de l'atroce douleur qui me torture en cet instant, je ne parle pas du coup de couteau que j'ai reçu, non. Je parle du coup qui nous a été porté, à nous tous !

Notre conseiller, notre conscience, notre ami… non, notre *frère*, nous a été enlevé. »

Scaeva inclina la tête. Lorsqu'il se remit à parler, sa voix était lourde de chagrin : « Mon peuple, cela me fend le cœur d'être le porteur d'aussi mauvaises nouvelles. » Le consul se cramponna à la balustrade, comme accablé de tristesse. « Mais je suis dans l'obligation de vous confirmer que Francesco Duomo, grand cardinal du Ministère d'Aa, élu de l'Omnivoyant sur cette terre bénie…, a été assassiné. »

Des cris de consternation envahirent aussitôt le forum. Des gémissements angoissés et des grincements de dents. Scaeva leva lentement la main, tel un maestro devant un orchestre.

« Je pleure la perte de mon ami. De toute mon âme. Longues furent les non-nuits durant lesquelles je me suis nourri de sa magnificence – je porterai la sagesse céleste dont il m'a fait don jusqu'à mon dernier souffle. » Scaeva baissa la tête, poussa un soupir. « Mais depuis bien longtemps déjà, je me tue à le répéter : les ennemis de notre illustre République sont bien plus proches que mes frères sénateurs ne le croient ! L'héritage du Faiseur de roi continue à suppurer dans le cœur de notre République ! Et pourtant même moi je n'aurais osé imaginer qu'en cette fête très sainte, dans la plus grande cité que ce monde ait connue, le héraut de l'Omnivoyant puisse être fauché par la lame d'un assassin ! À la vue de nous tous ! Devant les trois yeux toujours ouverts d'Aa en personne ! Quelle folie est-ce là ? »

Il déchira sa robe violette, leva les yeux au ciel.

« *Quelle folie est-ce là ?* » hurla-t-il.

La foule rugit de plus belle, hésitant entre la rage et l'affliction. Mia regardait l'émotion déferler puis refluer comme des vagues sur une plage balayée par la tempête – et Scaeva en essorer chaque goutte.

Le consul reprit la parole une fois que le vacarme se fut calmé : « Comme vous le savez, mes amis, dans l'optique de préserver la sécurité de la République, j'avais l'intention de me présenter pour un quatrième mandat de consul lors des élections de la vrainuit. Mais face à cette atteinte directe à notre foi, notre liberté, notre *familia,* je n'ai pas d'autre choix. Dès cet instant, en vertu des dispositions d'urgence de la constitution itreyenne, et eu égard la menace *indéniable* qui pèse sur notre glorieuse République, moi, Julius Scaeva, revendique présentement le titre d'imperator et tous les pouvoirs... »

Sa voix se retrouva momentanément noyée par une clameur extraordinaire. Tous les hommes, femmes et enfants l'ovationnaient. Soldats. Saints hommes. Boulangers et bouchers, filles de joie et esclaves, par la Déesse noire, et même les putains de sénateurs présents sur cette horrible petite scène. La constitution de la République se faisait déchirer devant leurs yeux. Leurs voix étaient réduites à un pâle écho dans une salle vide. Et pourtant aucun d'eux,

pas

un

seul

ne pleurait.

n'enrageait.

ne se révoltait.

Ils se bornaient à *applaudir,* putain de merde.

Quand un bébé a peur, quand le monde part à vau-l'eau, vers qui se tourne-t-il ? Qui semble être le seul à pouvoir arranger les choses ?

Mia secoua la tête.

Père...

Scaeva leva une main, mais même le maestro ne paraissait plus en mesure de maîtriser les applaudissements désormais. Les gens tapaient du pied en rythme, psalmodiaient son nom comme une prière. Mia se redressa, le cœur au bord des lèvres tant elle avait l'impression de se trouver dans l'œil d'un cyclone. Ashlinn s'empressa de lui serrer la main ; l'enténébrée hésitait à en faire de même, avec le Défunt qui se trouvait à proximité.

Une éternité parut s'écouler avant que la foule ne se calme suffisamment pour laisser Scaeva poursuivre : « Sachez que je ne prends pas cette responsabilité à la légère, finit-il par hurler. À dater de ce tour, mon peuple, et jusqu'à la vrainuit – quand nos amis du Sénat ratifieront sans nul doute ma nouvelle position –, je serai votre bouclier. Je serai votre épée. Je serai la pierre sur laquelle nous pourrons reconstruire notre paix, nous réapproprier ce qui nous a été enlevé et reforger une république plus forte, plus grande et plus glorieuse que jamais ! »

Scaeva parvint à sourire devant cette réaction plus qu'enthousiaste, quand bien même il semblait comme se flétrir désormais. Sa femme lui chuchota quelques mots à l'oreille ; il tapota son épaule ensanglantée tout en hochant lentement la tête. Un centurion des Luminatii se rapprocha et s'employa à les faire partir, lui et sa femme, sous bonne garde. Mais dans une ultime démonstration de force, Scaeva se retourna alors vers la foule.

« Écoutez-moi bien ! »

Son exhortation fut suivie d'un lourd silence, aussi profond que les Abîmes.

« Écoutez-moi ! lança-t-il. Écoutez la vérité ! Car c'est à *vous* que je parle présentement. *Vous.* »

Mia déglutit distinctement – la mâchoire serrée, douloureuse.

« Où que vous soyez, quelle que soit l'ombre qui a envahi votre cœur, quelle que soit l'obscurité dans laquelle vous vous trouvez... »

La jeune femme nota l'accent qu'il avait mis sur « ombre » et « obscurité ». La ferveur dans sa voix. Et quand bien même des centaines de mètres – et peut-être plus de cent mille personnes – les séparaient, l'espace d'un instant Mia eut l'impression qu'ils étaient les deux seules personnes au monde.

« Je suis votre père, déclara Scaeva. Je l'ai toujours été. » Il tendit la main, aussitôt imité par la foule. « Et ensemble ? *Rien* ne peut nous arrêter. »

CHAPITRE 7

Être

L'éclat d'une épée en ossacré.
Un halètement gargouillant.
Une gerbe de rouge.
Un autre garde s'effondra à genoux, et Mia

traversa

le couloir

jusqu'au second garde, qui fixait des yeux écarquillés sur son camarade tombé. L'arme de l'enténébrée sectionna des chairs et des os comme s'il s'était agi de brume. Les muscles du malheureux se relâchèrent, sa vessie se vida, de la pisse et du sang s'accumulèrent sur le sol en pierre polie – et il s'écroula à genoux dedans, pour bientôt trépasser.

Mia traîna les corps jusqu'à une antichambre et se tapit dans les ombres, des rideaux de longs cheveux noirs drapés autour de son visage. À l'affût du moindre bruit de pas. Le forum était encore saturé de bruits à l'extérieur, la foule ignorant si elle devait célébrer le discours de Scaeva ou pleurer leur cardinal assassiné. Sepulcra était en proie à une exaltation coupable, respirant plus facilement maintenant que de la calamité était sorti le salut. Leur père avait défié la mort. Il avait échappé à la lame de l'assassin.

Qui aurait pu nier, désormais, qu'il était l'élu d'Aa ? Qui mieux que lui aurait pu revendiquer le titre d'imperator et guider la République à travers les dangers auxquels elle faisait face ?

Mia arpentait silencieusement les couloirs en ossacré. Elle passait d'une ombre à la suivante aussi aisément qu'une autre fille aurait sauté entre les flaques sous la pluie. C'était là un talent que la jeune femme cultivait depuis des années – mais ça semblait bien plus simple depuis que Furian avait péri de sa main. Son frère, se remémora-t-elle alors, s'était servi des ombres pour l'aveugler dans la nécropole ; peut-être pourrait-elle apprendre à faire de même. Elle se demandait quelle part de vérité contenait l'histoire de Tric – comme quoi elle aurait des fragments de dieu brisé en son for intérieur. Quels dons supplémentaires la jeune femme allait peut-être découvrir en elle, si elle embrassait pleinement sa nature.

Aux murs qui l'entouraient étaient suspendues de magnifiques tapisseries, devant lesquelles s'alignaient des statues de marbre massif, éclairées par des lustres en cristal dweymeri chantant. De la musique lui parvenait de quelque endroit lointain – des cordes et un clavecin : une touche de désolation dans l'ombre de la mort du cardinal. L'épée longue en ossacré dans sa main était un poids réconfortant, la puanteur du sang dans ses narines un doux parfum, le loup fait d'ombres un grognement apaisant à son oreille.

« … DEUX AUTRES DEVANT TOI… »

Ils tombèrent comme les deux précédents : des ombres qui ondulent, une fille qui semble se matérialiser du néant devant leurs yeux ébahis. Ces hommes étaient des Luminatii, affublés d'armures en ossacré et de manteaux rouge sang. Leurs casques à plumes faisaient des merveilles pour étouffer le peu de bruit qu'ils produisaient en mourant, et les manteaux se révélaient fort pratiques pour le nettoyage qui s'imposait ensuite.

Son cœur martelait sa poitrine malgré le démon logé dans son ombre. Ses pensées se tournèrent alors d'elles-mêmes vers Ashlinn, Tric, Jonnen. Elle avait demandé à son amante de garder son frère, de le surveiller comme si sa vie en dépendait. « Je ne suis pas une putain de nourrice », avait-elle protesté – prélude à d'autres plaintes qui patientaient dans les coulisses. Mais le baiser de Mia avait eu tôt fait de les réduire au silence.

« S'il te plaît, s'était-elle bornée à lui susurrer. Pour moi. »

Et ça avait suffi à emporter le morceau – au moins pour un temps.

Mais pas forcément *très* longtemps.

« JE NE TE SERAI D'AUCUNE UTILITÉ DANS LE CAS PRÉSENT, lui avait dit Tric. LA LUMIÈRE EST TROP VIVE.

— Tu n'as pourtant fait qu'une bouchée de ces soldats dans les allées de la nécropole, lui avait-elle fait remarquer. Vraijour ou pas.

— LES MURS ENTRE CE MONDE ET LE ROYAUME DE LA MÈRE SONT PLUS FINS DANS LES MAISONS DES MORTS. ET C'EST PAR LA SEULE VOLONTÉ DE NIAH QUE J'ARPENTE CETTE TERRE, MIA. JE VAIS GAGNER EN FORCE À MESURE QUE LA VRAINUIT APPROCHE. MAIS ICI ET MAINTENANT… » Il les avait regardées l'une après l'autre, avait secoué la tête. « SANS COMPTER, FILLE PÂLE, QU'IL S'AGIT LÀ D'UN PLAN STUPIDE. »

L'enténébrée aurait voulu lui répondre par un bon mot, mais l'entendre l'appeler ainsi lui avait déchiré les entrailles. Elle l'avait examiné de pied en cap – ses mains noires dissimulées à l'intérieur de ses manches, ses yeux noirs cachés sous sa capuche. Son beau visage d'albâtre encadré d'obscurité. En se demandant ce qui aurait pu advenir, puis étouffant dans l'œuf ces interrogations.

« S'il te plaît, l'avait suppliée Ash, ne fais pas ça.

— Je n'ai pas le choix, avait-elle rétorqué. Il ne fait presque plus d'apparitions publiques. C'est pour ça qu'on s'en est pris à lui pendant le *magni*, tu te souviens ? Il faut que je m'occupe de lui *maintenant*, avant qu'il ne retourne s'enterrer quelque part.

— À supposer que c'était *bien* lui, avait fait remarquer Ash. Pour ce qu'on en sait, Scaeva pourrait fort bien avoir une douzaine de sosies. Ça fait des années qu'il est de mèche avec l'Église rouge. Comment savoir s'il se trouve toujours en ville ? Et dans l'hypothèse où il serait encore dans le coin, qui te dit qu'il ne s'agit pas d'un piège ?

— C'est sans doute le cas, avait répliqué Mia.

— Et qu'est-ce qui l'empêche de te tuer, dans ce cas ?

— Solis comme Chut ont utilisé des lames enduites de Rictus. Ils me veulent vivante. » Mia avait alors jeté un coup d'œil à son frère. « Parce que moi *aussi*, j'ai quelque chose qu'il convoite.

— Mia, s'il te plaît…

— Gentilhomme, tu restes ici avec Jonnen. Fais en sorte qu'il se tienne calme.

— *… oh, joie des sens…*

— Éclipse, avec moi.

— *... COMME IL TE PLAIRA...*

— TU DOIS LAISSER LE PASSÉ MOURIR, MIA », l'avait avertie Tric.

L'enténébrée l'avait alors fixé droit dans les yeux. « Parfois, lui avait-elle lancé d'une voix glaciale, le passé refuse de mourir tout seul. Parfois il faut le tuer. »

Et elle était partie.

Mia arpenta normalement le forum jusqu'à ce qu'il devienne trop bondé, les soldats trop nombreux. Pour ensuite continuer à l'abri de son manteau d'ombres, le monde autour d'elle réduit à un flou informe, les soleils flamboyant au-dessus de sa tête pendant qu'Éclipse guidait ses pas. Elle progressa ainsi – lentement quand il le fallait, rapidement lorsqu'elle l'osait – jusqu'à atteindre l'ombre imposante de la première Côte. Après avoir escaladé la clôture en fer forgé, l'enténébrée laissa derrière elle les dizaines de Luminatii postés à proximité de lourdes portes en ossacré poli, pour enfin se retrouver dans les appartements privés du consul. La jeune femme avait de vagues souvenirs de cet endroit, remontant au bal auquel elle avait assisté dans sa jeunesse – lorsqu'elle avait virevolté dans cette salle étincelante sur les pieds de son...

... non, pas son père.

Ô, Mère, comment as-tu pu faire une chose pareille ?

Elle suivait les ombres comme un loup appâté par l'odeur de sang frais – Éclipse en éclaireur, simple forme noire glissant le long des murs. Évitait les esclaves, le personnel et les soldats, se résumant à une simple brise sur leur nuque, à un frisson dans leur dos. Toutes les leçons de Mercurio et de Greffier résonnant dans sa tête, ses muscles tendus, sa lame prête à frapper, aucun mouvement inutile, ses pas ne produisant même pas le moindre murmure. Son ancien professeur se serait gonflé d'orgueil d'assister à pareil spectacle. Chacun de ses efforts, les leçons, l'entraînement, la douleur, l'enténébrée pouvait sentir tout ça parfaitement distillé dans ses veines. Chaque choix qu'elle avait fait l'avait conduite à cet instant. Chaque route qu'elle avait empruntée l'avait inexorablement menée jusqu'ici. Là où cette histoire était vouée à prendre fin.

Les indications d'Éclipse finirent par la conduire à une vaste pièce. Un imposant bureau en chêne trônait au fond de la pièce, les étagères qui tapissaient le mur débordaient d'énormes ouvrages et de parchemins. Le sol était sculpté d'un relief superficiel taché par quelque besogne arkémique – un passe-temps de Scaeva, à en croire la rumeur, auquel à l'évidence il excellait. Il s'agissait d'une grande carte représentant l'intégralité de la République, depuis la mer du Silence jusqu'à la mer des Étoiles.

Le cœur de Mia battait à tout rompre contre ses côtes lorsqu'elle se débarrassa de son manteau d'ombres. La sueur avait rendu ses cheveux collants, et du sang séché maculait sa peau. Ses muscles lui faisaient mal, ses blessures la brûlaient ; l'adrénaline et la rage livraient bataille à l'épuisement et au chagrin.

Et il se trouvait là, près du balcon.

Occupé à contempler la lumière aveuglante des soleils comme si rien au monde ne clochait, simple silhouette se détachant d'un fond aveuglant.

Mia traversa sans bruit la pièce dans sa direction, la bouche sèche, sa main humide de sueur sur la garde de son épée. Malgré le passager niché dans son ombre, elle avait craint qu'il ne soit déjà parti – qu'Ashlinn ait vu juste, que l'homme qui avait parlé devant une foule en liesse n'ait été lui aussi qu'un acteur arborant son visage.

Mais ses doutes s'envolèrent dès qu'elle se fut approchée suffisamment.

Une froide nausée au creux de son ventre. Une lente terreur cédant le pas à un sentiment écrasant d'inévitabilité. Les dernières pièces du puzzle de sa vie – qui elle était, *ce* qu'elle était, pourquoi elle existait – se mettaient enfin en place.

Cette sensation…

Cette sensation ô combien familière.

Gentilhomme se matérialisa sur le sol auprès d'elle, comme en découpant la pénombre alentour. La Dona Corvere jeta un unique coup d'œil à l'ombrechat – et siffla comme si quelque chose l'avait ébouillantée. Elle s'éloigna en hâte des barreaux pour se réfugier dans les profondeurs de sa cellule, ses lèvres retroussées.

« Il est en toi, chuchota la Dona. *Ô, par les Filles, il est* en *toi. »*

« Bonjour, Mia », dit Scaeva.

Il ne se retourna même pas pour la regarder – ses yeux restèrent fixés sur la lumière des soleils au-dehors. Il avait troqué son costume déchiré couvert de sang pour une longue toge d'un blanc immaculé. Une ombre sur le mur. Des doigts entrelacés dans son dos. Sans défense.

Mais pas seul.

Elle vit son ombre bouger. Un frisson la parcourut alors même que la nausée et la faim *éclataient* en son for intérieur. Et de la tache d'obscurité étalée sur le mur du bureau – assez sombre pour deux – lui parvint un faible sifflement mortel.

Un ruban de noirceur se déploya depuis les pieds de l'imperator. Il glissa sur le sol avant de se redresser, aussi fin que du papier, en goûtant l'air de sa langue.

Un serpent fait d'ombres.

« … *Elle a tes yeux, Julius…* », dit-il.

Sa fureur se mit alors à flamboyer, aussi vive que ces trois maudits soleils à l'extérieur. Le sang dans ses veines, le sang qu'ils partageaient, commença à bouillonner. Plus rien d'autre ne lui importait en cet instant. Mercurio ou Jonnen. Ashlinn ou Tric. L'Église rouge, la Mère noire ou la pauvre Lune brisée. Elle se serait ouvert les poignets sur-le-champ pour pouvoir le noyer dans son propre sang. Se serait brisée en morceaux simplement pour lui trancher la gorge sur les tessons.

Elle ne prit conscience de courir qu'une fois tout près de lui, sa lame prête à frapper, ses lèvres retroussées, ses yeux réduits à deux fentes.

Le serpent se mit alors à siffler pour prévenir l'imperator.

Le pouls de Mia battait dans ses oreilles.

Et Julius Scaeva se tourna vers elle, tout en levant la main.

Un flash de lumière. Une douleur aiguë. Un éclat aveuglant pareil à un coup de poing en plein visage. Elle se retrouva littéralement projetée en arrière, en hurlant comme un chat échaudé. Des doigts de Scaeva pendait une chaîne dorée, au bout de laquelle s'agitaient trois soleils brillants – platine, rose et or jaune. La Trinité d'Aa, reproduite sur chaque flèche de chapelle, chaque fenêtre d'église depuis cette ville jusqu'à Ysiir. Sauf que celle-ci avait été bénie par un serviteur de la *vraie* foi.

Éclipse se mit à geindre, le serpent à se tordre de douleur aux pieds de Scaeva. Mia était tombée sur le dos ; ses ongles griffaient le sol gravé tandis que l'ancien consul brandissait le sceau dans l'espace – quelques décimètres, des *milliers* de kilomètres – qui les séparait. Une lumière de feu blanc et de lames rouillées zébrait le noir absolu qui régnait derrière ses yeux. Son ventre se mit à tourbillonner, ses yeux à la brûler, sa bouche s'emplit de bile – cette lumière aveuglante, *fulgurante*, la réduisait à une boule de douleur sans défense.

« Quel p-plaisir de te revoir, ma fille », dit Scaeva.

Comment ?

Malgré la souffrance, elle parvenait encore à la sentir – la même pulsion qui l'envahissait en présence de n'importe lequel de ses semblables. Scaeva était un enténébré, aucun doute là-dessus. Mais cette Trinité, par la Mère noire, ces trois sphères de flamme incandescente…

« C-comment ? parvint-elle à articuler.

— Comment je… fais pour supporter ça ? »

Julius Scaeva parlait d'une voix chevrotante, et à travers ses propres larmes Mia voyait que lui aussi pleurait. N'empêche : l'imperator de la République itreyenne brandissait devant lui ces détestables soleils. Sa main tremblait. Son passager se recroquevillait de douleur à ses pieds. De légères volutes de fumée émanaient de ses doigts.

Et pourtant il tenait bon.

« De la même façon que je viens de r-revendiquer un trône. » Scaeva faisait tourner la Trinité dans tous les sens, les veines de son cou dilatées ; un sifflement s'échappait de ses dents serrées. « C'est une question de volonté, m-ma fille. Pour prétendre au *vrai* pouvoir, il n'est pas nécessaire de disposer de soldats… n-ni de sénateurs, ou de serviteurs du sacro-saint. Tout ce qu'il faut, c'est la *volonté* de faire ce à quoi les autres se r-refusent. »

La nausée lui envahit la gorge ; la douleur que lui causait la flamme de l'Omnivoyant était presque aveuglante. Mais Mia parvint quand même à répondre d'une voix dégoulinante de haine : « J-je ne suis pas… votre p-putain de fille. »

Scaeva inclina la tête ; il y avait quelque chose comme de la pitié dans son regard. « Ô, Mia… »

Il s'agenouilla devant l'enténébrée, ce qui eut pour effet de rapprocher un peu plus d'elle la Trinité. Mia s'efforça de battre en retraite sur le cul et les coudes, tel quelque crabe estropié. Le dos appuyé contre le mur, elle se retrouva à bout de souffle, des larmes s'écoulant sans retenue le long de ses joues balafrées, la main levée pour se protéger de la conflagration de ces trois cercles bénis. Des veines dilatées étaient visibles sur le bras de Scaeva, de la sueur scintillait sur son poing tremblant – elle s'écoulait sur le sol en ossacré poli qui les séparait.

Et pourtant il tenait bon.

« P-puis-je ranger ça ? demanda-t-il. Tu nous penses… capables de d-discuter comme des gens civilisés ? Au moins pour… q-quelques instants ? »

Du feu sous son crâne. De la haine pareille à de l'acide dans ses veines. Mais tout doucement, rongée comme elle l'était par la douleur et la nausée, Mia hocha la tête.

Scaeva se releva aussitôt, puis glissa la Trinité hors de vue dans les plis de sa robe. Le soulagement fut immédiat, étourdissant, au point que la jeune femme ne put retenir un sanglot. Alors même qu'elle s'efforçait de reprendre son souffle, Scaeva s'employa à traverser la pièce, ses sandales de cuir murmurant sur la vaste carte gravée par terre. D'une main tremblante, il attrapa une carafe en cristal et remplit d'eau un petit verre.

« Puis-je t'offrir quelque chose ? lui proposa-t-il d'une voix redevenue aussi suave que du caramel. C'est bien le vin doré ton poison préféré, si je ne m'abuse ? »

Mia garda le silence, se bornant à le foudroyer du regard, tel un faucon-strige, le temps que son pouls ait quelque peu ralenti. Mercurio lui avait appris à toujours étudier sa proie. Et bien qu'elle ait rêvé de Julius Scaeva presque chaque non-nuit ces huit dernières années, c'était la première fois qu'elle le voyait d'aussi près depuis ses dix ans.

L'imperator était un bel homme, il lui fallait l'admettre – d'une beauté presque douloureuse. Des boucles noires parsemées de légères touches de gris au niveau des tempes. De larges épaules, une peau bronze contrastant nettement avec la blancheur immaculée de sa robe. Une sagesse acquise à force de fréquenter les couloirs du pouvoir scintillait dans ses yeux sombres.

Mercurio lui avait appris à déchiffrer les gens en un clin d'œil, et Mia avait toujours été une élève douée. Mais en présence de Scaeva – cet homme qui avait soumis le Sénat itreyen à sa volonté, qui s'était taillé un royaume dans une République ayant assassiné ses rois des siècles plus tôt –, elle se retrouva sans voix. Presque tout ce qui le concernait, le superficiel mis à part, restait dissimulé. C'était un tueur. Un salopard sans pitié. Mais outre ça… il restait une énigme.

Une fois la Trinité disparue, Éclipse s'extirpa de l'ombre de Mia en ondulant d'indignation. Le propre passager de Scaeva commença à glisser sur le sol, en fixant sur la non-louve des non-yeux empreints de ce qui ressemblait fort à de la faim. L'enténébrée voyait l'ombre de l'imperator s'agiter sur le mur, ses robes onduler, ses mains se tendre vers les siennes, aussi douces que des agneaux.

« Bien. » Scaeva se retourna pour lui faire face, sans cesser de siroter le contenu de son verre en cristal. « Enfin réunis. Tout cela est plutôt excitant, pas vrai ?

— Pas autant que la suite, rétorqua-t-elle, le cœur toujours au bord des lèvres.

— Ça me fait *vraiment* plaisir de te revoir, Mia. Tu es devenue une stupéfiante jeune dame.

— Allez vous faire foutre, espèce d'innommable connard. »

Scaeva sourit presque imperceptiblement. « Bon : une stupéfiante jeune *femme*. »

Il versa une goutte de vin doré dans un verre en cristal chantant. Qu'il revint tranquillement poser par terre à bonne distance de la jeune femme, avant de retourner à l'autre bout du bureau. Mia découvrit là une table basse carrée, flanquée de deux divans. Un échiquier était gravé sur la surface du meuble – une partie battait son plein. Un seul coup d'œil lui suffit pour se rendre compte que les blancs étaient en train de gagner.

« Est-ce que tu joues ? lui demanda Scaeva, un sourcil haussé dans sa direction. Mon adversaire était un bon ami à nous, le cardinal Duomo. On a épuisé bien des coursiers à force de leur faire traverser la ville pour nous communiquer nos mouvements – il ne me faisait plus assez confiance pour me rencontrer en personne, à la fin. » D'un geste qui fit scintiller les anneaux dorés glissés à ses doigts, l'imperator lui désigna le plateau. « Il était sur le point de l'emporter. Le pauvre Francesco a toujours été meilleur aux échecs qu'au jeu de la vie. »

Scaeva lâcha un petit rire, qui eut pour seul effet d'attiser la rage de Mia. La jeune femme n'avait pas de couteaux, rien à lui jeter dessus, mais il lui restait quand même l'épée en ossacré à laquelle elle s'agrippait de toutes ses forces. Son esprit passait en revue les mille et une manières de l'enfoncer dans sa poitrine. Imperturbable, l'imperator prit place devant l'échiquier, puis posa son verre sur l'accoudoir en velours écrasé du divan. Après quoi il sortit de sa robe un poignard familier en ossacré, avec un corbeau gravé sur le manche – l'arme avec laquelle l'enténébrée avait tué son double à peine quelques heures plus tôt. Elle était encore tachée de sang ; les yeux ambre du volatile scintillèrent lorsqu'il la plaça sur la table.

« Que puis-je faire pour toi, Mia ?

— Pourquoi pas mourir, répondit-elle.

— Tu souhaites toujours ma mort ? » L'imperator haussa un sourcil sombre. « Par l'Omnivoyant, *pourquoi* ?

— C'est une plaisanterie ? se gaussa-t-elle. Vous avez tué mon père ! »

Scaeva la regarda avec pitié. « Mon amour, Darius Corvere était...

— Il m'a *élevée* ! l'interrompit-elle. Je n'étais peut-être pas sa fille naturelle, mais il m'a quand même aimée ! Et vous l'avez assassiné ! »

Il fronça les sourcils. « Bien sûr que je l'ai tué. Il a essayé d'anéantir la République.

— Espèce de sale petite merde hypocrite, qu'est-ce que vous *venez* de faire, sur le forum ?

— J'ai *réussi* à anéantir la République. » Scaeva fixa sur elle des yeux empreints d'un amusement sincère. « Mia, si la rébellion de Darius Corvere avait triomphé, son bien-aimé général Antonius régnerait sur Itreya à l'heure qu'il est. Le Sénat serait en ruine et la constitution en cendres. Je ne lui reproche pas d'avoir tenté sa chance, hein. Darius a donné le meilleur de lui-même. La seule différence entre lui et moi, c'est que *ledit* meilleur n'était pas suffisant pour remporter la partie. »

Mia se releva avec effort, ses ongles enfoncés dans ses paumes. Son ombre bouillonnait de rage sur le mur, ses mains pareilles à des griffes tendues vers celle de Scaeva. « Rien de tout ceci n'est un *jeu*, salopard.

— Bien sûr que si, rétorqua l'imperator, en jetant un coup d'œil à l'échiquier. Et les règles sont simples : conquérir la couronne ou perdre la tête. Darius avait parfaitement conscience du prix de l'échec, et il a malgré tout *choisi* de jouer. Alors s'il te plaît, avant de me rebattre les oreilles avec l'amour *infini* qu'il te portait, n'oublie pas qu'il était prêt à risquer ta vie pour mettre son amant sur le trône.

— C'était un homme bon, fit-elle. Il a fait ce qu'il pensait juste.

— Tout comme moi. Et c'est le cas de la plupart des hommes, tout bien considéré. Mais là où Darius s'apprêtait à prendre le trône pour Antonius en marchant sur sa propre capitale à la tête d'une armée, *moi* je l'ai conquis avec de simples mots… » Il haussa les épaules. « … Bon, peut-être avec un meurtre ou deux, voire trois. Mais tu ne peux pas sérieusement me voir comme un tyran et Darius Corvere comme un parangon de vertu alors qu'il était prêt à massacrer des milliers d'individus pour arriver à ses fins, et que moi je n'en ai tué qu'une poignée. Je t'ai élevée mieux que ça. »

Le souffle de Mia tremblait dans sa poitrine. « Vous ne m'avez *pas* élevée ! Vous avez donné l'ordre à vos sbires de me noyer dans un putain de canal !

— Et regarde ce que tu es maintenant. » Scaeva avait murmuré ces paroles comme un sort, en la regardant avec un genre d'émerveillement. « La dernière fois que je t'ai vue, tu n'étais qu'une petite morveuse moelle-née. Tu avais des serviteurs, de jolies robes, et tout ce que tu voulais t'était apporté sur un plateau d'argent. As-tu pensé ne serait-ce qu'une seconde à ce à quoi ta vie aurait ressemblé, sans moi ? »

Scaeva souleva le roi noir, le déplaça sur le plateau, et s'en servit pour renverser son homologue blanc. « Réfléchis-y un instant, Mia. Fais comme si Antonius avait revendiqué son trône, comme si Darius se tenait à sa droite – imbibé du sang d'un millier d'innocents, tous leurs rêves devenus réalité au lieu d'être réduits en cendres balayés par le vent. »

Il attrapa un pion noir, le tendit devant lui sur sa paume. « Que serais-tu devenue ? » L'imperator laissa un instant sa question sans réponse. Tel un maestro s'apprêtant à entamer le crescendo. « Tu aurais fini mariée à un quelconque imbécile moelle-né avec un nom pour sceller une alliance politique quelconque, reprit-il finalement. Tu aurais promené des chiots, entretenu les feux de ta demeure – tout en sentant peu à peu s'éteindre celui qui brûle à l'intérieur de *ta* poitrine. Rien d'autre qu'une vache en robe de soie. » Il souleva le pion entre ses doigts, le tourna dans tous les sens. « Grâce à moi, tu es de l'acier solide. Une lame assez tranchante pour couper en six la lumière des soleils. Et malgré ça tu trouves en toi-même de quoi me haïr. »

Scaeva lâcha un petit gloussement amer en la regardant droit dans les yeux. « Tout ce que tu es ? Tout ce que tu es devenue ? C'est *moi* qui te l'ai donné. Mienne est la graine à partir de laquelle tu as germé. Miennes sont les mains qui t'ont forgée. Mien est le sang qui coule – froid comme de la glace, noir comme de la poix – dans tes veines. »

Il s'appuya sur le divan, les yeux noirs brûlant dans les siens. « Dans tous les sens possibles du terme, tu es *ma* fille. »

Julius Scaeva tendit alors la main, ses doigts scintillant d'or. Son ombre en fit de même sur le mur. « Joins-toi à moi. »

Le rire de Mia bouillonna dans sa gorge, menaçant de l'étouffer. « Vous êtes complètement taré, ou quoi ?

— D'aucuns seraient sans doute de cet avis, répliqua Scaeva. Mais vraiment, pour *quelle* raison veux-tu ma mort ? J'ai assassiné un homme qui prétendait être ton père. Sauf que c'était un menteur, Mia. Un usurpateur en puissance. Un homme fin prêt à risquer sa familia pour assouvir sa propre ambition. J'ai fait tuer ta mère, d'accord. Une belle félonne, elle aussi. Prête à partager ma couche et à me trancher la gorge avant même que la sueur de nos ébats n'ait refroidi. Alinne Corvere connaissait les risques qu'elle prenait à soutenir… non, *encourager* la manœuvre de Darius. Sa vie. Celle de son fils. La *tienne*. Et elle les a toutes estimées de moindre valeur qu'un trône. »

L'ombrevipère serpentait sur le sol en direction Mia, sa langue fourchue goûtant l'air environnant.

Scaeva fit tourner le stylet en ossacré sur la table, ses yeux braqués sur ceux de la jeune femme. « Je ne t'ai jamais menti, ma fille. Pas une seule fois, depuis le tout début de cette histoire. Quand j'ai ordonné à mes hommes de te noyer, tu n'avais aucune valeur à mes yeux. Jonnen était assez jeune pour que je le revendique comme mien. Pas toi. Mais désormais tu as démontré que tu étais bel et bien ma fille. Que tu possédais la même volonté que moi : non seulement de survivre, mais de *prospérer*. De graver ton nom sur cette terre de tes ongles ensanglantés. Darius cherchait à devenir un faiseur de roi ? Tu peux véritablement en *être* un. La lame dans ma main droite. Tous tes désirs réalisés. La richesse. Le pouvoir. Le *plaisir*. Rien ne m'empêche de me débarrasser de ces vendus de l'Église rouge pour t'accueillir à mes côtés. Ma fille. Mon *sang*. Aussi sombre, belle et mortelle que la nuit. Et, ensemble, nous pourrons sculpter une dynastie capable de perdurer mille ans. »

Son ombre s'étira un peu plus sur le mur, en direction de celle de Mia. « Toi et ton frère êtes l'héritage que je laisse à ce monde, reprit-il. Quand je serai mort, tout ceci pourra te revenir. Notre nom sera éternel. Immortel. Donc, oui. Je te demande de te joindre à moi. »

Les paroles de Scaeva résonnèrent dans les cavités de sa tête, lourdes de vérité. Son ombre pendait au mur tel un portrait mal accroché. Mais si Mia elle-même resta parfaitement immobile, lentement,

terriblement lentement,

ladite ombre leva une main sombre vers la sienne.

Sa vie durant elle avait considéré ses parents comme irréprochables. Comme des figures presque divines. Sa mère – d'une sagesse infinie, aussi tranchante, aussi belle que la meilleure rapière d'acier liisien. Son père – noble, courageux, aussi brillant que les soleils. Malgré ce que Sidonius lui avait révélé sur eux dans les cellules du Nid du Corbeau, leur reflet semblait ne jamais pouvoir s'estomper en son for intérieur. Ça lui faisait trop mal d'admettre qu'ils aient pu être imparfaits. Égoïstes. Mus par la cupidité, le désir ou l'orgueil, et prêts à tout risquer pour ça. Aussi les gardait-elle sans tache. Immaculés. Enfermés pour toujours dans une boîte à l'intérieur de sa tête.

Aux yeux d'un enfant, Père est un autre nom de Dieu.

Et Mère est la terre même qui s'étend sous ses pieds.

Sauf qu'à présent, Mia se souvenait de ce tour sur le forum – le tour où Darius Corvere avait été pendu. Une fille de dix ans, qui surplombait la foule en compagnie de sa mère, les yeux fixés sur cet horrible échafaud, sur l'alignement de nœuds coulants ballottés par le vent hivernal. Elle sentait encore la pluie sur son visage, et le bras d'Alinne tout contre sa poitrine, une autre main autour de sa gorge, la clouant sur place de manière à la forcer à regarder les bourreaux passer la corde autour du cou du Faiseur de roi. Les mots qu'Alinne Corvere lui avait chuchotés résonnaient en cet instant à ses oreilles aussi clairement que le tour où elle les avait prononcés la première fois.

« Ne jamais reculer. Ne jamais avoir peur. Et ne jamais, jamais *oublier. »*

Alinne devait savoir ce qu'elle faisait, à ce moment-là. Savoir quelles graines de haine elle plantait ainsi dans les entrailles de sa fille. La vengeance qui germerait de ces paroles. Le sang qu'elle ferait couler. Et tout ça à cause de la mort d'un homme qui – bien qu'il ait fort bien pu l'aimer – n'était aucunement le père de Mia. Et si elle devait être furieuse – et elle *l'était,* par la Déesse – d'avoir entendu Scaeva déclarer qu'elle lui devait tout ce qu'elle était, comment aurait-elle pu en vouloir à la femme qui s'était tenue là, derrière elle, sur ce parapet balayé par le vent ? Qui l'avait obligée à regarder ? Qui lui avait murmuré les paroles qui l'avaient façonnée, régentée, *détruite* ?

Pouvait-elle encore aimer une femme pareille ?

Et dans le cas contraire, pouvait-elle haïr l'homme qui l'avait tuée ?

Pourquoi *détestait*-elle Julius Scaeva ? Alors même que l'intégralité de son existence s'avérait fondée sur un mensonge ? Était-il si différent d'Alinne et de Darius Corvere, nonobstant le fait que *lui* avait sorti son épingle du jeu ? Cet homme était un tueur de sang-froid, dénué de la moindre pitié, aucun doute là-dessus. Il s'était baigné dans le sang de dizaines, voire de centaines de personnes pour arriver à ses fins.

Mais n'était-ce pas le cas de tous ceux qui jouaient à cette comédie humaine ?

Y compris moi ?

Les poils d'Éclipse se hérissaient à mesure que se rapprochait le serpent de Scaeva. Le grognement de l'ombrelouve extirpa Mia de son obscurité intérieure – pour la ramener à la lumière brûlante du bureau, qui faisait scintiller le pion noir posé sur la paume de Scaeva.

« … RESTE OÙ TU ES…, gronda Éclipse.

— ... *Tu n'as rien à craindre, petit chiot...*, siffla le serpent en réponse.

— *... RESTE OÙ TU ES...* »

Éclipse donna un coup de patte à l'ombrevipère, et les yeux de Mia s'écarquillèrent lorsqu'elle vit une fine brume d'éclaboussures noires s'évaporer dans le néant. Le serpent se redressa, débordant d'une froide fureur.

« *... Tu vas regretter cette insulte, petite chienne...*

— *... JE N'AI PAS PEUR DE TOI, VERMISSEAU...* »

L'ombrevipère ouvrit sa gueule noire et se remit à siffler.

« Murmure, intervint Scaeva. Il suffit. »

Le serpent se remit à siffler, mais s'immobilisa.

« Mia ne nous veut aucun mal, dit l'imperator sans quitter sa fille des yeux. Elle est assez intelligente pour savoir où se situer. Et assez pragmatique pour comprendre que, si quoi que ce soit de déplaisant *devait* nous arriver, son Mercurio bien-aimé serait soumis aux plus horribles des tortures avant d'être envoyé à la rencontre de sa chère Déesse sombre. »

L'estomac de Mia se noua à la mention du vieillard, mais elle s'efforça de garder un visage de marbre. Le serpent pivota pour observer son pendant enténébré, se dandinant au rythme d'une musique que lui seul semblait capable d'entendre.

« *... Elle a peur, Julius...* »

Scaeva gratifia Mia d'un sourire que ses yeux venaient démentir. « Ainsi donc le plus tristement célèbre des assassins d'Itreya *s'avère* capable d'aimer. Comme c'est touchant. »

Mia se raidit à ces paroles. Sentant une légère ondulation dans l'air, elle se tourna vers leurs ombres projetées sur le mur. Là où auparavant celle de Scaeva s'étirait comme pour étreindre la sienne, elle était à présent au repos, le dos courbé, les doigts pareils à des griffes. Prête à fondre sur la gorge de celle de la jeune femme.

« Où est ton frère, Mia ?

— En sécurité. »

Scaeva se leva lentement, sa main s'approchant subrepticement de la Trinité dissimulée à son cou. « Tu vas me l'amener.

— Je ne reçois pas d'ordres de vous.

— Tu vas me l'amener, ou ton mentor mourra. »

La voix de Mia se teinta de menace : « Si vous faites le moindre mal à Mercurio, je jure par la Déesse que vous ne reverrez plus jamais votre fils. »

Elle vit alors de la fureur bouillonner dans ses yeux. Une fureur née de la *peur*. Malgré toute sa maîtrise de soi, sa volonté proverbiale, Scaeva ne parvenait pas tout à fait à la lui dissimuler. Mia la *sentait* sur lui, aussi sûrement qu'elle sentait les soleils dans le ciel.

Son esprit se mit à l'ouvrage. Sondant la moindre fissure dans sa façade, analysant le moindre indice lui permettant de deviner ce qu'il cachait derrière son masque. Scaeva avait parlé de fonder une dynastie susceptible de durer mille ans. Et ce serait certes difficile d'y arriver sans son fils unique. N'empêche : il portait le titre d'imperator, désormais. Rien ne l'empêchait de se débarrasser de son épouse stérile, d'avoir autant de femmes qu'il le voulait. Par la Mère noire, il pouvait prendre une *douzaine* d'épouses. Engendrer cent fils.

Alors pourquoi a-t-il peur ?

Tout en balançant ses cheveux par-dessus son épaule, Mia jeta un nouveau coup d'œil sur les silhouettes esquissées sur le mur. L'ombre de Scaeva *bougeait* désormais, sauvagement, agressivement. La sienne faisait de même en réaction, s'allongeant, se distordant ; des formes sombres émergeaient de son dos.

« Vous me semblez terriblement préoccupé par le sort de Jonnen, Père, dit-elle. Et je ne puis me résoudre à croire que c'est par sentimentalisme. Serait-il possible que votre chère épouse Liviana ne puisse plus avoir d'enfants ? »

Des yeux sombres fixèrent son entrejambe.

« On se ramollit avec l'âge, peut-être ? »

Scaeva fit un pas dans sa direction, une main serpentant sous ses robes. En un éclair leurs ombres se télescopèrent, s'entremêlant, se tordant et s'enroulant comme de la fumée. Deux fois plus sombre qu'elles auraient dû être seules. La vipère de l'imperator se cabra comme pour frapper, et Éclipse montra les crocs avec un grognement sinistre. Mia sentit ses vêtements et ses cheveux bouger – à croire qu'une petite brise les agitait par-derrière. Comme si le monde remuait sous ses pieds.

« Tu n'as pas conscience des enjeux avec lesquels tu joues, fit Scaeva. Ne fais pas de toi mon ennemie, Mia. Pas quand je t'offre la paix. Tous ceux qui se sont opposés à moi pourrissent désormais six pieds sous terre. *Tous*. Amène-moi ton frère, et prends ta place à mes côtés.

— Vous *avez* peur, s'avisa-t-elle.

— La peur a son utilité, rétorqua-t-il. La peur est ce qui empêche l'obscurité de nous dévorer. La peur est ce qui nous empêche de participer à un jeu tout simplement *ingagnable*. » Il lui lança le pion, qu'elle rattrapa dans son poing. « Si tu t'engages dans cette voie, ma fille, tu vas mourir. »

Elle se savait incapable de le toucher. Ne serait-ce que *s'approcher* de lui était de l'ordre de l'impossible. Pas avec cette Trinité autour de sa gorge. Pas avec le cou de Mercurio sur le billot. De loin lui parvenaient de lourds bruits de pas et des cris étouffés – quelqu'un avait dû trouver les corps qu'elle avait laissés dans son sillage.

Plus le temps de papoter…

Aussi commença-t-elle à reculer pour s'éloigner de lui.

Un pas. Puis un autre. Toujours plus loin de la gorge qu'elle voulait trancher depuis presque huit ans. Leurs ombres étaient toujours entrelacées sur le mur, occupées à s'étrangler – dans un véritable bouillonnement de rage noire. Non sans effort, Mia força la sienne à battre en retraite, malgré l'évidente mauvaise volonté de celle de Scaeva.

« Amène-moi mon fils, Mia », lui lança-t-il d'une voix douce et mortelle.

L'enténébrée libéra tant bien que mal son ombre ; l'obscurité frissonna autour d'elle. « Je vais y réfléchir, dit-elle. Père. »

Une ondulation dans le noir.

Le chuchotement chantant de pieds qui martèlent le sol.

Et elle disparut.

Il resta planté là un bon moment après le départ de la jeune femme, immobile comme une pierre – et tout aussi silencieux.

L'ombrevipère traversa en ondulant la vaste carte de la République sur laquelle Scaeva régnait à présent, pour s'enrouler tel un ruban noir autour de ses chevilles.

« … *Tu penses qu'elle va t'écouter… ?* » s'enquit Murmure.

L'imperator se tourna vers la lumière brûlante à l'extérieur. « Je pense qu'elle est la fille de sa mère autant que la mienne », répondit-il.

Le serpent soupira.

« … *Regrettable…* »

Scaeva revint à l'échiquier, pour contempler de ses yeux noirs le champ de bataille figé, les pièces disposées en rangées irrégulières. D'un seul mouvement il s'installa, écarta les pièces, porta une main à sa gorge et tira d'un coup sec sur une ficelle en cuir. Une fiole en argent pendait à son extrémité, scellée à la cire noire et gravée de runes écrites dans la langue de l'antique Ysiir.

Scaeva brisa le sceau et en versa le contenu, un épais liquide rouge rubis, sur le plateau.

Et, se servant de son doigt comme d'un pinceau, il se mit à écrire dans le sang.

CHAPITRE 8

Vaurien

Si l'entrée « vaurien » du best-seller de Don Fiorlini, *La Diction itreyenne : Guide définitif*, disposait d'une illustration, elle aurait sans doute beaucoup ressemblé à Nuage Corleone[8]. Lui-même, cependant, préférait le terme « entrepreneur ».

Le Liisien était intégralement vêtu de noir : un gilet en cuir par-dessus une chemise magnifiquement coupée (bien que peut-être un peu trop délacée), ainsi qu'un pantalon *remarquablement* moulant. Des yeux vert émeraude luisaient sous le bord de son tricorne à plumes, et une perpétuelle barbe de trois tours agrémentait une mâchoire sur laquelle on aurait pu briser une pelle. Il se trouvait dans le bureau de la capitainerie, sur les quais des Génitaux. Et il était en train de marchander avec une nonne.

---

8. Ce qui n'arriva jamais. Tous les projets de publication d'une deuxième édition illustrée du *Guide définitif* tombèrent dans l'oubli après que l'épouse de Fiorlini se fut enfuie avec les bénéfices tirés de la première, leur domestique liisien, Lorenzo, et leur chien Clafoutis.

À tous niveaux le tour avait été étrange, pour le moins. Ça avait commencé huit heures plus tôt, lorsque – sous l'effet de l'alcool – Nuage avait parié une somme assez considérable sur l'issue du *Venatus Magni*. *A posteriori*, ladite mise s'était révélée être un investissement bien peu judicieux de ses maigres fonds.

Oh, il avait bel et bien joué sur le gagnant, si fait. Même le bookmaker qui gérait les paris lui avait dit qu'il pensait avec sa bite, mais en regardant la gladiatii connue sous le nom de Corneille découper en morceaux ensanglantés ses anciens camarades de collegium, Nuage s'était retrouvé à admirer ses formes tout autant que ses jambes. À tellement se fier aux capacités de la jeune femme qu'il avait parié sur sa victoire tout ce qu'il avait gagné lors des cinq tours précédents de carnage – de même qu'une ribambelle d'autres pièces qu'il ne pouvait sincèrement pas se permettre de perdre.

Alors même que la Corneille se taillait un chemin vers le triomphe lors de l'ultime épreuve, Nuage s'était levé, hurlant et beuglant avec le reste du public. Lorsqu'elle avait porté le coup de grâce à l'Invaincu, Nuage s'était immédiatement mis à danser une gigue improvisée, avant d'attraper la jeune beauté la plus proche et de lui déposer un baiser directement sur les lèvres (sans nullement qu'elle semble en prendre ombrage, loin de là), ce qui avait provoqué une bagarre générale avec le chéri de ladite donzelle, une douzaine de ses amis, la moitié de l'équipage de Nuage et une centaine d'autres parieurs uniquement motivés par une bonne dose de rififi après un tour inspirant d'étripage. En toute sincérité, il avait adoré ça.

C'était alors qu'avait déboulé la première dose d'inattendu.

Corleone l'avait regardée se produire comme au ralenti : la Corneille brandissant une lame sortie de nulle part sur l'estrade du vainqueur. Tranchant de part en part la gorge du cardinal. Poignardant le consul en pleine poitrine (du moins était-ce ce que lui et la moitié du public avaient imaginé). Du sang coulant à flots, comme de la piquette bon marché lors d'un mariage liisien. Et alors que le reste de la foule se mettait à gémir, à hurler, à paniquer, en voyant ce connard obséquieux de Duomo s'écrouler dans une flaque de sang et de merde, Nuage Corleone s'était retrouvé à beugler à pleins poumons.

La deuxième dose d'inattendu avait suivi peu après.

Il lui avait fallu près d'une heure pour se frayer un chemin jusqu'aux fosses du bookmaker afin d'y récupérer ses gains, durant laquelle il n'avait cessé de se réjouir du trépas chaotique du cardinal. Une bande de légionnaires itreyens renfrognés avait alors informé la canaille que parce qu'une *esclave* venait de tuer les deux plus beaux salopards de toute cette foutue République, tous les paris étaient nuls et non avenus. Ce serait fort malvenu, voyez-vous, de tirer profit de la mort du consul et du grand cardinal des mains d'une *propriété* humaine.

Nuage avait failli rappeler aux soldats à quel point le bon cardinal était un salopard sans nom de son vivant, mais vu ce qu'il percevait dans leurs yeux, sans même parler du désordre qui commençait à envahir la ville autour de lui, il avait estimé que faire des histoires aurait pour seul effet d'aggraver la situation. Ainsi donc, après avoir gratifié d'un articule ce bouffeur de merde tout sourire de bookmaker, le capitaine avait repris la route du port les poches tragiquement vides, en compagnie de son équipage.

Avec toutes les bagarres, le chaos généralisé, et l'annonce qu'avait faite Scaeva sur le forum à propos de sa survie miraculeuse (Nuage aurait pourtant juré qu'elle l'avait poignardé dans les règles), il leur avait fallu trois heures supplémentaires pour retourner à la *Vierge sanglante*. Et présentement, dans le bureau d'un certain Attilius Persius, capitaine du port de Sepulcra[9], l'ultime bizarrerie de ce tour mouvementé s'était présentée sous la forme de la sœur de Tsana susmentionnée.

Nuage mettait la dernière touche aux papiers de la *Vierge sanglante* – non sans abreuver Attilius d'un amical tombereau de conneries (sa femme venait d'accoucher de leur *sixième* fille, pauvre connard) – lorsque la religieuse avait pénétré d'un pas décidé dans le bureau, écarté Nuage et balancé un sac de pièces sur le comptoir.

« J'ai besoin de traverser la mer jusqu'à Ysiir. Rapidement, si possible. »

---

9. « Capitaine du port de Sepulcra » est l'un des titres les plus illustres de toute la ville. Ce poste était jadis attribué par les administratii de la cité, mais les profits générés par le contrôle des entrées et sorties par la mer du Sépulcre finirent par attirer l'attention des braavi locaux – les voleurs, extorqueurs et autres malfrats qui règnent sur le crime organisé de Sepulcra. Les meurtres étaient monnaie courante, et les capitaines de port tombaient plus vite que les pantalons d'un jeune marié le soir de ses noces. Ce fut Julius Scaeva qui suggéra d'autoriser les gangs eux-mêmes à désigner l'heureux gagnant – un coup de génie politique qui lui valut les faveurs des marchands de la ville (qui voulaient juste que leurs foutues cargaisons arrivent en temps et en heure), des braavi (qui commençaient à se lasser d'avoir à étrangler régulièrement un nouveau capitaine de port) et des administratii (qui avaient, à ce stade, bien du mal à dénicher quelqu'un d'assez foutrement stupide pour accepter le poste).
Après discussion entre les gangs, le nouveau directeur du port fut nommé, les meurtres cessèrent et chacun se réemploya à se faire des tonnes d'argent – y compris Julius Scaeva qui, nouveau coup de génie, avait décrété que la capitainerie devrait verser une dîme équivalant à un pour cent de tous ses bénéfices à la présidence du consul.
Ce salopard a de sacrés testicules, il faut lui concéder ça.

Elle ne pouvait pas avoir plus de dix-huit ans, quand bien même sa dureté lui donnait un air un peu plus âgé. Toute vêtue de blanc immaculé – une coiffe de tissu amidonné et des robes volumineuses qui traînaient par terre –, elle gardait ses froids yeux bleus obstinément fixés sur le capitaine du port, lèvres pincées. C'était une Vaanienne, grande et musclée, avec des cheveux blonds apparemment teints au henné qui débordaient de sa coiffe. Nuage se demanda nonchalamment si son tapis était assorti à ses rideaux.

Derrière elle, dans l'embrasure de la porte, se tenait un type massif dissimulé dans du tissu lugubrement sombre. Il avait une Trinité d'Aa (*de qualité plutôt moyenne*, songea Nuage) passée autour de son cou, et ses vêtements dissimulaient plusieurs bosses suspectes qui évoquaient irrésistiblement des épées.

Nuage frissonna légèrement. La température du bureau semblait avoir d'un coup perdu quelques degrés.

La religieuse haussa un sourcil impatient en direction du capitaine du port. « Mi Don ? »

Attilius se borna à la fixer, ses bajoues mal rasées toutes flageolantes. « Mes excuses, ma sœur. C'est juste que… ce n'est pas souvent qu'on voit une sœur de la sororité de la Flamme en dehors d'un couvent, encore moins dans un quartier aussi mal famé que les Génitaux[10].

---

10. La sororité de la Flamme est une ramification du ministère d'Aa qui vénère Tsana, la Dame de la Flamme. L'ordre se compose intégralement de femmes, qui font vœu de chasteté, d'humilité, de pauvreté et de sobriété, et consacrent généralement leur vie à une vertueuse contemplation, cloîtrées derrière les murs de leur temple.
Il convient toutefois de noter qu'en plus de faire partie des saintes patronnes de la gent féminine, Dame Tsana est également la protectrice des guerriers, et qu'en plus des disciplines telles que *(Suite de la note page suivante)*

— Ysiir, répéta-t-elle en faisant cliqueter ses pièces. Ce soir, si possible.

— On fait route dans cette direction, intervint Nuage, en s'appuyant contre le comptoir. Veille-Tempête d'abord, puis Donjon blanc. Mais après ça, l'idée est de traverser la mer des Épées jusqu'à Ysiir. »

La nonne se retourna pour le dévisager. « Votre navire est-il du genre rapide ?

— Il vogue plus rapidement que mon cœur ne bat lorsque je regarde vos jolis yeux, ma sœur. »

Elle leva les yeux susmentionnés au ciel, tambourina sur le comptoir avec ses doigts. « Vous essayez de vous montrer charmant, j'imagine.

— Sans guère de succès, apparemment.

— Combien pour notre traversée ? s'enquit-elle.

— "Notre" traversée ? » Nuage lança un regard à son massif compère. « J'ignorais que les sœurs de la Flamme vierge avaient pour habitude de voyager en compagnie d'hommes…

— Non pas que cela vous concerne, répliqua froidement la jeune femme, mais frère Tric est là pour s'assurer que rien de mal ne m'arrive lors de mes pérégrinations. Ainsi que l'illustre le meurtre de notre grand cardinal Duomo bien-aimé, qu'Aa le bénisse et… veille sur lui, nous vivons des temps dangereux.

— Oh, si fait. » Nuage opina du chef. « Ce bon Duomo – une véritable honte. Ça fend le cœur, vraiment. Mais vous

---

Suite de la note n° 10 : l'enluminure, l'herboristerie et la maïeutique, les sœurs de la sororité sont formées aux arts de l'arc, du bouclier et de l'épée. Ce n'est pas seulement pour des raisons de chasteté qu'il ne faut pas s'amuser à faire chier la sororité, chers amis.

serez en sécurité à bord de la *Vierge sanglante*, ma sœur – vous n'avez rien à craindre de ce côté.

— Non. » Elle jeta un coup d'œil éloquent à sa brute. « Effectivement pas. »

Par le sang et les abîmes, qu'est-ce qu'il fait froid ici…

« Combien pour la traversée, mon bon monsieur ? demanda-t-elle à nouveau.

— Jusqu'à Ysiir ? fit Nuage. Trois cents prêtres devraient suffire. »

À l'arrière-plan, le capitaine du port faillit s'étouffer avec son vin doré.

« Cela me paraît… excessif, fit la sœur.

— Vous m'avait tout l'air… désespérée », répliqua un Nuage tout sourire.

La religieuse se retourna à nouveau vers le colosse. Ses lèvres se serrèrent un peu plus. « Je peux vous en donner deux cents maintenant. Et deux cents de plus quand nous aurons atteint Ysiir. »

Avec un rictus qui lui avait valu quatre bâtards confirmés – et les Filles seules savaient combien d'autres encore –, Nuage Corleone la salua de son tricorne et lui tendit la main. « Affaire conclue. »

Une main plus grosse encore engloutit alors la sienne. Tachée de noir – ça devait être de l'encre –, elle appartenait au mastodonte. Sa poigne était assez puissante pour que Nuage entende ses articulations grincer les unes contre les autres. Et aussi froide qu'une tombe. « AFFAIRE CONCLUE », répéta-t-il d'une voix étrange aussi profonde que les océans.

Le capitaine récupéra ses doigts, les fléchit à plusieurs reprises. « Comment dois-je vous appeler, ma sœur ?

— Ashlinn, répondit-elle.

— Et vous, mon frère ? » Il lança un regard au gigantesque salopard. « Tric, si j'ai bien compris ? »

Le type hocha seulement la tête, ses traits dissimulés dans les ombres de sa capuche.

« Vous avez des bagages ? leur demanda alors Nuage. Je vais ordonner à mes sels de les charg...

— Nous avons là tout ce qu'il nous faut, Capitaine, merci, répondit la sœur.

— Parfait, se borna-t-il à dire, tout en s'emparant de la bourse bien pleine. Suivez-moi, dans ce cas. »

Il les conduisit tous deux hors du bureau d'Attilius. Une certaine nervosité imprégnait la promenade bondée. Au moins vingt autres navires se préparaient à prendre le large – les appels et les cris de leurs équipages résonnaient d'un bout à l'autre du port. Toute la ville était d'étrange humeur après l'annonce de Scaeva – ravie que le nouvel imperator ait pris le contrôle de la situation, mais consternée par le meurtre du cardinal. Nuage n'était pas mécontent de se tirer d'ici pendant un certain temps.

La *Vierge sanglante* tanguait à son poste d'amarrage à leur arrivée ; les eaux profondes du port des Génitaux étaient d'un brun boueux sous les trois yeux brûlants de l'Omnivoyant. Le navire était une caraque élancée à trois mâts, avec une quille en chêne, des poutres en cèdre, et une peau d'un brun rougeâtre chaleureux. Il avait pour figure de proue une belle rousse nue affublée de longs cheveux, savamment disposés pour préserver sa modestie – ou couvrir les parties les plus intéressantes de son anatomie, auraient pu dire certains observateurs. Sa ligne de flottaison comme ses voiles étaient rouge sang – d'où son nom –, et bien qu'il la possédât depuis plus de sept ans, Nuage avait toujours le souffle coupé à sa vue. À dire vrai, il avait perdu le compte des femmes qu'il avait connues au cours de son existence. Mais il n'avait jamais aimé aucune d'entre elles autant qu'il aimait sa *Vierge*.

« Ohé, du bateau ! lança-t-il en s'engageant sur la passerelle.

— Vous avez dégoté une nonne ! lui lança joyeusement GrandJon.

— Bien vu, répliqua Nuage à l'adresse de son second.

— Voilà qui est nouveau.

— Il y a une première fois pour tout. »

GrandJon était un petit-homme. Tout le monde le savait au port des Génitaux. Ce n'était pas un nain – il l'avait bien fait comprendre au dernier imbécile qui l'avait appelé ainsi en lui défonçant le crâne avec une brique. Ce n'était pas non plus un nabot, oh non. Il s'était montré clair sur la question en s'attaquant devant une taverne pleine de marins à l'entrejambe d'un stupide connard quelconque. Tout en clouant le scrotum sectionné du malheureux au comptoir avec son couteau, GrandJon avait déclaré à l'attention de tous qu'il préférait le terme « petit-homme », avant de demander si l'un ou l'autre des présents y voyait la moindre objection.

Personne ne s'était risqué à en émettre. Ni à l'époque, ni depuis.

« Sœur Ashlinn, dit Nuage. Voici mon second, GrandJon.

— Un *vrai* plaisir. » Le petit-homme s'inclina, dévoilant une rangée de dents en argent. « Est-ce que vous gardez le costume pendant, ou…

— Ce n'est pas une fille de joie en costume. C'est une *vraie* religieuse.

— … Oh. » GrandJon tira sur le col de sa tunique bleu ciel. « Je vois.

— Je l'emmène voir les cabanes. Occupe-toi de nous faire appareiller.

— Aye, aye, Cap'taine ! » GrandJon pivota sur ses talons tout en se mettant à rugir d'une voix que ne laissait pas deviner sa petite taille : « Très bien, espèces de bouffeurs de bouses efféminés, bougez-vous ! Toliver, sors ton poing de ton trou du cul et va ranger ces putains de barils ! Kael, quitte la biroute d'Andretti des yeux et monte dans le nid avant que je te fasse regretter que ton vieux père n'ait pas ramoné le canal auditif de ta mère plutôt que sa… »

… et ainsi de suite.

« Mes excuses, ma sœur, reprit Nuage. Il a la bouche aussi sale qu'un égout, mais c'est le meilleur second qu'on puisse trouver de ce côté-ci de l'antique Ysiir.

— J'ai entendu pire, Capitaine. »

Il inclina la tête. « Vous m'en direz tant… »

La religieuse se borna à le fixer, et la pièce de bœuf postée derrière elle parut s'élargir encore un peu. Sans plus de cérémonie, Nuage leur fit donc descendre les escaliers menant aux entrailles de la *Vierge*. Après leur avoir fait suivre le couloir étroit qui menait à la cabine bâbord, il ouvrit d'un grand geste la porte et s'écarta.

« De simples hamacs, j'en ai peur – mais il y a de la place en abondance. Vous pouvez dîner avec moi, ou seule – comme il vous plaira. J'ai aussi une baignoire dans ma cabine, si jamais vous en éprouvez le… besoin. Un poêle arkémique. De l'eau chaude. Votre intimité sera pleinement respectée, et si vous avez le moindre problème avec l'un ou l'autre de mes sels – ce qui m'étonnerait fort –, n'hésitez pas à nous en informer, moi ou GrandJon. On veillera à ce que ça ne reste pas impuni.

— Vos “sels” ?

— Mon équipage. » Il sourit. « Toutes mes excuses, ma sœur, j'ai une langue de marin. Quoi qu'il en soit, la *Vierge sanglante* est ma demeure, et vous y êtes mes invités.

— Mes remerciements, Capitaine », dit la sœur, avant de prendre place dans un des hamacs.

Nuage Corleone toisa la fille de pied en cap. Ses robes blanches informes étaient presque assez amples pour dissimuler une autre nonne dessous – malheureusement conçues pour laisser à peu près tout à l'imagination. Son visage était joli, pourtant, avec ces joues constellées de taches de rousseur et ces yeux brillants de la même couleur qu'un ciel sans nuage. La jeune femme ôta sa coiffe, libérant de longues mèches rousses joliment bouclées autour de ses épaules. Elle avait l'air de ne pas avoir dormi depuis trois tours, semblait avoir besoin d'un bon repas ; toujours était-il qu'on ne l'aurait pas virée du lit pour avoir pété, sainte vierge ou pas.

N'empêche : quelque chose clochait chez elle.

« Puis-je vous aider en quoi que ce soit, Capitaine ? » lui demanda-t-elle, sourcils froncés.

Le corsaire se caressa la barbe. « J'ai aussi un lit dans ma cabine, au cas où vous finiriez par trouver le hamac fatiguant.

— Toujours à jouer les charmeurs, à ce que je vois…

— Ma foi… » Il la gratifia d'un timide sourire d'écolier. « J'ai un faible pour les femmes en uniforme.

— Surtout quand elles s'en débarrassent, j'imagine. »

Le capitaine sourit de toutes ses dents. « Nous allons bientôt partir. Au nord, jusqu'à Veille-Tempête – rapides comme des moineaux –, puis retour à Donjon blanc. On y sera d'ici le week-end, pour peu que les vents nous soient favorables.

— Prions pour qu'ils le soient, dans ce cas.

— Quand vous voulez sur mes genoux, ma sœur. Vous n'avez qu'un mot à dire. »

Le grand gaillard remua légèrement dans le coin, ajustant l'une de ces bosses *décidément* en forme d'épée, et le capitaine estima qu'il en avait appris suffisamment pour l'instant. Avec un clin d'œil capable de charmer un portrait, Nuage Corleone retira son tricorne pour saluer la jeune femme.

« Bonne non-nuit, ma sœur. »

Et il ferma la porte de la cabine.

« Nonne mon cul », marmonna-t-il dans sa barbe quelques instants plus tard, alors qu'il remontait le couloir.

« Non mais les *couilles* que se traîne ce salopard mielleux », murmura Ashlinn d'une voix incrédule.

Gentilhomme se matérialisa alors au-dessus de la porte de la cabine.

« *... je me demande où il range sa brouette...*

— Je suis habillée en *nonne,* poursuivit Ashlinn en regardant autour d'elle avec indignation. Il a *conscience* que je suis habillée en *putain de nonne*, hein ? »

Se débarrassant alors de son manteau d'ombres, Mia fit son apparition de l'autre côté de la pièce. Jonnen se tenait là lui aussi, poignets liés – sa poitrine immobilisée par un bras de sa sœur, qui collait son autre main sur ses lèvres. Lorsqu'elle se décida à l'enlever, le garçon foudroya la Vaanienne du regard.

« Tu as une bouche *dégoûtante,* fille de joie.

— Silence, l'avertit Mia. Ou tu auras encore droit au bâillon. »

Jonnen fit la moue mais se tut bel et bien, le regard braqué sur le dos de sa sœur occupée à traverser la cabane. Après avoir verrouillé la porte, Mia se retourna et croisa les yeux d'Ashlinn.

« Je ne lui fais pas confiance. »

Tric, dans l'autre coin, retira sa capuche de sa tête. « MOI NON PLUS. » De fins panaches blancs s'échappaient de ses lèvres lorsqu'il parlait.

« Eh bien, répliqua Ash, ça fait trois avec moi. Il pourrait aussi bien avoir le mot “pirate” peint au pochoir sur les fesses de son pantalon ridicule. C’est une bonne chose qu’il ne perçoive le reste de la somme qu’*après* notre arrivée à Ysiir.

— Je ne pensais pas que Mercurio nous avait donné une telle fortune.

— Ce n’est… pas le cas, admit Ash. Mais on pourra toujours brûler ce pont quand la question se posera. Le *Chant des sirènes* a déjà pris la mer dans notre direction – et il ne nous reste plus assez de pièces pour nous payer une autre destination. Du coup, soit on tente notre chance ici, soit on commence à franchir l’aqueduc à pied en priant pour un miracle. Et vu qu’on a piqué l’habit que je porte sur la corde à linge d’un couvent, je doute fortement que la moindre divinité soit d’humeur à nous répondre gentiment. »

Gentilhomme commença à lécher une patte translucide sur son perchoir, au-dessus de la porte.

« … toute cette entreprise serait infiniment plus facile si, oh, je ne sais pas, nous pouvions d’une manière ou d’une autre nous rendre invisibles pour le reste du voyage… »

Mia jeta un regard noir à son passager. « C’est le vrai-jour, Gentilhomme. Avec ces maudits soleils dans le ciel, j’arrive tout juste à nous dissimuler, Jonnen et moi. Mais je te remercie de me faire sentir encore plus mal à propos de notre situation que je ne l’étais déjà.

— *… à ton service… »*, ronronna-t-il.

L’enténébrée se tourna vers la porte par laquelle le corsaire était parti. « Notre capitaine a tout l’air d’être un homme intelligent, murmura-t-elle.

— PEUT-ÊTRE *TROP*, fit Tric.

— Il n’existe rien de tel, si j’en crois mon expérience. »

Ce fut en gémissant, une grimace aux lèvres, que Mia s'introduisit dans un des hamacs. Elle y passa un long moment à se mordiller pensivement la lèvre, livrant une bataille perdue d'avance avec ses paupières pesantes.

« Mais Ash a raison, finit-elle par déclarer. Il ne nous reste pas grand-chose en matière de choix. Personnellement, je suis d'avis de tenter notre chance avec la *Vierge*. Tant que Jonnen et moi restons hors de vue, et si tu te sens de supporter quelques semaines la drague de Corleone, je pense qu'on est en sécurité ici.

— *... je suis sûr que dona järnheim va détester chaque minute de ses attentions...* »

Ignorant l'ombrechat, Ashlinn fixa sur Mia des yeux empreints d'inquiétude. L'enténébrée était avachie dans son hamac, la tête baissée, se balançant doucement au rythme du murmure de l'eau contre la coque. Elle semblait sur le point de s'écrouler d'épuisement. Ils pouvaient entendre l'équipage de la *Vierge* au-dessus d'eux – les injures pour le moins imagées de GrandJon, le chant des voiles qu'on déployait, l'odeur du sel et de la mer dans l'air.

Jonnen était toujours dans son coin, Éclipse dans son ombre. « Tu lui as fait du mal, Faiseuse de roi ? » s'enquit-il dans un filet de voix.

Mia croisa les yeux sombres de son frère ; l'ombre de Julius Scaeva flottait entre eux dans la cabine. « Non, finit-elle par lui répondre, au bout d'un interminable moment.

— Je veux rentrer chez moi », dit le garçon.

Mia lâcha un soupir. « Et moi je veux une boîte de cigarillos, ainsi qu'une bouteille de vin doré assez grande pour que je puisse m'y noyer. On n'a pas toujours ce qu'on veut.

— *Moi* si, rétorqua-t-il d'un air renfrogné.

— Plus maintenant. » Mia se frotta les paupières, étouffa un bâillement. « Bienvenue dans le monde réel, petit frère. »

Jonnen se borna à la fusiller du regard. Éclipse se déploya de l'obscurité qui s'étendait à ses pieds, pour ensuite rejoindre la silhouette du garçon sur le mur – l'assombrissant un peu plus au passage. Sans le démon qui chevauchait son ombre, il aurait probablement déjà fait une crise d'hystérie – mais vu ce qu'il avait traversé, l'enfant se portait bien.

N'empêche : Ashlinn n'aimait guère la façon dont le garçon dévisageait sa sœur.

Il était en colère.

Affamé.

« *... ET DONC, C'EST QUOI LA SUITE... ?* grogna Éclipse.

— *... une petite fournée de crêpes et de catins... ?* proposa Gentilhomme.

— *... TU NE PEUX VRAIMENT PAS T'EN EMPÊCHER, PETIT MATOU... ?*

— *... eh non, chère bâtarde...* »

L'ombrelouve considéra de ses non-yeux le reste de la pièce.

« *... EST-CE QU'ON ATTEND* VÉRITABLEMENT *DE MOI QUE JE VOIE DANS CE BÂTARD GROSSIER ET SON HUMOUR PRÉPUBÈRE LE FRAGMENT D'UNE DIVINITÉ BRISÉE... ?*

— La ferme, tous les deux, intervint Ashlinn.

— La “suite” est simple. » Mia étouffa un nouveau bâillement. « Le Ministère détient Mercurio. Jusqu'à ce qu'on l'ait récupéré, nous sommes dans une impasse, Scaeva et moi. » Elle haussa les épaules. « Donc il *faut* qu'on le récupère.

— Mia, fit Ash, ils ont dû emmener Mercurio à la Montagne taciturne. Le cœur du pouvoir de l'Église rouge sur cette terre. Gardé par des Lames de la Mère, le Ministère, et les abîmes seules savent quoi d'autre. »

Mia opina du chef. « Ouaip.

— En outre, poursuivit son amante d'une voix plus forte, je n'ai sans doute pas besoin de souligner qu'ils ont pris Mercurio pour t'atteindre *toi*. S'ils te l'ont dit, c'est parce qu'ils veulent te *forcer* à aller le secourir. Histoire de rendre le piège *encore* plus évident, ils auraient dû engager toute une flopée de courtisanes hors de prix pour danser dans de la lingerie liisienne en chantant un refrain entraînant – “bien sûr que c'est un *putain de piège*”. »

Un petit sourire étira les lèvres de l'enténébrée. « J'adore cette chanson.

— Mia…, gémit Ashlinn, exaspérée.

— Il m'a recueillie, Ashlinn. » Son rictus s'évanouit. « Au moment où tout le reste m'avait été arraché. Il m'a donné un foyer et m'a protégée alors qu'il n'avait aucune raison de le faire. » Mia leva des yeux brillants vers son amante. « Il fait partie de la familia. Davantage à mes yeux qu'à peu près n'importe qui d'autre en ce bas monde. Neh diis lus'a, lus diis'a.

— Quand tout est sang…

— Le sang est tout », acquiesça Mia.

Ashlinn se borna à secouer la tête.

« MIA…, commença Tric.

— La Montagne taciturne se trouve à Ysiir, Tric, l'interrompit-elle. C'est donc par là qu'on doit aller, de toute façon. Alors lâche-toi un peu sur la question du destin, d'accord ?

— DOIS-JE COMPRENDRE QUE TU AS FINI PAR L'ACCEPTER ?

— Ma décision est *loin* d'être prise. » Avec un petit grognement, elle étendit ses jambes dans le hamac. « Mais voyager dans la bonne direction me suffit pour l'instant.

— Le Ministère va savoir que nous arrivons, lui fit remarquer Ash tout en se levant pour l'aider à ôter ses bottes tachées de sang. La Montagne taciturne est une véritable forteresse.

— Absolument », convint Mia. Remuer ses orteils lui arracha une grimace.

« Et donc, par la Mère, comment comptes-tu y pénétrer pour sauver Mercurio ? s'enquit Ashlinn en retirant l'autre botte. Sans même parler d'en ressortir vivante ?

— Par la porte d'entrée. » Elle lâcha un long soupir dans le hamac, cédant enfin à son épuisement.

« La *putain* de porte d'entrée ? siffla Ash. De la Montagne taciturne ? Il te faudrait une armée pour y pénétrer, Mia ! »

L'enténébrée ferma les yeux. « Ça tombe bien, murmura-t-elle, je *connais* une armée. Bon, une *petite*, en tout cas…

— Par le nom sacré de la Mère, s'emporta Ashlinn, de quoi est-ce que tu parles ? »

La jeune femme épuisée avait commencé à se balancer dans le hamac. Le chaos et l'effusion de sang des derniers tours, les révélations et autres prophéties, les promesses non tenues et pourtant inassouvies – tout cela semblait l'avoir rattrapée en fin de compte. Les rides d'inquiétude s'adoucissaient petit à petit sur son visage, et la cicatrice qui lui barrait la joue tirait presque imperceptiblement sur sa lèvre, donnant l'impression qu'elle souriait. Sa poitrine se soulevait au rythme des vagues.

« Mia ? » demanda Ash.

Mais la jeune femme dormait déjà.

Jonnen brisa alors le silence : « … Ça veut dit quoi, “prépubère” ? » demanda-t-il dans un filet de voix.

CHAPITRE 9

Sommeil

Un rêve.

Elle était une enfant, sous un ciel aussi gris qu'un adieu. Occupée à arpenter une eau si calme qu'on aurait dit de la pierre polie, du verre, de la glace sous ses pieds nus. L'étendue se déployait à perte de vue, parfaite, infinie. Un ménisque surplombant le flot de l'éternité.

Sa mère marchait à sa gauche, une balance en déséquilibre dans l'une de ses mains. L'autre se trouvait dans celle de Mia. Elle portait de longs gants de soie noire qui chatoyaient d'un éclat secret. Mais quand Mia regarda de plus près, elle s'avisa qu'il ne s'agissait nullement de gants, et qu'ils dégoulinaient

plicploc

plicploc

sur la pierre/le verre/la glace à leurs pieds, tel du sang s'écoulant d'un poignet entaillé.

La robe noire de sa mère – la couleur du péché, de la nuit et de la mort – scintillait d'un milliard de minuscules points de lumière. Ils brillaient de l'intérieur à travers le voile de son vêtement, comme des piqûres d'épingle constellant un rideau tiré par un tour de soleil. Elle était belle. Effrayante. Ses yeux étaient aussi noirs que sa robe, plus profonds que les océans. Sa peau pâle chatoyait comme des étoiles.

Elle arborait le visage d'Alinne Corvere. Sauf que Mia savait, de cette certitude propre aux rêves, que ce n'était pas là son vrai visage. Parce que la Nuit n'avait aucun *visage.*

Et à l'autre bout de l'infini de gris, il les attendait.

Son père.

Il était tout de blanc vêtu – un tissu si brillant, si tape-à-l'œil, que Mia avait mal aux yeux du simple fait de le contempler. Mais bon, elle en avait autant à son service. Il leur rendit leurs regards à leur approche –, trois yeux fixés sur elle, un rouge, un jaune et un bleu. C'était un bel homme, il lui fallait l'admettre – d'une beauté presque douloureuse. Des boucles noires parsemées de légères touches de gris au niveau des tempes. De larges épaules, une peau bronze contrastant nettement avec la blancheur immaculée de sa robe.

Et il arborait le visage de Julius Scaeva. Sauf que Mia savait, de cette certitude propre aux rêves, que là non plus ce n'était pas son vrai visage.

Quatre jeunes femmes l'entouraient. L'une enveloppée de flammes, une autre de vagues, et la troisième uniquement parée de vent. La quatrième dormait par terre, vêtue de feuilles d'automne. Les trois filles éveillées dévisageaient Mia, leurs yeux empreints d'une malveillance tout sauf dissimulée.

« Mon époux, dit sa mère.

— Mon épouse », répliqua son père.

Ils se tenaient là en silence, tous les six, et Mia aurait sans doute pu entendre son cœur battre dans sa poitrine, pour peu qu'elle en ait eu un.

« Vous m'avez manqué », dit finalement sa mère dans un soupir.

Le silence devint si absolu qu'il en devint assourdissant.

« C'est lui ? s'enquit son père.

— Vous savez bien que oui », répondit sa mère.

Et Mia voulut alors parler, dire qu'elle n'était pas un garçon mais une fille. Sauf qu'en baissant les yeux, l'enfant découvrit une chose des plus étranges qui se reflétait dans le miroir de pierre/verre/glace à ses pieds.

Son apparence était celle qu'elle se connaissait – une peau pâle, de longs cheveux noirs drapés sur de fines épaules, et des yeux d'un blanc brûlant. Mais dans son dos se profilait une silhouette comme découpée dans l'obscurité, aussi noire que la robe de sa mère.

La chose la fixait de ses non-yeux, sa forme frémissant telle une flamme qui ne diffuserait aucune lumière. Des langues de feu sombre jaillissaient de ses épaules, du haut de sa couronne – le tout évoquait une improbable bougie en négatif. Un cercle d'argent était gravé sur son front. Et tel un miroir, il captait la lumière émise par les robes de son père et la réfléchissait, aussi pâle et brillante que les yeux de Mia.

Et face à ce cercle unique, parfait, *Mia comprit ce qu'était le clair de lune.*

« Je ne vous pardonnerai jamais cette infamie, dit son père.

— Je ne vous le demanderai jamais, rétorqua sa mère.

— Je ne souffrirai aucun rival.

— Et moi aucune menace.

— Il ne m'arrive pas à la cheville.

— Mais j'étais la première. Et j'espère que votre dérisoire victoire va vous tenir chaud pendant la nuit. »

Son père baissa les yeux sur elle, son sourire aussi sombre que des hématomes. « Tu veux savoir ce qui me tient chaud la nuit, petite ? »

Mia considéra à nouveau son reflet. Regarda le cercle pâle qui ornait son front se briser en mille fragments scintillants. L'ombre à ses pieds vola alors en éclats, qui se dispersèrent dans toutes les directions ; surgirent alors des motifs fantasmagoriques, bouillonnants – des formes de créatures nocturnes comprenant des chats, des loups, des serpents et des corbeaux, mais aussi des choses tout simplement informes. *Des vrilles d'un noir d'encre jaillirent telles des ailes de son dos, des rasoirs d'obscurité en firent de même de chacun de ses doigts. Mia entendait des cris, de plus en plus assourdissants.*

Pour enfin s'aviser que c'était elle *qui hurlait.*

« La multitude était une, dit sa mère. Et le redeviendra. »

Mais son père secoua la tête. « Dans tous les sens possibles du terme, tu es ma *fille. » Il tenait un pion noir sur sa paume brûlante. « Et tu vas mourir. »*

LIVRE 2

CRÉPUSCULE

CHAPITRE 10

Infidélité

Mia se réveilla en haletant, et faillit tomber de son hamac.

Les hublots étaient obturés, comme ils l'avaient été ces deux derniers tours. La cabine, baignée dans l'obscurité depuis leur départ des Génitaux, tanguait sous l'effet des vagues nonchalantes du large. Presque trois tours après le *magni*, Mia avait encore mal à des muscles qu'elle ignorait posséder, et toujours besoin d'environ sept non-nuits de sommeil supplémentaires.

D'un *véritable* sommeil, bien sûr.

Sans rêver. De sang et de feu. De gris sans fin. De sa mère et de son père, ou de choses qui arboraient leur visage. De Furian, mort de sa main. De son ombre, de plus en plus intense à ses pieds – jusqu'à ce que la jeune femme se glisse dedans et la sente remonter jusqu'à ses lèvres et envahir ses poumons. D'être allongée sur le dos et de contempler un ciel aveuglant, sa cage thoracique grande ouverte, pendant que des homuncules rampaient dans ses entrailles comme des asticots sur un cadavre.

« ENCORE DES CAUCHEMARS ? »

La voix la fit frissonner, puis se sentir coupable *d'avoir* tressailli. Mia lança un regard furtif en direction d'Ashlinn, endormie dans le hamac disposé à côté du sien. Après quoi elle revint au Défunt, installé dans le même coin depuis qu'ils avaient levé l'ancre pour rejoindre la mer du Silence. La capuche de Tric était rabattue en arrière et il avait les jambes croisées, des épées en ossacré sur les genoux, ses mains noires reposant à plat sur les lames.

Par la Déesse, il était toujours aussi splendide. Non pas la beauté brute, terrienne, qui le caractérisait précédemment, non. C'était une *sombre* beauté qui émanait de lui à présent. Sculptée dans l'albâtre et l'ébène. Des yeux noirs, une peau presque blanche – et une voix si profonde que l'enténébrée pouvait la sentir entre ses jambes quand il parlait. Une beauté princière, enveloppée d'une robe de nuit et de serpents. Avec une couronne d'étoiles scintillantes gravée sur le front.

« Mes excuses, je t'ai réveillé ?

— JE NE DORS PAS, MIA. »

Elle cligna des yeux. « Jamais ?

— JAMAIS. »

Mia écarta ses cheveux de son visage, puis quitta son hamac aussi silencieusement que possible. Le simple fait de se redresser tira sur ses blessures bandées, et elle ne put s'empêcher de grimacer de douleur. Tout en restant parfaitement consciente de ces yeux noirs qui suivaient le moindre de ses mouvements.

Elle mourait d'envie d'un cigarillo. D'air frais. D'un putain de bain. Cela faisait deux tours qu'ils étaient coincés ensemble dans cette cabine, et la tension leur tapait sur les nerfs.

Jonnen se résumait à un nœud de fureur et d'indignation, que seule la présence permanente d'Éclipse empêchait d'éclater. Il restait assis pendant des heures, boudeur, maussade, à arracher des vrilles de son ombre pour ensuite les jeter sur le mur du fond – exactement le même truc qu'il avait utilisé sur les yeux de Mia dans la nécropole. Éclipse se jetait comme un chiot sur la boule d'ombres, au grand plaisir du garçon, mais son sourire disparaissait dès qu'il surprenait un regard de sa sœur.

La jeune femme pouvait sentir la colère qu'elle lui inspirait. Sa haine et sa confusion.

Elle se voyait mal lui reprocher quoi que ce soit.

Ashlinn et Tric étaient une autre source d'inquiétude – il y avait entre eux une tension suffisamment épaisse pour qu'on puisse la couper en tranches et la servir avec le soi-disant « ragoût » qu'ils mangeaient à chaque dîner. Mia sentait des nuages d'orage s'accumuler au point d'obscurcir les soleils. Et à vrai dire, elle ignorait complètement comment réagir à cette situation. Jadis, voyez-vous, elle aurait sans doute pu en parler à Tric. Sauf qu'il n'était plus le même.

La jeune femme s'était retrouvée passablement interdite la première fois qu'elle avait posé les yeux sur lui. Envahie d'un mélange de joie et de culpabilité, de félicité et de tristesse. Après quelques tours passés en sa compagnie, pourtant, elle voyait bien que, s'il arborait les mêmes contours qu'avant, il n'était plus entièrement rempli des mêmes couleurs. Elle sentait une obscurité en lui, désormais – la même qui habitait sa propre personne. Attirante. Et, oui, même avec Gentilhomme dans son ombre, peut-être bien *effrayante*.

Mia inclina la tête ; des rivières de longs cheveux noirs vinrent draper chaque côté de son visage. Le silence qui les séparait lui évoquait un épais brouillard.

« Je suis désolée », finit-elle par murmurer.

Le Défunt inclina la tête, ses salines s'agitant tels des serpents oniriques. « POUR QUOI ? »

Mia se mordilla la lèvre, en quête de mots forcément dérisoires susceptibles d'arranger un tant soit peu les choses. Mais s'il y avait un mystère qu'elle n'avait jamais réussi à résoudre, c'était bien les gens. Elle avait toujours été meilleure pour démembrer que pour reconstituer. « Je te croyais mort.

— AU RISQUE DE ME RÉPÉTER, répliqua-t-il, C'EST LE CAS.

— Mais… je ne pensais pas te revoir un jour. Je te croyais disparu à jamais.

— CE N'ÉTAIT PAS LA PLUS RIDICULE DES SUPPOSITIONS. APRÈS TOUT, ELLE M'A POIGNARDÉ À TROIS REPRISES DANS LE CŒUR ET M'A POUSSÉ DU SOMMET D'UNE MONTAGNE. »

Mia lança un regard à Ashlinn par-dessus son épaule. Considéra ses joues couvertes de taches de rousseur à moitié dissimulées derrière ses mains, ses genoux remontés, ses longs cils qui battaient au rythme de ses rêves.

Une amante.

Une menteuse.

Une meurtrière.

« J'ai tenu la promesse que je t'avais faite, lui dit-elle. Ton grand-père est mort en hurlant. »

Tric inclina la tête. « MES REMERCIEMENTS, FILLE PÂLE.

— Ne m'app… » Elle secoua la tête, sa voix lui faisant défaut à mesure que sa gorge se serrait. « … S'il te plaît, ne m'appelle pas comme ça. »

Le Défunt se tourna vers Ashlinn, posa sur sa poitrine une main noire maculée de nuit, comme s'il se rappelait la sensation de sa lame. « QU'EST-IL ARRIVÉ À OSRIK, AU FAIT ?

— Marius l'a tué. Il l'a noyé dans la piscine de sang.

— EST-CE QU'IL A CRIÉ LUI AUSSI ? »

Mia revit alors le frère d'Ashlinn disparaître sous ce déluge de rouge le tour où les Luminatii avaient envahi la Montagne. Ses yeux écarquillés de terreur. Sa bouche remplie de cramoisi. « Il a essayé », finit-elle par répondre.

Tric opina du chef.

Elle poussa un soupir. « Tu dois me prendre pour une salope sans cœur.

— TU PRENDRAIS SANS DOUTE ÇA POUR UN COMPLIMENT. »

Mia leva le regard vers lui, persuadée de le découvrir en colère. Bien au contraire : un mince sourire étirait ses lèvres pâles, et l'ombre d'une fossette lui plissait la joue. L'espace d'un court instant, cela lui rappela douloureusement l'homme qu'il était jadis. Tout ce qu'ils avaient partagé. En scrutant son visage exsangue et ses yeux d'un noir d'encre, l'enténébrée revit le beau garçon brisé qui se trouvait auparavant dessous, et son cœur se transforma en plomb dans sa poitrine.

« EST-CE QUE TU L'AIMES ? » lui demanda-t-il.

Elle revint à Ashlinn. Se remémora son corps sous ses doigts, son odeur, le goût de sa peau. Le visage qu'elle montrait au monde, dur, féroce, la tendresse qu'elle ne dévoilait qu'à Mia, seule dans ses bras. Sa bouche onctueuse. La poésie sur sa langue. Chacune le sombre reflet de l'autre, toutes deux poussées par le même désir de vengeance, par l'envie de *faire* des choses dont la plupart n'oseraient pas même rêver.

Des choses merveilleuses.

Des choses horribles.

« C'est…

— … COMPLIQUÉ ? »

Elle hocha lentement la tête. « Mais la vie l'est toujours, hein ? »

Un gloussement sans joie s'échappa de ses lèvres. « ESSAIE DE MOURIR.

— Je préfère éviter, si possible.

— LA MORT EST LA PROMESSE QU'ON DOIT TOUS TENIR. TÔT OU TARD.

— Je vais choisir la seconde option, si ça ne te dérange pas. »

Il croisa alors ses yeux. Du noir rencontrant du noir. « NULLEMENT. »

Le fracas de lourdes cloches vint alors interrompre leur conversation, et tous deux se tournèrent vers les ponts supérieurs de la *Vierge*. Leur parvinrent des cris étouffés, des bruits de bottes sur les ponts, des notes d'inquiétude mal étouffée. Ashlinn s'extirpa d'un coup de son sommeil, se redressa, passa son avant-bras sur son visage. « Quesquispasse ? »

Mia se tenait debout à présent, ses paupières plissées sur les planches qui les surplombaient. « Quoi que ce soit, ça ne me dit rien qui vaille. »

Un deuxième coup de cloche. Une salve d'insultes pour le moins imaginatives. Mia alla d'un pas léger se poster devant le hublot et ouvrit le volet en bois, laissant entrer dans la cabine un éclat aveuglant de vraijour. Jonnen souleva la tête de son hamac, fit de ses yeux plissés le tour de la cabine. Gentilhomme lâcha un juron depuis le haut de la porte.

Mia cilla, à moitié aveuglée ; Ashlinn ne tarda pas à la rejoindre devant le hublot. Une fois ses yeux habitués à la luminosité, l'enténébrée aperçut des voiles à l'horizon, cousues de fil doré.

« C'est un navire de guerre itreyen... », marmonna Ashlinn.

Mia leva la tête. « Nos hôtes n'ont pas l'air franchement ravis de le voir.

— ... MOI JE LES TROUVE BIEN EXCITÉS, AU CONTRAIRE...

— *... oh, bravo – on s'est exercé au badinage, à ce que je vois...*

— ... *CERTAINS D'ENTRE NOUS N'ONT PAS* BESOIN *DE S'EXERCER, MATOU – ILS ONT SUFFISAMMENT D'ESPRIT POUR S'EN DISPENSER...* »

Ashlinn plongea son visage dans leur barrique d'eau pour s'éclaircir les idées, puis se fit une tresse rapide. « Je vais monter voir de quoi il en retourne.

— Tu ferais mieux de l'accompagner, frère Tric, dit Mia. Moi je vais rester ici, avec Jonnen. »

Le Défunt se leva lentement. Tout en fixant Ashlinn de ses yeux insondables, il glissa ses lames en ossacré sous ses robes et recouvrit son visage de sa capuche. « APRÈS VOUS, MA SŒUR. »

Ash enfila les bottes qu'elle portait depuis qu'elle avait infiltré l'arène de Sepulcra, sangla son épée courte le long de sa jambe. Après avoir revêtu son habit de nonne et sa coiffe, elle prit la direction de la porte.

« Fais attention, hein ? » l'avertit Mia.

Son amante la gratifia d'un sourire oblique, puis se pencha pour embrasser ses lèvres. « Tu sais ce qu'on dit. Ce qui ne me tue pas a tout intérêt à prendre ses jambes à son cou. »

Et la Vaanienne s'éclipsa de la cabine dans un tumulte de robes blanches.

Mia se garda bien de croiser le regard de Tric lorsqu'il lui emboîta le pas.

« Ma foi, soupira Nuage Corleone. Pour citer ce que m'a dit ma chère tutrice Dona Élyse l'année de mes seize ans : "Baise-moi tout doucement, puis donne tout ce que tu as." »

Kael Trois-Yeux se pencha par-dessus le rebord du nid-de-pie. « Ils communiquent par signaux, Cap'taine !

— Aye, je ne suis pas aveugle ! lança-t-il en agitant sa longue-vue. Merci !

— Et ces bouffe-merde sont en train de nous rattraper », grogna GrandJon, calé contre le bastingage auprès de lui.

Le capitaine agita son instrument devant le visage de son second. « Ce truc *fonctionne,* tu sais.

— Capitaine ? » lui lança alors une voix.

Nuage lança un coup d'œil par-dessus son épaule, découvrit sa Pas-si-Sainteté sur le pont derrière lui, son chien d'attaque d'un mètre quatre-vingts qui se profilait dans son dos. L'air du vraijour lui parut perdre quelques degrés, et un frisson involontaire lui chatouilla la peau. « Vous feriez mieux de redescendre, ma sœur. C'est plus sûr en bas.

— Ce qui veut dire que ce n'est pas sûr *ici* ?

— Ne me faites pas d... »

Elle lui arracha la longue-vue des mains, la colla contre son œil et se tourna vers l'horizon. « Ce n'est pas la marine régulière itreyenne, dit-elle. C'est un navire Luminatii.

— Bien vu, ma sœur.

— Et ils ont tout l'air d'être armés de canons arkémiques.

— Au risque de me répéter : aye, ma lunette fonctionne, merci. »

La sœur le fixa droit dans les yeux. « Qu'est-ce qu'ils veulent ? »

Nuage lui désigna d'un doigt la fusée éclairante rouge que le navire avait envoyée dans le ciel. « Qu'on fasse halte.

— POURQUOI ? » s'enquit l'imposant garde du corps.

Le bon capitaine cligna des yeux. « ... Euh, comment vous arrivez à faire ça avec votre voix ? »

La sœur lui rendit son instrument. « Est-ce que les Luminatii ont l'habitude d'arraisonner des navires au hasard au beau milieu de l'océan sans raison apparente ?

— Ma foi… » Nuage érafla le pont du talon de sa botte. « Pas vraiment, non. »

Ses deux passagers échangèrent des regards inquiets.

« Peut-être qu'Antolini les a rencardés ? suggéra GrandJon du coin de la bouche.

— Il ne me ferait jamais une chose pareille, si ? grommela Nuage.

— Vous avez ramoné sa femme, Cap'taine.

— Uniquement parce qu'elle me l'a demandé gentiment.

— Ce tripoteur de gosses de Flavius a promis de vous tuer si jamais il vous revoyait, fit le petit-homme d'une voix pensive, en tirant sur le tuyau de sa pipe en os de guivre. Peut-être qu'il a fait preuve de créativité ?

— Bon, d'accord, je lui dois une petite pièce. Mais ça ne justifie pas qu'il aille me dénoncer aux Luminatii.

— Vous lui devez une petite *fortune*. Sans même parler du fait que sa femme *aussi*, vous l'avez ramonée. »

Un sourcil de Corleone se souleva. « Tu n'aurais pas des trucs à faire, par hasard ? »

Le petit-homme considéra d'un regard la ruche qui s'activait sur le pont principal et les ponts avant, les mâts qui se dressaient au-dessus de leurs têtes. Il haussa les épaules et gratifia Nuage d'un rictus argenté. « Pas particulièrement.

— Ils continuent à gagner du terrain, Cap'taine ! » lui lança Kael depuis le nid-de-pie.

Il brandit sa longue-vue dans sa direction. « Par les Quatre Filles, cette saloperie *fonctionne* !

— Capitaine, commença la religieuse. J'ai bien peur de devoir insister… »

Le corsaire soupira. « Je suis désolé, ma sœur. Mais on ne va pas faire halte.

— … Ah bon ?

— C'est un vaisseau de guerre Luminatii, Cap'taine, lui fit remarquer GrandJon. Pas sûr que la *Vierge* ait ce qu'il faut pour le distancer.

— Ô, homme de peu de foi, fit Nuage. Donne l'ordre. »

Le petit-homme poussa un soupir. « Aye, aye. » Il se détourna du bastingage, et se mit aussitôt à rugir : « Bon, bande de sacs à merde percés ! On met les voiles ! Hissez chaque centimètre de voile à notre disposition ! Si jamais vous avez un mouchoir ou un foulard taché de foutre, je le veux attaché à un mât quelque part – allez, *allez* !

— Capitaine…, insista la nonne.

— Soyez tranquille, ma sœur. » Nuage sourit. « Je connais mes océans, et je connais mon navire. Les courants sont rapides, dans le coin, et les vents de la non-nuit s'apprêtent à embrasser nos voiles tout comme j'ai embrassé l'épouse de Don Antolini. » Il souleva sa longue-vue, un petit rictus aux lèvres. « Ces putains de bigots ne nous mettront *pas* la main dessus. »

Le premier coup de canon rasa l'eau à une trentaine de mètres de leur proue. Le deuxième à six mètres de leur poupe, assez près pour roussir la peinture. Et le troisième passa tellement près que Nuage aurait pu se raser avec.

Le navire de guerre Luminatii voguait parallèlement à la *Vierge*, ses voiles cousues d'or scintillant aux soleils. Nuage voyait son nom écrit en caractères bien épais sur sa proue.

Le Fidèle.

Ses canons étaient prêts à cracher une nouvelle salve de feu arkémique – les trois premières rafales avaient été des coups de semonce, et Nuage préférait partir du principe qu'il n'y en aurait pas de quatrième. Et puis, vu ce que la *Vierge* dissimulait dans ses soutes, un bon gros baiser du vieux *Fidèle* ici présent suffirait à leur régler leur compte.

« Arrêt complet, cracha le capitaine. Hissez le drapeau blanc.

— Vous avez entendu, bande d'incapables de mes deux ! rugit GrandJon depuis la plage arrière. Arrêt complet !

— Oh, super, grommela sœur Ashlinn depuis le bastingage. Vous connaissez *parfaitement* bien les océans et votre navire, Capitaine... »

Nuage se retourna aussitôt pour la dévisager. « Vous savez, ma sœur, répliqua-t-il, vous m'aviez fait une première impression des plus favorables, mais je dois avouer que plus j'apprends à vous connaître, et moins je vous apprécie. »

Son garde du corps croisa les bras, un rictus ironique aux lèvres. « ON DEVRAIT PRENDRE UN VERRE ENSEMBLE UN DE CES JOURS... »

L'eau était trop profonde pour que la *Vierge* puisse jeter l'ancre ; une fois les voiles arrimées et la proue orientée vers le vent, l'équipage n'avait donc plus qu'à attendre que le *Fidèle* s'immobilise juste à côté. Au grand dam de son pauvre ventre, Nuage regarda l'énorme navire de guerre se rapprocher irrésistiblement. Ses flancs étaient hérissés de canons arkémiques provenant des ateliers du Collegium de Fer, ses ponts pleins à craquer de soldats-marins itreyens.

Les hommes étaient vêtus de cottes de mailles et d'armures de cuir ; chacun d'eux arborait l'emblème des trois soleils sur sa poitrine. Ils étaient équipés d'épées courtes et de légers boucliers en bois, idéaux pour les combats rapprochés sur les ponts des bateaux ennemis. Et ils semblaient deux fois plus nombreux que l'équipage de la *Vierge*.

Nuage pouvait voir sur le pont arrière une demi-douzaine de Luminatii affublés d'armures en ossacré, leurs manteaux rouge sang – la même couleur que les plumes qui surmontaient leurs casques – claquant dans la brise marine. Leur chef était un centurion haut sur pattes, avec une barbe pointue, des yeux gris perçants et l'expression d'un homme ayant désespérément besoin d'une petite branlette professionnelle[11].

« Foutus bigots, grommela le capitaine.

— Aye, dit GrandJon, en venant se poster auprès de lui. Puisse Dame Trélène tous les noyer.

— Tout va bien se passer, marmonna Nuage, davantage pour lui-même que pour son second. Notre cargaison est bien cachée. Il faudrait qu'ils démolissent la coque pour la trouver.

— À moins qu'ils ne sachent *précisément* où la chercher. »

Nuage fixa sur son second des yeux écarquillés. « Ils n'auraient quand même pas… ? »

Le petit-homme alluma sa pipe en os de guivre avec une boîte à feu, tira pensivement dessus. « Je vous avais bien *dit* de ne pas ramoner la femme d'Antolini, Cap'taine.

— Et *moi* je t'ai dit qu'elle me l'avait gentiment demandé. » Nuage marqua une pause, puis : « *Très* gentiment, en vérité, ajouta-t-il dans un filet de voix.

— Vous pensez que ces Luminatii vont faire preuve d'autant d'égards ? ironisa GrandJon, qui les regardait se préparer à monter à bord. Parce que là ils s'apprêtent à nous baiser, si fait. »

Nuage grimaça au moment où les grappins furent lancés – ils s'enfoncèrent dans le garde-fou de la *Vierge* sans égard

---

11. Deux mendiants en cuivre dans un bordel correct des quais, avec une bière pour faire passer le tout si le gérant se sent d'humeur généreuse. Prendre soin de soi, chers amis. Prendre soin de soi.

pour le bois. L'équipage du *Fidèle* avait suspendu de lourds sacs remplis de foin le long de ses flancs pour amortir l'impact, et rapprochait présentement de la *Vierge* au moyen de treuils manciés. Les deux bateaux finirent par entrer en collision ; des cordes jaillirent dans les airs, et une passerelle relia bientôt le conquérant et le conquis.

Branlette leur lança un regard noir depuis le château de poupe du *Fidèle*. « Je suis le centurion Ovidius Varinius Falco, deuxième centurie, troisième cohorte de la légion Luminatii. Par ordre de l'imperator Scaeva, je suis autorisé à monter à bord de votre navire pour y rechercher d'éventuels articles de contrebande. Votre coopération est…

— Aye, aye, ramenez-vous, les potes. » Nuage le gratifia de son sourire à quatre bâtards, tout en le saluant bien bas de son tricorne. « On n'a rien à cacher, dans le coin ! Par contre essuyez-vous les pieds avant d'embarquer, d'accord ? » Une pause, puis : « Vous feriez mieux de redescendre dans votre cabine, ma sœur, lui murmura-t-il par-dessus son épaule. Ça risque de… »

Nuage se tourna vers GrandJon – et cligna des yeux face à un espace vide, là où la fille et son garde du corps se tenaient quelques instants auparavant. « … Par les abîmes, où sont-ils passés ? »

CHAPITRE 11

Incendiaire

Des Luminatii grouillaient sur le pont de la *Vierge* comme des puces sur la poitrine poilue d'une grand-mère liisienne.

La fouille s'avéra aussi coordonnée que méticuleuse. Ce n'était de toute évidence pas la première fois que le centurion Falco avait affaire à des contrebandiers – il trouva sans peine chacune des trois planques factices de Nuage. Par chance, et malgré les théories conspirationnistes de GrandJon, les légionnaires n'avaient même pas *failli* découvrir les vraies, et la cargaison dissimulée de Corleone était constamment restée en sécurité. Mais alors qu'il accompagnait Falco dans ses recherches, répondant à ses questions aussi poliment que possible, le corsaire prit rapidement conscience d'un fait pour le moins inquiétant.

En réalité, ces foutus bigots ne s'intéressaient nullement aux marchandises de contrebande – ce qu'ils cherchaient, c'étaient des *gens*. Et, parfaitement conscient que la religieuse qu'il transportait à son bord n'était sans doute pas davantage une nonne que lui-même un prêtre, le corsaire craignait que son estomac noué ne commence *bel et bien* à fuir par ses bottes.

« Et ce sont vos seuls passagers ? s'enquit Falco.

— Aye, répondit Nuage, en levant un poing pour frapper à la porte de la cabine. On ne fait pas dans le transport de bétail, en général.

— Où et quand sont-ils montés à bord ?

— À Sepulcra. Il y a quelques tours. Ils ont payé leur traversée jusqu'à Ysiir. »

Le centurion hocha sèchement la tête, et Nuage frappa bruyamment à la porte.

« Ma sœur ? chanta-t-il. Vous êtes décente ? Il y a ici quelques serviteurs de la Sainte Lumière qui aimeraient vous poser un certain nombre de questions.

— Entrez », s'entendit-il répondre.

Nuage ouvrit la cabine, pour découvrir la Vaanienne déjà poliment écartée sur un côté, dos collé à la cloison, ses mains ouvertes devant elle à la manière d'une pénitente.

« Toutes mes excuses, ma sœur..., commença Nuage.

— Pousse-toi, plébéien », cracha Falco en l'écartant du chemin.

Le centurion retira son casque à plumes, lissa sa tignasse dégoulinante de sueur et gratifia la religieuse d'une révérence respectueuse. Ses yeux gris acier voletèrent en direction du garde du corps, immobile dans son coin ; les muscles de sa mâchoire se tendirent aussitôt. L'imposant gaillard ne faisait aucun bruit. « Pardonnez-moi, ma bonne sœur, lança-t-il à la nonne. Je suis le centurion Ovidius Varinius Falco, commandant du *Fidèle*. Par ordre de notre imperator, Julius Scaeva, il me faut effectuer une fouille de ce navire – et par conséquent de votre cabine. »

La jeune femme opina une fois du chef, gardant la tête basse dans une démonstration fort convaincante de modestie. « Aucune excuse n'est nécessaire, Centurion. Faites donc, je vous en prie. »

Le centurion adressa un signe de tête à ses quatre soldats-marins. Ils pénétrèrent dans la pièce, leurs yeux déférents rivés sur le sol, aussi à l'aise dans la cabine de la religieuse qu'une vraie nonne dans une fosse de combat. Prenant garde à ne pas trop empiéter sur l'espace personnel de la bonne sœur, ils entreprirent de fouiller les coffres, les barils, à tester les planches et les murs en quête du moindre creux. Falco, pour sa part, ne quittait pas du regard le mastodonte, campé dans le coin de la pièce – mais la silhouette demeurait immobile.

Nuage se bornait quant à lui à observer la scène, le ventre rempli de papillons plus qu'agités. Il entendait les soldats-marins passer les autres cabines en revue dans le reste du navire, pas très délicatement à en croire les bruits qui lui parvenaient. Il croisa les bras sur sa poitrine, mâchoire serrée.

Il fait plus froid ici que dans la culotte d'une vraie nonne…

« Pardonnez-moi, ma sœur, dit soudain Falco. J'avoue qu'il est fort très étrange de vous trouver en compagnie si… pittoresque.

— Je n'y vois personnellement nulle incongruité, brave Centurion, rétorqua la religieuse, la tête toujours baissée.

— Puis-je vous demander ce que vous faites à bord de ce navire ?

— Vous pouvez, noble Centurion. » Elle lissa ses robes volumineuses, qu'agitait la petite brise en provenance du hublot ouvert. « Mais comme j'en ai informé le bon capitaine ici présent, ma tâche requiert la plus grande discrétion. Ma mère supérieure m'a ordonné de n'en parler à personne, pas même à nos frères dans la Lumière. Sur mon honneur, il me faut humblement implorer votre pardon et maintenir mon vœu de silence. »

Si Falco acquiesça, ses yeux gris lançaient des éclairs. « Bien sûr, ma bonne sœur. »

Sitôt leur fouille achevée, les soldats-marins se tournèrent vers le centurion. « Le garçon n'est pas là », l'informa l'un d'eux, plutôt inutilement.

Falco inspecta une fois de plus la pièce. Apparemment satisfait, bien qu'encore un peu curieux, il s'inclina devant la religieuse. « Pardonnez-nous cette intrusion, ma sœur. Puisse Tsana guider votre main. »

Elle leva trois doigts, un sourire patient aux lèvres. « Qu'Aa vous bénisse et veille sur vous, Centurion.

— Vous voyez ? » Nuage affichait un large rictus, ses entrailles se liquéfiant de soulagement. « Tout est en ordre – rien à redire, hein, les amis ? Laissez-moi vous raccompagner, signori. »

Falco pivota sur lui-même, prêt à partir, ses hommes sur ses talons. Mais le ventre du corsaire se rappela à son mauvais souvenir quand le militaire s'immobilisa sans crier gare. Une petite ride apparut sur le front du centurion, qui était en train de fixer les pieds de la fille.

Des yeux gris se mirent à briller dans la lumière tamisée de la cabine.

« Ma sœur a épousé un cordonnier », déclara-t-il.

La Vaanienne inclina la tête. « Je vous demande pardon ?

— Tout à fait. » Il opina du chef. « Un cordonnier. Il y a quatre ans.

— Je... » La fille cligna des yeux, l'air perplexe. « J'en suis... très heureuse pour elle. »

Falco se renfrogna. « Pas moi. Il est plus bête que de la crotte de porc, mon beau-frère. Mais il en connaît un rayon sur les bottes. Il a un contrat avec les editorii de Sepulcra, pour ne rien vous cacher. Tous les gardiens de l'arène portent une de ses paires. » Il montra du doigt le cuir taché de sang qui dépassait des vêtements sacrés de la jeune femme. « Et ce sont *exactement* les mêmes que celles-ci. »

Plusieurs événements se succédèrent à partir de là, chacun un peu plus surprenant que le précédent. Tout d'abord, la fille cria « MIA ! » à pleins poumons en direction du hublot ouvert. Ce que Nuage trouva plutôt bizarre, tout bien considéré.

Ensuite elle se mit en mouvement, sortant un couteau de l'intérieur de sa manche et dégainant une épée courte qu'elle avait cachée la Mère seule savait où. Le couteau s'enfonça dans la gorge du soldat-marin le plus proche, et pendant que le malheureux tombait en arrière dans un geyser de sang, la fille s'élança vers le centurion lame en avant, pareille à une furie.

Puis, le mastodonte dans le coin rejeta en arrière sa capuche, révélant un visage d'une pâleur cadavérique, des yeux de démon et des salines pareilles à… eh bien, Nuage n'en savait foutre rien, mais elles *bougeaient toutes seules*. Le type tira des replis de sa robe ses deux excroissances en forme d'épée – qui se révélèrent bel et bien être des épées.

Des épées en ossacré.

Enfin – et ce fut sans doute le plus étrange –, alors que la fausse nonne s'essayait à faucher le cou arrogant du centurion Ovidius Varinius Falco, deuxième centurie, troisième cohorte, une ombre en forme de chat jaillit de ses robes volumineuses en poussant un miaulement surnaturel, suivi d'un garçon de neuf ans bâillonné passablement affolé – peut-être parce qu'il avait les poignets ligotés.

Au moins Falco était-il prêt à réagir : il tira la lame en acier igné glissée à sa ceinture tout en adressant une prière à Aa. L'épée s'embrasa aussitôt, et il para l'attaque de la fille, dont l'acier n'apprécia guère le contact des flammes. La pseudo-religieuse hurla un nouveau « MIA ! », les trois soldats-marins restants tirèrent leurs épées courtes en poussant force cris, Nuage cracha un juron d'anthologie et, avant même qu'il ne s'en rende compte, un chaos sans nom avait submergé la cabine.

Les soldats étaient bien entraînés, et visiblement habitués à se battre dans des espaces restreints. Mais alors qu'ils s'approchaient de la fille pour lui régler son compte, le grand type frappa, sa lame en ossacré sectionnant les cottes de mailles comme un rasoir de la soie et tranchant le bras d'un des hommes au niveau de l'épaule. Du sang gicla d'un bout à l'autre de la cabine, et le soldat s'écroula en hurlant.

Le colosse n'était pas si vif que ça, cependant – il semblait posséder une force impie, mais se déplaçait lentement. Le troisième soldat riposta, lui blessant le bras en profondeur. Et tout en adressant une prière à Aa, le quatrième vint l'embrocher en plein dans le ventre.

Leur adversaire ne tomba pas – il ne *broncha* même pas. D'une main noire, il agrippa le poignet du troufion et enfonça la lame encore plus profondément dans ses entrailles, se rapprochant au passage de son propriétaire abasourdi. Son autre main se referma sur la gorge du soldat, dont il brisa aussi sec la nuque.

Sœur Ashlinn et Falco se faisaient face, lame contre lame, le centurion tirant profit de sa masse supérieure pour repousser la jeune femme de son acier igné. Mais alors même qu'il levait son épée, le bruit d'une explosion tonitruante leur parvint de l'extérieur, soufflant les autres hublots et projetant du verre dans la cabine, en même temps que l'amère puanteur noire du feu arkémique. Comprenant que la détonation s'était produite sur le *Fidèle* à peu près au même moment que Nuage, Falco tourna un instant la tête en direction de son navire. La bonne sœur n'en demandait pas davantage…

La pointe du couteau glissa le long du cou de son adversaire, lui tranchant net la trachée. Le centurion s'effondra en arrière dans un geyser de sang, et le garçon tombé à terre regarda avec des yeux écarquillés d'horreur le corps du moribond s'affaisser sur le pont. L'ombre féline parcourait la pièce sans cesser de feuler et de cracher ; le cadavre ambulant, qui avait plaqué le dernier soldat-marin encore en vie contre le mur, était en train de l'étouffer à mains nues – et Nuage Corleone sentit alors l'odeur la plus terrifiante qu'un capitaine puisse imaginer à bord de son propre navire.

Celle du *feu.*

Il fit donc ce que tout homme sensé aurait fait à sa place.

« Et merde », cracha-t-il.

Avant de se mettre à courir.

Une fois remonté sur le pont, il se retrouva un instant submergé par l'éclat des soleils et la puanteur de la fumée. Le pont de la *Vierge* était couvert de matelots qui couraient dans tous les sens sous les ordres de GrandJon.

« Coupez ces fichues cordes ! Détachez ces grappins, espèces de bande-mou sans cervelle ! Arrosez ces foutues voiles ! Repoussez-nous, bande de branleurs impuissants ! *Vite !* »

Nuage s'avisa que le *Fidèle* était en feu – tant ses voiles que sa coque. Une fumée noire s'échappait de son cul, qui avait sans trop que le corsaire sache comment été soufflé. Le navire gîtait de plus en plus, prenait rapidement l'eau.

Matelots et soldats-marins plongeaient dans la mer, des flammes – naturelles comme arkémiques – dévoraient le bois, un chaos absolu régnait sur ses ponts. Et sous ses yeux, alors même qu'il s'efforçait de comprendre ce qui se passait précisément à bord du navire de guerre dévasté, Nuage Corleone se retrouva à béer de stupéfaction.

« Par les Quatre Filles… »

Au début le corsaire crut qu'il s'agissait d'un genre de truc, ou d'une illusion d'optique causée par la fumée. Mais en plissant davantage les yeux, Corleone s'avisa que parmi les flammes et les braises, il pouvait voir…

Une fille ?

Elle se mouvait comme une chanson, zigzagant en tous sens. La peau pâle, les yeux plissés – et des cheveux longs aussi noirs que des plumes de corbeau. Trempée de sang jusqu'aux aisselles, elle tenait dans une main une épée longue en ossacré, dans l'autre un bouclier subtilisé à quelque victime. Sous ses yeux, elle bondit sur le pont arrière en direction d'un des Luminatii. L'homme lâcha un juron, leva sa lame en acier igné. Un loup rugissant – qui semblait fait *d'ombres* – remonta alors à toutes pattes les escaliers, la gueule grande ouverte. Nuage blêmit lorsqu'il réalisa qu'il pouvait *comprendre* ce que la créature disait.

« … FUYEZ… ! rugit l'improbable animal d'une voix pareille à l'hiver… FUYEZ, PAUVRES FOUS… ! »

La fille leva la main et le Luminatii poussa un cri, avant de battre en retraite en collant ses mains à ses yeux – comme si quelque chose l'avait aveuglé. Elle abattit l'homme terrifié, lui sectionnant la main au niveau du poignet dans sa chute, avant de se débarrasser de son bouclier et de récupérer sur le pont l'épée flamboyante de sa victime. Et alors même qu'elle se faufilait entre le reste des combattants épouvantés, l'ombrelouve hurlant à la *mort*, les lames jumelles scintillantes entre ses mains, quelque chose dans sa silhouette lui parut familier. Quelque chose qui lui rappelait l'odeur du sang et du sable, le goût des lèvres d'une charmante damoiselle, un bookmaker qui le traitait d'imbécile pour avoir placé tous ses gains sur…

« Par le sang et les abîmes », haleta-t-il.

Une nouvelle explosion ébranla alors le *Fidèle*, au grand dam de ses poutres et de ses mâts. Ses réserves de munitions arkémiques, comprit alors Nuage, avaient dû prendre feu – le navire était donc en train de se dévorer de l'intérieur. Soldats et marins se jetaient à l'eau ou tentaient désespérément de rejoindre la *Vierge* – sauf que les sels de GrandJon les aidaient alors obligeamment à chuter dans les vagues. Corleone regarda, bouche bée, la jeune femme couper les galhaubans qui fixaient le mât d'artimon, sa lame en ossacré tranchant les épaisses cordes goudronnées comme s'il s'agissait de soie d'araignée. Elle se baissa pour éviter le mât que le vent était en train de faire tomber sur le pont de la *Vierge*. Grimpant sur le colosse tombé, elle entreprit de le longer à la manière d'un chat, le visage grimaçant, avant de franchir d'un saut l'espace qui ne cessait de croître entre le *Fidèle* et la *Vierge*.

Elle n'y parvint pas tout à fait. Sa lame en ossacré lui échappa et vint s'échouer sur le pont aux pieds de Nuage au moment même où elle atteignait le bastingage arrière, la lame en acier igné qu'elle avait récupérée tombant dans l'océan en contrebas. La jeune femme faillit la suivre dans l'eau brûlante, mais s'accrocha comme par miracle au bois, ses ongles s'enfonçant dedans, ses poings presque blancs se refermant sur un épais morceau. Se servant de la poulie pour se hisser, malgré le sang qui rendait sa prise glissante, elle parvint à passer une jambe par-dessus le bastingage et à atteindre l'autre côté, pour ensuite s'effondrer sur le pont. Le souffle court – elle n'arrêtait pas de tousser et de cracher.

« Baise-moi tout doucement, murmura Corleone. Puis donne tout ce que tu as. »

La jeune femme écarta de ses lèvres une mèche de cheveux ensanglantés et fixa Nuage droit dans les yeux. Le capitaine tenait à présent sa lame en ossacré entre ses mains, la poignée de l'arme poisseuse de rouge. Son ombre s'agitait dans tous les sens, et le loup qui avait semé une telle terreur dans les rangs Luminatii se matérialisa entre eux sur le pont, poils hérissés ; ses grognements semblaient provenir des entrailles du navire.

« ... N'APPROCHE PAS... »

Sa voix lui glaça le ventre – le regard de la fille davantage encore. C'était comme si la peur était une chose vivante, qui s'écoulait de l'obscurité aux pieds de la jeune femme pour se déverser dans la sienne. Nuage entendit alors quelqu'un monter les escaliers derrière lui. Un frisson désormais familier lui parcourut le dos. À en croire les bruits qui lui parvenaient, son équipage était en train de se rassembler sous ses pieds, gourdins et lames à portée de main, un peu ivre du carnage et peut-être même désireux de remettre le couvert. GrandJon les calmait tant bien que mal, mais il suffirait d'un seul mot pour que tout recommence.

« Mia ? lança alors quelqu'un – une femme – dans son dos.

— Tout va bien, Ash, répliqua l'inconnue sans quitter le corsaire des yeux.

— Vous êtes la Corneille, lui lança-t-il d'une voix tremblante. Faucon du Collegium Remus. La Beauté ensanglantée. La Sauveuse de Veille-Tempête. » Nuage passa sa langue sur ses lèvres. Se força à maîtriser sa voix. « La fille qui a assassiné le grand cardinal Francesco Duomo. »

Son visage balafré orné d'une marque d'esclave était maculé de sang et de fumée. Elle avait des yeux aussi noirs que la vrainuit, cernés d'ombres. « Oui », se borna-t-elle à dire.

Veillant à n'effrayer personne, Nuage Corleone déposa l'épée en ossacré sur le pont, aussi doucement que s'il s'était agi d'un nouveau-né. Après quoi, les mains tremblantes, il s'inclina bien bas devant la fille en la gratifiant de son sourire à quatre bâtards. « Bienvenue à bord de la *Vierge sanglante*. »

CHAPITRE 12

Veritas

Jamais Mia n'avait assisté à un dîner aussi pesant.

Le bon capitaine était assis au bout de la table dans sa cabine, vêtu d'une belle chemise de velours noir juste un peu trop délacée. Son second, GrandJon, se trouvait à côté de lui, installé sur une pile de coussins. Gentilhomme avait investi les épaules de Mia à l'autre extrémité de la table, et Éclipse était roulée en boule par terre à ses pieds. Ashlinn était à sa gauche, Tric à sa droite ; pour compléter le décor, Jonnen faisait face à GrandJon.

Ash, qui avait ôté ses habits de bonne sœur, portait à présent des protections de cuir noir et une chemise en velours rouge. Tric était toujours vêtu de ses robes sombres, mais sa capuche tirée en arrière dévoilait son beau visage pâle, ses yeux noirs, ses salines qui s'agitaient sous l'effet d'une brise que personne d'autre ne pouvait sentir. Mia était encore vêtue de sa jupe et de ses bottes de gladiatii en cuir, mais le bon capitaine avait eu la gentillesse de lui prêter une de ses chemises en soie noire pour remplacer sa tunique tachée de sang. La jeune femme avait rapidement pris conscience que la canaille appréciait les décolletés ; elle se penchait donc avec précaution pour éviter que des invités indésirables ne lui rendent une visite inattendue.

L'océan murmurait contre la coque ; les doux mouvements de la *Vierge* sur la houle faisaient tinter la vaisselle. La lumière des soleils ruisselait à travers les fenêtres serties de plomb ; au-delà se déployait la splendeur azurée de la mer du Silence.

Le silence qui régnait dans la pièce n'avait rien d'aussi enchanteur.

Le bon capitaine avait fait préparer un festin raffiné. Il semblait désireux d'impressionner Mia – qui ne comprenait pas encore complètement pourquoi. Après ses craintes initiales, il s'était étonnamment bien fait à l'idée qu'elle était une enténébrée, se glissant sans peine dans le rôle d'hôte charmant. Au moment de l'apéritif, il gratifia ses convives de diverses banalités, portant essentiellement sur son navire et ses voyages. Son esprit était si tranchant qu'il aurait pu couper de l'argent brut. Sauf que bien vite il apparut que la plupart de ses auditeurs n'étaient nullement d'humeur pour un numéro de charmant salopard. Corleone avait commencé à bafouiller, puis s'était résolu à se la fermer. Et alors que s'annonçait le deuxième plat, un silence gênant s'abattit sur la table.

Nuage Corleone s'éclaircit la gorge. « Quelqu'un veut encore du vin ?

— Non, répondit Ashlinn tout en fixant Tric.

— Non, fit ce dernier en la fusillant du regard.

— Oh que oui ! » s'exclama Mia en agitant son verre.

Elle en était à son troisième. Il s'agissait d'un excellent millésime, sombre et fumé sur sa langue. Et même si elle aurait préféré un bon vin doré – de l'Albari, si possible, bien qu'en vérité, à peu près n'importe quel whisky aurait fait l'affaire –, la jeune femme n'était pas suffisamment malpolie pour demander au bon capitaine s'il en avait à bord. Elle pouvait tout aussi bien se saouler au rouge. Ces quelques tours passés cloîtrés dans leur cabine avaient mis tout le monde sur les nerfs – se mettre une mine faisait donc partie du programme.

« Et donc, reprit Corleone après une nouvelle gorgée, comment cet improbable petit groupe a-t-il fait connaissance ? »

Un silence.

Interminable.

« On a fait nos études ensemble, finit par lui répondre Mia.

— Oh, vraiment ? » Corleone sourit, intrigué. « Institution publique, Collegium de Fer, ou…

— … *c'était une école pour assassins débutants dirigée par une secte meurtrière…*

— Ah. » Le capitaine jeta un coup d'œil à l'ombrechat, opina du chef. « Des précepteurs privés, donc.

— CERTAINS PARMI NOUS SONT DEVENUS DES MAÎTRES, intervint Tric sans quitter Ash du regard. EN MATIÈRE DE MEURTRE.

— Ça ne devrait nullement être une surprise, répliqua-t-elle. Vu la formation que nous avons reçue.

— UN COUTEAU DANS LA MAIN D'UN AMI CONSTITUE *SOUVENT* UNE SURPRISE.

— Ça ne devrait pas être le cas – sauf si ledit ami s'imagine passer avant la familia.

— Hem… », bafouilla Corleone.

Mia vida son verre, puis : « Vous me passez le vin, s'il vous plaît ? »

Le capitaine s'exécuta alors même que le marmiton apportait le plat principal et commençait à servir. C'était de la bonne cuisine, compte tenu du fait qu'ils se trouvaient à bord d'un navire – de l'agneau grésillant, des légumes verts presque frais, et du jus de romarin qui fit saliver Mia malgré la tension ambiante. Lorsque Corleone commença à découper la viande, celle-ci faillit se détacher toute seule de l'os.

« Je t'ai vue vaincre cette soyante pendant les jeux de Donjon blanc, lança GrandJon à Mia malgré sa bouche pleine. Y a pas à dire, tu m'as rapporté une putain de ribambelle de pièces. C'était foutrement magnifique, gamine.

— Par les Quatre Filles, GrandJon. » Nuage lui jeta un regard noir. « Arrête de jurer à table, d'accord ?

— Putain. » Il se mordit la lèvre, puis : « Toutes mes excuses.

— Encore ?

— Putain. Désolé. Merde… *PUTAIN*…

— Il n'y a pas de mal. » Mia se cala au fond de son siège, appréciant la sensation d'avoir la tête qui tourne. « *J'étais* foutrement magnifique. J'espère que tu t'es payé quelque chose de foutrement inoubliable avec ta *ribambelle*. »

Le petit-homme sourit de toutes ses dents d'argent, leva son verre. « Oh, toi, je t'aime bien. »

Mia en fit de même, et descendit le sien d'un trait.

Nuage se tourna alors vers Jonnen, histoire de changer de sujet. « Et toi, jeune Don ? Tu aimes les bateaux, peut-être ?

— Ne m'adresse pas la parole, crétin, répliqua le garçon sans cesser de jouer avec sa nourriture.

— Jonnen, l'avertit Mia. Ne sois pas grossier.

— Je ne vais certainement pas m'abaisser à échanger des banalités ineptes avec ce brigand sans foi ni loi, Faiseuse de roi, rétorqua-t-il. D'autant que je ferai pendre ce vaurien quand on m'aura rendu à mon père.

— Eh bien… » Les lèvres de Corleone claquèrent légèrement. « Je…

— Ne faites pas attention à lui, dit Mia. C'est une petite merde pourrie gâtée.

— Je suis le fils d'un imperator ! s'écria l'intéressé d'une voix stridente.

— Mais ça ne te met pas à l'abri d'une fessée ! Alors surveille tes putains de manières ! »

Mia foudroya le garçon du regard, engageant avec lui un combat insonore de volontés.

« Euuh…, tenta GrandJon. Encore du vin ? »

L'enténébrée tendit son verre. « Oh, oui, s'il vous plaît. »

Un silence un peu moins lourd s'installa alors autour de la table ; sitôt Mia resservie, tout le monde se mit à manger. La jeune femme avait passé les huit derniers mois à consommer les divers bouillons – et autres denrées douteuses – préparés au Collegium Remus ; il s'agissait donc là de la première nourriture décente qu'elle avalait depuis une éternité. Elle entreprit de s'en mettre plein la panse, en se servant du vin pour faire passer ses bouchées ambitieuses. L'agneau était délicieux, chaud, parfaitement assaisonné, les légumes verts croquants et acidulés. Même Jonnen semblait bien s'amuser.

« Vous ne mangez rien, Don Tric ? s'enquit Corleone. Je peux demander à la cambuse de vous préparer autre chose, si vous ne trouvez pas ça à votre goût.

— LES MORTS N'ONT NUL BESOIN DE NOURRITURE, CAPITAINE.

— Et pourtant, ils insistent quand même pour venir à table, grommela Ashlinn entre deux bouchées.

— … *PARDON ?*

— Passe-moi le sel, nain, lança alors Jonnen d'une voix impérieuse.

— Hé ! » Le poing de Mia s'abattit sur la table. « Ce n'est pas un nain, c'est un petit-homme !

— Non, *moi* je suis un petit homme, contra le garçon avec un sourire suffisant, en désignant GrandJon de sa fourchette. *Lui*, c'est un nain. Et moi je serai plus grand demain.

— Bon, ça *suffit* comme ça. » L'enténébrée se releva d'un bond. « Va dans ta chambre !

— Tu plaisantes, j'espère ? Je suis le fils de...

— Là tout de suite, je n'en ai rien à foutre de l'identité de ton père. Tu as été *invité* à cette table, et tu ne parles pas aux gens comme ça. Tu veux être traité avec respect, petit frère ? Commence par respecter les autres. Parce que ce n'est pas un putain de dû, ça se *mérite*. » Mia se pencha en avant et le fusilla du regard. « Va. Dans. Ta. Chambre. Tout de suite ! »

Le garçon dévisagea sa sœur, paupières plissées. Les ombres qui l'entouraient claquaient comme des fouets, faisant écho à la rage qui brillait dans ses yeux. Des couverts se mirent à cliqueter sur la table.

« ... Mia ? lui lança Ash.

— ... *MIA... ?* »

En un clin d'œil, des ombres aussi tranchantes que des couteaux s'agitèrent en direction de sa gorge. L'enténébrée se renfrogna, mâchoire serrée, arrachant d'une seule pensée l'obscurité à l'emprise de son frère. Il était furieux, certes. Mais *elle* avait l'avantage de l'âge. De la force. Doux euphémisme. Prendre le contrôle dessus revenait littéralement à la ravir aux mains d'un enfant. Une petite secousse de la tête, un soupçon de concentration, et les ombres reprirent leurs formes habituelles.

« J'aurai le sourire quand on te pendra, Faiseuse de roi, siffla-t-il.

— Prends un numéro et fais la queue, petit frère. En attendant, ramène ton cul dans ta cabine avant que je me décide à te le botter. »

Les lèvres du garçon se mirent à trembler, signe qu'il admettait sa défaite. Ses joues rougirent de fureur. Sans un mot supplémentaire, il sortit en trombe de la pièce et claqua la porte derrière lui.

« Éclipse, murmura Mia, tu peux garder un œil sur lui ?

— *... COMME SEULS LE PEUVENT LES SANS-YEUX...* »

L'ombrelouve s'extirpa des profondeurs du siège de Mia et disparut aussi sec. L'enténébrée se relaissa choir dessus, les coudes sur la table, la tête entre ses mains.

« Petit-homme ? fit GrandJon, brisant ainsi le silence qui s'était abattu sur eux tous.

— Mes excuses. » Mia agita une main. « Si cela vous a offensé. »

GrandJon se pencha en avant et battit des paupières. « Voulez-vous m'épouser, Dona ? »

Un sourire aux lèvres, Ashlinn serra la main de Mia. « Attends ton tour, petit-homme.

— ÉVITEZ JUSTE DE LUI TOURNER LE DOS, intervint Tric. ASHLINN N'APPRÉCIE GUÈRE LA COMPÉTITION.

— Par la putain de Mère noire. » Ash abattit sa fourchette sur la table, les trois derniers tours de tension finissant par avoir le dessus. « Tu es vraiment obligé de me poignarder à la moindre occasion ?

— UN CHOIX DE MOTS INTÉRESSANT, VU LE TRAITEMENT QUE TU M'AS RÉSERVÉ.

— Ça s'appelle de l'ironie, Tricounet, grogna Ashlinn. Une vieille technique de dramaturge. Je t'aurais cru expert en la matière, vu la façon dont tu en fais des tonnes.

— DES *TONNES* ?

— Ouais, c'est un peu lourd, tu ne trouves pas ?

— TU M'AS *ASSASSINÉ* ! s'écria Tric en se levant de son siège.

— J'ai fait ce qui *s'imposait* ! hurla Ashlinn en l'imitant. L'Église rouge s'était égarée – tu l'as dit toi-même ! Eh bien, *moi*, j'essaie de la renverser depuis plus longtemps que *vous tous* ! Je suis désolée d'avoir dû t'éliminer, mais c'est comme ça et pas autrement ! Et je t'ai poignardé *honorablement*, au cas où tu l'aurais oublié. Par-devant, pas par-derrière. Je ne peux pas revenir en arrière, alors qu'est-ce que tu *veux* de moi à la fin ?

— UN SOUPÇON DE REGRETS ? UNE POINTE DE REMORDS ? HISTOIRE QUE TU COMPRENNES UN TANT SOIT PEU CE QUE TU M'AS PRIS ?

— Les remords, Tricounet, c'est pour les faibles. Et les regrets pour les lâches.

— TU ES COMPLÈTEMENT *VIDE* EN TON FOR INTÉRIEUR, PAS VRAI ? PAS UNE ONCE DE CONSCIENCE OU DE...

— Ah, la coupe est pleine cette fois... »

Elle écarta son assiette, puis se tourna vers la porte.

« Ashlinn..., dit Mia.

— Non, fait chier, cracha la Vaanienne. Qu'ils aillent se faire foutre, lui et ses jérémiades. Je ne vais pas rester là, à écouter ses conneries, alors qu'il parle de quelque chose qu'on a *tous* fait. On est tous des menteurs, ici. Des tueurs. Par le sang et les abîmes, Tric, tu étais une Lame assermentée de l'Église rouge. Contrairement à Mia, tu es allé au *bout* de ton initiation. Alors ne t'avise pas de jouer les putains de victimes quand tes *propres* victimes pourrissent six pieds sous terre ! »

Et la porte claqua pour la deuxième fois.

Un lourd silence s'abattit sur la pièce. Mia commença à jouer avec son verre de vin, faisant glisser un doigt le long de son pourtour. Les mots d'Ash résonnaient dans sa tête, de même que le souvenir de l'ultime épreuve que lui avait imposée l'Église rouge. Appelée devant la Vénérée Mère Drusilla. Pour la petite besogne toute simple qui la séparait de l'initiation.

Des bruits de pas lui parvinrent des ombres. Elle vit deux Mains toutes vêtues de noir traîner entre elles une silhouette rétive. Un garçon. À peine un adolescent. De grands yeux. Les joues tachées de larmes. Ligoté et bâillonné. Les Mains le positionnèrent au centre de la lumière, le forcèrent à s'agenouiller devant Mia.

La fille considéra la Vénérée Mère. Ce doux sourire de matrone. Ces yeux pleins de douceur et de sagesse, cernés de pattes d'oie.

« Tue ce garçon », dit la vieille femme.

Malgré toutes ses bravades, Mia avait échoué à cette épreuve. Elle avait refusé de prendre la vie d'un innocent. S'était raccrochée aux quelques lambeaux de moralité qui lui restaient. Tric, en revanche, assistait à la cérémonie d'initiation quand Ashlinn avait trahi l'Église.

Ce qui, bien sûr, signifiait que lui n'avait *pas* échoué.

Elle leva les yeux vers le Dweymeri Sans-Âtre. Fixa ses prunelles sans fond. Y vit ses victimes nager dans l'obscurité – ses mains non pas noires, mais rouges.

« JE CROIS QUE JE VAIS PRENDRE L'AIR, déclara-t-il.

— Tu n'as pas besoin de respirer, rétorqua Mia.

— N'EMPÊCHE – JE VAIS QUAND MÊME SORTIR.

— Tric… »

La porte se referma sans un bruit derrière lui.

GrandJon et Corleone échangèrent un regard de biais.

« … Encore un peu de vin ? » proposa le capitaine.

Mia prit une longue inspiration, soupira. « Et puis merde, pourquoi pas… »

Elle attrapa la bouteille, se cala au fond de son siège, posa ses pieds sur le bord de la table cirée du capitaine, et but une bonne rasade de vin directement au goulot.

« Vous avez... des compagnons de voyage intéressants, Corneille, lui lança Corleone.

— Mia, répliqua-t-elle en s'essuyant les lèvres. Je m'appelle Mia.

— Et moi Nuage.

— C'est votre vrai prénom ? » Elle plissa les yeux, méfiante.

Il sourit. « Non. Et vous n'avez pas à le connaître.

— Qu'est-ce que vous me donnerez si j'arrive à le deviner ? »

Il engloba alors son bateau d'un grand geste du bras. « Tout ce que vous voyez autour de vous, Dona Mia. »

Celle-ci se frotta les yeux, le visage, puis lâcha un nouveau soupir. Sa tête lui donnait l'impression d'être trop lourde pour son cou. Sa langue trop grosse pour sa bouche. « Vous pouvez nous déposer à Donjon blanc, dit-elle. Si jamais vous pouvez nous rembourser au moins une partie des deux cents pièces d'argent que nous vous avons versées, ce sera grandement apprécié. Ce que vous jugerez... équitable.

— Vous virer de la *Vierge* à coups de pied, vous voulez dire ? » Le corsaire fronça les sourcils. « Pourquoi ferais-je une chose pareille ? »

Mia poussa un soupir. « Eh bien, voyons voir, fit-elle en comptant sur ses doigts. J'ai fait monter deux démons et un cadavre à bord de votre navire. Mon frère est un enténébré, tout comme moi-même – et c'est aussi le fils kidnappé de l'imperator, ce qui fait qu'on a sans doute toute la légion itreyenne à nos trousses. Je vous ai impliqués, vous et votre équipage, dans le meurtre d'une poignée de Luminatii, de leur équipage, et dans la destruction de leur navire. » Elle inclina la tête en arrière, siffla le reste de la bouteille et la laissa tomber sur le pont. « Et j'ai bu tout votre putain de vin. » Elle hoqueta. Passa la langue sur ses lèvres. « Un très bon vin, ceci dit...

— Mon frère s'appelait Niccolino, dit Corleone.

— Joli prénom », répliqua Mia.

Comme répondant à quelque discret signal, GrandJon se laissa glisser de sa chaise et sortit sans un mot de la pièce. La jeune femme se retrouva donc seule avec le brigand, à l'exception du chat fait d'ombres encore installé sur ses épaules.

Corleone se leva lentement, et alla chercher une autre bouteille de rouge – une excellente cuvée – dans une armoire en chêne. Après en avoir ôté le sceau de cire d'un coup de couteau bien affûté, il remplit à nouveau le verre de Mia, puis retourna sur sa chaise en sirotant le vin directement au goulot. « Nicco avait deux ans de plus que moi, commença-t-il, avant d'ingurgiter une nouvelle gorgée. On vivait à Sepulcra. Dans le quartier de la Petite Liis. Lui, moi et maman. Père avait été envoyé à la Pierre philosophale quand on était petits. Il a péri lors de la Réduction. »

Les yeux de Mia s'avivèrent aussitôt. « Ma mère est morte là-bas, elle aussi.

— Le monde est petit.

— Je vais boire à cela, dit-elle, avant de vider son verre en s'efforçant de ne pas penser à la nuit où Alinne Corvere avait trouvé la mort.

— Maman était pieuse, poursuivit Corleone après en avoir fait de même. Une fille dévote d'Aa. On allait chaque tour à l'église. “Les garçons, avait-elle coutume de dire, si vous ne croyez pas en lui, pourquoi *lui* croirait-il en vous ?” » Il ingurgita une nouvelle gorgée à même la bouteille. « Il savait chanter, mon frère. Une voix capable de foutre la honte à un oiseau-lyre. L'évêque de notre paroisse l'a donc recruté dans son chœur. Ça remonte à vingt ans, tout ça. J'avais douze ans. Nicco quatorze. Il s'exerçait tous les tours. »

Nuage lâcha un petit gloussement, puis secoua la tête. « L'entendre chanter en permanence chez nous, ça me rendait fou. Mais je me souviens encore de sa première messe – ma mère était si fière de lui qu'elle a pleuré tout du long. Comme un putain de bébé.

» Et puis Nicco a arrêté de chanter. Comme si sa voix lui avait été… volée. Il a dit à maman qu'il ne voulait plus faire partie du chœur. Qu'il ne voulait plus aller à l'église. Ce à quoi elle a rétorqué que ce serait une honte pour lui de gaspiller le don qu'Aa lui avait donné. “Si tu ne crois pas en lui, Nicco, pourquoi *lui* croirait-il en toi ?” Et elle l'a forcé à y retourner. »

Le brigand avala une autre lampée de vin, mit ses bottes sur la table. « Une non-nuit, il est rentré tout tremblant des répétitions, des larmes plein les yeux. Je lui ai demandé ce qui n'allait pas. Il n'a rien voulu me dire. Mais il y avait du sang. Sur ses draps. Je me suis empressé d'aller chercher maman. “Nicco saigne, que je lui ai dit, Nicco saigne.” Et elle est arrivée en courant, pour lui demander à son tour ce qui n'allait pas.

» Et là il lui a expliqué que l'évêque lui avait fait du mal. Qu'il l'avait forcé à… »

Corleone secoua la tête, les yeux dans le vague désormais. « Elle ne l'a pas cru. Elle voulait savoir pourquoi il mentait comme ça. Et puis elle l'a frappé.

— Mère noire…, chuchota Mia.

— Elle était incapable d'assimiler un truc pareil, vous voyez ? Ça ne collait tout simplement pas avec le monde qu'elle croyait connaître. Mais c'est une chose terrible, Dona

Mia, quand ceux qui devraient vous aimer le plus vous abandonnent aux loups. »

Mia baissa la tête. « Oui.

— Nicco a sauté du pont des Promesses brisées quatre tours plus tard. Avec des briques dans sa chemise. Ça faisait une semaine qu'il était dans l'eau quand on l'a retrouvé. L'évêque est venu à son enterrement. Il a célébré la messe devant sa tombe. Il a pris ma mère dans ses bras et lui a dit que tout irait bien. Que l'Omnivoyant l'aimait. Qu'il avait un *plan*. Après quoi ce salopard s'est tourné vers moi, il a posé sa main sur mon épaule et m'a demandé si j'aimais chanter. »

Mia essaya de parler. Pour s'en découvrir incapable.

Corleone la regarda droit dans les yeux. « Cet évêque s'appelait Francesco Duomo. »

Le ventre de Mia chuta jusqu'aux semelles de ses bottes. Sa bouche était pleine de bile, des larmes brûlantes imbibaient ses cils. La jeune femme savait depuis longtemps que Duomo méritait de mourir sous sa main dans l'arène, mais, par la Déesse, elle n'aurait jamais imaginé à quel point.

Corleone se leva lentement, contourna la table et, sans un instant la quitter du regard, posa un sac de pièces familier devant elle sur la table. « Ce navire vous accueillera aussi longtemps qu'il vous plaira. »

CHAPITRE 13

Conspiration

Mercurio était installé dans le bureau du chroniqueur Aelius, le nez plongé dans « **LES LIVRES** ».

C'était ainsi qu'il les imaginait dans sa tête, à présent. « **LES LIVRES** ». En majuscules. En gras, sans fioritures. Avec des guillemets, peut-être soulignés – le vieil homme n'avait pas encore un avis tout à fait tranché sur la question. Mais il y avait *une* chose dont il était certain : considérer ces… choses comme « des livres », ou « Des Livres », ou même « **DES LIVRES** », revenait à nier, dans absolument tous les sens imaginables, ce qu'ils étaient vraiment.

Des livres incroyables.

Des livres impossibles.

Des livres ébouriffants, des putains de monstruosités.

« **LES LIVRES** ».

L'air renfrogné qu'affichait son visage était devenu si permanent ces derniers tours que ça lui faisait techniquement mal de changer d'expression désormais. Ses yeux bleu pâle parcouraient méticuleusement la page qu'il était en train de lire – chaque paragraphe, chaque phrase, chaque mot –, son index noueux taché de toxines suivant le mouvement de ses yeux.

Il était sur le point d'achever le deuxième tome ; son cœur battait à tout rompre.

« Et dans un ultime souffle, l'Invaincu tomba.

Un coup de marteau en plein dans sa colonne vertébrale. Un afflux de sang dans ses veines, sa peau qui se couvre de chair de poule, chacun de ses nerfs qui prend feu… Mia tomba à genoux, ses cheveux tourbillonnant autour d'elle comme sous l'effet de quelque brise fantôme, son ombre griffonnant des lignes démentes sous ses pieds – il y avait là Gentilhomme, et Éclipse, mais aussi mille autres formes sur la pierre. La faim en elle enfin rassasiée, tout désir disparu, le vide soudain rempli – et avec quelle violence. Une séparation. Un éveil. Une communion, peinte en rouge et noir. Et le visage levé vers le ciel, l'espace d'un instant, d'une fraction de seconde, elle le vit. Non pas un champ sans fin de bleu éblouissant, mais une obscurité insondable. Absolue, parfaite.

Constellée de minuscules étoiles.

Et suspendu dans les cieux au-dessus de sa tête, Mia voyait scintiller un globe de lumière pâle. Presque comme un soleil, mais ni rouge ni bleu ni or – et qui ne brûlait pas d'une chaleur insupportable. D'un blanc fantomatique, d'une faible luminosité, la sphère projetait à ses pieds une ombre infiniment longue.

« LA MULTITUDE ÉTAIT UNE.

— Corneille ! Corneille ! Corneille ! Corneille !

— *ET LE REDEVIENDRA. »*

Mercurio se cala au fond de son fauteuil, tira sur son cigarillo. « Ce truc me retourne la tête, grogna-t-il.

— Ça requiert pas mal de contorsions mentales, pas vrai ? »

Le chroniqueur Aelius travaillait d'arrache-pied sur quelques-uns des tomes les plus fatigués de la bibliothèque, les gratifiant de nouvelles couvertures en cuir ouvragé à la main. Marquant à l'occasion une pause pour tirer sur son propre cigarillo et exhaler devant lui un panache grisâtre parfumé à la fraise, il s'y adonnait avec des doigts habiles et une aiguille en ossacré étincelant. Entre les deux fumeurs, l'air de la pièce avait peu ou prou la consistance d'une soupe – un amoncellement de mégots sans vie emplissait le cendrier posé sur le bureau en acajou gravé du chroniqueur.

« Des *contorsions* ? ironisa Mercurio. Les contorsions, c'est pour les artistes de cirque et les courtisanes de luxe, Aelius. On a là affaire à quelque chose d'entièrement différent.

— Tu as connu beaucoup de courtisanes de luxe, pas vrai ? » lui demanda Aelius.

Mercurio haussa les épaules. « Dans ma jeunesse.

— De bonnes histoires à me narrer, peut-être ? Ça fait un moment, de mon côté... »

Mercurio poussa un soupir, tapota le premier des « **LIVRES** ». « Si ce sont des obscénités bon marché que tu cherches, les cochonneries débutent page 444 du premier tome.

— Oh, je sais. » Le chroniqueur gloussa. « Chapitre 22. »

Mercurio le gratifia d'un regard *particulièrement* noir. « Tu as lu ces pages ?

— Pas toi ?

— Par les putains de dents de la Vorace, non ! » Mercurio faillit s'étouffer avec sa clope, complètement horrifié. « Mia est comme ma... Je n'ai aucune envie de l'imaginer en train de faire... ça. »

Le vieillard s'avachit dans son fauteuil, tira frénétiquement sur son cigarillo. Cela faisait quelques tours qu'il faisait de son mieux pour accepter l'existence des « **LIVRES** », ça n'en restait pas moins une sacrée paire de manches. Afin d'échapper aux soupçons de Drusilla et des Mains qui le suivaient comme son ombre dans les entrailles de la Montagne taciturne, il devait se limiter à de brèves visites à la bibliothèque de Notre-Dame du Saint-Meurtre – le temps de partager quelques cigarillos avec le vieux chroniqueur, de tailler une bavette, puis de repartir. Comme il n'osait pas sortir « **LES LIVRES** » de l'athénée – ses gardiens n'étaient pas à l'abri de fouiller sa chambre –, Mercurio en était réduit à les lire par bribes. Il venait à peine de terminer le deuxième.

Ça lui faisait terriblement bizarre de découvrir par écrit les exploits de Mia, ses pensées intimes – et, plus étrange encore, son propre rôle dans son histoire. Lire ces pages, c'était comme se regarder dans un miroir noir, mais avec le verre posé sur son épaule plutôt que face à lui. Et lorsqu'il lisait un passage *le* concernant, Mercurio avait presque l'impression de sentir des yeux le regarder par-dessus son épaule.

« Par les abîmes, comment une chose pareille est-elle *possible* ? » Il se tourna sur sa chaise pour faire face à Aelius. « Comment ces livres *peuvent*-ils exister ? Ils racontent une histoire qui n'est pas *encore* terminée. Et il y a mon nom dessus, alors que je n'ai jamais écrit ces putains de pages.

— Exactement, répliqua le chroniqueur, avant de lui désigner d'un signe de tête l'athénée qui se déployait au-delà des murs en pierre noire de son bureau. C'est la nature profonde de cet endroit. Une bibliothèque des morts. Des livres qui ont été brûlés. Ou oubliés depuis bien longtemps. Ou qui n'ont même pas eu la *chance* de voir le jour. Ces livres n'existent *pas*. D'où le fait qu'ils se trouvent ici. » Il haussa les épaules, tira sur sa clope. « Un lieu pour le moins étrange, si fait. »

Un lourd silence s'abattit alors sur la bibliothèque de la Mère noire, ponctué par le rugissement lointain d'un ver des livres solitaire – et en colère – dans l'obscurité.

« Tu as relu l'introduction ? demanda doucement Aelius. Attentivement ?

— Ouais, murmura Mercurio en réponse.

— Mmmh, dit le mort.

— Franchement, rien de tout ceci n'a le moindre putain de sens. »

Aelius inclina la tête, ses yeux d'un bleu laiteux empreints de pitié. Il feuilleta les pages bordées de rouge jusqu'au début du premier « **LIVRE** » et commença à lire à voix haute.

« … sachez aussi que ces pages parlent d'une fille qui était au meurtre ce que les maestros sont à la musique. Qui faisait aux fins heureuses ce qu'une lame de scie fait à la peau.

Elle-même est morte, à présent – des mots susceptibles d'arracher un grand sourire au juste comme au méchant. Notre héroïne a péri en laissant derrière elle une république en cendres ; une ville de ponts et d'os gisant au fond de… »

« J'ai déjà lu tout ça, grogna Mercurio. Ça ne veut rien dire.

— C'est *son* histoire, rétorqua doucement Aelius. Et c'est ainsi qu'elle se termine. "Une république en cendres." Ça fait une bonne fin, Mercurio. Bien meilleure que la plupart.

— Elle a dix-huit ans. Elle ne mérite pas encore la *moindre* fin.

— Depuis quand "mériter" a quoi ce soit à voir avec ce qui nous intéresse ici ? »

Le vieillard alluma un cigarillo de ses doigts noueux, épaississant un peu plus le brouillard qui avait envahi le bureau. « Bon, alors où est le putain de troisième, dans ce cas ?

— Hein ? fit Aelius.

— J'ai presque fini le deuxième, reprit Mercurio, en tapotant la couverture ornée du loup noir. Et ils mentionnent tous les deux un troisième bouquin. La naissance. La vie. La mort. Et donc, au risque de me répéter : *où* est-il ? »

Aelius haussa les épaules. « Que je sois damné si je le sais.

— Tu ne l'as pas cherché ? »

Aelius cligna des yeux. « Pour quoi faire ?

— Pour qu'on découvre comment tout ça se termine ! Comment elle meurt ! »

Le chroniqueur fronça les sourcils. « À quoi bon ? »

Mercurio se leva avec un soupir de théâtre et, appuyé sur sa canne, commença à faire les cent pas dans la pièce. « Parce que si nous savons ce qui doit arriver, peut-être qu'on peut l'aider à faire en sorte que les choses tournent *différemment* – sa canne s'abattit sur le premier **"LIVRE"** – de ce qui est écrit là-dedans.

— Qui te dit qu'on peut changer quoi que ce soit ?

— Ma foi, rétorqua le vieillard, qui te dit le contraire ?

— Tu veux *vraiment* voir l'avenir ? lui demanda Aelius. Ça sonne comme une malédiction à mes oreilles. Mieux vaut pleurer sur ce qui aurait pu advenir que sur ce qu'on *sait* inévitable.

— Nous ne *savons* rien, grogna Mercurio.

— Nous savons que toutes les histoires ont une fin, blanc-bec. Y compris la sienne.

— Pas encore. » Le vieil homme secoua la tête. « Je ferai *tout* pour que ça n'arrive pas. »

Aelius se pencha en arrière, exhala vers le plafond un panache gris parfumé à la fraise. Mercurio passa une main tremblante dans ses cheveux.

« Lire tout ceci, dit-il, ça ne semble pas être la chose à faire… Je trouve ça…

— Écrasant ? proposa Aelius.

— Pour le moins.

— Ça donne un peu l'impression d'être un dieu, peut-être ? »

Mercurio croisa des bras aussi fins que du petit bois sur sa poitrine plus fine encore. Jamais il ne s'était senti aussi vieux de toute son existence. « Putains de dieux…

— Tu as un rôle à jouer dans cette histoire, déclara le mort. Ce n'est pas pour rien que la Mère t'a fait venir ici. Qu'elle s'est arrangée pour que je trouve ces livres, et que je te les montre.

— Ça fait un putain de fil *ténu* pour supporter autant de poids, si tu veux mon avis. »

Aelius lâcha un soupir. « C'est tout ce qu'elle peut faire depuis l'endroit où elle se trouve. Une petite impulsion par-ci. Un petit coup de coude par-là. Se servir du peu de pouvoir qu'elle tire du peu de foi dont elle bénéficie encore. Sachant que c'est plus difficile pour elle, désormais. Jadis, les gens en charge de cet endroit étaient de vrais croyants. Aux yeux des fidèles qui l'ont fondé il y a des siècles, il signifiait *vraiment* quelque chose. Elle possédait un véritable pouvoir, ici. Mais maintenant ?

— Des mots creux, grommela Mercurio. Des murs peints en or, pas en rouge.

— La Mère fait son possible avec ce qu'elle a à sa disposition. Mais l'équilibre entre la Nuit et la Lumière ne sera pas restauré par des mains divines. » Le chroniqueur désigna les doigts noueux, tachés d'encre, de Mercurio. « Tout va dépendre de *celles-là*.

— Je ne lèverai pas un foutu doigt si ça conduit à hâter la fin de Mia. »

Aelius tira sur sa clope, en observant pensivement son interlocuteur. « Chaque chose en son temps, gamin. Tu n'as pas besoin de lire toute sa biographie pour savoir où elle va se rendre désormais.

— Ouaip. Tête la première dans un monde de merde flamboyante.

— Et quand elle arrivera, on ferait mieux d'être fin prêts. » Le chroniqueur haussa les épaules. « Sans quoi on n'aura même pas à s'inquiéter de la façon dont son histoire se termine. Elle se terminera *ici*. Dans les couloirs de cette montagne.

— Qu'est-ce qu'on peut faire, dans ce cas ? grogna Mercurio tout en frottant son bras douloureux. Je suis aux portes de la mort, et toi tu les as déjà franchies. Tu ne peux même pas quitter cette putain de bibliothèque. À nous deux, qu'est-ce qu'on peut bien faire pour l'aider ? »

Aelius se pencha au-dessus du deuxième « **LIVRE** » posé sur son bureau. Des tranches bleu ciel, un loup sur la couverture, un cuir si noir qu'il donnait l'impression d'absorber la lumière. Il se lécha le pouce et entreprit d'en feuilleter les pages. Une fois trouvé le passage qu'il recherchait, le chroniqueur tourna le volume vers Mercurio en le lui indiquant d'un doigt.

Le vieil homme plissa les yeux ; son rythme cardiaque s'accéléra.

Il considéra ses vieilles mains rabougries.

Un fil si ténu…

« Dacodac, soupira-t-il. Je vais aller leur parler. »

La pièce empestait le sang.

Un sang ancien, craquelé au point de former de minuscules flocons noirs – tant d'années s'étaient écoulées depuis qu'il avait coulé que son odeur se résumait à une promesse non tenue. Un sang un peu plus récent, sombre, encroûté dans les fissures qui séparaient les dalles. Quelques éclaboussures acides ici et là, séparées comme de la mauvaise crème, desquelles émanait une puanteur de pourriture. Mais par-dessus tout le reste, cuivré, salé, s'échappant des portes ouvertes en écheveaux invisibles jusqu'à imprégner l'intégralité du niveau…

Du sang *frais*, tout juste versé, à l'odeur prégnante.

La piscine triangulaire était enchâssée dans la pierre, le rouge qu'elle contenait s'agitant comme la surface d'une mer tempétueuse. Il y avait des glyphes cramoisis de sorcerii barbouillés sur le mur, à côté de cartes des principales métropoles de la République – Sepulcra, Galante, Château-Charogne, Progénie, Elai. Le vieux Mercurio y repéra également d'autres villes. Des cités que le temps avait réduites en poussière, ou à l'état de ruines. Des villes si anciennes que bien peu se souvenaient de leurs noms. Mais l'orateur Marius faisait partie du nombre.

Il se trouvait à la pointe du triangle, à genoux. Une peau d'une pâleur osseuse, des cheveux blancs ébouriffés, une fine robe rouge jetée négligemment sur son torse lisse. Des hauts-de-chausses en cuir qui remontaient juste assez pour dissimuler son intimité. Pieds nus.

Une fille se tenait devant lui, les jambes légèrement écartées, penchée en arrière tel un jeune arbre dans la tempête. De petits soupirs de plaisir s'échappaient de ses lèvres, ses cils cernés de khôl ne cessaient de battre. Elle était vêtue d'une robe noire de Main, ouverte sur le devant, sa peau enduite de son propre sang. Le rouge rubis s'écoulait d'une estafilade sombre qui courait entre ses seins nus, pour descendre le long de son ventre nu, puis plus bas encore. Elle tenait dans une main un couteau taché de sang. L'autre était fourrée dans les cheveux de Marius.

Celui-ci lui malaxait les fesses, son visage enfoui entre ses cuisses. Des gémissements de félicité s'élevaient du plus profond de son être chaque fois qu'il lapait, suçait, *léchait*. Sa langue agile s'affairait, sa poitrine lisse se soulevant en rythme ; des tremblements agitaient son corps svelte. Ses yeux avaient roulé dans leurs orbites, de sorte qu'était visible la sclérotique – rose, et non pas blanche. Sa proéminence laryngée se soulevait à chaque gorgée rouge, à chaque frisson. Mercurio avait eu l'occasion de voir des loups affamés mettre un agneau en pièces dans sa jeunesse. Les bruits que produisait l'orateur en buvant lui évoquaient irrésistiblement cette sinistre curée.

La tisseuse Marielle, assise dans un coin de la pièce, regardait son frère se nourrir. Des robes sombres recouvraient son corps voûté, sa capuche dissimulait ses traits hideux. Des mèches de cheveux d'un blond osseux se déversaient des ombres de sa capuche ; un mince ruban de bave maculait ses lèvres difformes. Une main biscornue caressait son cou. L'autre s'agitait entre ses jambes.

Marius arracha sa bouche aux pétales sanguinolents de la fille – il pantelait comme un homme ayant failli se noyer. Son visage et ses dents étaient maculés de ruisseaux cramoisis qui s'écoulaient le long de sa gorge. Dans un frisson, la Main caressa du bout de ses doigts ensanglantés le visage de l'orateur avec toute la vénération d'une prêtresse devant son dieu. Sauf qu'elle était loin de demander le pardon de ses péchés – elle préférait à l'évidence la punition.

« *Encore*, gémit-elle, l'attirant à nouveau contre son corps.

— Je ne vous dérange pas, j'espère ? » s'enquit Mercurio.

Les yeux de Marius s'emplirent d'une sorte de concentration brumeuse, et il poussa un rire haletant. Sans cesser de trembler, titubant comme s'il était ivre, l'orateur pivota la tête tel un ver aveugle attiré par la lumière. À la vue du vieil homme dans l'embrasure de la porte, son sourire déserta ses lèvres ensanglantées. Son regard se fit noir ; une longue coulée de salive rubis pendait à son menton.

« *Si*, répondit-il en même temps que Marielle.

— J'imagine que vous n'auriez pas dû laisser cette putain de porte ouverte, dans ce cas », rétorqua Mercurio.

Le vieillard pénétra dans la pièce d'un pas boitillant, sa canne battant distinctement la mesure sur la pierre noire humide. Il faisait une chaleur tout sauf confortable en ces lieux, dans la partie de la Montagne réservée aux sorcerii, et Mercurio savait qu'avec ses genoux merdiques, remonter ces putains d'escaliers allait être un véritable supplice. Il transpirait comme un encré privé de sa dose trois tours durant. Ses jambes lui faisaient souffrir le martyre. Et son bras gauche n'était pas en reste, loin de là.

« Va-t'en, gamine », lança-t-il à la fille hors d'haleine.

Tirant sur sa robe trempée à moitié fermée, la Main parvint à le foudroyer du regard – alors même qu'elle semblait sur le point de s'évanouir du fait de la perte de sang.

« Allez, ajouta-t-il en agitant sa canne dans la direction de la porte. Dégage de là. Il y a au moins trois autres de tes confrères qui rôdent sur mes talons. Peut-être que l'un d'eux saura te suggérer une meilleure façon de passer ton temps qu'en compagnie de ces putains de pervers. »

La fille lança un coup d'œil à l'orateur, qui hocha presque imperceptiblement la tête.

« Approffe, mon enfant », murmura Marielle, tout en lui faisant signe de ses doigts tordus.

La Main s'exécuta, d'un pas un peu titubant. La tisseuse leva une main difforme, l'agita devant la poitrine ensanglantée de la fille. Celle-ci frissonna. Soupira. Et lorsqu'elle se retourna, Mercurio vit que la plaie dangereusement profonde s'était refermée comme si elle n'avait jamais existé.

Il se mordilla la lèvre, admirant bien malgré lui l'ouvrage de la sorcerii. Bien qu'incapable de manipuler sa propre chair hideuse, Marielle pouvait modeler celle d'autrui comme un potier de l'argile. Il n'y avait plus la moindre marque sur le corps de la Main.

La tisseuse connaît son travail.

« Reprends des forfes, belle enfant, zézaya-t-elle entre ses lèvres fendues. Puis reviens nous rendre vivite. »

Avec un dernier regard vénéneux lancé sur l'évêque de Sepulcra, la jeune femme referma sa robe trempée et entreprit de quitter la pièce. Marius se contenta de tendre le bras dans sa direction lorsqu'elle passa devant lui, trop ivre de sang pour lui dire au revoir.

Scrutant le couloir par lequel elle partait, Mercurio y repéra deux des Mains que Drusilla avait mises sur ses talons tapies dans la pénombre. Assez proches pour lui faire savoir qu'elles le surveillaient. Que la *Dame des Lames* l'avait à l'œil. Mais pas assez courageuses pour pénétrer sans invitation dans l'antre de l'orateur.

Il aurait fallu être franchement stupide pour faire une chose pareille.

Il gratifia ses ombres d'un articule, puis leur claqua la porte au nez.

Marius se redressa, passa une main ensanglantée dans ses cheveux – tout en redressant sa tête, à croire qu'elle était devenue trop lourde pour son cou. Sa robe avait glissé de ses épaules, donnant à Mercurio l'occasion de contempler les creux et les vallées de muscles qui se déployaient en dessous. L'orateur évoquait une statue posée sur un socle devant le Sénat. Ciselée dans la pierre par les mains de l'Omnivoyant en personne. Mais Mercurio savait que c'étaient les mains de sa sœur, pas celles d'Aa, qui conféraient à l'orateur de sang son impossible perfection. Et malgré le pouvoir que manipulaient les deux sorcerii, le vieillard trouvait cette pensée toujours aussi obscène.

Marius finit par retrouver l'usage de la parole, ses yeux luisants de rouge. « Au comble du désespoir ou à cours d'options tu dois être, monseigneur, pour interrompre un orateur de sang lors de son repas. »

Mercurio, campé à la base du triangle, fixait Marius – posté de l'autre côté de l'étendue de sang.

« Eh bien ? reprit l'orateur. N'aurais-tu donc rien à dire ? »

Le vieillard agita sa canne en direction de l'entrejambe du sorcerii. « J'attends juste que la tumescence ait un peu diminué. C'est là une bosse impressionnante, mais elle m'empêche un peu de me concentrer.

— Nous ferfes-tu querelle, bon Mercurio ? » Marielle se leva de sa chaise et vint se poster à côté de son frère. « Es-tu à fe point fatigué du fardeau de l'exiftence ? Car crois-moi fur parole, ve pourrais fort bien te *fatiguer* davantave avant de retirer ledit fardeau de tes vépaules.

— L'ire de la Dame des Lames tu as déjà bien méritée, ajouta Marius. Si ordinaires sont donc tes ennemis qu'il t'en faille de meilleure qualité ? Ma magik, le sang des vieillards peut alimenter aussi bien que celui de la jeunesse. Et je suis *toujours* affamé, vieillard.

— Par les dents de la Vorace, grogna Mercurio, vous dites vraiment beaucoup de conneries. »

Les doigts de Marius se refermèrent. La piscine s'agita immédiatement ; des vrilles sanglantes aussi luisantes qu'écarlates jaillirent de sa surface. Pointues comme des lances ou des aiguilles, semi-solides, elles se mirent à serpenter lentement autour de l'évêque de Sepulcra, frémissantes d'impatience, empuantissant l'air ambiant.

« *Du sang t'est dû, Petite Corneille,* dit Mercurio. *Et le sang doit être reversé.* »

Les vrilles s'immobilisèrent à quelques centimètres de la peau du vieillard.

Les yeux rouges de Marius se réduisirent aussitôt à deux fentes trouant son beau visage. « Répète-moi ça ?

— Tu m'as parfaitement entendu, répliqua Mercurio. C'est ce que tu as dit à Mia, pas vrai ? La dernière fois que tu l'as vue ici, dans les entrailles de la Montagne ? "Deux vies tu as sauvées, le tour où l'acier igné des Luminatii a failli égorger la Montagne. La mienne, et celle de ma sœur bien-aimée. La dette de Marielle a été remboursée le tour où elle a rendu à Naev son visage. Mais *ma* dette, petite Lame, est toujours d'actualité. Ne l'oublie pas, dans les non-nuits à venir : aussi sombres que deviennent les eaux dans lesquelles tu risques de nager, s'il est question de sang, sur le serment d'un orateur, tu peux compter." »

Marius lança un regard à sa sœur. Puis revint à Mercurio. « À ses oreilles ces paroles étaient exclusivement destinées, cracha-t-il, fou de rage.

— Il n'y avait perfonne dans mes vappartements quand fe ferment a été prêté, enchérit la tisseuse. À part moi, mon frère bien-aimé, l'enténébrée et fes paffavers. Comment peux-tu les réfiter par cœur, bon Mercurio, comme fi tu avais été le fivième prévent ?

— Peu importe comment je suis au courant. Le fait *est* que j'en ai eu vent. Tu as une dette envers elle, Marius. Tu lui dois ta misérable petite vie malsaine. Tu as fait le serment de l'aider. Et l'eau dans laquelle elle nage à l'heure qu'il est n'a jamais été aussi profonde, aussi *sombre*.

— Nous ven fommes parfaitement conffients, fit Marielle.

— *Comment ?* » voulut savoir Mercurio, ses pupilles réduites à deux piqûres d'épingles.

Marius haussa nonchalamment les épaules. « Scaeva a envoyé une missive de sang ordonnant à la Dame des Lames de lancer toutes les chapelles de la République aux trousses de notre petite enténébrée. Un fils enlevé, qu'il brûle de récupérer. Et pour celle qui l'a kidnappé…

— Toutes les chapelles », répéta le vieillard dans un murmure. Son ventre se noua à la pensée du nombre de Lames qui allaient désormais pourchasser Mia. Même après la purge des Luminatii et la trahison d'Ashlinn Järnheim, on parlait encore de *dizaines* d'assassins. Tous formés aux arts de la mort par les meilleurs tueurs du monde. « Putain de merde, *comment* Scaeva peut-il s'offrir un truc pareil ?

— Pauvre Mercurio, roucoula Marielle. Fi filencieux doivent être tes tours dans la folitude de ta fambre.

— Le titre d'imperator Scaeva a revendiqué, ajouta Marius. Ce qui lui a également permis de faire main basse sur tous les trésors de guerre de la République. Sur un coussin d'or Drusilla posera bientôt sa tête. »

La mâchoire de Mercurio se crispa. « Cette salope intrigante…

— Ce n'est pas en faisant preuve de bonté d'âme qu'on s'empare du titre de Dame des Lames, vieillard. »

Il se frotta le bras gauche. Sa poitrine lui faisait atrocement mal.

Mia est dans une merde bien plus noire que tout ce que je craignais…

« D'accord, dit-il enfin, en croisant le regard écarlate de Marius. Mia a l'intégralité de l'Église contre elle, désormais. Chaque Lame que le Ministère peut envoyer à ses trousses. La question est de savoir si ton serment se résumait à de simples mots – ou s'il signifiait davantage. Jusqu'où va ta loyauté envers l'Église, Marius ? Dans une maison de voleurs, de menteurs et de meurtriers, quel poids pèse une promesse ?

— Nous ne sommes pas des voleurs, cracha l'orateur. *Méritée*, notre magik a été. Déterrée des sables de l'antique Ysiir, en vérité, et par la suite payée du prix de l'angoisse, au fil sanglant des tours.

— Et pas davantave des menteurs. » Marielle glissa sa main autour de la taille de son frère. « Des tueurs, fi fait. Indéniablement. Et tu rifques fort d'en faire l'expérienfe fi tu continues à nous infulter ainfi, bon Mercurio. Une expérienfe auffi lente que douloureuve.

— Quant à la loyauté, qui peut le dire. » Le sorcerii passa un bras autour de sa sœur, tout en essuyant le sang qui maculait sa bouche. « Que la nôtre ne s'achète pas avec des pièces, c'est là une certitude. Et des pièces, ce n'est pas ce qui manque entre ces murs depuis la chute de Cassius. Mais se mettre le Ministère à dos est un jeu dangereux, Mercurio. Et respecter le serment que j'ai fait à ta petite enténébrée ne manquera pas de les… indisposer.

— Quant à moi, la queftion ne fe pove même pas. » Marielle sourit. « Ma dette envers ta pupille a dévà été rembourfée.

— Nous n'avons pas rampé à travers le sang et le feu afin d'arracher les secrets de la Lune à la poussière de l'antique Ysiir, uniquement pour les voir sacrifiés sur l'autel de…

— Attendez, attendez. » Mercurio fronça les sourcils. « Qu'est-ce que tu viens de baragouiner ? »

Les yeux de Marius se plissèrent. « Le sang et le feu étaient…

— La Lune, espèce de sale pervers. La partie sur la *Lune*.

— C'est lui qui a enseigné aux Ysiiri leur sorcellerie, dit Marius, la tête inclinée, ses yeux étincelant dans la pénombre. Un dieu mort il y a bien longtemps, emportant avec lui toute la magik de ce monde.

— Nos varts ne font que des fragments de vérités plus grandes à vamais difparues, zozota Marielle. Glanés dans des ruines enfouies depuis des fiècles sous les fables de l'antique Yviir. »

Le regard du vieil homme passa de l'un à l'autre ; son cœur battait à tout rompre. « Et si je vous disais que ma "petite enténébrée" est liée à cette foutue histoire de Lune ? Elle comme ses passagers. Et si je vous disais qu'elle connaît le chemin qui mène à sa couronne ?

— ... Quelle folie eff-là ? demanda la tisseuse.

— Ouais, acquiesça Mercurio, c'est peut-être bien de la folie. Mais je jure par la Mère noire, l'Omnivoyant et leurs Quatre putains de Filles qu'Ashlinn Järnheim a une carte de la Couronne de la Lune tatouée à l'encre arkémique sur le dos. Une encre qui s'effacera au cas où elle se fait assassiner. Disons... pendant qu'elle protège Mia, par exemple. »

Le frère et la sœur échangèrent un regard. Revinrent à Mercurio. Des yeux rouges brillaient dans la lumière tamisée. La piscine de sang commença à s'agiter dans le dos de Marius, comme une mer en pleine tempête. La respiration de Marielle était devenue si lourde qu'elle donnait presque l'impression d'étouffer.

« Qu'est-ce que vous en dites ? » Mercurio tendit sa main. « Vous voulez m'aider à garder ces deux-là en vie ? Vous avez toujours un serment à tenir, après tout. »

Marius considéra la paume ouverte du vieillard. Prit une longue inspiration tremblante. Mais, sans un mot supplémentaire, il saisit la main de Mercurio de ses doigts maculés de sang. Et sans la moindre hésitation, Marielle posa la sienne, couverte de pus, sur celle de son frère.

Le vieil homme dévisagea les deux sorcerii et opina du chef. « Voilà qui est bel et bien. Ça fait quoi de passer dans le camp des conspirateurs ? »

CHAPITRE 14

Réunions

« C'est un taudis sans nom, déclara Sidonius.

— Ce n'est pas si mal », rétorqua Charmeuse-de-Lames.

Il se renfrogna. « Oh que *si*. Les rats sont aussi gros que des chiens, le bois est infesté de mites, et il suffirait de laisser traîner un *seul* cigarillo pour que l'intégralité de ce taudis parte en fumée. »

La Dweymeri poussa un soupir. « Mon frère. Considérant le fait qu'il y a une semaine, tu étais enfermé dans une cellule puante de pisse sous l'arène de Sepulcra, à deux doigts de te faire exécuter, je t'aurais imaginé plus disposé à apprécier la sensation du vent de la liberté sur ton visage.

— On est à *l'intérieur*, Charmeuse, rétorqua Sidonius, en lui montrant du doigt les divers trous qui constellaient les murs du théâtre. On n'est pas *censés* sentir ce putain de vent. »

Dompteur-de-Vagues écarta une paire de rideaux moisis et déboula sur la scène. Son pied passa à travers les planches pourries ; tant bien que mal il libéra sa botte, sans un instant quitter des yeux ses camarades – son visage aussi barbu que tatoué affichait une joie de dément. « N'est-ce pas *grandiose* ? » murmura-t-il.

Sidonius lâcha un soupir. Une éternité lui semblait s'être écoulée depuis les grands jeux de Sepulcra, et pas seulement la semaine dont parlait Charmeuse-de-Lames. Les événements de ces derniers mois lui faisaient l'effet d'un rêve – un rêve dont il risquait de se réveiller à tout moment, pour s'aviser qu'il était toujours un gladiatii, toujours enchaîné, toujours esclave.

Lorsqu'il avait été vendu au Collegium Remus en même temps que Mia Corvere, il était loin de s'imaginer l'influence qu'allait avoir cette fille sur sa propre existence. Il avait servi sous les ordres de son père, Darius, dans la légion Luminatii, et sur les sables brûlants il s'était donné pour mission de la garder en vie – sans pour autant que ça lui coûte la sienne, si possible. Sauf qu'en fin de compte, c'était Mia qui les avait sauvés, lui et les autres Faucons de Remus, en élaborant un plan lui permettant non seulement de se venger des hommes qui avaient anéanti sa familia, mais aussi de libérer ses compagnons gladiatii de leur servitude.

La joue de Sid le démangeait encore suite à sa visite au Collegium de Fer de Donjon blanc, quatre tours plus tôt, où lui et les autres Faucons avaient remis les feuilles rouges que leur avait fournies l'esclave Buveuse-de-Larmes. Le vieil arkémiste rabougri qui les avait reçus avait étudié les *chartum liberii* pendant ce qui lui avait paru durer une éternité, et Boucher ne semblait pas être passé loin de chier dans ses hauts-de-chausses. Mais Buveuse-de-Larmes devait sa vie à Mia Corvere, et elle était du genre à rembourser ses dettes : ses papiers avaient bel et bien fini par passer l'épreuve de l'inspection.

À tour de rôle, ils étaient tous passés entre les mains de l'arkémiste, et au terme d'un rapide supplice, l'ex-légionnaire – et ex-gladiatii – s'était retrouvé avec une joue dépourvue de marque d'esclave pour la première fois depuis six longues années[12].

S'étaient ensuivies trois non-nuits de débauche ; puisant dans les pièces que le vieux Mercurio leur avait fournies, les ex-Faucons de Remus s'étaient employés à se saouler à mort. La dernière chose que Sidonius se rappelait, c'était une fumerie quelque part dans le quartier des bordels de Donjon blanc, où il avait enfoui son visage entre une splendide paire de seins tout sauf bon marché et déclaré qu'il n'en ressortirait pas avant qu'Aa en personne ne descende l'en extraire, tandis que Boucher arpentait à poil la salle commune en trimbalant sous les bras autant de filles de joie qu'il le pouvait[13].

---

12. Les *chartum liberii* constituent l'objectif de tout esclave vivant au sein de la République itreyenne. Aussi appelés « feuilles rouges » à cause du parchemin écarlate sur lequel ils sont inscrits, ils indiquent que leur porteur a, à force d'économiser, grâce à un maître miséricordieux, ou par décret gouvernemental, gagné sa liberté.
Presque impossibles à forger *via* les procédés arkémiques du Collegium de Fer, les feuilles rouges sont une denrée incroyablement précieuse. Un marché noir florissant est apparu autour de leur acquisition et de leur revente, et les fournisseurs astucieux de feuilles rouges peuvent s'attendre à devenir très riches très rapidement. Leurs confrères moins malins peuvent, quant à eux, s'attendre à finir leur vie dans la peau d'un esclave, de même que leurs parents, leurs amis, leurs collègues, leur familia, leurs animaux domestiques et les personnes qui leur doivent de l'argent. C'est après tout la République *tout* entière qui fonctionne à l'huile de l'esclavage. Si vous essayez de baiser le système, chers amis, attendez-vous à ce que ledit système vous fasse chier en retour.
13. Cinq, en fin de compte. Six si on compte celle qui lui chevauchait le dos.

Sid ne se souvenait pas, en *aucun cas*, d'une discussion sur l'achat d'un théâtre. Ainsi donc, quatre tours après qu'ils eurent recouvré leur liberté, lorsqu'un Dompteur-de-Vagues surexcité l'avait réveillé d'une secousse tout sauf délicate un peu après midi et qu'il avait à contrecœur arraché son visage à une fort belle paire de seins, il avait été passablement surpris de découvrir qu'il était devenu copropriétaire de l'Odeum, un tas branlant de petits bois situé non loin des quais de Donjon blanc.

Ça ne l'avait pas amusé outre mesure.

« On peut faire venir des charpentiers en milieu de semaine, disait Dompteur-de-Vagues d'une voix presque tremblante d'excitation. On rafistole la scène, on pose de nouvelles portes, et l'endroit sera comme neuf. Ensuite, nous faisons passer le mot aux acteurs. Moi je vais diriger, Sid et Charmeuse, vous pouvez vous occuper du public, Boucher a un visage parfait pour les coulisses. Quant à Felix et Albanus, ils peuvent... »

Le colosse s'interrompit, gratta ses épaisses salines. « Où *sont* Felix et Albanus, d'ailleurs ?

— Felix est rentré chez sa mère ! lui cria une Bryn toujours-très-ivre depuis la galerie supérieure.

— Et Albanus avait tout l'air d'en pincer pour la petite Belle qui nous a conduits ici. » Charmeuse-de-Lames frotta la vilaine cicatrice qui barrait son bras armé, souvenir du *magni* qui s'était déroulé dans cette même ville deux mois plus tôt. « Je ne me souviens pas de l'avoir vu descendre du chariot, maintenant que j'y pense...

— Ma foi, ils savent où nous trouver. » Dompteur sourit de toutes ses dents. « Le plus grand théâtre que la cité de Donjon blanc ait jamais vu ! » lança-t-il en direction des toits de sa voix de baryton tonitruante.

Bryn le gratifia d'une ovation éthylisée depuis la galerie, laissa tomber sa bouteille de vin d'or à moitié pleine, hoqueta un juron et tomba à la renverse sur son cul. « Pas d'dégâts ! » beugla-t-elle.

Sidonius prit sa tête entre ses mains, se laissa choir sur son arrière-train et poussa un soupir. « Putain de merde.

— Je sais que ça peut sembler malavisé, lui souffla gentiment Charmeuse-de-Lames. Mais comme tu le sais, ça a toujours été le rêve de Dompteur-de-Vagues de diriger un théâtre. Regarde-le, Sid. » D'un signe de tête, elle désigna le gigantesque Dweymeri, occupé à monter sur scène en grommelant un monologue quelconque dans sa barbe. « Heureux comme un cochon dans la fange.

— Pas d' – *hic* – dégâts… ! » insista Bryn, au cas où quelqu'un lui prêterait la moindre attention.

Sid passa une main sur son cuir chevelu. « Combien de pièces il nous reste ? »

Charmeuse haussa les épaules. « À peu près une centaine.

— C'est tout ? gémit-il.

— Tu te rappelles le prix de la paire de nichons que tu t'es payée, Sid ?

— Va te faire foutre, grogna l'Itreyen, et ne t'avise pas de me mettre ça sur le dos. Six ans sur les sables… je *méritais* de bouffer un peu de chatte, après ça. Ce n'est pas moi qui viens de claquer une petite fortune pour acheter un putain de théâtre en ruine ! »

Charmeuse-de-Lames grimaça un peu. « Techniquement, si. »

L'ex-gladiatii agita entre eux l'acte de vente ; sous le vin, la bière et d'autres taches moins identifiables, Sid parvint à distinguer un magnifique gribouillage d'ivrogne qui *aurait* pu passer pour sa signature.

« Enfin, un *cinquième* de fortune, en tout cas.

— Putain de meeerde.

— Et je sais aussi précisément quelle pièce on va monter en premier, était en train de dire Dompteur-de-Vagues. *Le Triomphe des gladiatii.*

— Dompteur, rugit Sid, tu vas te décider à la *fermer* !

— Je ne sens plus mes – *hic* – pieds ! » lança Bryn.

Boucher se leva des bancs cassés de la rangée du fond, frotta son visage contrefait et regarda confusément autour de lui. « … Est-ce que c'est un… un théâtre ?

— Tout à fait, lui confirma quelqu'un dans son dos. Et de toute beauté. »

Sidonius bondit aussitôt sur ses pieds, ses veines soudain chargées d'adrénaline. La silhouette qui se tenait sur le seuil était enveloppée d'un long manteau ; un foulard dissimulait ses traits. Eût-il été aveugle et sourd que Sid l'aurait quand même reconnue n'importe où. Son visage se fendit d'un sourire idiot, alors même que Dompteur-de-Vagues beuglait un *« CORNEILLLE ! »* d'anthologie depuis la scène.

Et puis Sid se mit à courir, pour prendre la nouvelle venue dans ses bras et la soulever du sol, lui arrachant un couinement au passage. Charmeuse-de-Lames les percuta tous deux avant de les serrer dans ses bras, Boucher tituba jusqu'à eux, et Dompteur se pointa tel un tremblement de terre pour les étreindre tous les quatre et les soulever dans un rugissement digne des annales du Collegium de Fer.

« Espèce de magnifique petite *salope* ! » s'écria Sid.

Mia sourit de toutes ses dents. « Lâchez-moi, putains de gros tas ! »

Hors de question. Pas avant d'avoir savouré un peu plus ces quelques précieuses secondes – le temps que Bryn descende de la galerie pour se joindre à leur étreinte, que

Dompteur-de-Vagues se frotte le nez sur sa manche, que Charmeuse-de-Lames cligne des yeux pour en chasser des larmes ; que tous aient l'opportunité de vivre pleinement l'instant et de se remémorer ce qu'elle leur avait donné.

Pas seulement leur vie.

Leur *liberté*.

« Par le sang et les abîmes, s'enquit Charmeuse, comment as-tu fait pour nous retrouver ? »

Mia haussa les épaules. « J'ai passé une tête dans le premier bordel venu. Ensuite, il m'a suffi de suivre les traînées de vomi. »

Dompteur-de-Vagues gloussa. « Par les abîmes, Petite Corneille, qu'est-ce que tu fais ici ? »

Son sourire s'effaça aussitôt. Elle considéra le théâtre qui les entourait – les trous dans les murs, les garnitures miteuses, les toiles d'araignées aussi épaisses que des couvertures au plafond. Et elle secoua la tête, son rictus réapparaissant comme s'il n'était jamais parti. « Je voulais juste m'assurer que vous étiez retombés sur vos pieds. »

Sidonius jeta un regard à Charmeuse-de-Lames. La Dweymeri le lui rendit, les yeux scintillants.

« Bon, dit Corneille. À qui dois-je couper la gorge pour avoir un verre dans le coin ? »

Ashlinn voyait Tric à la proue, le vent dans ses salines pareilles aux mains d'un amant.

L'équipage de la *Vierge* se tenait à bonne distance de lui, les quelques hommes obligés de s'approcher de lui faisant le signe d'Aa avant comme après, et œuvrant avec une célérité que n'aurait pas manqué d'apprécier leur capitaine. Ash savait que Nuage Corleone avait dit à ses sels de traiter Mia et ses compagnons tels des invités d'honneur à bord de la

Vierge sanglante. Mais dans le meilleur des cas les marins étaient des gens superstitieux, et l'idée d'avoir un Sans-Âtre parmi eux sur cette terre les perturbait autant qu'Ashlinn.

L'épisode hantait encore son esprit.

La légère résistance quand sa lame s'était enfoncée dans la poitrine de Tric. Le sang chaud qui se répandait sur ses doigts. La minuscule projection de rouge qui avait éclaboussé ses joues quand la pointe avait pénétré dans les poumons, empêchant le malheureux de faire autre chose que de la regarder avec confusion

« … hrrk.

— *Désolée, Tricounet.* »

alors même qu'elle le tuait.

« Quoi de neuf, Tricounet ? »

Il lui lança un regard de biais, puis se tourna à nouveau vers le port de Donjon blanc. Ashlinn était revenue du marché les bras chargés, après avoir dépensé la moitié de ce qui restait de leur fortune en « produits de première nécessité ». Les jetées comme la digue étaient bondées de marins et de mercenaires, de pêcheurs et de fermiers, qui faisaient du commerce sur la promenade. Les vastes arches de l'aqueduc s'étendaient au-dessus de la baie en direction de la Cité des Ponts et des Os, et sur le versant de la colline Ash distinguait de larges et sinueux labyrinthes végétaux[14]. Les mouettes se

---

14. Commandités par le roi Francisco III pour divertir ses nombreuses maîtresses (et empêcher son épouse, Annalise, de découvrir ses badinages), les labyrinthes végétaux de Donjon blanc font partie des trésors de la ville. Ils s'étendent sur des kilomètres et, depuis la chute de la monarchie, sont devenus un lieu de rencontre courant pour les amoureux, qui s'y *cognent* comme des portes de toilettes publiques par temps de grand vent. *(Suite de la note page suivante)*

chantaient une sérénade dans le ciel du vraijour au-dessus de sa tête, mais l'éclat des soleils lui semblait un peu moins aveuglant que la veille.

Les deux plus grands, Saan et Shiih, avaient entamé leur descente – le rouge intense du Voyant et le jaune éteint de l'Observateur s'approchaient tous deux de l'horizon. Saai s'attarderait encore un moment quand les deux autres yeux de l'Omnivoyant auraient disparu, l'Omniscient projetant sa lumière bleu pâle sur les terres de la République. Alors seulement la vrainuit débuterait, aussi sûrement que la mort et les impôts.

Appuyée contre le bastingage à côté de Tric, Ashlinn se figura que le froid émanant de la peau du garçon paraissait s'estomper en même temps que la lumière des soleils. Peut-être était-ce le fruit de son imagination. Peut-être une facette de la sombre magik qui l'avait ressuscité. Mais si elle plissait suffisamment les yeux, la jeune femme distinguait un soupçon de couleur sur sa peau. Ses mouvements semblaient avoir légèrement plus de grâce. Sans compter qu'il parlait de moins en moins comme un outil immortel de la déesse incarnée, et de plus en plus comme le garçon qu'elle avait connu.

Suite de la note n° 14 : Un tristement célèbre ministre de l'Église d'Aa, Marcus Suitonius, tenta de se faire élire au Sénat sur un programme de « réforme morale ». Se plaignant haut et fort qu'« on puisse à peine jeter une pierre dans les labyrinthes sans tuer un fornicateur », il fit le serment de mettre un terme aux amours qui s'y déroulaient si énergiquement. Malheureusement, sa campagne en faveur d'un « retour aux valeurs familiales » s'interrompit brusquement lorsqu'on le découvrit occupé à sodomiser un garçon de joie dans les labyrinthes mêmes qu'il se proposait de nettoyer, et à ce tour, ceux-ci demeurent un sanctuaire dans lequel chaque citoyen de la République est libre de s'envoyer en l'air avec le partenaire de son choix. Ah, l'amour.

Mais Ash avait encore la chair de poule en sa présence. Sa peau continuait à la picoter.

« Je me demande comment notre Mia s'en sort, avec le recrutement de sa petite armée.

— TU DEVRAIS ÊTRE EN TRAIN DE SURVEILLER JONNEN. »

D'un signe de tête, elle désigna le garçon assis sur une épaisse corde à proximité du mât principal. Il mâchouillait la sucrerie qu'elle lui avait achetée tout en jouant à l'ombre-balle avec Éclipse.

« Il est juste là, d'accord ? » Ash balança ses tresses de guerre par-dessus ses épaules. « Et fais-moi une faveur, d'accord ? Je ne suis pas une nourrice. Ne me dis *pas* ce que je devrais faire. »

Il se tourna alors face à elle, ses yeux d'un noir de poix pareils à deux trous dans sa tête. Cette pâleur exsangue, qui dissimulait telle de la peinture la beauté en dessous… Oh, il avait été canon de son vivant, si fait. De hautes pommettes, de longs cils, de larges épaules et des mains agiles. Il aurait pu devenir un vrai tombeur – si la jeune femme lui en avait laissé le temps.

« PENSE À QUEL POINT ÇA TOUCHERAIT MIA SI JAMAIS IL LUI ARRIVAIT QUELQUE CHOSE.

— Oh, mais je sais ce que ça fait de *toucher* Mia, Tricounet.

— MAIS ENCORE, ASHLINN ? demanda le mort.

— Elle est aussi douce que de la soie, répondit Ash en fixant ce noir sans fond. Humide comme une rosée d'été, et sucrée comme des fraises. » Sa voix se fit plus sensuelle. « Dure comme l'acier avant de jouir, et aussi cotonneuse que des nuages ensuite. Trempée dans mes bras comme une putain de pluie printanière. »

Il se mit en mouvement, mais pas aussi vite que dans les maisons des morts. Sa main trouva la gorge d'Ashlinn une seconde pleine après qu'elle eut collé son épée contre son cou, son tranchant longeant l'endroit où la jugulaire de Tric aurait dû pulser. La jeune femme n'aurait su dire si elle pouvait le blesser un tant soit peu gravement, en vérité. Elle se trouvait dans cette cabine quand il s'était fait poignarder au bras et au ventre par ces soldats-marins itreyens. Sans saigner. Sans tomber. C'était à se demander à quel point il fallait le charcuter pour le ralentir.

« Ôte tes putains de... mains de m-ma gorge, croassa-t-elle tant bien que mal.

— TU FERAIS BIEN DE NE PAS ME POUSSER, ASHLINN.

— Un bien mauvais choix de m-mots, vu... notre histoire... »

Sa prise se resserra, ses salines s'agitant tels des serpents tirés de leur sommeil. Les soleils disparaissaient peut-être, peut-être lui-même se rapprochait-il de ce qu'il avait été, mais il n'en restait pas moins plus lent qu'auparavant pour l'instant. Par la Déesse, il avait conservé une bonne partie de sa force, par contre. Ses doigts lui évoquaient du fer froid contre sa peau. Ash pressa sa lame un peu plus fort. Jonnen fixait désormais sur eux de sombres yeux brillants, aussi intelligents que malveillants.

« La carte. » Elle arbora un large rictus. « Tu te s-souviens ? »

Il la maintint ainsi encore un moment, puis la relâcha, la faisant trébucher en arrière dans le mouvement. Un large sourire aux lèvres, la Vaanienne garda sa lame levée, tout en se frottant la gorge de l'autre main.

« Tu as toujours été une putain de vierge effarouchée.

— CETTE CARTE DANS TON DOS VA PEUT-ÊTRE BIEN S'EFFACER À TA MORT, ASHLINN, fit Tric tout en lui faisant face. MAIS IL N'EST NUL BESOIN DE TE TUER POUR TE FAIRE *BEAUCOUP* SOUFFRIR.

— Aaah, je préfère ça. » Elle le gratifia d'un clin d'œil. « Un peu de feu et d'étincelles, *ça*, c'est un spectacle selon mon cœur. Mais je suis plus fougueuse que toi, Tricounet. Et plus rapide, et plus jolie – et la fille qu'on aime tous les deux a fini dans mon lit, pas dans le tien. » Elle tapota de ses doigts la poignée de son arme. « J'ai gagné. Tu as perdu. Alors ne t'approche pas d'elle, d'accord ?

— MANQUES-TU VRAIMENT À CE POINT DE CONFIANCE EN TOI ? lui demanda-t-il. AS-TU SI PEUR QU'ELLE PARTE QU'IL TE FAILLE LA REVENDIQUER À LA POINTE DE L'ÉPÉE ?

— Je n'ai *rien* à revendiquer, grogna Ashlinn. Elle ne m'appartient pas. Elle n'appartient à *personne*. Mais si tu penses une seule seconde que je ne suis pas prête à répandre le sang pour être à ses côtés quand tout cela sera derrière nous, je ne peux plus rien pour toi. Compris ? » La Vaanienne abaissa son épée, s'approcha d'un pas. Elle lui rendait une bonne tête, mais sa voix était un murmure mortel. « Fais ce que tu as à faire. Les Lunes, les Mères – personnellement, je n'en ai rien à foutre. Mais si je sens poindre un autre dénouement à cette histoire, si je vois le moindre *signe* que cette histoire absurde de dieu déchu la met en danger, je te promets qu'on découvrira si les morts peuvent mourir une deuxième fois. » Elle recula d'un pas, sans un instant le quitter des yeux. « Je suis prête à arracher les trois soleils du firmament pour la protéger, tu m'entends ? proclama alors Ashlinn. À tuer ce putain de *ciel*. »

Elle lui souffla un baiser.

Puis fit volte-face et s'éloigna d'un pas raide.

Les Faucons se décidèrent pour une taverne enfumée située en bordure des docks, et burent comme si la Mère noire devait venir les prendre le lendemain. Mia gardait la tête basse, sa capuche dissimulant la marque d'esclave sur sa joue droite et l'affreuse cicatrice sur la gauche. Les habitants du quartier dans lequel ils se trouvaient ne pouvaient guère se permettre de jouer les délateurs, mais elle n'en restait pas moins une gladiatii renommée, la fille qui avait tué le vergurgite – et désormais la tueuse la plus recherchée de toute la République.

Prendre des risques n'était pas vraiment à l'ordre du jour.

Elle but donc avec modération, tira sur les cigarillos merdiques qu'ils vendaient au bar, préférant écouter plutôt que participer à la conversation. Dompteur-de-Vagues parla de ses projets théâtraux, Bryn du *magni* et Boucher de toutes les filles qu'il avait ramonées depuis son arrivée à Donjon blanc. Malgré ses fous rires, elle avait mal en son for intérieur, et dans les quelques heures qui suivirent la jeune femme accepta lentement le fait qu'elle n'aurait jamais dû venir ici. Qu'après cette soirée, elle ne reverrait plus jamais aucun d'entre eux.

Ils avaient déjà donné suffisamment d'eux-mêmes, et pas seulement sur les sables. L'enténébrée ne pouvait pas leur en demander davantage – et encore moins de la suivre jusqu'à la Montagne taciturne pour sauver un homme qu'ils connaissaient à peine. C'était égoïste de sa part de l'avoir ne fût-ce qu'envisagé. Elle cessa donc simplement d'y penser, se bornant à profiter de leur compagnie. Et quand neuf voltes sonnèrent, elle se leva pour aller aux toilettes en leur promettant de revenir.

Quelques instants plus tard, elle sortait de la taverne par la porte de derrière, abaissait sa capuche pour se protéger de ces maudits soleils et descendait l'allée d'un pas lourd en direction des docks. Gentilhomme voletait le long du mur à ses côtés, aussi silencieux qu'une souris morte.

« *… où va-t-on… ?* finit-il par demander.

— On retourne à la *Vierge*. Elle prend la mer à dix voltes, tu te souviens ?

— *… j'ai comme l'impression qu'il nous manque notre armée…*

— On va devoir se débrouiller sans eux.

— *… mia, je sais que tu tiens à…*

— Je m'y refuse, Gentilhomme, l'interrompit-elle. Je pensais pouvoir y arriver, mais en réalité j'en suis incapable. Alors laisse tomber.

— *… tu ne peux pas sauver mercurio toute seule…*

— J'ai *dit* : laisse tomber. »

L'ombrechat se matérialisa alors devant elle sur les pavés, la clouant sur place.

« *… si tu as envie d'un chien docile qui se contente de se soumettre chaque fois que tu grognes, tu aurais dû venir avec éclipse.* moi *je dis ce que je pense, que ça te plaise ou…*

— Et si ça ne me plaît pas ?

— *… je le dirai quand même…* »

Mia lâcha un soupir, pinça l'arête de son nez. « Alors crache le morceau, dans ce cas.

— *… j'ai peur pour toi…* »

L'enténébrée faillit éclater de rire – jusqu'à ce que ces paroles aient pénétré à l'intérieur de son crâne. Aussi bruyantes que des cloches de cathédrale. Et puis soudain, dans ces odeurs d'ordures et de sel, avec le vent de la baie qui faisait battre son manteau, elle eut terriblement froid.

« *… j'en ai parlé à éclipse, mais éclipse ne remet jamais rien en question, tout comme celui qu'elle chevauchait avant toi.* toi, *par contre, tu as toujours eu l'esprit critique, mia, ce qui fait que moi aussi…* »

Le non-chat se retourna vers le port, vers le bateau qui les attendait.

« *... et je m'interroge sur ce que tu attends de tout ça, sur les* raisons *de ta présence ici. je regarde la partie de toi qui t'a poussée à venir demander de l'aide à sidonius et aux autres – la partie* consciente *du fait que tu mourras si jamais tu te bats seule contre la montagne – affronter celle qui ne craint nullement la mort. et je me demande si ce qu'on s'approprie, éclipse et moi-même, n'est pas quelque chose dont tu as besoin, maintenant plus que jamais. parce que tu* devrais *avoir peur...*

— La question n'est pas là, rétorqua-t-elle. Je n'ai *pas* peur – l'idée est juste de faire preuve d'un peu de discernement moral. Je ne suis pas *brisée*. Alors n'essaie pas de me réparer. »

Le démon n'avait peut-être pas d'yeux, mais la jeune femme eut quand même l'impression de les voir se plisser.

« Tu les as vus, Gentilhomme. Tu as *vu* à quel point ils étaient heureux. Mère noire, Dompteur était comme un enfant à la putain de Grande Dîme. Et tu as remarqué la façon dont Bryn le dévorait des yeux ? Ils ont une *vie*, désormais. Une chance de passer à autre chose. Qui suis-je pour exiger d'eux qu'ils y renoncent ?

— ... *tu n'exiges pas, tu* demandes. *c'est ce que font les amis...*

— Non, répliqua-t-elle d'une voix égale. Nous n'aurions pas dû venir ici. On trouvera un autre moyen.

— ... *mia...*

— J'ai dit *non* ! »

Elle passa au travers de l'ombrechat et marcha d'un pas lourd jusqu'à l'entrée de la ruelle, en direction des cloches du port et de l'odeur de la mer. La jeune femme tira une ultime bouffée de son cigarillo merdique, exhala un panache de gris dans le ciel, puis écrasa le mégot sous sa botte. Après quoi elle tendit des doigts habiles vers les ombres et...

« On part sans dire au revoir ? » lui lança alors Sidonius.

Mia fit volte-face – pour le découvrir là, appuyé contre le mur. Des yeux bleus brillants, des cheveux presque rasés, une peau pareille à du bronze coulé. L'enténébrée distinguait la marque dont on l'avait… gratifié lorsqu'il avait été chassé de la légion Luminatii. Le mot *LÂCHE* marqué au fer rouge sur la poitrine. Jamais la jeune femme n'avait vu pire mensonge de toute son existence.

Charmeuse-de-Lames se trouvait derrière lui, ses salines assez longues pour toucher le sol, les tatouages complexes qui couvraient chaque centimètre de son corps scintillant à la lumière des soleils. Dompteur-de-Vagues se tenait à côté d'elle, avec sa poitrine large comme un tonneau, sa barbe tressée, ses salines sombres et son visage habilement tatoué. Bryn était tout près de lui, occupée à nouer son chignon blond tout en fixant Mia de ses yeux bleus brillants d'intelligence.

Quant à Boucher, il pissait furtivement contre le mur.

« Ouais, dit Mia. Mes excuses. J'ai perdu la notion du temps. Mon bateau prend la mer à dix voltes.

— Pourquoi es-tu venue ici, Mia ? lui demanda Sidonius.

— Je vous l'ai dit, répondit-elle – d'une voix aussi fraîche qu'une brise d'automne. Je voulais m'assurer que vous alliez bien. C'est le cas, j'en suis ravie, point barre. Je n'ai donc plus qu'à partir. »

Alors qu'elle s'apprêtait à prendre congé, la jeune femme sentit sa main sur son bras. L'enténébrée se tortilla, aussi vive que l'éclair, pour échapper à la prise de Sid. Après quoi elle déchira une poignée d'ombres, plus facilement, plus vite qu'elle n'aurait pu le faire quelques semaines plus tôt, et se volatilisa devant leurs yeux ébahis.

Plissant des yeux à moitié aveuglés, Mia rejoignit une ombre un peu plus loin dans la rue,

et puis une autre

toujours plus loin.

L'enténébrée avait la tête qui tournait à cause de la brûlure des soleils, mais elle n'en resta pas moins debout. Et finalement, satisfaite de les avoir semés, elle commença à progresser à tâtons, aveugle à tout ce qui l'entourait, dans l'attente des murmures familiers censés la guider jusqu'à la *Vierge*.

Sauf que personne ne murmurait.

« Gentilhomme ? »

Clignant des yeux, elle tâtonna autour d'elle en quête de son ami. Pour bientôt s'aviser qu'il n'était pas parti avec elle.

« Gentilhomme ? »

Après s'être débarrassée de son manteau d'ombres, Mia se retourna vers l'entrée de l'allée, à une trentaine de mètres de là. Il était assis là, tel un ruban de ténèbres aux pieds des gladiatii, sa queue s'agitant de droite à gauche pendant qu'il parlait. L'enténébrée sentit une bouffée de rage envahir sa poitrine.

« Ne *t'avise* pas de me faire ça ! » lui hurla-t-elle.

Mais le non-chat l'ignora, et le temps qu'elle rebrousse chemin sur les pavés, les Faucons la regardaient tous comme s'ils avaient affaire à une inconnue. Il y avait de la déception dans leurs yeux. De la consternation. Peut-être même de la colère.

« Gentilhomme, ferme ta putain de gueule !

— *… je n'ai pas vraiment de gueule, tu sais – putain ou autre…* »

Mia décocha un coup de pied en direction de la tête du non-chat. Il traversa le démon sans lui faire le moindre mal, bien sûr, mais ça n'empêcha nullement la jeune femme de faire une autre tentative. « Qu'est-ce que tu leur as dit ? »

Charmeuse-de-Lames lui jeta un regard noir. « Ce que tu avais trop honte de demander toi-même.

— Espèce de petite merde ! s'écria-t-elle, en lui balançant un nouveau coup de pied. Je t'ai *dit* qu'on se débrouillerait !

— *... et je leur ai dit que tu ne pouvais pas y arriver toute seule...*

— Ce n'était pas à toi de prendre cette décision !

— *... exact : elle* leur *revenait...*

— Espèce de détestable salop...

— Mia, intervint alors Sidonius d'une voix qui se voulait apaisante.

— Sid, dit-elle, je suis désolée. » D'un regard elle fit le tour des Faucons. « Je vous demande pardon à tous. J'y ai effectivement pensé, pour finalement y renoncer complètement. Ce n'est pas votre combat, et je n'ai aucun droit de vous y mêler. S'il vous plaît, ne me jugez pas, je...

— Mia, fit Sid, *bien sûr* que je vais t'aider.

— Si fait, confirma Charmeuse-de-Lames. Mon épée t'appartient. »

Bryn croisa les bras ; ses prunelles se mirent à briller. « Toujours. »

Des larmes piquaient les yeux de Mia – mais elle cilla pour les repousser, en secouant la tête. « Non. Je ne *veux* pas de votre aide.

— Corneille, dit Charmeuse-de-Lames, tu nous as sauvé la vie. » Elle désigna Gentilhomme d'un signe de tête. « Et si le démon dit vrai, la tienne est en plus grand péril que les nôtres ne l'ont jamais été. Quel genre de bâtards serions-nous si on te laissait tomber après tout ce que tu as fait ? Quel genre de remerciements serait-ce là ?

— Et *quid* du théâtre ? » demanda-t-elle.

Dompteur-de-Vagues haussa les épaules, tout en la gratifiant d'un sourire triste. « Il sera toujours là à notre retour.

— Non. Je m'y refuse.

— Mia, dit Sidonius, tu as risqué ta vie pour nous. Tout ce pour quoi tu avais œuvré dansait sur le fil d'un couteau. Et pourtant tu as mis tes projets en péril pour nous offrir la liberté. Et te voilà, maintenant, à nous dire ce que nous pouvons ou pas en faire ?

— Et comment, grogna-t-elle. Vous me devez la vie ? Allez la *vivre*, putain. Vous voulez me remercier ? Faites-le en parlant de moi à vos petits-enfants. » Elle tourna les talons tout en fusillant l'ombrechat du regard. « On s'en va. *Maintenant*.

— *... comme il te plaira...* »

Alors qu'elle commençait à redescendre la rue d'un pas raide, Mia entendit Charmeuse-de-Lames feindre un bâillement.

« Vous savez quoi ? dit la Dweymeri. Ce dernier verre de vin doré m'est monté à la tête. Je crois que j'ai besoin d'une petite marche jusqu'au port.

— Bien dit, fit Bryn. Je n'aurais rien contre une balade sur la promenade.

— L'air de la mer, chantonna Sid. Si ça ne vous dérange pas, je vais venir aussi. Et peut-être même en profiter pour réserver une croisière. »

Mia s'immobilisa à contrecœur. Ses épaules s'affaissèrent.

« J'ai entendu dire qu'Ysiir était fort agréable à cette époque de l'année, fit remarquer Dompteur-de-Vagues en passant d'un pas nonchalant devant elle.

— Je n'y suis jamais allée, lâcha Bryn d'une voix pensive, en glissant ses pouces dans sa ceinture.

— Mmmh, marmonna Charmeuse-de-Lames. Moi non plus, puisqu'on en parle… »

Elle les regarda déambuler en direction des eaux, des larmes désormais brûlantes dans les yeux. Ils firent halte au bout de la rue, se retournèrent – pour la découvrir occupée à fixer sombrement les pavés, les épaules affaissées.

« Tu viens ? » lui lança Sidonius.

Elle considéra le non-chat posté dans le caniveau à ses côtés. Sa trahison lui faisait l'effet d'un coup de couteau dans la poitrine. Il avait certes toujours été du genre à tout remettre en question, à la titiller s'il estimait qu'elle débloquait. Mais jamais auparavant il ne s'était opposé à elle comme ça. Jamais il n'avait agi de manière aussi contraire à ce qu'il *savait* de ses volontés.

« Je n'ai jamais autant regretté de te connaître qu'en cet instant.

— *… voilà un fardeau que je porterai volontiers, pour peu que ça te maintienne en vie…* »

Elle lui lança un regard noir, tout en secouant la tête. « Si jamais il leur arrive quoi que ce soit, je ne te le pardonnerai pas – c'est là une *promesse* que je te fais. »

L'ombrechat la fixa de ses non-yeux, la queue frétillante.

« *… je fais* partie *de toi, mia. avant de te rencontrer, je n'étais qu'un néant informe en quête de sens. l'apparence que j'arbore est* née *de toi, c'est* toi *qui as décidé de la chose que je suis devenu. et si je dois faire ce que tu te* refuses *à faire, qu'il en soit ainsi – au moins seras-tu vivante pour me haïr…* »

La jeune femme scruta le ciel, les soleils qui se rapprochaient lentement de l'horizon.

Quelqu'un d'autre aurait pu avoir peur, à ce moment-là, de l'orage qui se préparait.

Faire demi-tour et prendre ses jambes à son cou.

Mais encore et toujours, Mia Corvere poursuivait sa route.

CHAPITRE 15

Finesse

« Benino, dit Mia.

— Non, répliqua Nuage.

— Bertino, alors. Vous avez une tête de Bertino.

— Non. » Nuage se renfrogna. « Par les abîmes, à quoi *ressemble* un Bertino, de toute façon ?

— Donnez-moi au moins la première lettre. C'est un *B*, pas vrai ? Je suis sûre que c'est un *B*.

— Au risque de me répéter, Dona Mia, pas d'indices.

— Il va bien falloir me donner *quelque chose* », lui lança-t-elle d'une voix enjôleuse.

Le capitaine haussa un sourcil. « Je ne vois pas ce qui pourrait m'y obliger. J'ai parié mon foutu bateau que vous n'arriveriez pas à deviner mon nom – alors *pourquoi*, pour l'amour de Trélène, devrais-je vous aider ?

— Vous en avez ras le bol de la mer et vous voulez vous mettre au vert ?

— Même pas en rêve ! s'esclaffa le corsaire. Je saigne *bleu* quand on me coupe les poignets. »

Cela faisait trois tours qu'ils avaient quitté Donjon blanc, et ils naviguaient sur des courants rapides. Leur destination se trouvait sur la côte d'Ysiir, de l'autre côté de la mer des Épées – la ville de Dernier Espoir. Depuis ce port maritime délabré les attendrait un trekking à travers les Plaines chuchotantes jusqu'à la Montagne taciturne. Mia n'aurait su dire comment Mercurio se débrouillait sous la garde de l'Église rouge, ni de quelle façon elle allait bien pouvoir l'arracher à leurs griffes. Mais elle avait beau ne l'avoir avoué à presque personne, la jeune femme avait aimé cet homme plus que tout autre depuis son père. Et davantage que *n'importe* lequel, désormais. Qu'elle soit damnée si elle le laissait pourrir là-bas.

La côte en dents de scie de Liis s'étendait au sud, les falaises blanches d'Itreya au nord ; la *Vierge* fendait des flots ondoyants. Les ex-Faucons de Remus restaient la plupart du temps à la proue, à se délecter des embruns sur leur visage.

Sidonius ne passait pas inaperçu, avec sa peau bronze que faisait briller la lumière des soleils, ses cheveux rasés presque à blanc, ses yeux de bébé d'un bleu vif. Le massif Itreyen gardait autant que possible Mia dans son champ de vision – sa loyauté envers Darius Corvere l'avait poussé à prendre la jeune femme sous son aile à l'époque où tous deux étaient des Faucons, et son engagement n'avait pas diminué d'une goutte depuis. Sa présence à ses côtés lui donnait l'impression de pouvoir compter sur un roc contre lequel s'adosser. Son petit frère était peut-être une merde insupportable. Mais si Mia avait pu avoir un *grand* frère, elle aurait choisi Sid.

Dompteur-de-Vagues n'hésitait pas à donner un coup de main sur le pont – comme la plupart des insulaires dweymeri, il avait grandi à proximité de navires et connaissait l'océan aussi bien que son propre reflet. L'ex-comédien dominait l'équipage de toute sa taille, gratifiant les sels de Corleone de chansons interminables interprétées de sa voix sonore de baryton. Il possédait un timbre capable de faire pleurer une soyante, et Mia se sentait encore coupable de l'avoir éloigné de son rêve de toujours – être le propriétaire d'un théâtre. En son for intérieur elle se jura de faire en sorte qu'il renoue avec lorsque tout serait fini.

Charmeuse-de-Lames savait elle aussi comment s'y prendre avec un bateau, pourtant elle se gardait bien de quitter la proue, ses yeux sombres fixés sur les vagues déferlantes. Tous les Dweymeri étaient marqués de tatouages faciaux lorsqu'ils atteignaient l'âge adulte, mais chaque centimètre de la peau acajou de Charmeuse était recouvert de motifs complexes – un héritage de ses études de prêtresse. Mia trouvait toujours aussi bizarre de l'imaginer priant quelque part dans un temple. Charmeuse faisait partie des meilleurs guerriers du collegium – une véritable merveille sur les sables. Quand bien même la blessure à l'avant-bras que lui avait value son combat contre la soyante semblait toujours lui poser problème…

Bryn aussi avait l'air troublée, et Mia en connaissait la raison – son frère, Byern, avait péri dans l'arène quelques mois plus tôt. La jeune femme ne quittait pas d'un pouce Dompteur-de-Vagues, dont la présence semblait tenir à distance le pire de ses tourments. Bryn était une Vaanienne, tout comme Ash : dure comme un clou – et la meilleure tireuse à l'arc que Mia ait eu l'occasion de croiser –, et l'enténébrée se réjouissait de sa présence parmi eux. Ce qui ne l'empêchait de craindre que cette quête insensée ne se termine tragiquement, avec Bryn et le reste de ses camarades six pieds sous terre, auprès de Byern.

Sur les cinq Faucons, seul Boucher souffrait du mal de mer – mais comme il avait pissé dans le porridge de Mia à leur première rencontre, elle y voyait un genre de justice immanente. Le puissant Liisien n'avait jamais été la meilleure lame du collegium, mais il compensait son manque de talent par son cœur, ses fanfaronnades et sa fougue. Il ne s'éloignait guère du bâbord, là où son vomi avait le moins de risques de lui revenir en plein visage, à maudire tant les déesses que Dompteur-de-Vagues, que son estomac chamboulé semblait amuser au plus haut point.

Tout bien considéré, les anciens gladiatii paraissaient fort bien s'adapter à la vie en mer.

Mais ailleurs sur le pont, les choses n'étaient pas aussi paisibles. Ashlinn et Tric se tournaient autour comme des serpents prêts à frapper. Bien qu'ils soient restés à l'écart l'un de l'autre depuis que Corleone leur avait donné leurs propres cabines, la tension qui existait entre ces deux-là avait l'air d'avoir encore empiré depuis qu'ils avaient accosté à Donjon blanc. Si l'enténébrée n'était toujours pas parvenue à la moindre conclusion concernant ce que lui inspirait le retour du Tric, Ashlinn ne faisait rien pour dissimuler sa suspicion et son hostilité.

Mia et Gentilhomme ne s'étaient pas non plus parlé depuis leur départ de Donjon blanc. Cela faisait des tours qu'il n'avait pas chevauché son ombre.

Aussi furieuse soit-elle de sa trahison, l'ombrechat lui manquait.

Aussi la jeune femme se tenait-elle à la barre aux côtés du capitaine de la *Vierge sanglante*, jouant à son nouveau jeu préféré tout en savourant la sensation de vent frais sur son visage. Après tous ces mois passés au Collegium Remus ou dans les cellules des arènes, la moindre brise était une bénédiction. Et essayer de soustraire au capitaine son navire lui disait davantage que de s'inquiéter de l'orage qui couvait à bord.

« Une tempête se prépare, déclara Nuage Corleone.

— Ouaip, marmonna-t-elle en regardant le pont en contrebas. Je sais.

— Non, je parle d'une *véritable* tempête. » Il désigna une sinistre tache noire à l'est, au niveau de l'horizon. « On se dirige droit dessus. »

Mia plissa les yeux vers l'endroit qu'il lui indiquait. « Une grosse ?

— Ma foi, de ce que je vois, elle ne nous brisera pas le dos, mais on va quand même avoir deux ou trois tours difficiles. » Le corsaire afficha son rictus à quatre bâtards. « Si vous voulez profiter de la baignoire de ma cabine, Dona Mia, vous feriez donc bien de vous décider rapidement.

— C'est de l'ordre du possible, répliqua-t-elle d'une voix pensive.

— Splendide ! Je vais chercher le savon.

— Puis-je également vous suggérer des attelles pour vos doigts cassés ? » Elle le gratifia d'un sourire en coin. « Ainsi qu'un peu de glace pour vos bijoux broyés ? »

Corleone afficha en retour un large sourire, avant d'ôter son tricorne à plumes. Il était aussi rusé qu'un renard dans un juchoir à poules, et aussi retors que la patte arrière d'un chien galeux. Mais malgré toute son insolence, Mia ne pouvait pas s'empêcher d'apprécier cette canaille. Corleone semblait aimer flirter, mais c'était évident, au vu de son comportement enjoué, qu'il s'agissait uniquement d'un jeu à ses yeux – tout comme essayer de deviner son nom du côté de la jeune femme. L'histoire de son frère planait encore dans l'air en compagnie du souvenir du meurtre de Duomo, et lorsqu'elle fixait le pirate droit dans les yeux, Mia pressentait qu'elle s'était fait un allié pour la vie.

« Je vais demander au garçon de cabine d'allumer le poêle arkémique et de faire couler l'eau. » Corleone lui fit un clin d'œil. « Si jamais vous avez besoin de quelqu'un pour vous laver le dos, il vous suffira de chanter. »

Elle éclata de rire. « Allez vous faire foutre, lui répondit-elle avec un articule, histoire de faire bonne mesure.

— Hélas. » Il porta sa main à son cœur, comme affligé. « Ça semble bel et bien être la seule option qui me reste, Dona Mia. Pour l'instant, du moins. »

Mia sourit de toutes ses dents. « Dans chaque souffle, l'espoir demeure... »

Elle descendit d'un pas sautillant les escaliers du pont arrière. Installé dans un coin dans leurs quartiers, Jonnen s'occupait en jouant avec Éclipse à leur jeu favori. Le garçon ramassait des poignées d'ombres et les lançait sur les planches, et l'ombrelouve se jetait dessus comme un chiot sur un os. Jonnen les faisait parfois virevolter pour les soustraire aux mâchoires du démon – il riait aux éclats chaque fois qu'elle ratait son coup. Un rire apparemment sincère, sans la moindre moquerie.

Mais il cessa de jouer – et de sourire – en voyant Mia descendre les escaliers. Sa sœur prit une longue inspiration et s'installa à côté de lui, jambes croisées. Ashlinn s'était rendue au marché de Donjon blanc, y dépensant la majeure partie de leurs pièces – mais elle lui avait dégoté un bel ensemble de hauts-de-chausses en cuir, aussi noirs que moulants, ainsi qu'une paire de bottes en peau de loup. L'enténébrée avait jeté sa jupe de gladiatii par-dessus bord deux tours plus tôt, en prononçant une petite prière de remerciements.

Mais surtout, son amante était revenue avec…

« Des cigarillos ? » Le garçon la dévisagea avec dégoût. « Tu es vraiment obligée ?

— Ouaip, acquiesça Mia en glissant l'un d'eux entre ses lèvres, avant d'utiliser sa nouvelle boîte à feu.

— Seuls fument les imbéciles et les catins, à en croire ma mère. »

Elle exhala un nuage grisâtre. « Et je fais partie de quelle catégorie, petit frère ? »

Jonnen garda les yeux fixés sur elle, lèvres pincées. « Les deux, peut-être ? »

Éclipse se matérialisa entre eux sur les planches, pour aussitôt poser sa tête sur les genoux de la jeune femme.

« *… TU NE DEVRAIS PAS LUI PARLER AINSI, JONNEN…*

— Je lui parle comme je veux.

— *… TU TE SOUVIENS DU PETIT GARÇON DONT JE T'AI RACONTÉ L'HISTOIRE ? CASSIUS… ?*

— Oui, renifla le garçon, en lançant un regard de biais à l'ombrelouve.

— *… IL AVAIT COUTUME DE DIRE QUE LE SANG TACHE PLUS PROFONDÉMENT QUE LE VIN. TU SAIS CE QUE ÇA VEUT DIRE… ?* »

Jonnen secoua la tête.

« *… ÇA VEUT DIRE QU'UN MEMBRE DE TA FAMILIA PEUT TE FAIRE PLUS DE MAL QUE N'IMPORTE QUI D'AUTRE. MAIS C'EST JUSTE PARCE QU'IL* COMPTE *PLUS QUE N'IMPORTE QUI D'AUTRE. QUAND TU PARLES AINSI, MÊME SI MIA N'EN MONTRE RIEN, ÇA LUI FAIT DU MAL…*

— Parfait, cracha-t-il. Je ne l'aime pas. Et je n'ai aucune envie d'être ici. » Jonnen se tourna vers les eaux bleues qui s'agitaient le long des flancs du navire. « Je veux rentrer chez moi.

— On va passer devant dans une petite semaine. » D'un signe de tête, Mia lui désigna la direction de la côte itreyenne. « Le Nid du Corbeau.

— Ce n'est pas mon foyer, Faiseuse de roi.

— ... *LE FOYER EST LÀ OÙ SE TROUVE LE CŒUR, MON ENFANT*... »

Mia se tapota le sein gauche, un sourire aux lèvres. « Voilà qui explique ma poitrine vide.

— ... *BALIVERNES*..., persifla Éclipse... *TU AS LE CŒUR D'UN LION*...

— D'un corbeau, peut-être. » Elle remua ses doigts à l'adresse de la louve. « Noir et racorni.

— ... *TU VERRAS À QUEL POINT CECI EST UN MENSONGE AVANT LA FIN DE CETTE HISTOIRE, MIA. C'EST LÀ UNE PROMESSE*... »

Un petit rictus aux lèvres, l'enténébrée tira une longue bouffée de son cigarillo, se délectant de la chaleur de la fumée dans ses poumons. Tout en lançant des regards en coin à Jonnen. Son frère. Un étranger. Il était brillant, aucun doute là-dessus : éduqué par les meilleurs tuteurs de la République, il combinait déjà l'extrême intelligence d'Alinne Corvere et la roublardise de Julius Scaeva. Vu la façon dont il se tenait, dont il parlait, Mia se doutait qu'il allait devenir un adulte encore plus *tranchant* qu'elle-même. Il y avait un côté cruel en lui, vraisemblablement hérité de son père. Mais bon, Mia aurait probablement pu en dire autant de sa propre personne. Dans les veines de Jonnen coulait le même sang que dans les siennes – il faisait partie de sa familia. La seule qui lui restait, à moins de prendre en compte le salopard qu'elle allait tuer. Et après toutes ces années passées loin de son frère, elle se surprit à se languir d'une sorte de véritable lien avec lui.

« Je me souviens de la non-nuit où tu es né là-bas, lança-t-elle au garçon. Au Nid du Corbeau. J'étais à peine plus âgée que toi aujourd'hui. La sage-femme est venue me chercher, Mère t'a déposé dans mes bras et tu t'es mis à crier. Juste... à hurler comme si c'était la fin du monde. » Mia secoua la tête. « Par le sang et les abîmes, tu avais déjà de sacrés poumons. »

Une autre bouffée ; la fumée lui fit plisser les paupières. « Maman m'a demandé de chanter pour toi. Elle m'a dit que même si tes yeux étaient fermés, tu saurais reconnaître ta sœur. Aussi me suis-je exécutée. Et tu as cessé de pleurer. Comme si quelqu'un avait actionné un levier sous ton crâne. » Elle secoua de nouveau la tête. « Rien ne m'avait préparée à une chose pareille.

— Ma mère ne chante pas, dit Jonnen. Elle n'aime pas la musique.

— Oh, si, insista Mia, elle *adorait* ça. Elle chantait tout le temps, elle…

— Ma mère se nomme Liviana Scaeva, cracha le garçon. Épouse de l'imperator. »

Mia perçut un afflux de sang au niveau de ses joues. Son pouls battait au niveau de sa tempe. Bien malgré elle, la jeune femme sentit ses sourcils se froncer. Elle tira vigoureusement sur sa clope. « Ta mère s'appelait Alinne Corvere, dit-elle. *Victime* de l'imperator. »

Le garçon fronça lui aussi les sourcils. « Menteuse.

— Jonnen, pourquoi est-ce que je te…

— Tu es une menteuse ! Une *menteuse* !

— Et toi un putain de sale gosse, lui lança-t-elle sèchement.

— Vaurienne, cracha-t-il. Voleuse. *Tueuse.*

— Tel père, telle fille, j'imagine.

— Mon père est un grand homme ! s'écria Jonnen.

— Ton père est un connard.

— Et ta mère une pute ! »

Il lui fallut toute sa volonté pour ne lever une fois encore la main sur lui.

« … MIA… »

La jeune femme se releva, tremblante de colère, sa patience à bout. Elle se serait bien mordu la langue, mais craignait que le sang n'emplisse sa bouche et finisse par la noyer. Parler à ce garçon, c'était comme se cogner la tête contre un mur de brique. S'employer à fendre sa carapace, comme triturer une serrure avec dix putains de pouces. Elle n'avait aucune expérience du rôle de grande sœur – et guère de talent pour ça, au demeurant. Et donc, comme d'habitude, la frustration déverrouillait la porte et laissait s'échapper librement son mauvais caractère.

« J'essaie, Jonnen, fit-elle. Par les dents de la Vorace, je ne fais que ça. Si tu avais été n'importe qui d'autre, je t'aurais botté le cul pour ce que tu viens de dire. Mais ne parle plus *jamais* d'elle comme ça. Elle t'aimait. Tu m'entends ?

— Tout ce que j'entends, Faiseuse de roi, cracha-t-il, ce sont des mensonges qui sortent de la bouche d'une meurtrière. »

La jeune femme prit une longue inspiration. Tête baissée, paupières fermées. « J'espère que tu apprécies les tempêtes davantage que lorsque tu étais bébé. » Elle le fixa alors droit dans les yeux. « Il y en a une grosse qui se dirige droit sur nous. Et si jamais je t'entends pleurer dans ton sommeil, je ne viendrai pas chanter pour toi cette fois.

— Je te *déteste* », siffla le garçon.

Elle tapota son cigarillo par-dessus la balustrade, exhala un nouveau nuage de fumée. « Tel père, tel fils, j'imagine. »

Ce n'était pas tant une baignoire qu'un tonneau en laiton.

Elle était boulonnée au sol dans les quartiers de Corleone – au beau milieu d'une pièce attenante à la chambre qui, à son tour, donnait sur la cabine principale. La première pensée de Mia, quand elle posa les yeux dessus, fut de se demander où précisément le brigand était censé se mettre si d'aventure elle avait accepté sa proposition d'apporter le savon. Au prix de quelques efforts, la jeune femme était parvenue à s'y glisser, mais elle avait connu plus luxueux – doux euphémisme.

Cette prétendue « baignoire » lui évoquait bien davantage un seau.

N'empêche : l'eau qu'elle contenait était fumante, alimentée par des tuyaux reliés au poêle arkémique qui se trouvait dans la cuisine, un niveau plus bas. Et tandis qu'une douce chaleur envahissait son corps dénudé, Mia comprit pourquoi Corleone s'était offert une telle extravagance.

« Oh, putain de Mère noire, grogna-t-elle. Comme c'est *boooon.* »

La jeune femme plongea la tête dans l'eau après quelques manœuvres maladroites – et découvrit que si elle laissait ses jambes dépasser du rebord, la majeure partie de son corps se retrouvait submergée. Une fois bien installée, elle y trempa un gant de toilette et le posa sur son visage. L'enténébrée alluma un nouveau cigarillo, exhala un nuage gris satisfait tout en écoutant le chant de la mer à l'extérieur.

« Pas si mal, la vie de pirate, marmonna-t-elle, clope au bec. Halte, bande d'empotés ! Hissez les voiles ! Gréez l'artimachin, espèces de macaques baiseurs de porcs…

— Enfin seules », lança alors une voix.

Elle retira le gant, pour découvrir Ashlinn appuyée contre la porte. Elle portait un corset en os de guivre par-dessus sa chemise rouge, des jambières en cuir et des bottes à talons hauts. Elle avait acheté des herbes à Donjon blanc, et s'était débarrassée du henné qui teintait jusque-là ses cheveux. Il s'était écoulé de ses tresses pour rouler le long de ses épaules en cascades dorées.

« On n'est pas vraiment seules », fit Mia.

Ash fit courir un doigt le long du chambranle. « Je peux partir. Si tu préfères.

— Non. » L'enténébrée sourit. « Reste. »

Le visage de la Vaanienne s'illumina ; elle se glissa dans la petite pièce, referma derrière elle. Il n'y avait nulle part où s'asseoir, aussi s'installa-t-elle à califourchon sur le tonneau. Après avoir arraché le cigarillo de la bouche de Mia, Ashlinn se pencha pour déposer un petit baiser sur ses lèvres. Elle resta ensuite plantée devant l'enténébrée, le nez assez près du sien pour le titiller.

« Bonjour, murmura-t-elle.

— Bonjour », répliqua Mia.

Toutes deux s'embrassèrent de plus belle – une douce chaleur l'envahit aussitôt, proprement étourdissante. Ses lèvres s'entrouvrirent, accueillantes, et Mia la sentit frissonner lorsque leurs langues entrèrent en contact, aussi légères que des plumes. Elle soupira dans la bouche ouverte d'Ashlinn, leva une main pour caresser sa joue quand leur baiser se fit plus passionné. Un baiser dans lequel elle se *noya*, sans jamais vouloir remonter à la surface pour reprendre sa respiration, au point qu'elle mordilla la lèvre inférieure de la Vaanienne au moment où leurs bouches se désunirent.

En ouvrant les yeux, l'enténébrée découvrit le visage de son amante à quelques centimètres du sien. « Tu embrasses comme tu tues, Mia Corvere, murmura la Vaanienne.

— À savoir ?

— Avec *finesse*. »

Mia afficha un large sourire, et Ashlinn se remit à bécoter ses lèvres et ses joues, encore et encore – une dizaine d'effleurements aussi légers que des pétales de rose.

L'enténébrée lâcha un soupir. « Tu m'as manqué.

— À quel point ? »

Elle fronça les sourcils. « Je ne suis pas tout à fait sûre de savoir comment mesurer ça. Quelques décimètres, peut-être ?

— Va te faire foutre.

— La baignoire n'est pas assez grande pour ça.

— Je te déteste.

— Étrange. Moi je déteste tout le monde *sauf* toi. »

Un sourire aux lèvres, son amante l'embrassa de plus belle. « Redresse-toi. Je vais te laver le dos. »

Ashlinn s'écarta de la baignoire de manière à laisser Mia s'exécuter, poser sa tête sur ses bras et se pencher en avant. La Vaanienne s'installa derrière elle, une jambe de chaque côté du tonneau. L'enténébrée ne pouvait pas voir ce qu'elle faisait, mais elle sentit bientôt de chaudes mains savonneuses lui parcourir les épaules, tandis que l'air ambiant se chargeait d'une douce odeur de chèvrefeuille et d'hélianthème. Ash enfonça ses pouces dans ses muscles douloureux, pétrissant les nœuds de tension comme de la pâte.

« Ô, Mère noire, c'est… putain… de *bon*… », gémit Mia.

Elle ferma les yeux, laissant les mains de son amante tout emporter l'espace d'un moment. La frustration que Jonnen lui inspirait, sa colère envers Gentilhomme. Ses inquiétudes à propos de Sid et des autres, la perspective de ce qui les attendait à Ysiir, de l'autre côté de l'océan. Mercurio, la Lune et sa foutue couronne.

Ash gardait quant à elle le silence à propos de Tric, quand bien même toutes deux sentaient la question flotter dans l'air comme du givre. Elle était trop futée pour aborder le sujet. Pour ouvrir cette porte et laisser ça gâcher leur premier moment d'intimité depuis le *magni*.

Au lieu de quoi Mia sentit des lèvres parcourir sa nuque – et des frissons traverser sa colonne vertébrale.

« Tu pourrais toujours sortir de l'eau, murmura Ash. Si la baignoire n'est pas assez grande.

— Dans une minute... » Elle grimaça, la Vaanienne s'étant attaquée à un nœud particulièrement coriace. « Par la Déesse... ne t'arrête pas...

— Tu es aussi tendue que de la mancie, mon amour.

— Ça n'a rien d'une tâche facile, d'être la tueuse la plus recherchée de la République. »

Un nouveau baiser. « Je peux te détendre, si tu veux », lui chuchota Ash tout en lui mordillant doucement l'oreille.

L'enténébrée sentit les mains de la Vaanienne glisser sur son corps jusqu'à ses seins. Des doigts caresser sa peau lisse, laissant derrière eux une traînée de picotements. Le souffle de Mia s'accéléra, son ventre se mit à frémir, et un nouveau frisson lui parcourut le corps. Sa peau se couvrit de chair de poule, un doux soupir s'échappa de ses lèvres quand les baisers d'Ashlinn se mirent à titiller son cou – alors même que ses mains vagabondaient sur son corps, l'une taquinant son mamelon à moitié durci, l'autre traçant une longue spirale insoutenable en direction de son intimité : ses côtes, son ventre contracté, son nombril autour duquel elle dessina des cercles délicats empreints de courant arkémique.

« Encore ? » Les lèvres de la Vaanienne lui effleuraient le lobe de l'oreille.

Mia s'interrogeait sur la moralité de ce qu'elles étaient en train de faire. S'attardait en son for intérieur une pointe de culpabilité – à cause de la présence du garçon Sans-Âtre sur le pont supérieur, peut-être, ou bien du conflit larvé qui l'opposait à son frère, ou encore des activés auxquelles elles se livraient dans des eaux aussi périlleuses. Sauf que la main d'Ashlinn plongea alors sous la surface, et qu'un feu incontrôlable envahit les entrailles de la jeune femme, faisant fondre ses doutes à mesure que les doigts de son amante se rapprochaient délicatement de son entrejambe.

C'était… à couper le souffle.

À vous rendre fou.

« Encore », soupira Mia.

Elle sentit l'autre main d'Ashlinn s'enfoncer dans ses cheveux. La Vaanienne la redressa, lui arrachant un gémissement au passage – la laissant totalement nue devant elle, mis à part la vapeur qui dansait sur sa peau et ses cuisses frémissantes. Les lèvres d'Ash retrouvèrent son cou, alors que sa main commençait à se mettre à l'ouvrage entre ses jambes – y formant de petits cercles implacables, grattant les accords que son amante connaissait si bien. Dans un soupir, l'enténébrée tendit une main en arrière pour attraper une poignée des cheveux d'Ashlinn et lui *coller* les lèvres contre son cou. Leur présente conduite était délicieusement marquée du sceau de l'illicite – sentir Ash pressée contre elle entièrement vêtue alors qu'elle-même était *complètement* nue. Une reddition qui la laissa toute tremblante.

« Oh, putain, haleta-t-elle, ses hanches remuant en rythme. *Putain.*

— Encore ? » murmura Ash à son oreille.

Ses lèvres lui chatouillaient la peau.

Ses dents lui mordillaient le cou.

Ses doigts *dansaient* sur son corps.

« Encore », supplia Mia.

La seconde main d'Ashlinn rejoignit alors la première, l'une devant, l'autre derrière. Mia s'employa à lui griffer le cul, histoire de lui rendre la pareille. Les doigts de la Vaanienne la caressaient, la pétrissaient, *chantaient* sur ses lèvres et son clitoris. Le temps, comme figé, brûlait à la lumière d'un soleil noir. Des riens informes jaillissaient de sa gorge, ses yeux roulaient dans leurs orbites à mesure que les doigts de sa maîtresse l'emmenaient toujours plus haut – elle volait à présent, chaque caresse, chaque mouvement l'emportant vers cette sombre immolation.

« Oui, chuchota Ashlinn.

— Oui, gémit Mia. Putain de oui. *Oui.* »

Elle jeta sa tête en arrière, embrasée, la bouche ouverte, chacun de ses muscles tendu à se rompre, chaque nerf en feu. Les mains de son amante ne cessaient de remuer, de danser, prolongeant cette félicité palpitante qui lui arrachait maints frissons. Mia se mit à crier tout en attirant Ashlinn tout contre elle, frémissante, éperdue – il n'y avait pas assez d'air dans ses poumons, pas assez de sang dans ses veines.

Les mouvements d'Ash ralentirent, exerçant sur son intimité une douce et délicate torture jusqu'à ce que Mia lui prenne les mains pour les immobiliser.

« Arrête, soupira-t-elle. Par la Déesse… arrête. »

Elle sentit les lèvres d'Ashlinn s'étirer en un sourire, lui mordiller doucement le cou une dernière fois.

« Jamais, murmura son amante. Même pas en rêve. » Elle se leva lentement, lui tendit sa main. « Viens avec moi, ma belle. »

CHAPITRE 16

Tempête

L'orage frappa quelques heures plus tard.

Elles gisaient enlacées dans la cabine de Mia, peau contre peau, à écouter le tonnerre gronder et les océans s'agiter. L'enténébrée n'avait pas vu l'arrivée de la tempête d'un mauvais œil ; le tonnerre et le vent s'étaient révélés suffisamment bruyants pour couvrir les cris d'Ashlinn. Garder l'équilibre avec ces remous permanents n'avait pas été un mince défi, mais leur détermination était telle que les deux amantes y étaient parvenues. Par terre, contre le mur et dans le hamac, elles avaient fini par s'effondrer dans un enchevêtrement de chairs, hors d'haleine. Le hamac oscillait d'avant en arrière au rythme des mouvements du *navire*, désormais ; les poutres gémissaient autour d'elles.

Les cheveux de Mia étaient humides de sueur, le corps d'Ashlinn glissant contre le sien ; l'odeur de sa maîtresse flottait dans l'air comme le plus doux des parfums. Le goût de la Vaanienne s'attardait sur ses lèvres, mêlé au sucre de son papier à cigarillo ainsi qu'à la morsure capiteuse de la fumée.

« Je ne sens plus mes jambes », murmura Ash.

Mia éclata de rire, manquant au passage de laisser échapper sa clope. « Ne me fais pas porter le chapeau. C'est toi qui m'as suppliée de continuer.

— Je n'ai pas pu m'en empêcher. » Ash se lova encore plus près. « Et puis bon, tu *adores* m'entendre supplier. »

Par la Déesse, c'était la stricte vérité. Malgré son épuisement, le simple fait d'y penser suffisait à générer de nouveaux frissons le long de sa colonne vertébrale. La douce reddition de son amante dans ses bras, le délectable triomphe qui envahissait Mia lorsque la Vaanienne cédait sous ses doigts. Ça la *grisait*. Battant des cils, un sourire aux lèvres, elle inhalait la fumée parfumée au clou de girofle, en enlaçant une fille qui n'appartenait qu'à elle seule.

En réalité, il aurait été facile de croire les deux jeunes femmes taillées dans la même étoffe. Un couple fait d'étincelles et de feu, mû par la vengeance, tranchant, et oui, peut-être même *cruel*. Sauf qu'Ash était différente quand elles se retrouvaient seules. Moins dure. De la soie comparée à l'acier de Mia. Tous les murs qu'elle érigeait pour se protéger du monde tombaient alors en poussière. Il y avait des parties de son être que la Vaanienne réservait uniquement à Mia – tels des secrets murmurés muettement dans l'obscurité. Un langage composé de délicats soupirs et de regards complices, de lèvres soyeuses et de doigts infiniment légers.

Des éclairs zébraient le ciel derrière la vitre du hublot (remplacé lorsqu'ils avaient fait escale à Donjon blanc). Le tonnerre grondait dans les hauteurs, des nuages noirs s'accumulaient un peu partout. Mia sentait encore les trois soleils à l'affût au-delà, néanmoins – comme un poids écrasant sur ses épaules, une douleur à la base du crâne. Un véritable concentré de haine.

Mia suivit du bout des doigts l'agréable courbe des hanches d'Ashlinn, celle de son dos – elle sentait la Vaanienne frissonner dans ses bras. Cette fille était un festin pour les sens, si fait. Belle, svelte, dorée. Pourtant Mia se surprit à lorgner le tatouage de son amante. La carte qu'elle avait volée sur ordre du cardinal Duomo. Sur laquelle était inscrit un chemin tortueux traversant une chaîne de montagnes en forme de croissant, avec des instructions dans la langue de l'antique Ysiir. L'encre manciée indiquait également une destination, nichée entre les luxuriantes dépressions qui se trouvaient au creux du dos d'Ashlinn. Elle était marquée d'un crâne aussi sinistre que souriant, ce qui n'augurait rien de bon pour la suite, lorsqu'ils auraient atteint cette mystérieuse Couronne de la Lune.

Cette pensée, bien sûr, la ramena à Tric, à tout ce qu'il lui avait dit lorsqu'ils se trouvaient à proximité de cette piscine noircie, sous la peau de Sepulcra. Aa et Niah. La guerre entre la Lumière et la Nuit. L'éclat de l'âme d'un dieu défunt qui s'était logé, la Mère noire seule savait comment, dans celle de Mia. La jeune femme pensa au Défunt reclus à l'intérieur de sa cabine, forcé d'écouter seul la tempête pendant qu'elle-même s'était enfermée ici pour baiser sa meurtrière. Une écharde glacée de culpabilité lui transperça le cœur.

Ashlinn avait risqué d'innombrables fois sa vie pour Mia lors du *magni*. Outre Mercurio et ses passagers, l'enténébrée n'avait pu compter sur personne d'autre au cours de ces sombres tours. Et ce que la Vaanienne avait fait dans les entrailles de la Montagne taciturne après l'initiation – aussi terrible, *sanglante*, qu'ait été sa trahison…, c'eût été un mensonge si Mia avait refusé d'admettre qu'elle comprenait au moins partiellement ses agissements.

Le père d'Ashlinn lui avait appris à exécrer la corruption de l'Église rouge. Et bien que ses motivations aient été égoïstes – c'étaient les mutilations qu'il avait subies au service de l'Église qui avaient conduit Torvar Järnheim à élever ses enfants comme des armes capables de provoquer la chute du Ministère –, ça aussi, Mia pouvait le comprendre. Et plus encore : elle comprenait pourquoi Ashlinn lui avait emboîté le pas.

C'était une histoire de familia.

Quand tout est sang, le sang est tout.

En vérité, l'enténébrée n'était nullement différente. Et certainement pas *meilleure*. Elle n'avait rien d'une héroïne se dressant contre la cruauté et l'injustice de la République. C'était une tueuse, animée par le pur et brûlant désir de se venger. Scaeva, Duomo et Remus lui avaient fait du mal, aussi avait-elle entrepris de leur rendre la pareille. Et si quelqu'un d'autre se mettait en travers de son chemin, d'une manière ou d'une autre, elle s'en débarrassait. Ashlinn s'était bornée à faire de même.

Sauf que parmi ses victimes se trouvait un ami de Mia.

Un confident.

Un amant.

Et un an plus tard, Mia s'était retrouvée dans le lit d'Ashlinn.

Il y avait quelque chose de cruel là-dedans, Mia le savait. Sauf qu'elle n'avait eu aucun mal à le rationaliser à l'époque – chaque tour de *magni* pouvait être son dernier, et à ce moment-là elle se raccrochait à tout le réconfort disponible. Elle lui était redevable. Elle voyait en Ashlinn une sombre parenté. Et puis, la Déesse en était témoin, elle trouvait Ashlinn *attirante*.

Et Tric était mort. Parti. À jamais.

Mais maintenant…

Et tandis que la pression des lèvres de la Vaanienne laissait Mia presque étourdie, que le souvenir de ses doigts sur son corps, même maintenant, rassasiée comme elle l'était, s'attardait encore le long de ses cuisses sous forme de pulsations aussi chaudes que délicieuses, une partie d'elle-même – celle que Gentilhomme aurait probablement occupée – se méfiait encore de la fille allongée dans ses bras. Elle se remémora ce que l'ombrechat lui avait dit à Donjon blanc. Et se demanda si ce qu'il lui prenait – la peur, et tout le spectre d'émotions que celle-ci engendrait – était une chose qu'elle aurait dû chérir plutôt que d'y renoncer.

« Où est-ce que tu l'as trouvée ? » lui demanda-t-elle.

Ash leva la tête. « Mmmh ? murmura-t-elle.

— La carte. » Mia suivit du bout des doigts la ligne du tatouage de sa maîtresse. « Où était-elle ?

— Dans un vieux temple. » La Vaanienne soupira, revint se coller à la poitrine de Mia. « À Ysiir. » Elle se tortilla pour pousser son amante à lui caresser encore un peu le dos. « C'est trop bon. N'arrête surtout pas. »

Mia tira sur son cigarillo, exhala dans l'air un nuage de fumée grise. Le tonnerre gronda au-dehors. « Quel genre de temple ?

— En ruine. Dédié à Niah. Pourquoi ?

— Qui l'a bâti ? Le culte de Niah est interdit depuis des siècles. »

Ash se redressa d'un coup. « Je n'en sais rien. » Il y avait une note de prudence dans sa voix. « L'endroit était vieux. Et bien dissimulé. Taillé à même la pierre rouge, dans les montagnes du nord. Pas loin de la côte.

— Et c'est Duomo qui t'a envoyée à sa recherche, hein ? Mais pas toute seule, si j'en crois ce que tu m'as dit. »

Ashlinn dévisagea un long moment Mia avant de se mettre à parler. Des vagues s'écrasaient contre leur coque ; la tempête ne cessait de gagner en puissance à l'extérieur. « Nous étions dix. Un évêque du Ministère d'Aa nommé Valens. Une bande de voyous – un Liisien, Piero, et deux Itreyens qui s'appelaient Rufus et Quintus. J'ai oublié les autres. Je ne pense pas que Duomo faisait confiance aux Luminatii, donc c'étaient tous des mercenaires. Il y avait aussi une cartographe vaanienne, une certaine Astrid. Et moi.

— Qu'est-ce qui leur est arrivé ?

— Ils sont morts. »

Mia tira longuement sur son cigarillo, les yeux plissés à cause de la fumée. « Comment ?

— Quelle différence ça fait ?

— Tu les as tués ?

— Ça aurait la moindre importance si tel était le cas ? »

Mia haussa les épaules, fixa les prunelles bleues de son amante.

« Rufus a été tué par une vipère des roches. Valens et la plupart des autres ont péri dans le temple. » Voyant la réaction de l'enténébrée, Ash poussa un soupir. « Il y avait… des choses là-dedans, Mia. Dans la chambre des cartes. Un peu comme les vers des livres de l'athénée de l'Église rouge, mais… plus petits. Plus *rapides*. » La Vaanienne secoua la tête ; un léger frisson la parcourut. « Elles sont passées à l'attaque pendant qu'Astrid reproduisait la carte. Piero et ses mercenaires ont essayé de sauver le prêtre – ils ont tous fini massacrés. C'était… un chaos sans nom. Astrid et moi, on a été les seules à s'en sortir, et encore, de justesse.

— Et qu'est-il arrivé à Astrid ?

— Je l'ai tuée, répondit Ash d'une voix égale. Elle travaillait pour Duomo, et je ne lui faisais pas confiance. Aussi lui ai-je tranché la gorge le tour où on m'a tatoué la carte dans le dos. Satisfaite ? »

Un éclair illumina les cieux ; le tonnerre secoua la *Vierge* jusque dans ses os.

« Pourquoi tu t'énerves ainsi ? lui demanda Mia. Pourquoi es-tu à ce point sur la défensive ?

— Pourquoi me poser toutes ces questions *maintenant* ? »

L'enténébrée haussa les épaules. « Je n'en ai jamais vraiment eu l'occasion avant. Je veux découvrir comment toutes ces pièces s'emboîtent. Si jamais on se met en quête de cette foutue couronne…

— Tu n'y penses pas sérieusement, hein ? »

Mia tira longuement sur sa clope. « Je ne sais pas encore ce que je compte faire, Ash. »

La Vaanienne fronça les sourcils. « Je n'aime pas ça, Mia. Toutes ces histoires de lunes brisées, de dieux en guerre, et que sais-je encore. Ça pue la pourriture, si tu veux mon avis. Tric ne m'inspire absolument aucune confiance – on ferait mieux de s'en débarrasser.

— Oh, tu l'as déjà *balancé* du sommet d'une montagne, si je me souviens bien. »

Ash cligna des yeux. « Oh, ça y est, le tour est arrivé. La plus célèbre des tueuses de la République itreyenne est-elle sur le point de me sermonner sur la moralité du meurtre ? »

Mia parla lentement, abordant le sujet avec autant de précautions que possible : « C'était ton ami, Ashlinn…

— En aucun cas, cracha Ash. Il n'y a *pas* d'amis au sein de l'Église de Notre-Dame du Saint-Meurtre. Et ce n'est pas non plus comme si j'avais égorgé un pauvre agneau perdu. Tric était le serviteur d'une secte d'assassins que je m'efforçais de réduire en cendres. Il a tué un enfant innocent pour gagner sa place parmi les Lames de Niah, Mia. Et je ne suis pas assez hypocrite pour lui mettre ça sur le dos. Mais ce n'est pas parce qu'il a de jolies fossettes qu'il n'est pas un putain de tueur. Tout comme moi. Et tout comme *toi*. »

Mia la fixa droit dans les yeux. Les murailles avaient fait leur retour, bannissant toute douceur – le feu qu'elle respirait chaque tour de sa vie s'empressait de réinvestir ses lèvres. Malgré toute l'adoration que l'enténébrée lui inspirait, Ash n'hésitait pas à lui tenir tête quand elle en éprouvait le besoin. À la rabrouer comme personne d'autre n'osait le faire, à aller droit au but. Et bien sûr, elle avait tapé dans le mille. C'était là une vérité que l'enténébrée ne pouvait contester.

Comment lui reprocher de faire ce que j'ai fait cent fois, voire davantage ?

« Mon frère est *mort* lors de l'attaque de la Montagne taciturne, poursuivit Ashlinn. Et je n'ai jamais pleurniché là-dessus. Je ne t'ai jamais demandé si tu avais quoi que ce soit à voir avec ça.

— Je n'ai pas tué Osrik, Ash, répliqua une Mia prise de court. C'est Marius qui s'en est chargé.

— Ce n'est pas la *question*. Si je ne te l'ai pas demandé, c'est parce que ça n'a aucune *importance*. Quoi que tu aies fait, tu l'as fait parce qu'il le *fallait*. Les remords, Mia, c'est pour les faibles. Et les regrets pour les lâches. Quoi que tu aies fait à l'époque, ça t'a permis de te retrouver dans mes bras ici et maintenant. Ça… rectifie le tir. Et je ne vais certainement pas laisser ces putains d'histoires de lunes et de soleils nous enlever ça. »

Le tonnerre gronda alors de plus belle, comme si la Dame des Tempêtes écoutait aux fenêtres. Mia clignait des yeux à chaque éclair ; leurs ombres produisaient des effets stroboscopiques sur les murs. Elle tira sur son cigarillo et exhala un nuage de fumée dans l'air environnant.

« Je rêve, Ashlinn, lui avoua-t-elle. Chaque non-nuit. Je vois ma mère et mon père. Sauf que ce n'est *pas* eux. Ils se disputent. À mon propos. Et quand je regarde mon reflet, il y a quelqu'un posté derrière moi. Une silhouette faite de flammes noires, avec un cercle blanc inscrit sur le front.

— ... Qu'est-ce que ça signifie ?

— Aucune idée. D'où mon envie de me faire une vue d'ensemble de l'échiquier, Ash.

— *Moi* je n'ai aucune envie de me sentir dans la peau d'une pièce de jeu d'échecs, rétorqua son amante d'une voix teintée de désespoir. Je ne veux pas jouer à ce jeu avec toi. Je veux qu'on libère Mercurio, qu'on élimine Scaeva, et qu'on passe à autre chose. Qu'on trouve un endroit calme, loin, très loin de tout ça. Toi et moi. » Ash fit la moue. « Bon, Jonnen peut venir aussi, j'imagine. Pour peu que ce petit futé impertinent apprenne à tenir sa langue. Mais il aura sa propre chambre.

— C'est comme ça que tu conçois la suite ? lui demanda Mia, un cigarillo au bec. Nous trois, installés ensemble dans un cottage quelconque ? Des fleurs sur le rebord de la fenêtre et un feu qui brûle dans l'âtre ? »

Ash opina du chef. « Et un grand lit de plume.

— Vraiment ? » Mia tira longuement sur sa clope, les yeux plissés à cause de la fumée. « Nous ? *Moi ?*

— Et pourquoi pas ? répliqua Ash. Mon père a fait construire une maison sur le rivage de Trois-Lacs. Au nord d'Ul'Staad. Les passeroses et les hélianthèmes y poussent comme du chiendent – toute la vallée en est embaumée. Tu devrais voir ça. Le lac est si calme – on y perçoit le ciel comme dans un miroir.

— Je... » Mia secoua la tête. « Je ne suis pas sûr d'être faite pour ce genre de vie... »

La Vaanienne baissa les yeux. « Une vie avec moi, tu veux dire, murmura-t-elle.

— Je veux dire... » Mia soupira, s'efforça de mettre des mots sur ses pensées. « Ce que je veux dire, c'est que je n'ai même pas *réfléchi* à ce que je ferais ensuite. Je n'ai jamais imaginé un seul moment où mon existence ne se résumerait pas à... ceci. Ça fait huit ans que ma vengeance me *définit*, Ash. Il n'y a rien d'autre dans ma vie. »

Ashlinn se pencha pour l'embrasser, une main aussi douce qu'énergique sur sa joue. « Permets-moi de m'inscrire en *faux* », chuchota-t-elle.

Mia la regarda droit dans les yeux, y vit presque briller des larmes. Qui reflétaient les éclairs occupés à zébrer les cieux à l'extérieur.

« Je t'aime, Mia Corvere, dit-elle. J'aime tout ce que tu es. Mais tu ne te *résumes* tellement pas à ça. Je sais que tu ne te vois peut-être pas vivre une vie pareille, mais elle t'ouvre les bras pour peu que tu en aies envie. Je n'irai pas jusqu'à dire que tu la *mérites*. Tu es une voleuse, une tueuse, et une putain de salope détestable. »

L'enténébrée ne put s'empêcher de sourire. « Exact.

— Mais c'est pour ça que je t'adore, poursuivit Ash. Et plus je vieillis, plus je me rends compte que "mériter" n'a rien à voir avec cette existence. Bénédictions et malédictions s'abattent sur les méchants comme sur les gentils. La justice est un conte de fées. Ceux qui ne veulent rien ne *réclament* rien, et il faut se battre pour garder ce qui nous importe Alors *battons*-nous. Et que les dieux aillent se faire foutre. Eux et tout le reste. Prenons le monde à la gorge et forçons-le à nous donner ce que nous voulons. »

Ash l'embrassa de plus belle ; ses lèvres avaient le goût des larmes. « Parce que c'est *toi* que je veux. »

Elle n'attendait pas la réciproque – Ash n'était pas de ceux qui font ce genre de déclarations uniquement pour s'entendre dire la même chose. Il n'y avait pas d'insécurité en elle. La Vaanienne savait ce qu'elle ressentait, et elle faisait suffisamment confiance à Mia pour lui en faire part – point barre. L'enténébrée appréciait ça chez elle.

Mais est-ce que j'aime *ça ?*

Ash s'installa tout contre elle, l'enveloppa de ses bras. « Je ferais *n'importe quoi* pour toi, pour te protéger, pour t'aider à t'en sortir. » Elle secoua la tête, ravala ses larmes. « N'importe quoi.

— Je sais », murmura Mia en embrassant son front.

Ashlinn lâcha un soupir. « Je veux rester avec toi pour toujours.

— Pour toujours ? Rien que ça ?

— Pour toujours et à jamais. »

Mia resta allongée là un bon moment après qu'Ash se fut endormie.

À imaginer un lac si calme qu'on y voyait le ciel comme dans un miroir.

À fixer la pénombre au-dessus de sa tête et à s'y représenter un globe pâle scintillant.

À écouter la tempête chanter.

Et à s'interroger.

C'était de pire en pire.

La *Vierge sanglante* se résumait peu ou prou à trente-six mètres de chêne robuste et de cèdre renforcé, conçus pour fendre le visage de l'océan tel un scalpel d'apothicaire. Mais la houle s'intensifiait avec les vents, qui hurlaient comme des déments autour d'elle telle quelque créature sauvage acculée. Le navire était ballotté comme un jouet, les Dames des Tempêtes et des Océans semblaient toutes deux dans une colère noire. Sans Gentilhomme pour dévorer sa peur, Mia sentait celle-ci triplement l'envahir à chaque vague immense : l'atroce ascension, un silence insupportable, comme en apesanteur, puis une chute étourdissante dans l'obscurité – suivie d'un impact qui donnait l'impression que le monde entier allait être emporté.

Un instant de pause. Et puis tout recommençait.

Pendant des heures. Et des heures. Sans discontinuer.

« Par le sang et les abîmes », jura Ashlinn.

Leur hamac était suspendu de manière à mieux suivre les mouvements de la *Vierge*, mais malgré leur épuisement d'anthologie, dormir était devenu un vœu pieux. La tempête ne cessait de s'aggraver, les vents hurlaient, le tonnerre grondait comme s'il avait pris ses quartiers sur le pont, et Mia se retrouva à rouler hors du hamac pour enfiler ses protections en cuir et ses bottes. Le ventre rempli de papillons. Les mains tremblantes.

« Reste ici, lança-t-elle à Ash.

— Où vas-tu ?

— Parler à Corleone. J'aimerais bien savoir si on va y passer. »

Elle se força à quitter la cabine malgré sa peur, les violents ballottements du navire la faisant chanceler. Après avoir refermé la porte derrière elle, la jeune femme s'engagea tant bien que mal dans un couloir éclairé par des lampes arkémiques, une main appuyée sur l'un ou l'autre des murs pour éviter de tomber. Un membre d'équipage occupé à descendre la bouscula au passage en marmonnant des excuses, trempé sous ses cirés. Les planches étaient mouillées devant elle – l'eau de mer et la pluie se disputaient la cage d'escalier. Une fois devant la cabine des Faucons, elle entendit Boucher toujours occupé à vomir ses tripes, pendant que Bryn maudissait l'Omnivoyant et toutes ses Filles. Elle frappa à la porte ; la tête de Sid apparut quelques instants plus tard.

« Tout va bien, ici ? s'enquit Mia.

— Je p-prends mon putain de... pied, gémit Boucher, son visage cabossé pratiquement vert.

— On tient le coup. » Tout en hochant la tête, Sid se maintint à la porte pour éviter de tomber – une nouvelle vague venait de s'écraser contre les flancs du navire. « Boucher n'a plus rien à vomir, le pauvre bougre. Et toi ?

— La grande forme. Je vais monter parler au capitaine. » Elle passa la langue sur ses lèvres, prit une longue inspiration. « Vous savez tous nager, hein ? »

Dompteur-de-Vagues opina du chef. « Ouaip.

— Oui, enchérirent Bryn et Charmeuse-de-Lames.

— Un vrai poiss – *hhurrrrkkkrkk !* » dit Boucher.

Sidonius sourit de toutes ses dents. « Je crois que c'est un oui.

— Restez vigilants, les avertit l'enténébrée. Ne verrouillez pas votre porte. »

Le colosse la gratifia d'un sourire. « Nous sommes des gladiatii, Mia. Chacun de nous a regardé la mort droit dans les yeux plus de fois qu'il ne peut les compter. Ne t'inquiète pas pour nous. »

Elle lui tapota l'épaule, prit sa joue dans sa main en coupe. Passant en revue ces hommes et ces femmes qui s'étaient battus à ses côtés sur les sables, la jeune femme comprit qu'eux *aussi* faisaient partie de sa familia. Leur présence lui faisait un bien fou, malgré les circonstances.

Un hochement de tête, puis elle les laissa, pour tituber jusqu'à la cage d'escalier. Mia s'aida de la rampe pour atteindre le pont supérieur, tant le sol tanguait sous ses pieds.

L'orage était assourdissant là-dehors ; les gouttes avaient des airs de lances. Le spectacle laissa Mia stupéfaite – les murs d'eau qui s'élevaient à l'avant comme à l'arrière, la mer d'un gris acier sombre et maussade. Son cœur sursautait dans sa poitrine chaque fois que la foudre zébrait les cieux ; le vent se résumait à un hurlement affamé, entrecoupé par les blasphèmes hauts en couleur de GrandJon. En levant la tête, la jeune femme distingua des marins sur les vergues imbibées de pluie – ils s'efforçaient de rattacher une voile qui s'était libérée de ses attaches. En équilibre sur des câbles dangereusement minces, ils manipulaient des cordes et de lourdes toiles détrempées à plus de trente mètres de hauteur. La moindre erreur, un faux mouvement, et ils iraient s'écraser sur le pont ou finiraient dans l'eau – une mort assurée dans les deux cas.

« Qu'est-ce que vous foutez ici ? » lui lança Corleone alors qu'elle rejoignait le pont arrière. Le capitaine était trempé jusqu'aux os, son grand manteau gorgé d'eau, et la plume de son tricorne avait connu des jours meilleurs. Des cordes maintenaient en place le gouvernail, auquel le capitaine était attaché – il évoquait ainsi une fort belle bernicle.

« Vous m'avez bien dit que cette tempête n'allait *pas* nous briser, hein ? lui cria-t-elle.

— J'avoue que j'ai peut-être sous-estimé son enthousiasme ! » hurla-t-il en réponse, un large rictus aux lèvres.

Mia ne parvint pas à trouver en elle le courage de sourire. « Est-ce qu'on va mourir ? beugla-t-elle à pleins poumons par-dessus le vent tonitruant.

— Pas si j'ai mon mot à dire ! La cargaison qui emplit nos soutes nous stabilise, la tempête gonfle nos voiles, et on peut compter sur les meilleurs sels de ce côté-ci des Mille Tours ! » Corleone lui fit un clin d'œil. « Et puis, si nous étions sur le point d'y passer, je pourrais me sentir contraint de vous révéler mon vrai nom !

— Gherardino ? parvint-elle à hurler. Gualtieri ?

— Qu'est-il arrivé aux prénoms en *B* ?

— Aha ! rugit-elle. Alors ça commence *bel et bien* par un *B* ! »

Il secoua la tête, tout sourire. « J'ai une confession à vous faire !

— On va donc *bel et bien* mourir ?

— La raison expliquant pourquoi je ne voulais pas m'arrêter pour ces Luminatii ! Ils vous cherchaient, vous et votre frère, mais je craignais qu'ils n'en aient après ce que la *Vierge* a dans le ventre !

— ... À savoir ?

— Une vingtaine de tonnes de sel d'arkémiste[15] ! »

---

15. Le sel d'arkémiste est une variante solidifiée du combustible qui alimente une bonne partie des engins extraordinaires de la République, tels que les Fantassins, les gigantesques dispositifs manciés enfouis sous les arènes de la République, mais aussi des objets aussi banals que les boîtes à feu et les lanternes arkémiques.
Le combustible est réduit à l'état solide *via* des procédés dangereux, et le sel proprement dit s'avère très volatil – sa production est interdite en dehors du Collegium de Fer. Sauf que son rendement par kilo demeure cinq fois supérieur à celui du combustible liquide, ce qui signifie que des contrebandiers ont la possibilité de multiplier leurs profits par cinq s'ils sont prêts à prendre le risque de transporter une bombe dans leur ventre. Célèbre est l'incident concernant un navire baptisé l'*Aïeul de Fer*, dont la cargaison de quarante tonnes de sel d'arkémiste avait été mal chargée dans le port d'Aubelance. La nuit précédant le départ *(Suite de la note page suivante)*

Les yeux de Mia faillirent sortir de leurs orbites. *« Pardon ? »*

Corleone hocha la tête. « Aye.

— Si je comprends bien, nous naviguons avec vingt tonnes d'explosifs sous nos pieds ?

— Eh bien… » Nuage haussa légèrement les épaules. « Plutôt vingt et une, si je ne m'abuse !

— Au beau milieu d'un *orage* ?

— Émoustillant, hein ? » Corleone éclata de rire. « Pas d'inquiétude, tout est bien arrimé. Il faudrait que la coque se fende pour que la foudre les atteigne, et aucun orage n'est violent à ce point !

— Je croyais que seuls les négociants du Collegium de Fer étaient autorisés à transporter cette saloperie ? »

Nuage la dévisagea un long moment. « Rassurez-moi : vous avez compris que j'étais un *pirate*, pas vrai ? »

Il écarta la plume détrempée de ses yeux et sourit tel un dément, impavide malgré la puissance qui se déchaînait autour de lui. En voyant les éclairs illuminer ses yeux, Mia comprit pourquoi ses hommes le suivaient. Les mains sur le gouvernail, il *riait* du chaos sans nom qui les entourait, du danger qui les guettait – au point qu'elle-même ne pouvait s'empêcher de redresser un peu la tête.

« Retournez en bas, Dona Mia ! cria-t-il. Laissez-moi gérer ça avec mon équipage. Allez réconforter votre blonde enfiévrée !

Suite de la note n° 15 : du bateau, un marin ivre ayant désespérément besoin de sa dose de tabac décida de braver la stricte politique non-fumeurs de son capitaine en descendant dans la cale pour un rapide cigarillo. L'explosion qui s'ensuivit résonna d'un bout à l'autre de Veille-Tempête.

Même de nos jours, on peut entendre dans les tavernes de bord de mer les mots « allumer l'Aïeul » – pour décrire une connerie particulièrement gratinée.

— … Vous nous avez entendues ?

— Par les Quatre putains de Filles, il aurait fallu que je sois sourd – ou mort – pour ne pas vous entendre ! Et bravo, soit dit en passant. C'était une sacrée performance. »

Mia sentait ses joues brûler sous le froid de la tempête.

« Ne vous faites pas de bile, poursuivit-il. Garçon ou fille, ça ne me regarde pas qui vous baisez sur mon bateau. Mais si jamais vous avez besoin de compagnie… »

Mia se surprit à sourire malgré sa peur. « Allez *vous* faire foutre !

— Ma foi, grâce à cette tempête, la bonne nouvelle, c'est que ce n'est plus ma seule option ! »

Rassérénée par la confiance de Nuage, Mia se décida à débarrasser le plancher. Elle redescendit prudemment du pont arrière, les paupières plissées à cause de la pluie, ses poings presque blancs sur le bastingage. Le bateau était secoué dans tous les sens, et Mia faillit tomber à deux reprises, son cœur martelant sa poitrine chaque fois qu'elle jetait un regard aux dents de la mer par-dessus bord. Elle leva les yeux vers les hommes toujours en prise avec la voile qui s'était libérée – et se demanda ce qui pouvait pousser qui que ce soit sous les soleils à devenir marin.

Et puis elle le vit.

Il se résumait à une silhouette qui se détachait du gris acier de l'océan, postée sur le gaillard d'avant. Presque perdu sous les embruns qu'un nouveau creux projetait sur la proue. Il se tenait à l'avant du bateau, bras écartés, la tête rejetée en arrière, ses longues salines totalement détrempées.

« Tric ? » haleta-t-elle.

Une autre vague s'abattit sur la proue, des tonnes d'eau de mer glacée se déversant sur le pont par-dessus les flancs du navire – mais il n'en resta pas moins là, tel un rocher au beau milieu du chaos. Il était trop loin pour pouvoir l'entendre, et le reste de l'équipage semblait trop occupé à gérer les effets de la tempête pour tenir compte de moindres préoccupations. Mia commença donc à remonter tant bien que mal le pont, s'accrochant à la rambarde pour éviter de se faire emporter. S'avisant de sa présence, GrandJon lui lança un cri d'avertissement, qu'elle décida d'ignorer. Les mains gelées, ses ongles bleuis, sa peau presque blanche, la jeune femme se rapprocha suffisamment de lui pour hurler, dépassant dans le mouvement le mât principal et les mâts de misaine.

« Par les abîmes, lui lança-t-elle, qu'est-ce que tu fais ? »

Il tourna légèrement la tête, puis revint à la mer, bras grands ouverts. Les manches de sa robe détrempée s'étaient plissées lorsqu'il avait levé les mains, ce qui permettait à Mia de voir ces étranges taches noires qui le constellaient des doigts jusqu'aux coudes. « JE PRIE !

— Qui ça ? hurla-t-elle. Pour quoi ?

— LA MÈRE ! JE LUI DEMANDE D'APAISER LES DAMES DES OCÉANS ET DES TEMPÊTES !

— Mais de *quoi* est-ce que tu parles, par les abîmes ?

— CECI N'EST PAS UNE TEMPÊTE ORDINAIRE ! TU ASSISTES LÀ À LA COLÈRE DES DÉESSES ! ELLES ME SENTENT, ELLES *TE* SENTENT, ELLES SAVENT CE QUE TU ES ET OÙ TU TE RENDS !

— Mais en quoi ça les concerne ? cria-t-elle par-dessus le tonnerre.

— CE SONT LES FILLES DE LEUR PÈRE ! SI LA DAME DES TEMPÊTES PARVINT À BRISER NOS MÂTS, NOUS NOUS RETROUVERONS À LA MERCI DE LA MER ! » Il se retourna, la fixa de ses noirs yeux morts. « ET LA DAME DES OCÉANS NE CONNAÎT PAS LA PITIÉ, MIA ! »

Il la chassa d'un geste de la main. « REDESCENDS ! rugit-il. UNE LAME TRANCHANTE ET UNE LANGUE BIEN PENDUE NE SERVENT

À RIEN ICI ! LA SEULE ARME EFFICACE DANS CETTE GUERRE, C'EST LA FOI – ET TU EN ES COMPLÈTEMENT DÉPOURVUE !

— Est-ce que tu…

— *VA-T'EN !* »

Mia battit en retraite, toute la confiance que Corleone lui avait insufflée s'étant dissoute sous l'effet de ce regard abyssal. Tric se retourna vers la mer, ses mains noires à nouveau écartées. Une autre vague s'abattit alors sur la proue, arrachant un cri à l'enténébrée. Mais une fois les embruns dissipés, son ex-amant se tenait toujours là, cloué sur place comme par quelque sombre magik, ses robes trempées collées à son corps telles de mauvaises herbes enveloppées autour d'un cadavre flottant à la surface de l'eau. Mia considéra la minuscule collection de brindilles et de toile auxquelles se résumait la *Vierge* – tout ce qui s'interposait entre elle et la mort. La jeune femme se sentit soudain une petite créature effrayée, prise dans quelque chose de plus vaste qu'elle ne pouvait l'imaginer. L'image de ce pion dans la paume de Scaeva envahit sans crier gare son esprit, en même temps que les paroles de l'imperator :

« Si tu t'engages sur cette voie, ma fille, tu vas mourir. »

Ses ongles bleuis griffant le bois, l'enténébrée retraversa non sans mal le chaos sans nom qui se déployait tout autour d'elle, pour finalement descendre les marches menant aux ponts inférieurs.

« Par les dents de la Vorace », chuchota-t-elle entre deux claquements de mâchoires.

Le navire grogna en réponse, ses poutres à l'agonie. Mia pouvait entendre Nuage rugir des ordres à l'intention de GrandJon, et ce dernier en faire de même avec l'équipage – des voix presque englouties par la tempête. L'enténébrée redescendit le couloir en direction de sa cabine, trempée jusqu'aux os, en souhaitant savoir où se trouvait Gentilhomme. Se demandant dans quel recoin sombre il pouvait bien se cacher. Crevant d'envie qu'il revienne faire disparaître ce sentiment.

« La peur est ce qui empêche l'obscurité de nous dévorer. La peur est ce qui nous empêche de participer à un jeu tout simplement ingagnable. »

Une fois devant sa cabine, elle regarda la porte d'en face – la chambre de Jonnen, fermée et verrouillée. Une faible lumière s'en échappait au niveau du sol, en même temps que des sons presque inaudibles sous le chant assourdissant du tonnerre. Soudain elle comprit de quoi il s'agissait.

De pleurs.

La jeune femme déglutit au souvenir des paroles amères qu'elle lui avait crachées un peu plus tôt ; sa poitrine se bombait de regret. Jonnen était une petite merde détestable. Un sale gosse trop gâté. Un snob aussi ingrat qu'impoli. Mais ce n'était qu'un petit garçon. C'était son frère. Ils partageaient le même sang.

Quelques instants de travail précaire avec les crochets qu'elle gardait toujours dans le talon de ses bottes en peau de loup, et la serrure céda. Elle écarta ses cheveux trempés pour jeter un œil dans la pièce – et découvrit son frère blotti dans un coin, coincé entre le mur et un énorme coffre, les genoux collés à son menton. Éclipse lui parlait doucement, assise devant lui – mais même l'ombrelouve ne semblait pas suffire à apaiser les craintes du garçon. Les joues de Jonnen étaient humides de larmes, ses yeux écarquillés de peur.

« Petit frère ? » lui lança Mia.

Il leva le regard vers elle, mâchoire serrée, des éclairs dans les yeux. « Va-t'en, Faiseuse de roi », cracha-t-il.

Mia poussa un soupir puis pénétra dans la chambre, dégoulinante d'eau de mer. Ce fut à pas feutrés qu'elle vint s'asseoir face à lui. Après une pause gênante, elle écarta ses cheveux de son visage et tendit ses mains froides vers son frère. À sa grande surprise, il accepta l'invitation.

« Les tempêtes t'effraient toujours autant ?

— ... JE SUIS DÉSOLÉE, MIA, IL A REFUSÉ DE ME LAISSER CHEVAUCHER SON OMBRE, MAIS NE VOULAIT PAS QUE JE T'EN PARLE... »

Mia flatta les flancs d'Éclipse, reconnaissante à l'ombre-louve d'avoir tissé si rapidement un lien avec son frère. Bien que l'enténébrée fasse à l'évidence partie des personnes les moins appréciées de Jonnen sous les soleils, le garçon et le démon étaient devenus copains comme cochons après seulement quelques semaines passées ensemble. Et en cet instant, malgré les rugissements de la tempête qui lui brouillaient l'esprit, Mia comprit pourquoi.

Éclipse se languit de Cassius.

Et Jonnen lui fait penser au Seigneur des Lames.

Mia hocha la tête, les yeux fixés sur son frère. C'était un garçon exceptionnel, elle devait bien l'admettre – quelle que soit l'inimitié qui existait entre eux. La jeune femme ne pouvait s'empêcher d'admirer le choix qu'il avait fait de faire face à la tempête sans démon pour dévorer sa peur.

« Un homme doit apprendre à se débrouiller par lui-même, pas vrai ? »

Le garçon la fusilla de ses yeux sombres. Si semblables à ceux de son père. Si semblables aux siens.

« Mais rien ne t'oblige à tout affronter seul – tu le sais, hein ? » Mia serra ses petites mains dans les siennes. « Je suis ta sœur, Jonnen. Je suis là pour toi en cas de besoin. »

Il se passa la langue sur ses lèvres. « C'est... c'est très bruyant. » Sa voix était si fluette que Mia parvint tout juste à l'entendre par-dessus les vagues, le tonnerre et la pluie battante.

« Je sais, répliqua-t-elle. Tout va bien, petit frère.

— Est-ce qu'on va couler ? » chuchota-t-il.

La *Vierge* se précipita dans un autre abîme, qui secoua le navire jusqu'à sa structure. Les poutres grinçaient, les océans rugissaient, le tonnerre grondait – et Mia envisagea de mentir à Jonnen pour l'apaiser. Mais bien qu'elle n'ait aucune expérience en la matière, ça ne lui semblait pas être quelque chose qu'une grande sœur devrait faire.

« Possible, admit-elle. J'espère que non.

— Je... je ne sais pas très bien nager.

— Moi si. » Elle lui serra la main un peu plus fort. « Et je ne te laisserai pas te noyer. »

Il la dévisagea, la lanterne arkémique faisant danser de petits points de lumière dans ses yeux noirs. Elle pouvait voir leur mère en lui. Leur père, aussi. Mais plus encore elle le voyait, *lui* – le petit bébé hurlant qu'elle avait tenu dans ses bras cette non-nuit-là, au Nid du Corbeau. Mia entendait encore la voix de sa mère, lourde des efforts de l'accouchement, ses prunelles brillantes d'un amour ardent, impossible, fixées sur ses deux enfants.

« Chante-lui quelque chose, Mia. Qu'il fasse connaissance avec sa sœur. »

Ainsi donc, se sentant un peu idiote, inclinant la tête de manière à ce que ses cheveux trempés dissimulent le sang qui lui montait aux joues, Mia se mit à chanter. La chanson que sa mère lui avait apprise. Exactement comme à l'époque :

« Dans la pire des pénombres,
Sous les climats les plus sombres,
Quand soufflera le vent froid dans la nuit,
Quand les soleils auront laissé place à la vrainuit,
Je te reviendrai quand même, mon amour.
Toujours je serai là, mon véritable amour. »

Mia se frotta les yeux, secoua la tête. « Tu as raison, gloussa-t-elle. On dirait *vraiment* une harpie qui réclame son souper à cor et à cri... »

Une brève pression sur sa main. En regardant le garçon, elle découvrit qu'il ne pleurait plus.

« J'ai une idée, murmura-t-elle entre deux reniflements. Tu veux dormir dans ma chambre ? Comme ça, s'il arrive quoi que ce soit, je serai déjà sur place... »

Jonnen pinça les lèvres. À l'évidence désireux d'accepter, mais trop fier pour s'y résoudre. Mia tenta donc une autre tactique.

« Moi aussi, j'ai peur. Je dormirais plus facilement si tu étais dans le coin.

— ... Ma foi, finit-il par grommeler. Si *toi*, tu es effrayée...

— Allez, suis-moi. » Elle attrapa sa couverture et le prit dans ses bras.

Ils retournèrent dans le couloir, ballottés par les mouvements du navire. Mia frappa à la porte de sa propre cabine, passa une tête à l'intérieur. Ashlinn se balançait dans le hamac, les yeux fixés sur le plafond, le visage empreint d'inquiétude. Mais la Vaanienne sourit sitôt qu'elle vit Mia, avant de repousser la couverture et de tendre les bras.

« Viens ici, ma belle.

— Mets des vêtements, siffla Mia. Jonnen va dormir ici avec nous.

— Vraiment ? » Sourcils froncés, Ash fit d'un regard le tour de la pièce. « Merde, bon, d'accord – donne-moi un instant. »

Mia fit entrer son frère dans la cabine pendant qu'Ashlinn s'extrayait du hamac, tout en tournant le dos à la porte. Mains serrées devant lui, le garçon jeta des regards furtifs sur le dos tatoué à l'encre manciée de la jeune femme occupée à se pencher pour récupérer son jupon, qu'elle passa ensuite sur sa peau nue. L'enténébrée se débarrassa de ses hauts-de-chausses et de sa chemise trempés, pour découvrir sa combinaison relativement sèche dessous. Après s'être glissée dans le hamac en compagnie de la Vaanienne, elle empila des couvertures dessus et fit signe à Jonnen.

« Allez, ne joue pas les timides. »

Le garçon hésita, mais sa peur persistante de la tempête le convainquit finalement d'arpenter les planches d'un pas mal assuré et de se jeter dans les bras de sa sœur. Mia recouvrit ses épaules d'une deuxième couverture, grimaçant chaque fois qu'il tortillait ses coudes et ses genoux osseux. Au bout du compte, cependant, il trouva là une sorte de réconfort, et Éclipse se lova aux pieds de Mia en soupirant dans la pénombre.

« … ENSEMBLE… »

Mia enveloppa son frère d'un bras, passa l'autre autour de la Vaanienne. Ashlinn s'installa tout contre elle, leurs deux corps s'emboîtant parfaitement, puis poussa un soupir dans la chevelure de l'enténébrée. Qui embrassa le front de son amante et, après une pause pesante, se risqua à déposer un baiser sur le sommet du crâne de Jonnen. Le garçon ne réagit pas ; peut-être néanmoins sa respiration se fit-elle un peu plus facile, tandis qu'un soupçon de tension abandonnait son petit corps.

C'était un début, supposa-t-elle.

Mia soupira du plus profond de ses poumons. Les deux personnes auxquelles elle tenait peut-être le plus au monde, ici, dans ses bras… Sa clé de voûte. Sa familia. Tout ce pour quoi elle avait combattu et saigné tout ce temps. Absolument tout risqué.

Et si elle pouvait tuer pour ça, lui sacrifier tout ce qu'elle avait d'autre dans sa vie…

Je pourrais peut-être aussi vivre *pour ça ?*

Mia avait les yeux rivés sur le plafond.

À imaginer un lac si calme qu'on y voyait le ciel comme dans un miroir.

À fixer la pénombre au-dessus de sa tête et à s'y représenter un globe pâle scintillant.

À écouter la tempête chanter.

Et à s'interroger.

CHAPITRE 17

Départs

Ils faillirent ne pas arriver à Galante.

La tempête se déchaîna une bonne semaine, et bien qu'aucun éclair n'ait atteint les explosifs entreposés dans les soutes de la *Vierge*, l'océan fit quand même de son mieux pour qu'ils rejoignent tous le cimetière des marins. Six membres de l'équipage disparurent dans les profondeurs, balayés des ponts ou arrachés au gréement. La grand-voile et celle du mât d'artimon ressemblaient à de la toile de jute pourrie, et le mât de misaine faillit finir déraciné. Pendant tout ce temps Nuage Corleone demeura à la barre, comme s'il maintenait son navire à flot par la simple force de sa volonté. Et pourtant Mia subodorait que ce n'était pas le capitaine qui faisait la différence entre la vie et la mort de tous, mais une autre silhouette postée sur le pont.

Un Défunt.

Sept tours durant il resta à la proue du bateau, ses lèvres articulant des prières silencieuses à l'adresse de la Mère, lui demandant d'implorer ses jumelles de leur accorder un répit, leur pitié, un peu de calme. Mia n'aurait su dire avec certitude si ladite Mère avait écouté ou si ses Filles avaient prêté la moindre attention aux suppliques de Tric, mais alors que la *Vierge* pénétrait cahin-caha dans le port de Galante, estropiée, en sang, mais encore à flot, la jeune femme se rendit à la proue et s'appuya sur le bastingage à côté de lui.

Les mains noires du Sans-Âtre reposaient dessus, un rideau de salines humides encadrant son visage blême. Le vent continuait à les harceler, la mer sous leurs pieds se résumait à une succession de crêtes dentelées, et un crachin désagréable formait tout autour d'eux un mince voile grisâtre.

Il restait *sinistrement* beau, avec sa peau aussi lisse que pâle et ses yeux d'un noir de poix. Mais Mia aurait juré qu'il avait repris un peu de couleurs – sa chair était légèrement plus rosée, et il avait une façon de bouger presque *naturelle* désormais. Ashlinn s'en était ouverte à l'enténébrée dans le secret de leur cabine – plus la vrainuit approchait, et plus Tric avait l'air… vivant. Cela semblait être là une sombre nuance de sorcellerie, dont elle n'avait jamais entendu parler lors de ses études, mais Mia y voyait un genre de logique si c'était bel et bien le pouvoir de la Nuit qui l'avait ressuscité.

La jeune femme s'interrogeait sur sa véritable nature. Sur la mystérieuse magik à laquelle il devait son retour. Et elle se demandait à quel point il ressemblerait au Tric d'avant quand les soleils finiraient par disparaître.

« QU'EST-CE QUE TU FAIS ? s'enquit-il, en lui lançant un regard de biais.

— Pas grand-chose, répondit-elle. Je profite du spectacle. »

Il hocha la tête, pour ensuite se tourner vers le joyau blanc du port de Galante qui se déployait devant eux. La ville portuaire des Églises était un curieux mélange d'architectures liisienne et itreyenne : de hauts minarets et des dômes gracieux, des jardins suspendus et de hautes toitures en terre cuite, des rues bondées de centaines de milliers de personnes affairées. Le chant des cloches de cathédrales leur parvenait à travers les flots, sonnant l'heure toutes en même temps. Mia avait servi ici pendant huit mois à la chapelle de l'Église rouge, sous la direction de l'évêque Dix-Mains, et elle connaissait la ville comme un boit-sans-soif connaît la bouteille.

« C'est ici que nous nous sommes rencontrés, dit-elle. Enfin... que nous nous sommes *revus*. Je venais de tuer le fils d'un sénateur, si ma mémoire est bonne.

— JE M'EN SOUVIENS. TU PORTAIS UNE ROBE ROUGE. ET TU AVAIS UN CARREAU D'ARBALÈTE DANS LE CUL. »

Un sourire aux lèvres, elle écarta de son visage des mèches de cheveux battues par le vent. « Pas franchement mon heure de gloire.

— CE N'EST PAS LE SOUVENIR QUE J'EN GARDE. »

Le rictus s'effaça. Un silence gênant les recouvrit comme un linceul. Une mouette solitaire dans le ciel chantait une funèbre chanson.

« Est-ce que... » Mia secoua la tête, en quête d'un moyen de changer de sujet. « Ce que tu m'as dit là-bas pendant la tempête, à propos des Dames des Océans et des Tempêtes... c'était la vérité ? Le fait qu'elles soient... au courant ?

— EST-CE QUE TU AS UNE BOÎTE À FEU ? »

Mia cligna des yeux, prise de court par cette étrange question. « Oui.

— DONNE-LA-MOI. »

Mia fourra une main dans ses hauts-de-chausses, pour en sortir le petit bloc de métal poli. C'était un dispositif d'une extrême simplicité : silex, mèche, combustible arkémique.

Deux prêtres d'argent sur un étal de marché. « Ne le laisse pas tomber n'importe où, par contre – d'accord ? »

Tric prit la boîte dans ses mains d'un noir d'encre, batailla un moment avec le silex. Ses doigts étaient jadis aussi habiles qu'un chat, aussi souples que rapides. Le ventre de Mia se noua – c'était là un autre rappel que, aussi beau fût-il, aussi proches soient-ils de la vrainuit, là-dehors, à la lumière des soleils, ce garçon n'était toujours pas le même que celui qu'elle avait connu. Il finit néanmoins par obtenir une flamme, qu'il souleva dans sa direction.

Le vent mugissait, un petit crachin tombait ; la fine langue de feu aurait probablement dû s'éteindre immédiatement. Au lieu de quoi Mia la vit vaciller et se dilater, brûler de plus en plus intensément. Et malgré le vent qui lui soufflait dans le dos, le feu s'étirait dans *sa* direction. Comme si…

… comme s'il *voulait* la brûler.

« LA DAME DE LA TERRE SOMMEILLE COMME ELLE LE FAIT DEPUIS UNE ÉTERNITÉ, dit Tric. MAIS TANT QUE TU CHERCHERAS LA COURONNE DE LA LUNE, LA TEMPÊTE, L'OCÉAN ET LE FEU SERONT TES ENNEMIS. CE SONT LES FILLES DE LEUR PÈRE, MIA. ÉLEVÉES DANS LA HAINE DE LEUR MÈRE ET DE LEUR FRÈRE. ET PAR CONSÉQUENT DE *TOI*. »

Les yeux fixés sur le doigt vacillant de flammes qui s'étiraient dans sa direction, Mia sentit un éclat de peur glacée s'enfoncer dans son ventre.

« TOUTES LES PIÈCES COMMENCENT À SE METTRE EN PLACE. ET PLUS TU T'APPROCHERAS DE LA COURONNE, PLUS ELLES S'EFFORCERONT DE TE BARRER LA ROUTE. » Il secoua la tête, pinça les lèvres. « J'ESPÉRAIS QU'ON PUISSE PROGRESSER DAVANTAGE SANS SE FAIRE DÉTECTER. MAIS LES TROIS YEUX D'AA N'ONT PAS ENCORE QUITTÉ LE CIEL. ON NE L'APPELLE PAS L'OMNIVOYANT POUR RIEN.

— Tu veux dire que si nous repartons par l'océan…

— LES DAMES VONT RETENTER DE NOUS ARRÊTER. »

Elle fronça les sourcils. « Mais la mer des Larmes nous sépare d'Ysiir et de la Montagne taciturne. On ne peut pas s'y rendre à pied depuis Liis. Il faut y aller en bateau. »

Tric se tourna vers le port qui leur faisait face, laissant la mer derrière eux. « ON POURRAIT CONTINUER UN CERTAIN TEMPS PAR VOIE TERRESTRE, proposa-t-il. POURSUIVRE VERS L'EST EN SUIVANT LA CÔTE. DEMANDER À CORLEONE DE CONTOURNER LE CAP NORD SANS NOUS À L'ABRI DE LA COLÈRE DES DAMES, ET DE NOUS REJOINDRE À AMAI. IL NE NOUS RESTERA PLUS QU'UN BREF TRAJET SUR LA MER DES LARMES POUR ATTEINDRE YSIIR. ON RISQUERA TOUJOURS DE SUBIR L'IRE DES JUMELLES, MAIS UNE SEMAINE DE TRAVERSÉE VAUT MIEUX QUE TROIS. »

Mia secoua la tête, n'ayant même pas encore décidé si elle croyait vraiment à toutes ces conneries de dieux et de déesses, voire si elle comptait bel et bien se mettre en quête de la couronne. Sauf que de toute évidence les divinités avaient pris la décision pour elle, et elle prenait soudainement – et douloureusement – conscience de ce que pouvait signifier le fait d'avoir un trio de déesses liguées contre elle.

« PLUS ON SE RAPPROCHERA DE LA VRAINUIT, reprit Tric, comme s'il lisait dans ses pensées, ET PLUS TA FORCE AUGMENTERA. JE NE T'APPRENDS RIEN. »

Mia opina du chef, se souvenant du pouvoir qu'elle avait employé pendant le Massacre de la Vrainuit. Quand elle avait traversé les ombres de la ville de Sepulcra telle une petite fille sautant par-dessus des flaques d'eau. L'obscurité *liquide* qui avait abattu comme de rien la statue d'Aa située devant la Basilica Grande. La Mère seule savait ce qu'elle pourrait accomplir à présent qu'elle était plus âgée, maintenant que le fragment de Furian résidait en elle.

Et elle pouvait sentir tout ça. Ces soleils qui descendaient vers l'horizon. Lentement, mais inexorablement. L'obscurité qui se renforçait en elle. De plus en plus vite.

Des ombres dans son dos, qui attendaient de se déployer sitôt tombé le crépuscule.

« MAIS POUR L'INSTANT TU RESTES VULNÉRABLE, poursuivit Tric. ET C'EST *MAINTENANT* QU'ELLES VONT CHERCHER À FRAPPER. NOUS DEVONS AGIR AVEC PRUDENCE. LA VOIE TERRESTRE EST NOTRE ROUTE LA PLUS SÛRE. »

Mia lâcha un soupir, mais n'en hocha pas moins la tête. « D'accord. Je vais demander à Corleone de nous retrouver à Amai. Dès lors que tu me confirmes qu'ils seront en sécurité sans nous à bord.

— LORSQU'ON A AFFAIRE AUX DIVINITÉS, fit Tric, RIEN N'EST CERTAIN. MAIS C'EST *TOI* LEUR CENTRE D'INTÉRÊT, MIA. AUX YEUX D'AA, TOI SEULE REPRÉSENTES UNE MENACE.

— On va devoir s'acheter des chevaux, j'imagine. » Sourcils froncés, elle cracha sur le pont. « Putain de merde, je *déteste* les chevaux. »

Tric sourit, sa fossette plissant sa joue pâle. « JE N'AI PAS OUBLIÉ. »

Elle se tourna alors vers lui. « De quoi d'autre te souviens-tu ? » Sa voix se résumait à un murmure dans le vent.

Il inclina la tête, et ce qu'elle vit dans ses yeux lui déchira le cœur. « DE TOUT.

— Quoi de neuf, Corneille ? »

Mia fit volte-face, pour découvrir Sidonius et Charmeuse-de-Lames derrière elle. Dompteur-de-Vagues et Bryn se trouvaient à tribord, le colosse indiquant à la Vaanienne les monuments les plus remarquables de la ville. Derrière eux se tenait Boucher, penché par-dessus le bastingage, occupé à dégobiller elle ne savait plus trop quoi dans la mer.

Charmeuse-de-Lames dévisageait Tric sans même tenter de dissimuler la suspicion qu'il lui inspirait – et Mia se demanda ce que l'ex-aspirante prêtresse devait penser de la présence d'un Sans-Âtre parmi eux. Sidonius, en revanche, gardait les yeux fixés sur l'enténébrée.

« On va devoir continuer par voie terrestre, leur expliqua-t-elle. Dans la rubrique "j'en avais besoin comme d'un second trou du cul", outre le Ministère d'Aa, les Luminatii, la légion itreyenne, et l'Église rouge, il semble que les Dames des Tempêtes et des Océans soient *également* mécontentes de moi.

— Tu... es sûre ? parvint à articuler Boucher. J'ai vomi mes deux... poumons et un de mes putains de bijoux de familia depuis qu'on est m-montés à bord de ce f-foutu seau à merde.

— Surveille ta langue, espèce de fouine à pisse, lui lança alors une voix. Si tu ne veux pas que je te coupe l'autre couille. »

GrandJon fusillait du regard l'ex-gladiatii, les poings sur ses hanches. Le second et son capitaine avaient rejoint le groupe à la proue alors même que la *Vierge* se rapprochait toujours davantage de la ville portuaire des Églises. GrandJon, trempé jusqu'aux os, semblait avoir du sel jusqu'à l'intérieur de ses bottes ; sa pipe en os de guivre pendait d'un côté de sa bouche. Corleone, pour sa part, payait visiblement sa semaine de lutte permanente à la barre ; ses vêtements lui collaient au corps comme une fourrure de rat gorgée d'eau. Mais le *feu* n'avait nullement quitté ses yeux.

« J'ai cru comprendre que vous alliez nous quitter ? » demanda-t-il à Mia.

La jeune femme hocha la tête. « Pour un temps. Notre présence à bord vous met en danger, vous et vos hommes.

— Foutaises – c'était à peine une petite brise. » Nuage tapa du pied sur le pont. « Elle est aussi solide que la terre sous vos bottes, ma *Vierge*.

— On devrait au moins faire vérifier ce satané mât de misaine, intervint GrandJon. J'y ai vu une fissure plus profonde que le décolleté de ma tante Pentalina. Les pompes de cale marchent comme un chien galeux à trois pattes – et on a dû foutre de blaireau à la place du cerveau si on ne se décide pas à recalfater… »

Nuage poussa un soupir. « Tu sais, lança-t-il à son second, pour un type pourvu d'une bite d'âne, tu imites parfaitement bien une vieille rombière[16]. »

---

16. À dire vrai j'ai toujours trouvé bizarre cette tournure de phrase particulière. Si les attributs d'un âne peuvent s'avérer passablement impressionnants aux yeux d'un petit-homme moyen, les annales du département de zoologie du Collegium de Fer font état de certains habitants du règne animal itreyen en comparaison desquels les proportions d'un âne font tout simplement pâle figure.
La guivre blanche, par exemple, le plus grand prédateur océanique d'Itreya, possède un corps d'une longueur moyenne de huit mètres, et ses harpons d'amour peuvent mesurer jusqu'à un mètre – soit un rapport de dix à un. Le taureau noir liisien a une hauteur au garrot de près de deux mètres, avec un chef d'état-major qui peut dépasser le mètre, soit un rapport de presque deux à un. (Fait intéressant : lorsqu'ils abattent leurs veaux mâles superflus, les éleveurs liisiens gardent souvent les pénis, les font sécher et les donnent à manger à leurs chiens – une friandise connue sous le nom de « bâton de bœuf »). Le calamar fouetteur, une horreur crochue qui hante la mer des Étoiles, devient *encore* plus terrifiant lorsqu'on apprend que son organe reproducteur est aussi long que son corps tout entier (et oui, *crochu* par-dessus le marché). Mais le vainqueur incontestable de cette lutte immémoriale, le souverain des épées, le *capan de phalli capanni*, n'est autre que l'humble bernacle, dont l'amiral sous-marin peut s'étendre jusqu'à cinquante fois la longueur de son corps. *(Suite de la note page suivante)*

GrandJon gloussa, le tuyau de sa pipe coincé entre ses dents d'argent. « Qui vous a dit que j'étais monté comme un âne ?

— Ta mère parle dans son sommeil. »

Mia sourit. « On va voyager par voie de terre. Ça vous donnera du temps pour les réparations, et vous pourrez toujours nous retrouver à Amai avec une marge confortable. » Elle jeta un coup d'œil à Tric. « C'est plus sûr pour nous tous.

— ABSOLUMENT. »

Corleone haussa un sourcil. « Vous vous êtes déjà rendus à Amai ?

— Non, lui répondit Mia.

— Non plus », enchérit le Défunt.

Le capitaine et son second échangèrent un regard inquiet.

« Je..., gémit Boucher depuis la balustrade, j'ai... grandi là-bas...

— Une enfance agréable ? s'enquit GrandJon.

— Pas vraiment. » Le gladiatii s'essuya les lèvres ; se redresser sur ses jambes instables lui arracha un gémissement.

« J'ai entendu des histoires sur cette ville, intervint Charmeuse-de-Lames. La vie y serait rude.

— Rude ? s'esclaffa GrandJon. Amai est la plus noire des fosses de salopards, de voleurs et de meurtriers de ce côté-ci du Grand Sel. L'intégralité de l'endroit se résume à une enclave de pirates. Et pas du genre “Charmant salopard”, hein. Plutôt “Je viole et je tue toute ta familia”. »

Suite de la note n° 16 : Histoire de remettre les choses en perspective, pour un homme d'un mètre quatre-vingts, cela équivaudrait à un phallus de *quatre-vingt-dix* mètres.

Remerciez vos dieux, gentes dames et jolis messieurs.

Remerciez vos putains de dieux.

Corleone opina du chef. « C'est le Haut Siège de Sa Majesté Einar Valdyr, dit “le Tanneur” – Loup noir de Vaan, fléau des Quatre Mers, roi des Vauriens. »

Sidonius battit des paupières. « Les pirates ont des rois ? »

Nuage se renfrogna. « Bien sûr qu'on a des rois. Comment crois-tu que ça marche ?

— J'en sais trop rien. Je vous imaginais organisés en collectif autonome, ou quelque chose dans le genre.

— Un putain de collectif autonome ? » GrandJon toisa Sid de pied en cap. « Quel genre de gouvernement merdico-arriéré est-ce là ? Ça m'a tout l'air d'être la recette parfaite pour le chaos, à t'entendre. »

Corleone hocha la tête. « Aye. On fonctionne selon un *système*, mon pote. Le simple fait qu'on soit des pirates ne fait pas de nous des brigands sans foi ni loi. »

Sid en parut stupéfait. « … Putain, mais c'est *exactement* ce que ça veut dire[17] !

---

17. Il n'en est rien, en réalité. À l'instar de presque toutes les professions de la République, la piraterie est une affaire très réglementée. La marine itreyenne fait partie d'une machine militaire des plus impressionnantes, chers amis, et pourrait aisément écraser n'importe quel corsaire. Mais les Quatre Mers sont des endroits très vastes, et il est quelque peu délicat de se trouver partout à la fois.
En vérité, chers amis, peu importe ce que vous possédez, il y aura toujours un salopard quelconque qui cherchera à vous le subtiliser. Et c'est particulièrement vrai des types qui ont un penchant pour le grog, qui portent des cache-œils et qui terminent chaque phrase par le mot « camarade ».
Depuis la bataille de Meraille, l'idée de collaborer ne pose plus vraiment de problèmes parmi les flibustiers d'Itreya, mais il est vite apparu que la gouvernance par l'anarchie au sein d'une bande de voleurs n'allait tout simplement pas fonctionner. Donnez à tout le monde une tribune, et tout le monde se croira en droit d'exprimer son opinion – et oui, si on a tous techniquement le droit d'avoir une opinion, *(Suite de la note page suivante)*

— D'accord, d'accord. » Mia soupira. « Existe-t-il un autre moyen d'aller à Ysiir depuis Liis qu'en traversant la mer des Larmes ?

— Non, répondit Corleone.

— Y a-t-il à Liis un grand port qui soit plus proche de Dernier Espoir qu'Amai ?

— Non, fit GrandJon.

— Bon, alors coupons court à ce petit concours de coqs et mettons-nous en route, d'accord ? On s'occupera de Sa Majesté Einar Je-sais-plus-quoi, fléau de Je-ne-sais-où, en temps voulu. »

L'idée de Mia ne plaisait clairement pas à Corleone, mais comme il n'avait pas vraiment d'alternative à proposer, le corsaire finit par hausser les épaules.

« On va avoir besoin d'équipements, dit alors Sidonius. Des chevaux et des harnais. Des armes. Des armures.

— On peut s'offrir les canassons, répliqua Mia. Mais ensuite il nous restera bien peu de pièces pour le reste.

Suite de la note n° 17 : on a aussi techniquement le droit de chier une fois par tour, mais ce n'est pas pour autant que j'ai envie d'en entendre parler. La monarchie, curieusement, finit par s'imposer comme la meilleure solution. Non pas une monarchie du type « faste et d'apparat », plutôt du genre « Je suis le roi et tout le monde l'accepte, alors vous ferez ce que je dis – sans quoi vous et tous ceux que vous avez jamais aimés serez découpés en morceaux et donnés aux guivres ».

Mais cette autorité centralisée fut accompagnée d'un arrangement des plus carrés avec la marine itreyenne. Celle-ci accepta qu'un certain nombre de navires soient pillés chaque année, à condition que les pirates consentent, si ledit quota venait à être dépassé, à faire le ménage dans leurs rangs pour épargner à la marine la peine de devoir traquer les contrevenants sur l'intégralité des Quatre Mers.

Une solution des plus raisonnables, si vous voulez mon avis.

— On a transporté l'équipement de ce branleur de Luminatii et de ses gars dans votre cabine, les informa Nuage. Quatre soldats-marins plus un centurion. De l'acier, des boucliers, du cuir et des chaînes.

— Ça pourrait fonctionner, dit Sidonius. En se faisant passer pour des soldats qui se déplacent par voie terrestre, on risque moins de se faire emmerder par des esclavagistes ou des types dans leur genre. Il faudra qu'on se débarrasse des uniformes à notre arrivée, bien sûr. Mais bon, j'étais un officier de la légion, donc je parle leur langue si jamais on croise d'autres militaires sur le chemin d'Amai. »

Mia le salua. « On dirait bien que vous prenez les commandes, dans ce cas, Centurion. »

Le groupe s'accorda sur ce point et, sans plus tarder, entreprit de rassembler ses maigres possessions. Lorsque la *Vierge* accosta à Galante, ils étaient déjà rassemblés sur le pont. Sidonius et les Faucons n'avaient pas encore revêtu leur tenue de soldat – ils portaient toujours les habits de plébéiens qu'ils avaient achetés en même temps que leur liberté. Ashlinn se tenait aux côtés de Jonnen, lestée du petit sac de « produits essentiels » qu'elle avait acheté à Donjon blanc. Éclipse demeurait quant à elle dans l'ombre du garçon, la rendant assez obscure pour deux. Tric avait fini par descendre de la proue – il attendait près de la passerelle.

« Puissent les Filles veiller sur vous et sur vos compagnons, Mia », lança Corleone en lui tendant la main.

La jeune femme sourit. « J'espère exactement le contraire.

— On va procéder à nos réparations, puis contourner le cap. On devrait quand même arriver à Amai avant vous, j'imagine, mais rien ne nous empêche de patienter là-bas. Faites attention une fois en ville – restez *vraiment* à l'écart des autres sels. Gardez la tête bien basse et ne vous mêlez pas aux autochtones. Rendez-vous directement au *Pub* – on vous y attendra.

— Je connais une jolie petite chapelle dédiée à Trélène sur la laisse de mer, Dona Mia, dit GrandJon avec un rictus argenté. La proposition de mariage tient toujours. »

Nouveau sourire. « Merci à vous deux. Que l'eau et le ciel vous restent bleutés.

— L'eau et le ciel, répéta Corleone.

— Bartolomeo ? » Mia leva mentalement un doigt. « Non, non… Brittanius ? »

Pour toute réponse, le corsaire se borna à la gratifier d'un large sourire. « On se revoit à Amai, Mi Dona. Soyez prudents. »

Le capitaine et son second retournèrent aussitôt à leurs propres affaires. Les camarades de Mia descendirent un par un la passerelle. Après avoir rabattu sa capuche, la Lame se redressa pour contempler la ville portuaire des Églises. Galante abritait une chapelle de l'Église rouge – ils étaient donc en danger tant qu'ils restaient dans le coin. Mia avait hâte de reprendre sa route, tant le sort de Mercurio lui taraudait l'esprit – elle ne cessait de prier la Mère de le protéger autant que faire se pouvait.

Elle sentit un petit frisson lui parcourir la colonne vertébrale. Une forme aussi fine qu'une ombre, occupée à se lécher une patte translucide, se matérialisa alors à ses côtés sur le bastingage.

Mia garda les yeux fixés sur le port. « Tu viens avec moi, hein ?

— … *toujours…* », répondit Gentilhomme.

Le vent hurlait dans l'espace qui les séparait, empreint d'une faim de loups.

« … tu es toujours en colère ? »

Elle baissa la tête. Réfléchissant à qui elle était, à *ce* qu'elle était, au *pourquoi* de sa nature. Aux choses qui la poussaient à avancer, qui faisaient d'elle la personne qu'elle était.

Malgré tout.

Elle fronça les sourcils, et passa ses doigts dans sa non-fourrure. « Toujours », murmura-t-elle.

Mia détestait les chevaux presque autant que ceux-ci l'exécraient.

La jeune femme avait baptisé « Bâtard » le seul étalon qu'elle avait un tant soit peu apprécié, et même si ladite bête lui avait sauvé la vie, l'enténébrée ne serait pas allée jusqu'à dire qu'elle l'*appréciait* vraiment. Les chevaux lui avaient toujours paru être des créatures aussi disgracieuses que stupides, des sentiments que ne venait pas aider ce simple fait : tous ceux qu'elle avait croisés développaient une aversion immédiate à son égard.

Elle s'était souvent demandé si c'était simplement parce qu'ils ressentaient son dédain congénital. Mais vu la manière dont les chevaux de l'écurie de Galante réagissaient à la présence de son frère – avec la même nervosité dont ils avaient toujours fait montre avec elle –, Mia supposa que ça devait avoir un rapport avec la touche d'obscurité qui coulait dans ses veines. Elle en était plus consciente que jamais. La profondeur de l'ombre à ses pieds. La brûlure des trois soleils au-dessus de sa tête, qui continuaient à la pilonner comme des poings haineux malgré la couche de nuages d'orage. La sensation persistante d'un vide, d'un *manque* lorsqu'elle regardait son frère.

Elle se demanda s'il en était de même pour lui. Si cela pouvait expliquer pourquoi, peu à peu, il semblait devenir un peu plus chaleureux avec elle.

Davantage que cet abruti de Liisien avec Bryn, en tout cas…

« Je vous propose cent pièces d'argent pour les sept, disait la Vaanienne. Plus le chariot et la nourriture.

— Va chier, gamine, rétorqua le palefrenier. Cent ? Ils en valent au moins le triple. »

Ils se trouvaient dans une étable boueuse du côté est de Galante, aussi loin que possible de la chapelle de l'Église rouge. Ils étaient passés au marché acheter de l'équipement, de quoi manger et boire, ainsi qu'un bon arc de frêne bien solide et trois carquois de flèches pour Bryn. Qui se tenait présentement debout, les pieds plantés dans la boue et la merde, à suivre du bout des doigts l'arc rangé dans son dos – de toute évidence, ça la démangeait de s'en servir.

La Vaanienne rendait une bonne trentaine de centimètres au palefrenier. Vêtu de haillons gris et d'un tablier de cuir crasseux duquel pendaient des fers à cheval et des marteaux, il affichait le regard traînant d'un homme qui considérait les seins comme un obstacle manifeste – mais fascinant – à l'intelligence.

« Cent, insista Bryn, bras croisés sur sa poitrine. Ils ne valent pas davantage.

— Oh, *madame* est une experte, hein ? Ce sont des pur-sang liisiens, gamine. »

L'ex-equillai du Collegium Remus, peut-être la plus grande *flagillae* à avoir jamais honoré de sa présence les sables de l'arène, leva les yeux au ciel. « *Lui* c'est un pur-sang, fit-elle, en désignant le hongre le plus massif. Mais itreyen, pas liisien. Elle aussi c'en est une, ajouta-t-elle en désignant une jument, mais elle a au moins vingt-cinq ans, et vu ses tibias elle m'a tout l'air d'avoir eu une attaque d'atrophie au cours des deux dernières années. Les autres sont des chevaux de course qui ont dépassé la fleur de l'âge, ou des canassons à peine dignes de l'équarrissage. Alors gardez ces conneries de race pure pour un endroit où l'Omnivoyant ne brillera pas. »

L'homme finit par se résoudre à s'arracher à la contemplation de ses seins, pour la regarder droit dans les yeux.

« Cent vingt, dit-elle. Plus le chariot et de la nourriture. »

L'homme fronça les sourcils, mais finit par cracher dans sa main. « Marché conclu. »

Bryn renifla, puis expectora une pleine gorgée de mucosités dans sa paume, qu'elle colla ensuite à celle de son abruti d'interlocuteur – le tout sans le quitter un instant des yeux. « Marché conclu, dit-elle. Connard. »

Le palefrenier s'essuyait encore la main lorsqu'ils entreprirent de seller les bêtes. Mia scrutait constamment les rues alentour, en quête de visages familiers. Elle aurait pu se dissimuler – ainsi que Jonnen – sous son manteau d'ombres, bien sûr, mais les agents de l'Église rouge connaissaient sans doute Ashlinn aussi bien qu'elle, et Mia n'était pas en mesure de les cacher tous les trois. Aussi comptait-elle sur l'entraînement de Mercurio – s'en tenant aux ombres et se tapissant sous les avant-toits, scrutant la foule capuche baissée. Ashlinn, tout près, se chargeait de surveiller les toits. Elle savait tout comme Mia que c'était là une ville de l'Église rouge, que l'évêque Dix-Mains et ses Lames ne manqueraient pas de les traquer. Mais malgré toute leur vigilance, leurs cibles avaient tout l'air d'être passées inaperçues pour l'instant. Avec un peu de chance, ils auraient quitté la ville portuaire avant que leur bonne fortune ne les abandonne – et que cette tempête n'éclate.

« Prête ? » s'enquit Sidonius.

Mia cligna des yeux, puis se tourna vers leur convoi. Un chariot chargé jusqu'à la gueule, tiré par deux chevaux de trait fatigués. Une demi-douzaine d'hongres et de juments, chacun monté par un ex-gladiatii en tenue militaire itreyenne. Sidonius menait la colonne, l'air plutôt resplendissant dans son armure de centurion en ossacré malgré la pluie qui flétrissait le panache rouge sang de son casque. Il lui évoquait irrésistiblement son pè...

... Ô, Déesse...

Je ne sais même plus comment l'appeler, désormais...

Elle parvint néanmoins à sourire. « Oui, chef. »

Elle aida son petit frère à monter dans le chariot. Ash se laissa tomber dans le plateau arrière, avant de s'adosser contre les sacs d'aliments et de tirer sa capuche sur son visage. Seul Tric restait à pied, demeurant prudemment à l'écart des chevaux – leurs yeux s'écarquillaient dès qu'il s'en approchait un peu trop, et ils devenaient difficiles à maîtriser. Alors qu'elle grimpait sur le siège conducteur à côté de Jonnen, un coup de tonnerre résonna dans le ciel, au grand dam du garçon ; la pluie s'intensifia, des éclairs commençaient à zébrer le ciel. Mia rabattit sur sa tête la capuche de sa nouvelle cape, tendit les rênes au garçon, histoire qu'il oublie un peu la tempête – et elle-même ses peines.

« Tu veux conduire ? » lui demanda-t-elle.

Il la dévisagea, sur ses gardes. « Je... ne sais pas comment faire.

— Je vais t'apprendre. Ça devrait être un jeu d'enfant pour quelqu'un d'aussi intelligent que toi. »

Un coup de fouet, un petit encouragement, et le chariot se mit à rouler. Mia et ses camarades se frayèrent un chemin dans les rues de Galante, sur les pavés et les dalles, passant devant les façades de marbre, les colonnes cannelées et les immeubles, en direction des portes orientales. La route les attendait – et au-delà, Amai. Sans compter la mer des Larmes, les Plaines chuchotantes ysiiri, son mentor, et tout ce que l'Église rouge était en mesure de leur envoyer. Dans l'immédiat, cependant, Mia se borna à profiter de la présence de son frère à ses côtés, l'instruisant avec patience, souriant de le voir commencer à s'amuser. Elle sentait Ashlinn derrière elle dans le chariot – un léger contact sur sa hanche. L'enténébrée tendit la main dans son dos pour serrer celle de la Vaanienne.

Sans quitter des yeux le garçon qui marchait devant eux.

En direction des portes, puis de la route qui se déployait au-delà.

Un nouveau coup de tonnerre ; la pluie martelait les tuiles.

Deux silhouettes postées sur un toit, à l'ombre d'une cheminée, fixaient des yeux plissés sur le convoi en partance.

La première se tourna vers la seconde, ses mains se substituant à une bouche incapable d'articuler le moindre mot.

va en informer dix-mains

Son compagnon obtempéra aussitôt, puis s'éclipsa sur les toits.

Quant à Chut il demeura là, debout, sous la pluie.

Ses prunelles bleues rivées sur le dos des traîtres.

Sa tête animée d'un hochement sinistre.

bientôt

CHAPITRE 18

Récits

« La Dame des Tempêtes est une détestable salope », grommela Mia.

Cela faisait deux tours qu'ils chevauchaient, et la ville portuaire des Églises était loin derrière eux désormais. Ils suivaient la côte en direction de l'est, encadrés de terres agricoles au sud et de mers déchaînées au nord. La pluie ne faisait qu'empirer, transformant la piste en bourbier. Les montures étaient dans un triste état, les cavaliers davantage encore. Sidonius menait la colonne, son manteau de centurion rouge sang comme son panache dégoulinants de pluie. Tric marchait parallèlement à l'Itreyen, mais à bonne distance – là où sa présence n'effrayait pas les chevaux. La première non-nuit où ils avaient campé, le Défunt s'était installé dans un arbre pour leur permettre de se reposer. C'était une bonne chose, supposait Mia, qu'il n'ait pas besoin de dormir.

La bonne nouvelle, au moins pour elle, c'était que le vraijour avait pris fin. Alors qu'elle sentait encore le bleu brûlant de Saai et la chaleur rougeâtre de Saan au-delà de la couverture nuageuse, la baisse de lumière – de même que le soulagement qui avait envahi ses os – lui indiquait que Shiih avait fini par disparaître derrière l'horizon, emportant avec lui un tiers de la haine implacable d'Aa.

Un soleil de moins qui lui pilonnait le dos. Un pas de plus vers la vrainuit.

Et puis…

« Nous sommes encore loin d'Amai ? » s'enquit Bryn.

Boucher se borna à hocher la tête. « Il nous reste encore un bon chemin à parcourir, sœurette.

— Je suis plus humide qu'une jeune mariée de printemps lors de sa nuit de noces. »

Un grognement général d'assentiment accueillit la plainte de la Vaanienne. Charmeuse-de-Lames, qui chevauchait à côté du chariot de Mia, essora ses salines gorgées de pluie. Le visage cabossé du Boucher arborait un air plus sombre que les nuages au-dessus de leurs têtes. L'enthousiasme des troupes semblait s'être enfoui dans la boue, sous leurs sabots. Mais Sid avait servi pendant des années comme Deuxième Lance au sein de la légion Luminatii, avant sa vie d'esclave au sein du Collegium Remus, et Mia ne tarda pas à découvrir qu'il savait comment maintenir le moral de sa cohorte sur la route.

« La toute première femme avec qui j'ai couché venait d'Amai », lança-t-il d'une voix pensive.

Boucher reprit aussitôt du poil de la bête. « Oh, vraiment ? »

Bryn sourit. « Allez, raconte. »

Sidonius fit d'un regard le tour du groupe, ce qui lui valut un chœur de hochements de tête et de murmures. « Eh bien, elle s'appel…

— Attends, attends, attends… », l'interrompit Mia.

Elle couvrit de son mieux les oreilles de son petit frère avec ses paumes. Jonnen, pour sa part, se contenta de tenir les rênes en arborant un air perplexe.

« C'est bon, dit Mia, tu peux cracher le morceau. Et ne nous épargne aucun détail.

— Elle s'appelait Analie, poursuivit Sidonius, dont la déclaration fut ponctuée par un coup de tonnerre. Elle avait déménagé à Sepulcra dans sa jeunesse. C'était une des clientes de ma mère à son atelier de couture. Elle était un peu plus âgée que moi…

— Attends, intervint Charmeuse-de-Lames, qu'est-ce que tu entends précisément par “un peu” ?

— Peut-être… huit ans ? » Il haussa les épaules. « Dix ?

— Et toi, lui demanda un Dompteur-de-Vagues incrédule, tu avais *quel* âge ?

— Seize ans.

— Braaaaa-vo ! » s'exclama Ashlinn, en applaudissant lentement Sidonius depuis l'arrière du chariot.

Mia afficha un large sourire. « Espèce de petit veinard. Elle a dû te *manger* tout cru.

— Je peux raconter ma putain d'histoire ou pas ? »

Elle leva les yeux au ciel. « D'accord, d'accord.

— *Merci*. Et donc, je savais que je lui plaisais, mais vu mon inexpérience j'ignorais complètement comment m'y prendre. Par chance, Analie a pris les devants. Je faisais des livraisons pour ma mère, et un tour, j'arrive au palazzo d'Analie, et elle vient m'ouvrir vêtue de… enfin, en gros, d'absolument rien.

— Direct, droit au but, fit Charmeuse-de-Lames, toujours aux prises avec ses salines. J'aime ça.

— Et donc elle m'entraîne à l'intérieur, se penche sur le divan du hall d'entrée et m'ordonne de me mettre à l'ouvrage. Étant du genre serviable, je m'exécute. Et on a commencé depuis quoi, dix ou onze secondes, quand je m'avise que j'ai deux problèmes urgents sur les bras.

» Problème numéro un : étant un poil trop enthousiaste, vu que la plupart des types font leurs premières armes dans les bois, je suis à environ trois secondes de lâcher la purée. Problème numéro deux : la putain de porte d'entrée est en train de s'ouvrir. Il s'avère qu'Analie est mariée, et que son époux vient de rentrer à l'improviste.

— Par le sang et les abîmes, gloussa Bryn. Qu'est-ce que tu as fait ?

— Eh bien, plus qu'un peu troublé, je me suis retourné face au deuxième problème au moment précis où le premier s'est résolu.

— Oh, non…, haleta Mia.

— Oh, si. » Sid se frappa les mains. « Un vrai tir d'arbalète, si fait. »

Boucher en resta bouche bée. « Naaaan. Tu n'as pas… »

Sid hocha la tête. « En plein dans l'œil de ce pauvre type. »

Des hurlements d'amusement parcoururent aussitôt le groupe, résonnant le long de la route boueuse plus bruyamment que les vents tempétueux. Un fermier occupé à trimer dans un champ voisin se retourna pour les fixer, s'interrogeant sur la raison de tout ce remue-ménage. Mia riait si fort qu'elle faillit tomber de son siège – s'accrochant en désespoir de cause à la tête de son frère.

« Qu'est-ce qu'il y a de si drôle ? » murmura le garçon.

Mia brisa le sceau qui bouchait son oreille et lui souffla : « Je t'expliquerai quand tu seras plus grand.

— Et qu'est-ce que tu as fait ? demanda Charmeuse-de-Lames à Sidonius.

— J'ai filé comme un putain de lapin, qu'est-ce que tu crois ? J'ai couru comme un dératé jusque chez moi, dans le plus simple appareil. Heureusement, le loup avait trop de foutre dans les yeux pour me donner la chasse, ce qui a permis audit lapin de poursuivre sa petite existence d'apprenti queutard. »

De nouveaux éclats de rire, Boucher secouant la tête d'incrédulité tandis que Mia s'essuyait tant bien que mal les yeux sur sa manche trempée.

Sid poussa un soupir. « Ça n'en reste pas moins les quatorze meilleures secondes de ma vie.

— La toute première fois que j'ai fini un homme avec ma bouche, embraya alors Bryn, son sperme m'est sorti par le nez.

— Je te demande *pardon* ? » s'étrangla Mia.

La Vaanienne hocha la tête. « Que la Lumière m'en soit témoin. J'ai failli me noyer, et l'odeur m'est restée dans le nez pendant des semaines. On en a bien rigolé, par contre. Il m'a acheté un mouchoir pour la Grande Dîme. »

Une nouvelle vague d'hilarité s'abattit sur le groupe en même temps qu'un coup du tonnerre. Boucher avait le souffle aussi court que s'il avait fait une course à pied, les salines de Charmeuse-de-Lames suivaient le non-rythme des balancements incontrôlés de sa tête.

Brun sourit de toutes ses dents. « Et toi, alors, Charmeuse ?

— Oh, ma première fois a été désastreuse, gloussa la Dweymeri tout en remettant en place sa capuche trempée. Mère Trélène, vous n'avez pas envie d'entendre cette histoire. Surtout *vous*, les garçons.

— Allez, crache le morceau ! fit Ashlinn, en martelant le bois du chariot.

— Ouais, Charmeuse, enchérit un Sid mort de rire. Pas de secrets sur les sables. »

La Dweymeri secoua la tête. « Bon, vous l'aurez voulu. Mais je décline toute responsabilité si vous en faites des cauchemars ensuite, signori. » Elle baissa la voix, comme pour raconter une histoire de fantômes au coin du feu. Le tonnerre grondait sinistrement au-dessus de leurs têtes. « Il était de Progénie. Un mâle bien charpenté du nom de Lanceur-de-Pierres que j'avais à l'œil depuis quelques mois. Un visage digne d'un tableau et un cul pareil à un poème. On assistait à un gala de plage pour la Messe du Feu, des feux de joie brûlaient d'un bout à l'autre de Meraille. C'était magnifique. *Romantique*. Il s'était suffisamment enivré pour enfin se décider à m'aborder, et moi j'avais assez bu pour apprécier le son de sa mélodie. Du coup on se dirige vers les dunes et on se met à l'ouvrage. J'étais loin d'être sa première – il avait… connu son lot de filles en son temps. Il arrive donc à tenir un peu plus longtemps que l'Arbalétrier ici présent.

— Vous me blessez, Dona », lui lança Sid depuis la tête de la colonne.

Boucher siffla. « En plein dans son putain d'*œil*…

— Bref, fit Charmeuse en même temps qu'un éclair aveuglant zébrait le ciel. Je deviens un peu plus entreprenante à mesure qu'on progresse, et il finit par m'encourager à lui monter dessus pour un petit rodéo. Et on commence à y aller *fort*, et c'est *vraiment* très bon ; du coup je m'y adonne avec un tel abandon que son pauvre membre finit par glisser hors de ma chatte, et qu'en redescendant j'atterris dessus – assez fort pour presque le briser en deux.

— Oh, putain de nom de *DIEU* ! s'écria un Sid grimaçant.

— Nooon ! » Dompteur-de-Vagues fixa Charmeuse avec horreur « Ce genre de choses ne *peut* pas arriver, hein ? »

La Dweymeri opina du chef. « Si. Du sang partout. Vous auriez dû l'entendre crier.

— Par la putain de Mère noire, s'esclaffa Ashlinn en se couvrant la bouche.

— *Non !* beugla alors Boucher. Non, ce n'est PAS drôle ! »

Mia sourit de toutes ses dents. « Quand même un peu, si. »

Bryn, pendant ce temps, faillit tomber de son cheval tant elle s'esclaffait. Le visage de Dompteur-de-Vagues affichait une expression d'horreur silencieuse. Quant à Sid il secouait la tête, plié en deux dans une imitation convaincante de martyr. « Non, non – pourquoi nous as-tu raconté cette histoire, Charmeuse ?

— Je vous avais prévenus ! lança-t-elle par-dessus un nouveau coup de tonnerre.

— Je vais faire des cauchemars !

— Ça *aussi*, je vous l'avais bien dit !

— En *deux* ? » murmura Dompteur-de-Vagues.

Elle hocha la tête. « Presque. Elle a mis plus d'un an à se… redresser, apparemment. C'est ce qu'on m'a raconté, hein, vu qu'il ne m'a bien entendu plus *jamais* laissée l'approcher. »

Tous les hommes du groupe s'agitèrent en même temps sur leur selle, pour la plus grande jubilation de la gent féminine.

« Moi, fit Boucher, je n'arrive même pas à me souvenir de ma première. Mon père et mon oncle m'ont emmené dans une maison de tolérance quand j'avais treize ans, et j'étais tellement défoncé que je ne me rappelle même plus le visage de la damoiselle… En fait, à la réflexion, peut-être que je n'ai même pas vu son visage…

— La première fois, enchaîna gaiement Ashlinn, j'ai cassé le nez de mon partenaire. »

Mia fronça les sourcils. « Avec ton poing, ou… ?

— Nan. » Elle pointa un doigt en direction de son entrejambe. « Tu sais… en m'asseyant sur lui… avec un peu trop d'enthousiasme.

— Oh… » Le puzzle finit de s'assembler sous le crâne de Mia. « Oh, *d'accord…* »

Ashlinn opina du chef. « Ça ne l'a pas empêché de continuer, au demeurant. C'était un sacré soldat, celui-là.

— Aaaah, les Vaaniens », soupira Bryn avec nostalgie.

Nouveau hochement de tête. « Mmmhmm. »

Sid lâcha un gloussement, puis : « Et toi, Dompteur ? Aussi catastrophique, ta première fois ?

— J'espère bien que non », répliqua le colosse.

Le groupe entier se tut aussitôt – même la tempête parut s'interrompre un instant. Tout le monde se tourna en même temps vers le massif Dweymeri. Dompteur-de-Vagues était une pièce de pur bœuf, nullement déplaisant à l'œil ; quant à sa voix, elle ne manquait pas de faire vibrer Mia jusque dans ses recoins les plus intimes. Elle n'arrivait pas à croire que…

« Tu n'as pas… Jamais ? »

Il secoua la tête. « J'attends la bonne personne. »

Les dames échangèrent des regards – toutes sauf Bryn, qui se borna à pousser son cheval un peu plus près de celui de Dompteur-de-Vagues et à gratifier le colosse d'un sourire qui s'attarda longuement sur ses lèvres.

« Et toi, Corneille ? demanda Boucher.

— Pas vraiment de désastre, j'en ai peur. » Mia haussa les épaules, écarta de ses yeux ses cheveux détrempés. Un frisson la parcourut. « Même si… je suis sortie *tuer* un homme immédiatement après.

— Hmm. » Charmeuse-de-Lames hocha la tête. « Bizarrement, ça colle avec le personnage. »

De nouveaux éclats de rire. Sidonius lança un regard de biais à Tric, qui marchait en silence depuis le début de la conversation, de la boue jusqu'aux chevilles. Se voulant un bon commandant, et mettant un point d'honneur à ce que le garçon ne se sente pas exclu, qu'il respire ou non, l'Itreyen s'éclaircit la gorge. « Et toi ? lui demanda-t-il. Ton... voyage inaugural a eu son lot de calamités, lui aussi ?

— NON », se contenta-t-il de lui répondre. Ses yeux noirs se braquèrent sur Mia, pour aussitôt s'en détourner. « NON, ELLE ÉTAIT MERVEILLEUSE. »

Comme à point nommé, le tonnerre se mit alors à gronder, et la pluie à tomber pour de bon – jamais Mia n'avait vu de déluge pareil. Jonnen restait blotti tout contre elle, à frissonner dans ses bottes. Le vent était un monstre, qui griffait et hurlait, leur arrachait leurs capuches et fourrait ses mains gelées sous leurs vêtements trempés. L'enténébrée, qui peinait à se remémorer la chaleur étouffante de l'arène à peine quelques semaines plus tôt, glissa ses mains sous ses aisselles pour les réchauffer.

« C'est de la *merde en barre* ! rugit Bryn, qui s'empara de son arc pour décocher une flèche en direction des nuages. Espèce de *SALOPE* ! »

Sidonius plissa les yeux pour parcourir du regard la campagne environnante.

« On pourrait aller frapper à la porte d'une de ces fermes, hurla Dompteur-de-Vagues, en martelant les trois soleils gravés sur son plastron de soldat. Prétendre être en mission officielle et attendre que le pire soit passé bien au chaud devant un agréable foyer.

— Et tu fais quoi de lui ? » Charmeuse-de-Lames lui désigna Tric d'un geste. « N'importe quel paysan attardé digne de sa fourche essaierait de le brûler sur un poteau en un clin d'œil ! »

Boucher jeta un regard au garçon. « Il a l'air un peu plus… vivant ces derniers temps. La peau un peu moins blême, peut-être ? Ou c'est moi qui délire ?

— Là-bas ! » cria alors Sid.

Mia se tourna dans la direction que son compagnon leur désignait. À travers la pluie aveuglante, elle distingua une ruine au sommet d'une colline distante. C'était une tour de garnison, avec des murs crénelés à moitié écroulés et un pont-levis en sale état, sa maçonnerie durement éprouvée par les ravages du temps. Elle semblait remonter à l'époque de l'occupation itreyenne, quand le Grand Unificateur, Francisco Ier, avait pour la première fois envoyé ses armées sur Liis et défié la puissance des Rois Mages. Une relique décrépite d'un monde jadis en guerre.

« On doit avoir une vue imprenable sur les environs, de là-bas ! s'écria Sid. Avec un peu de chance, la cave est encore sèche !

— Les chevaux auraient *bien* besoin de repos, hurla Bryn. Cette boue leur rend la tâche pour le moins difficile. »

Mia considéra la piste qui se déployait devant eux, fixa le ciel gris au-dessus de sa tête. Acquiesça. « D'accord. Allons y jeter un coup d'œil. »

La tour se résumait à trois étages de pierres irrégulières couronnant un éperon de calcaire acéré.

Mia l'imagina peuplée de légionnaires endurcis. D'hommes ayant traversé les océans sous la bannière des trois soleils, le cœur à la conquête et du sang sur les mains. Sauf qu'à présent, des siècles après que les légions et le roi qui les commandait furent retournés à la poussière, la tour finissait à son tour par tomber en ruine. Le versant de colline avait dû être dégagé à l'époque de sa construction, mais désormais la nature avait repris ses droits et s'infiltrait dans le bâtiment proprement dit, pulvérisant les pierres et faisant s'écrouler les murs comme aucun guerrier des Rois Mages n'y était parvenu.

L'endroit faisait une petite vingtaine de mètres de large. Le mur s'était effondré sur un côté, laissant les lieux à la merci de la pluie et du vent. Mais une bonne moitié de la maçonnerie restait solide, avec au rez-de-chaussée de larges arches soutenant le reste du bâtiment, des escaliers en sale état menant d'un côté aux niveaux supérieurs et de l'autre à une cave envahie par la végétation – malheureusement, inondée. Une vieille fosse de cuisson en pierre occupait le centre des lieux, remplie de feuilles occupées à moisir.

Le groupe se rassembla au rez-de-chaussée, relativement à l'abri de la tempête, laissant les chevaux attachés dehors à proximité du chariot. Le ciel était gris plomb, la lumière des soleils déclinait, et Mia sentait la puissance nichée en elle remuer légèrement – comme son sang après trop de cigarillos. Des picotements avaient envahi le bout de ses doigts. Sa langue était engourdie. Elle se demanda ce qui allait se passer quand les deux soleils restants disparaîtraient du ciel.

Ce qu'*elle-même* risquait de devenir.

« JE VAIS EXPLORER LES ENVIRONS », déclara Tric.

Sidonius hocha la tête. « D'accord. Dompteur, va jeter un œil alentour depuis le sommet de la tour. »

Le colosse opina du chef. « *Deux* yeux. Grands ouverts.

— Je vais t'accompagner », lui proposa Bryn, en ramassant son arc.

Charmeuse-de-Lames lança un regard en direction de Mia et d'Ashlinn, et le trio échangea un sourire entendu. Elles entreprirent de déballer leur équipement et de mettre la nourriture au sec pendant que Boucher et Sidonius fouillaient la tour en quête de quelque chose à brûler. Le bois avait pourri depuis longtemps, mais le temps que le chariot soit déchargé, les deux compères avaient réussi à rapporter suffisamment de déchets et de feuilles mortes pour alimenter un petit feu dans la fosse à cuisson.

« Bon, fit Sidonius. Voyons si je me rappelle comment faire. »

L'Itreyen tira l'épée en acier igné subtilisée au centurion Luminatii que Mia avait tué à bord de la *Vierge*. Tenant la lame des deux mains, il ferma les yeux et marmonna dans sa barbe une prière adressée à l'Omnivoyant. Un bref son perçant, comme une inhalation, et la lame de Sid s'embrasa.

« Par le sang et les abîmes ! s'exclama Boucher, en plissant les yeux pour les protéger de la lumière[18].

— Impressionnant, fit une Charmeuse tout sourire. Continue d'oublier que tu étais un Luminatii authentique, Sid.

— Impressionnant ? Pas tant que ça. » Sid enfonça l'épée dans le petit bois qu'ils avaient ramassé. « Mais ça permet d'économiser le carburant de la boîte à feu. »

---

18. L'acier igné est l'arme traditionnelle de la légion Luminatii, délivrée à quiconque détient au moins le grade de Deuxième Lance. Les secrets de sa fabrication sont étroitement gardés, et les forgerons Luminatii doivent servir fidèlement la légion pendant vingt ans avant de se voir enseigner cet art. En théorie, seuls les plus dévoués des membres de la légion d'Aa peuvent embraser l'acier, sauf qu'en réalité tous les membres de la Luminatii ne sont pas des imbéciles bigots dénués du moindre humour. Pour peu que vous envisagiez de vous engager dans la légion, chers amis, sachez qu'on peut s'amuser *énormément* avec une épée qui s'enflamme sur commande. Faites juste en sorte d'éviter que vos supérieurs ne vous surprennent pas à l'utiliser pour sécher votre linge ou allumer le cigarillo de quelques donas, et tout ira bien.

Les déchets et les feuilles s'enflammèrent, et le brasier ne tarda pas à brûler joyeusement. Boucher fit signe à Jonnen d'approcher, son visage contrefait fendu d'un large sourire.

« Viens te réchauffer, mon garçon, dit le Liisien. Le vieux Boucher ne mord pas. »

Mia observa l'acier igné avec une pointe de suspicion, mais elle avait déjà combattu des Luminatii par le passé, et leurs lames n'avaient jamais eu sur elle le même effet qu'une Trinité pleinement bénie. La jeune femme attrapa donc son frère par la main et le conduisit jusqu'au petit brasier, qui flamboyait désormais avec intensité. Alors même qu'elle s'approchait, les flammes qui enveloppaient l'arme de Sid se mirent à danser avec davantage d'intensité, le bois humide à crépiter plus bruyamment. Et lorsqu'elle fit s'asseoir Jonnen…

« Par les Quatre Filles, murmura Boucher. Non mais matez-moi ça… »

Le feu *s'étirait* dans sa direction. Des langues ignées se déployaient de la fosse et de l'épée de Sid comme des doigts avides pareils à des griffes. Mia jeta un coup d'œil à Ashlinn, puis revint au brasero improvisé. Elle fit le tour de la fosse de cuisson en regardant les flammes la suivre, s'incliner vers elle comme de jeunes pousses dans une tempête, indépendamment de la direction du vent.

« Merde, murmura Sidonius.

— Merde, chuchota Ashlinn.

— Ouaip, enchérit Boucher. Putain de merde. »

Jonnen jeta un regard incrédule à la ronde. « Vous avez *tous* des bouches dégoûtantes… »

Mia considéra le feu, puis leva les yeux vers la tempête qui se déchaînait au-dehors. La Dame des Flammes et celle des Tempêtes lui faisaient connaître leur mécontentement, et elle sentit un éclair de colère envahir sa poitrine. L'enténébrée n'avait rien fait pour mériter pareil courroux – elle n'avait pas demandé à être impliquée dans cette maudite querelle. Et voilà qu'elle se retrouvait trempée jusqu'aux os, incapable de naviguer sur les mers ni de se réchauffer devant un foyer chaleureux. « Je n'ai pas peur d'un peu de vent et de pluie, dit-elle. Alors une maudite étincelle... »

La jeune femme glissa une main dans ses hauts-de-chausses, en sortit un cigarillo qu'elle alluma à même la lame de Sid. Mais tel un serpent, les flammes jaillirent dans sa direction, vives et féroces, la forçant à retirer ses doigts pour éviter de se brûler. Un juron d'anthologie s'échappa de ses lèvres.

« Du calme, Mia, l'avertit Sidonius.

— *... peut-être devrions-nous faire de notre mieux pour ne pas attiser davantage l'inimitié des filles...* »

Gentilhomme se matérialisa dans les arches qui les surplombaient, tête inclinée.

« *... elles ont déjà l'air de nous en vouloir suffisamment comme ça...*

— ... POUR UNE FOIS, grogna Éclipse, *JE SUIS ENTIÈREMENT D'ACCORD AVEC LE MATOU...*

— *... oh, eh bien, dans ce cas, fume autant que tu veux, mia...* »

Éclipse lâcha un soupir ; Sid, pour sa part, tira son épée de la fosse de cuisson encore brûlante et la glissa dans son fourreau pour en éteindre les flammes. Mia sentait les yeux de ses camarades braqués sur elle, leur lente prise de conscience de l'étrangeté présentement à l'œuvre. Ils avaient vu leur part du monde, et aucun des Faucons n'était du genre à céder à une superstition aveugle, mais *ça*... pareil spectacle ne devait être facile à encaisser pour aucun d'eux. C'était là l'existence de Mia, et elle avait du mal à tout faire rentrer dans son esprit. La Déesse seule savait ce qui se passait sous *leurs* crânes…

N'empêche : après avoir lancé un regard à Sidonius, avec le pragmatisme qui l'avait bien servie sur les sables pendant trois ans, Charmeuse-de-Lames entreprit de tendre une corde entre les arches pour y accrocher leurs vêtements détrempés. Bravant la pluie, Boucher alla chercher davantage de bois à l'extérieur pour le faire sécher devant les flammes ; marmonnant quelque chose à propos de « périmètres », Sidonius partit quant à lui en éclaireur dans la tempête en compagnie de Tric. Une fois ses nœuds bien en place, Charmeuse fit signe à Jonnen d'approcher.

« Donne-moi ça, jeune consul, lui lança-t-elle. Tu vas attraper la mort là-dedans. »

Le garçon s'exécuta sans un mot, s'extrayant de son manteau avant de le lui tendre. Mia s'avisa qu'il frissonnait de froid, sa robe trempée collée à sa fine ossature.

« Tu as déjà brandi une épée, petit homme ? lui demanda Boucher.

— … Non », murmura Jonnen.

Boucher tira son gladius, suivit son tranchant du regard. « Tu veux apprendre ?

— Non, Boucher, intervint Mia. Il est trop petit.

— Foutaises, j'avais un garçon de son âge. Et il savait manier une épée. »

L'enténébrée cligna des yeux. « … Tu as un fils ? »

Il lança un coup d'œil à son épée, puis haussa les épaules. « Plus maintenant. »

Le cœur de Mia dégringola dans son ventre. « Par la Déesse, Boucher, je suis…

— Et puis, ce gosse est le *frère* de Mia la Corneille, ajouta le Liisien avec un sourire, évitant le sujet avec davantage d'habileté qu'il n'en avait jamais fait montre sur les sables. S'il veut un tour être à la hauteur des exploits de sa sœur dans l'arène, il ferait mieux de commencer à apprendre *maintenant*, non ?

— Je ne...

— Je ne suis pas petit. » L'intéressé se leva, laissant ressurgir son ancienne impériosité. « Je suis même très grand pour mon âge. Et Père a coutume de dire que tout ce qu'il faut à un homme pour l'emporter, c'est davantage de volonté que les autres. »

Mia se mordilla la lèvre inférieure, ces paroles lui rappelant douloureusement celles que Scaeva avait prononcées dans son bureau. Cette Trinité qui lui brûlait la main. L'imperator toujours debout, toujours capable de parler, alors qu'elle-même gisait par terre roulée en une boule de douleur frissonnante.

Père...

Elle soupira. « Voilà une assertion difficile à contester, j'imagine. »

Le visage de Boucher se fendit d'un large sourire édenté ; il fit signe à Charmeuse-de-Lames, qui lui lança son épée. Du coin de l'œil, Mia regarda le Liisien commencer à expliquer à son frère les bases de la prise, de la posture et de la tactique (« Dans le doute, vise toujours les couilles »). Au moins cela permettrait-il à Jonnen de ne pas rester inactif. De se réchauffer. Sauf qu'en vérité, une partie d'elle-même voulait protéger le garçon de *son* monde.

Un monde rempli de merde et de douleur.

Ash s'installa près du feu, Mia un peu plus loin pour s'épargner tout risque de brûlure. Les flammes continuaient à s'étirer dans sa direction, mais pas aussi violemment que lorsqu'elle s'en approchait. Charmeuse vint s'accroupir entre les deux, tendit ses mains pour les réchauffer. Mia voyait distinctement l'horrible cicatrice qui barrait son bras armé – un souvenir de leur combat contre la soyante à Donjon blanc. La blessure lui avait presque valu d'être revendue par leur domina, et Mia n'arrivait pas à s'empêcher de s'interroger sur la question.

« Comment ça guérit ? » s'enquit-elle.

Charmeuse-de-Lames lui lança un regard ; la lumière vacillante des flammes se reflétait sur sa peau tatouée. « Lentement.

— Et ta poigne ? »

La lèvre de la Dweymeri tressaillit, ses yeux se plissèrent. « Aucune crainte sur ce plan, Corneille. »

Mia secoua la tête, un sourire aux lèvres. « Jamais. »

Charmeuse contempla quelques instants le brasier, en proie à une lutte intérieure manifeste. « Et donc, le Sans-Âme, dit-elle finalement. Le Défunt. C'est quoi son histoire ?

— C'est un ami à nous. » Mia jeta un coup d'œil à Ashlinn. « Enfin… un des miens, je suppose.

— Sans-Âme… Qu'est-ce que tu entends par là, précisément ? s'enquit Ash.

— Qu'il n'a rien en lui à part de la viande et des os, gamine. » Charmeuse-de-Lames toucha d'une main son plastron. « C'est *vide* ici. Comment s'est-il retrouvé à voyager en votre compagnie ?

— C'est… » Mia secoua la tête, les yeux fixés sur les flammes. « C'est une longue histoire.

— Ce que Boucher a dit… c'était la vérité, vous savez. » La Dweymeri lança un regard à l'extérieur, comme si elle craignait de se faire surprendre par Tric. « Je l'ai remarqué, moi aussi. Sa chair est moins pâle maintenant qu'à Donjon blanc. L'air moins froid en sa présence.

— C'est en lien avec la lumière des soleils, je pense, répliqua Mia. Il gagne en force à mesure qu'elle s'affaiblit. Exactement comme moi. Mais n'aie crainte, Charmeuse. Il a été renvoyé ici pour nous aider. »

Charmeuse haussa un sourcil sombre, secoua la tête. « J'ai étudié sept ans aux pieds de la *suffi* de Progénie, gamine. J'ai entendu parler de chaque dieu, de chaque croyance sous les soleils. Et laissez-moi vous dire ceci : les morts n'aident *pas* les vivants. Ils ne font que nous entraver. Et ils ne reviennent pas à moins d'avoir des affaires à régler. Ce qui est mort devrait le rester. »

Mia jeta un coup d'œil à Ashlinn ; un *« Je te l'avais bien dit »* virevoltait dans ses prunelles bleu ciel. Mais Ash eut la présence d'esprit de garder le silence.

« C'est mon ami, Charmeuse-de-Lames. » Mia soupira. « Il m'a sauvé la vie.

— Regarde ses yeux, Corneille. Peu importent les couleurs toutes neuves qui agrémentent ses joues, ou le dynamisme presque *normal* de son pas. Nos yeux sont les fenêtres de notre âme, et je vous dis la vérité : son regard donne sur une pièce vide. »

Sidonius arriva alors d'un pas lourd de l'extérieur, mouillé de la tête aux pieds, l'air complètement pitoyable. Il retira son casque et sa cape trempée, s'ébroua à la manière d'un chien. « Par les Quatre Filles, ça tombe plus fort qu'un encré défoncé, là-dehors... » D'un regard il fit le tour des présents – la tension était palpable dans l'air. « ... Qu'est-ce qui se passe ?

— Rien, répondit Mia. Où est Tric ?

— Toujours à traîner quelque part. » Sid s'accroupit devant la fosse de cuisson, tendit les mains vers les flammes. « Il est parti en direction du sud pour inspecter la lande – en reniflant l'air à la manière d'un chien de chasse. Un sacré numéro, celui-là.

— Ouais, murmura Ashlinn en dévisageant Mia. *Mortellement* étrange.

— Hé, Sid ! lui lança Boucher. Ramène ton cul par ici et montre au garçon ce moulinet de derrière les fagots que tu fais. Celui qui a étripé l'ours faucheur à Donjon blanc.

— Ah, le faiseur de veuves, tu veux dire ! » Sid afficha un large rictus, passa une main sur son cuir chevelu. « Je ne suis pas sûr que notre jeune consul soit prêt pour celui-là.

— Je peux y arriver, insista Jonnen. Regardez. »

Le garçon exécuta un preste mouvement de son gladius, un, deux, son ombre dansant sur le mur, ses pas aussi maladroits que ce à quoi on peut s'attendre d'un enfant de neuf ans ayant bénéficié en tout et pour tout de cinq minutes d'entraînement.

« Impressionnant, sourit Sidonius. D'accord, je vais te faire voir. Mais tu dois me promettre de ne l'utiliser qu'en cas d'absolue nécessité. Un coup pareil serait capable de venir à bout d'une soyante. »

L'Itreyen se leva, contourna la fosse et entreprit de lui faire répéter le mouvement. Mia les observa un moment, un petit sourire triste aux lèvres. En vérité, ce petit répit, ces amis et cette familia autour d'elle – c'était ce qu'elle avait connu de plus proche d'une certaine normalité ces huit dernières années. La jeune femme se demanda ce à quoi sa vie aurait pu ressembler dans d'autres circonstances. Ce qu'elle aurait pu devenir si on ne lui avait pas tout arraché. Ce qu'elle aurait donné en échange d'une existence tout simplement *banale*. Mais bien vite elle s'arracha à la contemplation du feu, pour se tourner vers la tempête. Les arbres se balançaient follement sous l'effet du vent, les éclairs zébraient l'océan de nuages noirs qui les surplombait.

Aussi noirs que ses mains.

Que ses yeux.

Jadis noisette…

« Une pièce vide, grommela-t-elle.

— Qu'est-ce tu as dit, mon amour ? » s'enquit Ash.

Mais Mia se garda bien de lui répondre.

CHAPITRE 19

Silence

Bryn se tenait suffisamment près de Dompteur-de-Vagues pour sentir la chaleur de son corps.

La question était de savoir si elle devait s'approcher encore un peu plus.

La Vaanienne avait toujours eu un faible pour lui, si fait. De grandes mains, de larges épaules, et une voix qui lui *faisait* des choses. Mais ce genre de fraternisation restait de l'ordre de l'impossible sous l'œil attentif de l'executus du Collegium Remus, et le massif Dweymeri lui semblait de toute façon un peu ambivalent à son égard. Bryn avait donc toujours gardé ses sentiments dans une petite pièce à l'arrière de son crâne, ne les laissant sortir que lorsqu'elle se retrouvait seule dans sa cellule pendant la non-nuit, quand les exigences de la chair devenaient trop impérieuses pour qu'elle parvienne à les ignorer.

Mais à présent…

… à présent ils étaient libres.

Libres de faire tout ce qu'ils voulaient.

Les deux dernières années passées à se battre et à saigner sur les sables lui avaient appris à quel point était mince le fil qui les retenait à cette vie. La perte de son frère Byern lui faisait encore saigner le cœur, et Bryn se demandait si elle se sentirait à nouveau vraiment *entière* un tour. Mais elle savait que seuls les imbéciles ne tentaient pas leur chance quand l'occasion se présentait – or *sa* chance était là, juste devant elle. Depuis que Dompteur-de-Vagues leur avait révélé qu'il « attendait la bonne » un peu plus tôt, l'envie de lui dire ce qu'elle avait sur le cœur lui brûlait la poitrine. Trop vivement pour qu'elle puisse l'ignorer. Quand bien même elle l'aurait voulu.

Et je n'en ai aucune envie.

« On voit foutrement rien avec ce temps », grommela le colosse.

Ses grands yeux bruns parcouraient la campagne alentour. Les bois et les rochers étaient drapés d'un rideau gris de froid et de pluie battante. Des gouttelettes cristallines s'écoulaient le long de sa sombre peau lisse, dégoulinaient de ses salines et de sa barbe noires. L'encremancie complexe qui ornait ses joues avait des airs d'énigme à résoudre.

« C'est une sacrée tempête, si fait », convint-elle.

Stupide, stupide.

Trouve quelque chose d'intelligent à dire, femme.

« Tu as froid ? » lui demanda-t-elle avec espoir.

Dompteur secoua la tête, les yeux toujours fixés sur l'horizon grisâtre. Des éclairs zébraient le ciel au-dessus de la tour croulante, illuminant la verdure qui ondoyait en contrebas, la maçonnerie brisée, les ruines *rampantes*. La lumière brilla un instant aussi fort que les soleils, intensifiant les ombres, faisant du monde entier un immense stroboscope.

Bryn s'approcha de lui, posa une main hésitante sur son bras. « *Moi* je suis glacée, déclara-t-elle d'une voix qu'elle espérait sensuelle.

— Tu peux redescendre, si tu veux, lui proposa Dompteur, avant de se détourner pour balayer le sud du regard. Ils ont réussi à allumer un feu, si j'en crois mes narines. Je peux monter la garde tout seul. »

Les sourcils de Bryn s'élevèrent lentement vers la naissance de ses cheveux. Dompteur-de-Vagues ne se rendait compte d'absolument rien ; il se bornait à contempler la pénombre en fredonnant une douce mélodie de son baryton aussi profond que les océans. La jeune femme pinça les lèvres, fit la moue en pensée – du moins *essayait*-elle de penser. Les vibrations qu'envoyait cette voix de caramel dans le creux de ses reins ne rendaient pas les choses faciles.

D'accord. La situation requiert un assaut frontal.

Elle poussa un soupir. « Dompteur, je n'ai pas *envie* de redescendre.

— … Non ?

— Non. » Elle posa sa main sur sa hanche. « Ce que je veux, c'est que tu me réchauffes. »

Le colosse se retourna pour lui faire face. Son front se plissa avec une lenteur glaciale. « … Vraiment ?

— Par les Quatre Filles ! s'emporta-t-elle. Pas étonnant que tu n'aies jamais tiré ton coup ! Qu'est-ce que je peux faire pour être plus claire ? Est-ce que t'attraper par tes putains d'oreilles et t'en coller une contre mes putains de nichons auraient la moindre utilité pour clarifier la situation ? »

Il la gratifia d'un sourire timide. « Je… suppose qu'on ne risque rien à essayer ? »

Elle le fixa quelques instants supplémentaires. Regarda ses yeux se mettre à danser de joie, son rictus sortir jouer.

Puis elle l'attrapa par son plastron, se hissa sur la pointe des pieds et colla ses lèvres contre les siennes.

Au début il riait, sa large poitrine se soulevant sous les mains de la jeune femme. Mais bientôt le rire s'interrompit, ses lèvres se firent plus douces contre les siennes, et sa poitrine commença à se gonfler pour une tout autre raison. L'arc de Bryn s'échappa de ses doigts lorsqu'elle entrelaça ses mains dans les salines du Dweymeri, avant d'entreprendre l'ascension de son corps et d'enrouler ses jambes autour de sa taille. Il la repoussa contre le parapet, ses grandes mains puissantes sous son cul, la soulevant comme s'il s'était agi d'un sac de plumes. Bryn l'étreignit entre ses cuisses, sa langue virevoltant contre la sienne, la chaleur de sa peau s'infiltrant en elle jusqu'aux os.

Elle soupira lorsqu'il détacha ses lèvres des siennes, la pluie tombant entre eux comme si le ciel pleurait, son cœur battant plus fort que le tonnerre.

« Je n'ai pas... » Il cilla de plus belle, souriant de joie. « *Vraiment ?*

— Ô, par les Filles. » Elle éclata de rire. « Tu ne vas pas être une partie de plaisir.

— Je vais essayer de ne pas me montrer trop pénible, lui promit-il.

— Tais-toi, espèce d'idiot, chuchota Bryn, en faisant courir sa main le long de sa joue. Tu pourrais faire *tellement* d'autres choses avec ta bouche.

— Je ne suis pas sûr de comprendre ce que tu... »

Un éclair argenté, aussi brillant que ceux qui zébraient le ciel. S'engouffrant dans le col du plastron de Dompteur-de-Vagues, la lame descendit jusqu'à sa poitrine, fendant son cœur et emplissant ses poumons de sang en un clin d'œil. Le Dweymeri tenta de parler mais ne parvint qu'à tousser, éclaboussant de rouge le visage de Bryn. Alors même qu'elle reprenait son souffle pour crier, le tonnerre gronda dans le ciel, couvrant le bruit sinistre de la deuxième lame qui s'enfonçait sous son aisselle.

Bryn sentit l'acier lui transpercer la poitrine. *Se* sentit tomber. Des mains la rattrapèrent, effilées mais terriblement fortes, pour la guider jusqu'à la pierre avec toute la douceur d'une mère tenant son bébé. La Vaanienne vit une silhouette la surplomber devant un ciel toujours en pleurs. Vêtue d'un pourpoint et de hauts-de-chausses intégralement noirs. Ses lèvres pincées comme pour siffler. L'un des plus beaux garçons qu'elle ait jamais vus. Une peau pâle et des yeux bleus perçants.

Il s'agenouilla devant Dompteur-de-Vagues sur les dalles, brandit un couteau scintillant et lui trancha la gorge, d'une oreille à l'autre. Simple, *rapide*. Bryn s'efforça de hurler, mais sa bouche était pleine de sang. Un sang salé, épais, qui l'empêchait de respirer. Alors crier…

J'ai froid.

Qui s'échappait de ses lèvres.

Les lèvres qu'il avait embrassées à peine quelques instants plus tôt.

J'ai tellement froid.

Le beau garçon se tourna vers elle.

Je veux que tu me réchauffes.

Et il porta un doigt à ses lèvres, comme pour la faire taire.

Tout arriva en un clin d'œil.

Mia était blottie dans les bras d'Ashlinn, sa tête reposant sur les épaules de son amante, ses paupières lourdes de sommeil. Boucher s'affairait toujours à former Jonnen, un sourire d'encouragement aux lèvres malgré les maladresses du garçon. Charmeuse était en train de paresser sur la pierre devant la fosse de cuisson, Sid de fixer pensivement les flammes, quand un minuscule murmure leur parvint de l'étage.

Un murmure d'acier.

Mia leva les yeux en même temps que Sidonius. Tous deux échangèrent un regard.

« ...Dompteur ? » lança Sid.

L'enténébrée se releva d'un bond. « Bryn ? »

Un minuscule objet tomba parmi les gouttes de pluie, pour s'écraser sur les dalles à quelques mètres d'eux.

Petit.

Rond.

Blanc.

« Du verrewyrd ! »

Le globe explosa dans un bruit sourd, emplissant le rez-de-chaussée de la tour d'un nuage étouffant de vapeur blanche. Lourd, épais, le goût arkémique sur le bout de sa langue lui indiqua instantanément de quoi il s'agissait.

De la pâmoise.

Un sédatif, préparé par Tueuse-d'Araignées dans les entrailles de la Montagne taciturne. Une bonne inspiration, et...

Sans réfléchir ni respirer, Mia chercha à tâtons des ombres sur le sol en ruine qui s'étendait à l'extérieur de la tour ; en l'espace d'un clignement d'œil elle ferma les yeux et

passa

du

blanc

au noir, pour se retrouver sous la pluie battante. Elle tira la lame en ossacré de son fourreau et se retourna, accroupie, ses cheveux ruisselant d'eau dans son dos. Elle repéra une silhouette au dernier étage dévasté de la tour, un bras sombre qui pendait mollement dans le vide, un chignon blond trempé de sang.

Non…

Une vague de rage déferla dans sa poitrine. Le monde parut comme ralentir au point de presque se figer – chaque seconde se brisant en un million de fragments scintillants, chaque goutte de pluie qui tombait dans la pénombre alentour se transformant en un bijou parfait – qui miroitait d'une clarté si soudaine, si stupéfiante, qu'il lui faisait l'effet d'un diamant projeté directement dans son esprit.

De nouvelles formes vêtues de sombre, qui s'extrayaient de la broussaille, s'extirpant des ombres et des pierres irrégulières. Mia reconnut là Remillo et Violetta, qui avaient séjourné en même temps qu'elle à la chapelle de Galante – ils avaient l'habitude de sortir boire le week-end tous ensemble. Arturo et son visage sournois – il lui taxait des cigarillos à l'époque où il essayait d'arrêter de fumer. Chut le muet au sommet des remparts – le garçon qui l'avait aidée à réussir l'épreuve de Tueuse-d'Araignées à l'époque où tous deux étaient encore de simples disciples. Et là, aussi mince qu'un doigt et d'une rapidité ahurissante, les cheveux bruns coupés courts plaqués sur son front, traversant les broussailles telle une guivre nageant dans une eau ensanglantée, apparut l'évêque Dix-Mains en personne.

Des Lames, tous autant qu'ils étaient.

Les Faucons, Ashlinn, Jonnen – ils étaient déjà tombés jusqu'au dernier, victimes des effets de la pâmoise.

Cinq contre elle seule, donc.

Non, pas seule.

Elle considéra l'obscurité qui s'étendait à ses pieds.

Une multitude.

Un éclair, un coup de tonnerre, une ombre vacillante qui passa en un clin d'œil. Mia

se Jeta

en premier sur Arturo,

le plus fort et le plus cruel, jaillissant des ombres à ses pieds pour enfoncer sa lame dans sa poitrine. Une bulle de sang, une gerbe de cramoisi, de l'ossacré fendant de la peau, des muscles et des os – et du rouge, du rouge, du rouge qui dansait entre les gouttes. Elle fit pivoter la lame, la sentit entailler ses côtes en la retirant, puis virevolta sur elle-même pour le regarder tomber.

Un cri informe lui parvint des hauteurs – le ravissant Chut se tenait là, accroupi tel un oiseau dans sa tonnelle sanguinolente, ses yeux bleus de tueur illuminés par la danse des éclairs. L'enténébrée mancia profondément l'obscurité à ses pieds, y arrachant une poignée d'ombre ainsi qu'elle avait vu Jonnen le faire, avant de tendre la main à travers l'espace qui les séparait pour aveugler ces beaux yeux bl...

« ... *derrière toi...* », murmura à son oreille l'ombre qui n'était pas un chat, occupée à couvrir ses arrières. À la vitesse de l'éclair, Mia se courba en avant au moment précis où le couteau passait là où se trouvait sa tête un instant plus tôt – encore assez près néanmoins pour qu'elle l'entende fendre des gouttes de pluie malgré le tonnerre. Pendant qu'elle tournoyait sur place, Violetta lui en lança un autre, puis un troisième, tranchants comme des rasoirs et noirs de poison – pas besoin de pâmoise maintenant que le petit Jonnen gisait évanoui par terre, et l'enténébrée rêvait

rêvait

(de cieux noirs et d'un million d'étoiles, dominés par un immense globe lumineux)

des doigts pâles se crispèrent, des ombres s'enroulèrent autour des bottes de Violetta comme des serpents affamés, et

Mia Pénétra

dans

l'ombre de l'arbre

à côté duquel se trouvait Violetta

et plongea latéralement son épée longue dans le ventre de la Lame, avant de la *faire tourner* d'avant en arrière au grand dam de la colonne vertébrale de Violetta, qui regarda bouche bée ses entrailles fumantes se répandre hors de son corps dans un méli-mélo de rose et de rouge.

« Putain de...

— *... MIA... !* »

Se penchant en arrière alors même que la lame de Dix-Mains sifflait devant son menton, rampant sur le sol en direction de la tour, des cheveux dans les yeux, du sable sur la langue, le rugissement des spectateurs de l'arène résonnant dans ses oreilles

CORNEILLECORNEILLECORNEILLE

mais ça c'était hier

quand les choses étaient simples, que la Lune n'avait pas de nom et que son père était encore.

Mon...

Dix-Mains leva son poing, rempli d'acier sombre et brillant – non pas dix mais *une* main, mais oh, cela devrait suffire. Dans un rugissement, Éclipse se matérialisa sur le mur brisé qui s'élevait derrière la femme, la peur pareille à un frisson emporté par le vent, une forme découpée dans une ombre plus *profonde* que tout ce que Mia aurait pu imaginer, rêver, mais une ombre

une *ombre*

une OMBRE

malgré tout.

Et Mia s'avisa qu'au lieu de marcher jusqu'à l'obscurité qui s'étendait aux pieds d'un ennemi, d'un arbre ou d'une pierre, elle pouvait simplement se *servir* de la louve comme d'une ombre – ce qu'elle était, après tout. Aussi étendit-elle sa main pour

Traverser

littéralement

Éclipse

et jaillir de la pierre devant laquelle se trouvait l'évêque, lèvres retroussées, crachant de la haine, pour sentir l'ossacré humide *faucher* la pluie – ainsi que la tête de Dix-Mains, qui se détacha presque de ses épaules.

Du rouge sur ses mains,

sur son visage,

sur sa langue, toujours cuivré malgré la pluie qui le diluait, assez épais pour l'étouffer et pourtant pas assez

jamais assez

vraiment ?

une douleur terrible au niveau de la cuisse, l'éclat d'une lame sombre de venin. Hors d'haleine, Mia se retourna

– Remillo en avait lancé une autre, qui fendit l'air même qu'elle respirait une fraction de seconde plus tôt

Pénétrant

dans l'ombre

Ombre qui s'étendait à ses pieds

elle surgit de celle

en forme de chat qui se déployait derrière son adversaire en brandissant son épée longue, ses deux mains sur la poignée, les yeux de corbeau rouge rubis sertis dans la poignée regardant la lame remonter entre les jambes de Remillo et mordre dans son corps jusqu'aux hanches.

Du sang maculait ses doigts à présent, tout comme ses protections en cuir – et il s'en écoulait de la blessure dont la Lame l'avait gratifiée. Du poison dans son cœur palpitant, du venin dans ses veines tonitruantes…

Quatre sur cinq éliminés – mais ça n'avait pas pour autant suffi.

Trop lent.

« … mia… ! »

Alors qu'elle faisait volte-face, le beau et silencieux Chut

TROP LENT.

« … MIA… ! »

lui tomba dessus, enfonçant son talon droit dans son crâne.

Une lumière blanche.

Crac.

Une douleur aiguë.

Baoum.

Puis le noir.

Un nouveau coup de tonnerre. La pluie pilonnait la pierre comme des marteaux une enclume.

Une silhouette solitaire, poings serrés, yeux plissés. Qui se dressait au-dessus de la jeune femme à terre, où sa chevelure formait comme un sombre halo irrégulier. Mia était sans connaissance, en sang. Ses cils ne cessaient de battre frénétiquement.

« … *n'approche pas…*, siffla le non-chat.

— … TU NE LA TOUCHERAS PAS… », grogna la non-louve, qui se tenait entre eux.

Les ignorant l'un comme l'autre, Chut se borna à les traverser pour attraper Mia par les cheveux. Le visage blême, dénué de toute expression, le garçon la ramena dans la tour, à l'abri de la pluie, en la traînant sur les pierres. Il la déposa par terre à côté de ses camarades inconscients, en prenant bien soin de lui cogner durement le crâne contre les dalles.

« … espèce de connard…

— … JE VAIS TE TUER, SALOPARD… ! »

Le garçon jeta un regard à l'ombrelouve ; son visage pâlit peut-être un peu plus, son pas fut pris d'un léger tremblement. Il ressortit de la tour, les yeux fixés sur les démons, puis se tourna vers le carnage. Les autres Lames de Galante étaient éparpillées dans les ruines, en sang ou mortes. Violetta était à genoux ; des rivières de sang rubis s'échappaient de ses lèvres, et elle s'efforçait de remettre ses entrailles à l'intérieur de son corps. Elle leva les yeux vers Chut, qui s'éloignait d'un pas léger de la tour, en direction du sol irrégulier où gisait l'évêque Dix-Mains.

« Ch-Chut…, gémit-elle. A-Aide-m… »

Le garçon l'ignora complètement. Aussi silencieux que la mort, il se baissa devant sa supérieure défunte, pour examiner les dégâts qu'avait faits la lame de Mia au niveau de son cou. Seule une bande de muscle et de peau retenait encore la tête de Dix-Mains ; sa colonne vertébrale était sectionnée en deux. Chut entreprit de fouiller le cadavre, pour finalement attraper une lanière de cuir et la rompre d'un geste sec.

À son extrémité pendait une fiole d'argent.

« Ch… ut… », le supplia Violetta.

Le garçon retourna à l'intérieur de la tour, pour s'immobiliser devant la lumière vacillante du feu. Les passagers de Mia se tenaient à proximité de son corps, l'un feulant l'autre grognant, mais la Lame ne leur prêta aucune attention. Il s'agenouilla devant la fosse et considéra la fiole d'argent à la lumière des flammes. Après en avoir brisé le sceau sombre et cireux, il en versa le contenu sur la pierre – un épais liquide rouge rubis.

Et se servant d'un de ses doigts comme d'un pinceau, il se mit à écrire dans la flaque.

Quatre Lames mortes.

Garçon et traîtres capturés.

En attente d'instructions.

Chut jeta un coup d'œil dehors, regarda le corps de Violetta disparaître peu à peu dans une mare de boyaux et de merde. Il secoua dédaigneusement la tête.

faible

Et puis le sang commença à s'agiter.

Chut se concentra aussitôt dessus, en attente de nouvelles directives. Le vitus appartenait à Marius – chaque évêque en gardait une réserve dans sa chapelle, et l'utilisait pour communiquer avec la Montagne *via* des missives de sang.

Tout ce qu'on écrivait dans le rouge était porté à la connaissance du sorcerii. Mais en plus, comme le sang restait lié à l'orateur même sur des distances impossibles, Marius pouvait le manipuler aussi facilement que celui contenu dans ses piscines.

Chut regarda le sang perler et se mouvoir, couler tel du mercure le long de la pierre humide. Former des lettres – quatre, en une rangée rouge luisante.

PRIE.

Le bel assassin fronça les sourcils. Il revint à la tempête, son front sans défaut plissé comme s'il cherchait un sens à l'exhortation de Marius.

Prier ?

Par la Mère, qu'est-ce que l'orateur voulait dire par là ?

Chut réétala le sang sur la pierre et se remit à écrire.

Je ne comprends p…

Le sang s'agita, prenant la forme d'une vrille scintillante qui s'enroula autour de son doigt. Chut eut un mouvement de recul, mais le tentacule accompagna son geste, ondulant autour de sa main comme un serpent et remontant sa manche.

Le garçon se releva, ses yeux s'écarquillant d'inquiétude à mesure qu'il sentait le sang remonter le long de son avant-bras, de son épaule, pour ensuite ramper jusqu'à sa gorge. Chut s'employa à le griffer, haletant d'instinct alors même que le liquide écarlate parcourait son menton, ses lèvres, pour enfin s'engouffrer dans sa bouche ouverte.

« *Gnu-uuuhh !* », gargouilla-t-il, ses lèvres se retroussant sur ses gencives édentées.

Une bulle de sang éclata dans sa gorge ; il essaya d'inspirer, mais ne parvint qu'à émettre un gargouillis aussitôt interrompu par une quinte de toux. Ses mains *agrippées* à sa gorge, chancelant au point de presque tomber au passage dans la fosse de cuisson, l'assassin sortit tant bien que mal sous la pluie. Du sang s'écoulant de son nez, ses yeux roulant dans leurs orbites, son visage pâle passant au rouge à mesure qu'il s'étouffait, il tournoyait sur place, en quête d'un moyen de…

La lame lui fendit la tête comme une hache coupant du bois. De la matière grise parsemée de morceaux de crâne se répandit à ses pieds alors même qu'il tombait face contre terre sur la pierre brisée. Tric posa sa botte sur le dos de sa victime de manière à libérer son cimeterre en ossacré, avant d'enfoncer sa deuxième épée dans le cœur de Chut – et de la faire généreusement *pivoter*.

Un éclair déchira alors le ciel, telles des mains blanches griffant sauvagement les nuages.

Des mains noires se soulevèrent, paumes ouvertes. « ÉCOUTE-MOI, NIAH, dit le Défunt. ÉCOUTE-MOI, MÈRE. CETTE CHAIR EST TON FESTIN. CE SANG, TON VIN. CETTE VIE, CE TRÉPAS, L'OFFRANDE QUE JE TE FAIS. ACCUEILLE-LA AUPRÈS DE TOI.

— … *on a failli attendre…* »

Tric se tourna vers l'ombrechat, occupé à lécher sa patte translucide sur le mur brisé. Postée auprès de sa maîtresse, la louve faite d'ombres était en train de le dévisager.

« … *UN PEU TARD POUR UNE ENTRÉE DRAMATIQUE…*

— CE N'ÉTAIT NULLEMENT MON INTENTION, rétorqua-t-il. JE L'AI TUÉ AUSSI VITE QUE POSSIBLE.

— … *il était déjà mort…*, soupira le non-chat.

— … *REGARDE…* »

Tric rengaina ses lames, baissa les yeux sur ce qui restait du crâne de Chut. Au milieu des fragments d'os et de matière grise, il remarqua un minuscule mouvement. Un mince ruban de sang, s'élevant au ralenti au mépris de toute gravité, et qui venait se mêler aux gouttes de pluie tombées sur le dos du pourpoint en cuir du cadavre.

Il luttait pour maintenir sa cohésion malgré la pluie qui l'amincissait au point de le rendre inutile. Mais avant de se désagréger complètement dans ce qui restait de la belle tête de la Main, le sang parvint à se reconfigurer brièvement.

Quatre lettres qui formaient un seul mot.

Un nom.

NAEV.

LIVRE 3

UNE MAISON DE LOUPS

CHAPITRE 20

Scission

Froid.

Ce fut ce que Mia ressentit en premier. Un froid dur et humide qui s'infiltrait dans ses os. Des pierres dans son dos.

Elle leva une main, essaya de bouger.

Douleur.

Sous son crâne. Dans ses reins. Au niveau de sa jambe. Ses doigts effleurèrent son front et un gémissement s'échappa de ses lèvres – la lumière qui lui parvenait du ciel était trop forte pour qu'elle parvienne à ouvrir les paupières.

« RESTE ALLONGÉE, lui lança alors une voix reconnaissable entre mille. TU AS PEUT-ÊTRE UNE COMMOTION CÉRÉBRALE. »

Mia ouvrit alors les yeux – que la douleur aille se faire foutre –, pour découvrir un garçon qu'elle aurait pu aimer jadis se profiler devant elle. Les grondements du tonnerre se répercutaient jusqu'à son cerveau. La danse stroboscopique des éclairs la faisait grimacer, au point qu'il lui fallut à nouveau fermer les yeux. Les flashs s'attardèrent un long moment en surimpression sur ses paupières, leur disparition progressive laissant place à des bribes de souvenirs.

Des ombres.

Des Lames.

Du sang.

« Chut », murmura-t-elle en se redressant.

La jeune femme sentit les mains de Tric sur ses épaules, étonnamment chaudes, l'entendit l'exhorter tout doucement à rester immobile, mais elle écarta tout cela – la délicatesse de ses doigts, sa voix aussi profonde que les océans, la douleur lancinante – pour se relever d'un bond, prendre une longue inspiration et forcer ses yeux à accommoder. Son esprit à se souvenir.

La tour. Ils se trouvaient encore dans la tour. Sid, Charmeuse, Boucher et, par la Déesse… Ash et Jonnen, tous disposés autour de la fosse de cuisson. L'espace d'un terrible instant insondable, elle les crut morts – jusqu'au dernier, la laissant irrémédiablement *seule*. Une perspective tout simplement trop horrible, trop sombre à envisager. Mais elle discerna alors le léger mouvement de leurs poitrines, et sentit un frisson la parcourir lorsque Éclipse se fondit dans l'ombre qui s'étendait à ses pieds pour dévorer sa peur.

« … TOUT VA BIEN, MIA…

— Non », chuchota-t-elle. Ses yeux parcoururent les corps immobiles. « Non, *vraiment* pas. »

Tric les avait disposés là de ses puissantes mains noires. À l'écart des autres, mais quand même à l'abri de la pluie. La pierre autour d'eux était sombre de sang. Leur gorge tranchée jusqu'à l'os.

« Bryn, murmura Mia d'une voix brisée. D-Dompteur.

— C'ÉTAIT RAPIDE. ILS N'ONT PRESQUE PAS SOUFFERT.

— Ô, Déesse », haleta-t-elle, en s'effondrant à genoux auprès d'eux.

Les yeux emplis de larmes brûlantes, Mia tendit une main tremblante dans leur direction. Elle caressa la joue de Bryn, lissa les salines de Dompteur. Se remémora l'expression de joie qu'arborait le visage du colosse lorsqu'il parlait de ses expériences théâtrales, ses chansons mélodieuses qui rendaient ses tours au collegium bien plus faciles à supporter. Se souvint de ce que Bryn lui avait dit quand elle lui avait demandé comment supporter l'insupportable sur les sables : « Dans chaque souffle, l'espoir demeure. »

Sauf que Bryn ne respirait plus.

« … je suis désolé, mia… »

Les pupilles de l'enténébrée se dilatèrent aussitôt de rage. Elle leva les yeux vers la forme qui se matérialisait face à elle sur le mur. La forme d'un chat. Celle qu'il avait volée quand elle n'était qu'une petite fille, imitant l'animal de compagnie bien-aimé que Justicus Remus avait tué sous ses yeux. Une forme familière. Réconfortante. Capable de la rendre aveugle sur cette horrible vérité : il n'avait pas de forme *du tout*.

La colère lui faisait tellement de bien.

Si elle était en colère, elle n'avait pas besoin de réfléchir.

Si elle était en colère, elle pouvait se contenter d'*agir*.

De faire souffrir.

De haïr.

« Espèce de salopard, chuchota-t-elle.

— *… je suis désolé…*

— Espèce de connard ! hurla-t-elle. Je t'avais *dit* que c'est ce qui arriverait ! Je t'avais *dit* que je ne voulais pas d'eux ici, et maintenant regarde ! Regarde ce que tu as *fait* !

— *… ce n'est pas* ma *lame qui les a tués…*

— Ils ne m'auraient jamais suivie sans ton intervention ! rugit-elle, sa rage brûlant de plus en plus fort jusqu'à la dévorer complètement. Espèce de petite merde égoïste ! Ils sont venus à cause de *toi* ! Ils sont *morts* à cause de *toi* !

— *... mia, ils ont* choisi *de venir ici...*

— Espèce de petite merde, bien sûr que oui ! Ils auraient préféré cesser de *respirer* plutôt que de se dérober à une dette ! Et tu le *savais*, mais il a quand même fallu que tu ouvres ta putain de bouche ! » Elle se releva tant bien que mal, hurlant assez fort pour couvrir le tonnerre. « Tu vois toujours plus clair que tout le monde, pas vrai ? Tu es *toujours* plus malin que les autres !

— *... et que se serait-il passé s'ils ne t'avaient pas suivie ? le bref avertissement que tu as eu a suffi à renverser le cours de la bataille. vous seriez sans doute* tous *morts, sans ça...*

— Tu n'en sais rien ! beugla-t-elle. Tu ne sais *rien de rien* !

— *... je sais qu'ils se trouvaient ici parce qu'ils t'aimaient, mia. tout comme moi...*

— Toi, *m'aimer* ? cracha-t-elle. À d'autres ! Tu n'as aucune putain d'idée de ce que ce mot veut dire ! »

Le non-chat secoua la tête ; du chagrin s'insinua dans le velours de sa voix :

« *... ce n'est pas vrai. je fais partie de toi. et tu me constitues entièrement...*

— N'importe quoi ! cria-t-elle, en même temps qu'un éclair zébrait le ciel. Tu es une sangsue ! Un putain de parasite ! Tu m'aimes à cause de ce que je te *donne*, voilà tout !

— *... mia...*

— Je ne veux plus jamais te voir, tu m'entends ? »

Le non-chat inclina la tête. Frissonna légèrement. Et pour la première fois depuis le tour de leur rencontre, la première fois depuis qu'il lui avait parlé dans l'obscurité de son ombre

– avant toutes ces années, tous ces kilomètres, ces innombrables meurtres –, il parla d'une voix effrayée :

« *… qu'est-ce que tu veux dire par là… ?*

— Hors de ma vue, *voilà* ce que je veux dire ! rugit-elle en postillonnant à torrents, ses lèvres couvertes de morve. Retourne donc au Sépulcre ramper dans le noir d'où tu es sorti. Trouve quelqu'un d'autre à chevaucher. Je ne veux plus de toi à mes côtés !

— *… mia, non…* »

Elle se tenait là, poings fermés, ses pieds à quelques centimètres du sang de ses amis, sa tête battant au rythme de son pouls. La vue de ces corps, le souvenir du rire de Bryn, du sourire d'un Dompteur occupé à se pavaner dans son vieux théâtre décrépit… tout cela emplissait son ventre de verre brisé, ses yeux de larmes brûlantes.

Éclipse se matérialisa alors entre eux, sa voix lourde de chagrin.

« … PEUT-ÊTRE DEVRAIS-TU T'EN ALLER…

— *… ah, on peut toujours compter sur toi, bâtarde, pour des conseils aussi inopportuns que non sollicités…*

— … ELLE T'A DEMANDÉ DE PARTIR…

— *… tu n'as* pas *voix au chapitre en la matière. ça fait huit ans que je l'accompagne, toi une poignée de battements de cœur. alors fais taire ta langue avant que je ne te l'arrache…*

— … NE ME CHERCHE PAS, MATOU…

— *… alors libère le passa…*

— *IL SUFFIT !* »

Mia griffa de sa main l'air qui les séparait – l'obscurité dont il était constitué. L'ombrechat se mit aussitôt à miauler, à tressaillir sous l'effet de son coup – une fine brume noire éclaboussant le mur situé derrière lui avant de s'évaporer dans le néant. Le choc l'envoya valdinguer ; il disparut complètement avant de se rematérialiser sur le niveau brisé qui surplombait la jeune femme.

« Tire-toi d'ici ! rugit-elle.

— *... mia, ne...*

— Dégage !

— *... mia...*

— *DÉGAGE !* » s'écria-t-elle, en levant à nouveau la main.

Et après un ultime regard...

Un doux soupir...

« ... comme il te plaira... »

Il se volatilisa.

Mia se relaissa aussitôt choir à genoux, les bras enroulés autour de sa poitrine dans une vaine tentative de retenir ses sanglots. De toutes les morts auxquelles elle avait assisté, ou qu'elle avait données, celles-ci faisaient partie des plus douloureuses. Il s'agissait de ses amis, cette fois. De gens qui l'aimaient. De personnes pour qui elle avait tout risqué, et qui avaient tout risqué pour elle en retour. Tous ces mois passés ensemble au collegium, à saigner ensemble, à vivre et à se battre ensemble – pour que ça se termine *ici*, dans une tour brisée perdue au beau milieu de nulle part.

Tous leurs efforts n'avaient servi à *rien*.

Des doigts délicats sur son épaule. « ILS SE TROUVENT DEVANT L'ÂTRE DÉSORMAIS, MIA », murmura Tric.

Un coup de tonnerre fit trembler le ciel. Des larmes amères envahirent les yeux de l'enténébrée. « Tu crois que ça rend les choses plus faciles ? rétorqua-t-elle dans un filet de voix.

— IL FAIT CHAUD, LÀ-BAS. C'EST UN ENDROIT PLEIN DE LUMIÈRE, D'AMOUR ET DE PAIX. »

La jeune femme baissa la tête. Le visage ravagé, elle s'efforçait de retenir ses larmes. Le vent était le plus froid qu'elle ait jamais expérimenté. Les mains du destin, plus glacées encore. Et pourtant ce n'étaient pas de simples platitudes que Tric débitait là – il avait bel et bien franchi le voile séparant la vie de la mort. Et s'il y *avait* une sorte de paix dans l'au-delà…

Mia leva les yeux vers lui. « Qu'est-ce qu'ils vont voir ? souffla-t-elle. Qu'est-ce que *toi* tu as vu ? »

Le Défunt se tourna vers la tempête qui faisait rage au-dessus de leurs têtes, embrassant de son regard couleur de nuit les étendues mouvantes de gris. Le tonnerre se remit à gronder, et Mia frissonna de froid. D'interminables secondes s'écoulèrent avant qu'il ne se décide à lui répondre : « QUAND JE ME SUIS RÉVEILLÉ APRÈS MA CHUTE, JE ME TROUVAIS EN UN LIEU DÉNUÉ DE LA MOINDRE COULEUR. LA MONTAGNE TACITURNE SE DRESSAIT DANS MON DOS, ENVELOPPÉE DE NUIT ÉTERNELLE. MAIS DEVANT MOI, AU LOIN, JE DISTINGUAIS UN FOYER CORUSCANT – J'ARRIVAIS MÊME À SENTIR SA CHALEUR SUR MA PEAU. ET TOUT AUTOUR JE VOYAIS LES VISAGES DE TOUS CEUX QUE J'AVAIS AIMÉS, DISPARUS DE CE MONDE. » Il poussa un petit soupir. « JE SAVAIS QU'UNE PLACE M'Y ATTENDAIT. QUE TOUT IRAIT BIEN UNE FOIS QUE JE ME SERAIS INSTALLÉ DEVANT. ET C'EST LÀ QU'ILS VONT SE RETROUVER, DÉSORMAIS. AU CHAUD, EN SÉCURITÉ, ET LOIN DE TOUT CECI. ENSEMBLE.

— Alors pourquoi… » Mia renifla bruyamment, s'efforça de maîtriser sa voix. « Pourquoi tu n'es pas resté là-bas si c'est *à ce point* merveilleux ?

— C'EST… » Le garçon secoua la tête. « … C'EST UN SUJET QUE JE FERAIS MIEUX DE NE PAS ABORDER.

— Tric. » L'enténébrée lui prit la main. Sa chaleur la surprit une fois encore. Là où auparavant elle possédait la dureté de la pierre, sa peau était désormais souple sur ses doigts d'un noir d'encre. « Réponds-moi. S'il te plaît. »

Il scrutait encore le ciel, la pluie perlant sur ses joues comme si elles appartenaient à une belle statue du forum. Mais il finit par regarder la jeune femme, ses yeux noirs emplis de chagrin. « PARCE QUE QUAND J'AI PASSÉ EN REVUE TOUS CES VISAGES, dit-il, LES VISAGES DE TOUS CEUX QUE J'AVAIS AIMÉS, CELUI QUE J'AIMAIS LE PLUS NE SE TROUVAIT PAS PARMI EUX. »

Mia sentit son ventre chavirer, son souffle s'attarder dans sa gorge.

« C'EST POUR *TOI* QUE JE SUIS REVENU, MIA, reprit Tric, ses prunelles brûlant d'une lumière noire. *VOILÀ* LE PRÉSENT QUE LA MÈRE M'A OFFERT. ELLE N'AVAIT PAS ASSEZ DE PUISSANCE POUR ME RAMENER ELLE-MÊME – IL LUI ÉTAIT SEULEMENT POSSIBLE DE ME MONTRER LE CHEMIN. » Il tendit un bras taché de noir. « IL M'A FALLU *DÉCHIRER* LES MURS DES ABÎMES POUR REVENIR ICI. MAIS C'EST POUR ÇA QUE J'AI RENONCÉ À MA PLACE DEVANT L'ÂTRE. PAS POUR AVOIR UNE CHANCE DE RÉTABLIR L'ÉQUILIBRE, DE RECONSTITUER LA LUNE OU DE VOIR LE MONDE RESTAURÉ DANS SON ÉTAT ORIGINEL. RIEN DE TOUT CECI NE M'IMPORTE. » Il prit la main de Mia, la pressa contre sa poitrine ; à sa grande surprise, la jeune femme y sentit battre un cœur, qui palpitait puissamment sous sa paume. « MAIS JE SERAIS PRÊT À PASSER UN MILLIER DE MARCHÉS AVEC LA NUIT POUR QUELQUES INSTANTS DE PLUS AVEC TOI. À MOURIR MILLE FOIS ET À TOUS LES DÉFIER SIMPLEMENT POUR POUVOIR TE TENIR DANS MES BRAS UNE DERNIÈRE FOIS. »

Le monde entier sombra alors dans le silence. Le monde entier se *figea*.

« Tric, je…

— JE T'AIME, MIA. ET SI LA NUIT LE VEUT, JE T'AIMERAI À JAMAIS.

— … Mia ? »

La voix de Jonnen. Qui arracha Mia à cet instant hors du temps, pour la ramener dans le froid, l'humidité, la souffrance et le sang. Elle s'attarda néanmoins quelques instants supplémentaires dans les insondables yeux sombres de Tric. Une main collée à sa poitrine. Tout en jetant un regard médusé empreint de souffrance sur Ashlinn.

Déchirée – voilà comment elle se sentait.

« Mia ? répéta Jonnen avec une pointe d'impatience.

— Tout va bien, petit frère. » Elle s'arracha à la contemplation de son ex-amant. « Je suis là. »

Elle traversa la tour, sa tête toujours dans un étau, le corps courbaturé, ses jambes en sang sous la bande de tissu sombre avec laquelle Tric l'avait à l'évidence pansée. Elle contourna le feu en regardant les langues de flammes la lécher avec avidité, pour finalement s'agenouiller – avec un sifflement de douleur – auprès de son frère et le prendre dans ses bras.

Jonnen n'était pas encore totalement remis des effets de la pâmoise – il avait les yeux injectés de sang, le visage blême. Mais Éclipse se glissa dans son ombre pour apaiser ses craintes, et Mia était suffisamment rompue aux arts du venin pour savoir qu'il lui faudrait une petite heure pour récupérer complètement – plus vite que les adultes, en fait, qui commençaient tout juste à s'agiter.

Mia remercia intérieurement la Déesse de les avoir tous regroupés là. Par chance, l'impératif de prendre Jonnen vivant l'avait emporté sur le désir des assassins d'éliminer tous les autres. Elle se souvenait des combats, du tonnerre dans son sang, de la puissance qui parcourait ses veines. Jamais auparavant elle n'avait ressenti une chose pareille – jamais la jeune femme n'avait manipulé l'obscurité aussi facilement, aussi *rapidement*. Et pas seulement parce qu'il ne restait plus que deux soleils dans le ciel à présent. Le nouveau fragment de Lune en elle – jadis celui de Furian, désormais le sien – l'avait comme *augmentée*.

Elle ne pouvait s'empêcher de s'interroger sur ce qu'avait vécu Cléo à son époque. La femme qui avait écrit le vieux journal que le chroniqueur Aelius avait déniché dans les profondeurs de la bibliothèque. À laquelle Mia devait les seuls indices véritables qu'elle était parvenue à trouver sur les enténébrés. Qui avait passé sa vie à rassembler les morceaux brisés d'Anaïs, pour finalement échouer à terminer le puzzle que Mia était elle-même censée finir, d'une manière ou d'une autre.

Ce journal parlait d'un enfant à l'intérieur de Cléo. Des péchés de la Mère.

Était-ce là ce qui avait pu causer son échec ?

Et qu'était devenue cette femme ?

Sa fille ?

À moins que ce fût un *fils* ?

Tric la regardait à travers le voile de pluie. Sa déclaration résonnait encore à ses oreilles, plus bruyamment que l'orage qui faisait rage dans le ciel.

« Comment va ta tête ? demanda-t-elle à Jonnen.

— Ça fait mal, gémit-il.

— Tout va bien, mon chéri. Je suis là. Quand tout est sang…

— … le sang est tout », murmura-t-il.

Mia le serra tout contre elle, lui embrassa le front. Le ventre glacé de peur à l'idée de tout ce qui aurait pu lui arriver.

Cette sensation inhabituelle. Sa peau qui la picotait, le bouillonnement dans son ventre. L'absence d'un chat qui n'était pas un chat, qui lui faisait comme un trou dans la poitrine. Une pièce manquante d'elle-même. Sauf qu'à sa place bouillonnait de la *rage*, à laquelle l'enténébrée s'accrochait désespérément, comme une noyée à un morceau de bois flotté. Laissant la colère amère, *brûlante*, l'emplir à ras bord.

L'Église rouge avait lancé ses dés, envoyé cinq de ses meilleurs éléments, vidé la chapelle de Galante pour l'éliminer.

Ils avaient échoué. Et maintenant…

Maintenant, que la putain de Déesse m'en soit témoin…

Le temps était venu pour ses ennemis de rendre des comptes.

« Naev.

— C'EST CE QUE LE SANG DISAIT. »

Ils étaient rassemblés autour du feu, les muscles encore endoloris, et pas encore tout à fait remis des effets de la pâmoise. Dompteur-de-Vagues et Bryn gisaient sur la pierre, aussi froids qu'immobiles. Le feu qui brûlait dans les yeux des Faucons survivants n'avait d'égal que celui qui flamboyait dans la poitrine de Mia.

« Naev… c'est qui encore, celle-là ? voulut savoir Boucher.

— Une amie à moi, lui répondit Mia. C'est une Main – une adepte qui travaille au service de l'Église dans les entrailles de la Montagne taciturne. Je lui ai sauvé la vie. »

Mia se la remémora postée au pied de son lit, passer son couteau dans sa paume – le sang qui jaillissait de la coupure avant d'éclabousser le sol.

« Elle a sauvé la vie de Naev. Naev lui est donc redevable, à présent. Naev en fait le serment sur son sang, à la vue de notre Mère de la Nuit. »

« C'est une manieuse de sang, donc ? s'enquit Sidonius.

— Non, ça c'est Marius, répliqua Ashlinn, la bouche grimaçante. Lui et sa sœur Marielle sont tous deux des sorcerii. Des maîtres de l'antique magik ysiiri – et de *véritables* champions, dans le genre frère et sœur tarés. » Elle tendit ses mains vers le feu, doigts crispés. « Ce salopard a tué mon frère.

— Parce que vous aviez tous deux trahi l'Église rouge, lui fit remarquer Tric.

— Si je voulais entendre un trou du cul parler, Tricounet, j'irais faire un tour aux toilettes.

— On peut s'épargner ça ? intervint Mia, sa patience à bout. S'il vous plaît ?

— D'accord, fit Charmeuse-de-Lames. Et donc ce mage de sang, Marius… c'est ton allié, Corneille ? »

L'enténébrée haussa les épaules. « Je lui ai aussi sauvé la vie, à lui aussi. Il m'a *dit* qu'il m'était redevable. Mais bon, je mentirais en prétendant l'avoir jamais trouvé un tant soit peu digne de confiance. Ce qui s'applique aussi à sa salope de sœur, au demeurant. »

La forme d'Éclipse vacillait sur le mur au rythme des convulsions du feu.

« … IL A TUÉ CHUT, MIA. J'EN AI ÉTÉ TÉMOIN. ALORS QUE VOUS ÉTIEZ À SA MERCI, LA MAGIK DE MARIUS A EU RAISON DE CE GARÇON…

— Et maintenant Marius nous pointe la direction de cette… Naev », fit Sid.

Mia hocha la tête. « Elle gère l'approvisionnement de l'Église. Le train de caravanes dont elle a la charge fait des allers-retours entre la Montagne taciturne et Dernier Espoir. Ils doivent être de mèche, j'imagine.

— Mais pourquoi ? » demanda Ashlinn.

L'enténébrée soupira. « Je l'ignore. Mais au moins je sais que je suis sur le bon chemin. Quand on sera arrivés à Amai, je traverserai l'océan jusqu'à Dernier Espoir. Après quoi je devrais pouvoir chevaucher jusqu'à la Montagne taciturne et procéder au sauvetage de Mercurio. Comme prévu.

— … Attends », dit Sidonius. Une ride se forma entre ses sourcils sombres. « Qu'est-ce que tu entends par ce *je* ? Tu fais quoi de nous autres ?

— Vous retournez à Donjon blanc. Corleone peut sans doute vous y emmener. Jonnen va devoir m'accompagner, et je ne vois pas ce que je pourrais dire pour dissuader Ashlinn d'en faire de même – mais pour toi, Charmeuse et Boucher, c'est fini.

— Même pas en rêve, intervint Boucher. On te suit jusqu'au bout.

— Non, rétorqua Mia avec un soupçon de colère dans la voix. Certainement pas. Vous avez payé votre putain de dette, d'accord ? Dompteur et Bryn sont morts à cause de ça, et je refuse d'avoir davantage de sang sur les mains. On se sépare à Amai. »

Sid se renfrogna un peu plus. « Mia, j'ai beau avoir été chassé de la légion, j'ai quand même juré fidélité à Darius Corvere. Je n'étais pas là quand ton père est mort, mais…

— Ce n'était pas mon père, Sid ! le coupa-t-elle tout en se relevant. Loin de là ! Je suis la fille de ce connard de Julius Scaeva, tu comprends ça ? La fille de l'homme qui a *tué* Darius Corvere !

— Par le sang et les abîmes, murmura Sidonius.

— … Tu es la *fille* de ce salopard ? lui demanda un Boucher estomaqué.

— Si fait, cracha-t-elle. L'homme que j'ai essayé de tuer ces huit dernières années s'avère être celui qui m'a donné la vie. Et comme si ça ne suffisait pas en matière de vacheries divines, j'ai apparemment en moi le fragment d'un *dieu* mort que j'ai aussi hérité de lui ! Oh, et accessoirement, le dernier garçon que j'ai baisé s'est fait assassiner par la dernière fille que j'ai baisée, avant d'être ressuscité par la Mère de la Nuit pour m'aider à résoudre le problème divin susmentionné, et le connard qui vient de trancher la gorge de Bryn et de Dompteur était l'un de mes amis personnels ! Je suis un putain de *poison*, vous comprenez ? Un *cancer* ! Tout ce qui s'approche de moi finit par mourir. Alors prenez vos jambes à votre cou avant de vous faire tuer à votre tour.

— Tu ne peux pas te mettre ça sur le dos, Mia, fit Sidonius.

— Ne fais pas ça ! l'avertit-elle. N'y *pense* même pas.

— Ce n'est pas ta faute.

— Va te faire foutre, Sid. » Des larmes lui montaient aux yeux. « *Regarde-les !*

— Se blâmer pour le travail des autres, c'est comme se blâmer pour le temps. » Il se tourna vers les cadavres de leurs deux compagnons. « Et je vais les pleurer comme un frère et une sœur perdus, ouais. Mais prendre une raclée, ça fait partie de la vie. Et laisse-moi te dire quelque chose, Mia : les meilleurs bagarreurs que j'ai pu croiser au cours de mon existence étaient aussi les plus moches. Des nez cassés, des dents manquantes, des oreilles en chou-fleur. Parce que la meilleure façon d'apprendre à gagner, c'est de *perdre*.

— Je ne…

— Les belles guerrières ne se battent pas pour rien. On ne peut pas savoir à quel point c'est délicieux de respirer avant d'avoir eu des côtes cassées. On ne peut pas apprécier le bonheur tant que personne ne nous a fait pleurer. Et ça ne sert à rien de te reprocher les coups de pied que la vie te donne. Rappelle-toi juste à quel point ça fait mal – et à quel point tu ne veux plus *jamais* ressentir une chose pareille. Et ça t'aidera à faire le nécessaire pour l'emporter la prochaine fois. »

Sid croisa les bras, puis lui lança un regard aussi noir que les nuages dans le ciel. « Je n'en ai rien à foutre, de la bite qui t'a crachée. Je refuse de te quitter.

— Moi non plus », enchérit Charmeuse-de-Lames.

Boucher aquiesça. « Ni moi. »

Mia baissa la tête, au bord des larmes. Elle se frotta les yeux et prit une longue respiration tremblante, le temps de trouver un moyen de se débarrasser d'eux. Mais elle les connaissait suffisamment bien pour savoir qu'ils étaient têtus comme des mules, qu'une déclaration comme celle qu'ils venaient de faire était aussi solide que la pierre sous ses pieds. Qu'elle joue la fille de l'air et ils se borneraient à la suivre. Son manteau d'ombres pourrait les dissimuler, elle et son frère – mais il lui faudrait alors renoncer à Tric et à Ashlinn…

Elle s'affala à proximité des flammes – trop loin néanmoins pour bénéficier de leur chaleur. Et, sans un mot, elle secoua la tête de dépit.

Sid opina du chef. « Bon. Donc, on trouve cette Naev et on voit ce qu'elle a à dire.

— Il nous reste encore à franchir la mer des Larmes, lui fit remarquer Ash.

— Mille kilomètres séparent Amai de Dernier Espoir, murmura Charmeuse-de-Lames. Et les Dames des Océans et des Tempêtes vont tenter de nous noyer d'un bout à l'autre de la traversée.

— Ma foi, on brûlera ce pont quand la question se posera. » Sid soupira, passa une main sur son cuir chevelu. « J'ai bien l'impression qu'on va devoir attendre ici le temps que Nalipse se lasse, ou que les soleils fassent s'évaporer quelques-uns de ces nuages.

— Vous devriez tous essayer de dormir un peu », dit doucement Mia.

Les Faucons la dévisagèrent, méfiants, circonspects.

« Toutes les Lames que j'ai croisées à la chapelle de Galante sont mortes à l'heure qu'il est, reprit-elle. On ne risque donc guère d'avoir quiconque à nos trousses dans l'immédiat. »

Elle se tourna néanmoins vers Tric. « Est-ce que tu peux quand même monter la garde, au cas où ? »

Le garçon hocha la tête, sa douce confession planant entre eux comme une question restée sans réponse. « SANS PROBLÈME.

— Et toi, alors ? intervint Ash. Toi *aussi* tu as besoin de dormir, Mia. »

Elle opina du chef. « Et j'y compte bien. Je réveillerai Sid dans quelques heures. En attendant, prenez un peu de repos.

— Tu ne vas rien tenter de stupide pendant qu'on dort, hein ? lui lança Sidonius. Genre disparaître dans la tempête comme une voleuse et nous abandonner ici ?

— Tu sais où je compte me rendre. » Elle secoua la tête. « Tu ne manquerais pas de me suivre. »

Il se renfrogna. « Et comment.

— Alors va dormir un peu, Sid. »

Comme les effets de la pâmoise se faisaient encore un peu sentir sur le groupe, elle n'eut finalement guère de mal à les convaincre de s'installer auprès des flammes. Ashlinn lova son dos tout contre son amante, Jonnen se roula en boule non loin. Quant à Sid, il resta éveillé pendant au moins une heure, faisant semblant de dormir tout en la surveillant en catimini.

Mia se borna pour sa part à contempler le feu.

Le bois qu'ils avaient rapporté un peu plus tôt avait presque séché, et le brasier brûlait avec intensité, dégageant une chaleur qu'elle était à peine capable de sentir. Tric, qui patrouillait dans les niveaux supérieurs, la fixait de temps à autre de ses yeux insondables.

Mia restait quant à elle concentrée sur les flammes.

À alimenter le feu qui couvait dans sa propre poitrine. À le considérer comme une créature vivante. Elle s'inquiétait pour ses amis. Tout en leur étant reconnaissante d'avoir choisi de rester avec elle malgré tout. La jeune femme avait mal partout, elle était fatiguée, effrayée. Mais par-dessus tout elle en avait marre de toutes ces conneries. De Scaeva et de l'Église. Des souffrances que devaient endurer ses amis à cause de ses actes. D'être toujours en infériorité numérique, constamment sur la défensive. Elle s'apprêtait à plonger droit dans le feu, elle le savait. À pénétrer dans une maison de loups. Mais, à dire vrai, elle trouvait cette pensée réjouissante. Parce qu'en plus de la fureur, Mia sentait également en elle la sombre vague enfler. Se rappelait la colère noire accumulée sous la peau de Sepulcra – la rage d'un dieu tombé, qu'elle portait en elle depuis son premier souffle.

Anaïs.

La silhouette qu'elle voyait dans ses rêves, toute de flammes sombres, le front orné d'un cercle d'argent. Assassiné par son père. Sa mère emprisonnée pour l'éternité dans les Abîmes.

Son géniteur *aussi* avait tenté d'assassiner Mia. Il avait enfermé sa mère dans les profondeurs de la Pierre philosophale pour l'y laisser dépérir – et finalement mourir. L'enténébrée ne pouvait pas s'empêcher de voir les similitudes existant entre elle-même et la Lune déchue. Cousues dans la tapisserie qui l'entourait. Se déployant telles les mains du destin. Sauf que, contrairement à Anaïs, Mia n'avait pas péri sous les assauts de son père. Elle n'était pas tombée sur terre, ne s'était pas brisée en mille morceaux. La jeune femme demeurait d'une seule pièce, s'était transformée en quelque chose de plus dur. Non pas du fer ou du verre.

Mais de l'acier.

« Tout ce que tu es ? Tout ce que tu es devenue ? C'est moi *qui te l'ai donné. Mienne est la graine à partir de laquelle tu as germé.*

Miennes sont les mains qui t'ont forgée. Mien est le sang qui coule – froid comme de la glace, noir comme de la poix – dans tes veines. »

Elle voyait à présent la vérité que ces paroles contenaient. Mais Mia ne comptait pas pour autant lui donner l'occasion de les regretter en le laissant vivre. Et les mots de Sid *aussi* comportaient leur part de vérité – se prendre une raclée pour savoir à quel point ça faisait mal, à quel point on ne voulait plus jamais ressentir ça.

À quel point je *ne veux plus jamais ressentir ça.*

Aussi fixait-elle les flammes, les yeux illuminés par sa prière.

Son serment.

Père

Quand le dernier soleil disparaîtra derrière l'horizon

Quand mourra la lumière du jour

Vous aussi *vous trépasserez.*

CHAPITRE 21

Amai

« Qu'est-ce que ça sent ? » s'enquit Jonnen, en faisant une grimace.

En tête de la colonne, Sidonius colla un doigt sur son nez et expulsa un jet de morve de chaque narine. « Les eaux usées. »

Charmeuse-de-Lames hocha la tête. « Et le poisson.

— LE BOIS, ajouta Tric. LE GOUDRON. LE CUIR ET LES ÉPICES. LA SUEUR, LA MERDE ET LE SANG. »

Sidonius sourit. « C'est un sacré nez que tu as là. »

Ashlinn croisa le regard du Défunt, sans mot dire.

« Nous y sommes. » Boucher s'étira sur sa selle, bâilla. « Amai, et sa puanteur perceptible à des kilomètres à la ronde. Ce n'est pas pour rien qu'on appelle cette ville le trou du cul de Liis. »

Ils chevauchaient depuis presque deux semaines, dégoulinants misérablement d'eau tout du long. La Dame des Tempêtes s'était quelque peu apaisée au bout d'un tour ou deux, transformant sa tempête hurlante en une bruine déprimante, incessante, qui trempait tout le monde jusqu'à la peau. C'était comme si la déesse économisait ses forces, s'enroulant sur elle-même tel un serpent, de manière à pouvoir frapper au moment où Mia se déciderait à reprendre la mer. Mais au moins cela rendait-il le voyage un peu plus facile.

Ils n'avaient plus connu le moindre problème en chemin – les citoyens devant lesquels ils passaient se tenaient prudemment à l'écart du centurion Sidonius et de sa minuscule cohorte, et les quelques soldats qu'ils avaient croisés s'étaient bornés à les saluer mollement avant de poursuivre leur route. Chaque non-nuit, ils se couchaient dans le premier abri venu, ou se blottissaient derrière le chariot pour se protéger du vent. Tric rôdait dans les environs, sur ses gardes, Boucher continuait d'initier Jonnen aux arts de la lame (pour lesquels le garçon s'avérait avoir des facilités presque effrayantes) et Mia faisait les cent pas dans sa tête. Incapable qu'elle était de s'arrêter de penser à Bryn et à Dompteur, à Mercurio, à Marius et à Marielle – à cette garce de Drusilla, à ce salopard de Scaeva et à tout ce qu'ils lui avaient pris.

Bientôt, se promit-elle.

Bientôt.

Mais il y avait d'abord un océan à conquérir avant.

« Tu nous as bien dit que tu avais grandi à Amai ? » demanda-t-elle à Boucher, en remuant son cul engourdi sur le siège conducteur. Jonnen tenait les rênes, les yeux studieusement fixés sur la route.

Le Liisien opina du chef. « Ouaip. J'ai pris le large à quatorze ans.

— Le *large* ? répéta Charmeuse-de-Lames. Je croyais que tu détestais les bateaux.

— Tu n'imagines pas à quel point. Mais quand on grandit dans un endroit pareil, ce n'est pas comme s'il y avait beaucoup de choix. Un travail merdique dans une taverne quelconque, ou sur un étal de marché. J'en avais plein le dos. »

Ashlinn fronça les sourcils. « Tu bossais comme pêcheur, ou... ?

— Comme *pêcheur* ? s'esclaffa Boucher. Je devrais te cogner tes putains d'oreilles, gamine. Tu vois un pêcheur tuer Caelinus au Jarret Long en combat singulier devant vingt mille personnes ? Ou vider comme un poisson Marcinio du Bois-Garou ?

— Tout à fait, fit Sid. Un pêcheur pourrait sans doute vider un homme comme un poisson, Boucher.

— J'étais un pirate, espèces de connards, fanfaronna le Liisien.

— Mais... » Mia fronça les sourcils à son tour. « Tu as le *mal de mer*, Boucher. Tu as craché tes tripes sans discontinuer depuis Donjon blanc jusqu'à Galante.

— Bon, j'étais un pirate merdique, d'accord ? s'écria l'ex-gladiatii. Comment tu crois que j'ai fini dans la peau d'un esclave ?

— Oh... » Mia hocha la tête. « C'est... étonnamment logique, en fait.

— Toujours est-il que j'ai grandi ici. » Il se renfrogna. « Je connais cette ville comme je connais les femmes. »

Ash leva une main...

« *Abstiens-toi,* siffla Mia.

— D'accord, fit Sid. Et donc, qu'est-ce qu'on peut attendre du trou du cul de Liis ? Il faudrait vraiment lui trouver un nom un peu plus vendeur, au demeurant.

— C'est sans doute la fosse de meurtriers, de violeurs et de voleurs la plus dangereuse dans laquelle vous pourriez tomber, leur apprit Boucher. Si vous n'êtes pas salé, vous avez tout intérêt à regarder où vous mettez les pieds. La vie a moins de valeur qu'un garçon de joie à un demi-cuivre, dans le coin.

— Salé ? s'étonna Ash.

— Ouais, enrôlé. Sur un bateau, je veux dire. Si tu fais partie d'un équipage, tu es salé. Sinon, tu appartiens à la racaille de la terre ferme. Les pirates observent un code, vous comprenez. Les Six Lois du Sel. La première est la Fraternité. Voyons voir... » Le visage bousillé de Boucher se plissa, signe qu'il s'efforçait de faire travailler sa mémoire. « "Crachez-lui dessus, maudissez-le, tuez-le, mais trouvez-lui un goût de sel, et il sera votre frère." En d'autres termes, vous pouvez haïr un autre pirate autant que vous voulez, mais au port, vous dominez tous les deux de la tête et des épaules la plèbe d'eau douce.

— Et si c'est une femme ? » demanda Charmeuse.

Boucher cligna des yeux. « Hein ?

— Si le pirate est une fille. Comment peut-elle être ton frère ?

— J'en sais foutre rien, grogna-t-il. Ce n'est pas moi qui ai écrit ces conneries.

— Comment font-ils pour distinguer les salés de ceux qui ne le sont pas ? » s'enquit Sidonius.

Boucher haussa les épaules. « Certains se font tatouer. Ou scarifier. D'autres portent un symbole de leur navire lorsqu'ils se trouvent à terre. Les pires n'ont besoin de rien – leur réputation les précède.

— D'accord. » Mia hocha la tête. « C'est quoi les autres règles ? »

Boucher gratta la petite crête noire qui lui servait de cheveux. « Eh bien, il y en a une qui s'appelle Domination.

En gros, ce qu'un capitaine dit sur le pont de son propre navire, c'est la parole de Dieu. Et puis il y a l'Allégeance, qui a trait à la chaîne de commandement. L'équipage obéit au second, qui obéit au capitaine, qui obéit au roi. » Le Liisien fit une moue pensive. « J'oublie toujours la quatrième. Héritage ou Hérésie, un truc dans le genre...

— Je n'arrive toujours pas à croire que les pirates ont des foutus rois, marmonna Sid.

— C'est pourtant le cas. » Boucher opina du chef. « Et prie l'Omnivoyant et ses Quatre putains de Filles de ne jamais croiser ce salopard. Né d'un chacal, à ce qu'on dit. Paraît qu'il boit le sang de ses ennemis dans une coupe taillée dans le crâne de son père.

— Son père est mort en couchant avec le chacal, ou après ? » s'enquit Mia.

Ashlinn sourit. « Ça a dû être une sacrée bamboche...

— Vas-y, Corneille, fit le Liisien, moque-toi tant que tu peux. Mais le Boucher d'Amai ne craint nul homme né d'une femme. Et Einar Valdyr me donne envie de souiller mes putains de pantalons.

— Depuis quand tu parles de toi à la troisième personne ? demanda-t-elle. Et puis, je ne savais pas que tu *portais* des pantalons, pour commencer...

— Oh, va te faire foutre[19].

---

19. Toute plaisanterie mise à part, Einar Valdyr, dit « le Tanneur », Loup noir de Vaan et fléau des Quatre Mers, est le cent septième roi à siéger sur le Trône des Vauriens, et, sans nul doute, l'un des salopards les plus cruels de toute l'histoire de la République itreyenne.
Ce fut à l'âge tendre de douze ans qu'il commit son premier meurtre, celui de son frère aîné, Hakon, avec une poêle à frire – quand bien même il convient de noter qu'il a horriblement mutilé *(Suite de la note page suivante)*

— Einar Valdyr a coulé l'*Intrépide*, intervint alors Jonnen. Et la *Vérité de Dieu* trois mois plus tard. Puis le *Feu de la Fille* l'été suivant. »

Suite de la note n° 19 : son frère cadet Jari à l'âge de dix ans, en le jetant en pâture à une meute de chiens. Il aurait, dit-on, également décapité son père le tour même où il a coupé la langue de sa mère – mais bon, le seul homme à avoir jamais cherché à vérifier cette rumeur, son ancien second, Oluf Dahlman, a subi trois mois de torture quasi permanente (Valdyr l'extirpait de son cachot lorsqu'il organisait des festivités, et le battait avec des chaînes brûlantes pour « divertir » ses invités), et personne n'a osé poser la moindre question à ce sujet depuis.

Valdyr fut vendu comme esclave aux Loups de Tacite à l'âge de seize ans, et resta invaincu deux ans durant sur le circuit gladiatii des environs de Vaan, où il gagna son premier surnom de « Loup noir ». Il était en route pour participer au *Venatus Magni* sous la garde du fils de Tacite, Auguste, lorsque leur navire fut attaqué par un corsaire liisien prénommé Giancarli. Valdyr tua dix-sept des hommes du pirate pendant l'abordage, l'impressionnant tellement qu'il offrit à l'esclave une place dans son équipage. Valdyr accepta, tranchant la gorge de son ancien maître et, dit-on, *baisant* la blessure pendant qu'Auguste se noyait dans son propre sang.

Oui, vous avez bien lu.

Moins de douze mois plus tard, Valdyr avait assassiné Giancarli et pris le contrôle de son navire. Devenu très vite tristement célèbre pour avoir coulé trois trirèmes de la marine itreyenne, il se forgea une réputation de combattant sanguinaire qui préférait les abordages aux canons. Ce fut peu ou prou à cette époque qu'il commença à écorcher le visage des capitaines qu'il tuait, s'en servant pour se coudre un grand manteau de cuir – celui-ci serait, dit-on, devenu si long que des domestiques le suivaient partout où il se rendait pour soulever sa traîne. Ce fut cette petite marotte qui lui valut son deuxième surnom, « le Tanneur ».

Cinq ans après s'être lancé dans la piraterie, à l'âge avancé de vingt-trois ans, Valdyr assassina le cent sixième roi à s'asseoir sur le Trône des Vauriens, Cracheur-de-Sel du clan Lancemer, et s'arrogea le titre. Cela fait cinq ans qu'il règne de manière incontestée sur les pirates d'Itreya. La simple vue des voiles ébène de son navire, *(Suite de la note page suivante)*

L'enténébrée se tourna vers son frère, sourcil haussé.

« J'ai étudié les plus célèbres ennemis de la République itreyenne l'année dernière, expliqua-t-il. J'ai une mémoire...

— ... tranchante comme une épée, l'interrompit une Mia toute sourire. Ouais, je sais. »

Charmeuse-de-Lames poussa un soupir. « Ma foi, si Mère Trélène le veut, Corleone nous attend au port. On garde la tête basse, on trouve son putain de pub et on réfléchit à la suite des événements.

— Le ventre plein de vin, ajouta Sidonius. Devant une belle flambée. »

Ashlinn opina du chef. « Je vais boire à cela.

— Moi aussi, fit Boucher. Même la Mère de la Nuit et tous ses maudits morts ne pourraient pas m'en empêcher. »

Mia lança un regard au Dweymeri silencieux qui marchait d'un pas lourd au bord de la route.

Tric ne broncha même pas.

L'odeur était suffocante.

Mia ne parvenait pas à la décrire comme nauséabonde en tant que telle, quand bien même il y avait *bel et bien* une puanteur enveloppée dans ces arômes. La ville portuaire d'Amai semblait comme incrustée dans les rivages de la mer des Larmes, telles des escarres sur les doigts d'un combattant

---

Suite de la note n° 19 : la *Banshie noire*, suffit à envoyer un capitaine de navire marchand se vider les entrailles dans les gogues les plus proches. Selon des estimations récentes, le nombre de ses victimes se situerait aux alentours de quatre cent vingt-trois hommes, femmes et enfants.

Toutes mes excuses, chers amis – je sais que j'essaie en général d'injecter un peu d'humour dans ces notes de bas de page. Mais croyez-moi quand je vous dis que ce salopard ne prête pas, mais alors *vraiment* pas à rire.

des fosses. La pestilence des poissons morts, des abattoirs et de la merde de cheval flottait dans l'air au-dessus de la cité, mêlée à des notes océaniques.

Mais sous la puanteur il y avait d'autres arômes. Le parfum d'un millier d'épices : citronide, encens et lotus noir[20]. L'agréable fumet des tartes à peine cuites et des gâteaux. Des viandes grésillantes, des friandises sucrées occupées à frire dans l'huile d'olive ; la fragrance des fruits frais et des baies mûres. Ils avaient beau avoir pour équipage des ramassis de corsaires meurtriers, tous les bateaux présents dans le port d'Amai étaient arrivés avec quelque chose à vendre. Mia comprit alors que l'endroit ne se résumait pas à un refuge pour tous les salopards, brutes et autres brigands des mers.

C'était aussi un *marché*.

Ils avaient ôté leurs uniformes de soldats – Boucher les ayant informés qu'entrer dans cette cité en arborant les couleurs de la République itreyenne était sans doute le meilleur moyen de s'attirer des ennuis. Et puis, l'armure en ossacré de Sidonius valait une fortune – elle ne manquerait pas d'éveiller l'attention dans une ville de voleurs. Ils gardèrent donc leur cotte de mailles ainsi que leurs épées, et dissimulèrent le reste dans le chariot – quand bien même Mia portait toujours son épée longue en ossacré à sa taille.

La ville était fortifiée, mais personne ne gardait les larges portes en fer grandes ouvertes – Valdyr avait tout l'air de se foutre… royalement de l'identité de ceux qui allaient et venaient dans sa cité. Une fois dans les rues proprement dites, Mia ne manqua pas d'être frappée par la foule qui y déambulait. Des gens de toutes couleurs, de toutes formes

---

20. Ouais, je sais, ça ne fait que trois. Faites preuve d'un peu d'imagination, bande de petits malins.

et de toutes tailles : d'immenses Dweymeri basanés, des Itreyens à la peau pâle et aux cheveux bruns, des Vaaniens blonds aux yeux bleus, et, absolument partout, des Liisiens d'une carnation olive, impossibles à louper avec leurs boucles sombres et leurs voix musicales.

« C'est le pays de notre mère, lança-t-elle à Jonnen. Tu ne parles pas le liisien, pas vrai ?

— Non, répondit le garçon, en regardant autour de lui la houle humaine.

— Tu devrais. » Un petit rictus aux lèvres, elle prit une longue inspiration. « C'est comme de la poésie. »

Il leva alors vers elle des yeux embués. « Donne-moi un exemple, dans ce cas. »

Mia lui rendit son regard. « *De'lai.*

— *De'lai*, répéta-t-il.

— C'est ça. » Elle opina du chef. « Très bien.

— Qu'est-ce que ça veut dire ? »

Elle sourit. « Sœur. »

Le garçon revint aux rues bondées, gardant ses pensées pour lui. Tric marchait en tête, la foule s'ouvrant d'instinct devant lui dans l'avenue trempée par la pluie. Mia observait les badauds depuis le chariot, vigilante, sur les nerfs. Elle commençait à remarquer des récurrences parmi cette masse humaine, évidentes une fois qu'on les cherchait parmi les couleurs et les divers tissus. Des hommes portant autour du bras des foulards blancs brodés de têtes de morts. Un autre groupe dont les gorges arboraient des tatouages de sirènes, un autre encore avec des cicatrices triangulaires gravées sur les joues. Comme un blason, ou l'emblème d'une familia. Les hommes se comportaient comme le feraient des camarades, tous armés, tous aussi *menaçants* les uns que les autres.

« Des salés, murmura-t-elle.

— Ouaip. » Boucher hocha la tête. « Les coqs de la basse-cour. Ceux qui portent des peaux de loup sont les sbires de Valdyr. Des *gardes-loups*, ainsi qu'ils se surnomment eux-mêmes. Il a des hommes dans toute la ville. »

Mia repéra le groupe dont parlait son compagnon – un quatuor de grands mâles renfrognés, tous affublés d'une peau de loup sur les épaules. Mais au-delà de la démarche arrogante des corsaires qu'elle voyait arpenter la foule, cette ville soi-disant pleine de brigands s'avérait étonnamment calme. Quelques bagarres. Un peu de vomi et de sang sur les pavés. La jeune femme commençait à se demander si Boucher n'avait pas exagéré toute l'affaire – elle adorait ce connard moche comme un pou, mais il n'était pas homme à laisser la vérité l'empêcher de raconter une bonne histoire. À part faire fuir une meute de gamins des rues dépenaillés qui rôdaient autour du chariot (Ash sortit un couteau et promit de castrer le premier qui s'aviserait de trop s'approcher) et voir un type filer par la fenêtre d'un deuxième étage à leur passage, ils n'avaient pas grand-chose à se mettre sous la dent – c'en était presque décevant. Mia et ses camarades ne tardèrent pas à se retrouver en surplomb du bijou scintillant qu'était le port d'Amai.

Même si la Dame des Tempêtes avait jeté son voile sur le ciel, le spectacle n'en restait pas moins époustouflant. Des navires de toutes sortes : de majestueuses caravelles et des caraques à trois-mâts, de puissantes galères aux flancs hérissés de centaines de rames, des *ballingers* menaçants dotés d'une propulsion combinant voiles et rames. Des figures de proue sculptées à l'effigie de guivres, de lions ou de filles dotées de queues de poisson ; des voiles agrémentées de motifs de tibias entrecroisés, de crânes souriants ou de nœuds de pendu.

Les yeux de Mia s'attardèrent sur le plus grand vaisseau à quai – l'un des plus gros qu'elle ait jamais eu l'occasion de voir, à dire vrai. C'était un énorme navire de guerre, d'au moins cent cinquante pieds de long, avec quatre mâts imposants qui semblaient partir à l'assaut des cieux. Il était peint couleur vrainuit de la poupe à la proue, sur laquelle était inscrit son nom en caractères blancs recherchés.

La Banshie noire.

« C'est quoi, ça ? » s'enquit Charmeuse-de-Lames.

La Dweymeri désignait du doigt les deux hautes flèches de pierre qui se dressaient au-dessus du rivage. Chacune mesurait plus de vingt mètres de haut – du calcaire pâle, recouvert de vastes enchevêtrements de lierre-rasoir.

« Ce sont des tours d'Épine, murmura Ashlinn. Il y en a un peu partout sur le territoire de Liis. C'est là que les Rois Mages avaient coutume de briser leurs esclaves. De torturer leurs prisonniers. »

Boucher haussa un sourcil. « Comment tu sais ça, toi ?

— Mon père a été envoyé à Elai pour une offrande. » La Vaanienne parlait à voix basse, sans quitter les flèches de ses yeux plissés. « Il a accompli l'assassinat, mais s'est fait prendre avant de pouvoir s'enfuir. Les Prêtres lépreux l'ont torturé pendant trois semaines exactement dans le même genre de tours. Ils lui ont arraché un œil et lui ont coupé les couilles. »

Boucher et Sidonius s'agitèrent inconfortablement sur leurs selles. En se retournant pour prendre la main d'Ashlinn, Mia découvrit le regard hanté de sa maîtresse.

« Il y est mort ? » lui demanda Charmeuse-de-Lames dans un filet de voix.

Ash secoua la tête. « Il s'est échappé. Son corps, en tout cas. Mais son *âme* y est restée enfermée jusqu'à la fin de ses jours. C'est ce qui l'a éloigné de l'Église rouge.

— Je suis désolée, dit Charmeuse. Ça n'a pas dû être facile, de voir un truc pareil.

— ... Doux euphémisme. »

Mia entrelaça ses doigts dans ceux de la Vaanienne. En jetant un coup d'œil en direction de Tric, elle s'avisa que le garçon les observait sans arborer la moindre expression. Torvar Järnheim avait élevé son fils et sa fille comme des armes à utiliser contre le Ministère. La trahison d'Ashlinn et de son frère avait failli mettre l'Église rouge à genoux. Et Tric avait fait partie des victimes collatérales.

Torvar était mort, à présent – exécuté par des assassins de l'Église. Mia pouvait voir une douleur presque imperceptible dans les prunelles d'Ashlinn fixées sur ces tours, ce sombre reflet de l'endroit où son père était devenu l'ombre de lui-même. Un silence gênant s'abattit alors sur la scène. Mais Boucher ne tarda pas à le briser ; installé en hauteur sur sa selle, il plissait les yeux vers les quais en contrebas.

« Je n'arrive pas à repérer la *Vierge sanglante*, murmura-t-il.

— Moi non plus », dit Sidonius.

Un frisson de peur inhabituel envahit aussitôt le ventre de Mia ; les dents grinçantes, elle entreprit de le piétiner, en s'efforçant de ne pas penser au trou en forme de chat dans sa poitrine. Nuage aurait déjà dû se trouver sur place, elle le savait – si *eux* avaient eu le temps de chevaucher jusqu'ici depuis Galante, la *Vierge* aurait forcément dû les devancer. Or, en passant en revue les navires à quai, l'enténébrée ne voyait effectivement nulle part les belles voiles rouges de celui qui faisait la fierté de Corleone.

« Ils sont peut-être à l'ancre plus loin dans la baie, suggéra-t-elle. Ces mouillages m'ont l'air bien remplis.

— Bon, fit Charmeuse-de-Lames. Tenons-nous-en au plan. Où Nuage était-il censé nous rejoindre, déjà ?

— Il a juste dit qu'il nous retrouverait au pub », lui répondit Mia.

Sid jeta un coup d'œil sur les docks en contrebas. « Loin de moi l'idée de jouer les difficiles, mais ce salopard s'est-il montré un poil plus précis ? Parce que des pubs, rien que d'ici, j'en repère une vingtaine au bas mot. »

Boucher secoua la tête, un sourire aux lèvres. « Suivez-moi, chers amis. »

Mia se retourna à nouveau vers Tric, mais le garçon se bornait à contempler la mer déchaînée. Serrant une ultime fois la main d'Ash, l'enténébrée revint donc au port avec un petit sourire reconnaissant. Boucher ouvrit la marche jusqu'aux quais bondés, la puanteur de vieux poissons et d'eaux usées s'atténuant miraculeusement sous l'effet des vents de la non-nuit venus du large. Le groupe progressait sur un sentier sinueux de fumeries d'encre, de maisons de tolérance et de rades innommables. D'autels dédiés à Dame Trélène et à Nalipse, encombrés de coupes de sang, de morceaux de viande et de vieilles pièces rouillées. De mendiants aveugles, de rustres avinés et de prostituées. Au bout du compte, ils atteignirent un vaste établissement présentant plutôt bien, niché au bord de l'eau.

Le panneau accroché au-dessus de la porte indiquait simplement : *LE PUB*[21].

---

21. Une des tavernes les plus prospères de Liis, voire de toute la République itreyenne. Le premier propriétaire du Pub, un corsaire répondant au nom de Giovanni « le Rouge », avait *(Suite de la note page suivante)*

« J'aime ça », déclara Mia.

Sid donna un petit pourboire à un garçon d'écurie, qui prit en charge leurs chevaux. Les sept compagnons épuisés saluèrent les videurs de leurs chapeaux imaginaires, pour ensuite se retrouver dans la salle commune d'une taverne pour le moins animée. Le bar, étonnamment spacieux, était rempli d'un millier de bouteilles et résonnait de mille histoires. Sur les murs s'étalaient des messages écrits par un millier de mains – à l'encre, au fusain ou au plomb : des déclarations, des balivernes, des poèmes et tout ce qu'on pouvait imaginer d'approchant :

Mon amour j'ai quitté, mon cœur j'ai quitté, en promettant de revenir.

Le pénis de Pilinius ressemble à une bernacle.

Qui est le salopard qui m'a piqué ma bière ?

Oui.

OUI.

Le tigre est de sortie.

« Trouvez-nous une table, fit Boucher. La première tournée est pour moi. »

Mia sourit. « C'est très généreux de ta part, mon cher.

Suite de la note n° 21 : judicieusement dépensé ses gains mal acquis pour l'établir (plutôt que de les gaspiller dans la taverne de quelqu'un d'autre) à l'époque où Amai se résumait encore à deux jetées pourries et une écurie sous appentis. Il est également cité dans les annales du Collegium de Fer comme un génie à l'origine de la plus belle campagne de marketing de tous les temps.

Lui traversa l'esprit l'idée qu'il n'était pas nécessaire d'avoir des danseuses, une bonne bière ou une belle décoration pour damer le pion à la concurrence – il suffisait d'un nom que même le plus abruti des alcooliques ne pourrait pas oublier.

En cas de doute, bande d'imbéciles, privilégiez la simplicité.

— Aye, aye. » Le Liisien hocha la tête. « Euuh, je peux t'emprunter quelques pièces ? Je suis doué pour ça. »

L'enténébrée poussa un soupir, puis sortit quelques mendiants de sa bourse. Tric se fraya un chemin à travers les clients, le groupe sur ses talons – tout comme dans les rues, la foule de clients se sépara devant lui. Ils dénichèrent un box du côté quai de la salle, encore parsemé de chopes vides et de petites flaques qui sentaient suspicieusement la pisse, mais ils étaient si fatigués – et avaient tellement froid – que cela importait peu. Ils se retrouvaient à proximité d'un feu, à l'abri de la pluie, et après deux semaines de selle, c'était déjà un petit miracle en soi.

Ils se blottirent dans le box, Jonnen coincé entre eux. Tric alla récupérer un tabouret au comptoir et revint s'asseoir face à la salle, histoire de mieux pouvoir la surveiller. Le pub résonnait d'un mélange animé de conversations amicales et de débats houleux, de refus avinés et d'avances acceptées, d'histoires à dormir debout et de vérités mortelles. Un trio de ménestrels occupait un coin près du foyer – ils jouaient de la lyre et du tambour en chantant un air incroyablement paillard, que même Mia trouvait un tantinet choquant[22].

Boucher fit bientôt son retour avec un plateau rempli de pintes de bière, en frappant une devant chacun d'eux, y compris Jonnen.

« À quoi devrions-nous boire ? s'enquit Charmeuse-de-Lames.

---

22. Un classique des brasseries intitulé *Le Cor du chasseur*, dans lequel diverses jeunes femmes enseignent à un braconnier prénommé Ernio d'édifiantes leçons sur l'intérêt de posséder une énorme…
Bref, laissez tomber.

— À la Dame des Tempêtes ? proposa Sidonius. Peut-être que ça l'apaisera un peu. »

Boucher leva son verre. « Un homme embrassera peut-être son épouse pour lui dire au revoir. Le vin, le verre dépoli. La rose, le papillon – mais vous, mes amis, vous pouvez embrasser mon cul.

— Et pourquoi pas aux amis absents ? » suggéra Mia en levant sa propre chope.

Ashlinn opina du chef. « Si fait. Aux amis absents.

— VIVRE DANS LES CŒURS QU'ON LAISSE DERRIÈRE SOI, dit doucement Tric, C'EST NE JAMAIS MOURIR. »

Mia croisa les yeux du garçon, acquiesça d'un murmure. Ash hocha quant à elle la tête à contrecœur. Tous se mirent à boire à grande gorgée, à part Jonnen (qui mesurait son verre d'un regard soupçonneux) et Tric (qui ne s'intéressait nullement à sa boisson).

« Bon, fit Sid en s'essuyant les lèvres, où est ce putain de Corleone ?

— Est-ce que j'ai le visage rouge ? demanda Boucher.

— Pas particulièrement, répondit Sid.

— Ma foi, ça doit vouloir dire qu'il n'est pas dans mon cul, dans ce cas.

— Ne nous aventurons pas trop loin dans le domaine de ton cul, Boucher », plaisanta Mia.

Il sourit de toutes ses dents. « En parlant de ça, ta mère te passe le bonjour.

— Hé, l'avertit l'enténébrée, sourcil haussé. Laisse ma mère en dehors de ça. »

Le Liisien éclata de rire. « C'est exactement ce qu'a dit ton père. »

Mia ne put s'empêcher de glousser, tout en le gratifiant d'un articule. Boucher écarta sa main d'une petite tape et s'empressa de retourner à sa chope. « À la tienne, charmante garce. »

Mia lui souffla un baiser, puis en fit de même.

« Vous avez tous des bouches *dégoûtantes* », grommela Jonnen.

Le groupe buvait en silence, se contentant d'écouter le brouhaha du pub et le chant des ménestrels dans le coin. Le temps que ceux-ci atteignent le septième couplet[23], les verres s'étaient vidés. Ashlinn considéra muettement chacun de ses camarades, en haussant un sourcil interrogateur. Et comme cela ne suscitait aucune contestation, elle partit chercher une autre tournée.

« La première fois que je me suis saoulé, se risqua Sidonius, j'étais tellement bourré que je me suis vomi dessus.

— Moi je suis tombée dans l'océan et j'ai failli me noyer, fit Charmeuse-de-Lames.

— Moi je me suis marié, révéla Boucher.

— D'accord, tu gagnes », admit Mia, en allumant un cigarillo.

Jonnen repoussa sa bière de ses deux mains.

L'enténébrée sourit. « Bon garçon, lui dit-elle, en lui embrassant le sommet du crâne.

— J'ai besoin d'un bain, grommela alors Charmeuse. Et d'un lit.

— Ouaip, enchérit Sid, on devrait prendre des chambres ici. Avec un peu de chance, Corleone a juste été retardé d'un tour ou deux.

— Et avec de la malchance ? » s'enquit Boucher.

---

23. Dans lequel Ernio découvre que souffler dans son propre cor est, comment dire…
Bref, laissez tomber.

Sidonius ne lui répondit rien, pas plus que Mia. Elle tira sur son cigarillo, sentit le baiser des clous de girofle sur sa langue – tout en se demandant ce qu'ils feraient si Corleone leur posait un lapin. Ils avaient du fric, mais pas suffisamment pour se payer sept places sur un bateau. Le problème des Dames des Tempêtes et des Océans restait irrésolu. Et lorsqu'elle observait les entrailles du Pub, Mia ne voyait pas beaucoup de gens qui lui inspiraient autant confiance que le capitaine de la *Vierge sanglante*. Maintenant qu'elle était à l'aise, la jeune femme pouvait sentir ce dont Boucher parlait, l'entrevoir dans un sourire argenté, l'éclat d'un couteau ou les lèvres contusionnées d'une serveuse. Un courant sous-jacent de violence. Une nuance de cruauté dans les os de cette ville.

Tric se leva lentement, remit sa capuche et dissimula ses mains noires dans ses manches. « JE VAIS ALLER FAIRE UN TOUR SUR LES JETÉES, HISTOIRE D'AVOIR UNE PETITE CONVERSATION AVEC LE CAPITAINE DU PORT, dit-il. PEUT-ÊTRE SAIT-IL QUELQUE CHOSE À PROPOS DU RETARD DE LA *VIERGE*.

— Tu ne veux pas te reposer un peu ? lui demanda Mia. Te réchauffer un moment devant le feu ?

— UNE *SEULE* CHOSE EN CE BAS MONDE POURRAIT ME RÉCHAUFFER, MIA, rétorqua-t-il. ET CE N'EST PAS L'ÂTRE D'UNE SALLE COMMUNE DES DOCKS. JE REVIENS BIENTÔT. »

Tout en le voyant partir – le souvenir de son pouls sous sa paume flottait encore dans un coin de son esprit –, l'enténébrée sentit les Faucons échanger des regards autour d'elle. Charmeuse-de-Lames partit en quête de l'aubergiste pour lui demander des chambres, Boucher et Sid entreprirent de jouer avec leurs verres vides. Clope au bec, Mia considéra sans mot dire la pièce qui l'entourait. Il y avait là un mélange de citoyens ordinaires et de salés, les pirates hauts en couleur se mêlant aux équipages d'autres navires, pariant et faisant la bringue, se joignant de temps à autre aux couplets paillards du *Cor du chasseur*. Il semblait y avoir un anniversaire ou une célébration de ce genre sur la mezzanine. Mia entendit des bris de vaisselle, des hurlements de rire et…

« Ôte tes *putains* de mains de mon corps ! »

La voix d'Ashlinn.

« Surveille Jonnen, lança-t-elle à Sid tout en se levant de sa chaise.

— Qu'est-ce qu'…

— Surveille-le. »

Mia s'immisça dans la foule, s'y frayant un chemin jusqu'à se retrouver dans le demi-cercle de clients qui s'était formé autour du bar. Ashlinn était au milieu, entourée d'un plateau renversé, de chopes vides et de flaques de bière. Trois hommes assez jeunes, affublés de sourires lubriques et de dents jaunies, se tenaient devant elle. Vêtus de houppelandes et de casquettes de cuir, ils avaient des cordes terminées par des nœuds coulants autour du cou.

Des salés, aucun doute là-dessus.

Poings serrés, le visage écarlate de fureur, Ash s'adressait au plus grand du groupe – un rouquin à peine sorti de l'adolescence, avec un monocle vissé sur l'œil, histoire de se donner un petit air noble. « Tu poses encore une fois la main sur moi, fils de pute, cracha-t-elle, et tu devras apprendre à te pignoler avec un moignon. »

Le garçon gloussa. « Ce n'est pas très gentil, mon ange. On prend juste un peu de bon temps.

— Va jouer tout seul, branleur. »

Mia pénétra dans le cercle de spectateurs amusés, attrapa Ashlinn par la main. Attirer l'attention n'était dans l'intérêt de personne, en ces lieux. « Viens, on y va.

— Oh, mais qui voilà ? On s'est déjà vus ? » Monocle considéra les deux cercles tatoués sur sa joue. « Comment t'appelles-tu, esclave ?

— Ash, allons-y », insista l'enténébrée.

Les deux autres voyous se positionnèrent de manière à les empêcher de fuir. La foule se referma un peu plus, appréciant visiblement le spectacle. Mia, qui sentait une lente étincelle de colère noyer la peur dans sa poitrine, s'efforça de la maîtriser avant qu'elle ne s'enflamme. Sans Gentilhomme dans son ombre, elle avait le *choix* de se montrer prudente présentement. De laisser sa peur s'exprimer. Une bagarre en ces lieux ne pouvait pas bien se terminer, elle le savait.

Maîtrise-toi.

« Je t'ai demandé ton nom, gamine », insista Monocle.

Mia se retourna pour lui faire face. « Nous ne vous cherchons pas querelle, Mi Don.

— Ma foi, tu l'as quand même trouvée. » Il fit un pas dans sa direction, en lui lançant des regards noirs. « L'équipage du *Bourreau* n'est pas du genre à se faire insulter par des pouffiasses d'eau douce – hein, les gars ? »

Ses deux compagnons croisèrent les bras derrière lui, acquiescèrent d'un murmure.

Maîtrise. Toi.

« À moins que… vous ne trouviez un moyen de vous faire pardonner ? » Un sourire étira le coin de la bouche de Monocle.

Maîtrise.

Toi…

Et avec une lenteur tout à fait délibérée, il posa une main sur la poitrine de Mia.

… D'accord, tu l'auras voulu.

Son genou s'enfonça dans l'aine du malheureux avec la puissance d'une comète s'écrasant sur terre. Une volée de mouettes s'envola d'une flèche de cathédrale voisine et rejoignit le ciel en hurlant ; tous les mâles dans un rayon de quatre pâtés de maisons remuèrent inconfortablement sur leur siège. Mia attrapa le garçon par son nœud coulant et lui abattit le visage sur le comptoir. Un *crac* aussi humide qu'écœurant, un cri d'horreur généralisé – et le malheureux s'effondra, les lèvres réduites à de la viande hachée, tandis que les restes de quatre dents restaient enfoncés dans le bois.

L'un des voyous voulut s'en prendre à elle, mais Ashlinn le frappa droit dans la gorge – il chancela en arrière, les yeux écarquillés, le souffle coupé. Elle se jeta alors sur lui tout en attrapant une des chopes tombées par terre, et commença à le frapper au visage. Le second type se saisit de la première arme à sa portée – une bouteille de vin, qu'il fracassa sur le rebord du bar pour obtenir ce que les gens du commun appelaient un « bouffon liisien[24] ». Mais alors même qu'il s'approchait, Mia mancia les ombres de ses bottes de manière à le clouer sur place.

Le garçon trébucha en avant, et l'enténébrée l'aida à tomber en lui attrapant les deux oreilles – dont elle se servit comme poignée pour lui coller un genou en plein visage. Un nouveau *crac* sinistre – le nez du garçon venait d'éclater comme un boudin sur sa joue. Histoire de faire bonne mesure, Mia lui assena un coup de botte dans les côtes, en brisant quelques-unes au passage.

En ayant terminé avec sa chope, Ash se tourna face à Mia, le souffle court, le visage barré d'un sourire sauvage. Mia passa sa langue sur ses lèvres – elles avaient un goût de

24. Sourires d'une oreille à l'autre garantis, chers amis !

cuivre –, puis s'arracha à la contemplation de son amante pour embrasser d'un regard les clients qui les entouraient. De ses mains ensanglantées, elle leur désigna ses seins.

« On ne touche pas sauf sur demande. »

Une des filles de l'arrière-cuisine se mit aussitôt à applaudir à tout rompre. Les autres clients échangèrent des regards, certains haussèrent les épaules. Le groupe recommença à jouer, et tout le monde retourna à son verre. Mia attrapa la main d'Ash pour l'éloigner du corsaire vaincu. Encore un peu essoufflée, la Vaanienne dévisagea son amante.

« J'aimerais déposer une demande pour vous *toucher*, si ça ne vous dérange pas. »

Mia lui claqua les fesses, un large sourire aux lèvres. Charmeuse-de-Lames se fraya un chemin à travers la foule, Sidonius et Boucher ne tardèrent pas à les rejoindre, en tenant chacun une main de Jonnen. Postés au beau milieu de la salle commune bondée, ils entamèrent une conversation à voix basse :

« Je pense qu'on a suffisamment attiré l'attention comme ça pour une non-nuit, grogna Sid.

— On devrait se tirer, à ton avis ? lui demanda Ash. Histoire d'éviter les attentions *excessives* ?

— Aye, fit Boucher. Personne ne fait chier les salés, dans cette ville. On devrait *vraiment* se rendre dans une autre auberge, aussi loin que possible de celle-ci sans pour autant quitter Amai.

— Corleone était censé nous rejoindre ici, fit remarquer Sid.

— On peut laisser un mot au portier à l'intention de Tric, dit Mia. Ce n'est pas comme s'il avait besoin de sommeil, de toute façon. Rien ne l'empêche d'attendre l'arrivée de Nuage ici.

— Pour peu qu'il se *décide* à se pointer », grogna Boucher.

Mia considéra la foule qui les entourait, remarqua quelques regards en coin. L'adrénaline consécutive à la bagarre affluait dans ses veines, son cœur battait à tout rompre. Gentilhomme avait disparu, et Éclipse chevauchait toujours Jonnen – ce qui la laissait seule avec sa peur. Peur de représailles. De ce qui risquait d'arriver si Corleone les laissait en plan. Peur pour Mercurio, pour Ash, pour son frère, pour *elle-même*.

L'enténébrée regarda ses mains tachées de sang. S'avisa qu'elles tremblaient. « Tirons-nous d'ici », dit-elle.

CHAPITRE 22

Vipères

Marius avait faim.

La dernière fois qu'il avait mangé ne remontait qu'à deux heures. Un merveilleux festin entre les cuisses ensanglantées d'une jeune Main anonyme (mais bon, elles l'étaient *toutes*, pas vrai ?), pendant que le cœur de la fille battait au rythme de ses gorgées contre sa cage thoracique, aussi rapidement que des ailes d'oiseau. Son pouls palpitait contre la langue de Marius – c'était si doux, si chaud qu'il aurait pu l'avaler tout entière.

Mais il avait trop bu. L'orateur avait été malade ensuite, crachant à genoux du cramoisi sur ses paumes d'un blanc osseux, en tremblant de tous ses membres. La perfection de sa torture ne manquait jamais de l'amuser autant qu'elle l'indignait, l'amertume de sa malédiction s'avérant d'autant plus cruelle qu'il l'avait lui-même choisie. Il connaissait la dîme que son pouvoir allait lui prendre avant de le faire sien. Connaissait le prix à payer pour déterrer la magik enterrée depuis des siècles dans les étendues désertiques d'Ysiir. Pour détenir du pouvoir sur le sang, il lui fallait devenir l'esclave du sang. Tout comme Marielle était l'esclave de sa chair.

Le sang était la seule nourriture d'un orateur, mais il agissait aussi comme émétique. En boire trop, c'était s'assurer de passer un *très* mauvais moment. En boire trop peu, et on souffrait d'une faim terrible. Une torture sanguine permanente, *parfaite*.

Le pouvoir avait un prix.

« Des nouvelles ? » s'enquit Solis.

Les appartements du Vénéré Père étaient nichés dans les hauteurs de la Montagne, au sommet d'une spirale d'escaliers de plus en plus étroits. Depuis que Drusilla lui avait confié ce rôle, Solis n'avait pas fait grand-chose pour redécorer les lieux. Une sculpture de verre arkémique au plafond, des fourrures blanches par terre, de la peinture blanche sur les murs. Un bureau ornementé recouvert de tonnes de papiers et de bouquins, des étagères à gauche comme à droite de la pièce.

Il y avait des centaines de niches creusées dans le mur derrière le bureau. Drusilla avait coutume de les garnir de souvenirs remontant à ses tours d'assassin – des bijoux, des armes et des bibelots dérobés à ses victimes. On y voyait encore une lueur d'argent – des centaines de flacons de sang, scellés à la cire noire. Mais le seul trophée que Solis gardait de son passé était une paire de menottes rouillées tachées de sang, suspendues au-dessus de sa tête.

« Combien en as-tu tués, Dernier ? s'enquit Marius, un petit sourire aux lèvres.

— Pardon ? »

Marius considéra le Vénéré Père. Un corps massif. Une mâchoire aussi épaisse que ses mains. Marielle avait guéri ses brûlures, mais elle n'avait pas le pouvoir de faire repousser ses cheveux – ses sourcils blond cendré se résumaient désormais à des ombres, sa barbe jadis hérissée à un duvet informe. Les manches de sa robe sombre – qui avaient bien du mal à contenir les muscles de ses bras – étaient remontées jusqu'aux coudes de manière à dévoiler les cicatrices qui ornaient son avant-bras. Trente-six morts données au nom de la Mère, chacune inscrite dans le doux chant de sa peau. Mais…

« Pendant la Réduction. » D'un signe de tête, l'orateur lui désigna les menottes rouillées. « En te frayant un chemin à travers la Pierre philosophale à coups de matraque, la liberté ton but. Combien en as-tu tués ? » Il inclina la tête. « De quoi en vouloir à notre nouvel imperator, pas vrai ? C'est Julius Scaeva qui a eu l'idée d'utiliser les occupants de la Pierre pour la vider, non ? »

Solis ignora sa question. « Des nouvelles de Galante ?

— Pas encore, mentit Marius, sans qu'un instant son petit rictus déserte ses lèvres.

— Aucune ? » s'étonna Tueuse-d'Araignées.

L'orateur se détourna des menottes sur le mur, pour se tourner vers les autres membres du Ministère. Ils étaient installés en demi-cercle autour du bureau du Dernier – un trio de meurtriers, dont le palmarès total avait de quoi donner le sourire à la Nuit.

Pour peu, bien sûr, que la Mère de la Nuit les intéresse un tant soit peu.

Tueuse-d'Araignées, tout d'abord. Une peau couleur noyer, d'élégantes salines bouclées sur sa tête. Elle était vêtue de son traditionnel vert émeraude, et de l'or garnissait comme toujours sa gorge. Le citoyen itreyen moyen ne touchait pas une seule pièce d'or de toute son existence, et pourtant Tueuse-d'Araignées en *dégoulinait* littéralement. Ses chaînes auraient pu lui permettre de se payer une propriété dans la haute Valentia. Les bagues qui ornaient ses doigts auraient suffi à affranchir la moitié des esclaves de Veille-Tempête. Elle n'avait pas son pareil pour arborer le visage austère de la Shahiid des Vérités, mais c'était elle qui devait faire le plus d'efforts au sein du Ministère pour dissimuler son amour de l'argent. En bon oiseau de tonnelle, elle décorait le nid de sa propre chair. Sa vanité recouvrait les étendues de sa peau sombre.

Greffier, ensuite. Avec ses cheveux sombres ébouriffés, son visage de jeune homme et ses yeux de vieillard. Greffier, qui possédait des domaines d'un bout à l'autre de la République, chacun de leurs vestibules agrémenté d'un portrait de son auguste personne – sans même parler de la penderie aussi profonde qu'une forêt remplie de sous-vêtements féminins. Marius lui connaissait sept épouses, mais il doutait fort que le décompte s'arrête là. La Mère seule savait combien d'enfants il avait engendrés. Pour Greffier, le meilleur moyen d'obtenir l'immortalité passait par la progéniture. Et la progéniture, bien sûr, était une véritable pompe à fric.

Et puis, la belle Aalea. Une robe rouge sang, des lèvres rouge sang, une peau d'une blancheur immaculée. De tous, c'était elle qui se rapprochait le plus d'une véritable croyante. N'étant devenue la Shahiid des Masques que depuis quelques années, après la mort du Shahiid Thelonius[25] –, elle n'avait pas tout à fait eu le temps de se faire complètement corrompre par l'appât du gain. Mais Marius en voyait les premiers signes. Ses robes confectionnées par les plus grandes couturières de la République. Les maisons de tolérance qu'elle avait achetées à Sepulcra et à Galante, l'imposant palazzo qu'elle possédait à Donjon blanc et les festivités qu'elle y organisait, les jeunes esclaves musculeux, les bols remplis d'encre et des *hectares* de peau dénudée.

---

25. Asphyxie autoérotique, au cas où vous vous poseriez la question.

La corruption.

Du pouvoir.

Parce qu'ils ne payaient rien pour tout ça, voyez-vous. Aucune dîme. Aucune souffrance. On ne leur rappelait pas, par le biais d'une douleur constante dans le ventre ou d'une laideur sans nom, le prix qu'ils payaient pour le pouvoir qu'ils exerçaient. Aussi l'exerçaient-ils sans réfléchir. Avec insouciance. Estimant avoir bien servi leur Mère, ils pouvaient maintenant se détendre et récolter les fruits d'une vie de servitude.

Ils étaient *gorgés* d'argent du sang. Le meurtre ne leur faisait ni chaud ni froid.

Indignes, tous autant qu'ils étaient.

« Orateur ? lui lança Aalea, en haussant un sourcil parfaitement dessiné.

— Mmmh ? fit Marius.

— Vous n'avez aucune nouvelle de la chapelle de Galante ? » Des yeux sombres cernés de khôl scintillèrent dans la lumière tamisée. « L'évêque Dix-Mains est partie il y a cinq tours, n'est-ce pas ?

— Tout à fait. » Marius parcourait les étagères de Solis, caressant d'un doigt le dos des ouvrages. Le fait que le Dernier ne s'en soit pas débarrassé lui semblait des plus révélateurs – il voulait donner *l'impression* d'être instruit, alors qu'avec ses yeux aveugles il ne pouvait pas lire un mot. « Mais bon, aucun message de Dix-Mains je n'ai reçu depuis son départ de la ville portuaire des Églises. »

Il disait vrai. Aalea s'avérait fort douée pour détecter les mensonges – un don fort enviable. Mais Marius était capable de danser autour de la vérité toute une non-nuit sans jamais faire mine de la toucher.

« De plus en plus étrange, grommela Greffier. Dix-Mains n'a rien d'une tire-au-flanc.

— Ni ceux qui l'accompagnaient, ajouta Tueuse-d'Araignées d'une voix pensive. Des Lames affûtées, tous autant qu'ils étaient.

— Si seulement on avait pu en envoyer davantage… » Solis caressa le peu de barbe que lui avait laissée la bombe pierre-tombale d'Ashlinn Järnheim. « Mais il nous en reste fort peu à disposition.

— Si seulement vous aviez pu *éliminer* notre Petite Corneille à Sepulcra, Vénéré Père, répliqua Greffier. Ça nous aurait évité tous ces désagréments. »

Un sourire aux lèvres, Marius vit les yeux aveugles de Solis lancer des éclairs. « Qu'est-ce que tu viens de dire ? »

Greffier examina ses ongles. « Je trouve simplement que, pour le chef d'une bande de tueurs, vous semblez avoir d'énormes difficultés à *tuer* des gens.

— Prends garde, petit chaton, l'avertit Solis. Sait-on jamais, ta langue pourrait fort bien finir par déserter ta bouche. Je vous l'ai déjà dit, l'enténébrée a reçu de l'aide.

— Mais oui, un revenant ayant renoncé à l'Âtre, c'est bien ça ? » Greffier fit courir ses doigts le long du manche de sa lame en acier noir[26]. « En toute honnêteté, si je me retrouvais

---

26. L'acier noir, aussi connu sous le nom de « mangefer », était un métal extraordinaire créé par les sorcerii ysiiri avant la chute de leur empire. On le disait forgé à partir de fragments des étoiles qu'on voyait parfois tomber des cieux nocturnes – des sorcerii rusés passaient leur vie à les traquer de manière à en tirer des armes hors pair.

L'acier noir ne ternissait ou ne rouillait jamais, et on pouvait l'aiguiser jusqu'à atteindre un tranchant impossible. Un simple fragment de ce métal valait une fortune – bien plus que de l'ossacré à poids égal. *(Suite de la note page suivante)*

confronté aux semblables de notre bon chroniqueur dans les rues de Sepulcra, moi *aussi* je pourrais chier dans mes hauts-de-chausses. »

Solis se leva de son siège. « Au risque de me répéter, grogna-t-il, le sauveur de Corvere n'était pas de la même engeance qu'Aelius. Le chroniqueur n'est même pas *capable* de quitter la bibliothèque. Cette… chose ne souffrait pas de ce genre de limitations, et elle a mis en pièces un escadron entier de soldats itreyens. Encore un mot de dissentiment de ta part, espèce de dandy corseté, et je te *montrerai* combien il m'est difficile de tuer. »

Tueuse-d'Araignées lâcha un soupir. « Grandissez un peu, tous les deux.

— Oh, bravo, grogna Solis, des conseils de son professeur préféré, maintenant. N'est-ce pas toi qui as nommé Corvere lauréate de ta salle, Tueuse-d'Araignées ? C'était ton élève vedette, pas vrai ? La trahison de cette petite traînée nous a coûté plus cher que n'importe quelle autre dans toute l'histoire de l'Église, et c'est à *toi* qu'elle doit l'honneur d'être devenue une Lame.

— Et je veillerai à ce que cette trahison soit punie, dit doucement la Shahiid. J'en ai fait le serment devant la Mère de la Nuit, et je le jure devant toi en cet instant. J'aurai ma vengeance sur Mia Corvere. La dernière chose qui touchera ses lèvres dans cette existence sera mon venin, Solis. N'en doute nullement.

— Tu vas t'adresser à moi en m'appelant Vénéré Père, Shahiid », grogna Solis.

Suite de la note n° 26 : Quant à savoir comment Greffier a pu mettre la main sur une épée entière faite de ce matériau, cela reste un mystère insondable – mais si j'étais du genre joueur, je parierais qu'il ne serait pas capable de produire le moindre acte de vente.

Marius observait cette scène se dérouler devant lui sans se départir de son petit sourire. Il trouvait tout ça si ennuyeux. Si bassement matériel. Mais bon, ainsi allaient les choses, supposait-il. Les vipères se retournent toujours les unes contre les autres quand elles n'ont pas de rats à dévorer.

« De quoi Mercurio vous a-t-il parlé ? » lui demanda Drusilla.

Toujours aussi enjoué, l'orateur fixa la Dame des Lames à travers ses cils blanchis. Postée à l'extrémité de la pièce, celle-ci examinait les centaines d'ampoules d'argent rangées dans les alcôves. Chacune était remplie d'une dose du sang de Marius, distribué aux évêques, aux Mains et aux Lames de sorte qu'ils puissent communiquer avec la Montagne. Malgré les six mètres qui l'en séparaient, le sorcerii en percevait chaque goutte nichée à l'intérieur.

« Mercurio, répéta Drusilla. Il est descendu dans vos appartements il y a une semaine. Il vous a longuement parlé, à toi et à ta sœur – c'est ce que je me suis laissé dire, en tout cas. »

Marius haussa les épaules. « À s'évader de la Montagne le bon Mercurio aspire. Et je fais partie de ses options. Des mots nous avons échangés à propos de mes goûts en matière… d'alimentation, également. »

Il dévisagea Drusilla de ses yeux roses brillants. Il savait pertinemment ce qu'elle faisait des pièces qu'elle ne cessait d'accumuler. Comment la Dame des Lames dépensait la fortune qu'elle amassait lentement depuis la mort de Lord Cassius, laissant l'Église entièrement sous son autorité. Combien elle avait à perdre. Et pourquoi elle s'accrochait si désespérément à ce qu'elle avait construit.

« On devrait tuer Mercurio et passer à autre chose, Drusilla, marmonna Solis.

— On attrape davantage de poissons avec des vers vivants qu'avec des asticots morts, rétorqua la Dame des Lames. Si notre Petite Corneille avait vent de son meurtre, on risquerait fort de ne jamais la revoir.

— Et comment découvrirait-elle ce qui se passe entre ces murs ? » s'enquit Tueuse-d'Araignées.

Drusilla secoua la tête. « Je n'en sais rien. Mais elle semble avoir... un don pour ça. L'imperator a été formel : aucun mal ne doit être fait à Mercurio tant que l'héritier de Scaeva ne lui a pas été rendu.

— Peut-être s'imagine-t-il – à tort – avoir toujours une chance de convaincre sa fille de se joindre à lui ? » suggéra Greffier.

Aalea haussa ses délicates épaules. « Elle n'est pas stupide. Il y a beaucoup à gagner à se trouver aux côtés de Scaeva à l'heure qu'il est. Mia peut encore accepter son offre.

— Et c'est ce que tu espères, j'imagine ? grogna Solis. Que sa vie soit épargnée ? Tu as toujours eu un faible pour cette fille. Et pour son vieux maître.

— Des "faibles", Vénéré Père, j'en ai beaucoup, répliqua froidement Aalea. Et je vous invite à n'en découvrir précisément *aucun*.

— Quoi qu'il en soit, les interrompit Tueuse-d'Araignées, on ne peut pas faire confiance à Mercurio. » Elle avait les yeux braqués sur Drusilla. « On devrait au moins l'enfermer dans sa chambre.

— Non, fit son interlocutrice. Je veux donner à ce vieux salopard suffisamment de corde pour qu'il se pende avec.

— Sauf votre respect, ma Dame, intervint Greffier, Mercurio est l'un des hommes les plus dangereux à arpenter les couloirs de cette Montagne. Vous êtes certaine que vos sentiments personnels à son ég...

— Tu foules une glace *extrêmement* fine, Shahiid. » La Dame des Lames le foudroya du regard. « Si j'étais toi, je choisirais avec le plus grand soin les mots que je vais prononcer maintenant. »

Marius soupira. « Si nous en avons fini…

— Vous vous ennuyez en notre présence, Orateur ? lui lança Drusilla.

— Pardonnez-moi, ma Dame. » Il s'inclina bien bas. « Mais je suis affamé. »

Elle jeta un ultime regard empoisonné à Greffier, puis concentra toute son attention sur Marius. « Je comprends. Et loin de moi l'idée de vous empêcher de vous restaurer. Mais avant de vous laisser partir, j'aimerais aborder un dernier sujet avec vous.

— Je vous en prie, ma Dame – discutons-en *rapidement*.

— Vu l'efficacité dont Mia Corvere a fait montre pour se débarrasser de son dernier sosie, il en faut un nouveau à l'imperator Scaeva. Informez votre sœur que nous allons avoir besoin de ses services. »

Marius sentit une pointe d'excitation envahir ses veines. « Venir ici Scaeva va-t-il ?

— À moins que la situation n'ait changé, lui répondit la Dame des Lames. On m'a laissée entendre que Marielle ne pouvait pas façonner de simulacre en l'absence de l'imperator. »

L'orateur de sang haussa nonchalamment les épaules. « Cela est valable pour tout artisan. En présence du modèle dans la pièce, plus précis sera le portrait que l'artiste peindra. Si l'œuvre de ma sœur bien-aimée a vocation à tromper le Sénat, ou l'épouse de Scaeva, alors oui. » Il sourit. « L'imperator serait bien avisé de se rendre disponible pour une séance.

— Fort bien, répliqua Drusilla. Je vous informerai de la date de son arrivée.

— Comme il vous plaira », dit Marius, en étouffant un bâillement.

L'orateur fit volte-face et quitta les appartements du Vénéré Père dans un lent bruissement de soie rouge, en prenant *généreusement* son temps. Ses pieds nus ne faisaient aucun bruit sur les marches qu'il descendait dans l'obscurité, ses lèvres pâles étirées en un petit sourire.

En partant, il avait *senti* les yeux de Drusilla sur lui.

« Frère bien-aimé, mon frère. »

Marius retrouva Marielle dans sa salle des visages, en train de lire à la lumière arkémique. Plongée dans un pavé quelconque de l'athénée, elle accompagnait sa lecture d'un doigt difforme suintant de pus, en prenant soin de ne jamais toucher les pages. Mais elle leva promptement la tête lorsque son frère pénétra dans la pièce, sa robe de soie entrouverte dévoilant sa pâle poitrine lisse.

Les yeux rouges de la tisseuse scintillèrent de joie à sa vue, mais elle se garda bien de sourire trop largement, de peur de refendre la peau de ses lèvres. Elles avaient mis des semaines à guérir la dernière fois.

« Sœur bien-aimée, répliqua-t-il. Ma sœur. »

Marius retira doucement sa capuche pour déposer un baiser sur son crâne parsemé de mèches blondes bien trop grasses. La tisseuse se détourna, honteuse.

« Ne me regarde pas, mon frère. »

L'orateur posa une main sur sa joue enflée zébrée de crevasses, força Marielle à lui faire face. Un cauchemar de peau décharnée et de plaies ouvertes, pourri jusqu'à la moelle. Émanait d'elle un épais parfum, insuffisant néanmoins pas dissimuler la sombre fragrance de la corruption, la ruine des empires de sa chair.

Il embrassa ses yeux. Ses joues. Ses lèvres. « Tu es belle », murmura-t-il.

Elle pressa sa paume contre la main toujours occupée à lui tenir le visage. Un petit sourire, puis Marius s'écarta, les bras derrière le dos, pour observer les visages accrochés aux murs. Des yeux vides et des bouches béantes, en céramique, en verre, en terre cuite ou en papier mâché. Des masques de mort ou de Carnivalé, d'antiques masques d'os et de peau. Une galerie de visages, plus ou moins beaux, plus ou moins hideux.

« Quelles font les nouvelles ? zozota Marielle.

— Dix-Mains et ses Lames, toutes tuées ont été. Notre petit enténébré indemne. » Marius haussa les épaules. « Pour l'essentiel, tout du moins. Et notre imperator va bientôt arriver de Sepulcra, de sorte que tu puisses sculpter un nouvel abruti à son image. »

Marielle soupira. « Quel lâche ! »

Son frère opina du chef. « Tout à fait.

— Fette catin de Naev est-elle parée ? »

Marius haussa un sourcil. « Elle est prête, oui. Mais ne sois point jalouse, ma sœur. Ce n'est pas digne de toi. Naev n'est qu'un outil.

— Un outil dont tu t'es abondamment fervi par le paffé, frère bien-aimé.

— Elle me plaisait. » L'orateur soupira. « Et puis elle m'a lassé.

— Naev est touvours amoureuve de toi.

— Elle est aussi stupide que toutes les autres, dans ce cas. »

Marielle sourit sombrement, de la bave aux lèvres. « Tu crois que Drusilla nous fuspecte ? »

Marius haussa à nouveau les épaules. « Bientôt, cela n'aura plus aucune importance. L'échiquier est en place, les pièces se déplacent. Les ouvrages qu'Aelius a sous sa garde nous montreront le chemin. Et quand tout sera fini, nous aurons des cieux noirs ornés d'une *lune* au-dessus de nos têtes – tout comme l'a promis le chroniqueur. »

Il fit glisser ses doigts sur la lampe posée sur le bureau de Marielle – une femme gracile dotée d'une tête de lion, qui tenait un globe dans ses paumes. D'origine ysiiri. Vieille de plusieurs millénaires.

« Réfléchis-y, sœur bien-aimée, murmura-t-il. Notre magik n'est qu'un pâle éclat de ce qu'*ils* savaient véritablement. Quelles leçons pourrions-nous apprendre lorsqu'il brillera à nouveau dans le ciel ? Quelles tortures pourrions-nous alléger, quels secrets glaner, quand nous laisserons derrière nous des rivages toujours ensoleillés pour retrouver l'équilibre d'antan ? »

Un sourire aux lèvres, Marius entreprit de caresser le visage de la statue.

« Pas d'ombre fans lumière, dit Marielle. À la nuit fuffède le vour. »

Son frère hocha la tête. « Entre le noir et le blanc…

— *Il y a du gris*, terminèrent-ils ensemble.

— Quand la Mère noire aura retrouvé sa place dans le ciel, pousuivit Marius, je me demande ce qu'elle fera de la pourriture qui a envahi cette maison – la *sienne*. Et de tous les incroyants qui ont indûment profité d'elle…

— Nous le découvrirons fous peu, mon frère. » Marielle entremêla ses doigts à ceux de Marius, ses lèvres légèrement étirées.

Il embrassa sa main, son poignet. Lui sourit sinistrement en retour. « Sous peu. »

Aelius n'avait jamais trouvé les limites de la bibliothèque.

Il les avait cherchées, jadis. Arpentant la pénombre séparant les étagères, la sombre forêt de bois polis, le bruissement des feuilles de vélin et de parchemin, de papier, de cuir et de peau. Dénichant des livres recouverts de peaux qui n'avaient toujours pas cicatrisé, des livres écrits dans des langues jamais inventées, des livres qui lui rendaient ses regards. Errant des tours dans les allées avec pour seule compagnie quelques vers des livres, en laissant derrière lui un mince filet de fumée sucrée.

Mais jamais il n'avait découvert où l'endroit se terminait. Et après sept tours de recherches, il avait fini par comprendre que les choses contenues dans cette bibliothèque ne se laissaient trouver qui elles le voulaient bien. Il avait donc complètement renoncé à son projet.

Il remonta son chariot vide jusqu'à la mezzanine, s'arrêta devant son bureau pour s'allumer une autre clope – et trouver de nouveaux livres empilés sous la fente RETOURS, remis à sa garde au cours de la non-nuit par les nouveaux disciples en formation dans les entrailles de la Montagne.

Aelius exhala un nuage de fumée grise, puis se pencha – au grand dam de son dos – pour ramasser les ouvrages de ses doigts constellés de taches de vieillesse et les poser révérencieusement sur son chariot. « La besogne d'un bibliothécaire ne s'arrête jamais », grommela-t-il.

Il fouilla son gilet en quête de ses lunettes, vérifia les poches de ses hauts-de-chausses, puis celles de sa chemise, pour finalement se rendre compte qu'elles trônaient sur sa tête. Un sourire ironique aux lèvres, il pénétra dans son bureau en tirant généreusement sur son cigarillo.

« “Une fille qui était au meurtre ce que les maestros sont à la musique” ? »

Drusilla leva les yeux de ce qu'elle était en train de lire ; les tranches du livre étaient rouge sang, et il y avait un corbeau noir imprimé en relief sur sa couverture. Un sourire sans joie lui étira les lèvres.

« Déesse noire, il a vraiment une haute opinion de sa propre prose, pas vrai ?

— La critique est facile. » Aelius fourra son cigarillo entre ses lèvres, haussa les épaules. « Mais oui, certaines métaphores sont peut-être un peu appuyées.

— La déesse en soit remerciée, il ne parle pas comme il écrit. S'il sonnait aussi prétentieux quand il ouvre la bouche, je l'aurais fait assassiner il y a des années. »

Le chroniqueur toisa la Dame des Lames de pied en cap. « Que me vaut le plaisir de cette visite, jeune 'Silla ? Ça fait une éternité que tu n'as pas mis les pieds ici.

— Tu croyais vraiment que je ne découvrirais pas ce que vous tramiez ici, tous les deux ? lui demanda-t-elle en refermant le livre. Tu m'as crue aveugle, ou tu as juste *prié* pour que je ne le remarque pas ?

— Je n'étais pas certain que tu puisses voir jusqu'ici depuis ta chaise haute.

— Depuis combien de temps es-tu au courant ? »

Le chroniqueur secoua la tête. « Je ne suis pas sûr de comprendre ce que tu veux dire par là, gamine. »

Drusilla tira un long stylet méchamment aiguisé de la manche de sa robe.

« C'est pour quoi, ça ? s'enquit Aelius. Les poils de ta poitrine ont repris leur indépendance, peut-être ? »

Drusilla abattit le couteau pointe la première sur une pile de livres historiques et de romans perdue sur le bureau d'Aelius. La lame transperça la couverture en cuir du pavé situé en haut de la pile, s'enfonçant profondément dans ses pages. Le chroniqueur grimaça – le livre blessé n'étant autre que *Le Genou fléchi*, une de ses œuvres préférées[27].

---

27. Le dernier tome de la série extraordinairement populaire – et fabuleusement licencieuse – *Six Roses*, qui rapporte en détail la vie, l'époque et les coucheries édifiantes de six courtisanes *(Suite de la note page suivante)*

Quelque part dans l'obscurité de la bibliothèque, un ver des livres poussa un rugissement.

« Je ne recommencerais pas si j'étais toi, gamine, dit Aelius.

— Je pense m'être fait comprendre », répliqua Drusilla en retirant la lame.

Le chroniqueur considéra sa main. Il y avait un trou dans sa paume – exactement de la même taille et de la même forme que la blessure qu'elle venait d'infliger à l'ouvrage. Par ce nouvel orifice, Aelius regarda la Dame des Lames poser la pointe de son arme sur une autre couverture. « Je suppose que oui, fit le vieux fantôme.

— Depuis combien de temps es-tu au courant ? » Drusilla tapota de ses doigts le corbeau qui ornait la couverture de la chronique. Aelius s'avisa qu'elle avait également feuilleté le deuxième tome. « Pour la fille. Combien de temps ? »

Il haussa les épaules. « Je l'ai su un peu avant son arrivée ici.

— Et tu as… oublié de m'en parler ?

Suite de la note n° 27 : à la cour de Francisco X. La série, biographique, mentionnait de nombreux membres éminents de la cour ainsi que le roi en personne.

Si explosif en était le contenu (le cardinal Ludovico Albretti aurait, dit-on, été victime d'un arrêt cardiaque en lisant la scène paroxystique du bordel dans le troisième volume) que la publication du cinquième tome provoqua une émeute d'anthologie dans les rues de Sepulcra. La série fut déclarée illégale par le Ministère d'Aa et, sous la pression de son épouse, Ilse, le roi accepta de l'interdire – bien qu'il faille noter qu'en réalité Francisco X était un genre de fan : seule la contrainte conjugale le poussa finalement à interdire ces ouvrages.

L'autrice, Laelia Arrius, fut emprisonnée à vie dans les entrailles de la Pierre philosophale et n'acheva malheureusement jamais son œuvre – d'où la présence du dernier tome sur les étagères de la bibliothèque des morts. Je me suis moi-même borné à les lire en diagonale. La dimension politique ne casse pas trois becs à un canard. Les passages coquins, par contre…

— Tout à coup on devient demandeur de mes conseils, hein ? ironisa Aelius. Ça fait au moins dix putains d'années que tu n'es pas descendue ici.

— Je suis la Dame des Lames, l'Église rouge est…

— Ne *t'avise* pas de me faire un cours sur la nature profonde de cet endroit, cracha-t-il. Je le sais mieux que *n'importe* lequel d'entre vous.

— Je ne minimise pas ta contribution, chroniqueur, mais les temps ont…

— Contribution ? croassa Aelius. J'ai *fondé* ce putain d'endroit !

— Mais les temps *ont changé* ! termina Drusilla avant de se relever. Tu as peut-être bâti cette église à partir de rien, d'accord. Mais c'était il y a des *siècles,* Aelius. Des millénaires. Le monde que tu connaissais est retourné à la poussière, et malgré tout ce que tu as fait pour la Vorace, elle a jugé bon de t'arracher à ta place devant l'Âtre des siècles après ta mort – et pour quoi ? Pour faire de toi son général ? Son immortel Seigneur des Lames, censé mener son troupeau vers de nouveaux sommets ? Non ! » Drusilla écarta la pile de livres posés sur son bureau, les envoyant bouler par terre dans le mouvement. « Elle a fait de toi son foutu *bibliothécaire.* »

Un ver des livres poussa un nouveau rugissement dans l'obscurité. Plus près, cette fois. Aelius tira longuement sur son cigarillo ; ses doigts étaient tachés d'encre, des braises scintillaient dans ses yeux.

« Il ne faut jamais faire chier un bibliothécaire, gamine. Nous connaissons le pouvoir des mots.

— Épargne-moi ce genre de conneries, fit Drusilla. Où est le troisième ?

— Le troisième quoi ?

— Le troisième tome ! s'exclama-t-elle, en abattant sa paume sur les deux premiers chaque fois qu'elle prononçait un mot. La naissance ! La vie ! Où est la mort ?

— Quelque part dans ces étagères là-dehors, prêt à t'emporter si tu n'arrêtes pas de maltraiter ces livres.

— *Où* est-il ? » grogna Drusilla.

Le chroniqueur inclina la tête en arrière, exhala un nuage grisâtre dans l'air ambiant. « J'en sais rien. Je ne l'ai jamais cherché. On ne trouve rien ici qui n'est *censé* l'être.

— *Ça*, bon chroniqueur, ce n'est que la dernière d'une série de suppositions ridicules. »

Drusilla s'empara des deux *Chroniques de Nevernight* et passa d'un pas raide devant lui, ses yeux bleus étincelant de colère et d'impatience. Aelius huma un parfum de roses dans ses longs cheveux gris, avec en dessous l'arôme presque imperceptible du thé et de la mort. Une fois devant les imposantes portes de l'athénée, Drusilla les ouvrit en grand et salua la légion de Mains qui patientaient derrière dans l'obscurité. Il y en avait des dizaines. Peut-être une centaine. Intégralement vêtus de noir, muets comme des carpes, ils attendaient ses ordres tels des agneaux obéissants.

Ça n'a jamais *été censé se passer ainsi.*

L'Église avait vocation à être une maison de loups, pas de moutons.

« Vous allez fouiller chaque centimètre de cette bibliothèque, leur lança-t-elle. Chaque étagère, chaque recoin. N'abîmez pas les livres, et les vers ne vous feront aucun mal. Mais vous *allez* trouver ce que je cherche. » La Dame des Lames brandit les deux premières chroniques devant elle, les exhibant devant ses serviteurs. « Le troisième tome de cette série. Écrit par Mercurio de Liis. Puisse la Mère vous trouver tardivement. Et vous accueillir d'un baiser quand tel sera le cas. »

Les Mains s'inclinèrent et, sans un mot, déferlèrent sur les étagères.

Drusilla revint à Aelius, les deux tomes en main. « Ça ne vous dérange pas si je vous les emprunte – n'est-ce pas, bon chroniqueur ? »

Le vieux fantôme jeta un coup d'œil aux Mains dispersées dans la forêt de bois sombre, aux feuilles bruissantes de vélin et de parchemin, de papier, de cuir et de peau. Il écrasa son cigarillo sur le mur et poussa un soupir. « Laisse-moi juste le temps d'aller te chercher un bordereau de retour. »

CHAPITRE 23

Guerre

Mia rêvait.

Un ciel aussi gris que l'instant où l'on comprend qu'on n'est plus amoureux.

De l'eau pareille à un miroir sous ses pieds, qui s'étendait d'un horizon à l'autre sous un ciel éternel.

Son souffle était froid comme la lumière des étoiles, sa poitrine imitait les mouvements de ses parents à travers les cieux. Le crépuscule n'allait pas tarder à tomber. Il était donc temps pour elle de monter sur son trône et de regarder la non-nuit déployer ses robes.

Elle allait être pleine, ce soir. Et belle. Refléter la lumière de son père, teinter de jour l'obscurité, dévorer leur peur et, satisfaite, les regarder arpenter la non-nuit, sans peur.

Dans un parfait équilibre.

« Je ne souffrirai aucun rival », dit alors une voix.

Elle ouvrit ses non-yeux.

Julius Scaeva la dominait de toute sa hauteur, un couteau à la main. « Pardonne-moi, mon enfant. »

Et la lame s'abattit.

Mia ouvrit les yeux.

Les rideaux étaient tirés, mais lui parvenait un bruit de vagues s'écrasant sur un rivage rocailleux, d'un vent océanique, de mouettes hurlant sous la pluie. Le rêve restait vivace dans son esprit – elle faisait le même chaque non-nuit depuis Sepulcra. Son pouls était rapide, son cœur martelait sa poitrine. Ça l'étonna un peu que ses battements n'aient pas réveillé son frère.

La jeune femme se tourna vers le garçon couché à côté d'elle, yeux fermés, parfaitement serein. Elle écarta de son front une bouclette égarée tout en s'interrogeant sur la nature de ses rêves. Mia l'enviait d'avoir apparemment échappé à ces étranges visions qui tourmentaient son propre sommeil. Si tout ce que lui avait dit Tric était vrai, il y avait également un fragment d'Anaïs à l'intérieur de Jonnen. Et pourtant il dormait comme un bébé.

Elle se demanda pourquoi.

La réponse de Tric surgit alors en son for intérieur.

PARCE QUE C'EST TOI *L'ÉLUE DE LA MÈRE.*

Elle se redressa dans le lit, écarta ses cheveux de son visage tout en prenant une longue inspiration. L'auberge dans laquelle ils logeaient, *Chez Maria la Bleue*, était à dire vrai un peu plus agréable que *Le Pub*. Ash avait réservé la plus grande chambre disponible, et les sept compagnons étaient montés d'un pas lourd à l'étage, restant ensemble pour d'évidentes raisons de sécurité.

Sid et Boucher dormaient sur le plancher, enveloppés dans des amoncellements de couvertures. Ash était quant à elle lovée contre le dos de Mia. Le feu qui brûlait dans le petit foyer agrémentait la chambre d'une confortable chaleur. Les murs étaient décorés de peintures représentant des navires voguant sur l'océan, encadrées de bois brut. Charmeuse-de-Lames était installée dans un fauteuil à bascule, une épée sur ses genoux, ses yeux sombres rivés sur la porte de la pièce. Elle se tourna vers Mia, sa voix un doux murmure :

« Tu faisais de mauvais rêves.

— Des rêves de *vérité*, grommela l'enténébrée.

— Ah. Ce sont les pires. »

Mia se frotta le visage, puis fixa la Dweymeri droit dans les yeux. « Et toi, Charmeuse, à quoi rêves-tu ? »

La femme prit une longue inspiration, soupira. « Aux hommes que j'ai tués, pour l'essentiel. Aux amis que j'ai perdus. Aux sables de l'arène sous mes pieds. Tu sais comment c'était. Toi aussi, tu as vécu cette existence. Elle ne te quitte jamais, même pendant ton sommeil. » Elle regarda Mia, un petit rictus aux lèvres comme lorsqu'on on partage un secret. « Mais parfois, si j'insiste suffisamment, j'arrive à en prendre le contrôle.

— Le contrôle ? répéta Mia. Pour quoi faire ?

— Au lieu des sables de l'arène, je visualise ceux de la plage de Progénie. Je m'imagine en train d'arpenter des rivages d'un blanc éclatant, je me figure le baiser des vagues autour de mes chevilles. L'odeur de l'océan, celle des écrevisses occupées à cuire sur un feu de bois, la douce morsure des soleils sur ma peau. » Elle sourit. « Tu devrais essayer. La prochaine fois que tu fermeras les yeux. De prendre le contrôle de tes rêves et d'en faire ce que tu veux. Ils t'appartiennent, après tout. »

Mia considéra la pièce qui l'entourait. « Tu veux que je te remplace un moment ? »

Charmeuse secoua la tête. « Sid vient juste de me réveiller. Tu devrais dormir. »

S'arrachant non sans peine à la contemplation de son frère et de son amante, Mia enfila ses bottes en peau de loup, se leva, s'étira, passa son baudrier par-dessus son épaule, puis se rapprocha à pas de loup de la porte. Le feu s'étira dans sa direction à son passage, des mains de flammes cherchant à agripper ses talons. La jeune femme cracha dedans. « Je vais fumer une clope, chuchota-t-elle. En cas de besoin, contente-toi de crier. »

La Dweymeri opina du chef tout en se balançant sur sa chaise, les mains posées sur sa lame. Mia prit congé aussi silencieusement qu'un chat, le bruit de ses pas se résumant à un murmure sur les planches. Une fois l'extrémité du couloir atteinte, elle franchit une porte grinçante qui donnait sur un balcon dominant les docks. Le vent était glacial, un crachin désagréable continuait à tomber, aussi lui fallut-il trois tentatives pour allumer son cigarillo. Elle exhala un panache de fumée grise parfumée au clou de girofle, ses yeux plissés à cause de la fumée. Alors qu'elle contemplait les eaux gris acier clapoter contre les jetées et les navires à quai, les tours d'Épine recouvertes de lierre-rasoir et *Le Pub* niché sur la promenade, ses pensées se tournèrent vers le garçon pâle assis près de son âtre, d'une patience de mort.

« La seule arme efficace dans cette guerre, c'est la foi. »

Mia secoua la tête. Elle ne savait toujours pas quoi croire, ni *où* trouver la foi au milieu de toute cette histoire. Elle se remémora la confession de Tric dans cette tour en ruine – il avait renoncé à sa place auprès de l'Âtre pour pouvoir lui revenir. Cette pensée l'effrayait, l'attristait et, oui, d'une certaine manière, *l'excitait*. Se découvrir si complètement désirée avait quelque chose… d'émoustillant. Détenir sur un garçon un pouvoir tel qu'il était prêt à défier jusqu'à la *mort* pour se tenir à ses côtés.

L'enténébrée se souvenait de la sensation de l'avoir en elle. Du contact de ses mains contre son corps. Qu'est-ce que ça lui ferait, de le toucher maintenant ? De l'embrasser ? De le *baiser* ?

Elle passa la langue sur ses lèvres, goûta le sucre du papier à cigarillos – la fumée lui picota la langue. Cuisses serrées, elle glissa une main dans ses hauts-de-chausses, *savoura* la douleur. Les yeux fixés sur la route qui se déployait devant elle, sans savoir où elle aboutissait. Où Mia *aimerait* qu'elle aboutisse. La peau pareille à du marbre, des yeux couleur vrainuit, et des doigts habiles qui descendaient nonchalamment jusqu'à...

« Bon, grogna-t-elle, ça suffit. »

Elle tira une dernière fois sur sa clope, l'écrasa sous son talon. Après avoir écarté ses cheveux de son visage, la jeune femme retourna furtivement à l'intérieur – pour aussitôt refermer derrière elle, histoire de se protéger du vent glacial. Tout en se demandant si elle devait descendre pour vérif...

Une forme sombre la percuta au moment même où elle se retournait – une main au niveau du cou, une autre se refermant sur son poignet. Écrasée contre le mur, l'enténébrée chercha son épée de sa main libre – un corps musclé se pressait tout contre elle, des lèvres chaudes parcouraient sa joue, sa gorge. Des cheveux blonds. Un soupçon de parfum à la lavande.

« Ash ? siffla-t-elle. Par le sang et les abîmes, j'aurais pu... »

Son amante la fit taire d'un baiser, ses lèvres s'écrasant contre les siennes tandis que ses mains s'insinuaient sous sa chemise pour tracer de délicieuses lignes enflammées le long de ses hanches, dans le creux de son dos. Toujours sous l'effet de la surprise, l'enténébrée sentit les mains d'Ashlinn se glisser dans ses hauts-de-chausses et lui pétrir le cul. Elle s'arracha à ses baisers – ce dont Ash se vengea en lui mordant la lèvre inférieure.

« Par les abîmes, chuchota l'enténébrée, qu'est-ce que tu fous ici ?

— J'attendais que tu sortes fumer une clope en douce. » Tout sourire, la Vaanienne écarta légèrement une mèche de cheveux du visage de l'enténébrée. « Je savais que tu finirais par craquer. Sauf que je me suis endormie. Tu as failli me trucider, salope.

— Si tu voulais me rouler une pelle dans le couloir, tu aurais pu demander.

— Pas demander. » Ash secoua la tête. « Prendre. »

Et elle l'embrassa de plus belle, sa bouche ouverte aussi insondable que des ombres. Mia poussa un soupir – la main d'Ashlinn s'était mise à parcourir son ventre, à s'insinuer dans ses hauts-de-chausses, là où celle de Mia se trouvait juste avant. Un doux gémissement s'échappa de ses lèvres quand la Vaanienne commença à embrasser son cou – la mordillant, la titillant, au point que sans trop savoir comment elle se retrouva à nouveau collée au mur. Ses jambes s'écartèrent légèrement, son cœur battait à tout rompre – et pas de peur.

Les lèvres d'Ashlinn lui effleurèrent l'oreille. « Je nous ai pris une deuxième chambre.

— … Pardon ?

— Quand j'ai réservé la première. Rien que pour nous. Pour la nuit. »

Mia lâcha un petit rire. « Espèce de petite salope sournoise.

— Je me languis de toi depuis que tu as éclaté les dents de ce salopard, Mia Corvere, chuchota Ashlinn. Ça m'a fouetté les sangs, de te voir l'emporter. »

L'enténébrée émit alors un râle – les doigts de la Vaanienne venaient de s'insinuer entre ses jambes. « Et *quid* de...

— Ton frère est avec Charmeuse et les autres, murmura Ash – tout en lui effleurant la gorge des lèvres. Jonnen ne peut pas être davantage en sécurité. Ils peuvent se passer de toi pendant une heure ou deux. La Déesse seule sait quand nous aurons de nouveau une occasion pareille. » Elle glissa sa main libre sous la chemise de Mia, se mit à dessiner des spirales atrocement douces autour de ses mamelons durcis. Son souffle était chaud et pressant contre le cou de l'enténébrée ; ses doigts pratiquaient une magik aveuglante entre ses cuisses. « J'ai envie de toi, chuchota-t-elle.

— Ô, par la Déesse...

— J'ai *envie* de toi. »

Mia fourra ses doigts dans les cheveux d'Ashlinn, pour l'entraîner dans un baiser haletant presque douloureux. Les joues rougies, collée au mur, elle écrasa Ash tout contre elle, le souffle court dans l'obscurité frissonnante – chaque pensée, chaque ennemi, chaque *peur* désertant son esprit au contact de la langue de la Vaanienne. « Moi aussi... »

Elles baisèrent comme on fait la guerre.

Dans le sang et le feu.

Ce fut tout juste si elles parvinrent à pénétrer dans la chambre, Ash bataillant avec la clé pendant que Mia se collait de toute sa longueur à son corps par-derrière tout en déposant des baisers sur sa nuque, ses ongles s'enfonçant dans sa peau. Sitôt la porte refermée, l'enténébrée plaqua son amante contre son propre corps, le rire d'Ashlinn laissant place à un gémissement haletant quand Mia prit sa gorge d'assaut. Elle pressa ses lèvres contre la peau brûlante, sentit le pouls de la Vaanienne palpiter sous ses dents et sa langue. Les mains de sa maîtresse commencèrent alors à explorer son dos par-dessus sa chemise, taquines, *aguicheuses*. Mais Mia se saisit de ses poignets, qu'elle immobilisa contre le cadre tout en se frottant à elle sans cesser de l'embrasser et lui mordiller le cou.

La poitrine haletante, ses lèvres étirées en un sourire malicieux, Ash entreprit de la repousser. Mia trébucha en arrière, son amante entra en collision avec elle, et toutes deux s'effondrèrent en tas sur le matelas, le souffle d'Ashlinn s'accélérant à mesure qu'elle défaisait les liens des hauts-de-chausses de Mia, ses yeux scintillants de désir. Dès qu'elle l'eut débarrassée de sa chemise, l'enténébrée s'employa à honorer ses seins, les léchant, les suçotant, tout en soupirant d'adoration. Mais Ash la renvoya alors sur le lit, colla ses mains contre sa poitrine de manière à les immobiliser, et finit de lui déboutonner ses hauts-de-chausses et de les descendre jusqu'à ses genoux. Mia la repoussa, et toutes deux s'engagèrent dans une lutte enflammée, avec force rires, jurons et autres morsures, rougissantes, haletantes, les muscles tendus – ni l'une ni l'autre ne voulant céder. Bouche contre bouche, leurs langues occupées à danser l'une autour de l'autre, elles se déshabillèrent l'une l'autre – un combat sauvage, littéralement *affolant* –, leurs peaux se couvrant progressivement de sueur, chaque botte ou bouton retirés pareils à une petite victoire.

Les baisers d'Ash avaient quelque chose d'affamé, de *furieux*. Leurs corps pressés l'un contre l'autre, elles se retrouvèrent enfin sur le lit, merveilleusement nues. Mia écarta les jambes, toute gémissante, son dos se voûtant lorsque les doigts de la Vaanienne glissèrent jusqu'à son intimité et entreprirent de l'honorer, jouant une symphonie aveuglante, hypnotique, sur ses lèvres turgescentes. La main de Mia s'employa quant à elle à explorer les seins magnifiques d'Ashlinn, son ventre ferme, jusqu'à atteindre la douceur duveteuse de sa chaleur intérieure.

« Ô, Déesse, soupira l'enténébrée.

— Oui, haleta Ash. Oh, putain de *oui.* »

Les doigts de Mia lui arrachèrent un gémissement en s'insinuant doucement dans son intimité – *Ô, Déesse, elle est si chaude* – y allumant un feu qui la fit trembler de tous ses membres. Ashlinn rejeta sa tête en arrière, ses mains s'assortissant au rythme extatique des hanches de son amante. L'enténébrée pressa sa bouche contre son cou, ses doigts enchevêtrés dans les longues tresses dorées de sa maîtresse, ses dents lui mordillant la peau, *grinçant* contre sa main. Chaque fille alimentait les flammes qui s'élevaient à l'intérieur de l'autre, chaque caresse, chaque contact tremblant, plus chaud, plus haut, plus, *plus,* jusqu'à ce qu'enfin – baise-moi, baise-moi, *baise-moi* – toutes deux s'embrasent mutuellement. Le visage à moitié dissimulé par ses cheveux, Ash lâcha un cri, étouffant ceux de son amante en écrasant sa bouche contre ses seins. Une lumière noire fulgura derrière les yeux de Mia, plus brillante que le vraijour ; la tête rejetée en arrière, elle sentit l'immolation la prendre, la secouer, pour finalement la laisser toute tremblante, hors d'haleine.

Les doigts de l'enténébrée se retirèrent, se mettant aussitôt à tracer des lignes ignées sur le champ de bataille qu'était devenue la peau d'Ashlinn. Elle les glissa entre ses lèvres pour savourer le goût de son amante, s'en enivrer. La bouche de la Vaanienne retrouva alors la sienne, dégustant ses propres sucs, et toutes deux s'abandonnèrent à un baiser sans fin, à fleur d'âme. Ash enroula ses interminables jambes autour de la taille de Mia, tout en dessinant du bout des doigts des spirales arkémiques sur ses hanches, son dos, jusqu'à la nuque – des frissons descendirent le long de sa colonne vertébrale, pour enfin envahir son entrejambe trempé.

Mia voulait posséder cette fille. Posséder et être possédée, chaque recoin de son corps, chaque secret fabuleusement sucré, chaque courbe délicate et chaque pli ombragé.

Plus.

Elle en voulait *tellement* plus.

« Embrasse-moi », chuchota Mia tout en lui caressant la joue.

Ash soupira. « C'est ce que je suis en train de faire.

— Non », murmura Mia. Elle recula de quelques centimètres, fixa son amante droit dans les yeux. « *Embrasse*-moi. »

Le souffle d'Ashlinn s'accéléra ; un frisson la parcourut à cette seule pensée. Mia voyait du désir dans son regard – étourdissant, éperdu, presque douloureux, un parfait reflet de celui qui la faisait présentement vibrer. La Vaanienne l'embrassa de plus belle, sa langue s'enfonçant dans sa bouche, ses lèvres s'étirant en un rictus mutin.

« *Force*-moi », haleta-t-elle.

Un large sourire aux lèvres, l'enténébrée rallongea Ashlinn sur les draps, les mains au-dessus de sa tête. Elle éparpilla une centaine d'interminables baisers sur sa bouche, son cou et ses seins, sa main libre allant à nouveau se perdre entre les jambes de la Vaanienne, allant et venant sur ses lèvres trempées. Sitôt à genoux, Mia se retourna pour chevaucher le visage de sa maîtresse. Et lentement,

si lentement,

« Ô, Déesse, oui », chuchota Ash.

elle se laissa descendre sur la bouche impatiente de la Vaanienne.

« Oh, *putain* », grogna-t-elle, frissonnant en sentant la langue d'Ashlinn tracer des cercles brûlants tout autour, et finalement à l'intérieur, tandis que ses mains lui griffaient le cul. Les hanches de Mia semblaient animées d'une vie propre ; ses doigts parcouraient sa propre peau, la caressant, *l'émoustillant*, pinçant ses mamelons douloureux, ses cuisses tremblantes. Ses cils papillonnaient contre ses joues, sa tête partait en arrière alors même que les lèvres, la langue et les mains d'Ashlinn faisaient chanter son corps, explorant ses profondeurs les plus intimes jusqu'à rallumer en elle cette flamme sombre et merveilleuse.

Mia ouvrit les yeux et les posa sur son amante allongée sous son corps, décidée à ne pas lui laisser pareil monopole – elle *aussi* voulait la goûter. Ash étouffa non sans mal un cri quand son amante plongea la tête entre ses jambes écartées, enroula ses bras autour de ses cuisses, et enfonça sa langue dans son intimité. Le plus doux nectar sur sa langue, leurs bouches se mouvant en rythme désormais, les gémissements de l'une enfiévrant l'autre de plus belle.

Et puis la lutte prit fin, en ne laissant derrière elles aucun vaincu. Toutes deux étaient une *chanson*, en cet instant. Un duo parfait, vieux comme le monde, aussi insondable que l'obscurité qui s'étendait entre les étoiles. Qui faisait non pas la guerre, mais l'amour, langoureusement, *entièrement* – mains, lèvres et corps, soupirs, gémissements et frissons, peau contre peau. Elles prolongèrent l'onctueuse et merveilleuse torture aussi longtemps que possible, dégoulinantes de sueur, à bout de souffle, haletantes, incandescentes, chacune à son tour. Sans jamais vouloir que ça s'arrête. Au grand jamais.

Et en définitive,
au terme d'une éternité extatique,
totalement hors du temps,
lorsqu'elles s'abandonnèrent et finirent par jouir,
chaque fille murmura le nom de l'autre.

CHAPITRE 24

Majesté

Elle était encore nue quand ils enfoncèrent la porte.

De lourds bruits de pas la tirèrent de son sommeil, lui hérissant aussitôt les poils du dos. Mais elle venait à peine d'attraper ses hauts-de-chausses quand la botte fit éclater l'encadrement pour faire littéralement voler du bois à l'intérieur de la pièce. En une fraction de seconde la jeune femme se retrouva à rouler sur le sol, tout en tirant sa lame en ossacré de son fourreau. Ash extirpa son épée des profondeurs de son oreiller, se mit debout sur le lit – dans le plus simple appareil, son arme prête à frapper.

Quatre hommes apparurent alors sur le seuil, leurs épaules recouvertes d'une peau de loup noir.

Des gardes-loups.

Le premier d'entre eux était un Vaanien presque aussi grand que Tric. Beau comme un lit à baldaquin plein de garçons de joie de premier choix, avec d'épais cheveux blonds et une barbe divisée en sept tresses. La longue cicatrice qui lui barrait le front et la joue ne suffisait pas à gâcher le tableau. « C'est bien elle ? » s'enquit-il.

Mia scruta alors le couloir ; son cœur manqua un battement lorsqu'elle y découvrit un visage familier encadré de cheveux roux, un monocle toujours vissé sur son œil noirci.

« Fi fait, zézaya le garçon à travers ses lèvres éclatées. Fette falope m'a fait fauter les dents ! »

Mia entendit Charmeuse-de-Lames crier à l'autre bout du couloir, et Sidonius pousser un juron.

Jonnen…

Elle fit un pas en avant, aussi nue que le tour qui l'avait vue naître, prête à faire regretter à ces salopards d'être sortis du ventre de leurs propres mères. Les hommes se déployèrent dans la pièce, une main sur la poignée de leurs épées. Le fait qu'ils ne les aient pas encore dégainées lui indiquait qu'ils étaient soit incroyablement stupides, soit *extrêmement* sûrs d'eux.

Leur chef fixa sur elle des yeux verts étincelants. « Sa Majesté Einar Valdyr, Loup noir de Vaan, fléau des Quatre Mers, réclame ta présence devant le Trône des Vauriens, gamine. Si jamais tu as des dieux, tu ferais bien de commencer à les prier. » Il se tourna un instant vers Ashlinn, debout sur le lit, une épée tirée entre ses doigts. « Et si tu as des vêtements, tu ferais mieux de les mettre.

— Lâche-moi, brigand ! entendit-elle Jonnen crier. Mon père te fera fouetter et te donnera à manger aux chiens !

— Charmeuse ? lança Mia, le cœur au bord des lèvres.

— Oui ? entendit-elle la Dweymeri hurler.

— Tout le monde va bien ? Est-ce que Jonnen…

— Ils lui ont mis la main dessus, répondit Charmeuse-de-Lames. Mais il va bien.

— Certainement pas ! s'écria le petit garçon. *Lâche*-moi, crétin, je suis le fils d'un...

— Si tu veux qu'on étripe ces salopards, Corneille, beugla Boucher, tu n'as qu'un mot à dire !

— Si j'étais toi, lui conseilla l'homme balafré, je n'en ferais rien. Cette épée sied fort bien à ta main, mais tu n'as nulle part où fuir. Et si le roi Einar apprend que tu as *essayé* de t'échapper, ça ne fera qu'empirer les choses pour toi. » Il secoua la tête. « Tu as sérieusement merdé, gamine. »

L'esprit de Mia tournait à cent à l'heure, et la jeune femme se traitait intérieurement d'imbécile. Elle aurait pu tuer ces hommes, cela ne faisait guère de doute, mais pour ce qu'elle en savait, Jonnen pouvait présentement être à la merci d'un couteau. S'il se faisait blesser avant qu'elle n'arrive jusqu'à lui, jamais l'enténébrée ne se le pardonnerait. Elle était complètement à poil, ses amis en infériorité numérique, elle ignorait où se trouvait Tric et ne savait rien de la configuration du terrain.

Patience, se dit-elle.

Elle toisa le Vaanien de pied en cap, l'évaluant mentalement. Une autorité naturelle. Une confiance en soi flegmatique. De l'intelligence. Ses hommes étaient occupés à se rincer l'œil, mais *lui* ne l'avait pas quittée une seule fois du regard depuis qu'elle avait dégainé son épée.

« Comment vous appelez-vous, monsieur ?

— Ulfr Sigursson, garde-loup et second de la *Banshie noire*.

— Votre roi a-t-il l'habitude d'envoyer son second arrêter les fauteurs de troubles ?

— Quand il s'ennuie, répliqua Sigursson. Et j'ai de mauvaises nouvelles pour toi, gamine. Il s'ennuie *beaucoup* ces derniers temps. »

Mia lança un regard à Ashlinn, toujours debout sur le lit.

C'est ça *le danger*, comprit-elle alors.

Avoir des gens à qui elle tenait. Une familia qu'elle aimait. La jeune femme baissait sa garde en leur présence. Ils la rendaient vulnérable. Ses ennemis pouvaient les utiliser contre elle. Mercurio. Ashlinn. Jonnen. Sid et les Faucons. Si elle avait été seule, comme au début, elle se résumerait déjà à une ombre dans les ombres, déjà partie. Si elle avait été seule, elle aurait étripé ces quatre-là comme des agneaux de printemps avant de reprendre sa route. Si elle avait été seule...

Eh bien, elle serait *seule*.

Elle fixa Ash droit dans les yeux.

Et à quoi bon tout ça, dans ce cas ?

La main crispée, Mia croisa le regard de Sigursson. Les ombres de la pièce commencèrent à s'agiter, à s'étirer en direction du garde-loup, aussi pointues que des couteaux. Ses cheveux ondulaient autour de ses épaules comme sous l'effet d'une froide brise qui ne semblait souffler que pour elle. Le brigand tint bon un long moment – il fallait lui accorder cela –, mais il finit quand même par dégainer sa lame.

« Mais qui es-tu, à la fin ? lui demanda-t-il, les yeux réduits à deux fentes.

— Nous allons venir avec vous, Ulfr Sigursson, dit Mia. Mais si vous ou vos hommes vous avisez de nous toucher d'une façon inconvenante, moi ou mes amis, je vous tuerai – vous et tous ceux que vous avez jamais aimés. Compris ? »

Sigursson la toisa de pied en cap, un sourire méprisant aux lèvres. « Mes hommes suivent mon exemple. Et il te manque le matériel approprié pour me hisser la voile, gamine. » Il se baissa pour ramasser les hauts-de-chausses de Mia et les lui balancer en plein dans la tête. « Mets tes putains de vêtements. »

Un fort en pierre les attendait à l'extrémité sud des docks. Il s'élevait directement des océans, ses murs pareils à une falaise. En calcaire, aussi rond qu'un énorme tambour, incrusté d'algues et de moules au niveau de l'eau. Des canons saillaient de ses créneaux et de ses entrailles, tournés vers l'océan. Un drapeau vert dominait sa plus haute tour, orné d'argent et décoré d'un emblème de loup noir aux griffes ensanglantées. Autour de ses murs étaient suspendues une centaine de potences, remplies d'hommes et de femmes. Certains morts, d'autres vivants – la plupart quelque part entre les deux.

« Putain de merde, grommelait Boucher. Putain de *merde*… »

Sigursson évoluait en tête, les gardes-loups encadrant les prisonniers. Mia et ses camarades avaient été désarmés – ne lui restait que la petite dague de défense dissimulée dans le talon de sa botte gauche. Sigursson tenait son épée en ossacré comme un nouveau jouet. Sid avait écopé d'un œil au beurre noir et d'une lèvre fendue quand les gardes-loups avaient fait irruption dans leur chambre, et une croûte de sang ornait son menton. Ash marchait à côté de Mia, qui tenait Jonnen dans ses bras. Malgré la présence d'Éclipse dans son ombre, elle le sentait trembler. Elle le serra un peu plus fort, l'embrassa sur la joue.

« Tout va bien se passer, petite frère.

— Je veux rentrer chez *moi*, dit-il, au bord des larmes.

— Moi aussi.

— Tu n'aurais jamais dû m'emmener dans un endroit pareil. »

Mia regarda les larges portes cloutées de fer du donjon s'ouvrir devant eux. « J'ai pas l'impression d'être la meilleure sœur du monde là tout de suite, si fait. »

Elle cherchait déjà des moyens de s'échapper. Des ombres à arpenter, des occasions de *disparaître* sous son manteau.

Jonnen, elle pouvait le gérer. Peut-être même Ashlinn, au prix d'un effort tout sauf minime. Mais Charmeuse-de-Lames, Boucher, et Sid…

Son ventre se noua de peur – une peur glacée, pareille à des vers rampants. Pour ceux qui lui étaient chers. Elle voulait qu'Éclipse revienne l'aider à y faire face, mais cela aurait mis Jonnen à nu, et la Déesse seule savait comment il réagirait ensuite. Et en l'absence de Gentilhomme – oh, par le sang et les abîmes, comme il lui manquait présentement –, elle n'avait d'autre choix que d'affronter ses angoisses toute seule. De faire abstraction de ses tremblements glacés, du souvenir de Bryn et de Dompteur gisant morts sur la pierre froide, et de réfléchir, réfléchir, *réfléchir* à un moyen de se sortir de ce mauvais pas…

Des cris et des ricanements lui parvenaient alors qu'ils arpentaient le long couloir bordé de lanternes arkémiques qui traversait les entrailles du fort. Au fond Mia voyait des gardes-loups supplémentaires encadrer de larges doubles portes. Les hommes saluèrent Sigursson d'un signe de tête à leur arrivée, puis fixèrent sur Mia et ses camarades des yeux empreints d'ennui. Les portes, en chêne, étaient sculptées de sinistres reliefs de guivres, d'encorneurs, de homards, et de bien d'autres horreurs des profondeurs. Le vent de la non-nuit hurlait tel un loup solitaire dans les entrailles du fort ; la peau de l'enténébrée était couverte de chair de poule.

« Par le sang et les abîmes, chuchota Ashlinn, où est Tric ?

— Aucune idée, murmura Mia en réponse. Pas loin, j'espère. »

Les portes s'ouvrirent en grand.

La pièce, circulaire – d'un diamètre de près de soixante mètres –, était construite à la manière d'un amphithéâtre. Il y avait trois cercles de bois concentriques superposés sur les côtés, comme les gradins d'une arène. Ceux-ci étaient remplis de marins, affublés de casquettes et de tricornes en cuir, de houppelandes, de cravates froncées et de protections, de visages balafrés et de dents en argent. De pipes fumantes, de lames étincelantes et de sourires féroces. Des pirates, tous autant qu'ils étaient.

Au centre de la pièce se trouvait une large piscine naturelle, creusée directement dans le calcaire du sol et ouverte sur l'océan en contrebas. Les eaux bleues, légèrement troubles, étaient animées d'un léger clapotis. Suspendu au-dessus de la piscine, un filet constitué de fils d'acier tendus – chacun espacé de soixante centimètres – formait une grille de presque deux mètres de large au-dessus de la surface. Une foule hurlante entourait les deux hommes qui se battaient en duel dessus.

Un Dweymeri gracile et un Liisien large d'épaules, tous deux déshabillés jusqu'à la taille. Ils s'affrontaient avec des épées en bois, ce que Mia trouvait un peu étrange. Les armes étaient garnies de tessons d'obsidienne, histoire de les rendre suffisamment coupantes – chacun des adversaires souffrait d'une ou de deux entailles, desquelles dégoulinaient des filets écarlates. Mais à moins d'un coup direct porté à une artère quelconque, lesdites armes n'avaient pas vocation à tuer.

« C'est quoi, *ça* ? siffla Sidonius.

— L'Affrontement, expliqua Boucher. La Cinquième Loi du Sel. Le procès par combat.

— J'emmerde le sel et ses lois, chuchota Ashlinn. Par le sang et les abîmes, c'est *quoi*, ça ? »

Mia suivit le regard de son amante. Au niveau le plus haut, séparé des autres, elle découvrit un trône rien de moins qu'imposant. Son dossier était un gouvernail de bateau doté de douze larges rayons, mais l'équipage du navire d'où il provenait devait se composer de géants. Le reste du siège avait été confectionné à partir de corail blanchi et d'os humains, sculptés à l'image d'horreurs tout droit sorties des profondeurs. Y étaient suspendus une centaine de bibelots, de babioles et autres curiosités – Mia en reconnut certaines, qu'affichaient les sels qu'elle avait vus arpenter les rues d'Amai. Une corde terminée par un nœud coulant. Un gant de cuir rouge. Un chiffon blanc sur lequel était cousue une tête de mort.

Des hommages, comprit-elle.

Un homme était affalé sur le trône, une jambe nonchalamment posée sur le dos d'un jeune esclave positionné à quatre pattes devant lui. Un frisson parcourut la colonne vertébrale de Mia lorsqu'elle le regarda – un spasme involontaire qu'elle ne parvint pas tout à fait à réprimer. Ses prunelles cernées de khôl étaient d'un vert incroyablement vif – on aurait dit des émeraudes brisées affûtées comme des couteaux. Des années de soleil avaient tanné sa peau, ses cheveux blonds rasés sur les côtés formaient de longues tresses sur son cuir chevelu. Sa barbe aussi était tressée, sa mâchoire lourde, sa figure parsemée de taches de rousseur entaillée d'une douzaine de cicatrices. Bâti comme un forgeron, il était vêtu de hauts-de-chausses et de longues bottes en cuir. Il avait la poitrine nue, et de ses épaules pendait une houppelande faite de visages humains séchés cousus ensemble. Le manteau était si long qu'il traînait sur le sol à ses pieds.

« *Ça,* c'est Einar Valdyr, chuchota un Boucher à l'évidence terrifié.

— Sur son Trône des Vauriens », murmura Mia.

Le garde-loup les poussa sur un côté. L'enténébrée croisa les yeux d'Ashlinn, vit qu'elle était tendue – prête à agir. Se désintéressant des deux hommes occupés à s'affronter sur le filet, Mia se remit à étudier la salle, en quête d'échappatoires, en quête *d'ombres*. Il y avait au moins deux cents corsaires ici, trente gardes-loups supplémentaires, et Valdyr lui-même. Combattre n'était donc pas une option. Et quand les portes claquèrent derrière eux, la jeune femme classa la fuite au rang des rêves lointains.

Les rugissements de l'assistance la poussèrent à s'intéresser au duel. Le Dweymeri avait encore fait couler le sang : une nouvelle entaille barrait l'épaule du Liisien – s'en échappaient des gouttes écarlates qui allaient se mêler aux eaux qu'ils surplombaient. Les fils d'acier fredonnaient comme des cordes de lyre au rythme de la danse mortelle des deux adversaires, le Dweymeri sautillant d'un câble au suivant pour échapper aux coups trop imprécis du Liisien. Le plus petit des deux finit par perdre l'équilibre, commença à chanceler. Le Dweymeri le gratifia d'un coup rapide au genou, manquant lui-même de choir dans le mouvement. Son adversaire perdit pied et, à la grande joie de l'assistance, passa en hurlant à travers les câbles avant de tomber dans la piscine naturelle en contrebas.

Le marin dweymeri poussa un cri de triomphe. Le Liisien refit bientôt surface, totalement paniqué, et s'efforça aussitôt de rejoindre le rebord. Mia vit alors pour la première fois Valdyr bouger – se lever de son trône et marcher jusqu'au bord du balcon pour avoir un meilleur aperçu de la scène. Le ventre de Mia se noua lorsqu'elle aperçut une ombre sinistrement longue se mouvoir sous l'eau.

Le Liisien avait réussi à nager jusqu'à l'extrémité de la piscine, mais l'eau était basse, et les murs trop hauts pour qu'il parvienne à en atteindre le rebord. Il bondit dans les airs, ce qui permit à Mia d'apercevoir son visage – blême, terrifié. Ses doigts tentaient vainement de s'accrocher à la pierre, tandis que les spectateurs martelaient le sol de leurs pieds. Et sous les yeux de l'enténébrée un long tentacule, crochu, noir et scintillant, jaillit de l'eau pour s'enrouler autour de la gorge du malheureux et l'emporter sous la surface.

Mère noire, c'est un léviathan[28].

Des bruits de lutte. Des cris inarticulés. L'eau se teinta de rouge sous les hurlements des spectateurs. Valdyr applaudit depuis le balcon, bascula la tête en arrière et éclata de rire. Les visages cousus sur son manteau évoquaient ceux que Mia avait découverts dans les sous-sols de Sepulcra, figés dans un hurlement permanent. Le souverain avait les yeux brillants, et Mia remarqua que ses dents avaient été limées en pointes.

Bon, d'accord. Je veux bien croire qu'un chacal a donné naissance à ce salopard.

---

28. Le léviathan est un redoutable prédateur des océans itreyens, et un ennemi naturel de la guivre. Il est doté de tentacules crochus, d'un bec pourvu de dents aussi acérées que des rasoirs et de quatre grands yeux en forme de soucoupe. Ces créatures, qui vivent tant dans les eaux profondes qu'à proximité des rivages, sont chassées pour leur encre – à la fois un pigment indélébile et un puissant hallucinogène. Les Dweymeri l'utilisent pour leurs tatouages faciaux et leurs rites de passage à l'âge adulte, tandis que le reste de la population itreyenne s'en sert pour se mettre totalement minable.
Comme stupéfiant, l'encre peut être consommée de trois façons différentes : en la buvant, par inhalation ou par injection. Ses divers effets sont résumés dans ce joli petit poème, souvent chanté par les enfants de Sepulcra lorsqu'ils sautent à la corde :

Une lampée pour planer,
À fumer pour se défoncer,
Une aiguille pour l'homme amer,
Qui veut vraiment quitter la terre.

Quelle bande de petits salopards morbides, hein ?

« Les Filles ont parlé ! » rugit-il.

Un lourd silence s'abattit tel un marteau sur la pièce, et tous les présents – hommes comme femmes – se figèrent d'un coup. Valdyr se leva, écarta les bras.

« Dame Indomptable, êtes-vous satisfaite ? » lança-t-il d'une voix tonitruante.

Une femme d'une petite trentaine d'années s'avança d'un pas au deuxième niveau. Elle avait des cheveux blonds tressés, des yeux sans khôl, des lèvres dénuées de tout maquillage. « *Indomptable* est satisfaite, mon roi. » Et elle s'inclina devant lui, un sourire aux lèvres.

« Lord Liberté rouge, êtes-vous satisfait ? » s'enquit Valdyr.

Un Itreyen barbu affublé d'une méchante cicatrice et d'une houppelande rouge fermée par des boutons en laiton s'inclina alors bien bas, son visage aussi aigri que s'il avait mangé une gamelle de merde de chien. « *Liberté rouge* est satisfait, répondit-il. Mon roi.

— Eh bien, c'est là un *putain* de soulagement », lâcha Valdyr avant de retourner sur son trône. Il reposa ses bottes sur l'esclave, s'adossa au gouvernail et caressa sa barbe tressée. « Bon, une autre querelle à régler, ou je peux retourner à mon vin ?

— Majesté ! » Un Liisien avec des dents de travers, des cheveux roux clairsemés – et un chat tout sauf amène niché sur ses épaules – vint faire une révérence devant lui. Un nœud coulant lui entourait le cou comme une cravate, tout comme les types qu'Ash et Mia avaient corrigés la veille au soir.

« Lord Bourreau, répliqua Valdyr sans même le regarder. Parle.

— L'affaire dont je vous ai déjà entretenu, Majesté, poursuivit l'homme, en gratifiant Mia d'un regard *envieux* – aucun autre qualificatif ne lui venait à l'esprit, en tout cas. Vos gardes-loups sont revenus.

— Aye, aye, quelles nouvelles, Sigursson ? s'enquit Valdyr.

— Six prisonniers, Cap'taine, lança le voisin de Mia. On les a attrapés chez *Maria*.

— Et le septième ? »

Les portes s'ouvrirent alors comme par enchantement, et une demi-douzaine de gardes-loups en sale état firent leur entrée dans la salle, en traînant une silhouette tout sauf docile. Le cœur de Mia s'emballa aussitôt ; elle fit un demi-pas en avant, mais Ashlinn posa une main sur son bras pour la dissuader d'intervenir.

« Tric… »

Enveloppé de chaînes, celui-ci se tortillait comme un serpent. On lui avait ôté sa robe noire en lambeaux pour ne lui laisser que ses hauts-de-chausses en cuir ; les maillons de fer rouillés s'enfonçaient profondément dans sa peau. Le garde-loup le jeta par terre, lui arrachant un grognement au passage. Une légère rougeur de rage lui colorait les joues, et il avait la peau constellée de sang. Ses salines s'agitaient sur la pierre.

« Ce bâtard a tué Pando, Trim et Maxinius, déclara un de ses gardiens, dont le nez avait connu des jours meilleurs. Il a brisé les jambes de Donateo comme si c'était du putain de petit bois. Je l'ai poignardé à trois reprises en pleine poitrine et il n'est pas tombé. Pour tout vous dire, il a à peine *saigné*.

— Tric, lui lança Mia, reste à terre.

— Mia… »

Un des gardes-loups s'avança pour lui donner un coup de pied dans la tête. « Ferme ta putain de gueule, espèce de suceur de bite impie ! »

Valdyr regarda le Dweymeri s'agiter, ses yeux verts réduits à deux fentes.

« Cap'taine ? » Sigursson souleva la lame en ossacré de Mia. « Puis-je m'approcher ? »

Valdyr y consentit d'un grognement, avant de faire rouler du pied l'échelle de corde accrochée à son balcon. Mia s'avisa alors qu'il occupait une position imprenable par quiconque dans la salle. Il n'y avait là que deux voies d'accès à son perchoir : une porte verrouillée derrière le Trône des Vauriens, ou l'échelle qu'il venait de dérouler à l'intention de son second. La jeune femme balaya les lieux du regard, y dénombra une bonne cinquantaine d'hommes qui semblaient capables d'égorger leurs propres enfants pour un demi-mendiant. À nouveau elle percevait ce courant sous-jacent de violence, en observant les yeux des présents occupés à regarder leur roi.

Personne dans cette pièce, homme ou femme, n'apprécie Einar Valdyr – à l'exception peut-être de son équipage.

Le roi des pirates conserve son trône par la peur…

Sigursson gravit l'échelle, souffla quelques mots à l'oreille de son roi, puis lui remit l'épée en ossacré de Mia. Les yeux cernés de khôl de Valdyr croisèrent enfin les siens, et l'enténébrée dut se forcer à soutenir son regard. Malgré la trentaine de mètres qui les séparait, elle pouvait *sentir* la puissance qui se dégageait de lui. Une intensité sauvage, sanguinaire, qui faisait passer les hommes qui l'entouraient pour des enfants. Un certain charme émanait de lui – c'était là une chose indéniable. Mais un charme à même de vous laisser des contusions sur la peau, et du sang sur vos draps.

Valdyr la fixa un long moment sans mot dire, ses lèvres retroussées en un rictus affamé.

« Qu'en pensez-vous, Lord Bourreau ? finit-il par lancer. Quelle dîme réclamez-vous ?

— Cette garce d'eau douce a brisé les dents de mon gars, répondit l'homme aux dents de travers, en désignant d'un signe de tête la bouche massacrée de Monocle. Elle lui revient de droit. La blonde aussi. » Il pointa un doigt en direction de Jonnen. « Moi je vais prendre le moutard en guise de réparation.

— Tu m'en diras tant, Guivreur... » Valdyr sourit de toutes ses dents pointues.

« ... Avec l'accord de Sa Majesté, bien sûr », ajouta le capitaine en baissant la tête.

Valdyr se tourna alors vers Monocle, sa langue jouant avec une incisive aiguisée. « Tu as vraiment laissé cette gamine prendre l'avantage sur toi, mon garçon ? Je serais mort de honte, à ta place. »

Monocle baissa la tête, les joues brûlantes – une vague de gloussements était en train de se propager dans la salle. Valdyr souleva la lame en ossacré de Mia. En suivit le tranchant de ses prunelles vertes, avant de reluquer le corps de la jeune femme de pied en cap. Son sourire lui retourna le ventre.

« Éclipse, chuchota-t-elle. Tiens-toi prête.

— *... TOUJOURS...* »

Mia jeta un coup d'œil à Charmeuse, Sid et Boucher. « On plonge dans la piscine naturelle, puis direction l'océan, leur souffla-t-elle. Cette chose, dans l'eau, est moins dangereuse que celles qui nous entourent. »

Sidonius opina du chef. « Ouaip.

— Putain de merde... », murmura Boucher.

Le roi Valdyr considéra Monocle, un sourire carnassier aux lèvres. « Tu ne saurais pas quoi faire d'une beauté pareille si je t'en faisais cadeau, petit homme. » Il revint à Mia. « *Moi* je vais prendre celle qui a des cheveux noir corbeau. Tu peux garder la blonde, Guivreur. Mais si j'étais toi, je lui mettrais un mors dans la bouche et des fers aux poignets avant de m'aventurer à jouer avec. Tu peux aussi avoir le petit, si ça te chante. » Il désigna ensuite Tric, toujours allongé sur le sol de pierre. « Emmenez celui-là en bas, histoire qu'Aleo y jette un œil. Envoyez la Dweymeri et le Liisien aux tours d'Épine. » Un geste nonchalant en direction de la piscine naturelle. « Et refilez le grand à la Dona – ça fait des semaines qu'elle n'a pas dégusté d'Itreyens. »

Le cœur de l'enténébrée battait la chamade. Les ombres ondulaient tout autour d'elle. « Accroche-toi à moi, murmura-t-elle à l'oreille de Jonnen. Et aveugle quiconque s'aviserait d'approcher.

— Je… je vais essayer… »

Mia serra la main d'Ashlinn. « Reste à mes côtés, mon amour. »

Elle ne savait absolument pas quoi faire pour Tric. Ou pour le léviathan qui les attendait dans cette piscine. Rien ne lui garantissait qu'ils allaient atteindre l'eau – sans même parler de l'océan. Et ils n'avaient pas d'armes, à part le poignard de cinq centimètres glissé dans le talon de sa botte et les ombres qui se tortillaient autour d'elle.

Elle sentit un garde-loup lui saisir l'épaule.

Son poing se referma.

« Attendez ! *Attendez !* cria alors quelqu'un. Quelle agitation est-ce là ? »

Les brigands postés près de la porte s'écartèrent, et un soulagement étourdissant envahit aussitôt l'enténébrée. Le nouveau venu afficha un sourire à quatre bâtards, puis se fendit d'une révérence qui aurait fait honte au courtisan le plus raffiné de n'importe quel Francisco, du premier jusqu'au quinzième.

« Majesté », dit-il. Nuage Corleone adressa à Mia un petit clin d'œil en coin. « Désolé d'être en retard », murmura-t-il.

CHAPITRE 25

Héritage

« Mais qui voilà ? Ne serait-ce pas mon Lord *Vierge sanglante* ? » Le sourire du roi des Vauriens évoquait celui d'une griffe face à des bébés phoques. « Mes respects, mon vieil ami. »

Le ton de sa voix ne laissait guère de doutes quant à la réalité de ladite amitié – Mia ne pouvait pas davantage imaginer Valdyr avoir des amis, vieux ou autres, qu'elle ne pouvait visualiser un kraken des sables en possession d'un chiot de compagnie. Mais le soulagement qui l'avait envahie lorsqu'elle avait vu Corleone se pointer dans la salle ne s'était pas encore tout à fait dissipé.

Le capitaine était vêtu de sa tenue noire habituelle – un pantalon en cuir dangereusement moulant ainsi qu'une chemise en velours un peu trop échancrée, la plume de son tricorne s'inclinant selon un angle tout à fait élégant. GrandJon, pour sa part, portait des protections de cuir sombre et une chemise bleu vif en soie de Liis ; sa pipe en os de guivre pendait nonchalamment au coin de ses lèvres.

« Mon roi, dit Nuage, en s'inclinant à nouveau devant lui tout en le saluant de son chapeau. Mon cœur chante de vous voir en si bonne forme. Auriez-vous perdu du poids, par hasard ?

— Par les abîmes, cracha Sigursson, qu'est-ce que tu veux, Corleone ?

— Quelques mots avec notre souverain, avant qu'il ne se décide à jeter dans l'eau un membre de mon équipage.

— *Ton* équipage ? » Le garde-loup sourcilla. « Qu'est-ce que tu baragouines là ?

— Ces chiens sont tous salés, expliqua le capitaine, en désignant d'un geste Mia et ses compagnons de captivité. Ils ont rejoint la *Vierge* avant notre départ de Sepulcra, juste après les jeux. Et vous voilà, à les traiter comme des truites d'eau douce.

— Saaaaalés ? » Valdyr avait prononcé ce mot comme s'il le savourait, penché par-dessus la balustrade, toutes dents ciselées dehors. « Tu m'en diras tant !

— La Lumière m'en est témoin, Majesté. Puisse l'Omnivoyant faire pourrir mon dernier-né si je mens.

— Voilà une histoire aussi confondante qu'extraordinaire. » Le rictus du souverain s'élargit ; sa langue vint titiller une canine aiguisée. « Considérant le fait que la *Vierge* a accosté au port il y a moins d'une heure, et que ces sept-là sont arrivés à Amai hier…

— Je les ai fait voyager par voie terrestre depuis Galante, dit Corleone. Pour régler des affaires en suspens dans l'arrière-pays.

— Putains de foutaises », cracha Guivreur, en écartant de son front ses cheveux roux clairsemés.

Corleone inclina la tête. « Tu penses savoir mieux que moi qui sert à bord de mon navire, Bourreau ? À quand remonte la dernière fois que tu as mis les pieds sur mes ponts ?

— Quand je ramonais ta mère, grogna le capitaine.

— Oh, oui, elle t'envoie ses salutations, au fait, rétorqua Nuage sans hésiter. Elle m'a demandé de te répéter que ce n'était pas grave. Ça arrive aux meilleurs d'entre nous, apparemment. »

Alors que rires et gloussements résonnaient d'un bout à l'autre de la salle, le capitaine de la *Vierge* porta à nouveau toute son attention sur son souverain. « Majesté, ces sept individus font partie de mon équipage. Des salés, tous autant qu'ils sont. Ils n'ont rien à faire à genoux, dans un enclos – ou même au fond de cette piscine, au demeurant.

— Sept ? » Valdyr haussa un sourcil balafré. « Même *l'enfant*, si je compte bien ?

— Un mousse. » Corleone afficha son sourire à quatre bâtards, doux comme du miel et aussi lisse que de la soie. « Le précédent est tombé par-dessus bord au beau milieu de la mer du Silence.

— Tragique.

— GrandJon m'a dit exactement la même chose. En des termes un peu plus fleuris. »

Le second de la *Vierge* arracha sa pipe de ses lèvres, sur le point de protester. « Je ne…

— Il n'en demeure pas moins qu'un membre de ton équipage a fait sauter les dents de mon garçon. » Le capitaine du *Bourreau* cracha par terre. « Une dîme m'est due en compensation. »

Corleone jeta un coup d'œil à Monocle, tressaillit à la vue de son museau mutilé, puis se pencha pour regarder ça d'un peu plus près. Après quoi il fit volte-face et pointa un doigt en direction de Valdyr. « Puis-je avoir un moment, grand roi, afin d'en discuter avec mes hommes ? Nous n'avons pas eu l'occasion de converser depuis Galante. Je navigue un peu derrière la marée, présentement. »

Valdyr s'adossa à son trône, brandit la lame en ossacré de Mia en souriant comme un chat qui aurait eu la crème, volé la vache et couché deux fois avec la laitière. « Mais bien entendu. »

Nuage se tourna vers Mia et ses camarades, le rictus décontracté qu'il arborait en totale contradiction avec le ton plein d'urgence de sa voix. « Bon. Je suis dangereusement près de me faire *assassiner*, là tout de suite – aussi *apprécierais*-je d'être informé de tous vos faits et gestes depuis votre arrivée ici.

— Assassiner ? » Charmeuse-de-Lames leva un œil en direction du roi des Vauriens. « Il ne fait rien d'autre que *sourire* depuis qu'on est là.

— Plus Valdyr te sourit, expliqua Nuage, et plus ta mort est proche. Il est à deux doigts de me trancher la gorge et de se servir du trou pour se soulager.

— C'est dégoûtant, siffla Ashlinn.

— Aye, le dernier homme à avoir enduré ça était certainement du même avis.

— Tric, tu vas bien ? » lui demanda l'enténébrée.

Le Sans-Âtre gisait toujours par terre, enchaîné, mais il n'en hocha pas moins la tête. « OUI, MIA, JE TIENS LE COUP.

— Écoutez, fit Corleone, loin de moi l'idée de paraître impoli, mais qu'il aille se faire *foutre*. Et à moins que vous ne vouliez être aussi *morts* que lui, il va *vraiment* falloir m'expliquer de quoi il en retourne.

— Le connard affublé d'un monocle m'a peloté les seins, explicita Mia d'une voix égale. Du coup je lui ai cassé la gueule. Et celles de deux de ses amis. Avec l'aide d'Ashlinn. »

La Vaanienne opina du chef. « C'était sacrément excitant. »

L'enténébrée lui cogna le bras pour la faire taire.

« Vous lui avez demandé de poser les mains sur vos... » Les yeux de Corleone dérivèrent vers le bas. « ... vêtements à un moment donné ? »

Mia leva un sourcil et le dévisagea.

Durement.

Nuage hocha la tête. « D'accord. Fallait que je pose la question. » Il se tourna vers l'assemblée, bras écartés. « Mes sels me disent que le traitement peu délicat subi par Guivreur Junior ici présent était une réponse justifiée à des avances à la fois inconvenantes et non sollicitées. » Le capitaine de la *Vierge* haussa les épaules. « Il me semble qu'il s'agit là d'une simple querelle de marins. Je n'y vois personnellement rien qui puisse incommoder Sa Maje...

— Féunepuffaindemenffeuve ! » bredouilla Monocle à travers ses lèvres éclatées.

Corleone le regarda du coin de l'œil. « Je te demande pardon ?

— Il dit que c'est une putain de menteuse ! cracha Guivreur. Mes trois gars m'ont raconté toute l'histoire – d'après eux, cette baratineuse les a chauffés à mort, et ça les a mis en rogne de se faire rabrouer dans la foulée.

— Et vous avez gobé ça ? » Mia cligna des yeux. « Êtes-vous un menteur ou un idiot, monsieur ?

— Surveille ton langage, traînée.

— Me traiter de *traînée* ? » Elle hocha lentement la tête. « Un idiot, donc.

— Il y avait plein de témoins, ajouta Ashlinn. Si on...

— *Il suffit !* »

Le hurlement avait *fendu* l'air, aussi tranchant qu'une lame. Tous les yeux se tournèrent aussitôt vers le balcon. Valdyr était en train de se redresser sur le Trône des Vauriens, la pointe de l'épée longue de Mia enfoncée dans le plancher, une main balafrée et calleuse au repos sur le pommeau.

« Guivreur, dit-il. Si tu t'estimes lésé, tu peux toujours avoir recours à la Rixe. Sinon, ferme ta putain de bouche avant que je ne fasse de toi ma femme et que j'envoie ton bateau par le fond. »

Le capitaine du *Bourreau* recula involontairement d'un pas, pour ensuite fusiller Mia du regard. « Aye, grogna-t-il. Le *Bourreau* réclame une Rixe. »

Mia se rapprocha de l'oreille de Boucher. « Le jugement par combat, c'est bien ça ?

— Aye. »

Corleone leva une main. « On peut peut-être en disc...

— J'accepte ! » vociféra Mia.

Un chœur d'acclamations et de hurlements fit le tour des mezzanines, les capitaines comme leurs équipages faisant s'entrechoquer des chopes tout en tapant du pied, exprimant l'espoir général d'assister à de nouvelles effusions de sang.

Corleone poussa un soupir. « Merde. *Meeeeeerde.*

— Quoi ? siffla l'enténébrée. Je lui ai déjà retiré ses dents à coups de botte dans la mâchoire. Vous pensez *vraiment* que je ne peux pas le projeter dans la flotte d'un coup de pied au cul bien senti ?

— Ce n'est pas contre Guivreur Junior que vous allez vous battre, lui expliqua Nuage. C'est le *Bourreau* qui a lancé le défi. Le *navire*. Ça signifie que son capitaine peut choisir son meilleur sel pour vous... faire la cour. Il ne va certainement pas envoyer son rejeton vous combattre, sans quoi vous pourriez revendiquer la part du navire que possède Guivreur Junior par le biais de l'Héritage.

— *L'Héritage !* s'écria Boucher, avant de poursuivre immédiatement d'une voix moins véhémente : C'était *ça*, la loi dont je n'arrivais pas à me souvenir ! Je savais bien que c'était un mot en *H*.

— Par la putain de Mère noire, chuchota Mia, c'est quoi cette histoire d'Héritage ?

— C'est la Quatrième Loi du Sel, répondit Corleone. Elle régit la possession des biens acquis *via* des moyens… illicites.

— Hein ?

— Le butin, gamine, intervint GrandJon. Ça concerne le butin et le droit de conquête. *Que ce soit sur les Quatre Mers ou sur les terres arides, quand on s'arroge la vie d'un homme, on s'arroge tout ce qu'il était.* Tu tues un homme, et sa bourse devient tienne. Tu tues un capitaine, et c'est son *navire* qui tombe dans ton escarcelle. Si jamais tu supprimes Guivreur Junior, tout ce que son père lui a légué te reviendra.

— Dites-moi si je comprends bien, intervint Sid, vous avez codifié une loi qui vous *encourage* à tuer vos camarades et à s'emparer de leurs biens ?

— Ben, comment on ferait pour gérer la boutique, autrement ? lui lança GrandJon en le toisant de pied en cap. Un duel perdu, et n'importe quel bâtard dégénéré pourrait venir revendiquer ce qu'il veut ? Ou bien *l'État*, peut-être ? Ça m'a tout l'air d'être la recette parfaite d'un chaos sans nom. »

Corleone hocha la tête. « Aye. De cette façon, tout reste dans le cadre de la légalité. Au risque de me répéter, que nous soyons des pirates ne fait pas de nous des brigands sans foi ni loi.

— Et au risque de *me* répéter, contra Sid, c'est *exactement* ce que ça veut putain de dire !

— S'arroger la vie d'un homme, murmura Mia, revient à s'arroger tout ce qu'il était.

— Aye, fit Nuage. Ne vous attendez donc pas à affronter un type qui aurait *beaucoup* à perdre. Et tout ce qu'il possède, il le léguera probablement à son capitaine ou à ses compagnons avant le combat. »

À l'autre bout de la pièce, l'enténébrée repéra un homme de la taille d'une montagne, affublé d'un nœud coulant autour du cou, effectivement occupé à griffonner à la hâte une note sur un morceau de parchemin. Il la remit à son capitaine – qui la glissa dans sa houppelande – pour ensuite emprunter les escaliers jusqu'au niveau principal. C'était un Dweymeri aussi massif qu'un petit chariot, à la tête surmontée de salines – mal – coupées court. Il avait des biceps plus épais que les cuisses de Mia, et son visage marqué d'une belle encremancie arborait d'horribles cicatrices que lui avait sans nul doute values toute une existence de combats.

Sigursson était redescendu du balcon royal pour venir se poster devant Mia. Il lui tendit une lourde lame de bois hérissée de tessons d'obsidienne. « Puisse Mère Trélène veiller sur toi, gamine. Et Dame Tsana guider ta main.

— Bon, bon, bon », grommela-t-elle.

L'enténébrée remit Jonnen à Ashlinn, embrassa férocement son amante sur les lèvres.

« Je t'interdis de mourir, l'avertit la Vaanienne.

— Voilà un plan qui me paraît sensé.

— Parce que toi tu en as *un*, de plan ? »

Mia se mordilla la lèvre, l'air mauvais. « J'y travaille. »

Elles échangèrent un nouveau baiser, que Corleone finit par interrompre en s'éclaircissant la gorge.

« Y a-t-il quoi que ce soit que vous aimeriez léguer à... »

Mia se retourna pour fixer droit dans les yeux le capitaine, dont la voix perdit aussitôt quelques octaves.

« Très bien. » Il hocha la tête. « Fallait que je pose la question. »

Mia embrassa Jonnen sur le front. « Je vais avoir besoin d'Éclipse. Mais pas longtemps, d'accord ? »

Le garçon opina lentement du chef, puis jeta un coup d'œil à l'adversaire de Mia. Le Dweymeri fendait l'air de sa lame comme si celle-ci était une extension de son propre corps. La lumière des soleils faisait luire ses muscles au point qu'on aurait dit de l'acier poli.

« N'oublie pas ce que Père disait, lui rappela Jonnen.

— Ouaip. » Mia acquiesça. « Je m'en souviens.

— Bonne chance, *de'lai* », murmura-t-il.

C'était la toute première fois qu'il l'appelait *sœur*. La toute première fois qu'il admettait faire partie de la même familia qu'elle. Et malgré la mort qui la scrutait par-dessus son épaule, si près qu'elle percevait son souffle froid contre sa nuque, Mia sourit. Clignant des yeux pour en chasser les larmes brûlantes qui commençaient à poindre, elle sentit sa gorge se serrer sous l'effet de l'amour que lui inspirait ce petit salopard. Elle le prit dans ses bras, embrassa ses joues, et son cœur *fondit* quand les bras du garçon entourèrent son cou et qu'il l'étreignit à son tour.

Après quoi elle fit volte-face, prit une longue inspiration et arracha la lame des mains de Sigursson. « Éclipse ? » dit-elle.

Les yeux du garde-loup s'écarquillèrent un peu plus quand le démon s'extirpa de l'ombre de Jonnen. La louve tourna une fois autour des jambes de Mia, aussi noire que la vrainuit, puis disparut dans l'obscurité qui s'étendait à ses pieds. Assez sombre pour trois.

« Mais tu es *qui*, à la fin ? » demanda-t-il.

Sauf que l'enténébrée était en train de fermer les yeux. Elle prit une longue inspiration. Sentit la peur s'écouler de ses os à mesure que son passager la dévorait. En l'espace d'un battement de cœur, elle cessa d'être une fille effrayée dansant sur des rasoirs pour devenir une *destructrice*, façonnée par les ombres. Le sang de la nuit coulait dans ses veines, le fragment d'un dieu déchu brûlait obscurément dans sa poitrine.

Incassable.

« Éclipse, rends-toi là où je te l'indiquerai, d'accord ?

— ... *COMME IL TE PLAIRA*... »

Pendant qu'elle se rapprochait du bord de la piscine, Sigursson se tourna vers l'assemblée. Sa voix retentit par-dessus le brouhaha de l'assistance :

« Une Rixe est invoquée ! Le *Bourreau* a lancé un défi, et la *Vierge sanglante* a répondu ! Battez-vous jusqu'à la chute, et puissent les Filles avoir pitié de vos âmes ! »

Mia baissa les yeux vers l'ombre sinistre du léviathan, enroulée sur elle-même dans les profondeurs de l'eau sous la grille métallique. Il mesurait plus de neuf mètres de long – un chasseur des profondeurs, généreusement nourri au sang des hommes et des femmes que Valdyr lui balançait.

L'adversaire de Mia retira ses bottes et sa chemise. Chaque centimètre de son torse musclé était recouvert de tatouages – de femmes et de poissons, pour l'essentiel, quand bien même certains donnaient l'impression de combiner les deux. Histoire de ne pas être en reste, Mia ôta sa propre chemise et la jeta négligemment par terre. Quelques applaudissements épars jaillirent de l'assistance quand les présents s'avisèrent qu'elle ne portait rien en dessous.

Matez donc ma poitrine, espèces de salopards. Et oubliez mes mains.

Elle ôta par la suite ses bottes, en profitant pour récupérer la petite dague dissimulée dans le talon gauche. Mia bondit ensuite sur les câbles, enroulant ses orteils nus autour du métal de manière à se stabiliser. L'acier vibrait sous ses pieds, telles les cordes d'un instrument aussi gigantesque que terrible – les premières notes d'un chant de sang et de ruine. Le Dweymeri ne tarda pas à la rejoindre, l'impact de son atterrissage se répercutant jusqu'à l'endroit où se tenait la jeune femme. Un sourire aux lèvres, il sautilla sur place pour tenter de déséquilibrer son adversaire, puis releva une jambe, bras écartés, dans une parfaite démonstration d'assurance.

Tout en se frayant précautionneusement un chemin à travers les câbles, l'enténébrée baissa les yeux vers les eaux bleues qui clapotaient deux mètres plus bas. Une ombre colossale y tournait en rond, impatiente. Les brigands qui les entouraient ne cessaient de hurler et de battre des pieds, ce qui lui remémora les tours qu'elle avait passés dans l'arène. La soyante. Le vergurgite. Le chaos du *Venatus Magni*. L'adoration des spectateurs, quand leurs applaudissements chantaient dans ses veines au rythme de son pouls, et la peur… enfin, la peur était quelque chose dont seul son adversaire devait se soucier.

Mais ces tours étaient révolus, désormais. Elle avait cessé de se battre pour la foule.

Elle le faisait pour elle-même. Et pour les quelques personnes qu'elle aimait.

« Comment vous appelez-vous, monsieur ? lui lança-t-elle.

— Plieur-de-Fer », répondit-il.

Mia brandit son épée de bois et la laissa tomber dans l'eau en contrebas. « Excuse-moi un instant, Plieur-de-Fer. »

Elle leva son poignard, luisant entre ses doigts. « Éclipse ? »

L'enténébrée lui désigna le balcon qui les surplombait. La louve faite d'ombres bondit aussitôt pour ensuite disparaître, tandis que Mia

Disparaissait

de la grille

pour s'extirper de

l'ombrelouve

présentement occupée à se matérialiser dans

l'obscurité qui s'étendait aux pieds de Valdyr, avant de se mettre à califourchon sur les genoux du colosse et de plonger son poignard dans sa gorge. Le roi des Vauriens haleta, ses yeux verts s'écarquillèrent. Mais le temps qu'il lève la main pour se défendre, la lame s'était déjà enfoncée trois fois de plus dans son cou,

chlak

chlak

chlak,

des torrents de sang giclant de l'arme de Mia pour s'envoler dans les airs, sous les yeux ébahis d'une assistance qui n'avait pas encore assimilé sa disparition – jusqu'à ce que les présents la découvrent assise à cheval sur leur souverain, un poing refermé sur ses tresses, son autre main charcutant sa gorge déchiquetée,

chlak

chlak

chlak,

et se mettent à pousser des cris de terreur et d'indignation en la voyant accomplir sa sinistre besogne, le visage grimaçant, les lèvres retroussées, un sang chaud et épais sur ses lèvres, sur sa gorge, sur ses seins – celui de sa victime, qui s'étouffait, crachait et ruait tout en labourant le cou de son bourreau, les muscles tendus, les doigts pareils à des griffes, mais ce sang, oh, tout ce sang,

chlak

chlak

chlak,

qui s'échappait déjà de lui à gros bouillons, s'écoulant le long de sa poitrine jusqu'à son trône lorsqu'il se redressa brutalement, prêt à défendre chèrement sa peau – sauf que la jeune femme *s'accrocha* à lui telle une amante, ses jambes s'enroulant autour de son corps malgré ses violentes ruades, et continua à le poignarder, encore et encore, jusqu'à ce qu'il cesse de se débattre, de la frapper, de *respirer*, son ultime souffle se résumant à un murmure gargouillant, son dernier geste à une caresse, sa main s'abaissant mollement, ses yeux roulant dans leurs orbites, sans pour autant que Mia ne s'interrompe,

chlak

chlak

chlak.

Elle s'essuya les yeux de son avant-bras, souillée de sueur et de sang, la bouche close, puis passa au *sciage*, séparant d'une main ankylosée les muscles, les cartilages et les os sous les rugissements de Sigursson, qui était en train de gravir l'échelle de cordes pour aider son capitaine, son seigneur, son roi. Mais, le temps qu'il atteigne le balcon, Mia en avait terminé : le cou raide, elle se pencha en arrière et tira de toutes ses forces, détachant son trophée ensanglanté des épaules de sa victime dans un concert de bruits aussi sinistres qu'humides.

La tête d'Einar Valdyr tomba sur le plancher, puis passa entre deux balustres du balcon pour aller s'écraser sur le sol en contrebas, dans un feu d'artifice écarlate. Elle rebondit une fois avant de rouler dans la piscine naturelle et de disparaître dans un tourbillon de rouge. Mia attrapa le cadavre décapité de Valdyr par le col de sa macabre houppelande, l'extirpa du Trône des Canailles et l'envoya sur le pont d'un preste coup de pied au cul. L'esclave de Valdyr, complètement effrayé, se frayait tant bien que mal un chemin à quatre pattes hors du chaos ambiant. Les spectateurs des niveaux inférieurs, qui hésitaient à l'évidence entre l'horreur et la stupéfaction, regardèrent bouche bée l'enténébrée faire volte-face et se laisser tomber sur le trône, à moitié nue, couverte de sang, ses longs cheveux noirs trempés également de sang peinant à dissimuler sa pudeur.

Elle posa ses pieds nus sur le cadavre décapité de Valdyr, fourra une main dans la poche arrière de ses hauts-de-chausses, grimaça un instant, et finit par en sortir sa vieille boîte à cigarillos. Éclipse se matérialisa à ses pieds, tous crocs noirs dehors, ses poils hérissés.

Posté au bord du balcon, Sigursson fixait sur elle des yeux emplis d'une totale incrédulité. « Mais. Qui. Es. *Tu*. À. La. *Fin* ? » lui lança-t-il.

Mia se cala contre le dossier du trône, glissa un cigarillo entre ses lèvres. « Eh bien, dit-elle en essuyant le sang qui maculait son visage. Si je comprends bien cette histoire d'Héritage… je pense que tu peux m'appeler Votre Majesté. »

CHAPITRE 26

Promesses

Mia avait enfilé la houppelande de Valdyr, mais refusait de nettoyer son sang.

Elle était installée sur une chaise haute à l'extrémité d'une longue table ; l'hémoglobine s'incrustait peu à peu dans sa peau de porcelaine. À sa droite se trouvaient Nuage Corleone et GrandJon, qui semblaient tous deux avoir vieilli de vingt ans au cours des dix dernières minutes. Tric, torse nu, le regard noir, les dominait de toute sa hauteur. Sans sa robe, Mia découvrait sur son corps de nouvelles blessures : des coups de couteau dans le ventre, dans ses biceps, trois dans la chair qui entourait son cœur. La jeune femme voyait à présent sans peine la rougeur de la vie sur sa peau, et les plaies les plus récentes scintillaient de sang – elle l'aurait juré, en tout cas. Mais ses bras restaient maculés jusqu'aux coudes d'un noir aussi sombre que la nuit, et ses yeux brillaient autant que cette piscine de sang divin qu'elle avait découverte dans les sous-sols du Sépulcre.

Sid, Charmeuse-de-Lames et Boucher entouraient le siège de l'enténébrée, tandis qu'Ashlinn occupait celui situé sur sa gauche, Jonnen sur ses genoux. La première fois qu'il avait posé les yeux sur elle après qu'elle eut massacré Valdyr, son petit frère s'était borné à sourire.

« Bien joué, *de'lai.* »

Installé à l'autre bout de la table, Ulfr Sigursson affichait une pâleur inédite sous la beauté de ses traits. D'autres gardes-loups étaient rassemblés autour de lui, vêtus de noir, aussi tendus que des cordes d'arc – choqués autant qu'assoiffés de meurtre.

Un chaos sans nom régnait à l'extérieur de la pièce. Des capitaines qui se hurlaient les uns sur les autres d'un bout à l'autre de la salle des Vauriens, des rixes, des jurons étouffés et du verre brisé.

Les yeux glacés de Mia restaient rivés sur Sigursson. Du sang était en train de coaguler sur sa peau, dans ses cheveux, sur ses cils et sous ses ongles. Toutes les leçons de Shahiid Aalea résonnaient dans sa tête. Elle savait que les soixante secondes à venir allaient complètement définir sa relation avec cet homme. Qu'au fond, tout ceci était juste un jeu de clignements d'yeux. La première personne à parler révélait sa faiblesse. Sa peur. Et face aux rouages qu'elle voyait tourner derrière les yeux du garde-loup – l'ex-bras droit du roi qu'elle venait d'assassiner, et à présent son second, apparemment –, l'enténébrée était bien décidée à ne pas être celle qui craquerait en premier.

S'arroger la vie d'un homme, c'est s'arroger tout ce qu'il était.

Son navire. Son équipage. Son trône.

Être le second du roi des Vauriens avait dû lui valoir un certain nombre d'avantages – tous les autres corsaires de cette cité enviaient certainement le pouvoir de Sigursson. Et faire partie de l'équipage de Valdyr garantissait au reste des gardes-loups une place au sommet du tas de fumier qu'était Amai. Mia, qui fixait l'un après l'autre ces sinistres brigands, savait qu'ils faisaient tous leurs petits calculs sous leur crâne.

Ils m'acceptent pour l'instant, et gardent leur place au sommet de la montagne.

Ils me rejettent, et laissent l'un des capitaines qui se trouvent dehors essayer de monter sur le trône.

Ou bien l'un d'eux me tue.

Éclipse tournait lentement autour des gardes-loups, aussi noire que les fourrures recouvrant leurs épaules. La pièce était éclairée par des appliques arkémiques, et Mia laissait les ombres s'agiter librement. La sienne, qui s'étirait sur la table en direction des hommes de Valdyr, tendait des mains translucides vers Sigursson sur le mur.

Essaie *de me tuer, tout du moins.*

L'ambiance ne s'apaisait nullement à l'extérieur de la salle. Les hurlements s'accentuaient, les esprits continuaient à s'échauffer. Chaque minute passée ici était une minute supplémentaire durant laquelle ces flammes prenaient un peu plus racine – et se propageaient. Chaque minute passée ici était une minute supplémentaire durant laquelle les gardes-loups risquaient de perdre tout ce qu'ils possédaient. L'atmosphère de la pièce, aussi lourde que du fer, était saturée d'une odeur de sang – et plus encore autour de la jeune femme. Qui se bornait à rester assise.

À attendre.

Patiemment.

« On ne peut pas simplement…, finit par grogner un des brigands.

— Ferme ta gueule avant que je la défonce », l'interrompit Sigursson.

Tout en fixant le garde-loup, Mia laissa un petit sourire lui étirer les lèvres.

Sigursson posa ses coudes sur la table, lâcha un interminable soupir. « Tu veux récupérer ta chemise ? »

La jeune femme sourcilla. « Non, répondit-elle finalement tout en remontant le col du manteau de Valdyr. J'ai assez chaud avec ça.

— Tes actions nous ont tous mis en eaux profondes, gamine.

— Je m'appelle Mia Corvere, dit-elle, toujours aussi imperturbable. Lame de l'Église rouge. Championne du *Venatus Magni*. Élue de la Mère noire et Reine des Vauriens. Ne me traite plus *jamais* de gamine. »

Sigursson s'adossa à son siège, ce qui fit grincer le cuir. Il balaya du regard les gardes-loups qui l'entouraient, puis passa une main sur son menton. « Tu as déjà servi à bord d'un navire ?

— Non.

— Tu as déjà attaqué un autre vaisseau sous pavillon pirate ?

— J'ai coulé un navire de guerre Luminatii baptisé *Fidèle* il y a quelques semaines. Mais comme techniquement ils nous ont attaqués en premier, je ne suis pas certaine que ça réponde à tes critères. »

Sigursson lança un coup d'œil à Corleone, qui le lui confirma d'un hochement de tête. « Tu sais comment faire un nœud de cabestan ou un nœud de chaise ? Distinguer un près bon plein d'un vent de travers depuis un mât de misaine ? Te servir d'un sextant, hisser une grand-voile ou lire des cartes de capitaine ?

— Non, admit Mia.

— Tu n'as *rien* d'un putain de marin, pas vrai ?

— Non. » Elle afficha un large sourire, fissurant au passage le sang sec qui lui recouvrait les lèvres. « Mais je suis une *reine*.

— Pour l'instant. »

Tric se pencha en avant, posa ses mains noires sur la table, et lança à Sigursson un regard tout aussi noir. Les ombres se mirent à vaciller, à s'étirer, et un long grognement grave s'éleva du sol :

« … FAIS ATTENTION À TES MENACES, GARDE-LOUP. TU TE FROTTES À DE VRAIS *LOUPS, DÉSORMAIS… »*

Mia s'adossa à son fauteuil, fit courir ses doigts le long de sa clavicule dénudée, puis de son sternum ensanglanté. « Je vais te faire une proposition, Ulfr Sigursson.

— Je *meurs* d'impatience de l'entendre, ironisa-t-il.

— Je dois traverser la mer des Larmes. Et une tempête arrive. »

Sigursson secoua la tête. « Ce n'est rien d'autre qu'un petit grain, qui va se dissiper en un rien de t…

— Une tempête *arrive*, insista la jeune femme. Aussi ai-je besoin du plus grand navire disponible. Du plus robuste. Du plus à même de me permettre de survivre au chaos qui va s'abattre sur ma tête dès que j'aurai mis les pieds à proximité de ce putain d'océan. Et la *Banshie noire* correspond à cette description, pas vrai ? »

Sigursson acquiesça lentement. « C'est le plus puissant navire des Quatre Mers. La *Banshie noire* n'a pas été construite, elle a été *crachée* de la chatte impie de la Mère noire en personne[29].

---

29. La nature impie des… attributs féminins de Niah est un sujet de débat entre théologiens. Pour la plupart des gens normaux, cependant, la vilénie des organes reproducteurs immortels *(Suite de la note page suivante)*

— Et je compte t'en faire présent ensuite », dit Mia.

Les yeux du garde-loup se plissèrent.

« Si tu me fais traverser la mer des Larmes, la *Banshie noire* te reviendra. Tout comme le Trône des Vauriens. » Elle effleura son col du bout des doigts. « Je rajouterai même ce joli manteau de cuir, si ça te fait plaisir. Ou alors tu essaies de me tuer, Ulfr Sigursson, ce qui me donnera l'occasion de te montrer ce que ça signifie *vraiment* d'être craché du ventre de Niah. »

Le garde-loup considéra le Défunt qui se trouvait aux côtés de la jeune femme. Éclipse, qui rôdait désormais derrière lui. L'ombre de Mia, qui s'étirait dans sa direction, main tendue, pour gratifier sa joue d'une caresse qui le fit frissonner.

Il déglutit distinctement. « Es-tu maudite ?

— Je suis une fille de l'obscurité qui s'étend entre les étoiles, répondit-elle. Je suis la pensée cauchemardesque qui réveille en pleine non-nuit tous les salopards de ce monde. Je suis la vengeance de chaque orpheline, de chaque mère assassinée, de chaque petit bâtard. » Mia se pencha en avant, le fixa droit dans les yeux. « Je suis la guerre que tu ne peux pas gagner. »

Mia repoussa son siège, se leva lentement et, prête à aller à sa rencontre, entreprit de faire le tour de la table en laissant son épée en ossacré glisser par terre derrière elle, la pointe de la lame creusant une profonde rainure dans les planches. Son manteau de visages trop grand pour elle évoquait la traîne de quelque mariée impie. Après avoir parcouru la moitié de la distance qui les séparait, elle lui tendit une main ensanglantée. « Donne-moi les rivages ysiiri, et je te donnerai un

---

Suite de la note n° 29 : de Niah s'avère indiscutable, et jurer en leur nom est toléré, voire vigoureusement encouragé, par les ministres de l'Église d'Aa.

trône. Ou bien tu peux me défier, et découvrir ce qui fait si peur aux autres. »

Ulfr Sigursson lança un nouveau regard en direction de ses hommes. Les yeux de Mia ne cillèrent même pas. Et enfin, doucement, le massif Vaanien se leva, faisant craquer le cuir de ses protections dans le mouvement, et fit lentement le tour de la table pour s'arrêter devant elle. Éclipse déambulait autour de leurs jambes, en grondant doucement. La lumière se mit à vaciller, le vent à chuchoter, les ombres à rire.

Mia, pour sa part, se bornait à fixer le garde-loup.

Je suis la guerre que tu ne peux pas gagner.

Ulfr Sigursson tomba à genoux.

Pressa ses doigts ensanglantés contre ses lèvres.

« Majesté », dit-il.

« Je ne te laisse pas partir toute seule, fit Ash.

— Si, répliqua Mia. C'est *précisément* ce que tu vas faire. »

Un vent soufflait du large, aussi froid que la peur nichée dans le ventre d'Ashlinn Järnheim. Autour d'elle, l'équipage de la *Vierge sanglante* remontait la passerelle d'accès au navire en attente, les bras chargés de barda. Tous les Faucons étaient rassemblés au pied de la rampe – à l'exception de Boucher et de Jonnen, qui avaient pris une minute pour s'entraîner avec une paire d'épées en bois que le Liisien avait sculptées de ses propres mains. Éclipse bondissait de-ci de-là dans l'espace qui les séparait entre eux, encourageant le garçon de ses grognements. Mais la Vaanienne n'avait d'yeux que pour son amante.

« Mia, grommela-t-elle. Il n'en est pas question.

— Ashlinn, ça ne rimerait à rien que vous partiez tous avec moi. Les déesses en ont toujours après *mon* sang. On peut voyager séparément jusqu'à Dernier Espoir, y retrouver

Naev, et nous rendre ensemble à la Montagne taciturne. Si vous prenez la mer maintenant à bord de la *Vierge*, vous aurez une navigation sans encombre jusqu'à Ysiir. Trélène et Nalipse ne s'intéressent à aucun d'entre vous – c'est *moi* qu'elles veulent. » Elle jeta un coup d'œil à Corleone. « Pas vrai, Nuage ? »

La canaille opina du chef. « Nous n'avons pas eu le moindre remous en naviguant jusqu'ici. Rien que des eaux et des cieux bleutés.

— Mes remerciements pour avoir *fini* par arriver, soit dit en passant. Vous étiez occupé à vendre une partie de votre cargaison de sel d'arkémiste, ou vous profitiez juste de la vue ?

— Ni l'un ni l'autre.

— Et donc, qu'est-ce qui vous a pris si longtemps ? »

Nuage se gratta le crâne, un peu embarrassé. « Une petite affaire de…

— Vagins, intervint GrandJon. Au *pluriel*. »

L'enténébrée sourit. « J'en suis ravie pour vous. Battista ? Bertrando ? »

Si Corleone se borna à la gratifier d'un rictus, Ashlinn sentit sa poitrine se gonfler de colère.

« Mia, arrête de déconner, lui lança-t-elle en la tirant par le bas. Je suis sérieuse.

— Moi aussi, rétorqua Mia. C'est *moi* que les Dames veulent tuer. Elles vont garder leurs forces pour la *Banshie*. Vous allez donc appareiller immédiatement à bord de la *Vierge*, et nous, on va attendre six tours avant de vous suivre. Et je ne doute pas qu'à notre arrivée, vous serez en train de prendre un bain de soleil sur les magnifiques rives de Dernier Espoir.

— *Si* vous réussissez.

— J'ai de meilleures chances d'y parvenir avec Sigursson et son équipage. La *Banshie* fait presque deux fois la taille de la *Vierge*. Elle est capable de résister au pire de ce que la mer peut nous infliger. Mais il m'est impossible d'emmener Jonnen dans la tempête, et j'ai besoin que quelqu'un s'occupe de lui en mon absence. Et qui va s'en charger ? Boucher ? La Mère l'a à la bonne, mais ce n'est pas le meilleur modèle qui soit pour un gosse de neuf ans. »

Ashlinn jeta un coup d'œil à l'ancien gladiatii, qui avait interrompu l'entraînement de Jonnen pour fourrer une main dans ses hauts-de-chausses, réajuster son paquet et roter plus fort que le tonnerre.

« Bon, remonte ta garde, mon garçon… »

La Vaanienne secoua la tête, s'efforça de faire entendre raison à son amante : « Et donc, quoi, tu comptes traverser la mer des Larmes à bord d'un bateau rempli de putains d'égorgeurs ? Tu as vu quel genre d'homme était Valdyr. La Déesse seule sait quels salopards il a engagés pour former son équipage. »

Mia soupira. « Je pense avoir ma petite idée sur la question.

— Tu ne peux pas sauver Mercurio si ces connards te coupent la gorge et te donnent à manger aux guivres. Il est hors de question que je te laisse seule avec des gens pareils.

— Je ne serai pas seule. Tric va venir avec moi. Il ne dort pas. Il ne mange pas. Il ne peut pas se noyer. Quoi de mieux pour surveiller mes arrières en pleine tempête ? »

Si les paroles de Mia étaient censées être réconfortantes, elles n'eurent nullement l'effet désiré. Ashlinn se tourna vers le Défunt, à portée de voix comme à son ordinaire. Il s'était trouvé une chemise pour remplacer les robes qu'on lui avait arrachées, des hauts-de-chausses en cuir et de lourdes bottes. Pareil à une statue, des lames en ossacré croisées au creux de son dos, il scrutait en permanence la foule qui les entourait. Beau comme un crime parfait. Mais alors même qu'Ash dirigeait son attention dans sa direction, ses yeux d'un noir d'encre se braquèrent droit sur elle. Insondables. Indéchiffrables.

« Mia…, l'implora la Vaanienne. Je ne lui fais pas confiance.

— Mais moi j'ai confiance en *toi*, Ash. Jonnen est la seule familia qui me reste – la seule qui *compte*, en tout cas. Et je te demande de veiller sur lui. Ça ne signifie donc rien pour toi ? »

Ashlinn croisa alors le regard de Mia – qui vit des larmes se former derrière ses paupières. Elle sentait ses propres défenses s'effondrer, le fer et le feu qu'elle exhibait à la face du monde fondre à l'idée de devoir laisser derrière elle la fille qu'elle aimait. Une pensée aussi lourde qu'une pierre dans son ventre ; aussi douloureuse qu'un couteau dans sa poitrine. La Vaanienne entoura l'enténébrée de ses bras, enfouit son visage dans ses cheveux. Embrassa ses lèvres, sa joue, son nez, colla son front tout contre le sien. « Promets-moi de me retrouver là-bas, murmura-t-elle. Promets-moi de me revenir.

— Les promesses, c'est bon pour les poètes.

— Je ne plaisante *pas*. Il est hors de question que je te perde. »

Mia sourit. « Tu sais ce qu'on dit. Mieux vaut avoir aimé et perdu…

— Ceux qui disent ça n'ont jamais aimé quelqu'un comme je t'aime. »

Mia la fixa alors droit dans les yeux. Par la Déesse, elle était si belle. Postée là, battue par les vents amers des adieux, elle soupira si doucement qu'Ashlinn sentit sa poitrine se serrer. « J'ai réfléchi, dit-elle, à la maison de Trois-Lacs dont tu m'as parlé. Aux fleurs sur le rebord de la fenêtre, au feu dans l'âtre. »

Ash renifla. « Et n'oublie pas le grand lit de plume.

— J'ai réfléchi, et... » Elle se tourna vers la mer gris plomb. « ... Peut-être. »

La Vaanienne lui serra la main ; des papillons s'envolèrent dans son ventre, un petit sourire fragile étira ses lèvres. C'était là davantage qu'elle ne s'était jamais laissée aller à espérer. La perspective de tout ce qu'elles pourraient partager, le rêve de tout ce qu'elles pourraient avoir... « Peut-être ? »

Mia opina du chef, une longue mèche noir corbeau venant effleurer sa joue, ses yeux aussi sombres et profonds que les Abîmes. « Occupe-toi de lui en mon absence. »

Ash déglutit, ravala ses larmes.

Elle a besoin que je sois forte, en cet instant.

« D'accord. Promis. »

La Vaanienne prit une interminable inspiration, se ressaisit, puis suivit les autres jusqu'à la passerelle grinçante. La *Vierge* tanguait doucement à son poste d'amarrage. Un par un, ils montèrent à bord, pour ensuite se rassembler devant le bastingage afin de regarder Mia et Tric en contrebas. Ash et Jonnen attendirent jusqu'au dernier moment, la main du garçon pressée dans la sienne. Il ne cessait de dévisager sa grande sœur, lèvres serrées, yeux embués.

« N'oublie pas tes bonnes manières, lui rappela-t-elle. Ne joue pas les enfants gâtés.

— N'oublie pas ce que Père disait, répliqua-t-il. Ne te fais pas tuer. »

La jeune femme sourit. « Voilà un excellent conseil, petit frère. »

Ashlinn regarda le garçon se mordiller un moment la lèvre tout en fixant ses pieds. Et finalement déployer ses bras pour étreindre brièvement sa sœur, son visage collé contre ses protections en cuir. Le cœur de la Vaanienne fondit de le voir ainsi s'ouvrir, de voir se refermer lentement le gouffre qui séparait ces deux-là. L'espace d'un instant, elle fut tentée de le soulever et de les enlacer l'un comme l'autre, comme lorsqu'ils avaient passé cette nuit-là à dormir ensemble dans la tempête. Une vision de leur potentielle existence une fois cette histoire terminée refit surface dans son esprit. Tous les trois. Une vraie familia.

Mais l'image disparut aussi vite qu'elle avait jailli. Et sans vraiment laisser à Mia la moindre chance de le serrer dans ses bras, Jonnen s'écarta de sa sœur en tirant Ashlinn dans son sillage.

Les deux amantes échangèrent un ultime baiser – rapide, doux-amer, *éperdu,* Ash mordillant une dernière fois le gonflement charnu de la lèvre inférieure de Mia avant de la laisser s'échapper. Et puis Jonnen la traînait sur la passerelle – tout était dit. La Vaanienne rejoignit les autres devant le bastingage, et Mia lui souffla un autre baiser, en balayant du regard ses camarades sur le départ.

« Veille sur eux pour moi, Sid », lui lança Mia.

Le massif Itreyen hocha la tête, se frappa le cœur d'un poing. « Ne jamais avoir peur.

— Et ne jamais oublier. »

Ils prirent alors la mer, accompagnés par le bruissement des voiles au-dessus de leurs têtes – et par la vieille chanson familière des injures de GrandJon. Ashlinn resta devant le bastingage, ses larmes balayées par le vent, à regarder sa bien-aimée rapetisser peu à peu sur la promenade. Mia leva la main, et la Vaanienne lui fit signe en retour. De même que Jonnen. Elle se pencha pour le prendre dans ses bras, de sorte qu'il puisse mieux voir.

« Ne t'inquiète pas, petit, dit-elle. Tout va bien se passer. »

Le garçon soupira, secoua lentement la tête. « Non, sûrement pas. »

« Par le sang et les abîmes, ils sont *vraiment* motivés, pas vrai ? »

Mercurio se tenait sur la mezzanine surplombant le grand athénée ; la fumée d'un cigarillo dansait sur sa langue.

La Main ne répondit rien.

Elle semblait avoir vingt et un ans, vingt-deux, peut-être – d'une promotion précédant de quelques années celle de Mia, en tout cas. Vêtue comme toutes les autres – des robes noires, de la tête aux pieds –, elle s'avérait également aussi silencieuse qu'une tombe. Après la découverte de Drusilla et l'examen consécutif des deux premières *Chroniques de Nevernight,* la Dame des Lames avait ordonné aux Mains chargées de suivre Mercurio d'abandonner toute subtilité. Il en avait constamment trois sur les talons, désormais : cette gamine, jamais à plus de quelques mètres, une Itreyenne plus âgée – la trentaine, peut-être –, et un jeune Dweymeri aussi grand que silencieux, qui demeurait habituellement le plus en retrait.

Ils ne parlaient jamais. Ne répondaient jamais aux questions qu'on leur posait. Ils se bornaient à le suivre telles des ombres dénuées de voix et d'âme. Mercurio n'avait eu aucune nouvelle de Marius ou de Marielle depuis que Drusilla avait trouvé les chroniques – les deux sorcerii voyaient à l'évidence dans la discrétion la meilleure des politiques possibles maintenant que la Dame des Lames s'était engagée sur le sentier de la guerre.

Aelius et lui se retrouvaient donc seuls, une fois de plus.

Ce qui en gros signifie que Mia aussi…

« Ils y sont depuis combien de temps ? s'enquit le vieillard.

— Presque trois semaines, lui lança le chroniqueur depuis son bureau.

— Combien de morts ?

— Seulement deux, répondit Aelius, avant de se rendre d'un pas nonchalant sur la mezzanine, ses pouces glissés dans les poches de son gilet. Je ne suis pas trop sûr de ce qui s'est passé là-bas, pour être honnête. Les pauvres bougres ont juste… disparu. Emportés par un ver des livres, j'imagine – mais bon, il ne faut pas être très malin pour s'en prendre aux pages qui vadrouillent là-dehors. »

Mercurio donna un coup de coude osseux à la Main postée auprès de lui. « Je parie que tu remercies Drusilla de t'avoir collée à mes basques plutôt que de t'envoyer glander dans le noir, hein ? »

Elle garda le silence.

Mercurio exhala un nuage de fumée, regarda Aelius récupérer de ses doigts tachés d'encre un autre cigarillo derrière son oreille et l'allumer avec une boîte à feu brunie. Les yeux humides du chroniqueur restaient rivés sur la forêt d'étagères et de tomes. Les petits points de lueur arkémique s'éloignaient dans la pénombre, tenus en l'air par des silhouettes de Mains.

Leurs recherches étaient des plus méthodiques : ils marquaient chaque allée examinée d'un trait de craie rouge, et la zone explorée s'étendait inexorablement. Sauf qu'au lieu d'être disposées en une grille bien ordonnée, les étagères de la bibliothèque morte formaient un dédale tortueux, plus complexe et déconcertant que le plus diabolique des labyrinthes végétaux. Là où précédemment restait regroupée une centaine de Mains chargées par Drusilla de dénicher la troisième chronique, on voyait à présent de minuscules lumières dispersées un peu partout dans une obscurité silencieuse sans limites. La Mère seule savait quel terrain ils avaient couvert au cours des trois dernières semaines, mais il y avait certainement une pénurie de craie rouge ces derniers temps.

« Quel travail à la con », grogna Mercurio.

Aelius soupira. « Et quelle perte de temps. On ne trouve rien ici qui n'ait *envie* d'être trouvé. Et *pourquoi*, par les abîmes, la Mère voudrait-elle… »

La voix du chroniqueur s'éteignit, et un petit froncement se forma entre ses sourcils blancs délibérément hirsutes. Mercurio suivit son regard jusqu'à la bibliothèque, vit une lumière arkémique rebondir frénétiquement, comme si son porteur était en train de courir.

« Voyez-vous ça… », grommela-t-il.

Sans surprise, une Main fit son apparition quelques minutes plus tard, sa capuche rejetée en arrière, ses joues rougies d'avoir piqué un sprint, à bout de souffle. Elle émergea de la forêt d'étagères et remonta en hâte la rampe d'accès menant à la mezzanine. Mercurio vit qu'elle tenait un livre entre ses doigts. Relié en cuir noir. Des pages bordées de noir, constellées de blanc – on aurait dit des étoiles dans un ciel de vrainuit.

« Par le sang et les abîmes, haleta Aelius.

— Tu ne penses quand même pas qu'il s'agit de… ? »

La Main franchit les portes de l'athénée sans s'arrêter, mais Mercurio eut quand même le temps d'apercevoir une forme imprimée en relief sur la couverture de cuir noir.

Un chat.

Il échangea des regards avec Aelius, ses yeux bleu métallique se rivant aux prunelles d'un gris laiteux.

La troisième chronique.

« Merde. »

Le vieil homme se tourna vers la Main postée à ses côtés, frappa le sol du bout de sa canne. « Tirons-nous d'ici, d'accord ? »

La jeune femme garda la bouche close.

Aelius les regarda partir depuis le seuil de la bibliothèque – une frontière qu'il lui était impossible de franchir. Mercurio avançait d'un pas rapide ; il sentait son pouls s'emballer dans ses veines. Suivant tant bien que mal la Main qui montait quatre à quatre la spirale de marches, un, deux, *trois* chiens de garde sur ses talons, le vieillard progressait de son mieux dans la pénombre chantante. Le chœur fantomatique lui semblait un peu plus sonore, mais peut-être était-ce à cause du sang qui tambourinait à présent dans ses oreilles, ou de son cœur qui martelait ses côtes. Bientôt, il se retrouva à bout de souffle – et à maudire les innombrables cigarillos qu'il avait fumés au cours de son existence, tout en se demandant s'il n'aurait pas pu trouver une façon moins débilitante de faire un pied de nez à la société, aux convenances, et plus généralement à la mortalité.

Il n'en continua pas moins à suivre ses gardiens, malgré ses genoux qui craquaient, malgré son bras gauche douloureux (de plus en plus souvent, ces derniers temps), malgré la sueur qui recouvrait à présent sa peau constellée de taches de vieillesse. En un rien de temps, il perdit de vue la Main la plus rapide – mais bon, Mercurio savait exactement où le garçon se rendait. Ce fut hors d'haleine, à la lumière tamisée diffusée par les vitraux, qu'il pénétra dans la salle des Oraisons funèbres, avant de toucher son front, ses yeux, puis ses lèvres en passant devant l'imposante statue de la Mère.

J'espère que vous savez à quoi vous jouez…

Sa jeune Main féminine finit par prendre pitié de lui – il peinait à l'évidence de plus en plus, ses genoux demandaient grâce, une flamme noire consumait ses poumons à l'intérieur de sa poitrine atrophiée. Elle glissa un bras autour de sa taille, histoire de faciliter un peu son ascension, ce qui ne l'empêchait nullement d'avoir la bouche sèche, le souffle court, le cœur en feu. Il n'y avait pas autant d'escaliers dans sa jeunesse, Mercurio en était sûr. L'air n'était jamais aussi épais. Au bout du compte, cependant, il parvint tant bien que mal à atteindre les appartements du Vénéré Père.

« Putain, croassa-t-il, il faut *vraiment* que j'arrête de fumer. »

Il entra sans frapper, trouva Solis assis à son bureau, face à la Main essoufflée qui avait découvert l'ouvrage. Tueuse-d'Araignées se tenait à ses côtés, vêtue de vert émeraude et d'or étincelant. Penchée au-dessus du volume ouvert, l'austère Shahiid des Vérités était en train de lire à voix haute : *« Il luttait pour maintenir sa cohésion malgré la pluie qui l'amincissait au point de le rendre inutile. Mais avant de se désagréger complètement dans ce qui restait de la belle tête de la Main, le sang parvint à se reconfigurer brièvement. Quatre lettres qui formaient un seul mot. Un nom. »* Tueuse-d'Araignées se redressa, *poignarda* la page d'un doigt taché de poison. *« NAEV. »*

Solis tourna ses yeux aveugles vers la Main postée devant lui. « Demandez à Marius d'envoyer immédiatement un message à la Dame des Lames. »

La Main s'inclina bien bas. « Quel message, Vénéré Père ? »

Les yeux d'un blanc laiteux de Solis se mirent à scintiller. « Nous la tenons. »

Le thé était un peu trop chaud.

Drusilla occupait un rocking-chair dans un vert jardin vallonné, les narines gorgées de ses parfums. Les hélianthèmes étaient en fleur, la lavande et les chenilles avaient également revêtu leurs plus belles robes. La lumière des deux soleils se reflétait sur les murs du palazzo, réchauffait ses vieux os, qui n'appréciaient guère le froid persistant de la Montagne taciturne. Elle entendait Cyprien et Magnus jouer à proximité, leurs rires pareils à une douce musique à ses oreilles.

Mais son thé était un peu trop chaud.

Elle claqua des doigts, et une grande esclave liisienne vêtue d'une toge blanche vint aussitôt verser un nuage de lait de chèvre dans sa tasse. La vieille femme sirota le breuvage – beaucoup mieux – et, sans mot dire, renvoya d'un regard la jeune femme dans les ombres. Elle se réadossa à son siège, ferma ses yeux bleu pâle et poussa un petit soupir satisfait.

Un hurlement lui parvint aux oreilles. Suivi d'un cri de détresse.

« Cyprien, lui lança-t-elle, sois gentil avec ton frère si tu veux des friandises après le souper !

— … Oui, Grand-mère, lui répondit le gamin incriminé.

— Mère ? »

Drusilla ouvrit les paupières, pour découvrir Julia devant elle, drapée de soie rouge. Un bijoutier dweymeri se tenait derrière sa fille, lesté d'un plateau recouvert de velours parsemé d'objets de valeur. Julia porta à son cou une chaîne ornée de rubis, puis l'échangea contre un ras-du-cou en or plus austère, paré d'une unique pierre plus grosse.

« Le premier ? demanda la jeune femme. Ou le deuxième ?

— Pour quelle occasion ?

— Le Bal de l'imperator, bien sûr.

— Ma chère, des *semaines* nous séparent de la vrainuit…

— On n'est jamais trop bien préparé, rétorqua sa fille d'un ton guindé. Si Valerius veut obtenir son siège dans le quartier liisien, il va falloir faire forte impression.

— Je doute fort que tes choix en matière de bijoux aient une quelconque influence sur les ambitions sénatoriales de ton époux, ma chère. L'imperator m'a assuré que le siège lui était réservé. »

Julia soupira, examina chaque collier l'un après l'autre. « Peut-être vais-je prendre les deux, tout simplement.

— Tu as eu des nouvelles de ton frère ? Est-ce qu'il vient pour le dîner ?

— Oui, il sera là. Avec cette horrible Cicerii. » Les lèvres de Julia se tordirent de dégoût. « J'ai bien peur qu'il n'annonce sous peu leurs fiançailles.

— Bien. » Drusilla hocha la tête. « Il a tout intérêt à préparer son avenir, à son âge. La familia est ce qu'il y a de plus important au monde, ma chère. Si ton père et moi t'avons appris une chose, c'est bien celle-là. »

Julia embrassa du regard les magnifiques jardins qui les entouraient. Lâcha un petit soupir. « Il me manque.

— À moi aussi. Mais la vie est faite pour être vécue, mon amour. »

Julia sourit, se pencha pour déposer un baiser sur le front de sa mère, puis retourna d'un pas nonchalant à l'intérieur du palazzo. Les cathédrales de Sepulcra se mirent à sonner cinq voltes, leurs douces tonalités résonnant d'un bout à l'autre du quartier moelle-né. La vieille femme était en train de lever les yeux vers la troisième Côte, se demandant si elle devait y acheter un appartement pour son fils comme cadeau de mariage, quand la fiole d'argent qui pendait à son cou commença à vibrer.

Elle posa la main dessus, espérant se tromper, priant la Déesse de lui accorder quelques heures de paix supplémentaires… mais non, l'objet frissonnait bel et bien sous sa paume. Drusilla poussa un soupir, reposa tasse et soucoupe, puis souleva la fiole à son cou. Elle brisa le sceau de cire noire, vida le contenu de l'ampoule sur la petite table trônant à côté de son rocking-chair. Du sang épais se répandit sur le teck poli.

Et de son propre chef, il commença à se structurer en formes.

En *lettres*.

Des lettres dont la vieille femme tira des mots. Puis une missive. Son vieux pouls usé s'accéléra presque imperceptiblement.

Cyprien arriva alors en courant devant elle, essoufflé, les yeux rieurs. « Viens jouer avec nous, Grand-mère. »

Elle soupira. « Un autre tour, ma colombe. » La Dame des Lames se releva lentement, se pencha pour lui embrasser le front. « Grand-mère a du travail. »

CHAPITRE 27

Nourrir

Il s'avéra que le boulot de reine des pirates ne ressemblait guère à ce que Mia avait imaginé.

Peut-être avait-elle lu trop de contes à deux mendiants dans sa petite chambre à l'époque où elle vivait au-dessus de la boutique de Mercurio, mais au cours des trente ou quarante secondes durant lesquelles Mia avait réfléchi à ce qu'impliquait ce rôle avant de poignarder à mort Einar Valdyr, elle s'était figurée qu'une reine des pirates devait… eh bien, faire un peu de piraterie. Céder au bris des vagues ou à de jeunes damoiselles aux formes avantageuses, passer d'un lustre à l'autre, un couteau entre les dents. Mais alors qu'elle entamait le deuxième tour de son règne, la reine Mia Corvere devait se rendre à l'évidence : gouverner se révélait fort décevant.

Elle poussa un soupir. « Je m'ennuie à crever.

— Je vous avais prévenue, dit Ulfr Sigursson. Ça rendait Valdyr à moitié fou.

— Valdyr portait une houppelande faite de visages humains, Ulfr. » Elle posa ses bottes sur son bureau. « Je doute fort qu'à *moitié* fou suffise à décrire le personnage.

— En parlant de ça, fit son second en la toisant de pied en cap, vous voulez que je vous trouve quelque chose d'un peu plus… seyant ? »

Mia jeta un coup d'œil à son reflet dans la fenêtre. Elle avait débarrassé sa peau et ses cheveux du sang de Valdyr, mais portait toujours la houppelande de l'ex-monarque, qui formait comme un linceul autour de son corps élancé. Des protections de cuir noir moulaient ses jambes et ses hanches, elle avait des bottes en peau de loup à ses pieds, et son épée longue en ossacré restait bien sagement à portée de main. Elle s'était baignée, avait peigné ses longs cheveux noirs, coupé net sa frange en une ligne droite presque tranchante. Les cercles jumeaux de sa marque d'esclave sur sa joue droite et la méchante cicatrice qui barrait la gauche conféraient à ses traits pâles une sombre cruauté. Son regard était noir comme du charbon, dur comme du fer. Elle n'avait pas l'air d'une reine que beaucoup aduleraient.

Mais d'une reine que la plupart *craindraient*.

« Non, ça me va de porter ce truc, répondit-elle à Ulfr. Ça rend les gens nerveux.

— Vous ne voudriez pas un maillot de corps, au moins ? Quand vous vous agitez, on n'est pas loin d'avoir une vue imprenable sur vos…

— Non, l'interrompit-elle tout en s'allumant un cigarillo. Mes seins *aussi* rendent les gens nerveux.

— Comme il vous plaira. » Son second renifla. « J'avoue ne leur avoir moi-même jamais trouvé beaucoup d'attrait. »

Ils étaient au niveau supérieur d'une haute tour de calcaire qui s'élevait à l'intérieur même de la salle des Vauriens. Des fenêtres serties de plomb donnaient sur la mer des Larmes, des bûches de chêne-cerise se consumaient dans une large cheminée tachée de charbon, emplissant la pièce d'une chaleur parfumée. Les sols étaient recouverts de fourrures de loup, les murs de cartes des mers environnantes, le long bureau de chêne jonché de parchemins, de rouleaux et de missives. Comme elle comptait abdiquer dans une poignée de tours, Mia ne s'était pas donné la peine de se familiariser avec ses obligations, mais de ce qu'elle en voyait être roi des Vauriens impliquait un peu plus de paperasse qu'elle ne se l'était imaginée.

Elle jeta un regard à son second, vêtu de sa peau de loup et de ses protections de cuir noir. Il arborait une expression à mi-chemin entre la méfiance et la désinvolture.

« Et comment vont mes loyaux sujets ? s'enquit Mia – tout en exhalant un nuage de fumée grise.

— Eh bien, soupira Ulfr, l'*Obélisque* et la *Cannelle* fomentent une rébellion contre vous. Mais bon, comme Marcella et Quintus se haïssent cordialement, je n'imagine guère cette coalition durer très longtemps. *Goliath, Imperium* et *Creuser-de-Tombe* se sont tous exprimés contre vous dans la salle des Vauriens plus tôt dans le tour – mais bon, ça reste des petits poissons. Les plus gros équipages attendent de voir la suite des événements. Ils avaient une peur bleue de Valdyr. Être la salope qui lui a arraché la tête vous confère donc une certaine… *gravitas*.

— Et les gardes-loups ? ajouta Mia en tirant sur sa clope. Comment s'en sort mon équipage ?

— Ils m'obéissent – pour l'instant. Et moi j'en fais autant avec vous. Mais je ne vous apprends rien, n'est-ce pas ? » Sigursson caressa sa barbe blonde tressée. « Vous ne pensiez quand même pas que je n'allais rien remarquer ? »

Mia haussa un sourcil. « Quoi donc ?

— Mon ombre, Majesté, répondit son second en baissant les yeux vers ses bottes. Elle a l'air un peu plus noire, ces derniers temps. J'ai entendu toutes sortes de mythes sur les enténébrés lors de mes voyages. Heureux de voir qu'ils ne s'avèrent pas tous être des conneries. »

Mia s'adossa à son siège, un sourire aux lèvres. « Il est malin, celui-là, Éclipse.

— … OUI…, lui répondit une voix d'outre-tombe tout droit sortie de l'ombre de Sigursson… C'EST CE QUE J'APPRÉCIE EN LUI…

— Moi aussi. » Elle considéra le beau Vaanien. « Je *t'apprécie*, Ulfr.

— J'aimerais pouvoir en dire autant, Majesté, rétorqua-t-il avec un regard mauvais plutôt séduisant.

— Ma foi, il te suffit de me tolérer quelques tours supplémentaires, et tu seras débarrassé de moi une bonne fois pour toutes. » Le sourire de Mia s'élargit ; elle satura l'espace qui les séparait d'un nuage de fumée. « Mais si tu envisages de te débarrasser de moi plus tôt, je devrais être en mesure de te prouver la véracité de deux ou trois autres mythes relatifs aux enténébrés. »

En guise de démonstration, elle

Marcha

jusqu'à la fenêtre

pour regarder les vagues déferler sur le rivage et les mouettes tourner en rond dans le ciel gris pâle qui les surplombait. Elle glissa son cigarillo entre ses lèvres et inspira longuement, laissant les ombres de la pièce n'en faire qu'à leur tête, s'étirer dans sa direction aussi doucement que de vieux amants.

« Tu peux disposer, lança-t-elle à son second sans même le regarder. Si jamais j'ai besoin de toi, je ne manquerai pas d'en informer Éclipse. Fais croire aux capitaines de l'*Obélisque* et de la *Cannelle* que tu comptes m'assassiner en mer si tu penses que ça peut les calmer. Dans le cas contraire, je trouverai bien un autre moyen de les réduire au silence. D'une manière plus *permanente*, par contre. »

Sigursson se tourna face à elle ; il y avait des étincelles dans ses beaux yeux verts. « Aye, aye, Majesté.

— Que l'eau et le ciel te restent bleutés, Ulfr. »

Le brigand s'inclina brièvement, puis quitta d'un pas raide la pièce, Éclipse sur ses talons. Mia resta pour sa part devant la fenêtre, à contempler la mer, le front appuyé contre la vitre. Tout en pensant aux lèvres d'Ashlinn. Aux yeux de Jonnen. À l'air renfrogné de Mercurio. À la blessure à vif que laissait l'absence en forme de chat dans sa poitrine.

Je me demande où il est.

S'il va bien.

… Déesse, il me manque.

« J'ai froid, soupira-t-elle.

— TU PEUX TOUJOURS METTRE UNE CHEMISE », dit Tric.

Elle se retourna pour sourire au pâle garçon dweymeri, occupé à contempler tranquillement le feu.

« Ça ruinerait mon esthétique de “salope meurtrière”. » Elle grimaça, se tortilla dans la houppelande. « Mais oui, peut-être. Ce vieux cuir m'irrite les donas comme du papier de verre. »

Un rictus étira les lèvres du garçon, qui regarda la porte par laquelle Sigursson était parti. « TU LUI FAIS CONFIANCE ?

— Pas franchement, non. Mais Éclipse garde un œil sur lui. Et il semble capable de tenir les gardes-loups en laisse. Tout ce que j'attends de lui, c'est de maintenir un minimum d'unité pendant une poignée de tours – après quoi il récupérera un navire *et* un trône libres. Je pense qu'on peut compter sur son avidité pour nous mener à bon port. Et si ça ne suffit pas, sur sa peur.

— PARFOIS TU *ES* UN PEU EFFRAYANTE, FILLE PÂLE, fit Tric, reprenant par là même une de leurs vieilles plaisanteries. ET À D'AUTRES OCCASIONS TU ES TOUT SIMPLEMENT *TERRIFIANTE*. » Le petit sourire déserta aussitôt son visage. « DÉSOLÉ. JE SAIS QUE ÇA TE DÉPLAÎT QUAND JE T'APPELLE AINSI. »

Elle se détourna de la fenêtre pour lui faire face, appuyée sur le rebord, mains serrées dans son dos. « Oh, mais *j'aime* ça, admit-elle dans un filet de voix. Ça ne ferait pas aussi mal, sinon. »

Il se tenait là sans mot dire. Se contentant de la scruter. Sa nouvelle beauté ténébreuse mise en valeur par la chaude lueur du feu. Il était encore pâle, sa peau aussi lisse que dure, mais maintenant que quelques semaines à peine les séparaient de la vrainuit, il ne ressemblait plus à une statue sculptée dans l'albâtre. À présent, Mia s'imaginait capable de voir un pouls palpiter sur son cou, sous la courbe de sa mâchoire, les lignes puissantes de sa gorge, au niveau des muscles qu'elle devinait à travers le col ouvert de sa chemise…

Elle s'arracha à ce spectacle. Se mordit la lèvre. « J'ai réfléchi.

— ET MERDE. »

Tout en lui rendant son sourire, la jeune femme coinça une mèche de cheveux derrière son oreille. « Quand nous aurons atteint la Montagne, récupérer Mercurio sera bien entendu notre première priorité. Mais les Lames qui nous ont attaqués à la tour ne sont pas les derniers assassins que l'Église rouge a dans sa besace. Elle va juste continuer à nous en envoyer jusqu'à ce que nous ayons coupé la tête du serpent. »

Tric délaissa le feu pour lui faire face. « Drusilla. »

Elle opina du chef. « Ouaip. Ainsi que le Ministère.

— ON SUPPRIME LE BERGER, ET LES MOUTONS SE DISPERSERONT.

— Non. On supprime le berger, et les moutons *suivront*. »

Les yeux du Défunt se plissèrent. « COMMENT ÇA ?

— J'y pense depuis que ce putain de manteau répugnant s'est retrouvé sur mes épaules. Les gens suivent des chefs qui ont assez de *détermination* pour les mener. M'est revenue en tête une chose que mon père m'a dite lors de notre dernière rencontre : "Tout ce qu'il faut pour prétendre au vrai pouvoir, c'est la *volonté* de faire ce à quoi les autres se refusent." » Mia tira sur son cigarillo, recracha telle une flamme de la fumée dans l'air environnant. « Je ne vais donc pas me contenter de tuer la Dame des Lames. Je vais *devenir* la Dame des Lames.

— UN DESTIN PLUS GLORIEUX QUE ÇA T'ATTEND, MIA.

— C'est ce que tu ne cesses de me répéter. Mais je vais avoir du mal à l'accomplir si un connard quelconque me tranche la gorge pendant mon sommeil. Si je tue Drusilla et le Ministère, aucune Lame encore de ce monde n'osera me contester ce rôle. Et l'Église arrêtera de me traquer, si c'est moi qui lui impose *qui* elle doit traquer. Pour citer Ashlinn : "Il faut se battre pour garder ce qui nous importe." Aussi vais-je me *battre*.

— ASHLINN. »

Le nom parut fendre l'air comme un couteau. Pour finalement s'enfoncer, encore vibrant, dans les planches qui les séparaient.

« Tu vas devoir t'habituer à sa présence, Tric.

— Je ne peux pas m'empêcher de remarquer qu'elle n'est pas parmi nous. Contrairement à *moi*.

— N'en tire pas davantage de conclusions que celles qui s'imposent. Nous sommes *ensemble* toutes les deux, désormais. »

D'un large geste, il embrassa la pièce qui les entourait. « Je ne la vois nulle part.

— Tu as parfaitement compris ce que je voulais dire.

— Non, rétorqua-t-il. Justement pas. Tu ne m'as jamais répondu quand je t'ai demandé si tu l'aimais.

— Parce que ça ne te concerne pas. »

Elle vit alors un terrible éclair de colère illuminer les yeux insondables du Sans-Âtre. Les muscles de sa mâchoire se tendirent, ses mains noires – qui avaient jadis parcouru son corps – se serrèrent. Mia pouvait *sentir* la vitesse et la force effroyables que la Mère lui avait conférées, gravées dans chaque ligne, chaque courbe de son corps. Mais lentement, sans qu'il ne la quitte un instant du regard, sa rage se dissipa, en même temps que s'estompait la raideur qui avait envahi son corps. Tric déglutit distinctement, puis se tourna vers le feu. Les deux mains sur la tablette de la cheminée, ses salines encadrant son beau visage, il baissa la tête pour se perdre dans la contemplation des flammes.

« ... Comment peux-tu *dire* une chose pareille ? »

Elle le regarda observer le feu, tout en écoutant les crépitements des bûches, le chant de la mer à l'extérieur, les battements douloureux de son propre cœur contre ses côtes.

« Ça t'arrive de penser à nous, Mia ? l'interrogea-t-il.

— Bien sûr que oui.

— À *nous*, je veux dire. À ces moments-là... Nous *ensemble*. »

La tension était presque palpable entre eux – Mia la sentait envahir le bord de ses lèvres, se propager jusqu'au bout de ses doigts. Palpiter sous sa peau. Du désir. Un désir partagé. Sans rien ni personne pour s'interposer.

« Oui, admit-elle – au grand dam de son pouls.

— TU T'ES DÉJÀ DEMANDÉ COMMENT LES CHOSES AURAIENT PU TOURNER ?

— Ce n'est pas toi qui m'as dit que je devrais laisser le passé mourir ?

— ET N'EST-CE PAS TOI QUI AS RÉTORQUÉ QUE, PARFOIS, IL NE MOURRAIT PAS ?

— Si, convint-elle. Oui, parfois il faut le tuer.

— TOUT COMME ELLE *M'A* TUÉ. »

Mia prit une longue inspiration. S'écarta du rebord de la fenêtre et arpenta lentement les fourrures de loup disposées par terre. Elle le rejoignit devant le foyer, mains jointes dans le dos, pour fixer des yeux méfiants sur les flammes qui s'étiraient telles des griffes dans sa direction.

« ELLE M'A TUÉ, MIA, reprit Tric. ELLE M'A PRIVÉ DE TOUT CE QUE J'ÉTAIS.

— Je sais. Et j'en suis désolée.

— COMMENT AS-TU PU TE METTRE AVEC ELLE, APRÈS ÇA ? »

Mia se concentra sur les flammes. Les poils de son dos se hérissaient, ses nerfs la titillaient – elle n'appréciait guère d'avoir à se justifier sur ses choix en matière de partenaire sexuel. C'était *sa* décision. Qui lui *appartenait*, bien davantage que beaucoup d'autres prises au cours de son existence. Sauf que Tric avait jadis partagé son lit, lui aussi – il avait été le premier avec qui cela avait vraiment signifié quelque chose, à dire vrai. Et vu les circonstances, la jeune femme devait admettre qu'une telle question n'était pas la plus scandaleuse qu'il aurait pu poser. Au moins avait-il attendu qu'ils soient seuls.

« Ash me fait penser à moi, déclara-t-elle. Elle veut quelque chose, elle le prend. Elle ne s'écrase devant personne. Elle est féroce, intrépide – et putain de belle. Et dans le monde qui est le nôtre, c'est un cocktail bien trop rare. » Mia passa une main dans ses cheveux, poussa un soupir. « J'ai bien conscience du narcissisme à l'œuvre là-dedans. Vouloir coucher avec soi-même. Mais c'est loin de se résumer à ça. Ash me tient tête. Elle m'aiguillonne. Elle prend le monde à la gorge – et elle *serre*. Mais quand on se retrouve seules, elle me rappelle aussi tout ce qu'il y a de bon dans l'existence. Elle se montre douce, gentille, tout ce que je ne suis pas. »

L'enténébrée glissa son cigarillo entre ses lèvres, soupira. « La première fois qu'on a… qu'on l'a fait, je veux dire… on était toutes les deux sur le fil du rasoir. N'importe quel tour aurait pu être le dernier. Et là, j'ai réfléchi à mon existence, à l'orientation qu'elle avait prise – pour comprendre que je n'avais au bout du compte jamais vraiment eu mon mot à dire dans tout ça. Je voulais quelque chose qui *m'appartienne*. Qui résulte d'un choix que *j'aurais* fait. » Elle haussa les épaules. « Et c'est elle que j'ai choisie.

— Mais tu ne le regrettes pas ? Même maintenant ?

— Non. » Elle secoua la tête. « Je pense avoir *besoin* de quelqu'un dans son genre. Être en couple avec elle… ça me rappelle que toute cette histoire ne se résume pas à une question de sang. Parce que je ne veux *pas* qu'elle se résume à ça. Mais c'est si dur de s'en souvenir, parfois. » Mia tira longuement sur sa clope, savoura la chaude brûlure qui envahit sa poitrine. « C'est comme si j'étais composée de deux moitiés distinctes, tu comprends ? Deux morceaux d'un même tout. L'un se limite à… de l'obscurité. De la rage. Il déteste le monde et tout ce qu'il contient. Tout ce qu'il veut, c'est l'anéantir – et rire à gorge déployée sur ses décombres. Et puis il y a l'autre, qui entrevoit dans tout ça quelque chose d'assez *précieux* pour justifier un minimum d'efforts. Une chose sur laquelle potentiellement *construire* une vie, ensuite. »

Mia considéra les flammes – devant comme derrière elle. « En moi s'affrontent deux moitiés. Et celle qui l'emportera sera celle que je nourrirai. »

La jeune femme fixa un long moment le feu, dont les langues ignées consumaient tout ce qui passait à leur portée, pour ne laisser derrière elles que de la fumée et des cendres. Était-ce là le destin qui l'attendait ? Se résumerait-elle à *cela* à la fin de cette histoire ?

Après quoi elle se tourna vers Tric, pour le découvrir occupé à la dévisager. « Pourquoi te contentes-tu de me fixer comme ça ? lui demanda-t-elle. *Dis* quelque chose.

— QU'EST-CE QUE JE DEVRAIS DIRE ? QUE JE COMPRENDS ? QUE JE M'INCLINE ? » Il secoua la tête, riva ses yeux noirs sur ceux de l'enténébrée. « TU DIS QU'IL FAUT SE BATTRE POUR GARDER CE QUI NOUS IMPORTE... EH BIEN, *MOI*, J'AI PLONGÉ LES MAINS DANS L'OBSCURITÉ QUI SÉPARE LES ÉTOILES POUR TE RETROUVER, MIA. J'AI TOURNÉ LE DOS À LA LUMIÈRE ET À LA CHALEUR POUR ME FRAYER UN CHEMIN À TRAVERS L'ABÎME. ET JE NE L'AI CERTAINEMENT PAS FAIT POUR ENSUITE ME RETIRER GRACIEUSEMENT ET REGARDER LA FILLE QUI M'A TUÉ S'ARROGER LA FILLE QUE J'AIME.

— Ma foi, ce n'est pas comme si tu avais le choix, non ?

— VRAIMENT ? »

Il se tourna vers elle, et Mia sentit le désir monter en lui. Sculpté dans la ligne de ses lèvres. *Couvant* dans son regard. Avec une lenteur incommensurable, il leva la main vers son visage. Mia se tendit, mais ne recula pas ; sa mâchoire se crispa lorsque le pouce de Tric commença à descendre le long de la cicatrice qui lui barrait la joue. La chaleur du foyer s'était transmise à son corps, enrichissant sa peau d'une nouvelle bouffée de vie ; il n'y avait plus aucune *fraîcheur* dans les caresses dont il la gratifiait. La jeune femme sentait des papillons voleter dans son ventre, ses lèvres s'ouvrir, son souffle s'accélérer peu à peu.

« Ne fais pas ça…, l'avertit-elle.

— ET POURQUOI DONC ? murmura-t-il.

— Parce que je te le demande.

— ET POURTANT, TU NE T'ÉCARTES PAS ?

— Ne jamais reculer, Tric.

— OSE ME DIRE QUE TU NE M'AS JAMAIS AIMÉ, MIA. »

Sa main glissa le long de sa joue en direction de ses lèvres – et même si la jeune femme savait qu'elle aurait dû l'arrêter, chaque centimètre de peau qu'il touchait semblait prendre feu…

« OSE ME DIRE QUE TU NE M'AIMES *PLUS*. »

Il se rapprocha encore ; son autre main vint à son tour caresser le visage de l'enténébrée. Si près de lui, Mia pouvait sentir le feu, cette sombre non-flamme, qui brûlait en son for intérieur. Mais aussi étrange que cela puisse paraître, aussi *mal* que cela puisse être, elle se découvrit *attirée* par ce brasier. Comme s'il s'était agi d'un aimant. Comme si elle *tombait* dedans. Le pouvoir de la déesse – la Mère noire qui avait donné naissance au fragment de dieu qui se trouvait en elle, aussi large que les cieux, profond comme les océans et noir, noir comme le cœur qui tambourinait présentement dans sa poitrine. Elle avait cru que ses yeux se résumaient à des ténèbres vides, mais d'aussi près, d'aussi dangereusement, *merveilleusement* près, la jeune femme voyait qu'ils brillaient de minuscules étincelles de lumière, telles des étoiles éparpillées sur des rideaux de nuit.

Magnifique.

« J'AI DÉFIÉ LA MORT POUR TOI, murmura-t-il – toujours plus près. ET JE SERAIS PRÊT À REPERDRE LA VIE POUR TOI. À *TUER* POUR TOI. À ARRACHER LES ÉTOILES DU CIEL POUR TE CONFECTIONNER UNE COURONNE. TU ES MON CŒUR. MA REINE. TOUT CE QUE TU PEUX ME DEMANDER DE FAIRE, MIA, JE LE *FERAI*. » Il attrapa le col de sa houppelande, entreprit de l'écarter, un centimètre après l'autre, de ses épaules nues. « DEMANDE-MOI D'ARRÊTER », ajouta-t-il.

Elle ne devait pas – Déesse, elle ne *pouvait* pas – laisser les choses dégénérer ainsi. Sauf que si des images d'Ashlinn flamboyaient au fin fond de son esprit, un feu plus sombre couvait à présent dans sa poitrine, entre ses cuisses. Mia n'aurait su dire si c'était à cause de leur parenté ténébreuse, de la beauté surnaturelle dont il était désormais pourvu, ou simplement du désir que lui inspirait cet amant censé avoir disparu à jamais, et qui se tenait présentement *devant* elle, comme sculpté par les mains de la Nuit en personne. Mais alors même que son regard passait des yeux de Tric à la douce courbe de ses lèvres entrouvertes, la jeune femme s'avisa qu'elle avait envie de lui.

Oh, que la Déesse ait pitié d'elle, *tellement* envie…

Le manteau glissa par terre.

« DEMANDE-MOI D'ARRÊTER. »

Mais Mia n'en fit rien – elle ne souffla mot, à dire vrai. Aussi l'embrassa-t-il, l'emprisonnant dans son étreinte, l'écrasant contre lui, au point que l'enténébrée se retrouva presque incapable de respirer. Ses mains se mirent à se mouvoir d'elles-mêmes, à parcourir la lisse fermeté de ses bras, de ses épaules. Lorsqu'il la souleva du sol, elle enroula ses jambes autour de sa taille et cala ses chevilles dans le creux de son dos, tous deux s'embrassant désormais avec suffisamment de passion pour qu'elle ait l'impression de s'y noyer. Des frissons parcoururent sa colonne vertébrale quand elle sentit sa langue frôler la sienne – l'intégralité de son corps se couvrit de chair de poule sous l'effet de la chaleur de la sombre flamme qu'il portait en lui. Ses lèvres étaient plus douces que jamais, son corps tout aussi chaud. Sa bouche avait un goût de fumée, son odeur évoquait le parfum de feuilles d'automne jetées dans quelque feu. Elle poussa un soupir quand leurs lèvres se détachèrent, et qu'il commença à déposer une succession de baisers brûlants sur sa joue, puis sa gorge.

Je ne peux pas faire ça…

La bouche de Tric s'aventura ensuite plus bas pour parcourir sa clavicule, feu et glace tout à la fois. Mia sentit sa peau s'embraser, la flamme sombre nichée dans sa poitrine, entre ses jambes, se déchaîner quand ses lèvres atteignirent ses seins et se refermèrent sur un mamelon aussi dur que de la pierre, qu'il s'employa ensuite à titiller du bout de la langue. Dans un soupir, la jeune femme laissa sa tête basculer en arrière, tout en fourrant ses doigts dans les ombres accueillantes des cheveux du garçon pour l'attirer plus près, le forcer à continuer… La douce pression de ses dents – oui, *oui*, elle avait la tête qui tournait, le souffle court, le ventre rempli de papillons, toutes ailes déployées.

« Ô Déesse… »

Il ne faut pas…

Il se laissa choir sur les fourrures sans même la lâcher – les jambes de Mia étaient restées enroulées autour de son corps. À la lumière de plus en plus intense du feu qui crépitait non loin, la jeune femme se retrouva sur lui, à moitié nue, sa langue dans sa bouche, ses mains posées sur sa taille. Déesse, comme elle voulait le sucer. Le baiser. Le pouls de Tric palpitait sous ses mains ; sentant une rigidité impossible au niveau de son entrejambe, elle commença à suivre du bout des doigts les sillons et vallées des muscles de sa poitrine, la plaine ferme de son estomac. Gémissant en rythme avec lui, elle tortillait des hanches, brûlant de le sentir tout contre elle sans rien ou presque entre leurs deux corps. Un désir infini l'habitait – Mia avait *faim* de l'obscurité qui résidait en lui, une faim née d'un noir absolu, si vaste, si *vide* qu'elle se demandait s'il parviendrait vraiment à l'assouvir. Mais Déesse…

Ô douce et miséricordieuse Déesse, elle voulait *vraiment* qu'il essaie.

Mia était en train de se perdre. La peau de Tric, son odeur, ses formes familières régénérées par la Mère de la Nuit. Elle crevait d'envie de succomber à son désir, de laisser ses mains parcourir son corps, d'oublier tout le reste et, l'espace d'un instant, de simplement s'abandonner au plaisir de le *sentir* en elle.

Se perdre…

« Mieux vaut avoir aimé et perdu…

— Ceux qui disent ça n'ont jamais aimé quelqu'un comme je t'aime. »

Ces paroles résonnèrent dans un recoin de sa tête.

Et Mia se rappela alors ce qu'elle avait décelé dans le regard de la Vaanienne.

Sa bien-aimée.

En moi s'affrontent deux moitiés.

Les mains de Tric sur son corps, ses lèvres sur sa peau.

Et celle qui l'emportera sera celle que je nourrirai.

« Non », murmura-t-elle.

Il se redressa, sans que ses doigts ne cessent de lui parcourir le dos, sa bouche d'explorer ses seins. Ses mains d'un noir d'encre se saisirent des hanches de la jeune femme pour l'aider à bascul…

« Tric, arrête, chuchota-t-elle. Il faut qu'on arrête. »

Il la fixa droit dans les yeux – les siens *brillaient* de désir. S'arracher à son étreinte lui donna l'impression de se déchirer en deux. Le désir était si réel qu'il en devenait physiquement douloureux – elle le sentait brûler comme un feu dans ses veines. La température de la pièce ne cessait d'augmenter, d'augmenter…

« MIA… »

Sans crier gare, un éclair de lumière brûlante en provenance de l'âtre lui aveugla les yeux. Mia sentit déferler sur elle une vague de chaleur torride, *vicieuse*. Puis lâcha un cri de surprise – une langue de flamme avait jailli de la cheminée pour venir fouetter ses protections en cuir et les fourrures sur lesquelles ils étaient allongés. L'enténébrée roula sur elle-même, un juron d'anthologie aux lèvres, tandis que le feu prenait racine sur la toison et se propageait en un clin d'œil.

Affamé, *furieux*, le brasier brûlait plus intensément qu'il ne l'aurait normalement dû – il progressait sur la peau de loup en direction de Mia. Tric se releva rapidement et retourna les fourrures pour étouffer les flammes, les piétiner comme des serpents. L'enténébrée partit en hâte récupérer la carafe d'eau posée sur le bureau, pendant que le Sans-Âtre se servait de ses bottes pour repousser les fourrures dans le foyer, où elles ne tardèrent pas à se recroqueviller. Jurant de plus belle, la jeune femme s'employa à arroser le reste de l'incendie, qui finit par succomber au terme d'une résistance de haute lutte.

Une fumée noire emplit la pièce, en même temps qu'un silence soudain. Son cœur battant à tout rompre, Mia s'appliqua à inspecter sa peau et ses cheveux en quête d'éventuelles brûlures. La peur n'avait pas tardé à prendre la place du désir qui la consumait à peine quelques secondes auparavant…

« TU VAS BIEN ? » lui demanda Tric, les yeux pleins d'inquiétude.

Elle battit quelque peu en retraite. « Je suis saine et sauve. Juste un peu roussie.

— MIA, JE… »

Elle sentit un froid soudain l'envahir, en même temps que la conscience d'être à moitié nue. Une lucidité aussi glaciale que cristalline, qui eut raison de son désir. La jeune femme se pencha pour ramasser sa houppelande, la drapa autour de ses épaules pour tenter de se réchauffer. Son pouls battait puissamment dans ses veines. Ses jambes tremblaient.

« Je crois que tu ferais mieux de partir », dit-elle.

Il fit un pas dans sa direction. « MIA, DIS-MOI QUE TU NE M'AIMES PAS.

— Tric, ne…

— DIS-MOI QUE TU N'AS PAS *ENVIE* DE MOI.

— Je ne peux pas ! grogna-t-elle tout en reculant un peu plus. Parce que ce serait un *mensonge* ! Mais si on s'accorde ces quelques instants de plaisir, ce sera une vie entière d'affliction qui nous attendra ensuite. » Mia secoua la tête, stupéfaite de sentir des larmes lui brûler les yeux. « Je suis *désolée*. Désolée que les choses aient tourné ainsi. Désolée qu'on ne puisse pas tous avoir ce qu'on désire. Parce que j'ai envie de toi, Tric, la Déesse m'en soit témoin. Sauf qu'au final j'ai davantage envie de rester avec elle. »

Le Dweymeri fit un nouveau pas dans sa direction ; elle-même s'empressa de battre en retraite. Lorsqu'il tendit la main vers elle, la jeune femme découvrit dans ses yeux une douleur abyssale. Vit à quel point toute cette histoire était injuste, horriblement cruelle. Mia voulait crier. Maudire les dieux. Maudire la vie et le destin qui l'avaient conduite à cet instant, à ce choix impossible. Parce que quoi qu'elle fasse, quoi qu'elle choisisse, quelqu'un qu'elle aimait allait en souffrir.

Je suis un putain de poison, vous comprenez ?

Un cancer…

Il y a toujours quelqu'un qui souffre.

« Je suis désolée, répéta-t-elle. Mais on ne peut pas faire ça. *Moi* j'en suis incapable, en tout cas. Elle compte beaucoup trop à mes yeux.

— … TU L'AIMES DONC BEL ET BIEN, chuchota-t-il.

— Je pense… » Mia le dévisagea, au bord des larmes. « Je pense que oui. »

La main de Tric s'abaissa, en même temps que son regard. Ses épaules s'affaissèrent, ses jambes se mirent à trembler. L'enténébrée pouvait presque voir son cœur se briser dans sa poitrine. Fendu en deux. Par la lame qu'elle tenait dans sa main maudite. Il ferma les yeux, mâchoire serrée, secoua la tête. Mais une larme perfide aussi noire que la nuit s'échappa alors de ses cils, pour descendre le long de sa joue jusqu'à son menton en suivant la ligne de sa fossette. Mia se retrouva à pleurer elle aussi – un murmure de compassion aux lèvres –, elle se rapprocha de lui, désireuse d'arranger les choses, de faire cesser sa souffrance – de *s'amender*, d'une manière ou d'une autre.

« Ne pleure pas, dit-elle, en lui effleurant la joue du bout de ses doigts. S'il te plaît, ne pleure pas. »

Il s'écarta aussitôt, comme brûlé par le contact de ses phalanges, fit volte-face et s'en fut sans mot dire. Sans fureur ni claquement de porte. Sans doute aurait-il mieux valu qu'il se déchaîne contre elle. Au lieu de quoi il partit *calmement*, aussi silencieusement que l'obscurité. Laissant sans réponse la question de savoir où ils en étaient désormais – et ce qui allait advenir entre eux.

Mia aurait juré entendre les flammes du foyer se moquer d'elle.

Elle considéra les doigts qui avaient essuyé la larme de Tric.

Noirs comme ses yeux.

Comme la nuit.

Comme le putain de cœur qui battait dans sa propre poitrine.

Elle s'avachit devant le feu belliqueux. Regarda les langues de flammes consumer tout ce qui se trouvait à leur portée, pour ne laisser que de la fumée et des cendres.

En se demandant si elle se résumait à ça.

S'il ne resterait rien d'autre d'elle à la fin de cette histoire.

CHAPITRE 28

Haine

« Par les abîmes, je ne comprends pas ce qui vous inquiète à ce point. »

Ulfr Sigursson baissa sa longue-vue et se pencha par-dessus le bastingage pour observer les eaux en contrebas. Un vent puissant gonflait leurs voiles ; la mer était couverte de crêtes. La *Banshie noire* fendait les océans telle une flèche tirée par quelque maître en direction d'un magnifique horizon.

« Espérons que vous n'aurez pas à le découvrir », répliqua Mia.

Ils naviguaient sur la mer des Larmes depuis deux tours, et les Dames des Tempêtes et des Océans n'avaient pas levé la tête depuis leur départ d'Amai. La *Banshie noire* avait appareillé en grande pompe, comme il se devait – nombre des « sujets » de Mia s'étaient rassemblés pour la voir entamer son voyage inaugural, et la plupart des habitants de la ville étaient venus tenter d'apercevoir la fille qui avait tué Einar Valdyr et revendiqué son trône.

Toutes sortes de rumeurs hautes en couleur avaient pris racine lors des six tours durant lesquels elle était restée enfermée dans la salle des Vauriens ; en rôdant la nuit à proximité des tavernes d'Amai, Éclipse avait entendu une douzaine d'histoires différentes sur la méthode que Mia avait employée pour occire le roi pirate. Elle avait fait usage de magik sombre, disait-on. Elle l'avait mis au défi de la combattre en duel et lui avait arraché à mains nues le cœur de sa poitrine. Elle lui avait déchiqueté la gorge avec les dents lors d'un grandiose festin et avait dévoré cru son foie[30]. Dans sa version préférée, elle avait séduit Valdyr et sectionné sa virilité – qu'elle portait à présent autour du cou pour attirer la chance.

Mia s'était soustraite à toutes ces réjouissances, néanmoins, se glissant à bord de la *Banshie* dissimulée sous son manteau d'ombres. Parmi les capitaines et membres d'équipage des autres navires qui étaient venus saluer son départ, elle avait dénombré au moins vingt personnes qui auraient volontiers tranché la gorge de leur propre grand-mère pour avoir une chance de s'en prendre à elle. Il lui avait paru bien plus judicieux de se borner à apparaître sur le pont, à la proue, face aux murmures révérencieux de la foule, un tricorne enfoncé au ras des yeux, l'air sinistre, au moment où ils avaient pris la mer.

La non-nuit était en train de tomber sur leur deuxième tour de navigation, les deux soleils restants se rapprochant

---

30. Ne faites jamais une chose pareille. Peu importe à quel point vous voulez impressionner vos futurs collègues. La viande crue n'est pas seulement plus difficile à digérer et moins riche en nutriments, elle *grouille* également de mauvaises humeurs.
Lorsque vous vous repaissez de la chair de vos ennemis, chers amis, prenez toujours le temps de la cuire *avant*.

lentement d'un repos bien mérité. Saan n'allait pas tarder à achever sa descente ; sa lueur rouge embrasait l'horizon. Saai brûlait encore au-dessus de leurs têtes – l'écarlate et l'azuré se mêlaient dans les cieux pour donner naissance à de magnifiques nuances violet pâle à couper le souffle. L'enténébrée pouvait sentir la vrainuit approcher. Une lumière noire flamboyait dans sa poitrine – comme dans celle du garçon qui se tenait auprès d'elle.

Tric restait constamment aux aguets, jamais très loin. Montant la garde devant la porte de sa cabine quand elle s'y retirait pour dormir. Surveillant ses arrières le reste du temps. Même après leur dispute, il demeurait toujours à portée de voix. Sauf qu'en réalité ils n'avaient échangé que fort peu de mots depuis qu'ils avaient presque…

… *presque.*

Mia ignorait comment corriger cela. Ne savait pas quoi dire pour arranger les choses. À ses heures les plus sombres, ça la rendait furieuse de *devoir* passer par là. La jeune femme avait ses propres problèmes à régler – une pile assez haute pour toucher le putain de ciel. Mais quand son humeur s'apaisait, elle sentait brûler en lui un chagrin aussi ardent que cette sombre flamme intérieure, un chagrin qu'elle ne pouvait s'empêcher de partager. L'enténébrée savait à quel point tout ça était injuste, consciente qu'elle était de la profondeur des sentiments qu'elle lui inspirait.

Ce qu'elle ne savait pas, par contre, c'est ce que Tric allait faire maintenant qu'il avait compris qu'elle ne serait jamais sienne.

L'amour rouillait souvent en haine quand on l'arrosait de dédain.

Puis-je encore vraiment *lui faire confiance ?*

Et avec Ashlinn, comment va-t-il se comporter ?

« Il n'y a aucun signe de nuages d'orage, lui fit savoir Sigursson, occupé une fois de plus à scruter l'horizon. On va avoir une traversée sans problème jusqu'à Ysiir, je parierais mon bateau dessus.

— Ce n'est pas encore *ton* bateau, Ulfr, lui rappela Mia. Et tu peux me croire, des ennuis nous attendent bel et bien. Assure-toi que Iacopo et Chien-rouge gardent l'œil bien ouvert quand ils montent à la vigie. Dis à Justus de laisser éteints les feux de la cuisine. On ne prendra que des repas froids jusqu'à notre arrivée à terre. Les Dames *vont* s'en prendre à nous, ne t'y trompe pas. Et les Abîmes les accompagnent. »

Le Vaanien toisa son capitaine de pied en cap, son beau front légèrement plissé. « Si je peux me permettre, ma reine, qu'avez-vous fait exactement pour les irriter à ce point ?

— CE N'EST PAS TON PROBLÈME, grogna Tric. TA SEULE MISSION, C'EST DE NOUS CONDUIRE À DERNIER ESPOIR.

— Ne t'avise pas de me dire ce qui me concerne ou pas, gamin, fit Sigursson.

— NE ME TRAITE PAS DE GAMIN, MORTEL », répliqua le Sans-Âtre.

Sigursson le fixa droit dans les yeux. Sa bouche se serra. Ses épaules se crispèrent. Le Vaanien était à la tête d'un des groupes les plus féroces à avoir jamais navigué sur les Quatre Mers – une bande de meurtriers et de brutes qui semaient la terreur partout où ils se rendaient. Maintenant qu'elle les connaissait un peu mieux, Mia voyait quel ramassis d'impitoyables salopards Valdyr avait armés pour son navire. Le plus gentil d'entre eux avait probablement laissé dans son sillage toute une flopée de femmes violées. Le pire torturait sans doute des enfants pour se détendre – avant de les tuer.

Mais si la *Banshie* et son équipage semblaient être tout droit sortis des Abîmes, Tric s'y était quant à lui bel et bien *rendu*. Le Dweymeri était plus grand que le Vaanien ; la peau pâle, des muscles d'airain, il gardait toujours une main sur la poignée de sa lame en ossacré. Son regard reflétait une Nuit qu'il avait vue de ses propres yeux. Aussi ne broncha-t-il même pas lorsque les marins se décidèrent à l'encercler.

Si Sigursson avait espéré l'intimider, il devait être sacrément déçu.

Le garde-loup finit par se tourner vers Mia, pour s'incliner bien bas devant elle. « Ma reine. »

Après quoi, il tourna les talons et partit se mettre à l'ouvrage.

Paupières plissées, l'enténébrée le regarda se retirer. Elle l'observait de près depuis deux tours, et savait que Sigursson ne l'appréciait guère. Que seul le rasoir sur lequel elle dansait l'empêchait de la mordre. N'empêche : elle n'arrivait pas à s'empêcher de l'admirer.

L'équipage de la *Banshie* se composait peut-être de salopards et de brutes, mais ces gens connaissaient leur navire, et surtout ils savaient que Mia allait bientôt débarrasser le plancher. Ils avaient peur d'elle, si fait – et elle gardait Éclipse bien en vue à ses côtés en compagnie de Tric pour alimenter ladite peur. Mais ils *vénéraient* bel et bien Sigursson. Ce type était habité. Intelligent. Nullement un vantard, ou un bouffon. Un homme de moindre qualité aurait pu se perdre dans un orgueil insensé en voyant son capitaine se faire tuer. Ulfr, lui, avait compris qu'il ne gagnerait pas grand-chose à s'opposer à l'enténébrée, et tout à perdre. Il avait donc ravalé sa fierté, attendant son heure en rêvant du trône qui serait sien quand toute cette histoire serait terminée.

« Il fera un bon roi à son retour à Amai, fit Mia d'une voix pensive.

— *S'IL* REVIENT À AMAI », rétorqua Tric.

Mia se tourna vers le Défunt, son ventre envahi d'un léger frisson. « Tu sais ce qui nous attend, pas vrai ? »

Tric hocha la tête, ses yeux fixés sur l'horizon brûlant. « CES VENTS Ô COMBIEN *AGRÉABLES* NE SERVENT QU'À NOUS ENTRAÎNER TOUJOURS PLUS LOIN SUR CES EAUX. À NOUS ÉLOIGNER DE LA SÉCURITÉ DE LA TERRE FERME. LES DAMES RASSEMBLENT LEURS FORCES. JE LE *SENS*. »

L'ombre se mit alors à onduler, et la forme d'une louve apparut sur les poutres devant lesquelles la jeune femme se tenait.

« … MOI AUSSI, MIA. ELLES SONT À NOS TROUSSES… »

L'enténébrée lança un regard en direction du bout du monde à travers ses cheveux, que le vent faisait voleter.

« TU Y CROIS ENCORE ? lui demanda Tric. À CE QUE TU ES ? À CE QUE TU DOIS DEVENIR ? »

Mia passa sa langue sur ses lèvres. Elles avaient un goût du sel.

En vérité, la jeune femme le sentait, elle aussi. Aussi sûrement qu'elle sentait l'obscurité enfler en son for intérieur à mesure que les soleils s'approchaient de l'horizon. Aussi sûrement qu'elle voyait la peau de Tric arborer de nouvelles couleurs. À l'époque, ce qu'il lui avait raconté dans les sous-sols de Sepulcra lui avait paru totalement insensé. Un mythe. Une histoire abracadabrante de dieux massacrés et d'âmes fracturées. Mais la malveillance que lui témoignait à l'évidence le ciel, tout comme les eaux sous ses pieds, le souvenir de ces flammes qui s'étiraient dans sa direction sur les fourrures, les rêves qui tourmentaient son sommeil… tout cela devenait de plus en plus difficile à nier.

Il y avait quelque chose d'imposant à l'œuvre ici. Elle le *savait* à présent. Quelque chose qui les dépassait tous. Le Feu, la Tempête, la Mer. La Lumière et l'Obscurité. La totale. Mia avait l'impression d'avoir un poids de plus en plus lourd sur les épaules. Le poids d'une *ombre*.

« LA SEULE ARME EFFICACE DANS CETTE GUERRE, C'EST LA FOI. »

Sa propre foi, elle s'en était défaite bien des années plus tôt, cessant de prier Aa le tour où elle avait compris que toute la dévotion du monde ne lui ramènerait pas sa familia. Même au service de la Mère noire, même dans les entrailles de la Montagne taciturne, la jeune femme n'avait jamais vraiment attaché beaucoup d'importance aux divinités – pas à celles susceptibles de *s'intéresser* à elle, tout du moins. Celles qui savaient qui elle était, qui l'estimaient *importante*, qui ne se résumaient pas à des mots vides et à des noms creux.

Et maintenant ? Des lunes et des couronnes, des mères et des pères – toutes ces conneries ?

Est-ce que j'y crois vraiment ?

La jeune femme secoua la tête, pour en chasser toute notion de dieux et de déesses. Quoi que Tric et Éclipse puissent discerner, quoi qui puisse s'épanouir dans sa propre poitrine, il n'en restait pas moins qu'elle avait des préoccupations bien plus *matérielles* dans l'immédiat.

Mercurio avait besoin d'elle.

C'était à cause d'elle qu'il se trouvait en danger. Il avait joué pour elle le rôle d'un père quand le monde l'avait privée du sien. Quand elle avait supplié Aa de l'aider, c'était Mercurio qui l'avait sauvée. Mais, outre tout ce qu'elle lui devait, le fait était qu'elle *aimait* ce vieux bâtard grincheux. L'odeur de ses cigarillos lui manquait. Son humour noir, son haleine fétide. Ses yeux bleu pâle qui semblaient nés pour lancer des regards noirs, qui voyaient clair dans son jeu, pour qui son cœur n'avait aucun secret.

Scaeva prétendait avoir fait d'elle ce qu'elle était devenue. Mais, en vérité, s'il y avait quelqu'un qui l'avait véritablement façonnée, à qui elle devait les choses qu'elle appréciait *vraiment* en elle, c'était bien Mercurio. Aussi fixait-elle l'océan qui les séparait. Les centaines de kilomètres de bleu à perte de vue, qui allaient bientôt devenir noirs de fureur. Et quand tel serait le cas, ce en quoi Mia croyait n'aurait plus la moindre importance. Dieux et déesses. Pères et filles. Quel intérêt avait-elle, cette discussion sur les divinités et les destinées ? Sur sa nature et son potentiel avenir ?

Tout ce qui importait, c'était ce qu'elle allait *faire*.

Ce qu'elle avait *toujours* fait.

Se battre. De tout son être.

Aussi se pencha-t-elle par-dessus la balustrade pour cracher dans la mer.

« Je vous attends, salopes. »

La tempête s'abattit sur eux quatre tours plus tard.

Mia se trouvait dans sa cabine lorsque lui parvinrent des cris en provenance du nid-de-pie ; plongée dans un sommeil réparateur, la jeune femme – suivant les conseils de Charmeuse-de-Lames – s'efforçait de modeler ses rêves à sa guise. Elle faisait les deux mêmes chaque non-nuit : Aa et Niah arborant le visage de ses parents, entourés de leurs Quatre Filles, occupés à se crêper le chignon sous ce ciel sans fin. Cette scène finissait par s'estomper, et Mia pensait se réveiller – pour découvrir Scaeva penché au-dessus de son corps, un couteau à la main.

« Pardonne-moi, mon enfant. »

Et puis elle se réveillait *vraiment*. En sueur, le souffle court. Mais cette non-nuit-là, avant qu'elle ne sente son couteau s'abattre, un hurlement avait déchiré ses rêves, la ramenant sans ménagement dans la pénombre immuable de sa cabine. La jeune femme se frotta les yeux et fronça les sourcils, croyant l'avoir peut-être imaginé. Jusqu'à ce qu'elle réentende des cris, auxquels se mêlait un son de cloches – une alarme, qui résonnait d'un bout à l'autre du pont de la *Banshie*.

Elle trouva Tric devant sa cabine – occupé à la veiller, comme toujours. Ils remontèrent ensemble à l'air libre, repérèrent Sigursson à la poupe. Des nuages noirs s'étaient accumulés à l'horizon – ils galopaient à présent dans leur direction tels des chevaux écumants, recouvrant progressivement le ciel ensoleillé d'un voile sinistre. Lèvres entrouvertes, sa longue-vue collée à l'un de ses yeux, le garde-loup regardait l'obscurité se rapprocher, plus vite que n'importe quelle tempête *normale*. Lorsqu'il se tourna vers Mia, celle-ci crut discerner de l'inquiétude dans le vert vif de ses prunelles.

« Une tempête arrive ? » lui demanda-t-elle.

Il opina du chef. « Aye.

— Mauvaise ? »

Il revint à l'horizon noir. Leva les yeux en direction du ciel. « … Aye. »

Son second traversa alors le pont en aboyant des ordres d'une voix de fer. Mia regarda son équipage se mettre à l'ouvrage, se déplaçant comme sous l'effet de quelque mancie – et ne la gratifiant que d'un ou deux regards malveillants. Le vent soufflait sur leurs visages, à présent, les éloignant d'Ysiir, la *Banshie* louvoyant tant bien que mal vers leur destination. Des chants et des jurons parvenaient aux oreilles de la jeune femme, une houle de plus en plus puissante se fracassait contre leur coque, le ciel ne cessait de s'obscurcir. La foudre zébrait l'horizon lointain, des flashs aveuglants d'un blanc immaculé qui striaient un voile toujours plus noir, tandis que les eaux sous leurs pieds passaient lentement d'un bleu azur à un gris plomb, tout en formant des crêtes qui partaient à l'assaut de la coque de la *Banshie*.

Un coup de tonnerre, assez fort pour secouer Mia jusqu'à ses os, et la pluie commença à tomber.

Il faisait un froid glacial. Aussi acéré que des poignards sur sa peau. Elle resserra la houppelande de Valdyr autour de ses épaules – sa chemise était trempée. Le vent faisait claquer son tricorne, ses cheveux lui fouettaient le visage. Ses yeux sombres restaient rivés sur l'horizon oriental, comme pour *tirer* son navire dans cette direction. Éclipse, nichée dans son ombre, dévorait sa peur croissante face à la puissance qui s'accumulait tout autour d'eux. Un cri rauque leur parvint alors du nid-de-pie qui les surplombait.

« Par le sang et les abîmes, regardez ça ! »

Mia leva les yeux en direction de la vigie – et s'avisa que le marin leur désignait du doigt les eaux qui entouraient le navire. Dans un premier temps, l'enténébrée n'y vit rien d'autre que la houle menaçante – les mâchoires de l'océan. Jusqu'à ce qu'elle les aperçoive sous ce déferlement de gris acier. Des ombres. Longues et serpentines. Qui grouillaient tout autour de la *Banshie,* juste sous sa ligne de flottaison. Des yeux noirs, des dents pareilles à des lames de rasoir et une peau de la couleur des vieux ossements.

« DES GUIVRES BLANCHES, dit Tric.

— Mère noire », chuchota Mia.

Des dizaines. Voire des centaines. Les plus grandes mesuraient neuf, peut-être douze mètres de long – de véritables machines de muscles et de tendons, avec une bouche remplie d'épées. Aucune n'était assez massive pour endommager la *Banshie*, bien sûr, mais Mia savait que les guivres blanches étaient des chasseurs solitaires qui ne se déplaçaient jamais en meute. Et la vue de douzaines de ces saloperies grouillant dans l'eau tout autour d'eux suffisait à faire frissonner presque imperceptiblement chaque homme présent sur le pont. Mia le sentait, aussi sûrement qu'elle sentait la pluie tomber sur sa peau, ou le vent dans ses cheveux gorgés d'eau. Un *poignard* de peur, qui transperçait le cœur des marins. Outre la vitesse surnaturelle de la tempête, c'était là un signe manifeste que *tout* dans ce voyage allait à l'encontre du sens commun. Qu'à présent ils faisaient tous partie d'un événement résolument... surnaturel.

Mia considéra la houle en contrebas. Puis releva les yeux vers les nuages d'orage qui se précipitaient sur eux. Chaque ennemi avec qui elle s'était battue sur cette route, la jeune femme l'avait affronté avec une lame dans la main ou une fiole de poison dans la paume. Elle avait tué des hommes. Des femmes. Des sénateurs et des cardinaux, des gladiatii et des Lames. Des gens aussi différents que la nuit l'était du jour. Mais chacun d'eux, *tous*, avait un point commun.

Ils étaient mortels. De la chair, du sang et des os.

Comment, par la Déesse, suis-je censée combattre ça ?

« JE DEVRAIS Y ALLER, fit Tric.

— Pardon ? » Malgré la présence d'Éclipse, l'enténébrée sentit une vague de peur lui envahir la poitrine. « Où ça ? »

Le garçon lui lança un regard en coin. Malgré la douleur qui les séparait, malgré le sang et les années, un amusement sinistre brillait dans ses yeux couleur nuit.

« À L'AVANT. » D'un geste, il désigna la proue. « JE VAIS PRIER.

— Oh. » Elle sourit. « Oh, je comprends. Ça va nous aider ?

— NOUS AUTRES DWEYMERI AVONS UN ADAGE. PRIE LA DÉESSE, MAIS RAME VERS LE RIVAGE.

— Tout ce que j'en conclus, c'est qu'on ne peut pas *du tout* compter sur elle.

— NOUS SOMMES ENCORE LOIN DE LA VRAINUIT, MIA. LE POUVOIR DE LA MÈRE RESTE DONC FAIBLE ICI-BAS. MAIS BON, CE SONT *SES* FILLES. » Tric haussa les épaules en même temps qu'un coup de tonnerre faisait trembler le ciel. « PRIER NE PEUT PAS FAIRE DE MAL. »

Elle opina du chef. « Très bien. Fais juste attention à ne pas passer par-dessus bord, d'accord ? »

Il sourit – doucement, *tristement*. « JE NE VAIS PAS TE LAISSER TOMBER, dit-il. QUOI QU'IL ARRIVE. N'OUBLIE JAMAIS QUE JE T'AIME, MIA. ET SI LA DÉESSE LE VEUT, JE T'AIMERAI POUR TOUJOURS. »

Il fit volte-face et descendit d'un pas lourd les escaliers, sa chemise plaquée contre sa peau, les lignes de ses muscles comme gravées dans le velours noir et le cuir. Mia sentit sa poitrine se serrer en le regardant se diriger vers la proue et se planter là comme un arbre séculaire, ses mains noires levées vers le ciel, sa tête rejetée en arrière. Le tonnerre grondait, des éclairs zébraient le ciel, la pluie tombait en froides gouttelettes telles des flèches de glace tirées sur le cœur noir de la *Banshie*. Ses voiles étaient tendues, sa coque gémissait, ses haubans et ses cordages grinçaient sous l'effet de vents de plus en plus puissants. Les vagues gagnaient en hauteur – ce n'étaient pas encore les terrifiantes tours d'eau que Mia avait vues à bord de la *Vierge*, mais la jeune femme savait que ça ne saurait tarder. Aucune terre n'était visible à l'est – des tours les séparaient encore d'Ysiir. Des tours d'une guerre qu'elle ne savait pas comment mener. Une guerre dans laquelle manier une lame ne servait à rien.

Mia se sentait impuissante.

Inutile.

Un des gardes-loups la regarda – et fit le signe de défense contre le mal.

« Je n'aurais peut-être pas dû les traiter de salopes, Éclipse, chuchota-t-elle.

— … *N'AIE CRAINTE…*, parut répondre son ombre… *JE SUIS AVEC TOI…* »

Mia écarta ses cheveux trempés de son visage, secoua la tête. « J'aimerais tellement que…

— … *JE SAIS…*, soupira l'ombrelouve… *AUSSI ÉTRANGE QUE CELA PUISSE PARAÎTRE, IL ME MANQUE ÉGALEMENT…*

— Tu penses qu'il va bien ? Où qu'il soit ? »

Le démon considéra l'horizon de ses non-yeux.

« … *JE PENSE QUE TU DEVRAIS TE CONCENTRER SUR* NOTRE *SITUATION, MIA…* »

La jeune femme se tourna vers les nuages noirs qui s'amoncelaient au-dessus de sa tête. Son bateau craquait de toute part, gémissait, *soupirait*. Lui parvenait le chant des cordages, des voiles, des hommes qui s'affairaient un peu partout. La *Banshie* se résumait à un minuscule morceau de bois à la dérive sur une mer affamée, entouré de crocs faits d'eau et de calcium.

« Tiens bon, ma belle », chuchota-t-elle alors, en caressant le bastingage de ses deux mains.

De la foudre, qui zébrait le ciel.

De la pluie, pareille à des flèches décochées du ciel.

Le tonnerre, qui faisait vibrer sa colonne vertébrale, tels les pas de géants affamés.

Un putain
de chaos
généralisé.

Cela faisait un tour complet qu'ils essuyaient cette tempête, dont la fureur ne ressemblait à rien de ce que Mia avait pu expérimenter. Si celle qui avait frappé la *Vierge sanglante* sur la mer des Épées n'avait pas manqué d'impressionner la jeune femme, la puissance pure à l'œuvre en cet instant la laissait passablement interdite. Les nuages étaient si noirs, si *lourds* qu'elle se sentait presque capable de les toucher. Le tonnerre grondait si fort qu'elle le sentait *physiquement* sur sa peau. Les vagues évoquaient des falaises, d'immenses visages d'eau furieuse saturés de guivres blanches. Plus grandes que des arbres, elles formaient des vallées si profondes, si *sombres* qu'on pouvait presque les confondre avec rien moins que les Abîmes.

Chaque montée s'apparentait à l'ascension d'une montagne, chaque chute s'accompagnait d'un horrible moment d'apesanteur, suivi d'une chute tonitruante s'achevant par un impact capable de vous briser les os. Ils avaient déjà perdu quatre marins dans la tempête – arrachés des mâts par la griffure du vent, ou entraînés dans les profondeurs par les vagues. Leurs cris se résumaient à des chuchotements à peine audibles sous les hurlements de la tempête, et les bouches qui les attendaient dans l'eau les réduisaient presque aussitôt au silence. Le noir tourbillonnait au-dessus de leurs têtes, la foudre déchirait le ciel. Et ça ne semblait pas parti pour s'arrêter un jour…

Mia s'était retirée dans sa cabine – elle était restée en haut aussi longtemps que possible, mais dénuée comme elle l'était de la moindre compétence en matière de navigation, et sans rien d'autre à offrir, elle avait surtout l'impression de gêner sur les ponts. Si Tric semblait inébranlable à la proue, les vagues qui s'écrasaient sur le pont de la *Banshie* ne manqueraient pas d'engloutir l'enténébrée si d'aventure elles venaient à s'abattre sur elle. Aussi avait-elle fini par se retrouver dans son hamac, ballottée en tous sens, à écouter les poutres gémir et craquer tout autour d'elle – et à se demander ce que son bateau allait encore pouvoir encaisser.

Les ombres qui l'enveloppaient se mouvaient tels des êtres vivants. Éclipse arpentait nerveusement les murs, une forme sombre comme enfantée par la lueur des lanternes arkémiques. Mia n'osait pas fumer, de peur de produire ne fût-ce qu'une étincelle – vu la fureur sans nom des Dames des Tempêtes et des Océans, la Déesse seule savait ce que la Dame du Feu ferait si on lui en donnait l'occasion. Aussi l'enténébrée préférait-elle se concentrer sur l'obscurité qui l'entourait – et celle nichée en son for intérieur.

Elle pouvait encore sentir la chaleur des deux soleils, la puissance maudite d'Aa qui lui martelait faiblement la peau. Mais ici, en cet instant, sous les épais nuages noirs envoyés par sa fille, il faisait presque aussi sombre qu'en pleine nuit. La lumière de l'Omnivoyant s'en retrouvait étouffée. Sa malveillance atténuée. Mia lui était presque complètement invisible. Et cela avait pour conséquence d'accroître le pouvoir qu'elle abritait. Pas autant que la vrainuit durant laquelle elle avait réduit la Pierre philosophale à l'état de décombres, non. Mais ça n'en restait pas moins sensible.

Aussi se résolut-elle à le tester, histoire de découvrir ce dont il était vraiment capable maintenant que les yeux d'Aa se retrouvaient incapables de la voir – c'était après tout la seule arme qu'elle pouvait revendiquer comme sienne dans cette guerre. Sa lame en ossacré était accrochée au mur, rengainée dans son fourreau. Le noir se mit à onduler. D'un geste, Mia enjoignit les ombres à la transporter jusqu'à sa main à travers la cabine. Elle plissa les yeux de concentration et, aussi doucement qu'un amant, des vrilles d'obscurité *vivante* vinrent se saisir de son hamac et le maintinrent immobile, malgré le chaos qui se déchaînait tout autour d'elle. La jeune femme attrapa la sienne, l'étira par terre et

Traversa

la cabine

dedans, avant de

rejoindre Éclipse

et de retourner dans

son hamac, le tout en l'espace de quelques battements de cœur. Sa silhouette vacillait dans la pièce telle une apparition de conte de fées. Son souffle s'accéléra, sa poitrine se gonfla d'étonnement, et une joie sombre lui retroussa les lèvres. C'étaient là des talents dont elle avait déjà fait usage : passer d'une ombre à l'autre, ou utiliser l'obscurité comme une extension de ses propres mains. Mais cela ne lui avait jamais demandé aussi peu d'efforts – la force ténébreuse n'avait jamais été aussi puissante. Et pourtant, ça n'avait jamais été aussi simple pour elle de la manipuler. À chacune de leurs tentatives pour la tuer – des efforts qui la soustrayaient à la lumière de leur père –, les Dames des Tempêtes et des Océans rendaient également l'enténébrée…

Plus forte.

N'empêche : Mia doutait que cette puissance toute neuve puisse apporter beaucoup de réconfort à son navire ou à son équipage, ni s'avérer d'une quelconque utilité face à la tempête qui faisait rage au-dessus de sa tête. La *Banshie* dégringola dans un autre creux, ses poutres frémissant de douleur. La foudre illuminait régulièrement la cabine de Mia à travers les hublots – un nouvel éclair toutes les quelques secondes. Le tonnerre secoua à nouveau le berceau du ciel, *encore* plus bruyamment – et la jeune femme ne put s'empêcher de grimacer. Elle se demandait si son navire allait tenir le coup, si son *équipage* pouvait résister à pareille pression, quelle distance ils allaient encore pouvoir parcourir avant de…

Un bruit de cloches.

Des cris.

Elle leva aussitôt des yeux interdits vers le plafond. Quelque chose venait de percuter violemment le bâbord de la *Banshie*, tel un coup de marteau assené par Aa en personne. Le navire pivota brusquement sur lui-même, et Mia se serait retrouvée projetée à l'autre bout de la pièce sans les ombres qui l'étreignaient dans leurs bras. La coque gémissait, les cris se faisaient plus sonores, le navire gîtait dangereusement, et Mia comprit enfin que…

Quelque chose nous a frappés.

« Éclipse, avec moi.

— … TOUJOURS… »

D'un coup d'œil, Mia ordonna aux ombres d'ouvrir la porte de la cabine, après quoi, elle

Parcourut

le couloir

et gravit

l'échelle menant au pont arrière, au moment même où la *Banshie* basculait à nouveau de travers. D'autres cris lui parvinrent par-dessus le tonnerre, un bruit de bois qui se brise, des harangues à Aa et à ses Quatre Filles. Plissant les yeux pour les protéger de la pluie aveuglante, elle vit des formes indistinctes bouger dans l'obscurité épaisse qui avait envahi le pont inférieur. La *Banshie* pivota une nouvelle fois sur elle-même, tandis qu'une vague énorme s'écrasait sur sa proue, menaçant de les envoyer par le fond, et qu'une salve d'éclairs déchirait les nuages – illuminant la scène devant les yeux abasourdis de Mia.

« Mère noire… », haleta-t-elle.

Des tentacules. Aussi longs qu'un convoi de chariots. Noirs sur le dessus et d'un blanc fantomatique en dessous – un amoncellement de ventouses, de cicatrices et de crochets dentelés. Il y en avait six de chaque côté du pont, qui enserraient le navire dans leur mortelle étreinte. Mia vit un membre massif abattre d'un seul coup le mât de misaine, au grand dam d'une demi-douzaine de marins hurlants qui chutèrent sur le pont, puis dans les eaux tumultueuses.

« Un léviathan ! » rugit alors quelqu'un.

Elle se tourna vers la poupe, vit Sigursson à la barre, occupé à beugler des ordres à l'intention de son équipage : « Forcez ce monstre à nous lâcher ! Il va nous faire couler ! »

Quelques sels particulièrement courageux tirèrent leurs lames et entreprirent de taillader la bête, malgré l'effroi qu'elle leur inspirait. Les hommes n'étaient que des moucherons contre la peau de la créature. Avec Éclipse qui chevauchait son ombre, en revanche, aucune peur ne venait freiner Mia.

Aussi Traversa-t-elle

le pont

en un instant

pour abattre telle une faux l'épée longue qu'elle tenait des deux mains. Le tentacule qu'elle avait frappé était aussi large qu'un tonneau, dur comme du cuir salé. Mais son épée en ossacré le sectionna en deux comme si c'était du beurre. Un geyser de sang noir en jaillit aussitôt, épais, *salé*, et Mia sentit un frisson parcourir la *Banshie* sur toute sa longueur. Les autres tentacules se mirent à s'agiter dans tous les sens, fracassant tout ce qui passait à leur portée, brisant le bastingage et – au grand dam des oreilles de l'équipage – cassant net le mât de misaine au niveau de sa base. Des marins tombèrent en hurlant dans les eaux tumultueuses – et les gueules des guivres blanches qui s'y trouvaient. Des cordages cédèrent, des haubans s'effondrèrent, un enchevêtrement de voiles et de mâts s'écrasa sur le pont, tandis que la *Banshie* donnait dangereusement de la gîte dans un concert de hurlements.

Une gigantesque vague percuta le flanc du navire alors même que Mia

Retournait

sur le pont avant,

où

Tric était en train d'abattre ses propres lames en ossacré sur le monstre, dont les membres se tortillaient tout autour de lui. La force qu'il possédait avait quelque chose de stupéfiant – le pouvoir que la Déesse noire lui avait insufflé se déchaînait véritablement pour la première fois, et Mia en eut le souffle coupé de le voir à l'action, trempé de sang noir et de pluie battante, ses muscles comme gravés dans une peau pâle aussi dure que de la pierre. Il pivotait sur lui-même, projetant de l'eau tout autour de lui au passage, ses salines s'animant dans son dos chaque fois qu'il abattait ses lames, encore et encore, jusqu'à sectionner un autre tentacule et l'expédier par-dessus bord d'un féroce coup de pied. Des tonnes d'eau de mer s'écrasèrent alors sur les ponts, et seules les ombres de Mia lui épargnèrent de subir le même sort funeste que trois autres membres de son équipage. Tric, lui, semblait immobile, aussi inamovible qu'une montagne. L'enténébrée sectionna en deux un autre tentacule bien décidé à l'emporter par le fond, puis colla son dos imbibé de pluie et de sang à celui du Sans-Âtre.

« Je n'aurais *vraiment* pas dû les traiter de salopes ! rugit-elle.

— PEUT-ÊTRE PAS !

— La *Banshie* ne va pas pouvoir en supporter davantage ! Laisse tomber tes prières !

— RAME VERS LE RIVAGE, MIA !

— Il va falloir m'aider !

— TOUJOURS ! »

Côte à côte. Dos contre dos. Tous deux combattant *ensemble*, comme lorsqu'ils s'entraînaient dans la salle des Chants dans leurs jeunes tours. Ils étaient plus âgés désormais, plus durs, plus *tristes*, séparés qu'ils étaient par des années, des kilomètres et les murs mêmes de la vie et de la mort. Ce qui ne les empêchait nullement de tourbillonner et de se déhancher tels les partenaires de quelque noire valse sanglante – ce qui rappela à Mia la première fois qu'ils avaient dansé ensemble, à Sepulcra, bien des années plus tôt. Nichée entre ses bras, elle l'avait laissé la faire tournoyer au rythme de la musique, oublieuse du monde qui les entourait. Présentement, ils se frayaient un chemin ensanglanté sur le pont, leurs lames ne faisant plus qu'une, leurs corps virevoltant dans tous les sens sous la pluie. Lorsqu'une vague s'abattait sur eux, l'enténébrée se penchait contre lui ; quand le navire gîtait un peu trop, le Sans-Âtre se collait à elle. Un pendule en parfait équilibre, qui oscillait d'avant en arrière en décrivant des arcs mortels.

Un tentacule piqua soudain droit sur eux – mais Éclipse se matérialisa alors six mètres plus loin, tandis que Mia attrapait la main de Tric pour les

Déplacer

tous les deux

dans l'ombrelouve au moment précis où vingt tonnes de muscles et de crochets osseux s'écrasaient là où ils se trouvaient un instant plus tôt. Ses yeux brillant d'une frénésie impie, Tric se redressa de toute sa hauteur dans le dos de la jeune femme, déchaîné, puissant, invaincu – même la *mort* n'avait pas eu raison de lui. Le tonnerre évoquait un tambour, l'orage qui les entourait une chanson interminable. Du sang et de la pluie s'écoulaient le long de ses joues lorsque le Sans-Âtre lança un regard par-dessus son épaule pour gratifier Mia d'un sourire à elle seule destiné. C'était là un moment hors du temps que l'enténébrée aurait bien revécu à jamais sans la présence de la Vaanienne dans son existence…

Sigursson, redescendu de la poupe, jouait de sa propre épée, entouré d'un petit groupe de gardes-loups. La lame de

Mia était aussi rapide que l'éclair, les armes de Tric pareilles à des fendoirs dans un abattoir – elles laissaient dans le bois du pont des entailles maculées de noir, rapidement emporté par la pluie et les vagues. La foudre et le tonnerre, le hurlement des eaux et la fureur de la tempête, la puissance de deux déesses qui pesait sur eux… et pourtant, *pourtant*, cela ne suffisait pas. L'épée de Mia fendit en deux un sixième tentacule, duquel jaillit un véritable geyser de sang. Le léviathan frissonna, rua, pour finalement relâcher sa prise sur les flancs torturés de la *Banshie*.

Une autre vague frappa alors à tribord, manquant de les projeter par-dessus bord. Les timoniers courbèrent l'échine, tous leurs muscles tendus, la colonne vertébrale de la *Banshie* se tordit presque au point de se briser, mais le navire tint bon, et, lentement, terriblement *lentement*, finit par retrouver sa forme initiale. Les océans continuaient à la malmener, la tempête à faire rage, le ciel restait aussi noir que la nuit. Mia et Tric se tenaient dos à dos, leurs lames dégoulinant de noir sur le pont principal. Une demi-douzaine de sels s'étaient regroupés autour de Sigursson ; leurs peaux de loup noir détrempées, ils foudroyaient du regard leur reine et capitaine.

« Ce n'est pas une tempête normale ! hurla l'un d'eux.

— Je vous l'avais dit, cette fille est putain de *maudite* ! cria un autre.

— Elle a attiré sur nous la fureur des Filles ! »

Mia savait que les marins étaient du genre superstitieux. Se savait en danger en cet instant – un danger qui venait de toute part. Après quatre tours de punitions, de guivres blanches, de léviathans et de vagues aussi hautes que des montagnes, son équipage était à *ça* de craquer. Mais elle savait aussi qu'Einar Valdyr était un capitaine – et un roi – qui régnait par la peur, et Mia Corvere avait découvert la couleur de la peur alors qu'elle n'avait que dix ans.

« Je croyais que vous étiez censés être l'équipage le plus coriace des Quatre Mers ! cracha-t-elle. Et vous voilà, à gémir comme des bébés privés des nichons de leur mère !

— Elle va causer notre mort, Sigursson ! brailla un sel de haute taille.

— Passez-la par-dessus bord ! beugla quelqu'un d'autre. Et les déesses nous laisseront tranquilles ! »

Tric se redressa, ses lames scintillant au rythme des éclairs, et la *Banshie* s'ébranla. Mia fixa son second droit dans les yeux, y vit bouillonner de la malveillance et de la mutinerie.

« Prends garde à tes bijoux de familia, Ulfr ! » Mia jeta un regard éloquent à sa houppelande de visages humains. « Ce sont peut-être des déesses, mais la Vorace m'en soit témoin, tu as bien plus à craindre de moi ! »

L'obscurité se déploya autour d'elle, et toutes les ombres du pont se mirent à se tordre dans tous les sens. Une louve qui n'était pas une louve se dressa derrière Sigursson, toutes griffes dehors, ses babines noires retroussées. Le garçon Sans-Âtre resserra sa prise sur ses lames ensanglantées. Les ombres qui entouraient Mia se mirent à s'agiter. Les éclairs qui zébraient le ciel illuminaient les embruns et la pluie – l'air même semblait comme s'embraser autour de la jeune femme.

« Retournez à vos postes, bande de dégonflés ! ordonna-t-elle en levant son épée. Sans quoi je vous donnerai moi-même à manger à ces putains de guivres ! »

La tempête parut s'interrompre un instant. Le tonnerre retenir son souffle. Mia revint à Sigursson, vit qu'il avait *bel et bien* peur. D'elle. D'eux. De *tout*.

La seule question était : qui craignait-il le plus ?

Et puis quelque chose les frappa. Une chose colossale. Une chose impossible. Qui s'éleva sans bruit des profondeurs, gigantesque. Un impact tumultueux, puis Mia entendit du bois se fendre, ensuite des hurlements désespérés – ceux de malheureux projetés dans les airs. La *Banshie* fut soulevée d'un coup hors de l'eau, l'enténébrée restant debout uniquement parce que les ombres la maintenaient en place. D'énormes tentacules noirs brisèrent alors la surface, pour aussitôt s'abattre tout autour d'eux et prendre le navire dans un étau mortel.

Un autre léviathan.

Celui-ci était si grand qu'il en défiait la raison. Des tentacules interminablement longs incrustés de bernacles. Des crochets dentelés plus gros que Mia. Un monstre tout droit sorti d'histoires à dormir debout, réveillé par la Dame des Océans. Poussé par sa haine à remonter des profondeurs dans un seul et unique but : entraîner Mia avec lui dans un noir absolu.

Les membres de la bête s'écrasèrent sur le pont, arrachant telles des brindilles les bômes du grand mât. Les voiles se déchirèrent comme du parchemin humide, des poutres se fissurèrent telles de simples planches. La *Banshie* se mit à gémir, à *s'étirer* jusqu'au point de rupture. Mia virevolta en direction de la bête, ses ombres dilatées. Tric en fit de même ; à travers des gouttes de pluie pareilles à des couteaux, l'enténébrée voyait scintiller ses yeux noirs.

Ulfr Sigursson se redressa sur le pont, dégoulinant d'eau de mer. « Gardes-loups ! » Le second de Mia leva son épée au moment même où la foudre lézardait les nuages. « Tuez cette putain de salope ! »

CHAPITRE 29

Debout

Bon, adieu la monarchie…

Mia ne s'était pas attendue à ce que son règne dure très longtemps, à dire vrai. Une tyrannie finira toujours par tomber quand des hommes n'auront plus rien d'autre à perdre que leur vie. Mais elle avait espéré s'approcher un peu plus de la terre ferme avant de devoir abdiquer.

L'ex-équipage de l'enténébrée chargeait dans son dos ; les tentacules du léviathan s'agitaient devant elle. La jeune femme attrapa donc la main de Tric et

les Transporta

sur le pont arrière,

pour atterrir en position accroupie à deux pas des timoniers éberlués.

Sigursson fit volte-face, la découvrit là, sous la pluie – et hurla à ses hommes de passer à l'attaque. L'équipage de la

Banshie donnait l'impression d'avoir complètement oublié le léviathan. Ces hommes n'avaient plus qu'une chose en tête : tuer leur reine pour tenter d'apaiser les Dames. Ils gravirent donc quatre à quatre les marches des escaliers jumeaux, à bâbord comme à tribord, leurs lames scintillant à chaque éclair. La bête avait entre-temps enroulé autour du navire quatre énormes tentacules, qui le serraient tel un colossal étau. D'un bout à l'autre de la *Banshie*, des poutres se fendaient et se déformaient sous l'effet de la formidable pression. Un roulis impossible agitait le pont – des hommes dégringolaient les escaliers ou passaient par-dessus les bastingages. D'autres gardes-loups mutinés sautaient au-dessus de leurs camarades tombés dans leur hâte d'embrocher la jeune femme.

Tric, posté en haut de l'escalier à bâbord, abattit furieusement une de ses épées en ossacré sur le crâne d'un matelot – la lame s'enfonçant jusqu'à la cage thoracique du malheureux. Mia, qui se tenait au sommet de l'autre escalier, plongea son arme dans la poitrine d'un marin et le repoussa d'un coup de pied, au grand dam des hommes qui se trouvaient derrière lui. Le pont se remit à osciller, une vague massive s'étant écrasée sur leur proue. La *Banshie* gîtait dangereusement, ses mâts brisés plongés dans l'eau s'ajoutant au poids du léviathan pour les entraîner vers les profondeurs. Tout en réglant son compte à un autre mutin d'un coup d'épée féroce, Mia passa mentalement en revue ses options, malgré son cœur qui martelait ses côtes. Pendant qu'elle combattait son équipage, l'enténébrée ne luttait pas contre la bête, et le navire partait en morceaux autour d'eux. L'eau grouillait de guivres. Les vagues ressemblaient à des tours. Si la *Banshie* venait à succomber, *tout le monde* y passerait.

Des ennemis en contrebas. Autour d'elle. Sous ses pieds.

L'histoire de ma vie…

« … *MIA, ATTENTION… !* »

Sigursson était en train de monter à toute vitesse les escaliers, lame tirée, lèvres retroussées. Mia dévia son attaque de son épée longue, puis se servit de l'ombre de son second pour l'immobiliser – des rubans de ténèbres empoignant ses bras, ses jambes et sa gorge, avant de le soulever dans les airs.

« Je t'avais averti de ce qui arriverait si tu me défiais, Ulfr ! » hurla-t-elle.

Un gargouillis sinistre s'échappa des lèvres de Sigursson, les veines de son cou se dilatant à mesure que les ombres resserraient leur étreinte. Mia leva une main ; le Vaanien s'éloigna encore un peu plus du pont. Le tonnerre ébranlait les cieux – elle le sentait *peser* sur sa peau.

« Maintenant, tu vas comprendre ce qui fait si peur aux autres ! »

Mia ouvrit la main, et Ulfr parut comme *exploser* : des morceaux de son corps s'envolèrent dans toutes les directions, une pluie de sang dans leur sillage. La *Banshie* se remit à trembler sous la pression que lui imposait le léviathan, des poutres se brisèrent bruyamment – et le navire se fendit en son milieu. Tric traversa en titubant le pont jusqu'à Mia, trempé d'eau de mer et de sang. La jeune femme le prit aussitôt dans ses bras, ses ombres les empêchant de tomber alors même que l'arrière du bateau s'extirpait des eaux.

« … *MIA, ON NE PEUT PAS RESTER ICI… !* rugit Éclipse.

— JE SUIS OUVERT À TOUTE SUGGESTION ! » beugla le garçon.

La *Banshie* était condamnée, c'était une évidence : elle se désintégrait tout autour d'elle, ses mâts et sa colonne vertébrale brisés. Des vagues continuaient à s'abattre sur ses flancs. D'une manière ou d'une autre, ils allaient finir dans l'océan. Et nonobstant les mers grouillantes de monstres des profondeurs qui les pilonneraient comme des marteaux, il leur resterait de toute façon une distance impossible à parcourir à la nage…

« LA SEULE ARME EFFICACE DANS CETTE GUERRE, C'EST LA FOI. »

La foudre zébrait le ciel tel un stroboscope, l'illuminant comme si la lumière des deux soleils avait percé les nuages. Les ombres se paraient d'un noir parfait à chaque éclair, aux pieds de Mia comme au fin fond des grandes vallées formées par les vagues. D'innombrables kilomètres la séparaient de la terre ferme. Mais elle n'en sentait pas moins l'obscurité qui la surplombait, comme celle logée en son for intérieur. Un vers de ce vieux poème ysiiri lui traversa alors l'esprit :

Pas d'ombre sans lumière…

Et finit par hurler à Tric : « Accroche-toi à moi ! »

Le Sans-Âtre s'exécuta, passant son bras autour de sa taille. La *Banshie* frémissait sous leurs pieds, l'océan se précipitant à leur rencontre à mesure que le léviathan entraînait vers leur perte le navire et son équipage de meurtriers.

« Éclipse, rends-toi là où je te l'indique, d'accord ?

— … COMME IL TE PLAIRA…

— Maintenant ! »

Mia lui désigna d'un doigt la mer gris fer. La houle impétueuse, les vagues colossales grouillantes de dents. La démone disparut aussitôt, et tout en tenant fermement Tric, Mia

Traversa

les eaux

jusqu'aux ombres

projetées par deux vagues imposantes. Un instant d'apesanteur, la sensation de tomber, le Dweymeri dans ses bras, et rien d'autre que la mort sous leurs pieds. Mais, juste avant qu'ils ne sombrent dans les profondeurs, l'enténébrée recommença

à Arpenter

les espaces vides

balayés par les tempêtes

jusqu'à Éclipse,

qui flottait

au beau milieu de l'obscurité,

et à partir de là elle envoya

en éclaireur

la louve

qui ne tarda pas

à revenir

faire son rapport,

après quoi Mia reprit sa progression

à travers le gris pierre

Arpentant l'obscurité,

empruntant la voie des ombres,

les oreilles vibrant

aux hurlements des déesses

tout autour d'elle,

le dieu en son for intérieur

éclatant d'un rire sinistre,

le pouvoir des ténèbres

fourmillant au bout de ses doigts,

et tandis que les kilomètres se réduisaient

à rien,

que les déesses rugissaient

de rage,

enfin,

au bout d'un siècle,

d'une éternité,

un Pas hésitant

après

l'Autre,

Mia aperçut

des rivages pâles droit devant

et se retrouva

à rire elle aussi,

le fragment noir

brûlant en son sein,

les sables ysiiri

s'étendant face à elle,

et au final

une minuscule partie de son être

nichée dans un endroit qu'elle voyait à peine

à moins de regarder attentivement

commença

vraiment

à

croire.

Ils s'écrasèrent dans le sable détrempé. Des basses eaux venaient lécher ses cuisses. Une bande rouge de plage ysiiri balayée par la tempête s'étendait devant elle, avec au loin les façades familières – à moitié pourries – de Dernier Espoir. Des nuages noirs s'amoncelaient au-dessus de sa tête. Des vagues grondantes s'élevaient dans son dos. La pluie martelait sa peau, elle avait des cheveux dans les yeux et froid jusque dans ses os. Tric, à quatre pattes dans la houle mordante, fixait sur elle un regard stupéfait.

Des éclairs déchiraient férocement le ciel. Des vagues venaient s'écraser sur le rivage. Les Dames des Tempêtes et des Océans, les terribles jumelles, tendaient leurs bras infiniment vindicatifs dans sa direction. Mia se releva tant bien que mal, Éclipse à ses côtés – les ombres s'agitaient tels des serpents. La jeune femme ôta son tricorne trempé, écarta ses cheveux de son visage… et éclata de rire. Les yeux brillants. Son cœur réchauffé par la flamme sombre qui brûlait dans sa poitrine.

Toutes leurs forces, elles les avaient jetées dans cette bataille.

Toute leur haine, elles l'avaient crachée.

Toute leur fureur, gaspillée.

Mia gratifia le ciel d'un articule. « Toujours debout, salopes. »

LIVRE 4

LES CENDRES DES EMPIRES

CHAPITRE 30

Peut-être

« Oh non, pas ça. »

Quand Mia poussa la porte de la taverne du *Nouvel Impérial* dans la ville de Dernier Espoir, elle ne s'attendait pas à un accueil à bras ouverts ou à un défilé triomphal. Mais lorsque le Gros Daniio, propriétaire des lieux, leva les yeux de son comptoir flambant neuf et découvrit sur le seuil la Lame débraillée, trempée jusqu'aux os, ainsi que son compagnon Sans-Âtre, l'enténébrée trouva quand même impressionnante l'horreur pure qu'elle lut alors dans ses yeux.

« Oh non, pas *çaaa* », répéta le patron de l'établissement.

L'inquiétude que lui inspirait le retour de Mia était compréhensible : la dernière fois qu'elle avait mis les pieds dans son pub, la jeune femme avait empoisonné un groupe de Luminatii dans sa salle commune et réduit en cendres le *Vieil Impérial*. L'Église rouge avait financé une reconstruction en guise de compensation, et le *Nouvel Impérial* y avait clairement gagné au change. Ce n'était pas exactement une villa moelle-née, mais au moins n'y avait-il plus de taches de sang sur le plancher ni de rats tenant salon dans les plafonds.

N'empêche : Mia ne semblait *vraiment* pas figurer sur la liste des personnes préférées de Daniio.

« Non, non, non, geignit l'homme grassouillet tout en levant les mains en signe de reddition. Miséricordieux Aa, tu ne peux pas entrer ici – je viens à peine de faire repeindre les murs.

— Je promets de bien me tenir, lui lança l'enténébrée – avant de franchir la porte.

— *Mia !* »

Elle entendit des bruits de pas précipités, un parfum de jasmin envahit ses narines – puis Ashlinn la gratifia d'une étreinte haletante. Les lèvres de la Vaanienne trouvèrent les siennes et Mia lui rendit son baiser, s'oubliant un instant pour profiter du simple plaisir de tenir à nouveau sa bien-aimée dans ses bras. Elle était complètement trempée, gelée, totalement épuisée. Mais l'espace d'un battement de cœur, rien de tout cela n'eut plus la moindre importance.

Sidonius traversa à grands pas la pièce pour se joindre à l'étreinte, à laquelle Charmeuse-de-Lames ne tarda pas à prendre part. L'enténébrée fit d'un regard le tour de la salle commune de l'établissement, pour la découvrir remplie de sels de la *Vierge sanglante* occupés à discuter tranquillement tout en buvant plus que de raison. Nuage Corleone était installé dans un box avec GrandJon, Boucher et Jonnen – le trio enseignait apparemment à son frère les règles du Régicide[31]. Mais tous levèrent les yeux à l'entrée de Mia et

31. Peut-être le plus ancien jeu à boire de toute l'histoire de la République itreyenne, le Régicide était à l'origine connu sous le nom de « Mendiant ». Les règles du jeu sont simples : on pose un verre *(Suite de la note page suivante)*

de Tric, et une vague de stupéfaction déferla aussitôt sur le visage du corsaire.

« Baise-moi tout doucement…, haleta-t-il.

— Puis donne tout ce que tu as », termina Mia.

Suite de la note n° 31 : au centre de la table, et chaque joueur tente à tour de rôle de faire rebondir dedans un mendiant de cuivre. Celui qui y parvient peut alors désigner le joueur qui devra boire un verre.

Ce dernier a droit à une chance de « se venger », en essayant de faire rebondir la pièce dans le verre avec sa main gauche. Si d'aventure il y parvient, le joueur qui l'a désigné doit boire deux verres. Mais celui-ci se voit lui aussi offrir une chance de se venger, et en cas de succès le nombre de verres sera encore multiplié par deux.

Comme vous pouvez l'imaginer, ces confrontations peuvent donner lieu à une surenchère exponentielle si d'aventure les joueurs sont ambidextres. La plus longue partie officielle de Mendiant dont on ait une trace écrite opposa Don Cisco Antolini et le nouvellement couronné Francisco XI, lors d'un grandiose gala célébrant le sacre du souverain. La pièce atteignit sa cible à vingt-sept reprises avant que le second ne finisse par se louper – au vingt-huitième tour du jeu.

Les férus de mathématiques calculeront sans peine que cela signifiait : le nouveau roi était désormais contraint de boire 67 108 864 verres de vin doré.

Francisco XI n'était nullement le roi le plus brillant à s'asseoir sur le trône itreyen, mais c'était un homme de parole. Refusant de voir son honneur sali devant l'intégralité de sa cour, et contre l'avis de sa reine, le monarque nouvellement couronné se résolut à tenter sa chance. Il tint le coup jusqu'à son cinquante-septième verre avant de s'effondrer – et de mourir le lendemain malgré tous les efforts de ses apothicaires.

Le règne de Francisco XI fut le plus court de toute l'histoire de la monarchie itreyenne. Il est cependant intéressant de noter que la plupart des citoyens trouvèrent le récit de sa fin plutôt touchant, au point que le jeu du Mendiant fut rebaptisé « Régicide » en son honneur.

Lorsqu'on leur laisse le choix entre un idiot honnête et un menteur compétent pour les gouverner, la plupart des gens préfèrent l'idiot.

Nuage retira son tricorne, un large sourire aux lèvres. « Ça fait plaisir de vous revoir, ma reine. »

Mia fit une lente révérence à rendre jalouse une dona moelle-née, puis se tourna vers Jonnen pour lui adresser un clin d'œil. Son frère se leva de sa chaise et, aussi *dignement* qu'il en était capable, traversa la salle commune afin de lui étreindre énergiquement la taille de ses petits bras. Trempée jusqu'aux os, mais s'en foutant comme de sa première chemise, la jeune femme le souleva et lui planta un baiser sur la joue. Le garçon protesta, grimaçant au contact de ses lèvres.

« Tu es toute froide.

— Il paraît, oui, répliqua-t-elle.

— Lâche-moi, souillonne ! » tonna-t-il.

Mia l'embrassa de plus belle, se délectant de ses ruades tout sauf acrimonieuses. Elle finit néanmoins par le reposer par terre, pour ensuite le congédier d'une petite tape dans le dos. Les Faucons fixèrent alors sur elle des yeux empreints d'une sorte de crainte révérencieuse. Sidonius se tourna vers Tric, serra sa main d'un noir d'encre.

« On craignait le pire, dit l'Itreyen. Cette tempête était un monstre.

— Ouais, fit Charmeuse-de-Lames, en hochant à contrecœur la tête. Bien joué, mon garçon.

— CE N'ÉTAIT PAS MON ŒUVRE, rétorqua Tric. ON REPOSERAIT TOUS LES DEUX AU FOND DE L'OCÉAN SANS L'INTERVENTION DE MIA.

— Où est la *Banshie noire* ? » demanda Boucher.

Mia haussa les épaules. « Au fond de l'océan. »

Le Sans-Âtre se tourna vers l'enténébrée, le regard toujours aussi admiratif. « CETTE FILLE EST VRAIMENT L'ÉLUE DE LA DÉESSE.

— Il y a toujours eu en elle davantage que ce que l'œil peut voir », lança alors une voix familière.

Mia fit volte-face, pour découvrir une femme gracile au visage voilé de soie noire. Des boucles d'un blond fraise. De sombres yeux cernés de khôl. Aussi discrète qu'un murmure, elle était venue se poster derrière elle en catimini.

« Naev ! »

L'enténébrée la prit dans ses bras, lui embrassa les joues – l'une après l'autre. Naev lui rendit tendrement son accolade, ses yeux brillants d'un plaisir manifeste.

« Amie Mia, dit la Main. C'est bon de la revoir. L'orateur Marius a annoncé sa venue. Le vieux Mercurio lui exprime son affection.

— Tu lui as parlé ? » chuchota Mia, son cœur se gonflant de joie.

Naev balaya d'un regard éloquent la salle commune de l'Impérial, désigna d'un signe de tête une table située dans un coin éloigné. Le groupe se fraya donc un chemin à travers l'équipage de Corleone pour aller se terrer dans un box à l'arrière du pub en compagnie de Naev. Daniio leur apporta d'un pas traînant une tournée de bières bon marché, sans un instant quitter l'enténébrée du regard.

La jeune femme lui souffla un baiser.

Une fois le patron de l'établissement reparti, Naev se mit à parler d'une voix feutrée, les yeux fixés sur la porte : « Marius a envoyé un message à Naev *via* le sang, expliqua-t-elle en tapotant la fiole d'argent qui pendait à son cou. L'orateur et la tisseuse se sont rangés du côté de Mercurio, contre le Ministère. Le chroniqueur Aelius fait également partie de la bande. » Elle considéra l'enténébrée. « Ils ont conjugué leurs efforts pour lui trouver un moyen d'entrer dans la Montagne – et de *frapper*.

— Mais il faut agir *maintenant*, Mia », intervint Ashlinn.

Naev opina du chef. « Tout à fait. La situation évolue rapidement. Le temps nous est compt...

— Tout doux, tout doux, l'interrompit Mia en secouant la tête. Je viens de me coltiner mille kilomètres de tempêtes et d'océans. Si je comprends bien ce que tu me dis, l'orateur et la tisseuse se sont joints au chroniqueur pour fomenter une conspiration censée m'aider à faire tomber l'intégralité du ministère de l'Église rouge. Est-ce que je peux au moins assimiler l'information en fumant une putain de clope ?

— Scaeva fait route en direction de la Montagne taciturne », chuchota Ash.

Le ventre de Mia se noua, sa mâchoire se crispa. « Pardon ? »

Naev hocha la tête. « Ashlinn dit vrai. L'imperator a besoin que Marielle lui fabrique un autre double pour ses apparitions publiques. Et sa présence est requise s'il veut que la tisseuse obtienne un portrait convaincant. Il va arriver à la Montagne dans quelques tours. »

La Vaanienne lui serra la main. « Toutes les vipères dans un seul nid. C'est notre chance, Mia. De tuer Scaeva. D'éliminer le Ministère. De sauver Mercurio – et d'en finir avec tout ça. »

Des picotements envahirent la peau de l'enténébrée, une montée d'adrénaline eut raison de son épuisement, de ses frissons. Scaeva n'allait certainement pas se rendre seul là-bas – il serait sous bonne garde. Et malgré la saignée qu'elle avait subie, l'Église rouge n'en restait pas moins une secte composée des assassins les plus meurtriers de la République. Mais les entrailles de la Montagne taciturne demeuraient dans une nuit perpétuelle – la lumière des soleils n'avait jamais pénétré les lieux. Mia serait donc aussi puissante dans les couloirs de la Mère noire qu'elle l'avait été en mer, au beau milieu de cette tempête. *Davantage*, probablement. Et si tous ses ennemis se retrouvaient au même endroit en même temps, à quelques tours de voyage à travers les Plaines chuchotantes ysiiri…

Elle regarda Naev. « Dis-moi tout ce que tu sais », lui lança-t-elle, d'une voix aussi tranchante que l'ossacré à sa taille.

Les chuchotements étaient plus bruyants que dans le souvenir de Mia.

Cela faisait trois tours qu'ils avaient débuté leur périple, et des vagues de chaleur scintillantes ondulaient sur les terres désolées ysiiri. La Dame des Tempêtes avait déserté les cieux pour le moment : la sombre couverture nuageuse s'était retirée, pour laisser place à un sombre éclat violet au-dessus de leurs têtes. Saan était à moitié dissimulé par l'horizon, et Saai se rapprochait irrésistiblement d'un repos bien mérité. Mais là-dehors, dans ce désert, la température n'en restait pas moins étouffante.

Mia et ses camarades voyageaient au sein d'un convoi de chariots de l'Église rouge. Comme il était vain d'espérer voir les Mains qui accompagnaient habituellement Naev se joindre à leur conspiration, elle s'en était débarrassée en incorporant une dose de pâmoise dans leur dîner avant même que Mia n'ait atteint Ysiir. Elles se reposaient présentement dans une chambre du Nouvel Impérial, les mains, le visage et les pieds liés.

Mia avait dit à Nuage Corleone que rien ne l'obligeait à attendre son retour. La *Banshie noire* gisant au fond de la mer des Larmes, et leur amitié étant de notoriété publique, le pirate avait décidé de retourner à Sepulcra et de faire profil bas jusqu'à ce que soit réglée la guerre de succession au Trône des Vauriens.

Alors qu'ils se préparaient à partir pour les Plaines chuchotantes, le capitaine avait ôté son tricorne et s'était incliné bien bas devant l'enténébrée, en affichant son sourire à quatre bâtards.

« Si la religion comptait un tant soit peu à mes yeux, lui avait-il lancé, je me serais fendu d'une petite prière pour vous. Mais je ne suis pas sûr que vous lui auriez fait bon accueil, de toute façon. Aussi vais-je vous donner cela à la place. » La canaille avait alors doucement pris la main de Mia, pour embrasser ses doigts meurtris. « Puisse la chance vous accompagner, ma reine.

— Vous n'avez plus besoin de m'appeler ainsi, capitaine, avait répliqué Mia.

— Je sais. Ça n'aurait aucun intérêt, dans le cas contraire. »

GrandJon l'avait gratifiée d'une révérence et d'un sourire argenté. « La proposition de mariage tient toujours, reine Mia. Moi ça me botterait bien de devenir roi pour pouvoir donner des ordres à ce salopard, histoire de changer un peu. »

Ce qui lui avait valu un article de la part de Nuage, qui avait ensuite salué Mia d'un hochement de tête. « Que l'eau et le ciel vous restent bleutés.

— Merci, mon ami. » Un sourire. « Benito ? Belarrio ? »

Nuage s'était borné à le lui rendre. « Ma loyauté ne s'étend pas aussi loin, Majesté. »

Et la canaille s'était inclinée de plus belle, avant de repartir en direction de la mer.

Mia s'était alors demandé s'ils se reverraient un jour.

Ils avaient pris la route peu après – huit chameaux à la tête d'un convoi de quatre chariots dans les plaines ysiiri. N'ayant pas besoin de dormir, Tric s'était installé à l'avant sur le siège conducteur – ils n'avaient que quelques tours pour atteindre la Montagne s'ils ne voulaient pas louper Scaeva, et la présence surnaturelle du Défunt avait pour effet de stimuler leurs bêtes. Détestant les chameaux presque autant qu'elle abhorrait les chevaux, Mia avait mentalement donné des noms à chacun d'entre eux : Vilain, Crétin, Schlingue, Bigleux, Tête-de-Bouse, Branleur, Dents-de-Lapin. Et Julius, pour le plus odorant – et le plus laid – du lot.

Charmeuse-de-Lames, qui voyageait à bord du chariot de tête avec Naev, gardait les yeux rivés sur l'horizon. Boucher restait autant que possible à proximité de Jonnen – le Liisien continuait à entraîner le garçon avec ses épées de bois chaque fois qu'ils s'arrêtaient pour manger – mais pour l'instant il se trouvait avec Sidonius à l'arrière, chacun martelant à tour de rôle un gros engin en fer afin d'éloigner les krakens des sables.

Mia, Ashlinn et Jonnen occupaient le chariot du milieu, la toile les protégeant de l'essentiel des rayons des soleils. La Vaanienne, installée à côté de l'enténébrée, donnait l'impression de ne jamais vouloir lui lâcher la main. Assis face à elles, Jonnen ne quittait pas sa sœur des yeux. Éclipse était retournée dans l'ombre du garçon, ce qui ne manquait visiblement pas de l'apaiser. Mais malgré son jeune âge, Jonnen n'était pas dupe : il avait surpris suffisamment de conversations pour comprendre que son père les attendait dans les entrailles de la Montagne taciturne. Et il savait que Mia réservait à l'imperator un sort tout sauf agréable.

Le garçon avait gardé ses pensées pour lui les deux premiers tours. Il s'entraînait à l'art de la lame avec Boucher, passait beaucoup de temps avec Éclipse. Mais Mia voyait bien qu'un barrage était sur le point de céder en son for intérieur – ce qui finit par arriver le troisième tour, après le dîner.

« Tu vas le tuer. »

L'enténébrée fixa son frère droit dans les yeux. Ashlinn était en train de somnoler, la tête sur ses genoux. Mia avait délicatement retissé ses tresses de guerre ; de longues mèches dorées s'attardaient entre ses doigts. « Je vais essayer, oui.

— Pourquoi ? s'enquit Jonnen.

— Parce qu'il le mérite.

— Parce qu'il fait du mal aux gens.

— Oui.

— Mia, murmura le garçon. Toi aussi, tu fais du mal aux gens. »

Elle s'employa à scruter ses immenses prunelles sombres, en quête du cœur qui battait au-delà. Il ne s'agissait pas là d'une accusation. Ni même d'une réprimande. Peu importait ce qu'elle était : son frère ne portait aucun jugement là-dessus. Ce gamin était un pragmatique, ce que la jeune femme ne manquait pas d'apprécier. Et même s'il s'était lentement rapproché d'elle au cours des dernières semaines, Mia se demandait quels liens ils auraient pu développer si le monde ne les avait pas séparés avant même qu'ils ne fassent *vraiment* connaissance.

« Je sais, dit-elle finalement. Je leur fais du mal en permanence. Et là réside l'énigme, petit frère. Comment tuer un monstre sans en devenir un soi-même ?

— Je n'en sais rien », admit-il.

Mia secoua la tête, contempla les plaines qui les entouraient. « Encore heureux, soupira-t-elle. Je n'ai rien d'une héroïne de livres de contes. Je ne suis pas quelqu'un auquel tu devrais aspirer à ressembler. Je suis une salope impitoyable, Jonnen. Égoïste. On me fait du mal, je réplique aussitôt. On fait du mal à ceux que j'aime, je passe sans hésiter au meurtre. Je suis comme ça, point barre. Julius Scaeva a tué notre mère. L'homme que j'appelais Père. Et je me fiche de ce qu'ils ont fait pour mériter un sort pareil. Je me fiche de savoir qu'ils étaient imparfaits, voire qu'ils ne valaient peut-être pas mieux que lui. Parce qu'à vrai dire, je suis peut-être pire qu'eux tous réunis. Alors que la probité aille se faire foutre. Tout comme la rédemption. Parce que Julius Scaeva mérite quoi qu'il en soit de mourir.

— Toi aussi, dans ce cas, répliqua-t-il.

— Tu songes à essayer, petit frère ? »

Jonnen se borna à la dévisager. Les mouvements du chariot les ballottaient mollement ; seul le bruit métallique du chant de fer venait briser le silence. « Je… »

Le garçon se renfrogna. Ses lèvres se serrèrent. Il y avait de l'intelligence en lui, aussi vive que la sienne. Mais au bout du compte, il restait un *enfant*. Perdu, privé de tout ce qu'il connaissait. Et elle voyait qu'il avait du mal à trouver les mots justes. « J'aurais aimé mieux te connaître, marmonna-t-il au bout du compte.

— Moi aussi. » Elle prit sa petite main dans la sienne. « Et j'ai conscience d'être une grande sœur merdique, Jonnen. Voire franchement horrible. Mais toi et moi, on est de la même familia. Et il n'y a *rien* de plus important pour moi. J'espère qu'un tour, tu trouveras en toi de quoi m'aimer ne serait-ce que deux fois moins que moi je t'aime.

— Mais tu vas quand même le tuer.

— Oui, répliqua-t-elle. Absolument.

— N'en fais rien, s'il te plaît.

— Je n'ai pas le choix.

— C'est mon père, Mia.

— Le mien aussi.

— Mais *moi* je l'aime. »

Mia regarda son frère droit dans les yeux. Y vit les années qu'ils n'avaient pas partagées, l'amour que lui inspirait l'homme qui les en avait privés. Le sentiment d'injustice, qui jetait un voile sinistre sur l'intégralité de leur relation. Et lentement, elle secoua la tête. « Oh, Jonnen, soupira-t-elle. Ça ne fait que me conforter dans l'idée qu'il *mérite* de mourir. »

Et ils poursuivirent leur voyage à travers les Plaines chuchotantes, profitant du peu de silence que leur laissait le chant de fer de Sid. Et si les yeux du garçon brillaient de questions, il n'en verbalisa aucune après cette conversation.

Malgré le risque permanent de croiser des krakens des sables, cela faisait des années que l'Église rouge faisait venir des fournitures de Dernier Espoir ; Naev les guida donc sans peine sur des chemins de pierre à moitié engloutis jusqu'aux éminences qui s'élevaient au nord des plaines ysiiri. Mia finit par apercevoir une flèche de pierre noire devant eux – perdue parmi les dizaines que comptait la chaîne. Quelconque. Presque *modeste*. Couverte d'une neige aussi pâle qu'étincelante. Ce qui n'empêcha pas le cœur de l'enténébrée de se mettre à battre plus vite. Le siège du Ministère, le temple de la Mère, le berceau du pouvoir de l'Église rouge au sein de la République.

La Montagne taciturne.

Mia savait qu'un antique sort magik, la Discorde, avait été jeté sur le sommet bien des années plus tôt – une mancie servant à embrouiller les visiteurs indésirables. Sauf que Naev connaissait les mots susceptibles de la maintenir à distance. Lentement, *sûrement*, leur convoi de chariots se fraya donc un chemin à travers des ravins tortueux et des contreforts irréguliers en direction de l'imposant pic de granit. Cela faisait longtemps qu'ils avaient laissé les Plaines chuchotantes derrière eux – Sid et Boucher avaient interrompu leur chant de fer pour rejoindre le chariot central et discuter avec Ash et Mia de l'assaut à venir. Tric avait laissé les rênes à Naev afin de se joindre au groupe en compagnie de Charmeuse-de-Lames. Ils formaient présentement un petit cercle autour d'un gros tonneau de chêne.

« Bon, fit Mia. Une fois à l'intérieur, on se la joue furtifs aussi longtemps que possible. Si l'alarme est donnée, toutes les Lames et les Mains de la Montagne vont nous tomber dessus comme des mouches à merde. Mais si on ne commet pas d'erreurs, ces salopards ne se rendront même pas compte de notre présence avant qu'il ne soit trop tard. »

Elle prit un morceau de charbon de bois et entreprit de dessiner une carte complexe sur le plancher du chariot. « Tric, Ashlinn et Naev connaissent chaque recoin de la Montagne, donc ils serviront de guides aux autres. L'intérieur de cet endroit est un putain de labyrinthe, alors regardez bien où vous mettez les pieds. Il n'y a rien de plus facile que de se perdre dans l'obscurité. Tric – toi, Sid et Charmeuse-de-Lames, vous allez vous rendre aux appartements de l'orateur. Protégez Marius et coupez l'accès à la piscine de sang. On ne peut *pas* le laisser s'échapper de la Montagne. Ash – toi et Naev, vous allez rejoindre l'athénée et assurer la sécurité de Mercurio. Si vous ne le trouvez pas là-bas, il sera probablement dans sa chambre. Veillez sur lui à tout prix, et conduisez-le à l'orateur. Boucher – toi et Éclipse, vous allez rester dans les écuries et veiller sur Jonnen. Si tout se passe bien, je viendrai vous chercher quand tout sera fini. Dans le cas contraire, vous rentrez par bateau à Dernier Espoir aussi vite que possible. »

Un homme plus stupide aurait pu se plaindre de voir son rôle réduit à une simple fonction de garde d'enfant, mais Boucher était bien entendu conscient de l'importance de sa tâche : protéger le propre *frère* de Mia. C'était là une marque de confiance inestimable que lui accordait la jeune femme.

« D'accord, Corneille. » Il se frappa la poitrine d'un poing. « Je donnerai ma vie s'il le faut.

— Et toi ? s'enquit Sidonius, visiblement inquiet.

— Je vais m'occuper du Ministère, lui répondit Mia.

— Toute seule ? » demanda Ashlinn.

L'enténébrée opina du chef. « C'est la meilleure façon de procéder. Il sera tôt le matin à notre arrivée. Drusilla se trouvera probablement avec Scaeva et Marielle – je ne m'occuperai donc de leur cas qu'une fois tout le monde fin prêt. Mais pour ce qui concerne Solis et le Ministère, je devrais pouvoir décapiter le serpent avant même qu'il n'ait conscience de ma présence en ces lieux.

— … *SOLIS A FAILLI TE TUER LA DERNIÈRE FOIS QUE TU L'AS COMBATTU, MIA*…, murmura Éclipse.

— Ouaip. » Elle hocha la tête, tout en souriant à Naev. « Mais il n'y a pas grand-chose que le chroniqueur Aelius ignore à propos de la Montagne. Et il m'a fait un présent censé équilibrer les chances. » D'un regard, elle fit le tour du groupe, fixant chacun de ses compagnons droit dans les yeux. « Des questions ? »

Chacun d'eux en avait à foison, elle n'en doutait nullement, et pourtant les acolytes de Mia gardèrent le silence. Elle les salua tous l'un après l'autre d'un signe de tête, douloureusement consciente des risques qu'ils prenaient pour elle – et infiniment reconnaissante de leur présence à ses côtés. Elle serra la main de Sidonius, étreignit farouchement Charmeuse-de-Lames, embrassa Boucher sur la joue. Puis tous revêtirent une tenue de Main volée avant de retourner dans leurs chariots respectifs, des lames dissimulées sous leurs robes. Quand le convoi eut presque atteint une falaise vierge dans le flanc de la Montagne taciturne, Naev se leva dans le chariot de tête, bras écartés. Et prononça des mots anciens qui *bourdonnaient* de puissance.

Des bruits de pierre, des craquements et des grondements. L'air se chargea de l'odeur graisseuse de la magik arkémique. Charmeuse-de-Lames marmonna quelques paroles incompréhensibles, Jonnen haleta de stupéfaction lorsqu'une grande étendue de pierre plate commença à s'ouvrir devant eux. Une légère brise vint caresser le visage de Mia, et une pluie de fine poussière et de cailloux se mit à tomber des hauteurs à mesure que le flanc de la Montagne s'écartait.

Les attendait la vue familière des écuries de l'Église rouge – un large rectangle tapissé de paille, avec de chaque côté des enclos truffés de chevaux au poil soyeux et de chameaux cracheurs, des chariots et des outils de maréchal-ferrant, des balles de fourrage et de hautes piles de caisses d'approvisionnement. Au son d'une chorale fantomatique, qui flottait dans l'air telle de la fumée, Vilain, Crétin, Schlingue, Bigleux, Tête-de-Bouse, Branleur, Dents-de-Lapin et Julius tirèrent les chariots à l'intérieur. Des Mains vêtues de robes noires vinrent s'occuper des bêtes. Les rayons des soleils qui passaient par la porte ouverte étaient les seuls que les entrailles de la Montagne verraient jamais.

Mia sentit son ombre s'étirer vers l'obscurité qui s'étendait au-delà.

Elle serra la main de Jonnen, vit le garçon parcouru du même frisson qu'elle-même. Sidonius était tendu comme de l'acier dans le chariot qui les précédait. Charmeuse-de-Lames demeurait aussi indéchiffrable qu'une pierre. L'enténébrée entendait le souffle d'Ashlinn s'accélérer à ses côtés. Et finalement, alors qu'un groupe de Mains sortait de l'obscurité pour les aider à décharger les marchandises, Mia et ses camarades passèrent à l'action.

Le tintement inimitable de l'acier. L'éclat de la lumière arkémique sur l'acier poli. Plusieurs bruits secs parvinrent aux oreilles de l'enténébrée – des globes de verrewyrd s'étaient envolés des doigts de Naev, pour envelopper un groupe de Mains d'un nuage de pâmoise qui les avait presque aussitôt envoyés au pays des songes. Les Faucons agirent promptement, jouant du pommeau ou du plat de leurs lames. Les Mains comme le personnel de l'écurie se retrouvèrent bientôt à terre, en sang. Mia

Passa

de l'arrière du chariot

aux escaliers,

interrompant la fuite d'une Main

et la capturant
dans son ombre avant de l'assommer. De brefs combats. Des gerbes de rouge vif. Quelques instants leur suffirent à prendre le contrôle des écuries.

Tout était prêt. Chacun d'eux connaissait sa tâche. Leur regard était décidé. Leurs lames tranchantes. Mia les gratifia d'un petit signe de la tête. Embrassa Ashlinn sur les lèvres.

« Sois prudente, mon amour, chuchota-t-elle.

— Toi aussi », répliqua Ash.

L'enténébrée sentit alors un regard sombre braqué sur son dos. Elle se retourna, pour se retrouver face à Tric.

« Que la Mère t'accompagne, Mia, lui lança-t-il.

— Qu'elle veille également sur toi », répliqua-t-elle.

Elle fixa les prunelles brillantes de son frère. Y vit de la douleur et de l'incertitude. « Je transmettrai tes salutations à notre père », dit-elle.

Et là-dessus, Mia disparut.

Tueuse-d'Araignées pénétra d'un pas raide dans sa salle, enveloppée de vert émeraude. La lumière émise par les vitraux faisait scintiller l'or qui pendait à son cou – elle le voyait se refléter dans les bouteilles, les ampoules et les bocaux qui tapissaient les murs. Ses yeux étaient noirs, ses lèvres et ses doigts plus noirs encore – tachés par le poison qu'elle adorait tant. Absolument personne en Itreya ne lui arrivait à la cheville en la matière. Si d'aventure elle oubliait un jour la moitié de ce qu'elle savait de l'art de la vérité, la Dweymeri n'en continuerait pas moins de surpasser la plupart des gens.

La Shahiid s'installa à son bureau de chêne au fond de la pièce, un pilon en main, et entreprit de broyer un mélange de venin d'araignée bleue et de chloracine dans un bol de pierre. Elle avait élaboré un certain nombre de nouveaux poisons, dernièrement, rêvant de les utiliser pour se venger de Mia Corvere. Les paroles de Solis lors de la dernière réunion du Ministère l'avaient davantage piquée au vif qu'elle ne voulait bien l'admettre. C'était effectivement *elle* qui avait accordé à Mia sa faveur, qui lui avait permis de devenir une Lame. Tueuse-d'Araignées ne pardonnerait jamais à son ancienne élève d'avoir ainsi profité d'elle. Et si la Dweymeri n'avait plus guère d'honneur à entacher, doux euphémisme, elle avait de la *patience*. Et elle savait que, tôt ou tard, Mia lui donnerait l'occasion de...

La Shahiid cligna des yeux. Là, sur le bureau, elle voyait une ombre se répandre sur le chêne poli, comme de l'encre renversée d'une bouteille. Pour ensuite former une espèce de flaque sous une rame de parchemin, se mouvoir telle de la fumée noire et former des lettres. Deux mots qui eurent pour effet d'accélérer les battements de son cœur.

Derrière vous.

Une longue lame en ossacré apparut alors de l'obscurité dans son dos. La gorge de Tueuse-d'Araignées s'ouvrit, d'une oreille à l'autre. Dans un halètement, alors que du sang jaillissait de la jugulaire et de la carotide sectionnées, la femme repoussa sa chaise et se releva tant bien que mal. Tout en comprimant l'horrible blessure, elle fit volte-face – pour découvrir une fille là où il n'y avait personne un instant auparavant.

« M-myh… », gargouilla-t-elle.

Mia s'empressa de reculer, la Shahiid venant de tirer de sa ceinture une de ses lames courbes, dont l'acier décoloré était humide de venin. Mais le visage de Tueuse-d'Araignées avait déjà pâli, et ses pas n'avaient plus rien d'assuré. Elle s'affaissa contre le bureau, ses yeux écarquillés de peur. Du sang giclait rythmiquement de sa gorge déchirée, pour aller maculer ses mains, sa robe, l'or qui ornait ses doigts et son cou. Il y en avait tant.

Trop.

« J'ai longuement réfléchi à la meilleure façon de vous supprimer, Tueuse-d'Araignées, lui lança l'enténébrée. Je trouvais poétique de tuer chaque Shahiid en retournant contre eux leur propre maîtrise. De l'acier pour Solis. Du poison pour vous. Au bout du compte, cependant, je vous ai estimés trop *dangereux* pour m'amuser à ce petit jeu avec vous. Mais si je vous ai éliminée en premier, c'est parce que c'est *vous* que je respectais le plus – je voulais que vous le sachiez. Je me suis dit que vous trouveriez peut-être ça... réconfortant, non ? »

Tueuse-d'Araignées s'effondra sur la pierre, ses yeux froids, sans vie.

« Non, soupira Mia. À la réflexion, ça n'a pas l'air d'être le cas. »

Greffier entendit une porte claquer quelque part dans sa salle.

Le front plissé, il se détourna du piège à aiguilles qu'il était en train de charger. Son atelier était dissimulé derrière l'une des nombreuses portes de la salle des Poches, un endroit tranquille où il jouait du crochet ou à se déguiser. Il portait des sous-vêtements féminins sous sa robe, en l'occurrence – le Shahiid les avait toujours trouvés plus confortables, à dire vrai.

Greffier se leva de son bureau, attrapa sa canne et rejoignit la pièce d'un pas boitillant. Les murs étaient criblés de dizaines d'autres portes, qui menaient à ses garde-robes ou à ses débarras, parfois à rien du tout. De longues tables étaient disposées le long de la pièce, jonchées de bibelots et de curiosités, de cadenas et de crochets. La lumière bleutée diffusée par le vitrail, celle-là même qui éclairait ici et là le granit du sol, se reflétait dans les prunelles sombres de la jeune femme qui l'attendait.

« Mia..., murmura-t-il, le ventre envahi d'une vague de froid.

— Vous avez participé à l'anéantissement de ma familia, Greffier. Et des années plus tard, vous avez eu l'audace de me regarder droit dans les yeux. De me conseiller. De faire comme si vous étiez mon *ami*. D'où viennent des pierres pareilles ? Je ne peux pas m'empêcher de me poser la question… »

La main de Greffier se rapprocha de la lame ysiiri qu'il portait toujours à la taille. « L'acier noir peut fendre l'os-sacré, tu sais.

— C'est une belle épée, Shahiid, convint la jeune femme. Vous l'avez gagnée – ou volée ? »

Comme toujours, le rictus de Greffier étirait ses lèvres comme s'il avait l'intention de piquer l'argenterie. « Un peu des deux. »

Mia sourit à son tour. « Mieux vaut ne pas prendre de risques, dans ce cas. »

Il n'aurait su dire d'où sortait l'arbalète – à un moment donné les mains de l'enténébrée étaient vides, et le suivant elle braquait l'arme sur sa poitrine. Mais même avec ses jambes estropiées, le Shahiid était encore capable de se mouvoir aussi vite qu'un chat : lorsque Mia se décida à décocher, il lâcha sa canne, saisit la poignée de son épée et la tira d'un ample geste, tout en évitant le carreau qui filait vers son torse.

Ou du moins fut-ce ainsi que cela se déroula dans son esprit.

Car alors que Greffier s'apprêtait à s'écarter, il découvrit ses bottes solidement fixées au sol. Il souleva donc trop tard sa lame pour parer le coup, et le projectile transperça sa robe grise, le corset qui se trouvait dessous – et la poitrine au-delà.

La bouche soudain remplie de sang, il fixa stupidement les quinze centimètres de bois et d'acier à présent logés dans son poumon gauche. Il leva les yeux, pour découvrir Mia occupée à recharger – et poussa un grognement lorsqu'un second carreau s'enfonça dans sa cage thoracique, le faisant vaciller sur ses pieds immobilisés, jusqu'à ce qu'il finisse par tomber en arrière sur la pierre. Il lança une poignée de couteaux dans le mouvement, sauf que la fille avait déjà disparu, pénétrant dans les ombres pour réapparaître quelques mètres plus loin sur sa gauche.

Elle écrasa la main du Shahiid de sa botte pour l'empêcher de récupérer une autre lame, tout en pointant l'arbalète rechargée en direction de son entrejambe.

« Dites adieu à vos pierres, petite souris. »

Ce fut au son du chœur que Solis ouvrit les yeux.

Le Vénéré Père s'extirpa de son lit, se lava le visage, cligna des yeux. Et comme chaque matin, il ramassa une épée en bois et entreprit de faire quelques exercices. Au bout de trente minutes, son corps dégoulinait de sueur – et lui-même, le souffle court, souriait au chant de sa lame qui fendait l'air.

Satisfait, il enfila sa robe, puis ajusta son fourreau à sa taille. Ses yeux pâles s'ouvrirent, incapables de distinguer quoi que ce soit. Et pourtant voyant tout et davantage encore.

L'imperator Scaeva et la Dame des Lames n'allaient pas tarder à arriver – aussi avait-il tout intérêt à se rendre présentable. S'engageant dans de longs couloirs sombres, il salua d'un signe de tête la Main postée devant la porte des bains, puis pénétra sans bruit à l'intérieur de la pièce vide. Il détacha sa ceinture, inspira profondément – comme il le faisait toujours, puis se pencha pour faire courir ses doigts le long de son précieux fourreau. Les cercles concentriques imprimés en relief sur le cuir évoquaient peu ou prou un entrelacs d'yeux.

Le Vénéré Père le retira lentement, sentit aussitôt le monde entier plonger dans l'obscurité autour de lui. À nouveau il se retrouvait aveugle, tout comme le tour de sa naissance. Il plia soigneusement sa robe, la déposa au bord du large bain enfoncé dans le sol, plaça dessus sa ceinture et son fourreau soigneusement roulés. Seuls quelques rares privilégiés de l'Église connaissaient son véritable usage, la magik qui courait dedans : de vieux sortilèges ysiiri engravés dans le cuir, qui levaient le voile sur une réalité qui, sans eux, lui serait totalement inaccessible.

Solis s'installa dans le bain chaud, ferma les paupières et inclina la tête en arrière sous l'eau, se laissant flotter ainsi pendant une poignée de minutes.

Sourd, muet et aveugle.

C'était une habitude, et le Vénéré Père n'appréciait guère les habitudes – elles rendaient un homme plus facilement piégeable. Mais il s'autorisait toujours ce petit moment de paix et de tranquillité. Les murs qui l'entouraient étaient ceux de la Montagne taciturne, après tout. Le bastion de la puissance de Niah sur cette terre.

Qui aurait pu l'atteindre, ici ?

Solis remonta à la surface, cilla pour chasser l'eau de ses yeux d'un blanc laiteux. Dans ses narines se croisaient des senteurs de savon, d'érable occupé à se consumer dans les braseros, de bougies. Il avait l'ouïe plus sensible que l'odorat, mais seul le bruit des flammes crépitantes, mêlé au chœur fantomatique qui hantait l'obscurité de l'Église, lui parvenait aux oreilles. Et bien que ses yeux soient peu ou prou aveugles, ne percevant que l'absence de lumière, le Vénéré Père ne remarqua rien d'étrange lorsqu'il se redressa dans le bain, sinon – peut-être – que la pièce était un peu plus sombre que d'habitude.

Plus sombre…

« … BONSOIR, SHAHIID… »

Solis ne broncha même pas – il ne daigna même pas tourner la tête en direction de l'ombrelouve. Il entendit de légers bruits de botte sur la pierre, détecta une faible odeur de sueur par-dessus les senteurs d'érable, et... le parfum de Tueuse-d'Araignées ? Il savait qui se tenait là, à côté de la piscine. À l'observer de son regard ténébreux depuis la pénombre.

« Toi.

— Moi », répliqua Mia.

Un filet d'effroi glacé envahit le ventre de Solis. Sa main se mit en quête de son peignoir posé au bord du bain. Mais si ses doigts se refermèrent bel et bien sur le tissu, il prit conscience que son fourreau avait...

Disparu.

« Pour tout vous dire, lui lança l'enténébrée – qui parlait à présent de plus loin –, ça m'a bel et bien déçue quand je l'ai découvert. Il y a quelque chose de tellement romantique dans le concept de maître d'épée aveugle, pas vrai ? Mais ce n'était qu'un ramassis de mensonges, n'est-ce pas, Solis ? De conneries. Tout comme le reste de ce putain d'endroit. »

La peur finit de congeler ses entrailles. Le Vénéré Père chercha le poignard qu'il dissimulait sous sa robe. Découvrir qu'il avait disparu ne le surprit pas véritablement. Solis sortit du bain dans un nuage de vapeur, s'accroupit au bord dans le plus simple appareil. Il reprenait son souffle pour crier quand...

« Votre Main est en train de dormir, au fait, reprit la fille depuis l'autre côté de la pièce. Si d'aventure vous envisagiez d'appeler à l'aide.

— À *l'aide* ? ricana Solis. Tu as toujours eu une trop haute opinion de toi-même, gamine.

— Contrairement à vous, répliqua-t-elle. Est-ce pour ça que vous me laissiez m'entraîner ici ? Tout en sachant à quel point ça risquait de vous revenir en pleine gueule ? Vous pensiez *vraiment* que je ne finirais pas par découvrir un tour ce que vous avez *fait*, tous autant que vous êtes ? »

Il inclina la tête pour mieux entendre le bruit de ses pas, tout en s'employant à battre en retraite le long du bain pour essayer de s'adosser au mur. Mais lui parvint alors un doux murmure de tissu par-dessus le crépitement des braseros, et il comprit que Mia se trouvait…

Derrière moi.

Il frappa, mains tendues – pour ne trouver rien d'autre que de l'air.

« Une bien belle fente, Vénéré Père, dit la jeune femme. Dans le *vide*, mais splendide. »

Elle était sur sa droite, et s'éloignait peu à peu. Solis pouvait la *sentir*. Tout le temps qu'il avait vécu dans le noir avant de trouver sa ceinture d'yeux, les années qu'il avait passées enfermé dans la Pierre philosophale – tout cela déferlait à nouveau sur lui en cet instant. Solis avait massacré une centaine d'hommes pour s'extirper libre de cette fosse, et ce *malgré* son handicap. Il n'avait pas besoin d'yeux pour tuer, à l'époque. Pourquoi en aurait-il besoin *maintenant* ?

Mais elle est douée. Aussi silencieuse que la mort quand elle se déplace.

« Un ramassis de mensonges, chuchota-t-elle. Les meurtres. Les offrandes. Écoute-moi, Mère. Écoute-moi en cet instant. Toutes ces conneries. Cet endroit n'était pas une église, Solis. C'était un bordel. Tu n'as jamais été une sainte Lame au service de la Mère de la Nuit. Tu étais une pute. »

Continue à la faire parler.

« Et tu t'attendais à quelque chose de plus grandiose, si je comprends bien. Aurais-tu donc gobé les absurdités que Drusilla et ton Mercurio t'ont racontées ? "L'élue de la Mère", c'est bien ça ? »

Un léger bruit de botte, presque inaudible.

Sur la gauche… ?

« À ton arrivée ici, je leur ai *dit* qu'on aurait dû te tuer. Je les ai *prévenus* que ce tour viendrait. Que tu finirais par découvrir la vérité, que la gamine pourrie gâtée que tu *es* se montrerait au bout du compte sous son vrai jour. Tu t'es toujours cru meilleure que cet endroit. Toujours.

— Alors pourquoi ne pas m'avoir tuée, dans ce cas ? »

À nouveau derrière…

« Cassius ne voulait pas en entendre parler, répondit Solis. "Petite sœur", voilà comment il t'appelait. Il s'imaginait avoir une… parenté ténébreuse avec toi, sans aucunement savoir de quoi il s'agissait. Il se qualifiait lui-même de "Prince noir". » Le Shahiid se gaussa. « Prince de quoi ?

— Pourquoi me détestez-vous, Solis ? lui demanda-t-elle. Ça ne peut pas se résumer à la cicatrice que vous me devez. »

Et puis elle lui apparut clairement. La façon de la faire trébucher. De l'immobiliser suffisamment longtemps pour pouvoir refermer ses doigts autour de sa gorge.

« Je ne t'ai jamais détesté, dit-il. J'avais juste compris que ça finirait forcément comme ça. Je savais qu'au bout du compte tu découvrirais que c'est l'Église rouge qui a capturé Darius Corvere et l'a livré à ses assassins. Je savais que la merde de Scaeva terminerait sa course sur nos bottes. » Il inclina la tête, un sourire aux lèvres. « Mais la question ne t'a jamais traversé l'esprit, Mia ?

— Quelle question ? »

Un mouvement de va-et-vient sur la droite. Irrégulier.

Malin.

« Qui s'est faufilé dans le campement de Darius Corvere, à ton avis ? Qui les a enlevés, lui et son amant, pour ensuite les livrer au bourreau ? » Solis leva la main gauche. Passa sa main sur les cicatrices qui barraient son avant-bras. « Trente-six marques, dit-il. Trente-six cadavres. En vérité, j'en ai supprimé des centaines. Mais je ne me suis marqué que pour les meurtres qui m'ont été *payés,* en sang et en argent. Même ceux pour lesquels je n'ai pas véritablement manié la lame. »

D'un doigt, il caressa une entaille située tout près de son poignet. « Celle-ci, c'était pour le général Gaius Maxinius Antonius. » Un pas traînant sur la pierre – Mia venait de s'immobiliser. « Et celle-là, pour le justicus Darius Corvere. »

Ses yeux laiteux se tournèrent en direction du petit halètement qu'elle avait lâché.

« Vous… »

Et Solis se jeta sur elle.

Mia se remit en mouvement, s'écartant aussi vite que des ombres. Mais pas assez rapidement. Les doigts du Vénéré Père se refermèrent sur une mèche de ses cheveux et il l'entendit glapir lorsqu'il la tira vers lui et commença à l'étrangler. Une grimace déformait son visage, une rage impie bouillonnait dans sa poitrine à la pensée que cette putain de gamine l'avait aveuglé, s'était moquée de lui, l'avait pris par surprise.

Il lui assena un poing dans la mâchoire – le coup la fit chanceler. Il doubla la mise, puis la plaqua contre le mur comme une poupée de chiffon, ses doigts s'enfonçant profondément dans la chair de sa gorge. Il s'était ramolli. Était devenu trop prévisible. Quand cette petite salope aurait trépassé, il…

… reçut un coup à la poitrine.

Puis un autre, et encore un autre.

Ce qui ne manqua pas de le faire ricaner intérieurement. Cette gamine faisait les deux tiers de sa taille, la moitié de son poids. Comme si ses poings pouvaient lui faire le moindre mal…

Et puis l'envahit une vague de douleur. Chaude, humide, qui s'écoulait le long de son ventre. Et il comprit alors qu'elle ne se contentait pas de le frapper. Son couteau était simplement trop *tranchant* pour qu'il le sente.

Ses deux mains enserraient la gorge de Mia, désormais. Ses yeux aveugles s'écarquillaient à mesure que la souffrance commençait à prendre racine. Tous deux trébuchèrent, ce qui les fit retomber dans le bain. Solis sentit la lame de son adversaire pénétrer son dos une demi-douzaine de fois alors qu'ils sombraient sous la surface, lui-même s'employant de toutes ses forces à étrangler l'enténébrée. Il avait tué une dizaine d'hommes de cette façon en son temps. Assez près pour entendre le râle de la mort dans leurs poumons, sentir la puanteur qui s'échappait de leur vessie quand ils poussaient leur dernier souffle.

Mais la douleur…

Leurs mille et une culbutes sous l'eau ne lui facilitaient pas la tâche. Son pouls battait à ses oreilles. Des dizaines de blessures constellaient sa poitrine, son dos, ses flancs. Ses bras étaient aussi lourds que du fer.

Elle est en train de me tuer.

Une pensée qui eut pour effet de décupler sa rage. Déni, fureur. Coups de pied et de couteau, des membres qui s'agitent en tous sens. Ils refirent surface, haletants – une lumière vive avait envahi ses yeux aveugles. Tous deux s'écrasèrent contre le rebord du bain, au grand dam de la colonne vertébrale de l'enténébrée, tandis qu'une grimace déformait son propre visage. Mia continuait à le rouer de coups, à le maudire, à lui cracher dessus. À lui poignarder les avant-bras et à lui taillader la joue, totalement déchaînée.

Il ne sentait plus ses mains. Est-ce qu'il la tenait toujours ?

Ça ne faisait plus aussi mal, désormais. Des impacts sourds. Sur sa poitrine. Son cou. Sa poitrine.

« Salopard ! » hurlait-elle.

Est-ce

« Espèce ! »

ainsi

« De putain ! »

que

« De salopard ! »

tout

« Pourri ! »

se termine ?

Il sentit ses genoux lâcher. Son cou échapper à ses doigts. L'eau était chaude, mais *lui* avait si froid. Il avait du mal à respirer. À réfléchir. Glissant plus profondément dans le bain, il ferma les yeux et inclina la tête en arrière sous la surface, se laissant flotter là pendant une poignée de minutes.

Allait-il la retrouver sous peu ? Allait-elle l'étreindre tout contre sa poitrine et lui embrasser le front de ses lèvres noires ?

Avait-il jamais eu la foi ? Ou s'était-il borné à en tirer *profit* ?

Mère, je…

Les paupières closes, Solis se laissa bercer par le chant de la chorale.

Et finit par sombrer sous la…

« Ça suffit comme ça », dit Scaeva.

Drusilla leva les yeux des pages, haussa un sourcil. « Vraiment ? » s'enquit-elle.

L'imperator d'Itreya se renfrogna presque imperceptiblement, ses prunelles sombres rivées sur la Dame des Lames. La douzaine de gardes personnels qui l'avaient accompagné en ces lieux étaient déployés autour de leur maître et fixaient le livre que tenait la Dame des Lames comme s'il s'était agi d'une vipère prête à frapper. Scaeva lui-même s'employait à ne rien montrer de son trouble – il restait parfaitement resplendissant dans sa toge pourpre, sa tête affublée d'une couronne d'or battu. Mais même lui considérait avec une incompréhension suspicieuse la chronique qu'elle était en train de lire à voix haute. Il porta ses index à ses lèvres, sourcils froncés.

« Je pense avoir compris où vous vouliez en venir, bonne Dame. »

Des flammes se mirent à crépiter dans le foyer de la pièce, et Greffier gigota inconfortablement dans son fauteuil. Tueuse-d'Araignées arborait un visage blême, et même Solis semblait décontenancé par la prédiction de son trépas des mains de l'enténébrée. Drusilla s'adossa à son siège et referma doucement le troisième tome des *Chroniques de Nevernight*. Pour ensuite suivre du bout des doigts le chat imprimé en relief sur le cuir noir.

« Il faut la mettre hors d'état de nuire, imperator, dit la Dame des Lames d'une voix presque soyeuse. Je sais que c'est votre fille. Et qu'elle détient votre fils. Mais si tout ce que raconte ce volume est vrai, une fois à l'intérieur de la Montagne, Mia Corvere sera investie d'un pouvoir qu'aucun de nous ne pourra égaler.

— Mia n'est pas la seule enténébrée à apparaître dans ce récit, répliqua Scaeva.

— Oh, j'en ai parfaitement conscience, rétorqua Drusilla en tapotant l'ouvrage. Les résultats de votre affrontement sont pour le moins spectaculaires, nonobstant le style ampoulé avec lequel il est décrit. Mais l'histoire se termine mal pour vous, j'en ai peur. Souhaitez-vous que je vous lise le passage en question ? J'ai un marque-pa...

— Non, merci, répondit l'imperator tout en la foudroyant du regard.

— Je ne comprends pas, intervint Greffier. La première page de la première chronique *affirme* qu'elle va mourir.

— Et tel sera bien le cas, affirma Drusilla en pianotant sur la couverture du troisième tome. Après une longue et heureuse existence, dans son lit, entourée de ses proches.

— Que je sois damné, grogna Solis, si je laisse cette petite salope connaître une fin heureuse.

— Cette chronique... c'est de la sorcellerie, fit Aalea, les yeux rivés sur le livre.

— Non, contra Drusilla, avant d'embrasser son Ministère du regard. Cette chronique expose un avenir. Mais un avenir que nous pouvons *changer*. D'ailleurs, nous le modifions déjà, ici et maintenant, en parlant comme nous le faisons. Ces pages ne sont pas gravées dans la pierre. Cette encre peut s'effacer. Et la jeune Mia se trouve dans une position désavantageuse par rapport à nous.

— Oh, vraiment ? ironisa Greffier.

— Vraiment. Nous savons précisément comment elle compte s'y prendre pour pénétrer dans la Montagne. Et quand. Et stupide comme elle est, nous savons qu'elle vient accompagnée du fils de l'imperator. »

Tous les yeux se tournèrent aussitôt vers Scaeva.

« Vous devriez repartir pour Sepulcra, imperator, dit Drusilla. Et nous laisser nous occuper de votre fille égarée. C'est plus sûr pour toutes les personnes concernées.

— Voilà une sollicitude des plus touchantes, ma Dame, répliqua Scaeva. J'espère donc que vous me pardonnerez mon honnêteté. Mais les efforts que vous avez déployés jusqu'à présent pour soumettre ma fille ne m'ont guère impressionné. Et si elle vient avec mon fils participer à votre massacre, je compte bien m'assurer que Lucius ne sera pas blessé. De *quelque* façon que ce soit.

— Vous pouvez nous faire confiance sur ce point, imperator. Mais pour ce qui est de votre fille ? » La Dame des Lames se pencha en avant sur son siège, riva ses yeux sur ceux de son interlocuteur. « Je sais que vous souhaitiez sa *capture*, Julius. Que vous vouliez en faire une arme, histoire de pouvoir nous écarter une bonne fois pour toutes – sans doute sommes-nous trop *chers* pour vous. » Scaeva leva la tête à cette remarque, et gratifia Drusilla d'un rictus carnassier. « Mais s'il y a bien une chose que démontre cet ouvrage, c'est que Mia est tout simplement trop dangereuse pour qu'on la laisse vivre. L'Église rouge continuera à servir votre imperium, comme nous l'avons toujours fait. Nous serons payés pour nos services, comme nous l'avons toujours été. Et Mia Corvere mourra. »

Scaeva se caressa le menton, sans quitter la chronique des yeux. La Dame des Lames voyait des rouages tourner derrière son regard. D'innombrables plans enchâssés, qui s'effilochaient pour mieux se recoudre.

Au bout du compte, cependant – et sans surprise –, l'imperator hocha la tête. « Mia Corvere mourra. »

Un léger coup à sa porte vint perturber le silence de sa chambre.

L'air naturellement renfrogné de Mercurio s'accentua encore ; il tira sur son cigarillo tout en levant des yeux irrités. Après avoir retiré de son nez ses lunettes à monture métallique, il reposa son livre en grommelant un juron d'anthologie. Dans le meilleur des cas, ça l'aurait contrarié d'avoir à interrompre sa lecture, *là* pourtant, il n'était plus qu'à deux chapitres de la fin du *Genou fléchi*. Le chroniqueur avait raison : la dimension politique ne cassait pas trois pattes à un canard, mais les passages coquins étaient vraiment de premier ordre – il ne lui restait plus que vingt-deux pages à dévorer, et à sa grande surprise il brûlait de découvrir si la jumelle diabolique de la Contessa Sofia allait vraiment épouser l'Archiduc Giorgio et…

Toc, toc.

« Quoi, putain de merde ? » grogna le vieillard.

Il entendit la clé tourner dans la serrure, et la porte s'ouvrit sans un bruit. Mercurio s'attendait à voir apparaître sur le seuil une de ces maudites Mains. Il était confiné dans sa chambre depuis la découverte de la troisième chronique, et les pauvres bougres qui le surveillaient s'ennuyaient à mourir désormais. Le jeune Dweymeri lui avait même demandé s'il voulait une tasse de thé la veille au soir. Sauf qu'en lieu et place d'un laquais désœuvré de l'Église rouge, le vieillard se retrouva face à la Dame des Lames en personne.

« Depuis quand est-ce que tu frappes ? grogna-t-il.

— Depuis que j'ai été informée de tes lectures en cours, répondit la vieille femme. Je préfère ne pas tomber sur une visite de Dona Paume et de ses cinq filles, si tu vois ce que je veux dire.

— Tu as toujours été d'une telle pruderie, 'Silla.

— Tu as toujours été un branleur, Mercurio. »

Il sourit malgré lui. « Qu'est-ce que tu fais ici ? »

Drusilla referma derrière elle sitôt entrée. Malgré sa salve initiale, l'expression qu'arborait son visage indiquait au vieillard qu'elle n'était pas venue ici pour échanger des plaisanteries. Elle s'assit sur son lit et il tourna sa chaise pour lui faire face, les coudes sur les genoux.

« Qu'est-ce qu'il y a, 'Silla ?

— Mia est morte. »

Il sentit aussitôt sa poitrine se serrer, comme comprimée par des bandes de fer. Une sourde douleur envahit son bras gauche, ses doigts le picotaient, et il eut l'impression que la pièce se mettait à tourner. « Q-quoi ? » parvint-il à bredouiller.

Drusilla fixa sur lui des yeux empreints d'une inquiétude manifeste. « … Ça va ?

— Bien sûr que *non* ! s'emporta-t-il. Elle est *morte* ?

— Mère noire, je ne parlais pas *littéralement*. Nous ne sommes pas encore passés à l'acte.

— Par les putains de dents de la Vorace. » Mercurio se massa le torse, grimaçant de douleur. Le soulagement qui l'avait submergé lui faisait l'effet d'une pluie de printemps. « J'ai failli avoir une putain de crise cardiaque !

— … Tu souhaites voir l'apothicaire ?

— Non, je ne veux pas voir ce putain d'apothicaire, espèce de salope teigneuse ! Tout ce que je veux, par les abîmes, c'est comprendre ce que tu baragouines !

— Scaeva a donné son accord pour l'exécution de Mia. Nous savons exactement quand et comment elle va pénétrer dans la Montagne. Son sort est scellé, il s'agit là d'une certitude. Je sais combien tu tiens à elle, et je voulais que tu l'apprennes de ma bouche.

— Tu voulais que je voie ta *jubilation*, grogna Mercurio, rien d'autre.

— Si tu crois que je prends plaisir à…

— Par les abîmes, *pourquoi* serais-tu venue ici, sinon ? » Il cligna des yeux, frotta son bras douloureux – des sueurs froides parcouraient son corps, désormais. « Bien *sûr* que tu y prends plaisir, 'Silla ! Ça a toujours été le cas ! Et ça ne changera jamais !

— Tu me connais par cœur, hein ?

— Oh que oui, je te connais, grogna Mercurio, qui referma dans une grimace les doigts de sa main gauche. Mieux que n'importe lequel des types qui sont passés dans ton lit a-avant comme après moi. Je t'ai vue à ton meilleur, tout comme j'ai assisté à ce que tu pouvais faire de pire. *Pourquoi* penses-tu que j'ai mis fin à notre histoire, à ton avis ? »

La vieille femme se gaussa – ses yeux bleus scintillaient. « Ça m'était égal il y a quarante ans, Mercurio. Et je m'en fiche encore plus désormais.

— Certains d'entre nous ont rejoint cet endroit parce qu'ils avaient la foi. Et d'autres parce que c'était tout ce qu'ils avaient. Mais toi ? » Nouvelle grimace : il se frictionna l'épaule. « Tu es venue ici parce que tu *aimais* ça. Tu a-adores faire souffrir, 'Silla. Tu as toujours été une salope sans cœ… » Il cligna des yeux, se remit tant bien que mal debout. « … sans cœ… »

Le vieil homme haleta, étreignit sa poitrine. D'un pas titubant, il alla s'adosser au mur, son livre tombant au sol dans le mouvement, tandis qu'un pichet de vin allait se briser par terre. Une grimace déforma son visage et il se remit à panteler, ses lèvres remuant comme s'il était incapable de parler.

Drusilla se leva à son tour, les yeux écarquillés. « … Mercurio ? »

Il tomba à genoux en bredouillant quelques mots incompréhensibles, ses deux mains collées contre son cœur par-dessus le tissu de sa robe. La Dame des Lames abattit un poing sur la porte tout en criant à perdre haleine. Les Mains firent irruption dans la pièce alors même que Mercurio s'écroulait tête la première sur la pierre, ses narines emplies de la puanteur du vin et de la pisse.

« Emmenez-le à l'apothicarium ! » leur ordonna Drusilla d'une voix sèche.

Mercurio sentit qu'on l'attrapait par la taille – après quoi, la Main dweymeri entreprit de le hisser sur une large épaule. Il se borna à gémir en réponse, en battant des paupières. Le vieillard perçut le rythme de pas précipités, entendit les aboiements de Drusilla par-dessus le chant perpétuel du chœur de l'Église. Par chance, il ne ressentait plus la moindre douleur. Une coulée de bave s'échappa de ses lèvres, et il poussa un nouveau grognement. Des couloirs plongés dans la pénombre, des escaliers en spirale… sa tête n'arrêtait pas de heurter le postérieur de la Main qui le portait. Drusilla ne cessait de secouer la tête derrière eux.

« Espèce de vieux fou stupide. »

Pour toute réponse, il lâcha un grognement, arrachant un soupir à la Dame des Lames.

« Voilà ce que ça t'apporte, d'avoir un cœur… »

CHAPITRE 31

Passé

Mercurio était resté aux mains des apothicaires.

Bien malgré elle, la Dame des Lames avait toujours un faible pour l'évêque de Sepulcra – sans doute se serait-elle attardée plus longtemps à son chevet si elle en avait eu la possibilité. Sauf qu'elle avait un massacre à superviser, malheureusement – et la sentimentalité n'avait qu'une efficacité toute relative pour contenir les marées du temps. Drusilla avait donc laissé son ancien amant endormi, gris et émacié, sa frêle poitrine se soulevant rapidement comme celle d'un oiseau blessé. D'un ton tout sauf amène, elle avait ordonné à l'apothicaire en chef de lui procurer les meilleurs soins possible, en agitant une de ses scies devant lui histoire de souligner la gravité de sa demande. Après quoi, Drusilla avait déposé un rapide baiser sur le front humide de Mercurio, pour ensuite partir assassiner la fille qu'il aimait comme son propre enfant.

Elle avait rassemblé ses ouailles autour d'elle, toutes de noir vêtues. Passé – par mesure de précaution – une ultime fois les préparatifs en revue. Le plan était établi, la voie libre. Ne restait plus désormais qu'à attendre l'arrivée des invités, et le *rouge* gala pourrait débuter.

Les assassins patientaient présentement dans la pénombre, les narines saturées de la puanteur du foin et des chameaux. Les écuries de l'Église rouge se déployaient en contrebas dans toute leur gloire fétide. Outre les portes extérieures qui donnaient sur les plaines ysiiri depuis le flanc de la Montagne, la pièce comportait deux autres sorties – des doubles ouvertures, percées en hauteur sur les murs est et ouest. Celles-ci menaient dans les entrailles de la Montagne, et on y accédait par des escaliers jumeaux le long desquels couraient de lourdes rampes en granit. Ils suivaient le mur extérieur de la pièce jusqu'à finalement se rejoindre, pour former une seule et large descente qui conduisait aux enclos des animaux et aux salles de stockage. Drusilla se tenait tapie dans les ombres à proximité de la porte supérieure ouest, de longs couteaux dissimulés dans ses manches, ses yeux bleus scintillant dans l'obscurité. À s'efforcer de chasser la moindre image de Mercurio de son esprit.

Scaeva était embusqué derrière elle, entouré de gardes du corps fin prêts à jouer de leurs lames. Sans surprise, l'imperator demeurait à proximité de la sortie – histoire de pouvoir retrouver la sécurité de la Montagne si d'aventure les choses tournaient mal, mais suffisamment près pour assister au massacre à venir. L'ombrevipère, enroulé autour des épaules de son maître, observait la scène de ses non-yeux.

Drusilla se demanda distraitement à quel point Scaeva maîtrisait ses sombres talents – dans quelle mesure il pourrait s'en servir dans un endroit tel que la Montagne, où la lumière des soleils ne brillait jamais. Pendant toutes ces années durant lesquelles les espions de l'Église l'avaient observé, il n'avait pas une seule fois fait étalage de son pouvoir ténébreux – la Dame n'avait donc aucune idée de ses véritables capacités. Sans la présence de son passager, jamais Drusilla n'aurait imaginé avoir affaire à un enténébré. Ces facteurs inconnus le rendaient dangereux. Presque autant que l'était devenue sa fille.

La différence étant, bien sûr, que la Dame des Lames ne se faisait pas *payer* par sa fille.

L'imperator lui inspirait de l'aversion, à dire vrai. Elle respectait son intelligence. Admirait sa cruauté. Mais Scaeva était trop ambitieux pour son propre bien. Trop avide de pouvoir. Et il aimait un peu trop le son de sa propre voix. Bien, bien trop vaniteux. Et, bien sûr, il avait du pouvoir sur Drusilla – ce qui la rendait d'autant plus antipathique.

Un pouvoir *sonnant et trébuchant*.

Elle trouvait stupéfiante l'emprise insidieuse qu'avait sur elle l'argent. Chez la vieillarde, l'amour de la richesse se confondait avec celui que lui inspirait sa familia. Ceux qui voyaient dans l'argent la racine de tout mal n'avaient jamais été témoins de l'enthousiasme qui emplissait les yeux de ses petits-fils le tour où elle leur avait acheté leurs premiers poneys, ni entendu sa fille pleurer de joie quand elle avait payé sans réfléchir la totalité de son mariage.

Quiconque prétendait que l'argent n'achète pas le bonheur n'en avait à l'évidence *jamais* eu.

Drusilla avait amassé une véritable fortune depuis qu'elle avait commencé à servir le Ministère. Et la majeure partie provenait des propres coffres de Scaeva. Mais le vrai problème de l'argent, c'était qu'on n'en avait jamais assez.

Peu importait la somme que vous possédiez, il vous en fallait apparemment sans cesse davantage. À ses yeux, Drusilla avait toujours besoin de Scaeva. Quand l'avenir de sa familia serait assuré, quand leur richesse les rendrait absolument inattaquables, peut-être pourrait-elle alors réévaluer sa relation avec le jeune imperator. Mais dans l'immédiat…

« N'oubliez pas, Drusilla, murmura Scaeva dans son dos, si un seul cheveu de Lucius venait à être touché, vos petits-fils en paieront le prix fort.

— Nous ne sommes pas tout à fait des débutants en matière de meurtre, Julius, rétorqua Drusilla – en prenant garde de ne rien laisser paraître de la colère froide qui l'avait envahie. N'ayez crainte.

— … *Pas son genre…* », siffla la vipère aux pieds de Scaeva, presque trop doucement pour être audible.

Greffier, dans les escaliers orientaux, était entouré de deux douzaines de ses Mains les plus chevronnées – toutes armées de lourdes arbalètes. Le Shahiid des Poches fixait de ses vieux yeux plissés l'entrée extérieure située en contrebas, une main sur la poignée de son épée en acier noir.

Tueuse-d'Araignées se tenait à l'affût au sommet de l'escalier central, en compagnie d'une demi-douzaine de Lames de l'Église. Corvere était tout simplement trop dangereuse pour qu'on puisse se permettre de la sous-estimer, et Drusilla avait rappelé leurs meilleurs éléments, les plus mortels, pour l'éliminer définitivement : Donatella de Liis, Haarold et Brynhildr de la chapelle de Château-Charogne – même Acteon le Noir avait été rappelé de Sepulcra. Solis attendait également parmi eux, tête inclinée, ses yeux aveugles roulant dans leurs orbites, une épée dans chaque main. C'était là une manœuvre dangereuse que de réunir ainsi la fine fleur de ses tueurs survivants. Mais, après l'échec de Dix-Mains à l'extérieur de Galante, la Dame des Lames ne pouvait plus prendre le moindre risque. Mia se jetait directement dans la gueule du loup, après tout.

C'eût été inapproprié de laisser des *chiots* l'accueillir.

Seule Aalea, qui demeurait aux côtés de Drusilla, semblait avoir des doutes. Ses yeux sombres étaient écarquillés ; un poignard luisait dans sa main. « Comment va Mercurio ? Est-ce que l'apothicaire a…

— Concentre-toi, Shahiid, chuchota Drusilla. Le sort de Mercurio ne te concerne pas. »

Aalea croisa alors son regard, lèvres pincées. « Il a fait montre de gentillesse à mon égard quand je n'étais qu'une simple disciple à la chapelle de Sepulcra, ma Dame. Si je…

— Silence, siffla Solis. Ils arrivent. »

Le ventre de Drusilla se remplit de papillons passablement bruyants. Elle baissa les yeux vers les écuries, entendit le bruit de la pierre. L'air se chargea de l'odeur caractéristique de la magik arkémique. Tueuse-d'Araignées grommela quelques mots incompréhensibles, les gardes de Scaeva regardèrent ébahis le mur extérieur se fissurer. Une légère brise vint caresser le visage de la Dame des Lames, une pluie de poussière et de cailloux accompagna la lente ouverture du flanc de la Montagne. D'un bout à l'autre de l'écurie comme dans les escaliers, des dizaines de Mains et de Lames s'étaient figées, enveloppées d'obscurité. Le chœur fantomatique se retrouva momentanément noyé par le bruit que produisaient les gigantesques portes en s'ouvrant, dans un concert de sifflements manciés.

Le chariot de Corvere était à l'extérieur. Les attendait la vue familière des écuries de l'Église rouge – un large rectangle tapissé de paille, avec de chaque côté des enclos truffés de chevaux au poil soyeux et de chameaux cracheurs, des chariots et des outils de charpentier, des balles de fourrage et de hautes piles de caisses d'approvisionnement. Sauf que dans les escaliers qui les surplombaient, tapie dans les ombres tout autour de la pièce, la mort rôdait avec une impatience fébrile.

Tout se passait exactement comme attendu.

Drusilla plissa les yeux, pour leur épargner l'aveuglante lumière des soleils. Les chameaux qui tiraient les chariots de Corvere pénétrèrent d'un pas lourd à l'intérieur, en reniflant à qui mieux mieux. La Dame des Lames vit une silhouette tête baissée vêtue d'une robe de Main sur le siège conducteur – ce garçon dweymeri à moitié mort, aux épaules larges. Et il y en avait d'autres sous les toiles des véhicules. Elle savait, suite à sa lecture des *Chroniques de Nevernight*, que Corvere se trouvait dans le chariot du milieu en compagnie de Järnheim et du gamin de Scaeva. Sans la présence du garçon, l'affaire aurait été bien plus simple.

Mais bon, ce n'était pas précisément le premier meurtre de la Dame des Lames…

Drusilla se tourna vers Tueuse-d'Araignées, haussa un sourcil interrogateur. La Shahiid des Vérités hocha la tête en réponse – un geste froid, *assuré*.

Les chameaux qui tiraient le chariot s'arrêtèrent lentement.

Et sur un ordre à peine chuchoté, les Lames ici réunies passèrent à l'action.

Des globes blancs. Petits et sphériques. Des dizaines, peut-être des centaines – telle une tempête de neige scintillant à la lumière des soleils –, qui chutèrent simultanément en direction des écuries en contrebas. De grands nuages blancs s'en échappaient sitôt qu'ils éclataient. En un clin d'œil, un dense brouillard de pâmoise avait rempli les niveaux inférieurs, plongeant dans le sommeil quiconque le respirait. Des gémissements étranglés parvenaient aux oreilles de Drusilla, mêlés aux bruits sourds que produisaient les chameaux assommés en heurtant la pierre, ainsi qu'au doux murmure de l'épais nuage occupé à se déposer par terre.

Et puis elle n'entendit plus rien du tout.

Lames et Shahiids se tournèrent alors vers elle. La vieillarde garda un long moment le silence, à scruter les pâles miasmes – sans y voir le moindre signe de mouvement, de *danger*. Jusqu'à ce que la Dame des Lames se décide enfin à hocher brièvement la tête.

Les meilleurs assassins de l'Église rouge enfilèrent des masques de cuir, Tueuse-d'Araignées les aidant ensuite à les attacher derrière leur crâne. Ces protections avaient été conçues par la Shahiid des Vérités en personne : elles étaient munies de petits carreaux de verre pour garantir à leurs porteurs une visibilité suffisante, et des embouts en laiton filtraient l'air qu'ils respiraient. Sitôt leurs masques en place, les Lames de l'Église s'engouffrèrent dans le brouillard empoisonné. Acteon le Noir était aussi silencieux que de la fumée ; Donatella de Liis aussi affûtée que les lames qu'elle brandissait. Solis attendait au sommet de l'escalier central, épées tirées. Aalea, postée auprès de Drusilla, semblait tout simplement avoir cessé de respirer.

Le vent en provenance de la vallée était en train de disperser la pâmoise, qui recouvrait peu à peu le flanc de la Montagne. À travers le voile de moins en moins dense, Drusilla regardait les assassins descendre prudemment les escaliers en direction du sol de l'écurie. Comme le Défunt dweymeri risquait d'être immunisé contre les effets de la pâmoise, Greffier et son petit groupe de Mains avaient encoché des carreaux enflammés sur leurs arbalètes, prêts à transpercer le Sans-Âtre. Peine perdue : à travers le brouillard qui allait s'amenuisant, la Dame des Lames parvenait à distinguer une silhouette affaissée, parfaitement immobile, sur le siège conducteur du chariot.

« Commencez par mettre le fils de l'imperator en sécurité ! leur lança Drusilla. Puis supprimez les autres.

— Amenez-moi mon garçon ! » s'écria Scaeva.

Acteon le Noir acquiesça d'un petit geste, puis fit signe aux autres Lames de se déployer autour du chariot central. Solis plissa ses yeux aveugles, les Mains postées en hauteur se préparèrent à actionner leurs arbalètes, et Donatella de Liis entreprit de couper les cordes qui arrimaient la toile au plateau du chariot. Retenant son souffle, Drusilla regarda la Lame se saisir du tissu et le tirer d'un coup sec.

La Dame des Lames sourcilla. Elle voyait des silhouettes vêtues de robes de Mains à l'intérieur du véhicule. Sauf qu'au lieu d'être effondrées par terre, toutes demeuraient obstinément assises. Et plus étrange encore, Drusilla repéra un gros tonneau au beau milieu du plateau du chariot. En chêne épais, aussi vieux que lourd, parsemé de taches de sel. Avec d'épais caractères *brûlés* dans le bois.

Haarold retira la capuche d'un des occupants, révélant ainsi un corps rempli de paille. Il poussa un juron.

Drusilla plissa les yeux pour distinguer les mots inscrits sur le tonneau.

Si vous l'avez trouvé,
veuillez le rendre à Nuage Corleone.
Si vous l'avez volé... bien joué, cher ami.

Son ventre dégringola dans ses bottes.

… du sel d'arkémiste.

« Recu… »

L'explosion dévora les écuries comme un ouragan de flammes bleues crépitantes. Le souffle assourdissant propulsa Drusilla en arrière et fit tituber les gardes de Scaeva. Tout en se protégeant les yeux de la chaleur, la Dame des Lames regarda le chariot, Acteon, Donatella, les meilleures Lames restantes de l'Église rouge finir incinérés. Solis fut projeté contre le mur, en sang, la peau brûlée. Une Tueuse-d'Araignées tout sauf ravie tomba à genoux en lâchant un juron d'anthologie. Des cendres rougeoyantes dansaient dans l'air ambiant envahi de fumée. La déflagration résonna d'un bout à l'autre des lieux, laissant les hommes d'Église rassemblés là hébétés, aveuglés, *stupéfaits*.

« Par les putains de dents de la Vorace ! » s'exclama Greffier entre deux quintes de toux.

Drusilla entendait Scaeva haleter derrière elle. Elle se tourna vers l'imperator, pour découvrir qu'il avait les yeux écarquillés. Son ombrevipère, enroulée autour de ses épaules, léchait la fumée étouffante de sa langue translucide.

« … Elle est ici… », dit-elle.

Drusilla revint aussitôt aux écuries, juste à temps pour voir l'air frissonner d'une non-lumière noire vacillante. Une ombre taillée en forme de loup se matérialisa à mi-chemin de l'escalier oriental et se mit à rugir tels les vents de l'Abîme. Sous les yeux stupéfaits de la Dame des Lames, une silhouette sombre *s'extirpa* de la passagère, pour atterrir accroupie au milieu de ses Mains sidérées, juste à côté du Shahiid des Poches. Et se redresser dans la pluie de braise et la fumée noire, armée d'une pâle épée longue.

« Mia… »

La lame de la jeune femme entra en contact avec le cou de Greffier, l'ossacré sectionnant net la chair, les tendons et les os. La tête du Shahiid se détacha de ses épaules, ses vieux yeux écarquillés de surprise, pour ensuite chuter en direction des écuries calcinées en contrebas. Mia rattrapa l'épée en acier noir ysiiri de Greffier au moment où elle échappait à ses doigts désormais sans vie, puis gratifia sa poitrine d'un coup de botte féroce qui l'envoya valser par-dessus la rambarde, à la poursuite de son couvre-chef. Et, une lame dans chaque main, virevoltant de l'une à l'autre tel un horrible colibri ensanglanté, elle entreprit de massacrer quiconque était armé d'une arbalète.

« Mère noire… », chuchota Drusilla.

Aalea lâcha un juron d'anthologie. Un hurlement leur parvint de l'entrée de la Montagne, et à travers la fumée la Dame des Lames vit une poignée de silhouettes pénétrer dans les écuries depuis les contreforts. Des chiffons trempés protégeaient leur bouche et leur nez des effets de la pâmoise, et elles avaient des épées dégainées à la main. Sa lecture des chroniques lui permit de toutes les reconnaître – Sidonius l'Itreyen, Charmeuse-de-Lames la Dweymeri, le garçon Sans-Âtre, Tric, et cette salope perfide d'Ashlinn Järnheim. Cet abruti de Boucher et cette traîtresse de Naev encadraient le fils de Scaeva à l'arrière.

Mais, sur les marches de l'escalier oriental, Mia était en train de se frayer à coups de lame un chemin à travers les Mains de Drusilla, histoire de dégager un passage à l'intention de ses camarades. La jeune femme ne cessait d'apparaître et de disparaître, tel quelque spectre au beau milieu d'une nuit d'été. Quand un couteau empoisonné vola en direction de sa poitrine, elle se borna à s'évaporer – la lame plongeant dans le ventre d'une autre Main qui s'effondra aussitôt, morte.

Mia arpenta ensuite les ombres pour réapparaître derrière le lanceur et lui régler son compte. Elle taillada les jambes d'un autre adversaire, qui s'écroula sur la pierre dans une gerbe écarlate, esquiva une botte d'un pas de côté pour aussitôt sectionner les bras de l'épéiste au niveau des coudes. Et tout cela sans *jamais* quitter des yeux Drusilla et l'imperator posté derrière elle. Son visage était maculé de rouge. Ses yeux aussi froids que vides. Comme si tout ce sang, tout ce carnage, tous ces morts, n'étaient qu'un simple prélude aux meurtres à venir.

Et Drusilla savait pertinemment *qui* ceux-ci allaient concerner.

Seuls des cadavres jonchaient désormais les escaliers orientaux – et la jeune femme se retrouva sans crier gare sur les marches que surplombait la Dame des Lames. Ses camarades montaient quatre à quatre les escaliers derrière elle, en direction d'un Solis toujours aussi sonné ; sans même s'arrêter devant lui, Sidonius et Charmeuse-de-Lames s'empressèrent d'aller franchir la porte orientale. Mia pointa quant à elle sa lame ensanglantée vers le visage de Scaeva.

« Père ! » rugit-elle.

D'un coup d'œil par-dessus son épaule, Drusilla vit l'imperator blêmir. Ses yeux passaient de son enténébrée de fille à son fils unique, dont la silhouette se découpait sur l'entrée de la Montagne. Mia enfonça son épée longue dans le ventre d'une autre Main, qui passa par-dessus la balustrade dans un enchevêtrement d'entrailles. Elle commença à monter d'un pas raide les escaliers, s'écarta légèrement pour pourfendre une autre Main sans même un regard. Les lèvres retroussées. Les yeux obstinément fixés sur Scaeva.

« Corvere ! »

Le hurlement résonna d'un bout à l'autre des écuries. Derrière elle, en bas des escaliers, le Vénéré Père se releva de l'endroit où l'explosion l'avait fait tomber. Ses protections de cuir se consumaient lentement, le peu de barbe qui avait survécu à la bombe pierre-tombale de Järnheim à Sepulcra avait complètement disparu. Ses yeux aveugles brûlants de rage, il pointa ses épées en direction du Défunt et de Järnheim de manière à les tenir à distance.

« Corvere ! hurla-t-il de plus belle. Affronte-moi ! »

La jeune femme ne daigna même pas se retourner. Laissant volontiers ses camarades s'occuper de Solis, elle continua à gravir l'escalier occidental, son regard noir rivé à celui de son père. Ses gladiatii se déployaient déjà à l'intérieur de la Montagne, le Défunt et Järnheim encerclant le Vénéré Père, se préparant à lui régler son compte avant de rejoindre Sidonius et Charmeuse-de-Lames au sommet de l'escalier oriental – d'où il leur serait possible de se répandre dans le cœur labyrinthique de l'Église, d'atteindre les appartements de l'orateur par l'un des douze chemins qui y menaient, et de bloquer l'accès à la porte de Marius.

Des ombres voletant autour de ses épaules telles des ailes sombres, Mia poursuivait sa progression, l'ombrelouve tous crocs dehors sur ses talons. Seules Drusilla, Aalea et Tueuse-d'Araignées s'interposaient entre la fille et son père désormais. La Shahiid des Vérités tira de sa ceinture dorée deux couteaux incurvés recouverts de poison. La Dame des Lames glissa ses mains dans ses manches, referma ses vieux doigts sur les poignards qu'elle y dissimulait. Sauf qu'Aalea se mit alors à parler, tout doucement, sa langue plus affûtée que n'importe quelle arme de leur arsenal :

« C'est Solis qui a tué Darius, Mia. »

Les yeux noirs de l'enténébrée passèrent plusieurs fois de son père à la Shahiid des Masques. Ses pas se firent hésitants, sa mâchoire se crispa. Drusilla sentit son ventre frémir en voyant les paroles d'Aalea s'insinuer jusqu'au cœur de Corvere. La jeune femme revint finalement à Solis, en infériorité numérique sur les marches de l'escalier.

« C'est *lui* qui a capturé le Faiseur de roi et Antonius dans leur campement, chuchota Aalea. C'est à cause de *lui* qu'ils ont fini par danser au bout d'une corde à la grande joie de la foule. C'était *Solis*, Mia. »

Les paupières de l'enténébrée se plissèrent. Solis se déchaînait contre Tric et Ashlinn, les tenant tous deux à distance. Scaeva battait lentement en retraite dans les escaliers, entouré de ses hommes. L'imperator était presque assez proche pour qu'elle puisse le toucher. Quelques dizaines d'hommes à peine la séparaient de sa cible. Mais ce n'était pas pour rien que l'Église rouge avait désigné Aalea Shahiid des Masques – et cela n'avait rien à voir avec son savoir-faire au lit. Même en cet instant, alors même que Corvere avait sa cible en vue, Aalea savait précisément quoi dire pour la manipuler, la séduire, la faire vaciller. Ne fût-ce que pour un instant.

Pour un souffle.

« Affronte-moi, espèce de petite couarde ! rugit Solis.

— Il a tué l'homme que tu appelais Père, Mia », chuchota Aalea.

Les doigts de la jeune femme se resserrèrent sur sa lame. Sa proie ne se trouvait qu'à un battement de cœur. N'empêche : Drusilla voyait encore en elle ce sale caractère qui faisait sa réputation, la *rage* qui avait permis à cette fille de tenir au-delà de toutes les limites normales de l'endurance, d'affronter tous ceux qui se mettaient sur son chemin. Imaginait l'étincelle se transformer en flamme vorace à l'intérieur de sa poitrine.

Avec la présence dans son ombre de la louve de Cassius, Mia n'avait pas peur d'échouer, après tout.

Elle n'avait pas peur *du tout*.

Que signifiaient dès lors quelques instants supplémentaires ?

Mia jeta un regard à Drusilla, ses yeux brillant d'une promesse inexprimée. Et dans un grognement, elle se tourna vers le Vénéré Père, qui attendait patiemment la suite. « Fils de chien, cracha-t-elle.

— Mia, ne… » Järnheim leva sa lame en direction du visage de Solis. « Laisse-moi m'en charger.

— C'EST *MOI* QUI VAIS M'EN OCCUPER, dit Tric.

— Non. » Corvere entama sa descente, sans cesser de fixer le Shahiid. « Ce salopard *est à moi.* »

Drusilla fit un pas en arrière. Puis un autre. Elle savait Solis capable de lui régler son compte. C'était un grand maître, après tout. La Dame des Lames pouvait entendre les cloches de l'Église carillonner – une alarme appelant toutes leurs Mains encore en vie et leurs disciples à venir se battre. Sauf que Greffier était déjà mort, de même que la fine fleur des assassins présents dans la Montagne. Corvere venait de massacrer quelques dizaines de fidèles sans récolter la moindre égratignure. Et à dire vrai, même si Drusilla était la tueuse la plus accomplie de l'Église rouge, ses meilleurs tours en la matière remontaient à une petite éternité.

Des bruits de pas dans son dos. Elle se retourna, pour voir le garde de Scaeva pénétrer dans la Montagne par la porte – égal à lui-même, l'imperator avait abandonné son fils unique dès que sa propre peau s'était retrouvée en danger. Et en ces lieux, là où jamais les soleils ne brillaient, la Dame des Lames n'allait *certainement* pas le laisser affronter seul sa fille meurtrière.

Et donc, tout comme Scaeva, Drusilla fit volte-face et prit la fuite.

CHAPITRE 32

Être

La cendre avait un goût de bénédiction.

Mia se tenait dans l'escalier, à écouter s'éloigner les pas de Drusilla au son du carillon des cloches de l'Église. Un mélange de viande carbonisée, de sang, d'entrailles et de merde lui emplissait les narines – l'ensemble formant un doux parfum. La fumée lui brûlait les yeux, un sang humide lui maculait la peau, et Scaeva arpentait déjà les entrailles de la Montagne. N'importe quelle fille normale aurait sans doute appréhendé qu'il parvienne à s'échapper, à ce moment-là. Que tous ses efforts n'aient servi à rien. Pas cette fille-*là*.

Qu'est-ce qui différencie le courage de la stupidité ?

Qui seriez-vous, comment agiriez-vous, chers amis, si vous étiez *vraiment* sans peur ?

Mia se tourna vers Tric et Ashlinn, ses yeux sombres flamboyants. « Allez aider Sid et Charmeuse, leur ordonna-t-elle. Tenez-vous-en au plan. Rejoignez les appartements de l'orateur et empêchez quiconque d'y entrer. »

Ash jeta un coup d'œil à Solis. « Mia, est-ce que t...

— On n'a pas le temps de débattre, *allez*-y ! »

La Vaanienne et le Sans-Âtre échangèrent un regard ; tout les opposait, à part l'amour que l'enténébrée leur inspirait. Celle-ci voyait de la peur dans leurs yeux – une peur qu'elle ne pouvait tout simplement pas ressentir avec Éclipse dans son ombre. Mais ils finirent néanmoins par obéir, Ashlinn filant dans les escaliers, Tric sur ses talons, pour tenter de rattraper Sid et Charmeuse-de-Lames. Naev était en train d'éteindre les feux que l'explosion avait allumés. Boucher surveillait quant à lui son frère.

Mia, pour sa part, n'avait d'yeux que pour le Vénéré Père.

Ses épées, rouges de sang, pesaient lourd entre ses mains. Elle descendit de deux marches dans sa direction – les yeux aveugles de Solis fixaient obstinément le plafond. Le souffle de l'explosion avait roussi sa peau, mais ça ne l'empêchait nullement de tenir fermement ses lames. Ses muscles luisaient, ses épaules étaient larges comme des ponts, ses biceps aussi gros que sa tête. Ses lèvres s'étirèrent dédaigneusement lorsqu'il se mit à parler :

« Ainsi donc tu *as* le courage de m'affronter, finalement. J'avoue que je ne m'y attendais plus. »

Mia jeta un regard en direction de son frère, posté un peu plus loin dans les escaliers. « Je pourrais vous tuer sur-le-champ, Solis, se borna-t-elle à rétorquer. Je pourrais ordonner aux ombres de vous démembrer, un bras, puis un autre, ensuite vos jambes, sans même que nos épées n'aient besoin d'entrer en contact. » L'enténébrée s'approcha encore, brandit une lame dégoulinante. « Sauf que je *veux* croiser le fer avec vous. Parce que la première fois que nous nous sommes battus, je n'étais qu'une novice. Et quand nous nous sommes affrontés à Sepulcra, je n'étais pas au mieux de ma forme. Mais là tout de suite ? Pas d'ombres. Aucun tour de passe-passe. Lame contre Lame. Vous avez participé au meurtre d'un homme que j'aimais comme un père. Et je vais vous tuer pour ça, espèce de fils de pute. »

Et elle chargea, le privant au passage de la possibilité de rétorquer quoi que ce fût. Sa lame était du mercure pâle, sa silhouette aveuglante. Solis s'écarta, riposta – son arme sifflant à quelques centimètres à peine de la gorge de Mia. Qui tournoya sur elle-même, faisant s'envoler ses longs cheveux noirs dans son dos, avant de pointer sa lame en direction du ventre de son ennemi. Éclipse virevoltait autour d'eux, *entre* eux, sans cesser de grogner. Et là, sur les marches ensanglantées de l'Église rouge, se joua le moment de vérité tant attendu.

La plupart des combats à mort se terminent en quelques instants, chers amis. C'est là un fait peu connu – surtout chez ceux qui parmi vous adorent lire des articles sur les duels à l'épée, plutôt que de se *battre* réellement à l'épée. En vérité, cependant, il suffit d'une seule erreur pour que sonne votre glas lorsque quelqu'un tente de vous frapper avec un long morceau de métal aiguisé.

Mia savait que Solis ne l'avait jamais respectée en tant que disciple, Lame ou même en tant qu'adversaire. Avec Éclipse à ses côtés, elle n'avait peur de rien. Aussi agile que musclée, dure comme l'acier, Mia Corvere incarnait pleinement en cet instant la championne qui avait remporté le *Venatus Magni*. Mais Solis était plus imposant qu'elle. Il avait une allonge plus grande, bien plus d'expériences, et sa ceinture d'yeux lui permettait de voir arriver ses coups à travers cette pluie tourbillonnante de braises et de fumée. Mia n'était encore qu'une enfant lorsqu'il avait tué des centaines de personnes à mains nues pour échapper à la Pierre philosophale. Il pouvait se targuer d'être depuis bien longtemps le plus grand épéiste de la congrégation de l'Église rouge. De toutes les manières imaginables, il s'estimait *meilleur* qu'elle.

« Espèce de moins que rien », grogna-t-il tout en parant sa frappe. Sa violente contre-attaque manqua tout juste de décapiter Mia. « De gamine pathétique », cracha-t-il, la forçant à battre en retraite.

La jeune femme *dansa* en arrière, glissant presque sur le sol ensanglanté dans le mouvement. Elle parvint à dévier la lame de son adversaire, et repartit à l'assaut. Esquive. Frappe. Parade. Fente. Son rythme cardiaque ne tarda pas à accélérer, de la sueur lui brûlait les yeux. Les lames jumelles de Solis sifflaient dans l'air en y formant des motifs hypnotiques. Une fente parfaite du Shahiid faillit lui ouvrir en deux la cage thoracique. Un second coup ne passa pas loin de lui arracher son arme de la main.

« Mia ! lui lança alors Jonnen d'un peu plus bas, d'une voix ruisselante de peur.

— … ATTENTION, MIA… », grogna Éclipse à ses pieds.

L'enténébrée haletait ; un sourire se forma sur les lèvres de Solis.

« Tu me déçois, gamine », dit-il.

Alors même qu'elle repoussait tant bien que mal un nouveau coup, Mia commença à prendre conscience du potentiel véritable de son ennemi. Sa propre rage, sa vitesse, comptaient peu dans une telle confrontation. Les bras du Shahiid étaient aussi épais que ses cuisses. Ses mains pareilles à des assiettes. Cet homme était une montagne de muscles, il faisait le double de sa taille, le double de son poids ; un seul coup de sa part, une seule erreur, et il en serait fini de la jeune femme.

Il lui fallait donc le tuer en premier.

Mia esquiva un nouveau coup de Solis, bondit dans les airs, rebondit sur la rampe de l'escalier – et alors qu'elle était en plein vol, sa lame s'éleva au-dessus de sa tête. C'était un mouvement impressionnant, dans lequel elle mettait toute sa force, toute sa fureur. Un mouvement qui n'aurait pas manqué de lui valoir des cris enthousiastes de la part de n'importe quel public. Mais c'était également un mouvement de novice. Un mouvement d'arène tape-à-l'œil, clinquant. Le mouvement d'un combattant pressé d'en finir, persuadé d'avoir face à lui un adversaire supérieur. Et Solis le savait. Parce qu'au bout du compte, Mia n'était qu'une moins que rien. Une gamine pathétique. Une *fille*. Et il était tout simplement plus fort qu'elle.

Par chance, on ne pouvait pas en dire autant de ses lames.

Les épées de Solis étaient en acier liisien, voyez-vous. Le métal avait été plié une centaine de fois, aiguisé jusqu'à obtenir un tranchant assez affûté pour couper la lumière des soleils. Mais la lame de Mia avait jadis appartenu à Darius Corvere, l'homme au meurtre duquel le Vénéré Père avait participé. Son manche avait été façonné de manière à représenter un corbeau en vol, l'emblème de la familia que Solis avait aidé à détruire. Et elle était faite d'ossacré, chers amis. Plus acéré que l'obsidienne. Plus résistant que l'acier.

Et sous-estimer cette lame, ainsi que celle qui la maniait, fut l'erreur de Solis.

Les lèvres du Shahiid se retroussèrent. Il leva une épée pour parer le coup de Mia, tout en préparant la seconde à lui fendre le ventre d'un coup de taille. Leurs armes s'entrechoquèrent, tranchant contre tranchant. De l'ossacré contre de l'acier plié de Liis. Et ce fut l'ossacré qui l'emporta.

L'épée de Mia brisa littéralement en deux celle de Solis, dans une pyrotechnie d'étincelles. Son coup porta, pénétrant dans l'épaule du colosse jusqu'à sa poitrine. Solis poussa un hurlement, sa propre lame passant bien loin de sa cible.

« Moins que rien », grogna Mia.

Elle fit descendre sa lame à travers les côtes de son adversaire, libérant dans le mouvement une marée de sang rouge vif.

« Gamine pathétique », cracha-t-elle.

L'enténébrée tourna sur place et lui ouvrit le ventre.

Sourit. *« Fille. »*

Les entrailles de Solis se répandirent par terre. Ses yeux aveugles s'écarquillèrent.

« Mais c'est quand même *moi* qui vous ai battu. »

Elle gratifia sa poitrine d'un coup de pied qui l'envoya valdinguer en arrière ; glissant sur son propre sang, il alla violemment percuter le mur. Tout en essayant de retenir ses entrailles crevées, Solis essaya de se redresser. De parler. De respirer. En vain : au bout du compte, le Vénéré Père lâcha un gargouillis écarlate et s'effondra au sol, mort.

« Dans son cul ! beugla Boucher de là où il se trouvait, les bras en l'air. CORNEEIILLE ! »

Mia s'accroupit sur la pierre ensanglantée, se stabilisa d'une main posée par terre. Elle déglutit, s'efforça de reprendre son souffle tout en écartant ses cheveux de ses yeux. Pour ensuite se tourner vers le gladiatii, vers Naev, et les gratifier tant bien que mal d'un semblant de sourire.

« Elle va bien ? lui lança Naev.

— Ouaip, parvint à lui répondre l'enténébrée. Mais ma tâche n'est qu'à moitié achevée. Prenez bien soin de lui, d'accord ? »

Naev se tourna vers Jonnen, puis opina du chef. « Jusqu'à la mort.

— N'aie crainte, Petite Corneille, ajouta Boucher.

— Éclipse, articula non sans mal Mia, je veux que tu restes ici toi aussi. Pour veiller sur mon frère.

— ... COMME IL TE PLAIRA... », grogna-t-elle.

La démone se détacha de son ombre, pour se matérialiser sous ses yeux sur les marches maculées de sang. Mia la toisa de haut en bas, peinant toujours à respirer.

« ... Tu ne comptes pas me dire que je vais avoir besoin de toi quand je lui ferai face ? »

L'ombrelouve fixa Mia de ses non-yeux ; ses oreilles tressautaient.

« ... *TU N'AURAS* PAS *BESOIN DE MOI. TU AS UN CŒUR DE LION*...

— Tu te répètes, dis donc. » La jeune femme parvint à afficher un rictus fatigué. « Mais j'ai le cœur d'un corbeau, Éclipse. Noir et racorni, tu te souviens ? »

La démone s'approcha, frotta son museau contre les joues de l'enténébrée.

« ... *TU VERRAS À QUEL POINT CECI EST UN MENSONGE AVANT LA FIN*... »

La fourrure de l'ombrelouve était comme un murmure contre sa peau. Mia pouvait presque la sentir, aussi douce que du velours, fraîche comme la nuit. Un frisson la parcourut, sans que cela ne vienne perturber son sourire.

« ... *VA RETROUVER TON PÈRE, MIA*... »

La jeune femme hocha la tête. Et le visage grimaçant, elle se hissa sur ses pieds.

« Mia ? » lui lança son frère d'une voix hésitante.

Mais elle était déjà partie.

Drusilla courait.

Aalea se hâtait à ses côtés, en soutenant sa dame d'un bras. Tueuse-d'Araignées les suivait plus lentement, à l'évidence déchirée entre son désir de vengeance et la préservation de sa propre peau. Mais Drusilla savait que les compagnons de

Corvere allaient s'enfoncer plus profondément encore dans les entrailles de la Montagne, guidés par cette salope perfide de Järnheim – s'ils atteignaient Marius avant elle, son seul espoir de s'échapper disparaîtrait. Aussi la Dame des Lames s'était-elle retrouvée à courir dans l'obscurité tortueuse, du mieux que le lui permettaient ses vieilles jambes.

« Où… allons-nous ? demanda une Aalea à bout de souffle.

— Voir l'orateur, répliqua la dame.

— On prend la fuite ? s'enquit Tueuse-d'Araignées.

— On reste en *vie* », cracha Drusilla.

Elle entendait Scaeva et ses gardes un peu devant, occupés à se mouvoir en hâte dans les escaliers tortueux. Des Mains loyales passèrent rapidement devant le petit groupe – elles redescendaient en direction des écuries, armées d'arcs et de lames. Les suivaient des disciples débutants – la dernière promotion des recrues de l'Église, censées constituer la deuxième ligne de défense – qui hurlaient à la Dame des Lames de fuir, de *fuir*.

Le chœur de l'Église semblait comme chanter plus fort, d'un timbre empreint d'un soupçon d'urgence. N'ayant pas l'habitude de courir, Drusilla haletait, la bouche aussi sèche que de vieux ossements.

Comment en est-on arrivé là ?

La Dame des Lames avait perdu Scaeva de vue, désormais, mais elle savait pertinemment que l'imperator se dirigeait lui aussi vers les appartements de Marius. Cherchant à fuir par le seul moyen encore à sa disposition, et à laisser cet abattoir derrière lui.

Rien de tout ceci n'a de sens.

Drusilla avait lu les *Chroniques de Nevernight* de la première à la dernière page. Elle n'avait rien laissé au hasard. Corvere et ses camarades auraient dû être pris complètement au dépourvu – l'ouvrage ne mentionnait nulle part que la jeune femme transportait un tonneau de sel d'arkémiste dans son chariot, ou soupçonnait un quelconque piège.

Depuis que Drusilla avait découvert le rôle qu'ils jouaient dans le complot, Marius et Marielle n'étaient plus en mesure de contacter Mia pour l'avertir de quoi que ce soit. Quant à Mercurio et Aelius, ils n'avaient ni plus ni moins aucun *moyen* de lui parler. Comment, par la Mère, Corvere avait-elle découvert que la Dame des Lames comptait lui tendre une embuscade ? Si la chronique était bel et bien l'histoire de sa vie, et le troisième tome celle de sa *mort*…

Le chant de l'acier contre l'acier lui parvenait de plus loin, désormais – les gladiatii de Corvere engagés dans une danse mortelle avec les défenseurs de la Montagne. Elle pouvait entendre Järnheim crier. Sidonius aboyer des ordres. Le cœur de la vieille femme *martelait* littéralement ses côtes. Son souffle lui brûlait la poitrine. Aalea la soutenait de son mieux – la Dame des Lames sentait ses longs cheveux noirs collés à sa peau en sueur. Tueuse-d'Araignées ne cessait de perdre du terrain sur elles. Drusilla avait complètement perdu de vue les hommes de Scaeva. Ses genoux lui faisaient un mal de chien. Ses vieux os craquaient à chacun de ses pas.

Elle était trop vieille pour tout ça, s'avisa-t-elle alors. Trop fatiguée. Toutes ces années à servir la Mère pour en arriver là : cheffe d'une Église qui se désagrégeait autour d'elle, d'un Ministère mis en lambeaux. Tous ces complots, tous ces meurtres, toutes ces pièces… Et c'était ainsi que ça se terminait ? Sous la lame d'un monstre qu'elle avait elle-même créé ?

Elles atteignirent enfin la salle des Oraisons funèbres, dominée par la statue de Niah. Le sol sous leurs pieds, gravé d'innombrables noms. Des tombes anonymes tout autour.

Le tintement de l'acier se rapprochait de plus en plus, tout comme les cris de douleur. Drusilla se rendit alors compte que Tueuse-d'Araignées les avait abandonnées quelque part dans l'obscurité. Qu'elle et Aalea se retrouvaient seules, désormais.

Presque.

« Je pensais bien que tu te pointerais dans le coin. »

Drusilla fit aussitôt halte, forçant au passage Aalea à l'imiter. Mercurio se tenait devant elles, vêtu de ses robes sombres, leur barrant la route. Une douce pitié emplissait ses yeux bleus. Il tenait dans sa main droite une scie d'apothicaire, rouge de sang.

« Tu as toujours été une créature d'habitudes, 'Silla.

— Toi…, haleta Drusilla.

— Moi, répliqua le vieillard.

— Mais ton cœur… »

Un sourire triste aux lèvres, Mercurio tapota sa poitrine osseuse. « Je suis un excellent menteur. Pas tout à fait aussi doué que toi, j'en ai peur. Mais bon, qui pourrait se targuer d'un tel exploit ?

— C'est *toi* le responsable », comprit-elle alors.

Mais le vieil homme secoua lentement la tête. « Il m'est malheureusement impossible de m'attribuer autant de mérite. Qui revient essentiellement à Aelius, pour tout te dire. C'est lui qui a eu l'idée de la troisième chronique. Il ne m'a fait part de ses intentions qu'*après* l'avoir écrite. »

Le cœur de Drusilla s'enfonça dans sa poitrine flétrie.

Aelius tira longuement sur son cigarillo ; ses doigts étaient tachés d'encre, des braises scintillaient dans ses yeux.

« Il ne faut jamais faire chier un bibliothécaire, gamine. Nous connaissons le pouvoir des mots. »

Ses doigts tachés *d'encre*…

« On ne trouve rien ici qui n'est censé *l'être. »*

Ô Déesse…

Ô, par la Mère, comment avait-elle pu être aussi aveugle ?

Tout s'était passé exactement comme c'était *censé* se dérouler.

Comme *il* voulait que ça se déroule.

Ce vieux fils de pute perfide…

« Laisse-nous passer, Mercurio, siffla la Dame des Lames.

— Tu *sais* que je ne peux pas faire ça, 'Silla. »

Drusilla sortit de sa manche une de ses lames empoisonnées. « Il ne te reste donc plus qu'à *mourir*. »

L'évêque de Sepulcra campa sur ses positions, se bornant à fixer son ex-maîtresse, la scie ensanglantée dans sa main. Une étrange tristesse envahit ses yeux lorsqu'il lança un regard par-dessus son épaule. « Ce n'est pas de moi que tu dois te soucier. »

La Dame des Lames grinça des dents, son cœur battant à tout rompre. Elle pensa à sa fille, à son fils, à ses petits-enfants. Ses yeux bleus s'écarquillèrent de peur. « S'il te plaît », murmura-t-elle.

Mercurio se borna à secouer la tête. « Je suis désolé, mon amour. »

Elle entendit Ashlinn Järnheim et le Défunt dweymeri pénétrer à l'intérieur de la salle dans son dos. Derrière eux se trouvaient les gladiatii de Corvere – Sidonius, équipé d'une flamboyante épée en acier igné, ainsi qu'une Charmeuse-de-Lames hors d'haleine. Le quatuor était maculé de cramoisi ; le sang des fidèles de l'Église dégoulinait de leurs lames. L'œuvre d'une vie, totalement réduite à néant.

Le vieil homme leva les yeux vers la Déesse qui les surplombait, poussa un soupir. « Je ne sais trop ce qu'elle compte te faire, 'Silla. Je ne suis pas sûr qu'il reste en elle beaucoup de rage. Mais si j'étais toi, je poserais quand même ce pic à cochons empoisonné et je me préparerais d'ores et déjà à me jeter aux pieds de Mia. »

Drusilla se tourna vers Aalea. Vers Järnheim, et les épées ensanglantées croisées dans son dos. Elle revint au vieillard qui lui faisait face, pour ensuite lever les yeux vers la Déesse et contempler l'Église qui se désagrégeait tout autour d'elle. Le chœur chantait son hymne fantomatique dans une obscurité à peine perturbée par la lumière tamisée que diffusaient les vitraux.

La Dame des Lames soupira. « Bien joué, mon amour », dit-elle.

Et elle se pencha lentement pour poser sa lame par terre.

« N'aie pas peur, mon garçon. Le vieux Boucher va te protéger. »

Jonnen était assis sur les marches de l'écurie, le menton collé à ses genoux, sa peau couverte de cendres. Boucher le dominait de toute sa taille, les yeux fixés sur la porte occidentale. Naev occupait l'escalier oriental, une épée à la main. Les marches étaient maculées de sang – et parsemées de corps. De la fumée s'échappait des balles de fourrage carbonisées comme des cadavres de chameaux rôtis. Seul le chœur fantomatique venait briser le silence des lieux.

Des bruits de combats lui parvenaient encore des entrailles de la Montagne, mais ils commençaient à s'estomper. Les défenseurs de l'Église étaient tombés dans le piège de Mia, et avaient été complètement mis en déroute. Jonnen savait que, quelque part là-haut, sa sœur était en train d'arpenter tel un limier les ténèbres. De se frayer un passage à coups d'épée à la poursuite de leur père.

« La bataille touche à sa fin, leur lança Naev depuis l'escalier. La victoire est proche.

— La leur ou la nôtre ? » s'enquit Boucher.

Naev réfléchit un instant, tête inclinée. Son voile dissimulait son sourire, mais ça n'empêchait nullement le garçon de l'entendre dans sa voix. « La nôtre. »

Comme Éclipse occupait à nouveau son ombre, Jonnen ne pouvait pas véritablement avoir *peur*. Mais sa poitrine se serrait quand même à l'idée de ce qui devait présentement se passer à l'intérieur de la Montagne. En vérité, malgré toutes les prouesses de Mia, il ne la croyait pas vraiment capable d'y arriver. Leur père avait surmonté tous les obstacles. Vaincu tous ses ennemis. Triomphé à un jeu où perdre revenait à mourir – tous ceux qui s'étaient opposés à lui étaient d'ailleurs en train de pourrir dans leurs tombes. Aux yeux du garçon, Julius Scaeva avait toujours paru immortel.

L'imperator s'était montré dur avec lui, sans nul doute. Jamais cruel, non. Mais aussi écrasant que du fer. Aussi impitoyable que la mer. Avare de louanges, prompt aux réprimandes, faisant peu à peu de son fils un homme susceptible de régner un tour sur un empire. Parce que son père ne s'en était jamais caché : malgré ses origines, Jonnen allait devoir *mériter* le trône.

Le garçon avait travaillé dur. Toujours à essayer de faire bonne impression. L'affection de sa mère restait quoi qu'il arrive une donnée acquise, mais c'était le désir d'obtenir les éloges de son père qui le poussait à se dépasser. Tout ce à quoi il aspirait, c'était de le rendre fier – il voyait en Julius Scaeva, sénateur du peuple, consul, imperator, l'homme qu'il souhaitait devenir un tour.

Jusqu'à ce qu'il rencontre Mia.

Une sœur qu'il n'avait jamais connue. Dont on ne lui avait même jamais *parlé*. Au début, il l'avait prise pour une menteuse. Un serpent et une voleuse. Mais Julius Scaeva n'avait pas élevé un imbécile, et tous les vœux pieux du monde ne pouvaient étouffer la vérité que contenaient les révélations de Mia. Les ombres qui les habitaient se répondaient harmonieusement. Leur lien ténébreux s'avérait impossible à réfuter. Ils étaient *parents*, aucun doute là-dessus. Et elle, la fille de son père.

Ces derniers temps, il avait même commencé à accepter le prénom de Jonnen, qui prenait peu à peu la place de *Lucius* en son for intérieur. Mais sa familia lui manquait. Il se sentait seul, perdu. Éclipse facilitait un peu les choses, mais ça n'en restait pas moins *difficile*. Il se sentait tout petit dans un monde soudain devenu *très* grand.

« Comment se prénommait ton fils, Boucher ? » s'entendit-il demander.

Le colosse baissa les yeux sur lui ; son visage contrefait arborait un air légèrement renfrogné. « Hein ?

— Tu as dit à Mia que tu avais un fils, jadis. Comment s'appelait-il ? »

Le regard de l'ex-gladiatii revint à la porte. Ses doigts se crispèrent sur son épée. Sa mâchoire se serra. De l'ombre du garçon sortit alors un murmure :

« … JONNEN, BOUCHER N'A PEUT-ÊTRE PAS ENVIE DE PARLER DE CES CHOSES-LÀ… »

Les lèvres du garçon se pincèrent. Le Liisien était un voyou, un rustre sans manières, un porc. Mais il avait un cœur d'or, et s'était toujours montré gentil avec lui. Malgré tout ce qui avait pu se passer, Jonnen se rendit compte qu'il n'appréciait pas l'idée de le blesser. « Je suis désolé, Boucher, marmonna-t-il.

— Iacomo, dit le Liisien dans un souffle de voix. Il s'appelait Iacomo. Pourquoi cette question ?

— Est-ce que… » Jonnen passa sa langue sur ses lèvres, le temps de trouver les bons mots. « Est-ce qu'il t'est arrivé de lui mentir ? »

Le colosse soupira. « Parfois.

— Pourquoi ferais-tu une chose *pareille* ? »

Boucher parcourut d'une main la crête de coq noire qui lui servait de cheveux. Le bruit des combats se faisait plus discret, désormais. « Ça n'a rien d'évident d'être parent, finit-il par répondre. On doit enseigner à nos enfants les vérités du monde, de sorte qu'ils soient en mesure d'y survivre. Mais certaines vérités vous changent d'une manière irréversible. Et *aucun* parent n'a vraiment envie de voir son enfant changer.

— Et donc vous nous mentez ?

— Parfois. » Boucher haussa les épaules. « On croit qu'en faisant suffisamment d'efforts, on peut d'une manière ou d'une autre vous empêcher de changer. Qu'on peut préserver votre pureté, votre *perfection* originelle. Pour toujours.

— Vous vous mentez *également* à vous-mêmes, dans ce cas. »

Un sourire aux lèvres, le massif Liisien s'agenouilla à côté du garçon. Et lui ébouriffa affectueusement les cheveux d'une main calleuse. « Tu me rappelles mon Iacomo, sourit-il. Lui aussi, c'était une petite merde trop maligne pour son bien.

— Si j'étais aussi malin, je ne me serais pas retrouvé dans une situation pareille. Je me sens inutile. Impuissant. »

Du haut des marches, Naev regarda sans mot dire Boucher tirer un poignard de sa taille pour en tendre la poignée au garçon. Jonnen la prit, en éprouva le poids, observa la lumière des soleils danser sur son tranchant. Éclipse se matérialisa alors à ses côtés, fixa de ses non-yeux le gamin occupé à jouer avec la lame.

« Tu te sens encore impuissant, là ? s'enquit Boucher.

— Un peu moins, répondit Jonnen. Mais je ne suis pas aussi fort que toi.

— N'aie pas peur, mon garçon. Avec le sang que tu as dans les veines ? » Boucher gloussa, secoua la tête. « Tu es assez fort pour nous deux. »

Mia voletait dans des couloirs assombris, des ombres sur ses talons.

En passant devant la salle des Oraisons funèbres, elle avait trouvé Mercurio sur le seuil de la porte, une scie ensanglantée entre ses doigts. Drusilla et Aalea étaient sous bonne garde ; les épaules de la Dame des Lames étaient affaissées, les yeux noirs de la Shahiid des Masques écarquillés de peur. Charmeuse et Sidonius les surveillaient toutes les deux, se retenant non sans mal de leur régler définitivement leur compte. Mia croisa un bref instant les yeux de son mentor, le vit sourire. Mais le temps lui manquait pour échanger le moindre mot.

Elle continua donc à courir.

Elle atteignit les escaliers menant aux appartements de Marius – la probable destination de Scaeva. Tric et Ashlinn étaient déjà en train de les descendre quatre à quatre, la Vaanienne un peu devant. Sauf qu'en sautant d'une ombre à la suivante, Mia progressait encore plus vite. La jeune femme pouvait entendre les gardes de son père devant elle, leurs lourdes bottes qui martelaient les marches de pierre en contrebas, la panique dans leurs voix lorsqu'ils s'exhortaient les uns les autres à presser le pas. Non sans avoir gratifié au passage d'une petite tape le cul moulé de cuir de sa bien-aimée, Mia se glissa entre eux et

entreprit

de Descendre

l'escalier sinueux qui se déployait

devant eux,

s'enfonçant plus profondément

dans l'obscurité qui enveloppait son dos

et ses cheveux,

les ténèbres lui donnant des ailes

lui permettant de voler plus vite

que les gardes de Scaeva ne pouvaient courir

pour finalement rattraper le plus lent d'entre eux et le faucher en un instant, pendant que l'obscurité se saisissait de son voisin et le mettait en pièces. L'enténébrée aperçut alors devant elle une toge violette parmi eux – et sentit son rythme cardiaque accélérer. Le reste des gardes fit volte-face ; il en restait dix, les yeux brillants, prêts à défendre chèrement leur peau.

La jeune femme réapparut au beau milieu du groupe, qu'elle entreprit aussitôt de décimer. Mais alors même qu'elle passait d'une ombre mouvante à la suivante, écrivant au passage des poèmes écarlates dans l'air, Mia prit conscience…

Prit conscience…

Quelque chose ne va pas.

Elle ne la sentait pas. La nausée familière. Cette faim sans âge. La présence d'un autre enténébré, qui aurait fait frissonner sa peau. À son grand dam, la jeune femme s'avisa que la toge pourpre qu'elle avait aperçue recouvrait simplement les épaules d'un de ses gardes – une autre tromperie d'un maître en la matière, assez facile à gober dans l'obscurité ambiante. Mia se demanda un instant si Scaeva ne se cachait pas quelque part dans les ombres. Sauf que s'il se dissimulait à proximité sous un manteau de ténèbres, elle l'aurait *senti*, aussi sûrement qu'elle sentait la peur s'insinuer lentement dans son ventre.

Déesse, il n'est pas ICI.

La poitrine envahie d'une vague de désespoir, enrageant d'avoir été dupée, les lèvres retroussées, Mia se mit à arpenter les ombres pour abattre un à un ses adversaires, maculant au passage de rouge les sols et les murs. Après leur avoir réglé leur compte, elle s'employa à scruter l'obscurité de ses yeux enfiévrés, la poitrine haletante, des mèches de cheveux noirs collées à sa peau, une épée dégoulinante entre ses doigts.

Elle reprit sa marche, arpentant le couloir tortueux dans la chaleur pulsante jusqu'à atteindre enfin les appartements de Marius. Sitôt après avoir franchi la porte, elle découvrit l'orateur agenouillé à l'extrémité de sa piscine de sang, ses poignets et ses chevilles prisonniers d'épaisses chaînes de fer noir. Des runes cramoisies luisaient sur les murs, la lumière tamisée était tachée de sang. Yeux fermés, Marius respirait lentement, mais il leva les yeux à son entrée et riva des iris roses sur les siens.

« Bonjour, petite enténébrée.

— Scaeva ? » haleta-t-elle.

L'orateur fronça les sourcils de confusion. Puis secoua lentement la tête.

Merde.

S'était-il caché dans la pénombre pendant que ses gardes entraînaient Mia dans cette folle poursuite ? Connaissait-il quelque tour de passe-passe lié à l'obscurité ? S'était-il *déjà* échappé ?

Avait-il rebroussé chemin ?

Ô Déesse…

Mia fit volte-face pour scruter le couloir par lequel elle était arrivée.

Une certitude effrayante transformait déjà en glace le contenu de ses entrailles.

« Jonnen. »

L'estomac de Jonnen se tordit, son front se plissa.

Il leva les yeux. D'abord en direction de la porte occidentale, derrière la forme massive de Boucher. Puis vers l'escalier oriental – Naev se tenait à proximité de la balustrade, l'épée levée dans ses mains fermes. Son cœur se mit à battre plus vite. Soudain, il la sentit l'envahir – cette étrange faim jamais rassasiée. Cette impression d'avoir un *manque* en son for intérieur.

« Mia ? » lança-t-il d'une voix empreinte d'espoir.

Naev se retourna au son de sa voix, un sourcil levé. « Elle est revenue ?

— Je ne… »

La femme vacilla sur le côté, grognant de surprise – quelque chose de lourd venait de la heurter. Quoi ? Ni elle ni le garçon n'auraient su le dire, mais elle n'en percuta pas moins violemment la balustrade, le souffle coupé, s'efforçant de garder l'équilibre en agitant les bras. Un nouveau coup en pleine poitrine, d'une incroyable puissance, lui fracassa alors le dos contre la rambarde. Elle se mit à hurler, les yeux grands ouverts.

« Naev ! » cria Jonnen.

Un troisième coup, brutal, en plein visage. Le nez en sang, Naev se pencha en arrière et perdit aussitôt l'équilibre, ses doigts n'agrippant que du vide – dans lequel elle tomba en poussant un gémissement interminable. Ses bras comme animés d'une vie propre, ses robes gonflées tout autour d'elle, une terreur sans nom déformant son visage voilé, elle fit une chute de douze mètres en direction du sol des écuries en contrebas. Un son horrible envahit les oreilles du garçon lorsque son corps percuta la pierre.

« Par le sang et les putains d'abîmes », haleta Boucher.

Éclipse grogna à côté de lui, tous ses poils hérissés.

« … BOUCHER, ATTENTION… ! »

L'ex-gladiatii leva aussitôt son épée, recula en position défensive. « Qu'est-ce que… »

Une lame, étincelante dans la lumière déclinante. Qui ouvrit la gorge de Boucher d'une oreille à l'autre. Le colosse tituba, une main contre son cou dans une vaine tentative de retenir le déluge de sang, les yeux plissés en direction de la forme indistincte, couverte de boue, qui occupait désormais les marches devant lui. Dans un hurlement âpre, le Liisien se jeta en avant, son gladius prêt à frapper. Jonnen entendit un cri rauque, vit les ombres frissonner, son père apparaître dans les escaliers. Une entaille sanglante barrait l'avant-bras de l'imperator, qui s'était débarrassé de sa toge pourpre ; les robes blanches dont il restait vêtu étaient maculées de rouge sang.

Enroulée autour de sa gorge, l'ombrevipère s'acharnait sur le visage de Boucher. D'un coup purement instinctif, le colosse trancha le cou du serpent tout en abdiquant. Sauf que la créature était aussi insubstantielle que de la fumée, et que l'acier ne coupa rien du tout. Il venait là de gaspiller de précieuses secondes – et bien trop d'énergie vu son état.

Des gargouillis sortaient de la gorge de Boucher ; du sang maculait sa main et sa poitrine. Il tomba à genoux, ses lèvres retroussées laissant deviner des dents rougies. Jonnen vit son père battre en retraite de quelques marches dans l'escalier, un poignard ensanglanté prêt à frapper. L'estomac du garçon se tordit, ses yeux se remplirent de larmes devant le spectacle du massif gladiatii occupé à se traîner tant bien que mal jusqu'à ses pieds.

« F-fiche le camp, gamin », siffla Boucher.

Éclipse se matérialisa alors entre le garçon et son père.

« … *JONNEN, ENFUIS-TOI*… », grogna-t-elle.

Le frère de Mia entreprit de redescendre les escaliers. Lentement, une marche après l'autre. À grand-peine, Boucher fit tant bien que mal un pas en avant, tenta maladroitement de frapper l'imperator. Mais c'était désormais à gros bouillons que le sang s'échappait de son corps – il formait une flaque autour de ses pieds, sans que sa force ou son habileté n'y puissent rien. Le père de Jonnen esquiva sans peine le coup, avant de reculer à nouveau quand le Liisien finit par s'écrouler par terre.

« Boucher ! s'écria Jonnen, des larmes aux yeux.

— Iac-como…, gargouilla le colosse. R-R… »

Éclipse jeta un coup d'œil par-dessus son épaule, tous crocs dehors.

« ... *VA-T'EN... !* »

La démone sauta par-dessus le corps de Boucher, bouche grande ouverte. Dans un sifflement sinistre, les crochets noirs de Murmure s'enfoncèrent dans le cou de la louve. Les deux ombres roulaient sur les marches, engagées dans un combat tumultueux. Éclipse ne cessait de grogner, Murmure de siffler ; un non-sang noir, conséquence de leurs morsures respectives, maculait les murs dans leur sillage. Jonnen recula d'une marche supplémentaire, manquant au passage de glisser dans le sang de Boucher. Des larmes s'écoulaient le long de ses joues. L'horreur du spectacle qu'il avait devant les yeux lui glaçait les entrailles.

« Mon fils. »

Si les passagers continuèrent à se battre, le garçon se borna à se figer, ses yeux levés vers son père posté quelques marches plus haut. Maculé de cramoisi. Le front orné d'un laurier d'or. L'imperator de la République tout entière. Grand, fier et *fort*. Pénétré comme toujours d'assez de volonté pour se coltiner ce que les autres rechignaient à faire. Boucher gisait mort sur la pierre devant lui, Naev sur le sol en contrebas – deux cadavres à ajouter à sa liste, rien de plus.

« Père... »

D'une main rouge, l'imperator d'Itreya lui fit signe d'approcher. « Rejoins-moi, mon fils. »

Jonnen se tourna alors vers le mur. L'ombre de son père s'étirait vers la sienne, mains ouvertes – *accueillantes*. Celle du garçon se mit aussitôt en mouvement, pour étreindre fougueusement l'autre.

Lui-même était pourtant resté totalement immobile ; ses mains tenaient toujours le poignard que Boucher lui avait donné. Mais ses yeux revinrent finalement comme de leur propre chef à Éclipse et Murmure, encore occupés à se battre dans les escaliers, dans un méli-mélo de sang noir, de crocs dénudés, de sifflements et de grognements.

« Murmure, arrête ! lui ordonna Jonnen.

— … *JONNEN, ENFUIS-TOI… !* » grogna Éclipse.

Le garçon vit les yeux de son père se plisser. Une vague de peur envahit ses entrailles, son sang se glaça dans ses veines. L'imperator leva son autre main, la referma. Les ombres se mirent aussitôt en mouvement, effilées comme des pointes, pour s'attaquer à la louve et lui transpercer la peau.

« Non ! » s'écria le frère de Mia.

Éclipse hurla de douleur, tandis qu'un nouveau geyser d'ombresang jaillissait dans les airs. Scaeva fendit l'air de sa main, envoyant la démone valdinguer contre le mur. Murmure en profita pour réenfoncer ses crochets dans la gorge d'Éclipse. Des anneaux noirs s'enroulèrent autour du corps de l'ombrelouve, la serrant, *l'écrasant* ; les crochets du serpent poursuivaient quant à eux leur sinistre besogne.

« … *Regrettes-tu de m'avoir insulté à présent, petite chienne… ?*

— … *J-JONNEN…*

— … *Est-ce que tu as* peur *de moi, désormais… ?*

— Père, lui lança le garçon, ordonnez-lui d'arrêter ! »

Il sentait des larmes brûlantes dans ses globes oculaires. Éclipse s'affaiblissait à vue d'œil. Les anneaux de Murmure ne cessaient de se resserrer, ses crochets s'implantaient de plus en plus profondément. L'ombrelouve gémissait de douleur, se débattant dans tous les sens en s'efforçant de mordre son adversaire.

« Avec le sang que tu as dans les veines ? Tu es assez fort pour nous deux. »

Jonnen leva les mains, ses doigts pareils à des griffes, et fit usage de ses dons pour attraper le cou du serpent dans une prise invisible – et plaquer contre le mur un Murmure s'agitant en tous sens, sa queue pareille à un fouet, sa langue comme animée d'une vie propre.

« Lucius ! gronda son père. Lâche-le ! »

Le garçon se figea aussitôt. Cette voix qu'il avait entendue avant même de pouvoir parler. L'autorité à laquelle il obéissait avant même de pouvoir marcher. Le père qu'il avait admiré, qu'il voulait tant rendre fier, qu'il cherchait à imiter depuis son premier souffle.

Sa sœur l'avait accueilli. Lui avait montré son monde. Éclipse vivait dans son ombre depuis des mois désormais. Maintenant sa peur à distance. L'aimant aussi farouchement qu'elle avait aimé un autre garçon, aussi perdu et effrayé que lui-même.

« … CASSIUS… », gémit-elle.

Mais Scaeva était l'homme qui l'avait élevé. Qui le connaissait depuis des *années*, pas des mois. L'homme qu'il avait craint, aimé et imité. Le soleil qui brillait dans son ciel.

« Lucius, je t'ai dit de le lâcher ! »

Ainsi donc, alors que cela lui déchirait le cœur, et malgré les larmes qui lui brûlaient les joues, Jonnen considéra Éclipse. L'ombre qu'il connaissait presque aussi bien que la sienne. La passagère qui l'avait aidé à affronter *dignement* les éléments déchaînés. La louve qui l'aimait.

« Je…, renifla-t-il en regardant le couteau dans sa main. Je ne…

— Lucius Atticus Scaeva, je suis ton père ! Obéis-moi ! »

Et vous pouvez le détester pour ça, chers amis. Le traiter d'avorton misérable, de blanc-bec. Mais, en vérité, Jonnen

Corvere n'était qu'un garçon de neuf ans. Et à ses yeux, *Père* n'était qu'un synonyme de *Dieu*.

« Je suis... désolé », murmura-t-il.

Et lentement,

si lentement,

il abaissa la main.

À nouveau libre, Murmure repartit à l'assaut. Éclipse tomba, glapissant de douleur à cause des crochets noirs qui transperçaient sa peau. Encore. Et encore. Les yeux remplis de larmes, Jonnen entendait des cris tout juste audibles. Et cette faim qui enflait en lui... Murmure se tortillait en tous sens, ses anneaux s'enroulaient et se resserraient autour du corps de l'ombrelouve. Et sous le regard horrifié du garçon, Éclipse commença à s'estomper.

À s'effacer.

À devenir plus pâle.

Plus mince.

« ... J-JONNEN... »

La louve rapetissait lentement.

« ... C-CASSIUS... »

Jusqu'à ce qu'il ne reste plus que le serpent.

Assez sombre pour deux.

« Lucius. »

Des sanglots bouillonnaient dans la gorge du garçon. L'horreur et le chagrin qui avaient envahi sa poitrine menaçaient de l'étouffer. De ses yeux embués, qui venaient de voir une partie de son nouveau monde disparaître, il fixa la main tendue de son père. Souillée de sang. Maculée de noir.

« Il est temps de rentrer chez nous, mon fils. »

Ses petites épaules s'affaissèrent sous le poids écrasant de tout ce qui lui était arrivé. Il jouait à être un homme, mais en vérité Jonnen n'était encore qu'un enfant. Perdu, fatigué et, sans la louve dans son ombre, désespérément effrayé. Murmure serpenta jusqu'à lui, pour pénétrer dans les ténèbres qui s'étendaient à ses pieds et manger sa peur, tout comme il avait dévoré la louve. Sans un bruit, le garçon laissa tomber le poignard que Boucher lui avait donné.

« Imperator. »

Jonnen leva les yeux vers les escaliers orientaux, d'où leur était parvenue la voix. À travers ses larmes, il découvrit là une grande Dweymeri essoufflée recouverte d'une fine couche de sueur. Elle était vêtue de vert émeraude, et un maquillage noir recouvrait ses lèvres et ses paupières. À ses poignées comme à sa gorge scintillait de l'or, mais l'inconnue s'employait présentement à se défaire de ces parures, pour les jeter dans les écuries en contrebas.

« Shahiid Tueuse-d'Araignées, dit son père. Vous êtes en vie.

— Ça a tout l'air de vous surprendre, imperator, rétorqua-t-elle tout en se débarrassant d'un autre bracelet. Si vous avez envie de quitter cet endroit, nous devrions voyager *ensemble*.

— L'Église rouge n'a pas répondu à mes attentes, Tueuse-d'Araignées, fit l'imperator. Votre Déesse noire m'en est témoin, pourquoi devrais-je vous emmener avec moi ?

— J'avais plutôt envisagé de *vous* emmener avec moi, répliqua-t-elle avec un sourire sinistre. Et *moi* je n'ai pas échoué. J'avais juré de me venger de Mia Corvere, et j'ai obtenu ma vengeance. Alors si vous voulez bien *nous* accompagner en toute sécurité jusqu'aux appartements de l'orateur, je vous raconterai comment j'ai tué votre fille en votre nom. »

Les yeux de son père se réduisirent à deux fentes. Il inclina la tête, comme pour analyser mentalement la situation. Sa bande d'assassins était presque anéantie, la vengeance sanglante de sa fille contre l'Église rouge presque entièrement assouvie. Et pourtant, malgré l'échec du Ministère, l'imperator d'Itreya n'était pas du genre à se débarrasser d'un marteau parfaitement efficace uniquement parce qu'il avait tordu un seul clou. Subsistait parmi les fidèles de Niah un tueur – *une* tueuse – dont il pourrait faire usage.

Aussi, presque imperceptiblement, opina-t-il du chef.

La Dweymeri descendit tout en se défaisant de ses ultimes bijoux, pour venir prendre place aux côtés de son père. Les ombres qui les entouraient s'assombrirent – mais pas autant que la voix de l'imperator :

« Viens ici, mon fils. »

Le garçon croisa le regard de son géniteur. Aussi sombre, aussi *profond* que le sien.

Le soleil qui brillait dans son ciel.

Le dieu que voyaient ses yeux.

« Oui, Père », dit Jonnen.

Et lentement, sans crainte, il prit la main de son père.

Marius patientait en silence.

Les chaînes qui enserraient sa taille et ses chevilles l'empêchaient de s'agenouiller, aussi restait-il assis à l'extrémité de la piscine de sang. À attendre que la petite enténébrée revienne le libérer. L'orateur sentait du sang frais dans l'air, il le sentait couler à flots incontrôlés dans les niveaux supérieurs – l'assaut de la jeune Mia se passait bien, à l'évidence. Les yeux fermés, il respirait lentement, en quête de calme. C'était une denrée rare depuis que Drusilla avait eu vent de sa trahison, à dire vrai.

Quand la Dame des Lames avait envoyé des émissaires lui annoncer que la conspiration d'Aelius et de Mercurio avait été découverte, l'orateur en avait été consterné. Mais lorsqu'on l'avait informé que sa sœur avait été emprisonnée, et qu'elle resterait en captivité afin de garantir sa coopération jusqu'à la mort de Mia Corvere, une rage sans nom l'avait aussitôt consumé.

Les premiers émissaires de Drusilla avaient fini noyés dans sa piscine. Des lances de vitus avaient mis en pièces les deux suivants – qui lui avaient apporté une oreille coupée de Marielle sur un coussin de velours. Au terme d'un tour entier de fureur impuissante, l'orateur s'était résolu à l'idée qu'il n'avait d'autre choix que d'obéir. Drusilla avait pris en otage la seule personne au monde qu'il aimait vraiment. Elle s'était servie de la seule arme susceptible de lui faire du mal.

Tant qu'ils détenaient Marielle, Marius était *de facto* sous leur coupe.

Il les avait donc laissés le mettre aux fers. Sans discuter, il avait transporté l'imperator jusqu'à la Montagne, pour ensuite en faire de même avec les Lames que Drusilla avait convoquées pour tuer Mia Corvere. Il avait joué les dociles, les terrifiés. Dans l'espoir que la Dame des Lames soit assez stupide pour se jeter dans ses griffes, par pure provocation ou même simplement pour jubiler devant lui. Ce qui n'était jamais arrivé.

Et maintenant, Marius attendait. L'image même du calme pour le monde extérieur. Un nœud de rage cramoisie à l'intérieur. Les paumes appuyées sur ses genoux, les jambes croisées – seul le liquide rubis de la piscine qui s'étendait face à lui venait trahir son agitation. Mia n'était parvenue à ses appartements, à bout de souffle, en sang, que pour se découvrir bernée par son père, qui était retourné se terrer dans les entrailles de la Montagne. Elle était aussitôt repartie à sa poursuite dans les couloirs labyrinthiques, ses camarades sur ses talons, en oubliant malheureusement de prendre le temps de le libérer de ses chaînes avant de filer. Pas très gentil de sa part, mais tôt ou tard elle allait bien devoir…

« Orateur. »

Marius ouvrit les yeux. Son ventre vibrait de fureur. « Imperator », siffla-t-il.

Scaeva s'arracha alors à l'obscurité qui s'étendait devant lui, la poitrine haletante. Un serpent fait d'ombres était enroulé autour de son cou, et un tissu ensanglanté entourait son bras blessé. Un garçon se tenait auprès de lui, blême de peur – probablement le fils de l'imperator. Tueuse-d'Araignées se trouvait également là, l'or qui d'ordinaire scintillait à sa gorge comme à ses poignets brillant par son absence. Mais Marius s'intéressait bien davantage à la femme avachie dans les bras de la Shahiid.

Sœur mienne, sœur bien-aimée…

Marielle avait manifestement été droguée, à en croire ses paupières tombantes. Elle avait les mains liées, et Tueuse-d'Araignées tenait un petit couteau en or contre sa gorge.

Les yeux pourpres de Marius se plissèrent. Le sang s'anima dans la piscine, de longs fouets écarlates jaillissaient de la surface pour se dresser tels des serpents ; aussi pointus que des lances, ils se mirent à louvoyer en direction de Scaeva, de son gamin, et de la Shahiid des Vérités. Mais Tueuse-d'Araignées resserra alors sa prise sur Marielle, et appuya un peu plus son poignard contre le cou de sa sœur.

« Même pas en rêve, Orateur », lui lança-t-elle.

Marius se tourna vers Scaeva. « Ta fille te cherche, Julius. Elle était ici il y a un instant. Si tu veux bien prendre quelques instants supplémentaires pour reprendre ton souffle, je suis sûr qu'elle ne va pas tarder à revenir. À moins que tu ne prévoies de passer le reste de tes tours à jouer à cache-cache avec elle dans le noir ? »

L'imperator ignora sa pique. « Transit, fit-il. Retour à Sepulcra. Immédiatement.

— Pleinement fleurie est désormais la graine que tu as plantée. Arrosée de ta haine, elle s'est parée de pétales rouge sang. » Un pâle sourire étira les lèvres de l'orateur. « Voilà pourquoi j'ai fait en sorte de pas avoir de filles.

— Il suffit, grogna Tueuse-d'Araignées. Envoyez-nous à Sepulcra. »

Marius braqua son regard en direction de la Dweymeri. « Pour un imbécile tu dois me prendre Shahiid, si tu m'imagines renvoyer ma sœur avec toi au Sépulcre.

— Refusez une fois encore de nous obéir, et je ferai en sorte que Marielle goûte aux joies de la tombe.

— Auquel cas vous mourrez.

— Et votre sœur bien-aimée se joindra à nous, orateur. Sous vos yeux. »

Marius jeta un coup d'œil au poignard collé contre le cou de sa sœur ; un rictus de dérision étira ses lèvres. « Crois-tu que ta lame soit assez aiguisée pour faire couler le sang à proximité de mon engeance, petite araignée ?

— Ce sont les plus petites araignées qui mordent le plus cruellement, Marius », rétorqua la Shahiid.

L'orateur plissa les yeux, remarqua que l'arme qui piquait la peau de sa sœur était légèrement décolorée. Une petite goutte de sang perlait sur la pointe, d'un rubis brillant.

« Mon venin se fraie déjà un chemin vers le cœur de votre sœur bien-aimée, dit Tueuse-d'Araignées. Et moi seule ai la connaissance du remède. Tuez-nous, et vous signez également son arrêt de mort. »

Un sourire se dessina sur les lèvres noires de la Shahiid. Elle l'avait mis échec et mat, tous deux le savaient. S'ils restaient piégés dans les entrailles de la Montagne,

Tueuse-d'Araignées et l'imperator finiraient par recroiser la route de la fille de Scaeva – peu importait le nombre d'allers-retours qu'ils feraient sous son nez dans la pénombre. Et s'ensuivrait pour eux une mort à coup sûr douloureuse. Tous deux n'avaient rien à perdre, en vérité, et la Shahiid était assez impitoyable – et vindicative – pour tuer Marielle avant de mourir, uniquement pour le blesser.

À dire vrai, il avait toujours apprécié ça chez elle.

Aussi l'orateur leur désigna-t-il d'un geste la piscine, sans un instant quitter sa sœur des yeux. « Entrez, et soyez les bienvenus, leur lança-t-il d'une voix parfaitement égale.

— … *Sois prudent, Julius…* », siffla l'ombrevipère.

Les yeux de Scaeva restaient rivés sur ceux de Marius. « Pas d'entourloupe, orateur, l'avertit-il d'une voix d'outre-tombe. Ou votre sœur périra, j'en fais le serment.

— Je te crois, imperator. Sans quoi toi et ton fils seriez déjà morts.

— Entre dans la piscine, Lucius. »

Le garçon considéra l'étendue écarlate, visiblement effrayé. Mais la peur que lui inspirait son père finit par l'emporter, et il s'accroupit au bord du bassin avant de descendre dans le rouge. Scaeva en fit de même, plus lentement, puis ramena son fils auprès de lui. Tueuse-d'Araignées jeta par la porte son poignard empoisonné – rien de ce qui avait connu le contact de la vie ne pouvait traverser ses piscines, et le mal était déjà fait de toute façon. La Shahiid des Vérités pénétra dans le sang, une Marielle en pâmoison dans ses bras.

« Si jusqu'alors me manquait une raison valable d'œuvrer à votre ruine, j'en ai une désormais, cracha alors Marius. Si fait.

— Assez parlé, crétin, rétorqua Scaeva. Obéissez. »

Marius aurait *adoré* le noyer, à ce moment-là. Le faire disparaître dans un déluge ondoyant de rouge. Sauf que le fils de l'imperator se tenait à côté de lui, et que si Mia aurait sans doute pu pardonner à l'orateur de l'avoir privée de sa vengeance, elle ne lui pardonnerait certainement pas d'avoir noyé son frère au passage.

Ses yeux dérivèrent alors vers sa sœur. « Marielle ? »

Celle-ci s'agita, mais ne répondit rien.

« Toujours tu pourras compter sur moi », lui promit-il.

Tueuse-d'Araignées le foudroya du regard – tout en resserrant sa prise. « Mon venin agit vite, orateur », l'avertit-elle.

Marius finit donc par se résoudre à grommeler les mots adéquats. Ses yeux roulèrent dans leurs orbites. La température de la pièce commença à augmenter, l'air se chargea d'une lourde odeur de cuivre et de fer. Il entendit le garçon haleter lorsque le sang se mit à tourbillonner, à déborder de la piscine – de plus en plus vite, alors même que les chuchotements de l'orateur se transformaient en un doux chant implorant, ses lèvres s'étirant en un sourire extatique à mesure qu'il sentait la magik envahir le bout de ses doigts.

Au tout dernier instant, il ouvrit des yeux cramoisis, qu'il riva sur ceux de Scaeva. « Je veillerai à ce que cet outrage ne reste pas impuni, Julius. »

Et dans un sinistre bruit de succion, ils disparurent dans les flots écarlates.

CHAPITRE 33

Source

Assise sur des marches ensanglantées, Mia se tenait la tête entre des mains pleines de sang.

Elle y était presque arrivée. Elle avait presque réussi.

Presque.

Les membres du Ministère étaient morts, ou vaincus. Les meilleures Lames restantes de l'Église avaient été massacrées. La Montagne taciturne – le siège des tueurs les plus féroces que la République ait jamais connu – était tombée entre ses mains.

Mais il avait profité du chaos général pour filer en douce. Plus glissant que l'ombrevipère enroulée autour de son cou, plus à l'aise dans les ombres qu'elle n'aurait jamais pu l'imaginer, Scaeva avait rebroussé chemin, avant de revenir une fois encore sur ses pas, pendant que Mia et les autres le cherchaient en vain dans le labyrinthe de couloirs, de salles et d'escaliers. Non seulement pour réclamer son prix, mais aussi pour s'introduire dans les appartements de l'orateur en compagnie de Tueuse-d'Araignées.

Il avait tranché la gorge de Boucher. Tué Naev en la balançant des escaliers. Déesse, Mia n'aurait jamais cru ça possible, mais il avait d'une manière ou d'une autre assassiné *Éclipse* – elle le savait, elle l'avait *senti*, comme une lance de douleur noire dans sa poitrine alors même qu'elle progressait tant bien que mal dans la pénombre. Et pour couronner le tout, histoire d'agrandir la blessure béante qu'il avait infligée à son cœur encore battant, il avait récupéré son fils.

Il avait pris Jonnen.

« Salopard. » Des larmes coulaient le long de ses joues tandis qu'elle s'adressait à l'obscurité. « Ce putain de salopard...

— On va le récupérer Mia, dit Ashlinn. Je te le promets. »

La Vaanienne était assise auprès d'elle sur les marches de l'écurie, une main tachée de sang posée sur sa cuisse. Sidonius, agenouillé à côté du corps de Boucher, lui avait fermé les paupières et s'employait à lui donner un semblant de dignité dans la mort. Charmeuse-de-Lames, postée à proximité, maculée du sang des défenseurs de la Montagne, était en train de murmurer une prière. Tric se trouvait encore avec Mercurio dans la salle des Oraisons funèbres, leurs yeux vigilants rivés sur Aalea et Drusilla.

Jonnen...

Mia secoua la tête. Sentant une vague de peur envahir sa poitrine, elle se mit mentalement en quête de l'un ou l'autre de ses passagers. En vain. Gentilhomme, banni. Éclipse, annihilée. Leur absence n'avait aucune incidence sur son pouvoir, mais pour la première fois depuis ses dix ans, elle se retrouvait face à une solitude infinie. Et malgré la présence de son amante auprès d'elle, malgré les alliés qui s'étaient battus à ses côtés, qui avaient saigné et *péri* pour elle, cette pensée la terrifiait davantage que tout ce dont elle pouvait se souvenir.

Ainsi donc, comme toujours, elle se tourna vers son amie la plus ancienne et la plus chère.

La rage.

Elle considéra Boucher, qui gisait sans vie dans les escaliers, et sentit l'étincelle brasiller. Regarda Naev, étendue sur le sol ensanglanté, et la sentit s'allumer. Pensa à Éclipse, qui n'était plus qu'un souvenir désormais, et la sentit *s'embraser*. Immoler sa peur, battre de ses ailes de fumée et de braises pour l'emporter au loin, brûler dans ses poumons. Dents serrées, la jeune femme entreprit de se relever. Oubliant un instant son père pour se concentrer sur quelqu'un d'autre.

Celle qui lui avait fait presque autant de mal que lui.

Celle qui ne s'était *pas* échappée.

« Drusilla », cracha-t-elle.

« Déesse, murmura Drusilla, aide-moi. »

Un silence de plomb régnait sur la salle des Oraisons funèbres. Le sol sous ses pieds semblait comme *fourmiller* de noms de défunts. Tout autour d'elle, dans les murs, se nichaient les tombes des fidèles tombés. Un garçon dweymeri à moitié mort se tenait auprès d'elle, une lame dans chaque main. Drusilla cligna des yeux, persuadée de voir l'obscurité onduler devant elle ; Aalea, pour sa part, s'empressa de se baisser, poings fermés. Son ventre se tordit lorsqu'elle vit une forme sombre s'extraire de l'ombre de la statue de la Mère. Niah les dominait de toute sa hauteur, sculptée dans du granit noir poli. Des menottes étaient suspendues à sa robe. Elle avait une épée dans une main. Une balance dans l'autre.

Quel jugement va-t-elle me réserver ? se demanda Drusilla. *À quel point va-t-elle m'estimer* indigne ?

« Mia, chuchota Aalea.

— Bonne non-nuit, Mi Donas », répliqua Corvere.

Son épée longue était incrustée de sang ; les yeux ambre sertis dans la poignée aussi rouges que l'épais liquide qui maculait sa peau. Des cheveux noirs encadraient son regard impitoyable. Drusilla se remémora la première fois qu'elle avait rencontré l'enténébrée, ici même, dans *cette* salle. Jeune, pâle, aussi verte que l'herbe avec ses mains tremblantes et son petit sac de dents.

« Prononce ton nom.

— Mia Corvere.

— Fais-tu le serment de servir la Mère de la Nuit ? Apprendras-tu la mort sous toutes ses couleurs, l'infligeras-tu en son Nom aux méritants comme aux peu méritants ? Deviendras-tu une disciple de Niah, et un instrument terrestre de l'obscurité qui sépare les étoiles ?

— J'en fais le serment. »

C'était dans *cette* salle que l'enténébrée avait été désignée Lame. *Cette* statue à laquelle elle avait été enchaînée – et fouettée – en punition de sa désobéissance. Sur *ce* sol qu'elle avait découvert le véritable visage de l'Église. Tout la ramenait *ici*.

La vieille femme lâcha un petit soupir.

Déesse, si seulement nous avions su ce qu'elle allait devenir…

« Ça fait plaisir de te revoir, Petite Corneille, dit Mercurio.

— Le plaisir est partagé, Shahiid, répliqua la jeune femme, sans un instant quitter la Dame des Lames des yeux.

— Où est Scaeva ? » s'enquit le vieillard.

Les yeux de Mia se plissèrent de fureur. « Pas ici. »

Ainsi donc l'imperator est parvenu à fuir.

Corvere a échoué.

Aalea avança lentement d'un pas, mains levées, un beau sourire rouge sang aux lèvres. « Mia, mon amour, commença-t-elle d'une voix de miel, nous devrions disc... »

L'obscurité fondit sur elle, aussi pointue qu'une lance, tranchante comme une épée, et lui trancha la gorge d'une oreille à l'autre. Ses yeux sombres s'écarquillèrent, et elle se mit à tousser, une main collée à son cou. Après quoi elle tituba en avant, tandis qu'un liquide rouge rubis se répandait sur sa peau d'un blanc laiteux. Se tournant vers la statue de la Mère, elle articula une ultime prière silencieuse, ses cils cernés de khôl envahis par les larmes. Puis la Shahiid des Masques s'écroula en avant sur la pierre ensanglantée, et sa langue argentée se tut à jamais.

Drusilla croisa le regard de Mia, y vit le destin qui l'attendait. Le bout de ses doigts picotant d'adrénaline et de peur, elle glissa une main dans sa robe pour attraper la lame qu'elle dissimulait entre ses seins – l'endroit que le garçon dweymeri n'avait pas osé explorer lorsqu'il l'avait fouillée en quête d'armes éventuelles. Le Sans-Âtre poussa un cri en voyant l'acier étinceler, juste avant que le poignard empoisonné ne jaillisse des doigts de la Dame des Lames, pour passer à quelques centimètres à peine de la gorge de Corvere.

Celle-ci leva une main, doigts écartés. L'obscurité qui l'entourait se déploya telle une fleur au printemps, et des vrilles d'ombre *vivante* attrapèrent la lame en plein vol. La jeune femme baissa alors la tête, ses lèvres ensanglantées étirées en un petit sourire cruel. D'un geste de la main, elle invita les ombres à aller chercher le couteau à l'autre bout de la pièce, pour revenir le déposer aux pieds de Drusilla.

« Tu parles d'une Dame des *Lames*, cracha-t-elle.

— Mia…, commença Drusilla, la gorge serrée.

— Il manque des noms », la coupa l'enténébrée.

La vieille femme cligna des yeux de confusion. « … Pardon ? »

Mia lui désigna d'une main le sol de granit sur lequel ils se tenaient. Une spirale, qui brillait à présent du sang d'Aalea, était en train de se détacher de la statue de Niah. Des centaines de noms. Des *milliers*. De rois, de sénateurs, de légats, de seigneurs. De prêtres et de filles de joie, de mendiants et de bâtards. Les noms de toutes les vies prises au service de la Mère noire. Chaque meurtre que l'Église rouge avait commis.

« Il en manque », répéta Mia.

Drusilla sentit quelque chose lui attraper les bras. C'était dur comme du fer. Aussi froid que de la glace. Elle baissa les yeux, pour découvrir que les ombres s'étaient saisies de son corps – des rubans noirs encerclaient ses poignets, les coupant jusqu'au sang. La vieillarde se mit alors à hurler, traînée qu'elle était sur le sol par une force surnaturelle qui la *plaqua* contre la base de la statue de la Déesse. Des cloches sonnaient sous son crâne. Son nez saignait. Elle eut vaguement conscience de se faire soulever par les bras, après quoi les ombres lui attachèrent les poignets aux menottes accrochées aux robes de la Déesse.

« Lâchez-moi ! s'exclama la Dame des Lames en s'agitant dans tous les sens. Lâchez-*moi* ! »

La réponse de Mia fut aussi froide que des vents d'hiver : « J'ai une histoire à entendre, Drusilla. Et je manque de patience pour graver ces noms manquants dans le sol. Mais il me semble quand même nécessaire de *faire* quelque chose pour ne pas qu'on les oublie. »

La vieille femme sentit qu'on lui arrachait ses robes de ses épaules. La pression de la pierre froide de la statue contre sa peau nue. Un poignard de terreur lui transperça alors le cœur. Elle jeta un regard par-dessus son épaule, vit de la pitié dans les yeux de Mercurio. Une dureté infinie dans ceux, infiniment noirs, du Défunt. Le couteau empoisonné qu'elle avait lancé s'élevant du sol, soulevé par de ténébreux rubans glacés.

« Non..., haleta-t-elle en tirant sur ses liens. *Non !* J'ai une familia, j'ai une...

— Ça c'est pour Bryn et Dompteur-de-Vagues », fit Mia.

La lame se mit alors à inciser son dos, lui arrachant d'horribles hurlements. Vingt lettres inscrites là avec de l'acier empoisonné, pour autant d'entailles profondes dans sa chair. Un sang chaud et épais s'écoulait le long de sa peau. Une douleur atroce la brûlait entre ses omoplates.

« Mercurio ! cria-t-elle. *Aide*-moi !

— Ça c'est pour Naev, Boucher et Éclipse. »

Drusilla se remit à gémir, sa voix se brisant lorsqu'elle heurta la pierre. La malheureuse sentait déjà les effets de la toxine qui recouvrait sa lame, au grand dam de son cœur flétri. Mais ce n'était rien par rapport à l'insupportable souffrance que lui infligeait le couteau en gravant dans son dos les noms des morts.

« Ça c'est pour Alinne et Darius Corvere. »

Une chaude humidité. Une douleur insoutenable. *Interminable.* Sauf que non : elle commençait déjà à se dissiper. Un reflux palpitant, qui ralentissait en même temps que son pouls. La Dame des Lames s'avachit dans ses fers, ses jambes devenues trop faibles pour la soutenir plus longtemps. Le poison l'entraînait vers une bienheureuse noirceur. Elle essaya alors de penser à sa fille. À son fils. De se souvenir du rire de ses petits-enfants lorsqu'ils jouaient à la lumière des soleils. Ses yeux roulaient dans leurs orbites, le sommeil lui ouvrait les bras...

« Restez avec moi, Drusilla, lui lança une voix féminine. J'ai gardé le pire pour la fin. »

Une lance de douleur brûlante, juste à la base de sa colonne vertébrale. Qui la ramena vers cette détestable lumière pour un ultime instant détestable. Mia se tenait à présent tout près d'elle – un frisson noir se répandait de l'obscurité qui l'entourait. Drusilla sentit alors une ultime caresse sur sa joue.

« Et ça pour moi, chuchota Mia. Le moi qui jamais ne fut. Le moi qui a vécu en paix et épousé un beau moelle-né, qui a peut-être tenu une fille dans ses bras. Le moi qui n'a jamais connu le goût du sang, l'odeur du poison ou le baiser de l'acier. Le moi que vous avez *tué,* Drusilla. Tout aussi sûrement que vous avez tué les autres. »

La Dame des Lames sentit alors une douleur aiguë en plein dans son cœur pourri.

Un doux murmure, aussi noir que la nuit : « Souvenez-vous d'elle. »

Et puis, elle ne ressentit plus rien du tout.

Le chœur avait cessé de chanter.

Mia ne s'en était pas rendu compte, dans un premier temps. Elle n'aurait su dire avec précision quand les voix s'étaient tues. Mais alors qu'elle arpentait les entrailles de la Montagne, son propre ventre descendu jusqu'à ses bottes, la jeune femme remarqua à quel point l'endroit était devenu mortellement silencieux. Les Mains et les disciples qui s'étaient rendus avaient été enfermés dans leurs quartiers, ou regroupés dans l'apothicarium (Mercurio n'avait tué que deux des apothicaires au terme de son subterfuge – il en restait donc encore assez pour soigner les blessures des autres). Mais en l'absence de toute voix, du moindre bruit de pas, et sans l'agitation qui régnait d'ordinaire dans ses couloirs, la Montagne était plongée dans un silence de mort.

L'athénée l'était davantage encore.

Les gigantesques doubles portes s'ouvrirent d'une simple poussée des doigts ensanglantés de l'enténébrée. L'obscurité qui l'attendait au-delà – parfumée de parchemins, d'encre, de cuir et de poussière – lui semblait encore plus *attirante* qu'à ses dernières venues en ces lieux. Elle pénétra dans la bibliothèque des morts, ses compagnons sur ses talons, la longue lame en ossacré de son père et l'épée de Greffier en acier noir rengainées à sa taille. Et là, appuyé contre la balustrade de la mezzanine à côté de son fidèle chariot de RETOURS, se tenait le chroniqueur de son récit.

« Aelius », dit Mia.

Le vieux spectre sourit. « Ah, une fille ayant une histoire à raconter. »

Il était vêtu comme à son habitude : des hauts-de-chausses et un gilet dépenaillé. Ses lunettes invraisemblablement épaisses trônaient en équilibre sur son nez crochu, et deux masses de cheveux blancs saillaient de son cuir chevelu dégarni. Son dos était courbé comme une lame de faucille, et un cigarillo allumé pendait de sa bouche. Il donnait l'impression d'avoir pas loin de mille ans.

Ce qui n'est peut-être pas si loin de la vérité.

Son sourire était accueillant. Suffisant, même. Et pendant que Sidonius et Charmeuse-de-Lames découvraient ébahis l'athénée de la Mère noire, sous le regard curieux de Tric, Ash et Mercurio, Aelius cueillit le cigarillo de secours qu'il gardait en permanence à l'oreille, l'alluma avec le sien et le tendit à Mia.

L'enténébrée l'accepta, le glissa entre ses lèvres et tira une longue bouffée. « Vous avez des putains d'explications à nous donner, lui lança-t-elle tout en exhalant un nuage de fumée.

— Comment vont Marius et Marielle ? s'enquit-il.

— L'orateur est vivant, répondit Mercurio. Quant à la tisseuse, Scaeva l'a emmenée à Sepulcra. »

Aelius hocha la tête, relâchant un grand cercle grisâtre dans l'air environnant. Mia en exhala un plus petit, qui alla emboutir celui du chroniqueur. Leurs yeux se rencontrèrent – les bleu pâle fixant les presque noirs.

« J'attends, dit-elle.

— Pour faire simple, répliqua le chroniqueur, je savais que tu allais venir ici tête baissée. En t'estimant capable d'étriper la Montagne taciturne à toi toute seule. On peut dire ce qu'on veut sur le fait d'être intrépide, mais seule une fine frontière sépare la bravoure de l'idiotie. Et tes passagers ont tendance à t'incliner davantage à la seconde qu'à la première.

— Jadis, peut-être, murmura Mia. Plus maintenant.

— Certes. » Il laissa s'échapper un panache de fumée. « Toutes mes excuses pour ta perte. »

Le sang et les larmes avaient séché sur les joues de l'enténébrée. « Vous disiez ? » lui lança-t-elle d'une voix de fer.

Le chroniqueur haussa les épaules. « Vu la façon dont tu allais faire irruption ici, il nous fallait un moyen d'équilibrer les chances. De mettre Drusilla sur la défensive, et suffisamment de Lames sur le billot pour te permettre de détruire d'un seul coup ce qui restait de l'Église. J'ai subodoré que cette vieille salope allait finir par venir fouiner dans la bibliothèque – surtout avec ce cher Mercurio qui passe tout son temps libre ici. Et par y dénicher les deux premiers tomes de la chronique. »

Aelius tapota les trois livres posés au sommet de son chariot. L'un d'eux avait des tranches rouge sang, avec un corbeau imprimé en relief sur la couverture. Celles du deuxième étaient bleues, avec une jaquette ornée d'un loup. Le dernier, d'un blanc éclatant qui contrastait avec les tranches noires, était illustré par l'image d'un chat.

Mia sentit aussitôt son cœur se serrer dans sa poitrine. Gentilhomme… Si seulement il existait un moyen de le faire revenir, si seulement elle avait pu effacer ce qu'elle…

« J'ai donc laissé Drusilla trouver les livres, reprit le chroniqueur. Les deux premiers volumes narrent l'histoire de ta vie. Et pendant les semaines durant lesquelles les laquais de la Dame des Lames s'échinaient dans le noir à la recherche du troisième… eh bien, j'en ai écrit ma propre version. »

Il tira longuement sur son cigarillo, exhala un panache de fumée. « J'ai dû inventer pas mal de trucs, bien sûr. Mais entre autres choses, il décrivait le "plan" que tu avais conçu pour pénétrer à l'intérieur de la Montagne taciturne. Une fois l'objet "découvert" par les sbires de Drusilla, il ne me restait plus qu'à demander à Marius de t'informer *via* Naev de la *meilleure* stratégie possible au vu des circonstances – à savoir la fête de bienvenue que te réservait Drusilla. » Le nuage de fumée qu'il relâcha alors lui fit plisser les yeux. « Bien joué, le coup du sel d'arkémiste, soit dit en passant. Ça ne me serait pas venu à l'esprit.

— Et c'est tout ? s'enquit Mia.

— *Tout ?* se gaussa Aelius. Gamine, ce plan était si *rusé* que tu aurais pu le peindre en orange et l'envoyer dans un foutu poulailler.

— Mes amis sont morts, dit-elle. Mon frère a été enlevé par mon salopard de père.

— Et *toi*, ma chère, tu es devenue Dame des Lames. Qui va s'opposer à toi, désormais ? Maintenant que le Ministère et ses couteaux les plus tranchants sont morts de ta main ? L'Église rouge est brisée. Ton ennemi juré est retourné la queue basse à Sepulcra, pour y lécher ses blessures et nettoyer la merde qui souille ses hauts-de-chausses. Et ça veut dire que tu es libre d'accomplir le destin que tu évites comme la peste depuis que je t'ai mise sur cette voie il y a *trois putains d'années*. »

Mia lança un coup d'œil à Tric. À ces prunelles noires qui brûlaient d'un million de minuscules étoiles. « Le journal de Cléo », murmura-t-elle.

Le chroniqueur opina du chef. « Petite maligne.

— Vous *saviez*, dit-elle, ses yeux réduits à deux fentes. Le meurtre de la Lune des mains du Soleil. Les fragments de l'âme d'Anaïs. Le sang noir sous Sepulcra. Les enténébrés. La totale. »

Aelius haussa les épaules. « Ouaip.

— Pourquoi ne pas m'en avoir parlé, dans ce cas ?

— Qu'est-ce que je t'ai dit quand tu es venue fouiner ici l'année dernière ? »

Mia soupira, se remémorant leur dernière conversation, ici même dans cette bibliothèque. « "Certaines réponses s'apprennent. Mais les plus importantes se *méritent*."

— Il fallait que je sois sûr de mon choix, dit Aelius. Je devais *savoir* de quel bois tu étais faite. Cassius ne satisfaisait pas à mes… critères. Et je ne parle même pas des autres enténébrés que j'ai pu croiser au fil des ans. Mais cette fois on n'a *d'autre* choix que de réussir, Mia. Parce que réunir les fragments d'Anaïs a déjà été tenté à une occasion, et ce fut si désastreux que ce monde a presque été condamné à une éternité de *jour*.

— Cléo, dit Mia.

— Oui. Cléo. »

L'enténébrée se tourna vers Ashlinn. La peur qui avait envahi sa poitrine se reflétait dans les yeux de son amante. La Vaanienne pouvait les sentir, aussi sûrement que Mia – les rouages manciés d'un plan s'étalant sur d'innombrables années, peut-être des *siècles*, qui tournaient tout autour d'eux. L'espace d'un instant, la jeune femme envisagea de fuir. De prendre la main d'Ashlinn et de tourner le dos à tout ce sang, à toute cette obscurité. De se terrer le plus profondément possible et de profiter au mieux du bonheur qui leur tendait les bras.

« Qui était-elle ? s'entendit-elle demander.

— Cléo ? » Le chroniqueur haussa les épaules. « Une fille banale, qui vivait une existence banale dans la toute récente cité de Sepulcra. Nonobstant l'éclat de l'âme d'Anaïs qui avait trouvé son chemin jusqu'à son cœur. Mariée trop jeune à un homme brutal, elle l'a tué l'année où elle a commencé à saigner. Le truc, c'est que son époux avait également en lui un fragment d'Anaïs. Les enténébrés étaient plus nombreux à l'époque, tu comprends – il y avait encore des morceaux d'Anaïs éparpillés d'un bout à l'autre de la République. »

Aelius forma un nouveau rond de fumée, marqua un instant de pause. Puis : « Après que Cléo eut tué son fiancé, Niah a puisé dans le peu de forces qu'il lui restait pour venir la visiter en rêve. La Déesse lui a dit qu'elle était son “Élue”. Qu'elle allait rétablir l'équilibre entre le Jour et la Nuit. Tel qu'il était au commencement, tel qu'il avait *vocation* à être. Aussi Cléo s'est-elle mise en quête d'autres enténébrés. Pour les tuer. Consommer leur essence, s'arroger leurs démons et s'abandonner toujours plus totalement à ses pouvoirs. Et à sa folie.

— Elle était folle ? »

Il poussa un soupir. « Elle a certainement pris ce chemin sur la fin. Mettons une minute de côté le complexe messianique qui lui avait été inculqué. On ne peut tout simplement pas passer sa vie à mettre fin à celle des autres et s'attendre à s'en sortir inchangé. Quand on fait don d'une âme à la Vorace…

— On lui donne aussi un peu de soi-même.

— Et bientôt il ne restera plus rien », murmura Ashlinn, en jetant un coup d'œil en direction de Tric.

Le chroniqueur hocha la tête, exhalant un nuage parfumé à la fraise. « Cléo a arpenté la Cité des Ponts et des Os, puis la République tout entière. Attirée par d'autres enténébrés, et consommant tous ceux qui croisaient sa route. Poussée par Niah, elle amassait en elle un fragment toujours plus grand de l'âme d'Anaïs. Le problème, c'était qu'*autre chose* grandissait en elle en même temps.

— Le bébé qu'elle a mentionné dans son journal, dit Mia.

— Ouaip. Et lourde de l'enfant, repue de meurtre, elle a fini par voyager vers l'est à travers les plaines ysiiri. À la recherche de la Couronne de la Lune, où l'attendait le fragment le plus puissant de l'âme d'Anaïs. Elle a accouché là-bas, à la Couronne. Seule, hormis ses passagers, elle a mis au monde un garçon parfaitement *vivace* accroupie sur un rocher ensanglanté. Et coupé le cordon de ses propres dents. Quelle volonté. Quel courage. »

Aelius secoua la tête, soupira. « Mais quand elle a découvert la vérité, sa bravoure comme sa volonté lui ont fait défaut. »

L'athénée était mortellement silencieux. Mia aurait juré pouvoir entendre les battements de son propre cœur. « Je ne comprends pas, dit-elle.

— La Mère ténébreuse voulait que Cléo l'aide à ramener son fils défunt à la vie, reprit le chroniqueur. Mais là-bas, à la Couronne de la Lune, alors même qu'elle tenait son nouveau-né tout contre sa poitrine, Cléo a compris ce qu'impliquerait le fait de ressusciter Anaïs d'entre les morts. Elle a appris que le corps qui abrite l'âme de la Lune doit périr au moment de sa renaissance. Que quiconque donne vie à Anaïs doit renoncer à la sienne pour ce faire.

— Pour que la Lune vive...

— Cléo devait mourir. Sauf qu'elle avait un fils désormais, vois-tu. Le garçon qu'elle avait mis au monde de ses propres mains. Et elle-même était si jeune. La pauvre avait toute sa vie devant elle. Elle avait l'impression d'être le dindon de la farce, pas un messie. Elle se sentait trahie plutôt qu'élue. Aussi a-t-elle refusé. Maudit le nom de Niah. Et choisi de rester là-bas, à la Couronne. Où elle se trouve encore. Tourmentée par sa folie. Maintenue en vie par les fragments d'Anaïs qu'elle avait rassemblés au fil du temps, et refusant de laisser quiconque se les arroger.

— Puisse Trélène avoir pitié d'elle, chuchota Charmeuse-de-Lames.

— Espèce de salopard », cracha alors Ash.

Mia se tourna vers son amante, la vit fusiller Tric du regard.

« Tu étais au courant, pas vrai ? lança la Vaanienne au Sans-Âtre. Tu *savais* ce qui se cachait derrière toute cette merde. Où ça la mènerait. Ce que ça lui coûterait !

— JE NE CONNAISSAIS PAS L'INTÉGRALITÉ DE L'HISTOIRE, dit Tric. JE NE SAVAIS P...

— Conneries ! Tu étais au parfum depuis ton foutu retour !

— Ash, intervint l'enténébrée, arrête.

— Même pas en rêve ! s'écria Ashlinn d'une voix incrédule. Tu ne peux pas donner la vie à la Lune sans renoncer à la tienne, Mia ! C'est ce que ce vieux connard bourru planifie depuis trois putains d'années ! » Elle fixa Aelius, puis repoussa Tric d'un coup dans la poitrine. « Et cette putain d'*ordure* t'a poussée droit vers ta propre tombe.

— NE T'AVISE PAS DE ME TOUCHER, ASHLINN, fit Tric. JE TE PRÉVIENS.

— Me *prévenir* ? persifla la Vaanienne. Allez, remémorerons-nous *ensemble* ce qui s'est passé la dernière fois qu'on…

— C'est bon, arrêtez ça ! intervint alors Mia. Ça suffit, tous les deux ! »

Un lourd silence s'abattit alors sur la bibliothèque. Quelque part dans l'obscurité, un ver des livres poussa un rugissement. L'enténébrée toisa Aelius de pied en cap ; les rouages ne cessaient de tourner sous son crâne, encore et encore. Un spectre, piégé à jamais dans cet athénée. Le chroniqueur de la Mère noire, une âme Sans-Âtre retenue pour l'éternité dans l'Église de la Dame du Saint-Meurtre. Aidant Mia à accomplir sa destinée *via* un vieux journal par-ci, ou un petit conseil par-là.

« *Ils ne racontent pas d'histoires sur les disciples de l'Église rouge, chroniqueur,* lui avait-elle dit. *Aucune chanson n'est chantée à notre gloire. Il n'y a pas de ballades ou de poèmes qui narrent nos exploits. Les gens vivent et meurent dans les* ombres, *ici.*

— *Peut-être qu'*ici *n'est pas l'endroit où tu es censée te trouver.* »

« C'est vous, pas vrai ? » Mia le fixa droit dans ses yeux bleu pâle, prenant lentement conscience de tout ce que ça impliquait. « C'est vous le bébé qu'elle a mis au monde. Vous êtes le fils de Cléo. »

Le chroniqueur sourit. « Tu ne te résumes pas à un joli visage et à une attitude de merde, hein ? »

D'un regard abasourdi elle fit le tour de ce qui les entourait. « Mais dans ce cas, qu'est-ce que vous *foutez* ici ?

— Pères et filles. Mères et fils. » Il haussa les épaules. « Tu sais mieux que quiconque à quel point les histoires de familia peuvent s'avérer complexes. Ma mère m'a élevé là-bas, à la Couronne. Les ombres étaient mes seules compagnes. J'aurais pu y vivre toute mon existence, sans jamais croiser âme qui vive. Sauf qu'au bout de quelques années, Niah a commencé à me parler.

» Ça arrivait surtout pendant la vrainuit. Elle s'est mise à m'envoyer des rêves. À chuchoter à mon oreille dans mon sommeil. À me parler de la trahison de son époux. Du meurtre de son fils. Et à force elle a fini par me convaincre qu'on avait tous un but dans cette existence, et que celui de ma mère était de rétablir l'équilibre dans les cieux. La Lune se trouvait à *l'intérieur* de ma génitrice pendant sa grossesse, ce qui faisait de moi le petit-fils de la Nuit – à mes yeux tout du moins. J'ai donc essayé de lui faire prendre conscience de l'égoïsme de ses actes. De la convaincre qu'Aa avait eu tort de punir sa femme, de tuer son fils. Que le ciel méritait une sorte d'harmonie, et Niah un genre de justice. Mais nos années de solitude n'avaient fait qu'aggraver ses délires. Toute raison avait fini par l'abandonner.

» Et donc, après bien des années… je suis parti. Chercher un autre moyen de redonner à la Nuit sa place légitime dans le ciel. Le culte de la Mère noire avait été interdit peu après son bannissement. Mais je me suis dit que si je pouvais faire renaître la foi en Niah, le peu de pouvoir qu'elle tirerait de notre dévotion lui permettrait peut-être de briser seule les murs de sa prison. Et donc, lentement, *laborieusement*, j'ai fondé une église en son nom.

— Vous étiez la première Lame », comprit alors Mia.

Aelius haussa les épaules. « Ça a commencé très modestement. Mais on était de *vrais* croyants, à l'époque. Il n'y avait pas de tueries, pas d'offrandes – rien de tout cela. Nous opérions depuis une petite chapelle située sur la côte nord d'Ysiir. Sur ses murs étaient gravées les légendes de la Nuit et de la Lune.

— Le temple où Duomo nous a envoyés, haleta Ash. L'endroit où j'ai trouvé la carte.

— Exactement, dit le chroniqueur. Notre tout premier autel, sculpté dans la pierre de nos propres mains.

— De la pierre rouge, fit Ash.

— L'Église rouge, murmura Mia.

— Tout se passait bien, reprit Aelius. Notre religion se reconstruisait peu à peu. Il y avait toujours des gens désireux de croire en la Mère de la Nuit, malgré les mensonges que l'Église d'Aa avait commencé à débiter à son sujet. Après peut-être une décennie de dévotion, quand la vrainuit est tombée, au moment où la Mère ne pouvait pas être plus proche de ce monde, elle a eu assez de force pour nous conduire jusqu'à cette Montagne. Un endroit où les murs séparant la Nuit du Jour étaient les plus fins. Et c'est ici qu'on a vraiment commencé à s'épanouir. Mais il y a un dicton à propos des bonnes choses qui finissent toujours par... »

Il tira longuement sur son cigarillo, relâcha un nuage grisâtre. « Il y en avait certains parmi les fidèles qui ne voyaient pas les choses comme moi, tu comprends. Qui ne vénéraient pas Niah sous son apparence de Mère de la Nuit, mais plutôt comme Notre-Dame du Saint-Meurtre. Ils envisageaient une nouvelle façon de diriger l'Église. Une façon susceptible de transformer notre dévotion en pièces sonnantes et trébuchantes, et notre piété en un moyen de s'arroger un pouvoir *terrestre*. »

Le chroniqueur haussa les épaules. « Et ils m'ont assassiné. »

Mia cligna des yeux. « Vous avez été tué par vos propres disciples ?

— Ouaip. » Il opina du chef, le visage grimaçant. « Quelle bande de connards.

— Déesse..., haleta l'enténébrée.

— Tout est parti en couille, après ça. L'Église que j'avais fondée est devenue une secte d'assassins. Elle a gagné en célébrité et en puissance, mais la force naissante de Niah s'affaiblissait à mesure que s'installait la pourriture – tandis qu'Aa se renforçait, sa foi se répandant dans le sillage des armées conquérantes du Grand Unificateur. Les divinités sont comme ça, tu comprends – au final elles ne possèdent pas d'autre pouvoir que celui que nous leur accordons. La Mère noire avait dépensé tellement d'énergie pour édifier ce lieu qu'il lui en restait fort peu. Et plus l'Église se focalisait sur le meurtre et le profit, aux dépens de la dévotion *véritable,* plus Niah s'affaiblissait davantage encore.

» Le temps qu'elle ait rassemblé suffisamment de forces pour me ramener à cette... vie, des siècles s'étaient écoulés. L'Église était devenue tout autre chose. Mais il en restait encore un petit éclat dans les ombres. Un minuscule fragment de croyance véritable, qu'elle pouvait utiliser pour s'engager dans une partie d'échecs longue de plusieurs décennies. Avancer quelques pions à chaque vrainuit, une fois tous les trois ans. Chercher un autre élu. Trouver l'enténébré susceptible de triompher là où Cléo avait échoué. Jusqu'à ce qu'enfin... enfin... » Le chroniqueur fixa Mia droit dans les yeux. « Ta-daaa.

— Je ne suis la sauveuse de personne, rétorqua-t-elle. Je n'ai rien d'une héroïne.

— Oh, *arrête,* cracha Aelius. Tu sais *exactement* ce que tu es. Regarde tout ce que tu as accompli. Cela fait trois ans que tes agissements façonnent un nouveau monde – et ne me dis pas que tu n'as pas *senti* que c'était pour autre chose qu'une simple histoire de vengeance. » Il lui désigna les deux premières *Chroniques de Nevernight* posées sur son petit chariot. « Je les ai lues. De la première à la dernière page. Un nombre incalculable de fois. Tu n'es pas qu'une simple tueuse. Si tu te décides à embrasser ton destin, tu deviendras capable de rafistoler ce putain de *ciel.* »

Aelius lui lança un regard noir, secoua la tête. « Mais on ne peut pas se permettre de se planter une fois de plus. Il reste si peu d'Anaïs, et chaque fragment perdu de son âme nous rapproche du désastre. L'éclat qui se trouvait en moi quand ces salopards m'ont assassiné. Celui de Cassius, lorsqu'il a péri à Dernier Espoir. Peut-être aurais-je dû t'aider davantage. T'en parler plus tôt. Mais il me fallait être *sûr* que tu avais la volonté d'aller jusqu'au bout, Mia. »

Le chroniqueur fixa l'enténébrée droit dans les yeux. « Quel qu'en soit le *prix.*

— Scaeva a toujours mon frère, dit-elle.

— Ouais. Et le temps que tu arrives à Sepulcra, il aura sans doute levé toute une armée contre toi. Mais si tu revendiques le pouvoir qui t'attend à la Couronne, une fois que la vrainuit sera tombée, tu seras en mesure de récupérer ton frère en un clin d'œil.

— Après quoi je mourrai. »

Le chroniqueur inclina la tête, haussa les épaules. « Tout le monde finit par mourir. Mais rares sont ceux qui meurent pour *quelque chose.* Tu es son Élue, Mia. Ne cherche pas plus loin la vérité. C'est ton *destin.*

— N'importe *quoi* ! » cracha Ashlinn, ses yeux flamboyants rivés sur Aelius.

Le vieux spectre exhala un nuage grisâtre. « Tu ne sais *pas* de quoi tu parles, gamine.

— Ne me traitez pas de gamine, espèce de vieux connard grincheux. Comme c'est facile pour vous de jouer les vertueux alors que vous n'avez rien à sacrifier en échange ! »

Aelius lui lança un regard noir. « Rien à sacrifier… ? » Il se redressa ; une fureur insondable brûlait dans ses prunelles bleu pâle. « Cent vingt-sept ans, dit-il. Voilà ce que j'ai sacrifié. Plus d'un *siècle,* passé à pourrir dans ce putain d'athénée, inséparable de ces pages. Ni vivant ni mort. Se bornant à *exister* et à prier pour que la *bonne* personne finisse par se pointer. » Il retira le cigarillo de ses lèvres, le montra à la Vaanienne. « Tu sais combien de fois j'ai envisagé d'en jeter un dans ces piles de bouquins ? De laisser cet endroit brûler – et moi avec ? Je veux *dormir,* gamine. Je veux passer à *autre chose,* quoi que ce soit. Mais non, je suis resté assis ici, à attendre dans le noir. Et pourquoi ? Parce que je *croyais*. Reproche tout ce que tu veux à cette putain d'existence. Efforce-toi de protéger ta bien-aimée autant que tu peux. Mais ne t'avise pas de me parler de putain de sacrifice. Jamais. »

Mia passa en revue les visages de ses camarades. Mercurio avait l'air dévasté, Charmeuse-de-Lames comme Sidonius semblaient hésiter entre la stupeur et l'effroi. Tric était aussi indéchiffrable qu'une pierre – il lui évoquait les visages qui entouraient la piscine sous le cœur de Sepulcra. Ashlinn, pour sa part, se bornait à regarder son amante en secouant la tête. L'enténébrée la connaissait suffisamment bien pour savoir qu'elle bouillonnait intérieurement de rage.

« Il faut que je réfléchisse, chuchota Mia. À tout ça…

— Les soleils vont bientôt se coucher, dit Aelius, dont les yeux étaient revenus se river aux siens. La vrainuit approche. Niah ne peut insuffler la vie à Anaïs que si les yeux d'Aa sont fermés, et si nous laissons passer notre chance *maintenant*, qui sait à quoi ressemblera l'imperium dans deux ans et demi… » Il écrasa son cigarillo sous son talon, puis hocha la tête. « Alors ne réfléchis pas trop longtemps, d'accord ? »

CHAPITRE 34

Rubans

Charmeuse-de-Lames s'était installée sur un des bancs de l'Autel céleste ; une nuit sans fin tournait au-dessus de sa tête.

Sculpté à même le flanc de la Montagne taciturne, le belvédère faisait face au ciel qui lui donnait son nom. Une chute terrifiante attendait les imprudents juste au-delà de ses balustres en bois-de-fer. Les Plaines chuchotantes se déployaient en contrebas, mais au-dessus, là où aurait dû briller l'opiniâtre lumière des soleils bientôt couchés, Charmeuse-de-Lames ne voyait que de l'obscurité. Parsemée d'un million de minuscules étoiles.

Les tables alentour, qui fourmillaient jadis d'assassins et de serviteurs de la Mère noire, étaient vides. La Montagne taciturne s'avérait être à la hauteur de son nom, en cet instant – le chœur que la Dweymeri avait entendu lorsqu'ils avaient pris d'assaut le fief de l'Église rouge demeurait silencieux.

Sidonius, assis face d'elle, était en train de parcourir le premier tome des *Chroniques de Nevernight*. Il le lui avait emprunté après que la jeune femme l'eut terminé, et en tournait les pages tout en réglant son compte à un poulet rôti qu'il avait dérobé dans le garde-manger de l'Église rouge. Charmeuse-de-Lames s'était bornée à lire le premier en diagonale : elle en était maintenant à la moitié de la deuxième chronique, mais s'était arrêtée avant d'atteindre le chapitre vingt-quatre.

Le combat qui les avait opposés à la soyante.

« Par le sang et les abîmes, murmura Sidonius, dont les doigts laissaient des marques graisseuses sur la page.

— Tu en es où ? s'enquit Charmeuse-de-Lames.

— Ashlinn vient de poignarder Tric.

— Ah. » Elle hocha la tête. « Quelle petite salope impitoyable, celle-là.

— Ouaip, dit Sid, avant de refermer l'ouvrage et d'examiner sa couverture. C'est plutôt bien écrit, tu sais. Enfin, si on fait abstraction des notes de bas de page et des tombereaux de jurons.

— Mouais. » Charmeuse renifla dédaigneusement, balança une longue saline par-dessus son épaule. « En tout cas ça se voit que ça a été écrit par un homme.

— ... Comment ça ? »

Elle haussa un sourcil, puis considéra le massif Itreyen. « Tu n'as pas trouvé que les scènes de sexe vendaient la mèche ?

— Certaines m'ont paru plutôt bonnes, à vrai dire...

— Oh, arrête, se gaussa la jeune femme. Des "tétons douloureux" ? Un "bourgeon gonflé" ? Sérieusement... »

Sidonius cligna des yeux. « C'est quoi le problème avec "bourgeon gonflé" ?

— Je n'ai pas une putain de fleur entre mes jambes, Sid.

— Et comment tu appellerais ça, dans ce cas ? »

La Dweymeri haussa les épaules. « Le petit homme dans le bateau ?

— Non mais *pourquoi* tu appellerais ainsi une partie de l'appareil génital d'une femme ?

— Un truc en rapport avec l'attrait visuel, peut-être ? » Nouveau haussement d'épaules. « Ramer n'a rien d'une activité *facile*. Et je trouve ça plaisant d'imaginer un homme qui se donne un peu de mal entre les draps, pour changer. »

Sid secoua la tête, un large rictus aux lèvres. « Tu es une putain de salope, Charmeuse. »

Elle éclata de rire. « Tu viens seulement de le remarquer ? »

L'Itreyen s'esclaffa, puis remplit leurs godets de vin. Il leva le sien.

« À quoi boit-on ? demanda la Dweymeri.

— À Boucher, déclara Sid. Un salopard mal élevé, grossier, moche comme un pou, que j'étais fier de considérer comme un frère. Il a vécu et péri debout dans un monde qui a tout fait pour le forcer à plier le genou. Puisse-t-il trouver sa familia devant l'Âtre.

— Si fait. » Charmeuse opina du chef. « Et puissions-nous le revoir le plus tard possible.

— Je vais boire à cela », fit Sid, en joignant le geste à la parole.

Elle descendit également d'une traite son vin, grimaça, puis reposa son verre sur la table. Son bras armé lui faisait un mal de chien. La cicatrice qui barrait son avant-bras n'était pas belle à voir, les tatouages qui ornaient son corps formaient des plis autour de la blessure. Sidonius fit mine de ne rien remarquer, mais cela n'eut pour effet que de l'irriter davantage.

« Je suppose que des remerciements s'imposent, finit-elle par grogner.

— Pour quoi ? murmura Sid, qui faisait semblant de lire.

— Pour ce qui s'est passé aux écuries tout à l'heure. Dans le deuxième escalier, quand ce salopard s'est jeté sur moi avec ses poignards. Il m'aurait coincée sans ton intervention.

— Foutaises, fit Sid. Tu ne te serais pas laissée faire. Je faisais juste preuve de… prévoyance, voilà tout.

— Tu me sauvais juste la *vie* – voilà ce que tu faisais. »

Sid haussa les épaules, sans mot dire.

Charmeuse soupira ; tendre son bras lui arracha une nouvelle grimace. « Ça n'a jamais complètement guéri. Depuis que cette soyante m'a blessée à Donjon blanc, je n'ai plus la force que je possédais autrefois. Ni la vitesse. » Elle secoua la tête, ses salines se balançant en rythme. « La suffi m'a baptisée Charmeuse-de-Lames quand ma mère m'a présentée à Progénie. Je n'avais que quelques tours, et pourtant ils *savaient* que je deviendrais une guerrière. Mais quel charme puis-je tirer de ma lame, désormais ? »

Sidonius balaya sa remarque d'un froncement de sourcils. « Ne t'inquiète pas, ça va revenir.

— Tu sais *bien* que non, Sid. Ça ne s'améliorera jamais davantage, et tu en as parfaitement conscience. Je suis une épéiste incapable de manier une épée. Un *boulet*, voilà ce que je suis. »

Sidonius inclina la tête, riva sur elle des yeux bleu scintillant. « La meilleure guerrière que je connaisse, *voilà* ce que tu es. Tu m'as sauvé la vie une bonne vingtaine de fois. Tu es toujours ma sœur sur les sables, *comme* en dehors des sables, et quand on accompagnera Mia à la Couronne, il n'y a personne dans toute cette République que je préférerais avoir à mes côtés.

— … Tu penses qu'elle va y aller, donc.

— Je ne pense rien, je le *sais*. » Sidonius contempla l'obscurité qui se déployait au-dessus de leurs têtes. « Et elle aussi le sait. Elle est destinée à davantage qu'une simple vengeance, celle-là. Depuis toujours.

— Elle a l'air effrayée.

— Ouaip. » Sid soupira, secoua la tête. « Mais pas pour longtemps.

— Je ne peux pas vous accompagner, Sid. Je suis aussi utile que les couilles d'un prêtre, avec ce bras. »

Il revint à la Dweymeri. « Alors bats-toi avec l'autre. Combattre n'est pas seulement une question d'acier. C'est une question de cœur. D'intelligence. De tripes. Et en la matière, tu surpasses largement tous ceux que j'ai pu croiser au cours de mon existence. Et ça me fait mal de briser tes illusions sur le clergé d'Itreya, mais j'ai été un Luminatii pendant six ans, Charmeuse. Les prêtres font bien davantage usage de leurs couilles que tu ne sembles l'imaginer. »

Charmeuse secoua la tête, un large sourire aux lèvres. « Tu es un homme bon, Sidonius. »

Le massif Itreyen éclata de rire. « Tu viens seulement de le remarquer ? »

La Dweymeri le toisa des pieds à la tête. Dur comme du fer, des cicatrices un peu partout. De beaux yeux bleus, et un charme enfantin que toutes les cicatrices du monde ne pouvaient dissimuler. « Ouaip, murmura-t-elle. Je crois bien que oui. »

Charmeuse remplit à nouveau leurs godets, perdue dans ses réflexions. « Si Mia écoute *bel et bien* ce taré de bibliothécaire et part à la recherche de cette foutue Couronne, tu sais qu'on risque fort de ne pas en revenir vivants, pas vrai ?

— Ouais, probablement. » Sidonius haussa les épaules, souleva son verre. « Mais il faut bien mourir un jour de quelque chose, hein ? »

Charmeuse descendit son vin en une seule gorgée. « Bon, on dirait bien que l'Âtre ne va pas tarder à nous accueillir… Ça te dirait, une petite leçon d'aviron ?

— … Une leçon d'aviron ? »

Elle lança un regard *suggestif* en direction de son entrejambe. Récupéra les coupes et la cruche, rejeta en arrière ses salines et se releva. « Tu viens ? »

Sidonius parut enfin saisir l'allusion. Le colosse itreyen reposa son livre, repoussa sa chaise et gratifia la Dweymeri d'un sourire malicieux. « Les dames d'abord, dit-il.

— Hmf. On verra ça, Arbalétrier.

— J'insiste, Mi Dona. »

Et de fait il insista.

Mia ne réfléchissait pas.

Elle se trouvait dans ses anciens appartements, calée dans un tas d'oreillers et de douces fourrures. La lumière tamisée d'une lampe arkémique éclairait la pièce. L'absence du chœur laissait place à un silence d'une ampleur qui semblait éternelle. Une fine fumée grisâtre s'échappait du cigarillo qu'elle tenait du bout des doigts. C'était son cinquième en une heure, les restes de ses anciennes victimes gisant dans un cendrier posé à côté de son lit. La jeune femme glissa la clope entre ses lèvres, tira longuement dessus en s'efforçant de ne pas penser à l'athénée. À la Couronne de la Lune. À Aelius. À Scaeva. À Naev. À Boucher. À Éclipse. Au pauvre petit Jonnen.

Non.

Non, elle n'y pensait pas. Allongée sur son ancien lit, elle se bornait à fumer en attendant sa maîtresse. À surveiller la porte à travers ses longs cils noirs. Mais le sablier qui se trouvait à côté d'elle lui indiquait qu'il s'était écoulé pas loin d'une heure, sans qu'Ashlinn ne soit revenue des bains publics. Mia commençait à se demander si la Vaanienne n'avait pas plutôt décidé de rejoindre sa vieille chambre, dans l'aile des disciples.

Sauf qu'elle n'avait aucune envie de passer la non-nuit seule.

Et puis la poignée de la porte se mit à tourner, et Mia sentit ses épaules se libérer comme par magik d'un poids énorme lorsque son amante fit son entrée.

Les cheveux encore humides d'Ashlinn avaient pris une teinte blond foncé. Vêtue d'une combinaison de soie noire, l'air quelque peu préoccupé, la jeune femme accorda à peine un regard à Mia avant de refermer derrière elle. Ses yeux étaient d'un bleu embué, comme ballotté par quelque tempête. Mais le cœur de Mia ne s'en mit pas moins à battre un peu plus vite. Elle contempla sa peau, sur laquelle jouait la lumière arkémique – des ombres soulignaient chacune de ses courbes, redessinaient des jambes assez longues pour atteindre le ciel.

« Salut, beauté », dit-elle.

Sans plus de cérémonie, l'enténébrée se débarrassa de ses fourrures – elle était presque entièrement nue dessous. Les longues tresses sombres qui entouraient ses épaules formaient de noires rivières sur sa peau pâle. De la fumée de cigarillo s'échappait de ses lèvres. Un ruban fait d'ombres était enroulé autour de sa taille – un joli nœud de décoration disposé de manière à ne laisser que peu de place à l'imagination.

« Tu aimes ? » Un sourire aux lèvres, Mia caressa du bout des doigts le noir velouteux. « Les donas les plus raffinées en raffolent, cette année. »

Ashlinn la toisa de pied en cap. « Ça a l'air glacé », dit-elle.

Mia fit courir ses mains le long de ses seins, de son ventre, descendant toujours plus bas jusqu'à atteindre son entrejambe. Son dos se cambra légèrement, et elle se mit à respirer un peu plus fort.

« Non, c'est chaud, Ash, murmura-t-elle. C'est *teeellement* chaud. »

Mia n'avait pas envie de réfléchir. Elle voulait ressentir. Elle voulait *baiser*. La seule promesse de s'envoyer en l'air accélérait son pouls. L'idée de jeter Ashlinn sur les fourrures, de prendre et d'être prise à tour de rôle, de simplement arrêter les rouages qui tournaient sous son crâne, de réduire les questions au silence et de...

Sauf qu'Ashlinn ne bougeait pas d'un pouce. Elle semblait comme clouée sur place devant la porte.

« Viens ici, ma belle, chuchota Mia en ouvrant les bras.

— Non, répliqua Ash.

— S'il te plaît, haleta l'enténébrée. J'ai *envie* de toi. »

La Vaanienne se borna à secouer la tête. « Non, ce n'est pas vrai.

— Comment peux-tu...

— Tu essaies juste d'éviter une conversation, Mia. »

Celle-ci fixa son amante droit dans les yeux. Une minuscule étincelle de mauvaise humeur crépita dans sa poitrine. « Et de *quoi* devrions-nous parler, Ashlinn ?

— Oh, j'en sais trop rien – le prix des vierges à Vaan, peut-être ? » Ash agita une main incrédule. « À ton *putain* d'avis ? Je suis restée là, à écouter ce vieux connard bourru pendant une heure, et malgré toutes ses vantardises et ses conneries, dans le meilleur des cas il semble qu'on doive tous finir par mourir ! Aelius veut que tu te *suicides* !

— Aelius veut que je rétablisse l'équilibre entre le Jour et la Nuit.

— Parce que *lui* n'a pas été assez capable de s'en charger tout seul !

— Depuis le *tour* de mon arrivée ici, dit Mia. Chaque pas que je fais. Tout ce que j'accomplis me pousse en direction de la Couronne de la Lune.

— C'est n'importe quoi, et tu le sais pertinemment. »

Mia frotta son front douloureux, poussa un soupir. « Je ne sais rien du tout.

— Je t'accompagnerai pas si c'est vraiment ce que tu penses, déclara Ashlinn. Je ne te donnerai pas la carte, et ne compte pas sur moi pour t'aider à te suicider. C'est trop me demander.

— ... Je t'ai vu nue suffisamment souvent pour avoir mémorisé cette carte, Ash.

— Puissent les Filles te maudire, Mia Corvere », siffla Ashlinn.

Un nouveau soupir. L'enténébrée récupéra son cigarillo, ramena les couvertures sur sa peau nue. « Tu sais, je ne me souviens pas d'un quelconque cours sur la question ici, mais tu as un don incroyable pour casser l'ambiance.

— Je suis sérieuse, Mia !

— Et moi *non,* peut-être ? s'écria-t-elle, laissant libre cours à sa colère. Tu crois que je ne sais pas ce qui se passe ? Ce qui est en jeu ? Ça fait une heure que je me trouve ici, à essayer de ne pas *penser* au fait que j'arrive même pas à trouver la moindre raison de le faire !

— Alors abstiens-toi ! beugla Ash. Qu'Aelius aille se faire foutre. Et la Lune, et la Déesse – *tous* autant qu'ils sont ! On n'a jamais demandé à ce que cette histoire nous tombe dessus ! L'Église rouge est détruite, toutes les Lames de Scaeva sont mortes, et lui-même s'est tiré d'ici comme un chien battu ! »

Tel un ouragan, la Vaanienne vint s'asseoir sur le lit, attrapa la main de Mia et fixa son amante droit dans les yeux. « Toi et moi, on fait partie des meilleurs assassins encore en vie de toute la République. Alors rendons-nous à Sepulcra, égorgeons ce salopard, récupérons ton frère et passons à autre chose ! Qui en a quoi que ce soit à foutre d'Anaïs, de l'équilibre ou de toutes ces conneries ?

— Il y a un fragment de lui en moi, Ash. » Mia poussa un interminable soupir. « Anaïs. Je peux le sentir. Dans mon cœur.

— Et moi, alors ? » La Vaanienne posa une main sur la poitrine de l'enténébrée. « Je ne suis pas là-dedans, moi aussi ?

— Bien sûr que si, chuchota sa maîtresse tout en serrant ses doigts.

— Je t'aime, Mia.

— Moi aussi je t'aime.

— Non, c'est faux. » Ashlinn secoua la tête. « Si tu m'aimais *vraiment*, tu ne serais pas si pressée de me dire adieu. »

Mia sentait ses yeux s'embuer. Un océan de larmes s'apprêtait à en déferler. « Je ne veux *pas* te dire adieu. »

Ash caressa la marque d'esclave inscrite sur sa joue. La cicatrice qui barrait l'autre. « Alors reste. Avec moi.

— Je... j'en ai envie... »

Ashlinn se jeta alors sur elle, pour la gratifier d'un baiser éperdu humide de larmes. Mia ferma les yeux, glissa les bras autour de la taille de sa bien-aimée. Elles s'embrassèrent comme jamais auparavant, s'accrochant l'une à l'autre comme pour éviter de se noyer – deux âmes à la dérive dans un monde de feu et de soleils, de nuit et de tempête. De divinités bien décidées à leur régler définitivement leur compte.

Leur baiser se termina lentement, sans que la Vaanienne ne se décide à lâcher l'enténébrée – comme si elle craignait de la laisser partir. Elle enfouit son visage dans les cheveux de Mia, l'étreignit de toutes ses forces

« *Reste* avec moi », lui murmura-t-elle.

Mia ferma les yeux, soupira. S'accrocha à elle comme si sa vie en dépendait. « Je ne sais pas quoi faire, dit-elle. Je ne sais pas comment arranger les choses. »

Leurs lèvres se retrouvèrent, plus doucement cette fois. Un baiser plus long, moins enflammé, empreint d'un besoin douloureux, *merveilleux*. Les doigts d'Ashlinn se mirent à caresser ses joues, s'enfouirent dans ses cheveux, les doux mouvements de sa langue lui arrachèrent un soupir. Et puis les mains de la Vaanienne partirent en exploration, parcourant sa gorge jusqu'à la clavicule. Effleurant ses seins, pour enfin s'arrêter sur le ruban qui entourait sa taille.

« Je veux être avec toi pour toujours, chuchota Mia.

— Pour toujours ? Rien que ça ? » murmura Ash tout en entamant sa descente.

Mia secoua la tête, referma les paupières. « Pour toujours et à jamais. »

Elle rêvait.

Elle était redevenue l'enfant, sous un ciel aussi gris que le moment qui sépare l'état d'éveil du sommeil. Ses pieds nus plongés dans une eau si étale qu'elle ressemblait à de la pierre polie, à du verre, à de la glace. *Et de cette eau impossible, il y en avait à perte de vue.*

Sa mère marchait à côté d'elle, l'agrippant d'une main tandis que l'autre tenait une balance en déséquilibre. Elle portait de longs gants de soie noire, qui chatoyaient d'un éclat secret. Sa robe, tout aussi noire – la couleur du péché, de la nuit et de la mort – scintillait d'un milliard de minuscules points de lumière. Ils brillaient de l'intérieur à travers le voile de son vêtement, comme des piqûres d'épingle constellant un rideau tiré par un tour de soleil. Elle était belle. Effrayante. Ses yeux étaient aussi noirs que sa robe, plus profonds que les océans. Sa peau pâle scintillait comme des étoiles.

Comme toujours elle arborait le visage d'Alinne Corvere. Sauf que Mia savait, de cette certitude propre aux rêves, que ce n'était pas là son vrai visage.

Et comme toujours, à l'autre bout de l'infini de gris, son père et ses sœurs les attendaient.

Il était tout de blanc vêtu – un tissu si luisant, si tape-à-l'œil, que Mia avait mal aux yeux du simple fait de le contempler. Mais bon, elle en avait autant à son service. Il leur rendit leurs regards à leur approche –, trois yeux fixés sur elle, un rouge, un jaune et un bl…

« Non, *dit Mia.* Non, ça suffit. »

Elle entendit la voix de Charmeuse-de-Lames dans sa tête.

« Tu devrais essayer. La prochaine fois que tu fermes les yeux. De prendre le contrôle de tes rêves et d'en faire ce que tu veux. Ils t'appartiennent, après tout. »

Aussi s'y employa-t-elle, repoussant les images de son père vêtu de ce linceul d'une blancheur étincelante. Elle se trouvait à l'intérieur de la Montagne taciturne, après tout – l'endroit où le voile entre le monde réel et les Abîmes était le plus mince. Si elle souhaitait parler, apprendre, comprendre, *ce serait là sa meilleure chance. L'enfant referma donc ses petits poings, pour infléchir le rêve et le faire sien. La scène parut lui résister, la pierre/verre/glace sous ses pieds ondulait comme une mer d'huile. Mais c'était chez elle, ici.* Son esprit. *Dans le monde réel elle n'avait jamais fait la moindre concession – pas une seule de toute son existence.*

Pourquoi, par les abîmes, les choses seraient-elles différentes ici ?

L'image de son père et de ses sœurs se mit à trembler, puis disparut complètement – laissant la jeune femme seule dans le vaste vide en compagnie de la Mère de la Nuit, ici, à la frontière des Abîmes et du monde éveillé. La Déesse baissa vers sa fille des yeux noirs constellés d'un million de minuscules étoiles. Et soudain la fille n'était plus une simple fille. Elle était la championne du Venatus Magni. *La Reine des Vauriens. La Dame des Lames.*

La guerre que tu ne peux pas gagner.

« D'accord, *fit Mia.* On va devoir discuter sérieusement, toutes les deux. »

Niah cilla, aussi longtemps qu'une période glaciaire. « Parle, mon enfant, finit-elle par lui lancer.

— Écoute, je comprends à quel point ça a dû être difficile pour vous de gérer tout ça. Je comprends que vous vouliez sortir de votre prison et retrouver votre fils. Mais vous *devez vous-même* comprendre que je n'ai pas vraiment envie de mourir pour que vous y parveniez. »

La Mère inclina la tête. « Tu as peur », dit-elle, d'une voix teintée de tristesse.

La fille secoua la sienne. « Pire. Je suis amoureuse.

— *Tu renierais ce que tu es ?*

— Non, *répondit-elle.* Parce *c'est* ce que je suis. Je n'ai rien d'une héroïne. Je suis une salope vengeresse, *égoïste*. Et je n'ai jamais prétendu le contraire. Si vous vouliez un sauveur, vous auriez peut-être dû choisir quelqu'un qui pense que ce monde vaut la *peine* d'être sauvé. »

La Mère ténébreuse se pencha plus près, la fixa droit dans les yeux. « Eh bien, parlons de vengeance, dans ce cas, ma petite, dit-elle – tout en soulevant la balance en déséquilibre qui les séparait. Par jalousie, par peur, *mon mari a tué mon fils dans son sommeil. Toujours je lui avais obéi. Je ne l'ai défié qu'une seule fois, et seulement par* amour *pour lui. Et pour ce péché il m'a jetée dans les Abîmes. Il a tué la magik de ce monde. Il a assassiné la lumière qui éclairait la nuit.*

— *Mon* père a essayé de me tuer une douzaine de fois. » Mia haussa les épaules. « Peut-être que votre gosse aurait dû se montrer un peu plus obéissant. »

Les yeux d'un noir infini de la Mère se mirent aussitôt à ciller, bouillonnant d'une fureur impossible. L'image d'Alinne Corvere trembla un instant, comme incapable de se stabiliser, et l'espace d'une seconde la jeune femme vit ce qui se trouvait derrière. La monstruosité qu'elle avait vue dans des livres à l'époque où elle n'était qu'une enfant – l'horreur contre laquelle les ministres d'Aa prêchaient depuis leur chaire. Non pas la Mère de la Nuit ou même Notre-Dame du Saint-Meurtre. Mais le vide silencieux qui séparait les étoiles. Le noir sans fin au-delà de la vie.

La Vorace.

Elle avait des tentacules, des yeux, des griffes, d'innombrables bouches baveuses. Aussi large que l'infini. Noire comme l'éternité. Mais les tremblements finirent par se calmer, l'obscurité par s'atténuer, et la jeune femme se retrouva à nouveau face au visage de sa mère. De fines lèvres noires. Des yeux sombres empreints de dureté. Le visage d'Alinne Corvere – la femme qui la grondait dans son enfance, qui l'envoyait au lit sans dîner, qui lui avait dit de ne jamais reculer, de ne jamais avoir peur, de ne jamais oublier.

« *Tu comptes laisser ce monde sous l'emprise d'un tyran ? lui demanda la déesse.*

— Non, *répondit la jeune femme.* Je compte *tuer* un tyran. Et ça ne va pas être possible si je suis morte. »

La Mère se renfrogna. « Je ne parle pas de ton imperator insignifiant. Je parle de l'Omniv…

— Je sais *pertinemment* de qui vous parlez. » *La fille mit ses mains sur ses hanches.* « Écoutez, je suis désolée. Je sais à quel point c'était horrible, ce qu'Aa vous a fait à vous et à votre fils. Mais votre petite familia dysfonctionnelle ne pourrait pas régler ses propres problèmes toute seule ? J'ai déjà de quoi faire avec la mienne... »

La forme de la Mère se remit à changer, les étoiles qui constellaient sa robe vacillant d'agitation. « Ce dont il est ici question est bien plus important que vos misérables soucis de mortels, mon enfant.

— Auquel cas c'est bien dommage que vous ayez besoin de nous autres, pauvres mortels, pour les régler à votre place, Mère.

— *Je suis une Déesse. Avant la lumière, avant la vie, il y avait les ténèbres. Je suis le début et la fin. Je suis la première divinité.* Personne *ne s'opposera à moi.*

— Loin de moi l'idée de vous manquer de respect. Mais je n'ai pas peur de vous. Il vous a fallu des années et tout le pouvoir à votre disposition pour mettre entre mes mains un putain de livre et commencer à me visiter en rêve. Vous n'êtes pas en position de me menacer. Vous devez me *convaincre.*

— *C'est ta desti... »*

Mia avait levé une main pour l'interrompre. « Épargnez-moi votre salive. Je ne suis pas l'esclave de votre destinée. J'arpente ma propre route. Je commets mes propres erreurs. Et peut-être en est-ce une, justement. Mais ce sera la *mienne*. Parce que c'est mon choix. Ma vie. *Mon* destin.

— *Ce qui fait de toi quelqu'un d'aussi égoïste que Cléo, dans ce cas. » La voix de sa mère était empreinte de chagrin et de colère.*

La jeune femme avança d'un pas, la fixa droit dans ses yeux brûlants. « Je pensais passer l'intégralité de ma vie toute seule. Je ne pensais jamais trouver la moindre once de bonheur. Eh bien, il s'avère que je me trompais, et je n'ai certainement pas l'intention de la lâcher. Si ça fait de moi une égoïste, très bien – je *serai* égoïste. Parce qu'au moins je connaîtrai l'amour. Et si vous essayez de m'en priver, vous pouvez aller vous faire *foutre.* »

La forme de Niah se remit à onduler, sa véritable nature pointant sous sa surface. Le noir de sa robe devint si intense *que Mia redouta de tomber dedans et de s'y noyer.*

« Tu oses me parler ainsi ? »

La jeune femme serra les dents ; tint bon. « C'est la différence entre moi et la plupart des gens. »

Mia baissa alors les yeux. Là, dans le miroir qui s'étendait sous ses pieds, elle vit un garçon se découper dans l'obscurité. Sa peau était du noir de la vrainuit. Des langues de flammes sombres ondulaient le long de son corps jusqu'au sommet de son crâne, comme une bougie allumée. Des ailes ténébreuses se déployaient dans son dos, et son front arborait un unique cercle parfait.

Aussi pâle qu'un clair de lune.

Mia revint alors aux yeux de la Déesse.

« J'ai de la peine pour lui, vraiment. Et je sais ce que c'est que d'avoir un père à haïr. Mais je peux tout à fait récupérer mon frère sans votre aide. Je n'ai pas *besoin* de vous. Aussi devez-vous me donner une raison de faire ça. Autre chose que ces conneries sur le destin ou la justice. Une *raison.* Sans quoi je vous laisserai régler toute seule vos putains de problèmes conjugaux. » *Elle pivota sur ses talons.* « En attendant ? Je retourne me coucher. »

Aussi immobile qu'une pierre, la Nuit regarda Mia partir en direction du matin. Les étoiles de sa robe scintillaient de feu glacé. « J'ai quelques raisons *en tête, mon enfant », grommela-t-elle alors, d'une voix aussi grave, aussi* sombre *que le vide.*

CHAPITRE 35

Cendres

Ash avait encore le goût de sa bien-aimée sur les lèvres.

Du sel et du miel. Du fer et du sang. Les paupières lourdes, elle se léchait la lippe du bout de la langue. Savourant les effluves de Mia. S'en enivrant. Les yeux fixés sur la sombre étendue de vide qui s'étalait au-delà de la balustrade de l'Autel céleste, elle remercia le dieu, ou la déesse, ou le coup du sort qui avait fait entrer cette fille dans son existence.

Mia.

Elle l'avait laissée à ses rêves. Nue sur les fourrures. Les cheveux éparpillés autour de sa tête comme une auréole de feu noir. Après l'avoir gratifiée d'un baiser aussi léger que des plumes, Ash s'était levée de leur lit, pour ensuite enfiler une combinaison de soie noire. La Vaanienne avait verrouillé leur chambre derrière elle, attaché ses longs cheveux blonds en arrière, puis, pieds nus, était partie en quête de quelque chose à boire. Sa langue était douloureuse. Sa gorge sèche. Satisfaire la championne du *Venatus Magni*, la Reine des Vauriens – et Dame des Lames –, avait tendance à donner soif.

Un silence de mort régnait sur l'Église. Le chœur fantomatique n'avait toujours pas fait son retour ; les disciples et les Mains capturés se trouvaient derrière les barreaux, sous l'œil vigilant de Mercurio. Bien peu avaient survécu à l'attaque, à dire vrai, et tous avaient prêté serment à Mia, la reconnaissant *de facto* comme la cheffe de leur Église. Mais la nouvelle Dame des Lames avait insisté pour qu'on les mette quand même sous les verrous – pour le moment, du moins. Ils ne pouvaient pas se laisser aller à une quelconque négligence. La victoire qu'ils avaient remportée n'était qu'une première étape, mineure qui plus est. Scaeva s'était échappé de la Montagne, en compagnie de Tueuse-d'Araignées. Jonnen se retrouvait à nouveau entre les griffes de son père. La question de la Lune n'était toujours pas résolue.

Cette histoire était loin d'être terminée.

Aussi Ashlinn se tenait présentement sur l'Autel céleste, à contempler le noir éternel par-dessus la balustrade. À prendre un moment pour souffler un peu. S'il fallait en croire Aelius, cet endroit était celui où les murs séparant le monde des Abîmes s'avéraient les plus fins ; la nuit perpétuelle qu'elle contemplait à ce moment n'était nullement une nuit *normale*. Les bancs et les chaises étaient vides dans son dos. L'air qui l'entourait, aussi calme que silencieux. Munie d'un godet en terre cuite et d'une bonne bouteille de vin doré récupérée dans les celliers de la cuisine – de l'Albari, l'appellation préférée de Mia –, elle étanchait sa soif en se languissant du goût de sa bien-aimée, que le breuvage brûlant faisait peu à peu disparaître de sa langue. En fixant cet Abîme tout en se demandant s'il lui rendait son regard – et à quoi la nuit ressemblerait si d'aventure la Lune revenait un jour dans le ciel.

Une partie d'elle-même craignait encore que Mia ne change d'avis. Que le chroniqueur ne la convainque de suivre son plan insensé. Mais le reste d'Ashlinn Järnheim, la partie qui *connaissait* Mia, qui lui faisait confiance, qui l'*adorait*, avait davantage de jugeote.

La nuit. Les soleils. La *Lune*… qu'ils aillent tous se faire foutre.

Mia Corvere voulait vivre.

Avec moi.

Un sourire lui étira les lèvres, et elle sentit des picotements la parcourir jusqu'à ses orteils. Elle visualisa la maison que son père avait fait construire à Trois-Lacs. Des fleurs sur le rebord de la fenêtre, un feu dans le foyer.

Et un grand lit de plume.

Jamais Ashlinn n'aurait cru avoir un tour une vie pareille. Elle n'en avait même jamais *rêvé*. Elle était née enfant de tueur, tout comme son frère, Osrik, et Torvar Järnheim avait façonné son fils et sa fille à son image. Sa jeunesse n'avait été que vols et brutalité – avec la promesse d'une existence de meurtrière au service de Notre-Dame du Saint-Meurtre. Les remords, c'était bon pour les faibles. Les regrets, pour les lâches.

Elle se remémora le tour où son père était revenu de sa captivité à Liis. L'offrande qui avait mis fin à ses fonctions d'assassin. Les mutilations qu'il avait subies dans les tours d'Épine d'Elai l'avaient marqué à jamais. Empli d'une amertume éternelle. Car même si Marielle avait soigné les blessures que Torvar avait endurées lors d'innombrables séances de torture, la tisseuse ne pouvait remplacer les membres qui lui avaient été définitivement *ôtés*.

Son œil. Sa virilité. Sa foi.

Le père d'Ashlinn avait perdu davantage que ses couilles et ses croyances à l'occasion de cette offrande. Il ne souriait jamais comme avant après son retour. N'embrassait jamais sa mère comme il en avait l'habitude jadis, n'étreignait jamais ses enfants comme il le faisait autrefois, ne dormait jamais sans se réveiller en criant, tiré de son sommeil par quelque cauchemar. Quelque chose en Torvar Järnheim s'était brisé à Liis, et n'avait jamais correctement guéri. Et l'Église rouge, malgré toute sa puissance et toute sa piété, n'était pas en mesure de le lui rendre.

Ce qui lui avait valu la haine éternelle de la Vaanienne.

Torvar avait donc monté ses enfants contre l'Église, et ses enfants avaient *plongé* tête la première. Il en avait fait des armes contre le temple qui avait fait de lui une épave. Des armes censées faire tomber la maison de la Déesse qui l'avait abandonné. Ils avaient tout bien planifié. Oz et sa sœur étaient passés à *ça* d'y parvenir. Ils avaient menti, volé, assassiné Briseur-d'Écluses, Carlotta, Tric – dans le seul but de mettre la main sur Lord Cassius et le Ministère. Et bien que leur échec se soit soldé par la mort de son frère des mains de Marius, Ashlinn avait vu tout ce pour quoi elle avait œuvré s'accomplir ces derniers tours.

Le Ministère, anéanti – de même que l'intégralité de l'Église rouge.

Torvar Järnheim aurait été fier de sa fille. Et s'il lui restait encore un compte à régler avec Marius, eh bien, cela pouvait attendre un autre tour. Car à dire vrai, malgré tout l'amour qu'elle lui portait, son grand frère était de son vivant un sacré connard.

Aussi Ashlinn se retrouvait-elle là, sur l'Autel céleste. À contempler le noir qui drapait la Montagne. La nuit qui n'était nullement une nuit. Un silence de tombe régnait tout autour d'elle – le Ministère gisait présentement dans ses tombes anonymes. Elle dénoua ses cheveux, les secoua, laissant s'écouler des rivières de blond sur ses épaules. Se délectant d'un enivrant sentiment de liberté, elle se versa un autre godet de vin doré et le leva en direction de l'obscurité.

« À la tienne, Père, espèce de vieux salopard pitoyable. Et à la tienne, Oz, espèce de petit fils de chien morveux. » Elle vida son verre, le jeta par-dessus le balcon. « Je vous ai enfin vengés.

— BONJOUR, ASHLINN. »

Le cœur de la Vaanienne s'arrêta de battre dans sa poitrine. Des papillons glacés arpentèrent son ventre. Gardant néanmoins un visage de marbre, elle fit volte-face pour le découvrir là, face à elle. Grand, puissant, aussi beau qu'une statue façonnée par la Mère ténébreuse en personne. Son serviteur. Son guide. Un semblant de vie animait désormais sa peau, mais ses yeux n'en restaient pas moins des flaques de vrainuit constellées de points de lumière stellaire. Ses salines s'agitaient comme sous l'effet de quelque brise. Ses mains avaient la couleur du meurtre.

Il la dévisagea sans mot dire. Pendant ce qui lui parut durer des siècles. Ash s'avisa alors que c'était là le dernier lieu où elle l'avait vu vivant.

Ce palier, cet endroit même – c'était là où elle l'avait tué.

« Au risque de me répéter, Tricounet, c'est un sacré nez que tu as là. Et je ne peux te laisser renifler l'entrée de ce soir.

— *Qu'est-ce que tu* – hrrk. »

« Salut, Tricounet, dit Ash.

— DES PROBLÈMES D'INSOMNIE ? »

Elle haussa les épaules. « Parfois.

— DE CULPABILITÉ, PEUT-ÊTRE ? »

Ash secoua la tête, calculant mentalement combien de pas la séparaient des escaliers. Sa main se referma presque imperceptiblement autour de la bouteille de whisky. « Notre Mia a… de l'appétit.

— NOTRE MIA.

— Enfin… » Elle le gratifia d'un sourire de biais. « *Ma* Mia. »

Le garçon soupira, secoua à son tour la tête. « TU NE GRANDIS PAS, ASHLINN. À ESSAYER DE ME FROTTER LE NEZ DEDANS.

— Je n'ai pas à essayer de frotter quoi que ce soit, Tricounet, répliqua Ash. Je *sais* que tu peux la sentir sur moi. La fumée, la sueur, ces recoins doux et secrets. Je sais que tu te souviens de ce que ça faisait, de visiter ces lieux. Et à quel point tu crèves d'envie d'y retourner. Ton nez a toujours été une source d'ennuis franchement problématique. »

Tric lança un regard par-dessus la balustrade, en direction du vide dans lequel elle avait poussé son cadavre après l'avoir poignardé à mort. Ash pouvait percevoir la force qui émanait de lui, en cet instant, dans cette maison des morts, si près de la vrainuit et des Abîmes desquels il s'était extirpé. Elle l'avait vu se battre pendant l'assaut de la Montagne, avait assisté au déchaînement sans frein de la puissance ténébreuse qui l'habitait. Jamais elle n'aurait pu espérer se déplacer aussi vite. Posséder autant de force. Il *fauchait* littéralement tous ceux qui osaient l'affronter, telle une extension de la Dame du Saint-Meurtre en personne.

La Vaanienne avait froid. Ressentait ce que l'air glacé faisait à son corps, prenait conscience de la finesse de la combinaison de soie qu'elle portait. Elle s'étreignit la poitrine d'un bras, l'autre se resserrant autour du goulot de la bouteille.

« TU JOUES À UN JEU DANGEREUX, ASHLINN, fit le Sans-Âtre.

— Ce sont les seuls qui en vaillent la peine, Tricounet. Mais tu ne vas pas me tuer. »

Il lui sourit – un rictus que venait démentir ce qu'elle voyait dans ses yeux. « ET POURQUOI ÇA ? »

La Vaanienne le toisa alors de pied en cap ; il y avait des étincelles dans ses prunelles bleues. « Parce qu'au fond de toi-même ? *Sous* le meurtre et toutes ces conneries ? Tu as bon cœur. Oh, tu essaies de le cacher. Mais au bout du compte tu ne peux pas t'empêcher de pencher du côté du bien. » Elle sourit de plus belle, en inclinant la tête. « Et tuer une fille qui ne porte rien d'autre que ses sous-vêtements, ce n'est tout simplement pas ton style.

— LE GARÇON DONT TU PARLES EST MORT, ASHLINN. » Les yeux de Tric se plissèrent presque imperceptiblement. « TU L'AS TUÉ.

— Qu'est-ce que tu – *hrrk*. »

Ash cilla en découvrant les reflets argentés de la dague que tenait Tric – celui-ci venait de lui assener un coup en pleine poitrine. Elle recula d'un pas titubant, lâcha un grognement. La bouteille de whisky alla se briser par terre. La main gauche de Tric s'abattit sur son épaule, l'immobilisant sur place. La droite enfonça le couteau dans sa chair, juste au-dessus du cœur.

La *poignée* de l'arme, du moins.

Suffisamment pour y former un hématome. Pas plus. Suffisamment pour lui montrer qu'il aurait pu la tuer s'il en avait eu l'intention. Ses mains étaient chaudes, sa peau aussi noire que la nuit, sa prise aussi lourde qu'une conscience coupable. Ses yeux brillaient de rage, des larmes sombres s'échappaient de ses cils et il avait les lèvres retroussées.

« JE VEUX TE TUER, dit-il d'une voix *dégoulinante* de fureur. LA DÉESSE M'EN SOIT TÉMOIN, J'EN CRÈVE D'ENVIE. JE VEUX COUPER TON PUTAIN DE CŒUR EN DEUX ET TE JETER DANS LE NOIR COMME TU L'AS

FAIT AVEC MON CORPS. ON ÉTAIT AMIS, TOI ET MOI. J'AVAIS *CONFIANCE* EN TOI. ET TU M'AS SUPPRIMÉ, SANS UNE ONCE DE REMORDS NI UNE SEULE PUTAIN DE LARME. »

Le pouls de la Vaanienne tambourinait dans ses veines. Sa bouche lui semblait remplie de cendres.

« MAIS JE NE FERAIS JAMAIS RIEN QUI PUISSE BLESSER MIA. PARCE QUE JE L'AIME, ASHLINN. » Tric cligna des yeux ; deux larmes noires coulèrent le long de ses joues pâles. « ET QUE C'EST *TOI* QU'ELLE AIME. »

Il relâcha sa prise, puis se tourna vers la balustrade – sur laquelle il appuya ses coudes, ses mains noires réunies devant lui. Le visage à moitié dissimulé par ses salines, il se mit à fixer l'obscurité qui leur faisait face. Il était beau. Brisé. À cause d'elle.

Ash restait pour sa part figée, ses deux mains collées à sa poitrine. Les yeux rivés sur le Sans-Âtre, la jeune femme la sentait *monter* en elle. Au-delà des murs qu'elle avait construits pour se protéger du monde, des remparts derrière lesquels elle avait tout caché. La chose qu'elle avait essayé de tuer, de piétiner avec ses talons jusqu'à ce qu'il n'en reste plus rien – la vie qu'elle s'était efforcée de vivre. Toutes les leçons de son père sonnaient creux sous son crâne.

Les remords, c'était pour les faibles.

Les regrets, pour les lâches.

Sauf que c'était là des mensonges, et elle le savait.

En vérité, elle l'avait *toujours* su.

Elle *savait* ce qu'elle avait pris à ce garçon. Et elle savait *pourquoi*. Mettant ainsi fin à tout ce qu'il était et aurait pu devenir. Elle savait à quel point ça devait être difficile pour lui, de revenir dans un monde à ce point *changé*. De voir la fille qu'il aimait dans les bras de celle qui l'avait tué. Et alors qu'il avait toutes les raisons du monde de les haïr, de laisser sa rage se déchaîner et de briser tout ce qui l'entourait, il restait fidèle à lui-même. À son amour. Loyal jusqu'au bout. Voilà le genre de garçon qu'il était.

Voilà le genre de garçon qu'elle avait tué.

« ... Je suis désolée », murmura-t-elle.

Tric baissa la tête. Ferma les yeux.

Des larmes chaudes parcouraient les joues d'Ashlinn, sa lèvre inférieure tremblait. La chaleur de son angoisse inondait sa poitrine, remontait jusqu'à ses lèvres en un sanglot amer. La jeune femme faillit avoir un haut-le-cœur quand ses larmes se mirent à couler. Elle s'agenouilla au milieu du verre brisé, dans la flaque de vin doré, emmaillotée dans ses propres bras – toutes ses murailles étaient en train de s'effondrer. « T-Tric... Je suis désolée. »

Seuls ses sanglots venaient briser le silence de l'Église.

« J-j'aimerais pouvoir r-revenir en arrière, articula tant bien que mal la Vaanienne. J'aurais aimé qu'il y ait un a-autre moyen. On était des *tueurs,* Tric. Tueurs l'un, tueurs tous. J'ai fait ce qui s'imposait. Pour ma familia. Mais j'aurais p-préféré... que ce soit quelqu'un d'autre. N'importe qui, mais pas *toi.* Et je sais que c'est j-juste un putain de mot. Je sais qu'il n'a plus guère de s-signification, après tout ce qui s'est passé. Mais... je suis désolée. »

Elle secoua la tête, ferma les yeux. « Déesse, je suis tellement *désolée.* »

Ses bras se resserrèrent autour de sa poitrine, comme pour maintenir le chagrin en son for intérieur. Les choses qu'elle avait faites, la personne qu'elle était... elle avait bien du mal à croire que quiconque puisse l'aimer en cet instant. Que toute cette histoire ait le moindre sens. L'exaltation consécutive à sa victoire, presque palpable avant l'arrivée de Tric, se résumait désormais à un goût amer de cendres sur sa langue. Parce que quand on faisait don d'une âme à la Vorace, on lui donnait un peu de soi-même. Jusqu'à ce qu'il ne reste plus rien.

Mauviette, entendit-elle son père murmurer.

Lâche.

Des mots dénués de toute vérité, elle le savait. Ash connaissait la forme du mensonge. Mais là, agenouillée comme elle l'était, ils lui semblaient si réels, si *tranchants,* qu'ils parvenaient quand même à la couper. À la *saigner* sur la pierre qui s'étendait sous ses pieds. Comme il est facile pour des parents de faire de leurs enfants un triomphe, chers amis. Et avec quelle facilité ils peuvent les endommager irrémédiablement.

Un bruit de botte sur du verre brisé.

Ash sentit une main chaude se poser sur son épaule.

La jeune femme ouvrit les yeux, pour le découvrir agenouillé devant elle. Son beau visage pâle, encadré de salines aussi noires que le ciel qui les surplombait. Des yeux aussi profonds que la nuit elle-même, tachetés de minuscules points étincelants. Elle trouva un étrange réconfort dans ce spectacle – dans le fait que même au beau milieu de toute cette obscurité, de tout ce froid, une faible lumière brûlait encore.

« Tu es une putain de salope », lui lança Tric.

Ashlinn cligna des yeux. « … Et toi une putain de vierge effarouchée », se risqua-t-elle à riposter.

Ce qui le fit glousser. Un bref ricanement acerbe, sa fossette plissant sa joue. La bouche de la Vaanienne s'étira en un minuscule sourire mêlé d'une amère tristesse – le goût de ses larmes toujours sur ses lèvres. Et puis elle éclata d'un rire qui réchauffa sa poitrine, contribuant ainsi à chasser le froid qui les entourait. Après qu'elle se fut essuyé les yeux, laissant au chagrin le temps de se dissiper, tous deux se retrouvèrent là, face à face, à genoux, séparés d'un mètre et d'un millier de kilomètres. Deux tueurs. Deux victimes. Deux amants aimés en retour.

Peut-être pas si différents que ça, après tout.

« Je l'aime *vraiment*, tu sais, murmura Ash.

— JE SAIS.

— Je serais prête à tout pour la rendre heureuse.

— MOI AUSSI.

— ... je sais. »

Ashlinn glissa ses bras autour des épaules de Tric, l'attirant dans une douce étreinte. Il resta tendu dans un premier temps, aussi dur que de la pierre, résistant avec le peu de rage qu'il lui restait. Mais finalement, avec une infinie lenteur, le Dweymeri ferma les yeux, et la Vaanienne sentit sa tête se poser doucement sur son épaule, ses bras encercler sa taille. Sa peau était chaude sous les doigts de la jeune femme – en totale contradiction avec son apparence de statue insensible. Ils s'agenouillèrent par terre en s'étreignant l'un l'autre, entourés de tessons de bouteille, surplombés d'Abîmes incommensurables.

Ils restèrent là une éternité, immobiles. Tout autour d'eux régnait un silence absolu. Puis Ashlinn déposa un doux baiser sur la joue de Tric, aussi léger que des plumes, avant de reculer pour le fixer droit dans les yeux. Elle pouvait sentir le goût de ses larmes sur ses lèvres. Des larmes noires, mêlées au vin doré, aux effluves de Mia, aux cendres amères de leur passé.

« Je... »

Un goût de cendres.

Sur sa langue.

Elle grimaça. « Je...

— ... ASHLINN ? »

Elle se mit à tousser. Porta une main à sa bouche. Sa gorge la grattait. Un goût de fumée avait envahi son palais. Sourcils froncés, elle commença à se frotter le cou. Une douleur dans le ventre. Une nouvelle quinte de toux. Une humidité collante sur sa main. Baissant les yeux vers sa paume, elle découvrit là une masse rouge et brillante.

« Ô Déesse... »

Et les lèvres d'Ashlinn ne vibraient plus du tout du souvenir de l'intimité de Mia.

Tout ce qu'elle pouvait sentir dessus, c'était le goût du sang.

« ASHLINN ? »

Tric prit la Vaanienne agonisante dans ses bras au moment même où elle crachait une nouvelle glaire ensanglantée. Les yeux écarquillés, il remuait son visage d'une main noire.

« ASHLINN ! »

Il se tourna vers la bouteille brisée. Vers le vin doré répandu par terre. Se pencha pour inhaler le breuvage, ses tripes envahies d'une sinistre certitude. Quel imbécile : il avait loupé ça. Trop concentré qu'il était sur *sa* douleur et sa rage. Parce qu'il *pouvait* la sentir, à présent, aussi sûrement qu'il sentait le sang d'Ash sur ses propres mains – la mort qu'elle avait avalée, gorgée après gorgée.

Du millenuances.

Aucun goût. Incolore. Presque inodore. Et l'une des toxines les plus mortelles de l'arsenal d'un assassin. Tric savait que le poison cheminait déjà en direction du cœur et des poumons d'Ashlinn. Il n'avait que quelques instants pour réagir. S'il ne stoppait pas sa progression...

Déesse...

Il prit la Vaanienne dans ses bras et quitta en hâte l'Autel céleste, berçant sa tête tout en courant, aussi rapide que la lumière des étoiles, aussi puissant que la nuit, ses bottes martelant les escaliers en colimaçon. Le Sans-Âtre savait où il devait se rendre. Filant telle une flèche dans la pénombre, dents serrées, Tric priait pour qu'il ne soit pas trop tard.

Ashlinn expectora une nouvelle mucosité écarlate, son visage grimaçant de douleur. « T-Tric... »

Il atteignit le palier, dévala le couloir en direction de la salle des Vérités. Finit par croiser le vieux Mercurio installé dans un rocking-chair, occupé clope au bec à surveiller les Mains et les disciples enfermés dans leur chambre. Tric chargeait dans sa direction, la Vaanienne en sang dans ses bras – le cigarillo de l'évêque s'échappa de ses lèvres lorsqu'il les repéra.

« Par le sang et les abîmes, haleta-t-il.

— ALLEZ CHERCHER MIA ! hurla Tric.

— Qu'est-ce que...

— *ALLEZ LA CHERCHER !* »

Mercurio ramassa sa canne et se mit aussitôt à courir, en grimaçant de douleur. Ashlinn recommença à tousser, maculant de pourpre ses lèvres et son menton – ses mains revinrent enserrer son ventre. Tric dévala un autre couloir, descendit un nouvel escalier en spirale sans un instant cesser d'étreindre la frêle jeune femme contre sa poitrine. Sitôt qu'il eut atteint d'immenses doubles portes, le Dweymeri les ouvrit d'un violent coup de pied et fit irruption dans la salle des Vérités.

L'antre de Tueuse-d'Araignées.

Les vitraux diffusaient une faible lumière émeraude dans la pièce, teintant la verrerie de toutes sortes de nuances – du citron vert au jade foncé. Un immense banc en bois-de-fer dominait les lieux, couvert de tuyaux et de pipettes, d'entonnoirs et de tubes. Les étagères murales accueillaient des milliers de bocaux différents, remplis de milliers d'ingrédients.

Tric se remémora les leçons qu'il avait reçues ici. L'art du venin qu'il avait appris sous l'œil attentif de la Shahiid. Il n'arrivait pas à la cheville de Mia en la matière – cette fille était *née* pour empoisonner comme un poisson l'était pour vivre dans l'eau. Cependant, ça ne l'empêchait pas de s'y connaître un minimum. Le millenuances était cruel, mais se résumait finalement à une simple toxine. Ses propriétés pouvaient être neutralisées par l'un des neuf réactifs suivants : lait de chardon, alcalise, blancherbe, crème de rose, pétrifeuille, graines de pavot fauve écrasées, vivepierre mélangée à de l'ammoniaque, ou une solution de charbon et d'épinoire en poudre.

N'importe lequel ferait l'affaire.

La Vaanienne expectora davantage de sang, gémit de douleur.

« TIENS BON, ASHLINN, TU M'ENTENDS ? »

Il balaya sans ménagement les ustensiles de verre et étendit doucement la jeune femme sur l'imposant banc en bois-de-fer. Ash attrapa sa main noire de ses doigts maculés de rouge, la serra de toutes ses maigres forces tout en lâchant un gémissement ensanglanté.

« Tr… Tric…

— JE VAIS TE CHERCHER L'ANTIDOTE, TIENS BON.

— L-lait de ch-chard…

— JE SAIS, JE *SAIS* ! »

Il se tourna vers les vastes étagères, les innombrables rangées d'ingrédients – des ampoules, des pots et des bocaux scellés à la cire verte. Ils étaient classés par ordre alphabétique ; on pouvait compter sur la sinistre Shahiid des

Vérités pour tout garder parfaitement rangé. Sitôt arrivé à la section *L*, il attrapa le lait de chardon de ses mains noires. Sauf que le bocal était vide.

« MERDE...

— Tric-c...

— TIENS BON, ASH ! »

Une noire cascade de peur dégringolait en lui, son pouls palpitait dans ses veines. Il courut jusqu'à la section *A*, à la recherche de l'alcalise. Y dénicha trois fioles de verre, toutes soigneusement étiquetées – et toutes vides. Un juron aux lèvres, le Dweymeri se tourna ensuite vers les tubes d'ammoniaque. Sauf que ceux-là...

... ceux-là étaient vides, eux aussi.

Son cœur sombre se serrant dans sa poitrine, le garçon se mit à courir d'une étagère à la suivante, en s'efforçant d'ignorer les cris d'Ashlinn. Épinoire. Vivepierre. Charbon. Pavot fauve. Absolument tout – béchers, tubes, bocaux et urnes – était *vide*. Il était en train de balancer par terre la fiole de crème de rose impeccablement sèche quand les portes s'ouvrirent violemment. Mia se tenait sur le seuil, vêtue d'une combinaison noire, ses yeux brillants écarquillés, les cheveux ébouriffés.

Ash s'était roulée en boule – et elle avait du sang sur les lèvres. « M... Mia-a...

— Ashlinn ?

— ELLE A ÉTÉ EMPOISONNÉE ! »

L'enténébrée se tourna vers Tric. « Avec quoi ?

— DU MILLENUANCES ! PEUT-ÊTRE UN DEMI-DRAMME !

— Eh bien, va chercher ce putain de lait de chardon ! s'écria-t-elle en se précipitant sur lui pour l'écarter d'un coup d'épaule.

— LE BOCAL EST VIDE, MIA !

— Du pavot fauve, dans ce cas ! Ou…

— VIDES ! ILS SONT TOUS VIDES !

— C'est impossible ! cracha l'enténébrée sans cesser de fouiller les étagères, les bras plongés jusqu'aux coudes dans les rayons. Tueuse-d'Araignées était une maniaque du rangement, il n'y a *aucune* chance qu'elle ait…

— Ô, PAR LA DÉESSE, MIA… »

Tric était en train de lui montrer le pot de blancherbe. Le dernier ingrédient susceptible de sauver la vie d'Ashlinn. Contrairement aux autres, celui-ci *contenait* quelque chose. Une forme sombre, grosse et poilue, qui le fixait de ses yeux noirs totalement vides. Un cadeau d'adieu jubilant, vindicatif, de la Shahiid des Vérités.

Une araignée.

« Oh, non… », haleta Mia.

Tueuse-d'Araignées avait empoisonné l'Albari du garde-manger avant de prendre la fuite. Et seule la Déesse savait quoi d'autre. Une ultime morsure, une dernière toile, dans l'espoir de piéger une Corneille avec sa boisson préférée. Le poison agissait assez lentement pour qu'ils se précipitent jusqu'à sa salle, pour ensuite endurer une ultime torture en découvrant que la Shahiid avait emporté tous les antidotes.

Cette salope malfaisante…

« M-Mia…

— Ashlinn ? »

Mia rejoignit aussitôt son amante, la souleva, enveloppa sa tête de ses bras. La Vaanienne attrapa la main de sa bien-aimée, la maculant de sang. Elle avait les larmes aux yeux.

« Ça f-fait mal.

— Oh, non, *non*… »

Tric recula jusqu'au mur, les prunelles écarquillées d'horreur devant l'angoisse qui déformait le visage de Mia pendant qu'elle fouillait une à une les étagères, les paupières papillonnantes, une longue mèche de cheveux noirs coincée au coin de ses lèvres tremblantes. Il imaginait les rouages tourner sous son crâne, se la représentait passer en revue toutes ses connaissances en matière d'art du venin. Elle s'était révélée être la meilleure élève de Tueuse-d'Araignées avant sa trahison. L'une des plus grandes empoisonneuses que l'Église ait jamais produite. Il y avait forcément *quelque chose* à faire…

« N-non… », murmura-t-elle, la poitrine haletante, les yeux rivés sur ceux d'Ashlinn. Elle lâcha un sanglot, tout en parcourant une fois de plus la pièce du regard, en quête du moindre espoir. « Il n'y a plus r-rien ici. »

Malgré la douleur qui déformait ses traits, la Vaanienne souriait. Un rictus *rouge*. « Cette salope m'a eue.

— Non, fit l'enténébrée. Non, ne dis pas ça. »

La Vaanienne grimaça, posa une main ensanglantée sur la joue de Mia. « Je… j'aurais t-tué le ciel pour toi…

— Non, ne *t'avise* pas de me faire des putains d'adieux ! »

Ash ferma les yeux, gémit, se recroquevilla un peu plus. Mia la serra tout contre sa poitrine comme si elle était en train de se noyer et que seule sa maîtresse pouvait la sauver ; un mélange de larmes et de khôl noircissait ses joues. Une douleur infinie déformait son visage, et rien ne semblait pouvoir la convaincre de lâcher sa bien-aimée.

« Non, reprit l'enténébrée d'une voix brisée. Non, non, *NON* ! »

Le dernier s'accompagna d'un gémissement de douleur. Sous le regard de Tric, les ombres commencèrent à remuer dans la pièce, les pots à trembler sur les étagères. Mercurio arriva enfin à la salle des Vérités, haletant, le visage rouge, Sidonius et Charmeuse-de-Lames à ses côtés. Tous trois regardèrent avec horreur Mia hurler comme si l'intégralité de son univers était en train de s'écrouler, Ashlinn dans ses bras.

« Mercurio, aide-moi ! »

Le vieillard balaya la pièce du regard. Y repéra les fioles vides. Le bocal contenant l'araignée. « Mère noire, murmura-t-il.

— Que quelqu'un vienne *m'aider* ! »

Un chagrin infini secouait le corps de l'enténébrée. Elle étreignit Ash encore plus fort, le visage empreint d'une rage impuissante, lèvres retroussées, doigts crispés. Mais malgré toute sa puissance, tous ses talents, c'était là un ennemi qu'elle ne pouvait vaincre. *Accrochée* à sa bien-aimée comme si sa propre vie en dépendait, elle lui berçait doucement la tête – incapable qu'elle était de la sauver.

« Pour toujours, tu te souviens ? *Pour toujours !*

— Je suis… d-désolée.

— Non, ne meurs pas, la supplia Mia. S'il te plaît, *s'il te plaît,* je ne peux pas y arriver sans toi !

— Embrasse-moi », parvint à articuler la Vaanienne.

Un sanglot.

« Non. »

Un soupir.

« S'il te plaît. »

Le visage de Mia se décomposa, ses épaules s'affaissèrent ; une plainte étouffée s'échappa de ses lèvres frissonnantes. Ashlinn toucha une fois de plus la joue de sa maîtresse d'une main tremblante, la maculant de rouge.

« S'il te plaît. »

Et que pouvait bien faire Mia, en ces ultimes instants ?

La laisser partir sans lui dire adieu ?

Ainsi donc, yeux fermés, lèvres entrouvertes, abrutie de douleur et de chagrin sous la nuit perpétuelle qui les surplombait, Mia Corvere embrassa sa bien-aimée. Du sang sur leurs bouches. Des larmes dans leurs yeux. Une promesse brisée. Une dernière caresse. Les ombres s'agitaient de plus en plus, l'obscurité s'intensifiait – et tout d'un coup, chaque fiole, chaque urne, chaque bocal posé sur les étagères se brisa, comme pour rendre hommage à leur ultime baiser.

Un battement de cœur aussi long qu'une existence. Une éternité totalement vide.

Une solitude infinie succédant à l'amour.

Pour toujours ? Rien que ça ?

Pour toujours et à jamais.

CHAPITRE 36

Baptême

Jonnen avait encore le goût du sang dans sa bouche.

Un tour complet s'était écoulé depuis qu'ils avaient émergé, dégoulinants d'écarlate, de la piscine de la chapelle située sous la nécropole de Sepulcra. Cinquante des Luminatii qui les attendaient s'étaient aussitôt chargés d'escorter les quatre arrivants – lui-même, son père, la femme appelée Tueuse-d'Araignées et la sorcerii prénommée Marielle – dans les rues animées de la ville. L'autre moitié de la centurie était restée sur place pour s'assurer qu'aucun des camarades de Mia ne débarque ensuite.

Jonnen s'était demandé si cela aurait été une bonne ou une mauvaise chose. Mais personne n'était venu à sa rescousse.

Une fois de retour dans leurs appartements de la première Côte, Tueuse-d'Araignées avait accompagné la sorcerii Aa seul savait où. Son père était parti prendre un bain. Jonnen s'était quant à lui retrouvé entouré d'esclaves, qui l'avaient récuré de fond en comble – coupe de cheveux comprise – et revêtu d'une toge blanche ourlée de pourpre. Et enfin, avec davantage d'égards que le garçon l'en croyait capable après leur repli désastreux, l'imperator l'avait emmené voir sa mère.

Ou du moins la femme qui *prétendait* être sa mère.

Liviana Scaeva s'était mise à pleurer en le voyant, l'étreignant avec une telle férocité que le garçon s'attendait à sentir ses côtes se fendre. Elle avait loué l'Omnivoyant, béni le nom de son père, le tirant vers elle d'une main tandis que l'autre restait agrippée à son fils. « Oh, L-Lucius, avait-elle sangloté. Mon Lucius chéri. »

Et bien qu'il n'ait pas parlé, l'enfant entendait encore les mots qui avaient alors résonné dans sa tête.

Je m'appelle Jonnen.

Ensuite ils avaient partagé un dîner pour le moins surréaliste. Rien que tous les trois, ce qui n'était pas arrivé depuis une éternité s'il devait en croire ses souvenirs. La table était couverte de plats raffinés – le garçon n'avait rien vu de tel depuis des mois. Pas de ragoût, de bouillie froide ou de bœuf séché. Pas de repas sur le pouce dans un misérable clapier ou une ruine isolée. Pas d'histoires paillardes ou de fumée de cigarillo. Non, ils avaient à disposition des petits-fours alléchants, des rôtis grésillants cuits à la perfection et des sucreries miellées qui fondaient dans sa bouche. Des assiettes en porcelaine sans la moindre imperfection, des couverts en argent, des verres en cristal dweymeri chantant. Sa mère l'avait même laissé boire un peu de vin.

Et le seul goût qu'avait Jonnen dans la bouche, c'était celui du sang.

Pauvre Boucher.

Pauvre Éclipse.

Le massif Liisien lui manquait déjà – tout comme son langage grossier et ses épées en bois. Tout comme la compagnie de l'ombrelouve, leurs jeux sans fin, l'intrépidité qui l'envahissait lorsqu'elle chevauchait son ombre. Mais il avait fait son choix. Celui d'être loyal envers son père. Envers Itreya. De faire allégeance au trône dynastique sur lequel il allait un tour monter.

Il avait fait son choix.

Et à présent il devait vivre avec.

Sa mère l'avait bordé dans son lit – le serrant dans ses bras cinq bonnes minutes, comme si elle craignait de le voir à nouveau disparaître. Il avait passé une non-nuit sans sommeil dans des draps impeccables, à fixer le plafond en réfléchissant à ce qu'il avait fait. Et le lendemain, son père avait envoyé ses sbires le chercher.

Jonnen traversait leurs appartements escorté d'une douzaine de Luminatii. Lourdement armés. Engoncés dans leurs cuirasses. Aussi vigilants que des faucons-striges, à l'affût de la moindre ombre assez téméraire pour croiser leur route. La tension toute neuve qui flottait dans l'air l'effrayait, à dire vrai – il s'était tellement habitué à ce qu'Éclipse dévore sa peur qu'il avait oublié comment la gérer. Alors qu'il attendait dans le couloir devant le bureau de son père, le garçon découvrit que ses mains et ses jambes tremblaient.

Honnêtement, il se sentait à la limite de pleurer.

« Prenez cinq centuries de vos meilleurs légionnaires, entendit-il son père ordonner. La piscine de sang doit être intégralement vidée de son contenu, puis incendiée. Vous allez enduire de sel d'arkémiste chaque pilier, chaque porte, et mettre le feu à l'endroit dès que vos hommes l'auront quitté. Qu'aucune *pierre* de la chapelle de l'Église rouge ne reste intacte.

— Votre volonté, imperator », répliqua un homme.

Des pas lourds – et un trio de centurions Luminatii sortit d'un pas décidé du bureau de son père, resplendissants dans leur armure en ossacré et leurs manteaux rouge sang. Ils s'inclinèrent devant lui, puis se hâtèrent d'aller exécuter les directives de leur imperator. Malgré la débâcle de la Montagne, la machine tout entière de la République semblait encore se plier complètement à la volonté de son père.

Dont la voix ne tarda pas à résonner de nouveau à ses oreilles :

« Entre, mon fils. »

Le garçon se tourna vers les Luminatii qui l'entouraient, mais aucun des hommes ne bougea d'un pouce. Cette audience avait à l'évidence vocation à être privée. Aussi Jonnen pénétra-t-il seul à l'intérieur de la pièce, sur des jambes flageolantes.

Installé sur le divan à côté de son jeu d'échecs, son père était vêtu d'une longue toge pourpre, rasé de près – il venait manifestement de prendre un bain, et arborait comme à son ordinaire une apparence immaculée. À part les légers cernes qui soulignaient ses yeux : peut-être avait-il mal dormi, lui aussi.

Son regard était rivé sur la seule pièce disposée sur le plateau – un unique pion noir. À côté de lui était posé un stylet en ossacré, à la poignée décorée d'un corbeau aux yeux ambre. On aurait dit le petit frère de l'épée longue de Mia.

« Père, dit le garçon.

— Mon fils. » Et d'un petit geste il lui désigna le divan situé face à lui.

L'enfant traversa le bureau, arpentant dans le mouvement la carte de toute la région itreyenne. Vaan et Ysiir, Itreya et Liis – tout était sous le contrôle de son père, à présent. La

République avait vécu. C'était un *royaume* qui ne disait pas son nom, désormais.

Jonnen s'assit face à son souverain. « Où est Tueuse-d'Araignées ? s'enquit-il en regardant autour de lui. Et la sorcerii ? »

Son père balaya sa question comme s'il chassait un insecte. « J'ai fait un rêve la nuit dernière », déclara-t-il.

Le garçon cligna des yeux. Pas franchement ce à quoi il s'attendait. « … De quoi avez-vous rêvé, Père ?

— De ma mère.

— Oh, fit Jonnen, ne sachant trop comment réagir autrement.

— Elle était vêtue de noir, poursuivit son géniteur – sans un instant quitter des yeux la pièce d'échecs. Alors qu'elle n'en portait jamais, de son vivant. Avec de longs gants qui lui remontaient jusqu'aux coudes. Et elle m'a parlé, Lucius. D'une voix presque inaudible. Comme si elle se trouvait très loin de moi.

— Qu'est-ce qu'elle vous a dit ?

— Qu'il fallait que je discute avec toi.

— De quoi ? répliqua Jonnen.

— De Mia Corvere. »

Ah.

Ça, il s'y était attendu. « Ma sœur, vous voulez dire ? » s'entendit-il rétorquer.

Ce qui décida enfin son père à le regarder, tandis que Murmure s'extrayait de l'ombre de l'imperator en lâchant un léger sifflement. Le serpent le scruta de ses non-yeux, en testant l'air de sa non-langue. Il semblait plus *solide* qu'il ne l'avait jamais été : un noir plus profond, assez intense pour deux désormais.

Les gémissements d'Éclipse résonnaient encore dans les oreilles du garçon…

« Ainsi donc elle t'en a parlé, fit son père.

— Oui. » Il avait la gorge serrée, sèche.

Scaeva se pencha en avant ; une flamme brûlait dans ses prunelles. « Qu'est-ce qu'elle t'a dit exactement ? »

Jonnen déglutit. Fixa les yeux de son père, mais détourna le regard tout aussi rapidement. « Qu'elle était votre fille. Mise au monde par Alinne Corvere. »

Un long silence s'abattit sur le bureau. Ses paumes étaient humides de sueur.

« Et quoi d'autre ? finit par s'enquérir Scaeva.

— Elle a dit… »

Sa voix se fit hésitante. Il secoua la tête.

« Murmure, incita son père.

— … *N'aie pas peur, petit homme…* »

L'ombrevipère serpenta jusqu'à l'ombre de Jonnen, dans laquelle il se fondit. Le démon engloutit sa peur, l'avalant une bouchée après l'autre. Le laissant téméraire. Aussi froid que l'acier. Dans un soupir, il revint à son père, pour le gratifier d'un regard froid, sombre, *dur*. Sans se détourner, cette fois.

« Elle m'a dit que moi aussi j'étais le rejeton de Dona Corvere, lança-t-il d'une voix ferme. Que ma mère n'était pas ma mère. »

L'imperator se cala au fond de son divan, étudia Jonnen de ses yeux noirs et brillants.

« C'est la vérité ? demanda le garçon.

— C'est la vérité », répondit son père.

Jonnen sentit son ventre se tordre. Sa poitrine se serrer. Bien *sûr*. En son for intérieur, il savait que Mia ne lui aurait jamais raconté un tel mensonge. Mais entendre son géniteur *confirmer* l'information…

Ses yeux brûlaient de larmes. Affligé, honteux, il les refoula tant bien que mal. « C'est donc *bel et bien* ma sœur.

— J'aurais fini par te le révéler, dit son père. Dans quelques années. Je n'avais aucune intention de t'abuser, mon fils. Mais certaines vérités doivent se *mériter*, en temps voulu. Et d'autres sont simplement des questions de perspective. Même si elle ne t'a pas donné naissance, Liviana t'aime comme un fils. N'en doute pas un instant, Lucius.

— Ce n'est pas le prénom que ma mère m'a donné. »

La voix de Scaeva se transforma en fer. « C'est le prénom que *moi* je t'ai donné. »

Le garçon baissa la tête. Et, lentement, opina du chef. « Oui, Père. »

L'imperator d'Itreya prit le pion noir sur l'échiquier – alors qu'en vérité, les yeux de Jonnen s'attardaient davantage sur le stylet. Son père manipula en tous sens la pièce entre ses doigts, laissant la lumière déclinante des soleils faire scintiller l'ébène polie. Lèvres pincées. Sans mot dire.

« Que t'a-t-elle raconté d'autre ? interrogea-t-il enfin. Ta chère sœur ?

— Bien des choses, marmonna le garçon.

— Lui est-il arrivé de parler de ce qu'elle comptait faire si l'assaut qu'elle a mené contre la Montagne était couronné de succès ? »

Jonnen haussa les épaules. « Pas vraiment. Mais je peux deviner.

— Ne t'en prive surtout pas.

— Elle va réessayer de vous tuer.

— Et c'est tout ce à quoi elle aspire ? Ma mort ?

— Elle ne vous aime *vraiment* pas, Père. »

Scaeva sourit, secoua la tête. « Et *quid* de ses compagnons ? La Vaanienne ? Les esclaves qu'elle a tirés de l'arène ? Le mort revenu de sa tombe ? Que sais-tu à leur propos ? Qu'est-ce qu'ils veulent ? Pourquoi la suivent-ils ? »

Nouveau haussement d'épaules. « Ashlinn m'a l'air d'être amoureuse de Mia. Je pense qu'elle suit son cœur.

— Et les gladiatii ?

— Mia les a sauvés de l'esclavage. Ils la suivent par amour – et par loyauté.

— Et le Défunt ? Le Dweymeri ? »

Jonnen grommela quelques mots incompréhensibles.

« Je ne t'entends pas, mon fils, fit l'imperator d'une voix empreinte de colère rentrée.

— J'ai dit que *lui* ne la suivait pas, répliqua Jonnen. Il essaie plutôt de la guider.

— Vers quoi ? »

Le garçon considéra le pion que tenait son père – et ne put s'empêcher de s'y reconnaître. Une pièce minuscule sur un échiquier bien trop grand. Le temps qu'il avait passé avec Mia commençait déjà à ressembler à un rêve. Les sentiments qu'elle lui inspirait formaient un méli-mélo confus sous son crâne – admiration, mépris, affection, horreur. Peut-être même de l'amour. Elle était audacieuse, courageuse, hors du commun, et Jonnen savait qu'elle était *importante*. Qu'elle avait un rôle à jouer. Mais il la connaissait depuis huit semaines. Ça faisait neuf *ans* que son père faisait partie de son existence. Et certaines loyautés ne meurent pas sans lutter, quoi qu'en disent les livres d'histoire.

« La Couronne de la Lune », s'entendit-il chuchoter.

Son père cilla – il y avait de la surprise dans son regard noir charbon. Le garçon savoura cet instant – il n'avait pas souvent l'occasion de voir son géniteur sur la défensive.

« Mère m'a mentionné ce nom, affirma l'imperator. Dans mon rêve. Et mon vieil ami le cardinal Duomo cherchait *justement* une carte menant à cet endroit l'année dernière. Il pensait que s'y trouvait la clé d'une magik capable de causer définitivement la perte de l'Église rouge. Et malgré tous les efforts de ma fille, Ashlinn Järnheim est parvenue à la récupérer.

— Effectivement. »

Son père se pencha sur ses coudes, regarda Jonnen droit dans les yeux. « Qui est la Lune, mon fils ? Pour peu que ce soit bien un *qui*…

— … Je ne saurais vous le dire, Père. »

L'imperator ramassa le poignard en ossacré posé sur l'échiquier. Fixa Jonnen tout en le faisant tourner entre ses doigts. Sans dire un mot. Ce qui n'empêchait nullement son fils de sentir son regard noir – pareil à une chaleur de vrai-jour qui martèlerait sa peau. Avec un sifflement malveillant, Murmure s'extirpa de l'ombre du garçon ; en l'absence de passager pour la consommer, sa peur revint aussitôt, inondant de froid son ventre crispé, faisant trembler ses petites mains. La peur de la déception. De la colère. De la douleur. La peur que seul un garçon, qui a fixé son père droit dans les yeux, et vu ce qu'il risquait de devenir un tour, peut vraiment ressentir.

« Je ne saurais vous le dire. Par contre… » Jonnen humecta ses lèvres sèches. Sa voix lui échappait. « Je peux vous montrer. »

« … *Extraordinaire*…

— N'est-il pas ? » haleta l'imperator.

Ils se trouvaient dans les profondeurs de la Cité des Ponts et des Os, face à une noire piscine luisante. L'air, aussi huileux qu'épais, était imprégné de la puanteur du sang et du fer. Jonnen leur avait expliqué de son mieux ce qu'ils allaient découvrir en ces lieux, et comme mieux valait éviter que les soldats du sacro-saint découvrent que leur imperator était un enténébré, leurs gardes Luminatii étaient restés à l'entrée des catacombes.

Jonnen et son père, accompagnés de Murmure, avaient descendu les escaliers de sombre pierre froide qui menaient dans les souterrains de la ville. Seule la lumière d'une unique torche arkémique, que le garçon tenait bien haut dans sa main, venait déchirer les ténèbres. Ils avaient arpenté les tunnels sinueux de la nécropole, pour ensuite pénétrer dans le labyrinthe mouvant de visages et de mains. Jonnen les avait guidés de mémoire dans l'obscurité inhabitée, infailliblement, pendant ce qui lui avait paru durer des heures. Jusqu'à ce qu'ils finissent par déboucher dans une immense salle circulaire.

Le garçon se tenait désormais aux côtés de son père, à regarder leurs ombres s'étirer devant eux. Murmure s'empressa de s'extraire de l'ombre de son maître, hypnotisé – tout comme Gentilhomme et Éclipse l'avaient été. Tout autour d'eux, les beaux visages gravés sur les murs et le sol *bougeaient*, de la même manière qu'à sa dernière venue en ces lieux. Les pierres se mouvaient sous leurs sandales, des mains se tendaient dans leur direction, des lèvres articulaient des supplications silencieuses. Le garçon comprenait à présent à qui ces visages appartenaient.

À leur Mère.

Leur *véritable* Mère.

L'air semblait comme enflammé. De faim. De colère. De haine. Les visages angoissés formaient une pente qui descendait jusqu'à cette profonde dépression, à la fois familière et totalement étrangère, à peine visible dans la pâle lueur de la lanterne. La berge se résumait à un amoncellement de mains et de bouches ouvertes. Et là, luisante, aussi lisse que du velours, se déployait la piscine de sang noir.

Du sang divin.

« Je pense… » Son père s'avança d'un pas hésitant, tendit la main – Jonnen aurait juré distinguer des ondulations à la surface du bassin, comme en réponse. « Je pense avoir vu cet endroit. Dans mon rêve.

— … *Ce fut là qu'elle tomba…*, murmura le serpent.

— Ce fut là qu'elle tomba, répéta le petit garçon.

— Et il y a davantage de… ceci ? » L'imperator fixa la piscine, pour enfin se retourner face à son fils. « Qui l'attend à la Couronne de la Lune ?

— Je n'en sais rien, admit le garçon d'une petite voix effrayée. Mais Tric a dit à Mia qu'elle devait s'y rendre pour réunir les fragments de l'âme d'Anaïs.

— Pourquoi voyager *jusqu'aux* ruines de l'antique Ysiir ? demanda son géniteur. Pourquoi ne pas s'arroger le pouvoir qui réside *ici*, dans les sous-sols de Sepulcra ?

— Les restes que contient cette piscine ne vous serviront à rien, Père, dit Jonnen. Tric a averti Mia à leur propos. C'est là ce qui subsiste de la rage de la Lune. La partie de lui qui ne songe qu'à détruire. Ils ont passé trop de temps ici, à croupir dans l'obscurité. Mia n'a pas osé y toucher. Et je ne saurais trop vous conseiller de suivre son exemple. »

Les yeux de Scaeva se mirent à briller dans l'obscurité. Rivés sur cette malveillance liquide. Ses mains se refermèrent. Frustration. Agitation. *Calcul.* « La carte de Duomo. » L'imperator tourna vers son fils son regard noir perçant. « Celle que Järnheim a volée. Tu l'as vue ? »

Jonnen déglutit. Il aimait son père, *vraiment*. Il l'admirait. Prenait exemple sur lui. L'enviait. Mais plus encore, et par-dessus tout, il le craignait. « O-oui, chuchota-t-il.

— Murmure », dit aussitôt son père.

L'ombrevipère garda le silence, se bornant à s'agiter devant la piscine.

« Murmure ! » répéta l'imperator d'un ton sec.

Le serpent pivota lentement la tête, siffla doucement.

« *... Oui, Julius... ?*

— Depuis que tu as terrassé la passagère de ma fille, c'est comme si tu étais constitué d'une matière... plus sombre. » Ses yeux noirs inspectèrent le démon. « Est-ce que tu te sens... changé ?

— *... Ma force s'est accrue depuis que j'ai consommé la louve, oui. Je le sens...*

— C'est donc vrai ce qu'on raconte ? Lorsqu'on détruit un autre de ces... fragments...

— *... On se l'arroge à son propre bénéfice...* »

L'imperator regarda son fils. « Et ma fille *a* tué d'autres enténébrés ? »

Le garçon hocha la tête. « Au moins un.

— Ce qui la rend au moins deux fois plus forte que moi. »

Jonnen opina une seconde fois du chef, en dévisageant son père à la lumière de leur unique torche. Il pouvait voir l'esprit de l'imperator à l'œuvre – la ruse et l'intelligence qui avaient permis à Julius Scaeva de détruire tous ceux qui s'opposaient à lui. D'ériger son trône sur une colline composée des ossements de ses ennemis. Et l'élève doué qu'était le garçon sentit son esprit en pleine cogitation, lui aussi.

À ses yeux, son père avait deux problèmes avec sa fille indisciplinée. Premièrement, Mia risquait de s'approprier le pouvoir, quel qu'il soit, laissé en attente à la Couronne de la Lune. Et deuxièmement, même si elle n'y parvenait pas, avec deux fragments d'Anaïs en elle, sa sœur n'en restait pas moins plus puissante que Scaeva. Si elle retournait à Sepulcra une fois la vrainuit tombée – ce qui était de l'ordre de la quasi-certitude –, son géniteur se retrouverait quoi qu'il en soit incapable de s'opposer à elle.

L'imperator étudiait le noir d'encre, son visage pareil à de la pierre à la lumière arkémique. Jonnen ne se souvenait pas d'avoir vu un jour son père arborer l'expression qu'il affichait en cet instant. Il semblait presque… effrayé.

« Elle ne m'a pas montré *ceci* sans raison, murmura-t-il. C'est là la réponse. Pas un simple trône, ou un titre quelconque. Nullement une œuvre humaine, vouée à la poussière et à l'histoire. Ceci est… sans âge. Immortel. » Scaeva hocha lentement la tête. « Le pouvoir d'un dieu.

— … *Qu'il te revient de* prendre*, Julius…*

— C'est dangereux, Père, l'avertit Jonnen.

— As-tu oublié ce que je t'ai dit, mon fils ? Pour prétendre au *vrai* pouvoir, un homme a-t-il besoin de sénateurs ? Ou de soldats ? Ou de serviteurs du sacro-saint ?

— Non, chuchota Jonnen.

— Et de *quoi* a-t-il besoin, dans ce cas ?

— De volonté, s'entendit répondre le garçon. La volonté de faire ce à quoi les autres se refusent. »

Julius Scaeva, imperator de la République itreyenne, se tenait sur cette rive hurlante, à contempler cette piscine ébène. Des visages de pierre articulaient leurs supplications silencieuses. Des mains de pierre lui caressaient la peau. Le sang divin ondulait d'anticipation.

« *Moi* je possède cette volonté », déclara-t-il.

Et sans un mot supplémentaire, il pénétra dans le noir.

« *… Julius… !*

— Père ! » s'écria Jonnen, en s'avançant d'un pas.

Il ne restait plus la moindre trace de l'imperator, à part une légère ondulation qui se propageait sur le noir luisant. La piscine se mit à scintiller, à s'agiter ; une étrange non-lumière jouait à sa surface. Son cœur tambourinant dans sa poitrine, le garçon avança d'un pas supplémentaire. Les visages de pierre s'étaient figés. Aa lui-même avait l'air de retenir son souffle.

« Père ? » appela Jonnen.

Un gémissement… *inaudible*. Une vibration dans l'obscurité qui régnait derrière ses globes oculaires. Jonnen cligna des yeux, chancelant, colla les mains à ses tempes pour tenter d'apaiser la douleur noire qui lui transperçait le crâne. Les visages de pierre ouvrirent grand la bouche, leurs cris s'amplifiant jusqu'à ce que les murs eux-mêmes paraissent trembler. Murmure s'enroula sur lui-même en sifflant de douleur – tout comme Jonnen, qui tomba à genoux et se les érafla sur les visages gravés dans le sol. Les réverbérations semblaient faire trembler la pièce, la ville, la *terre* elle-même, alors que tout restait figé autour d'eux.

Jonnen se retrouva à hurler, envahi qu'il était d'une force d'attraction pareille à une sombre pesanteur. Il scruta le sang divin et le vit *trembler*, des cercles parfaitement concentriques se propageant de l'endroit où son père était tombé. Le ventre du garçon se contracta, son cœur bondit dans sa poitrine lorsqu'il réalisa que le liquide refluait, telle une marée descendante, pour disparaître dans…

Dans quoi ?

Il n'arrivait plus à bouger. À *respirer*. Cela faisait longtemps qu'il n'avait plus de souffle pour crier, mais il essaya quand même, ses yeux grands ouverts fixés sur le sang, dont le niveau ne cessait de baisser. Une silhouette était visible, à présent, accroupie au centre du bassin. Un homme, recouvert d'une couche de noir luisant. Le liquide noirâtre continua à s'écouler, laissant finalement la pierre immaculée derrière lui – chaque goutte, chaque éclaboussure étant *aspirée* dans les pores mêmes de l'individu. La forme se transforma, des silhouettes cauchemardesques se matérialisant brièvement pour disparaître tout aussi rapidement. Et alors que les cris atteignaient leur apogée, elle se *concrétisa* en quelque chose que Jonnen ne manqua pas de reconnaître.

« … Père ? »

Il se tenait comme prosterné au fond du bassin. Tête inclinée. Un genou sur la pierre immaculée. Un lourd silence recouvrit la pièce tel un linceul.

« … Julius… ? »

Le père de Jonnen ouvrit les yeux – et le garçon vit qu'ils étaient complètement noirs. Malgré la lumière de la torche, toutes les ombres qui les entouraient étaient comme *attirées* vers lui. Le garçon vit la sienne s'étirer, doigts tendus, en direction de celle de Scaeva. L'envie, la nausée et la faim en son for intérieur lui faisaient presque *physiquement* mal.

Mais lentement, *si* lentement, la sensation finit par s'atténuer. Par s'éteindre, comme la lumière des soleils à la tombée de la vrainuit. Jonnen voyait son père trembler sous l'effort, tous ses muscles tendus. Les veines de son cou semblaient sur le point d'éclater. Peu à peu, cependant, le noir qui recouvrait la surface de ses yeux se résorba, se retirant dans ses iris pour révéler les sclérotiques situées en dessous.

« La volonté », marmonna-t-il, d'une voix teintée d'une sombre réverbération.

L'imperator leva les mains. Les ombres qui les entouraient s'animèrent aussitôt, s'agitant en tous sens, bouillonnant, s'étirant – le noir une chose *vivante,* exhalante. « *La volonté de faire ce à quoi les autres se refusent.*

— … *Julius… ?* intervint Murmure. *Tu vas bien… ?* »

Scaeva ferma les poings. Les ombres cessèrent de bouger, s'immobilisant tels des enfants réprimandés. L'imperator baissa la tête, un sourire aux lèvres. « *Je suis… parfait.* »

L'air se mit à vibrer. Les ombres à onduler. Murmure s'éloigna en hâte du bassin, quelque instinct poussant le serpent à se lover dans l'ombre de Jonnen. Mais bien loin d'atténuer sa peur, cela eut pour effet de multiplier par deux la terreur du garçon : celle du serpent *dégoulinait* dans la sienne.

Son père sortit alors du bassin à présent vide. Jonnen baissa les yeux, pour découvrir que l'ombre de son géniteur était devenue *complètement* noire. Pas assez pour trois ou quatre, voire des dizaines. C'était là une obscurité si insondable que la lumière semblait simplement *mourir* à l'intérieur. Un faible sifflement parvenait aux oreilles du garçon – pareil à celui que produit une poêle posée sur un fourneau bien chaud.

Les paupières plissées, l'imperator glissa une main dans sa robe – pour en sortir la trinité d'Aa suspendue au bout de la chaîne en or qui entourait son cou. La lumière émise par le symbole sacré colonisa les yeux du garçon, ignoble, aveuglante. Jonnen recula d'un pas, la poitrine haletante, une main levée pour se protéger de cet horrible rayonnement. Le cœur au bord des lèvres, il vit que la peau de son père grésillait là où elle était en contact avec la trinité, comme du bœuf dans une poêle ; de la fumée s'élevait de la chair calcinée de l'imperator.

Mâchoire serrée, Julius Scaeva concentra toute sa volonté sur les soleils dorés qu'il tenait dans la main. Les veines de son avant-bras dilatées, il referma lentement les doigts – et la trinité se froissa comme du fer-blanc dans un étau, jusqu'à former une masse informe dans son poing. Une grimace dédaigneuse aux lèvres, il jeta au loin le métal torturé, qui disparut dans les ombres de la caverne. Ses yeux fixaient sa paume brûlée. « *Nous allons retourner aux Côtes,* dit-il. *Et tu vas me dessiner la carte de Duomo.*

— Oui, Père », chuchota le garçon.

Scaeva se tourna alors vers lui. Malgré le passager qui le chevauchait, Jonnen sentit un parfait poignard de peur lui transpercer le cœur. L'obscurité qui les entourait se mit à onduler, l'ombre du garçon à frissonner – à croire qu'elle était tout aussi effrayée que lui-même. Et lorsqu'il leva les yeux vers ceux de son père, Jonnen les découvrit *brillants* de faim.

« C'est une bonne chose que tu aies une mémoire aussi affûtée qu'une épée, mon fils. »

CHAPITRE 37

Départ

Un cœur brisé, anéanti.

Quatre silhouettes réunies sous le regard de la Mère.

Sept lettres gravées dans la pierre noire.

Ashlinn.

Mia se trouvait dans la salle des Oraisons funèbres, à contempler les caractères qu'elle avait inscrits sur la tombe. Le corps d'Ashlinn gisait à l'intérieur, enveloppé d'une belle robe blanche récupérée dans la garde-robe d'Aalea. Aucun bruit n'avait accompagné le moment où Mia avait déposé sa bien-aimée sur la pierre et embrassé ses lèvres – aussi froides que son propre cœur dans sa poitrine. Les yeux fixés sur ce beau visage à jamais figé, ces paupières à jamais fermées, ce souffle à jamais volé, la jeune femme s'efforçait de se convaincre qu'elle ne ressentait rien.

En refermant la porte du tombeau, l'enténébrée savait qu'elle claquait celle de tous les futurs qu'elle s'était autorisée à souhaiter. Toutes les fins heureuses auxquelles elle s'était laissée aller à rêver. Son front collé à la pierre inflexible, Mia exhala ce qui restait d'espoir en elle.

Il ne lui restait plus rien, à présent.

Rien du tout.

La jeune femme se tourna vers Mercurio, et la pitié qu'elle découvrit alors dans ses prunelles faillit la mettre en pièces. Elle s'empressa donc de regarder en direction de Sid et de Charmeuse, assez près d'elle pour la toucher – leurs yeux *brillaient* de tristesse et de douleur : aucun réconfort à trouver de ce côté. Puis de Tric, aussi immobile que la statue de la Mère qui les surplombait.

« *VIVRE DANS LES CŒURS QU'ON LAISSE DERRIÈRE SOI,* lui avait-il dit, *C'EST NE JAMAIS MOURIR.* »

Mais vu la souffrance qu'occasionnait tout trépas, la question se posait de savoir si ça en valait la peine…

Mia se prit la tête entre ses mains. S'interrogeant sur ce qui allait suivre.

Et puis arriva la douleur – une douleur *atroce*.

Un feu noir qui brûlait dans ses yeux injectés de sang. Des poux noirs qui rampaient sur sa peau maculée de larmes. Le souffle court, elle s'étreignit la poitrine et tomba à genoux, tandis que les ombres tout autour d'elle se mettaient à s'agiter, à griffer, à mordre. Les murs *tremblaient*. La terre s'effritait sous ses pieds, menaçant de l'entraîner dans les ténèbres. Un goût de pourriture avait envahi sa langue. Un poids infini écrasait sa poitrine. Elle avait la sensation de se noyer dans un liquide aussi sombre que la nuit, de macérer dans la puanteur du sang et du fer. L'espace d'un instant, ce fut comme si le monde entier criait assez fort pour faire éclater ses tympans.

Et puis elle reconnut la voix.

« Mia ! »

Une flamme sombre dans son cœur. Des ailes sombres dans son dos. Des cieux sombres au-dessus de sa t…

« MIA ! » répéta Mercurio.

Elle ouvrit les yeux. Pantela – un film de sueur recouvrait sa peau. Son ancien mentor se tenait accroupi à ses côtés ; il l'entourait de ses bras pour tenter de l'immobiliser. Un chaos sans nom régnait tout autour d'eux dans la salle : des ombres en forme de mains ouvraient toutes grandes les portes des tombes, les bougies votives s'éteignaient, la gigantesque chaîne de fer qui reliait les deux plateaux de la balance que tenait la Déesse était en train de se briser en deux. Ses camarades, blêmes, la fixaient de leurs yeux écarquillés remplis de crainte.

« Ô, Mère, chuchota Mia.

— Ça va aller, Petite Corneille, dit Mercurio. Ça va aller.

— N-non, murmura-t-elle. Non, ça n'ira *pas*… »

L'enténébrée s'efforçait de reprendre son souffle, de maîtriser les battements de son cœur.

« MIA ? » Tric s'avança d'un pas. « QU'EST-CE QU'IL Y A ? »

La jeune femme s'agenouilla sur la pierre gravée, la poitrine haletante, ses cheveux collés à sa peau moite. Elle appuya les doigts contre ses tempes – son crâne semblait sur le point d'éclater, une douleur noire martelait ses côtes. Son cœur battait encore la chamade, son ventre restait saturé d'une terreur glaciale, les ombres qui l'entouraient tremblaient encore de sa peur.

« Mia, intervint Charmeuse, qu'est-ce qui ne va pas ?

— Il l'a fait, susurra-t-elle.

— Fait quoi ? s'enquit Mercurio. Qu'est-ce que tu *baragouines* ? »

L'enténébrée ne parvint qu'à secouer la tête. « Ce putain d'imbécile l'a *bel et bien* fait... »

Ils se retrouvèrent dans l'athénée, enveloppés d'une obscurité vorace.

Aelius, qui fumait comme une cheminée sans un instant quitter Mia des yeux. Sidonius et Charmeuse-de-Lames, les yeux remplis d'inquiétude, parés de leurs protections de cuir usées. Marius affublé de sa robe de velours rouge, Mercurio de sa sombre tenue d'évêque – le vieillard fixait sur l'enténébrée ses prunelles bleu pâle. Tric tout de noir vêtu, sa peau à présent empreinte d'une légère chaleur qui ne réchauffait rien du tout.

Et au centre du groupe se trouvait Mia.

Des hauts-de-chausses en cuir noir et des bottes en peau de loup. Une chemise de soie blanche et un corset en cuir. Une épée longue en ossacré dans le dos, une autre en acier noir ysiiri à sa taille. Un cigarillo allumé glissé entre ses lèvres pour couvrir l'odeur de sa bien-aimée sur sa peau, une bouteille de vin dans son ventre pour engourdir la douleur, et les fragments d'un dieu tué des siècles plus tôt qui brûlaient dans sa poitrine. Ses amis l'avaient écoutée parler des sombres frissons qui l'avaient parcourue, de la douleur atroce qui avait enserré son cœur, du goût de sang noir dans sa bouche.

Et puis elle leur avait expliqué ce que tout cela signifiait.

« Comment peux-tu en être sûre ? lui demanda présentement Marius.

— Je peux le *sentir*, répliqua Mia d'une voix glaciale, morte. Aussi sûrement que je sens le sol sous mes pieds. Scaeva a consommé le sang divin accumulé sous le Sépulcre. Il a réuni en lui les fragments d'Anaïs qui reposaient sous la cité.

— AUQUEL CAS IL EST CONDAMNÉ, fit Tric. LES FRAGMENTS SITUÉS SOUS LA CITÉ DES PONTS ET DES OS ÉTAIENT UNE SOURCE DE PUISSANCE, OUI. MAIS CORROMPUE. POURRIE JUSQU'À LA MOELLE.

— Alors laissons ce salopard pourrir », grogna Sidonius.

Mia fixa sur le Sans-Âtre des noirs yeux vides, tira sur sa clope. « Tu m'as dit que la piscine dissimulée dans les sous-sols de Sepulcra était remplie des fragments de la Lune qui voulaient uniquement *détruire*. Toute sa rage, toute sa haine, laissées là à suppurer dans l'obscurité. À ton avis, qu'est-ce qui va se passer maintenant que l'homme le plus puissant d'Itreya les a... absorbés ?

— IL VA LENTEMENT PERDRE LA RAISON, répondit Tric. ET PUIS, AU LIEU DE RÉGÉNÉRER LE MONDE, IL VA CHERCHER À L'ANÉANTIR. SON RÈGNE SERA CELUI DU CHAOS. DE LA HAINE ET DU MEURTRE. »

Mia passa une main dans ses cheveux. La fumée de cigarillo et le fredonnement rouge du vin comblaient le vide qui s'était formé à l'intérieur de sa poitrine. « Scaeva a mon frère, précisa-t-elle. Il faut que je trouve Cléo. »

Mercurio se renfrogna. « L'imperator n'a nulle part où fuir, et plus personne derrière qui se cacher. *Nous*, nous avons un sorcerii. Une paire de gladiatii. Deux des assassins les plus redoutables de la République, et un garçon qui m'a tout l'air d'être impossible à tuer. On pourrait simplement se rendre à Sepulcra et lui régler son compte là où il vit. »

Sidonius se tourna vers Mia. « Ça me semble être un meilleur plan que ton suicide... »

Charmeuse-de-Lames acquiesça. « Je suis d'accord. »

L'enténébrée balaya l'assemblée du regard en secouant lentement la tête. « Scaeva surpasse n'importe lequel d'entre vous, désormais, murmura-t-elle. Vous ne me seriez d'aucune aide pour en venir à bout.

— Tu n'en sais rien, Petite Corneille, dit Mercurio. Nous n'avons même pas *essayé.* »

Mia se borna à tendre sa main en réponse, paume ouverte. Le noir se mit aussitôt à trembler autour d'eux, l'obscurité à s'agiter. La jeune femme baissa la tête, ferma ses yeux injectés de sang – ses cheveux se soulevaient comme sous l'effet d'une légère brise. Lentement, ses doigts prirent la forme d'une griffe.

Sidonius lâcha un juron d'anthologie. Mercurio retint son souffle, pendant que Marius grommelait des mots de pouvoir. Tous ceux présents dans la pièce se retrouvèrent enveloppés de vrilles d'ombre, qui s'enroulaient autour de leur taille et de leurs jambes. Mia agita ses doigts comme une marionnettiste, et chacun de ses camarades réagit selon son caractère au fait de se retrouver *soulevé* dans les airs.

« La vrainuit de mes quatorze ans, conta-t-elle, j'ai réduit en ruine la Pierre philosophale. J'ai traversé Sepulcra en un clin d'œil, mis en pièces des cohortes de Luminatii avec des lames de ténèbres vivantes, détruit la statue d'Aa située devant la Basilica Grande. Et je n'avais qu'un *seul* fragment d'Anaïs à l'intérieur de moi, à ce moment-là. La Déesse seule sait combien il y en avait dans cette piscine de sang divin. Et la vrainuit arrive. »

L'obscurité poussa un soupir, et la jeune femme rouvrit sa main. Aussi doucement que des plumes qui tombent, ses compagnons furent ramenés sans encombre jusqu'au sol.

Ses yeux se tournèrent alors vers son mentor. « Il a Jonnen, Mercurio.

— On peut encore le récupérer, on peut encore…

— Scaeva est plus puissant que moi, maintenant. Que *nous tous.* Et il sera encore plus fort une fois la vrainuit tombée. » Mia secoua la tête, tira longuement, *amèrement* sur sa clope. « Il faut que j'égalise les chances. Et il n'y a qu'un seul endroit où ce genre de pouvoir existe. »

Un silence froid s'abattit sur la pièce – jusqu'à ce que Sidonius se racle la gorge.

« Corneille… » Il lui tendit les *Chroniques de Nevernight*. « Tu as lu ça ? »

Mia considéra dédaigneusement les trois ouvrages. « Seul un branleur lirait sa propre biographie, Sid. Surtout si elle comporte des notes de bas de page.

— La première page…, balbutia l'ex-gladiatii. Elle explique comment se termine ton histoire. »

Mia tira à nouveau sur son cigarillo, exhala un nuage grisâtre. Finit par lâcher un soupir. « D'accord, je t'écoute.

— Tu réduis la République en cendres », déclara Sid.

Charmeuse hocha la tête. « Et Sepulcra disparaît au fond de la mer.

— Je sens un “mais” qui attend dans les coulisses, fit la jeune femme.

— Tu meurs », lâcha Mercurio.

Elle se tourna vers son mentor. L'homme qui l'avait élevée. Qui lui avait donné un foyer, de l'amour et des rires quand tout le reste lui avait été enlevé. Des larmes brillaient dans ses yeux. L'enténébrée entendit alors les paroles de son père résonner sous son crâne :

« *Si tu t'engages sur cette voie, ma fille…*

— Tu meurs, Mia », répéta le vieillard.

La jeune femme garda le silence un long moment, qu'elle passa à contempler les livres en contrebas – il y en avait d'innombrables rangées. Toutes ces vies. Toutes ces histoires. Des récits de bravoure et d'amour, de bien triomphant du mal, de joie et de fins heureuses. Sauf que la vraie vie ne ressemblait nullement à ça, pas vrai ? Elle visualisa des yeux d'un bleu brûlé par les soleils, des lèvres qu'elle ne goûterait jamais plus…

« Est-ce que j'ai sa peau, au moins ? demanda-t-elle dans un filet de voix. Scaeva ? »

Mercurio considéra les livres que tenait Sid. Secoua la tête. « Ce n'est pas précisé.

— Bon. Tout suspense n'est pas *mort*, finalement – hein ? »

Les yeux du vieillard se plissèrent. « Tu es pressée d'en finir au plus vite, pas vrai ? Tu as perdu tout espoir en même temps que ta bien-aimée, c'est bien ça ? Tu t'es battue toute ta vie, Mia Corvere. La Déesse en est témoin, tu as *déjà* vécu des heures aussi sombres. Sans pour autant baisser les bras. Tu as *tout* donné, sans jamais renoncer. Cette histoire n'a *pas* à se terminer ainsi. »

Mia exhala un panache de gris, haussa les épaules. « Même la lumière du jour finit par mourir. »

Ses camarades échangèrent des regards. Il y avait de la peur dans leurs yeux. Le silence qui planait entre eux était aussi sombre que la nuit éternelle au-dessus de leurs têtes, que l'obscurité qui avait envahi le cœur de Mia.

La jeune femme fixa sur Aelius des yeux d'un noir silex. « On dirait bien que vous avez *finalement* obtenu ce que vous vouliez, chroniqueur. Ne nous reste plus qu'à nous dire adieu, j'imagine. »

Il soupira, hocha lentement la tête. « Ça m'en a tout l'air, oui.

— Tchao, espèce de vieux salopard parcheminé. Merci pour toutes les clopes. » Ses lèvres s'étirèrent en un sourire vide. « Allez vous faire foutre pour toutes ces conneries de calice empoisonné du destin, par contre.

— Bonne chance, gamine, dit tristement le chroniqueur. Quelle qu'en soit la fin, au moins avais-tu une histoire à raconter. »

L'enténébrée écrasa sa clope sous son talon. Fixa droit dans les yeux son vieux mentor. L'homme qui l'avait recueillie. Qui l'avait aimée comme une fille. Qui avait été un *père* pour elle, bien plus que n'importe qui d'autre.

« Ne fais pas ça, Mia, la supplia-t-il. *S'il te plaît.*

— Je ne peux *pas* laisser Jonnen entre ses griffes, Mercurio. Qu'est-ce que ça ferait de moi ? À quoi se résument ces huit dernières années, sinon à une histoire de familia ?

— Mais la carte a *disparu*, rétorqua-t-il. Tu ne connais même pas le chemin. »

Elle ferma alors les yeux. Visualisa des lèvres en forme d'arc et de longs cheveux d'un blond doré. Des courbes douces, des ombres bien découpées, une peau couverte de taches de rousseur sur des draps froissés trempés de sueur. C'était si net dans son esprit qu'elle parvenait presque à la toucher.

Une vision qu'elle n'oublierait jamais, jusqu'à son dernier souffle.

« Je me *souviens* du chemin », murmura-t-elle.

« Au moins je ne vais pas voyager à cheval », soupira Mia.

Elle jeta son équipement sur le dos du chameau – ses épaules tendues se rappelèrent à son mauvais souvenir. Arpenter les profondeurs du désert allait être plus dangereux que de fourrer sa tête dans un nid de sanguêpes[32], elle le savait – il aurait donc été bien plus judicieux de partir en

32. Et merde, vous dites-vous. Ça faisait un moment, je me demandais où étaient passées toutes ces notes de bas de page… *(Suite de la note page suivante)*

chariot. Le problème, c'était qu'en vérité l'explosion de sel d'arkémiste avait tué tellement de bêtes qu'il n'en restait plus suffisamment pour en tirer un seul. Des shrapnels enflammés avaient criblé les écuries, mutilant ou tuant la plupart des montures. De toutes les bêtes des enclos de l'Église rouge, une seule s'en était miraculeusement sortie à peu près indemne.

La bête en question blatéra une plainte, en fixant Mia de ses yeux d'un marron boueux.

« Ferme ta gueule, Julius », grogna-t-elle.

Suite de la note n° 32 : Peut-être que l'auteur a pris honte en voyant que même ses personnages leur chiaient dessus dans *son* livre, et décidé de mettre la pédale douce jusqu'à la fin du roman ?

Ma foi, chers amis, allez vous faire foutre.

La sanguêpe est un insecte volant du désert ysiiri, à l'abdomen annelé de rouge et de noir, et mesurant un peu plus de deux centimètres et demi de long. Bien qu'on ne puisse pas la comparer aux *véritables* horreurs des Plaines chuchotantes, comme les vergurgites ou les krakens des sables, elles n'en restent pas moins des saloperies particulièrement désagréables. Leurs piqûres sont incroyablement douloureuses et, chose étrange, le venin d'une femelle gravide s'avère également imprégné d'une substance psychoactive. Rendues folles par la douleur, les créatures piquées par la future mère sont poussées à s'automutiler ou à s'en prendre à leur entourage pour tenter de mettre fin à leur supplice toxinique. Les animaux de troupeau seront abandonnés ou, plus fréquemment, tués par leurs congénères – même des victimes humaines ont été vues se surpasser pour mettre fin à leurs souffrances.

La femelle sanguêpe se met alors à l'ouvrage, pondant dans la charogne fraîchement tuée plus d'une centaine d'œufs, qui finiront par éclore dans un geyser de sang rance et de viande en décomposition neuf tours plus tard. D'où leur nom modérément imaginatif.

Et voilà. Encore une note de bas de page. Et il en reste plein d'autres là d'où elles viennent, espèces de salopards ingrats.

Si vous êtes à ce point experts en littérature, vous pouvez peut-être écrire votre *propre* bouquin, hein ?

Postés dans les escaliers, Sidonius et Charmeuse-de-Lames la regardaient charger son fourbi.

« Combien de temps va durer le voyage ? » s'enquit Sid.

L'enténébrée se redressa, glissa ses cheveux derrière son oreille. « Au moins deux semaines à travers les Plaines chuchotantes, à mon avis. »

Il croisa son regard. « La vrainuit va bientôt tomber, Mia.

— Au moins huit semaines de bateau séparent Dernier Espoir de Sepulcra, ajouta Charmeuse. Et aux dernières nouvelles, les Dames des Tempêtes et des Océans voulaient toujours ta mort. À supposer qu'on ne meure pas tous dans d'atroces souffrances en mer, comment comptes-tu nous ramener au Sépulcre à temps pour régler le compte de Scaeva ?

— Qu'est-ce que tu entends par “nous” ? » s'enquit Mia.

La Dweymeri attacha ses salines en arrière, sourcils froncés. « À ton avis ?

— Tu ne viens pas avec moi, Charmeuse. Ni toi, Sid.

— Même pas en rêve, rétorqua Sidonius. On te suit jusqu'au bout.

— Nous tous », intervint alors une voix.

Dans l'escalier se trouvaient les deux derniers membres dirigeants de l'Église rouge. Marius était vêtu de hauts-de-chausses en cuir qui lui donnaient de faux airs de faune et d'une fine robe de soie blanche. Il portait également un chapeau à larges bords, des lunettes d'azurite et des gants blancs – à l'évidence pour préserver sa peau de la morsure des soleils. À ses côtés se tenait Mercurio, qui avait troqué sa robe d'évêque contre des hauts-de-chausses et une tunique plus fonctionnelle. Les deux hommes descendaient vers le sol des écuries au rythme de sa canne.

« Vous pensez aller où comme ça ? leur demanda Mia.

— Là où tu iras, petite enténébrée », répondit l'orateur.

La jeune femme cligna des yeux. « Non, certainement pas.

— Tout indique le contraire », rétorqua son ancien mentor, tout en chargeant son paquetage sur son épaule.

Mia posa une main sur son bras. « Mercurio, tu n'es pas en état de supporter un voyage de plusieurs semaines dans un paysage infernal pollué par la magik. Tu as quatre-vingts ans.

— J'ai *soixante-deux* putains d'années », objecta le vieillard.

Elle se borna à le fixer.

Un Mercurio *indigné* mit les poings sur ses hanches. « Écoute bien, Petite Corneille, tu n'arrivais pas encore au garrot d'un chien galeux que je tranchais déjà des gorges…

— *Exactement* », fit la jeune femme. Son regard passa de Sid à Charmeuse, de Mercurio à Marius. Elle secoua la tête. « J'apprécie la proposition, vraiment. Mais même si j'étais prête à vous laisser prendre des risques, il n'y a pas assez de chameaux pour nous transporter tous. Vous comptez *marcher* jusqu'à la Couronne ?

— S'il le faut », grogna le vieil homme.

Mia dévisagea l'évêque, puis l'orateur. « À vous deux, vous êtes tout ce qui reste de la hiérarchie de l'Église. Si d'aventure j'arrive à mener cette tâche à bien, si je parviens bel et bien à rétablir l'équilibre entre la Lumière et la Nuit, nous aurons besoin de dirigeants qui *savent* ce que l'Église rouge est censée représenter. » Elle considéra la canne de son mentor, un sourcil haussé. « Et sans vouloir vous offenser, ça fait un bout de temps que vous n'avez pas eu à vous battre en première ligne…

— Tu vas avoir besoin de tous…, commença Marius.

— Je suis la Dame des Lames, oui ou non ?

— … Si fait, répondit l'orateur.

— Alors tu restes ici. » Elle revint à Mercurio. « Si jamais je ne reviens pas… Si j'échoue, vous êtes les seuls à pouvoir secourir Jonnen et Marielle.

— Mais comment allons-nous atteindre Sepulcra à temps ? s'enquit Charmeuse.

— Ouaip, enchérit le vieillard. Scaeva a détruit la chapelle locale. Et la piscine de sang qui s'y trouvait. Le Sépulcre nous est inaccessible. »

Mia se tourna vers Marius. « La Dame des Lames ne m'a jamais semblé être le genre de femme à négliger les vertus d'un plan B. »

L'orateur hocha lentement la tête. « Une autre piscine il existe. Dans le palazzo de Drusilla. »

L'enténébrée balaya ses amis du regard, jusqu'à ce que ses yeux se posent enfin sur Sidonius. « J'ai besoin de toi, sur ce coup-là. Si jamais je ne survis pas… »

L'ex-gladiatii prit une interminable inspiration – ses yeux *brillaient*.

« S'il te plaît, Sid. Promets-le-moi. »

Le colosse soupira. Au bout du compte, cependant – sans que nullement cela n'étonne la jeune femme –, il opina du chef. Parce que si la jeune femme avait pu avoir un grand frère, c'était *lui* qu'elle aurait choisi. « D'accord, Corneille. Je te le jure. »

La poitrine de Mia était vide. Tout son corps engourdi. Mais sans trop savoir comment, elle parvint à afficher un sourire reconnaissant. L'enténébrée serra la main de Charmeuse. Embrassa Sid sur la joue.

« Je ne vais pas te laisser affronter ça toute seule, annonça Mercurio.

— Toute seule ? » Elle se tourna vers son ancien mentor. « Je n'ai *jamais* été seule. Tu es avec moi depuis que cette sale gamine pourrie gâtée est entrée dans ton magasin et t'a demandé – avec insistance, doux euphémisme – d'acheter sa broche. Tu m'as sauvé les fesses, à ce moment-là. Et l'air de rien, tu n'as pas *cessé* de me protéger depuis lors. »

Mercurio se renfrogna ; ses yeux bleu métallique commençaient à briller. « Je n'ai jamais pris femme, dit le vieil homme. Jamais eu de familia. Ça ne me semblait pas juste, vu ma... profession. Mais... si jamais j'avais eu une fille...

— Tu en *as* eu une. » Mia étreignit le vieillard, le serra de toutes ses forces. « Et elle t'aime », lui chuchota-t-elle à l'oreille.

Mercurio ferma les yeux – des larmes s'écoulaient le long de ses joues, désormais. Il lui embrassa le sommet du crâne tout en secouant la tête. « Moi aussi je t'aime, Petite Corneille.

— Je suis désolée que ça doive se terminer ainsi, murmura-t-elle.

— On n'a pas encore atteint le dernier chapitre.

— Pas *encore*, non. »

Mia recula d'un pas, laissant son gilet un peu humide. Elle s'essuya le nez avec sa manche, coinça ses cheveux trempés de larmes derrière ses oreilles. « Si... » Elle ferma la bouche, prit une interminable inspiration. « Si jamais je ne reviens pas... ne m'oublie pas, hein ? Et ne te rappelle pas seulement les bons côtés. Les *mauvais*, également – mon égoïsme, mon sale caractère... tout ce qui *fait* ce que je suis. Souviens-toi de tout ça. Souviens-toi de *moi*. »

Mercurio opina du chef. Déglutit. « Promis. »

L'enténébrée contempla une ultime fois les entrailles de la Montagne. Le murmure du chœur fantomatique n'avait toujours pas fait son retour – l'endroit portait bien son épithète de *taciturne*. Mais cela semblait... approprié, d'une certaine façon. La jeune femme ferma les yeux un instant, laissant le silence surnaturel, béatifique, la submerger. Elle le sentait titiller sa peau comme de la musique, parcourir sa colonne vertébrale jusqu'à ses reins – le chant de l'obscurité qui séparait les étoiles. Couronner ses épaules de ses ailes les plus noires. Lui souhaiter bonne chance. Lui dire adieu d'un baiser. Son cœur se serra au souvenir des lèvres qui n'étaient pas là pour en faire autant. De celle avec laquelle elle aurait pu *tant* partager…

Mia prit une longue inspiration. Sentit un trou en forme de chat dans sa poitrine, et toute la peur, toute la tristesse et toute l'angoisse qui s'y étaient infiltrées le remplir. Mais tous ces sentiments, la jeune femme les repoussa. Les réprima. Pour se concentrer sur son frère, son père, sa mère – les mots que celle-ci avait murmurés à sa fille d'à peine dix ans. Les mots qui l'avaient façonnée, régentée, *détruite*.

Les mots qui avaient fait d'elle ce qu'elle était.

Ne jamais reculer.

Ne jamais avoir peur.

Ne jamais oublier.

Elle embrassa Mercurio sur la joue, salua Sid et Charmeuse, puis attrapa les rênes de son chameau et sortit l'animal dans la lumière déclinante des soleils.

Tout donner, ne jamais renoncer.

« Adieu, chers amis. »

Tric l'attendait à l'extérieur de la Montagne.

Des Chuchotements agitaient ses longues salines, qui voletaient autour de ses larges épaules. Il avait le regard rivé sur l'horizon oriental. Ses lames en ossacré étaient croisées dans son dos, des protections de cuir noir moulaient son corps imposant. Comme à son ordinaire, on aurait dit quelque chef-d'œuvre, inexplicablement déposé sur un affleurement rocheux dans un coin perdu des plaines ysiiri. Jusqu'à ce qu'il bouge – à savoir, qu'il lève une main d'un noir d'encre pour glisser derrière son oreille une épaisse saline tombée devant son visage. Ses yeux insondables constellés de minuscules points scintillants, présentement plissés face à la lumière déclinante.

Saan était descendu si bas qu'il disparaissait presque au-delà de l'horizon. Saai traînassait encore dans les cieux, l'Omniscient conférant au ciel une horrible couleur violette. Mais la vrainuit était proche, désormais. Jamais depuis son retour Tric n'avait autant ressemblé au garçon qu'il était jadis. À chaque pas qu'elle faisait à ses côtés, Mia sentait l'obscurité s'accumuler dans ses os.

« CE N'EST PAS JUSTE. » Il soupira. « *RIEN* NE L'EST DANS TOUTE CETTE HISTOIRE.

— Je sais.

— JE T'AIME, MIA. »

Ce fut au tour de l'enténébrée de pousser un soupir. « Je sais. »

Il se tourna face à elle. Grand, beau, et comme taillé dans le chagrin. « JE PEUX AVOIR UN BAISER D'ADIEU ? »

La jeune femme cligna des yeux. Les mots de Tric lui avaient fait l'effet d'un coup de couteau dans la poitrine. « Tu… ne viens pas avec moi ? »

Tric secoua la tête. « TU NE ME LAISSERAIS PAS T'ACCOMPAGNER, DE TOUTE FAÇON – MÊME SI JE TE LE PROPOSAIS. EN TON FOR INTÉRIEUR, TU SAIS QUE CE QUI T'ATTEND DANS CE DÉSERT EST POUR TOI SEULE. J'AI BEAU LE SOUHAITER DE TOUTES MES FORCES, IL M'EST IMPOSSIBLE DE T'AIDER À AFFRONTER CE QUI VA ARRIVER. MAIS JE SAIS QU'À LA FIN, C'EST *TOI* QUI RESTERAS DEBOUT.

— Cette chronique semblait pourtant *clairement* indiquer que je finis à l'horizontale, Tric. Pas à la verticale. »

Le Dweymeri se borna à hausser les épaules. « IL N'Y A AUCUNE CERTITUDE DANS CETTE EXISTENCE. SURTOUT PAS OÙ ET QUAND ELLE SE TERMINE. AUCUN LIVRE, AUCUN CHRONIQUEUR, PAS MÊME LA DÉESSE EN PERSONNE NE PEUT VOIR LA FIN DE CHACUN. CELLE-CI NE SIGNIFIE PAS NÉCESSAIREMENT LA TIENNE.

— Continuer sans Ashlinn – c'est bien ce que tu veux dire ?

— JE SAIS COMBIEN TU L'AIMAIS, MIA. JE SUIS DÉSOLÉ. »

Elle se tourna alors vers lui. Vers ce beau garçon qui avait rampé à travers les murs des Abîmes pour la retrouver. Le garçon qui l'aimait tant qu'il avait défié la mort pour revenir à ses côtés. N'importe qui ou presque aurait haï sa propre meurtrière, fait en sorte de récupérer ce qui lui appartenait. *Célébré*, et non pleuré sa mort. Y voyant une chance de retrouver les bonnes grâces de Mia. De planter des roses rouges sur la tombe de sa bien-aimée.

Mais pas ce garçon.

« Je sais, répondit Mia, le cœur serré.

— JE PENSAIS CHAQUE MOT QUE JE T'AI DIT À AMAI, TU SAIS. TU ES MON CŒUR, MIA. MA REINE. TOUT CE QUE TU PEUX ME DEMANDER DE FAIRE, JE LE FERAI – TOUT COMME CE QUE TU TE *REFUSES* À ME DEMANDER. PEU M'IMPORTE QUE ÇA ME FASSE SOUFFRIR. TOUT CE QUI COMPTE À MES YEUX, C'EST SI ÇA *TE* FAIT DU MAL. PARCE QUE JE T'AIME, ET QUE JE T'AIMERAI À JAMAIS.

— Moi aussi je t'aime, chuchota-t-elle.

— MAIS PAS COMME TU L'AIMAIS *ELLE*.

— Tric…

— NE T'INQUIÈTE PAS. » Il lui effleura le visage – une caresse aussi douce que des premières neiges. « C'EST LOIN DE ME SUFFIRE. MAIS ÇA VA QUAND MÊME ME TENIR CHAUD.

— J'aimerais… » Elle secoua la tête, posa sa main sur celle du Sans-Âtre. Tout en demandant combien de fois encore son cœur allait pouvoir se briser à l'intérieur de sa poitrine. « J'aimerais qu'il existe *deux* Mia.

— Mais tel est bel et bien le cas, tu te souviens ? » Les lèvres du garçon s'étirèrent en un beau sourire triste. « En toi s'affrontent deux moitiés. Et celle qui l'emportera…

— … sera celle que je nourrirai.

— Ne t'abandonne pas au chagrin, Mia. Ne perds pas l'espoir qui est en toi. Plus que tout ce qui te caractérise – plus que le courage, la ruse, la rage –, tu es la fille qui a *cru*. Alors, laisse-moi t'embrasser une dernière fois. Puis reprends ta route. Sans jamais te retourner. »

Mia prit une longue inspiration, le regarda droit dans les yeux. « Alors vas-y, embrasse-moi. »

Il attrapa sa main. Ses globes oculaires étaient des piscines insondables, aussi profondes que l'éternité. Il fit courir son pouce le long de sa peau balafrée, lui arrachant un frisson au passage. Et, les yeux rivés aux siens, il porta ses doigts aux lèvres de la jeune femme. Pour ensuite les embrasser. Avec une douceur infinie.

« Adieu, Mia Corvere, lui dit-il, avant de lâcher sa main.

— … C'est tout ? » demanda-t-elle.

Il hocha la tête. « C'est tout. »

Un vent mélancolique, languissant, murmurait entre eux. « Même pas en rêve », grommela-t-elle.

Mia l'attrapa par la chemise et, se hissant sur la pointe des pieds, le tira jusqu'à elle pour embrasser ses lèvres parfaites. Tric la prit dans ses bras, son corps se *jetant* sur elle, sa bouche prête à dévorer celle de la jeune femme. L'étreignant si fort qu'elle craignit un instant de se briser. Un baiser étourdissant. Un baiser sans fin. Un baiser plein de tristesse et de regret, d'amour et de nostalgie, mais aussi gorgé de la joie de partager l'instant présent. Ces deux-là étaient liés à jamais par le sang et l'encre, leurs deux destins entrelacés dans une histoire aussi vieille que le temps.

Elle ne voulait pas que ce moment se termine. Ne voulait pas qu'il soit réel. Ne voulait *rien* de tout cela. Sauf que Mia Corvere savait, mieux que quiconque, qu'on n'obtient pas toujours ce qu'on veut. Aussi mit-elle fin à leur étreinte, laissant néanmoins son front collé contre celui de Tric quelques instants supplémentaires. Les joues mouillées de larmes, elle prit son visage entre ses mains en coupe et, après avoir écarté une saline indisciplinée de ses yeux insondables, riva les siens sur cette obscurité étoilée.

« Adieu, Don Tric, chuchota-t-elle.

— AU REVOIR, FILLE PÂLE.

— Ne m'oublie pas.

— JAMAIS. »

Elle grimpa sur le dos de sa bête, les yeux fixés sur l'horizon oriental.

Essuya les larmes qui brillaient dans ses yeux, puis se mit en route.

Sans se retourner.

CHAPITRE 38

Élan

Les Chuchotements se faisaient de plus en plus sonores.

Cela faisait sept tours qu'elle arpentait les plaines ysiiri ; une longue traînée solitaire de poussière voletait vers l'ouest dans son sillage. Le rouge des sables évoquait de la rouille, ou du vieux sang séché. Les cieux étaient d'un indigo mélancolique. Seules quelques heures séparaient Saan du bord du monde, désormais – il se résumait à un faible éclat embrasant l'horizon d'une écarlate meurtrière. Saai ne tarderait pas à rejoindre son jumeau dilaté, mais pour l'instant le plus petit soleil s'accrochait obstinément à l'étendue céleste – le dernier œil de l'Omnivoyant demeurait ouvert.

Bientôt, cependant, Aa devrait renoncer à sa mainmise sur le ciel.

Puis la nuit tomberait.

Tout comme Scaeva.

Les yeux plissés de Mia ne quittaient pas le sol qui se déployait devant elle. Ses larmes avaient séché depuis longtemps sur ses joues. Tout comme la terre à ses pieds – un million de fissures lui donnaient des airs de noires toiles d'araignées. La jeune femme s'était à présent enfoncée si profondément dans les plaines que sa position n'apparaissait plus que sur de rarissimes cartes de la République itreyenne. À l'est du désert s'élevait un croissant de granit sombre connu sous le nom de montagnes Flancs-Noirs. La chaîne s'étendait vers le sud en pics et flèches irréguliers – des poings de pierre qui partaient à l'assaut des cieux. S'il fallait en croire la carte tatouée sur la peau d'Ashlinn, un passage étroit serpentait à travers les Flancs-Noirs, pour enfin déboucher sur les ruines de l'Empire ysiiri.

Où se trouvait la Couronne de la Lune.

Mia n'avait aucune idée de ce qui l'attendait là-bas. En plus d'une femme plus puissante qu'elle-même, bien sûr. Une femme qui vivait déjà avec des ombres pour seule compagnie *avant même* l'avènement de la République. Une femme en proie à la folie, qui haïssait la Nuit et gardait jalousement l'unique chose susceptible d'arracher le frère de Mia aux griffes de leur père, et du même coup d'empêcher ce dernier d'assouvir ses funestes ambitions.

Sa vengeance.

La peur qu'éprouvait Mia rendait l'absence de Gentilhomme d'autant plus douloureuse. Éclipse aussi lui manquait – c'était comme si une partie d'elle-même avait été sectionnée, puis cautérisée, au niveau du moignon. La façon dont l'ombrelouve avait péri, en tombant pour défendre son frère, la mort de Boucher, le meurtre d'Ashlinn… la liste des raisons pour lesquelles Julius Scaeva méritait de mourir ne cessait de s'allonger.

Et par la putain de Mère noire, il *allait* mourir.

Mais d'abord…

Cléo.

Julius crachait et grognait sans relâche, mais Mia se sentait trop vide pour prêter attention aux plaintes du chameau. Une outre d'eau chaude aux lèvres, la jeune femme sentait dans son dos Saan disparaître peu à peu au-delà de l'horizon – le jour déclinait lentement autour d'elle. L'enténébrée gardait un œil attentif sur les sables qui s'étendaient devant elle – les monstres tapis dans le sol ne quittaient jamais son esprit. Elle savait d'expérience que les créatures des Plaines chuchotantes étaient inexplicablement attirées par son ombremancie. Que celle-ci les mettait dans un état de rage extrême. Si d'aventure elle croisait la route d'un kraken des sables ou d'un vergurgite, son histoire risquerait fort de se terminer *avant* qu'elle n'ait atteint la Couronne.

C'était là une question qui demeurait sans réponse – pourquoi son pouvoir rendait les prédateurs des Plaines chuchotantes à ce point furieux ? S'il fallait en croire certains Maîtres-Folkoristes, les monstruosités qui hantaient ces étendues désertiques auraient été engendrées par les polluants magiks qu'avait laissés derrière elle la destruction de l'Empire. Mais si la chute de l'Empire ysiiri avait suivi celle de la Lune, peut-être y avait-il un lien quelconque entre Anaïs, les fragments nichés en elle et les horreurs qui hantaient ces lieux ?

N'empêche : ça aurait pu être pire. Outre les horreurs innommables vers lesquelles elle chevauchait, la jeune femme aurait aussi pu avoir à s'inquiéter de…

Julius se remit à beugler, grognant et crachant de plus belle. Mia grommela un juron, le bruit finissant par faire éclater le givre qui engourdissait son cœur.

« La ferme, espèce de fils de chien répugnant. »

Le chameau blatéra à nouveau, puis fit rouler dans sa gorge au moins un gallon de crachat. Il battait de la patte sans cesser d'agiter la tête. Dans un soupir, Mia se tourna vers la direction que l'animal semblait indiquer. Pour découvrir au loin un nuage rouge foncé qui s'élevait de l'horizon méridional.

« Une tempête, peut-être ? ronchonna-t-elle. Les Dames sont encore en rogne contre moi. »

Un jet de salive blanche s'échappa des lèvres de Julius, et Mia hocha lentement la tête. Ça l'aurait étonnée que la Dame des Tempêtes se montre si pressée de noircir à nouveau le ciel.

« Ouais, tu as raison. C'est autre chose. »

La jeune femme glissa une main dans sa sacoche, pour en sortir une longue-vue ornementée de laiton qu'elle braqua en direction du nuage de poussière. Elle mit un certain temps à la régler sur le rideau de rouge tourbillonnant. Mais la lumière déclinante des soleils finit par faire scintiller leurs lances et leurs casques à aigrette…

« Baise-moi tout doucement, murmura-t-elle. Puis donne tout ce que tu as. »

Des légionnaires itreyens. Qui progressaient vers le nord en formation, leurs manteaux gonflés par les Chuchotements. D'innombrables rangées. Leurs étendards lui révélèrent qu'ils appartenaient à la dix-septième légion, basée dans le sud d'Ysiir. Et il y avait là les *dix* cohortes qui la composaient, apparemment. Cinq mille hommes. Leur commandant avait peut-être simplement envoyé ses troupes au nord, dans une étendue aussi stérile que cauchemardesque, pour une agréable promenade d'après-midi – mais Mia savait au fond d'elle-même qu'en réalité ils marchaient vers elle.

Vers la Couronne.

Mais, par la Mère noire, comment…

« Mets des vêtements, siffla Mia. Jonnen va dormir ici avec nous.

— Vraiment ? » Sourcils froncés, Ash fit d'un regard le tour de la pièce. « Merde, bon, d'accord – donne-moi un instant. »

Mia fit entrer son frère dans la cabine pendant qu'Ashlinn s'extrayait du hamac, tout en tournant le dos à la porte. Mains serrées devant lui, le garçon jeta des regards furtifs sur le dos tatoué à l'encre manciée de la jeune femme occupée…

« Jonnen », haleta-t-elle.

L'enténébrée n'aurait su dire par quel moyen Scaeva était parvenu à porter sa destination à la connaissance de la légion ysiiri. Sauf qu'il avait absorbé le sang divin. La puissance d'une déité déchue chantait dans ses veines. La Déesse seule savait quels dons il avait à sa disposition, désormais… Mais bon, le *comment* n'avait sans doute pas vraiment d'importance, au bout du compte. À l'évidence il *les* avait informés ; à l'évidence elle avait là cinq mille bites lourdement armées prêtes à la baiser – et pas vraiment gentiment.

La question était de savoir ce qu'elle allait faire à ce propos…

Elle se tourna vers les montagnes Flancs-Noirs à l'ouest, gratifia Julius d'un regard d'excuse, puis sortit sa cravache. « J'espère que tu ne vas pas me forcer à utiliser ça », dit-elle.

« Plus vite, espèce d'immonde connard, plus *vite* ! »

Julius écumait comme un épileptique ; couchée ou presque sur les rênes, Mia poussait la bête dans ses retranchements – le martèlement des sabots sur la terre desséchée lui emplissait les oreilles. La Dame des Lames, championne du *Venatus Magni* et Reine des Vauriens, avait espéré prendre suffisamment d'avance sur la dix-septième pour décourager définitivement ses poursuivants – sauf qu'elle n'avait pas pris en compte leur cohorte de cavalerie. En plissant les yeux, elle distinguait à présent un groupe d'éclaireurs au sud – vingt hommes chevauchant de rapides montures, qui se rapprochaient à toute allure. Peut-être ignoraient-ils qu'il y avait sur le chameau devant eux la fille qu'ils traquaient, mais ils venaient *définitivement* jeter un coup d'œil. Filer aussi vite que Julius le pouvait était sans doute le meilleur moyen de titiller leur curiosité, mais Mia s'était simplement crue capable de les distancer.

Le problème étant, bien sûr, que les chevaux galopaient plus vite que les chameaux.

« Je n'aurais jamais pensé dire ça un tour, haleta Mia, mais Bâtard me manque. »

Malheureusement, l'étalon pur-sang qu'elle avait soustrait aux écuries de Dernier Espoir deux ans plus tôt n'était nulle part en vue, et la jeune femme en était réduite à se contenter de sa machine à crachat atrabilaire. Les éclaireurs fonçaient droit sur elle dans la brume de chaleur, un nuage de poussière s'élevait derrière eux. Mia avait eu la présence d'esprit de récupérer une arbalète dans l'armurerie de la Montagne avant de partir ; elle s'employait présentement à charger un carreau dessus.

Alors même que les soldats se rapprochaient au galop, l'éclaireur de tête tira une longue note chevrotante d'un cor argenté. Mia s'avisa qu'ils portaient une armure de cuir légère, des épées courtes à leur taille, et des arcs courts dans leurs mains libres. Leur livrée, tout comme les fines crêtes en crin de cheval qui surmontaient leurs casques, était d'un vert feuille profond, de la même nuance que l'étendard de la dix-septième qui ornait leurs manteaux[33].

---

33. Il y a un total de vingt-huit légions itreyennes sous le règne de Julius Scaeva ; si l'on fait exception de la tristement célèbre Treizième des Maudits – composée d'esclaves –, les soldats de la dix-septième sont probablement ceux que vous souhaiteriez le *moins* croiser.
Dirigée par Caius « Decimus » Viridius (lui-même un ancien de la treizième), la dix-septième est la légion qui opère le plus *(Suite de la note page suivante)*

« Halte ! rugit le chef. Au nom de l'imperator !

— Qu'il *tombe* dans les Abîmes, ton putain d'imperator ! » tonna la jeune femme.

Elle leva son arbalète et tira sans attendre. Le capitaine chuta presque aussitôt de sa selle en poussant un grognement de douleur, un carreau dans la poitrine. Les autres soldats rompirent aussitôt les rangs telle une volée d'hirondelles, pour se disperser dans toutes les directions. Huit vinrent se poster derrière Mia, huit autres éperonnèrent leurs montures de manière à se retrouver devant elle.

Et puis,

tel un miracle silencieux dans son dos,

Suite de la note n° 33 : loin de toute civilisation, et par conséquent de la juridiction de Sepulcra ; ses membres ont vocation à maintenir l'ordre sur un territoire largement indompté, qui n'appartient souvent que de nom à la République. Dans une région aussi vaste, elle compte pour cela davantage sur sa réputation que sur une présence physique – et elle n'a pas la réputation d'embrasser les bébés et d'aider les femmes âgées à traverser la rue en portant leurs courses. Un exemple ? Après une augmentation des taxes dans la cité de Nuuvash, la population civile se rebella, exterminant au passage sa petite garnison de troupes itreyennes. Rompue à l'art de la guerre de siège, la dix-septième ne tarda pas à reprendre le contrôle de la ville. Sauf que Nuuvash était une plaque tournante commerciale d'importance ; passer toute la population au fil de l'épée relevant de l'impossible, Viridius introduisit la punition connue sous le nom de « rougissement ».

L'intégralité des civils – hommes, femmes et enfants – fut divisée en groupes de cent personnes, et forcée de participer à une loterie. Ceux qui tiraient une pierre rouge – un dixième des participants – furent isolés. Après quoi on obligea les quatre-vingt-dix pour cent restants à lapider les perdants, sous peine de finir eux-mêmes exécutés.

Le nombre final de morts reste inconnu, mais on peut au moins être sûr d'une chose : jusqu'à la chute de la République, les habitants de Nuuvash ne se rebellèrent plus *jamais* contre Itreya.

Mia sentit le soleil rouge disparaître au-delà du bord du monde.

Le ciel s'assombrit : un indigo terne, qui tira ensuite sur un morne violet. Il ne restait plus qu'un œil d'Aa dans le ciel, désormais. Un seul fragment de la haine de l'Omnivoyant pour restreindre ses pouvoirs. Pas encore tout à fait la vrainuit, non. Ses chaînes n'étaient pas encore distendues à ce point.

Mais suffisamment.

Mia lança un regard par-dessus son épaule – pour découvrir un légionnaire, arc levé, occupé à viser son cœur. L'enténébrée se demanda un instant ce qui se passerait si elle laissait le projectile l'atteindre. S'il était vraiment capable de *transpercer* ce qui était déjà brisé. La jeune femme visualisa de jolis yeux bleus, un sourire irrésistible. Et puis, les larmes aux yeux, elle

Passa

du dos de Julius

au cheval de l'archer, saisissant le bras qui tenait l'arc pour l'orienter vers un autre cavalier. L'homme jura de surprise, sa flèche s'envola dans les airs, pour transpercer la nuque de son camarade et l'arracher à sa monture. Dans un hurlement sauvage, son adversaire lâcha son arc et essaya de tirer son épée courte. Ses compagnons poussèrent un rugissement, braquèrent leurs armes en direction de Mia. Qui

Passa

au cheval suivant,

au moment précis où les soldats décochaient leurs flèches, qui transpercèrent leur camarade une bonne dizaine de fois. Il étreignit sa poitrine perforée tout en tombant dans la poussière, un gargouillis inarticulé s'échappant de sa gorge.

Se retrouvant face à un nouveau cavalier, qui tournait le dos à la lumière des soleils, Mia tira l'épée longue de son dos et l'enfonça dans sa poitrine, l'ossacré fendant sa cotte de mailles comme du parchemin sec. Une grêle de flèches s'abattit sur elle en réponse – sauf qu'elle avait déjà disparu, rejoignant l'ombre d'un autre cavalier pour l'occire à son tour. Un tir perdu toucha un des chevaux, le pauvre hère se brisant les jambes et tuant son cavalier dans sa chute. Les légionnaires hurlaient de rage et d'impuissance face à cette ennemie impie.

« De la magik ! hurla l'un d'eux.

— Une sorcerii ! beugla un autre.

— Une enténébrée ! gueula un troisième. *Une enténébrée !* »

Mia poursuivit sa sanglante besogne, arpentant les ombres jusqu'à trois autres cavaliers pour les abattre avec sa lame. C'était là une tâche *humide,* brutale. Accomplie assez près pour qu'elle voie la peur dans leurs yeux. Pour entendre l'ultime râle qu'exhalaient leurs poumons quand elle les achevait. Un vieux refrain. Il y avait déjà tellement de rouge sur ses mains. Bien trop pour qu'elle parvienne jamais à s'en débarrasser. L'envahit soudainement une envie de prier – la litanie adressée à Niah résonnait dans son esprit :

Écoute-moi, Niah.

Écoute-moi, Mère.

Cette chair est ton festin.

Ce sang, ton vin.

Sauf qu'au final, elle garda la bouche close. Les mains pourpres, les yeux vides. Les cavaliers se dispersèrent en hurlant, leurs chevaux hennissant de terreur. Lorsqu'elle en eut fini, il ne restait que huit hommes sur les vingt qui l'avaient attaquée. Et Mia descendit de son cheval maculé de sang pour retourner sur Julius, le visage éclaboussé de rouge. Après avoir essuyé sa lame, elle la rengaina dans son fourreau tout en regardant les soldats consternés se replier, abandonnant derrière eux leurs blessés et leurs morts. La jeune femme récupéra ses rênes, exhorta son chameau à poursuivre ses efforts. Considéra ses mains, aussi collantes qu'humides.

Déesse, quel pouvoir…

Mia leva les yeux vers le ciel indigo, vers les fines volutes de nuages. La température diminuait maintenant que Saan avait disparu ; la jeune femme sentait la sueur refroidir sur sa peau. Le troisième œil de l'Omnivoyant était encore ouvert – les rayons du dernier soleil continuaient à pilonner son dos. Mais aussi sûrement que le monde tournait, Saai n'allait pas tarder à sombrer derrière l'horizon.

Et qu'adviendra-t-il de moi, à ce moment-là ?

Le chant lointain des cors et un grondement de sabots l'arrachèrent alors à ses interrogations. Tout en essuyant ses mains ensanglantées sur les flancs de Julius, Mia lança un regard en direction du sud. Les éclaireurs avaient rejoint en hâte leur légion, la queue entre les jambes. Sauf qu'à présent, à travers la pâleur rouge déclinante, Mia voyait s'approcher un nuage de poussière bien plus conséquent. Les doigts toujours aussi collants, la jeune femme sortit la longue-vue de sa sacoche et la porta à son œil.

« Putain de merde », murmura-t-elle.

Le commandant de la dix-septième légion n'avait apparemment guère apprécié le traitement qu'elle avait réservé à ses éclaireurs. Depuis le sud galopait désormais dans sa direction l'intégralité de la cohorte de cavalerie – des hommes lourdement armés, vêtus d'épaisses armures de fer et de cuir, de casques rutilants surmontés de hauts plumets de crin de cheval. Chaque soldat était équipé d'une lance, d'un bouclier, d'une arbalète et d'une épée courte. Leurs montures recouvertes de bardes en cuir bouilli soulevaient un mur de poussière dans leur sillage.

Il y en avait *cinq cents*.

Mia se tourna vers les montagnes Flancs-Noirs – trois tours de chevauchée l'en séparaient encore. Revint au nuage de poussière tourbillonnante qui s'élevait dans le sillage de deux mille sabots martelant le sable. La charge se rapprochait un peu plus à chaque seconde. Mia était à découvert. Un désert vide s'étendait devant comme derrière elle. Si elle s'appropriait un des chevaux des éclaireurs, ça la contraindrait à laisser tout son équipement avec Julius. Si elle essayait de les distancer à dos de chameau, ils finiraient par la *faucher* comme du blé mûr.

Julius se mit alors à blatérer ; ses bajoues s'agitaient en tous sens.

« Et merde », grommela la jeune femme.

CHAPITRE 39

Insondable

Nulle part où s'enfuir. Nulle part où se cacher.

La dix-septième cavalerie gagnait du terrain, ébranlant le sol à son passage. Les crêtes en crin de cheval qui ornaient leurs casques et leurs longs manteaux étaient de la couleur des feuilles forestières. Leurs montures, caparaçonnées de noir et d'un rouge rouille, protégées par d'épais blindages de cuir bouilli. Le scintillement de leurs lances illuminées par le dernier soleil évoquait des éclairs. Le bruit de leurs sabots le tonnerre.

« Peut-être que la Dame des Tempêtes n'en a pas encore fini avec moi, finalement », grommela Mia.

La lumière de Saai rasait le désert depuis l'ouest. L'ombre de son chameau formait une tache boueuse qui s'étirait sur la terre craquelée et les dunes ondulantes. Celle de la jeune femme, en revanche, était d'un noir plus profond, mieux défini – assez sombre pour deux. Et elle *s'agitait*.

Il aurait été plus simple de se dissimuler sous son manteau de ténèbres, de disparaître complètement. Mais si Jonnen avait donné à Scaeva des détails sur la carte et la Couronne, la dix-septième saurait de toute façon où elle se dirigeait. Les Fantassins ne pouvaient se déplacer aussi vite qu'elle, mais Mia allait bien devoir s'occuper de leur cavalerie, d'une manière ou d'une autre. Aussi mit-elle son ombre en branle, la projetant sur les sables sous une myriade de formes, la forçant à s'étirer en direction de ce détestable soleil. Invoquant l'obscurité, tout comme elle l'avait fait le tour où elle avait fait la connaissance de Naev, la première fois qu'elle s'était retrouvée confrontée à…

Devant.

Mia regarda au loin, vit une traînée de terre tourbillonnante s'approcher d'elle depuis l'ouest – comme si quelque chose de colossal *nageait* sous le sol. La jeune femme se tourna vers le nord, repéra deux autres ruisselets qui convergeaient dans sa direction. « D'accord, salopards, murmura-t-elle. Allons les saluer. »

Mia tira sur les rênes pour orienter Julius vers la charge de cavalerie. Sans cesser de distordre les ombres qui l'entouraient, la jeune femme revint à la menace que représentaient ses poursuivants. Ils chevauchaient en formation, boucliers levés ; leurs lances pointées vers le ciel donnaient l'impression d'un fourré scintillant. Cinq cents chevaux, sur cinq rangées de cent – les étendards vert feuille de la dix-septième légion flottaient dans les Chuchotements derrière eux.

Penché sur les rênes, Mia poussa Julius à accélérer. Une longue note lui parvint alors des lignes de la cavalerie ; tous les hommes des première et deuxième rangées abaissèrent aussitôt leurs lances. Un nouveau coup de cor, et l'enténébrée vit les troisième et quatrième encocher leurs flèches, prêtes à lâcher une grêle de deux cents projectiles sur sa tête. Un coup d'œil dans son dos : les ombres qui l'enveloppaient continuaient à s'agiter en tous sens. Elle revint ensuite aux lignes de terre effervescente qui convergeaient sur sa position. La plus proche n'était plus qu'à une grosse dizaine de mètres d'elle, désormais, à moitié dissimulée par la tempête de poussière que Julius soulevait.

Et elle se rapprochait *rapidement*.

Au son d'une autre trompette, les archers décochèrent dans les airs une volée de flèches noires. Mia attrapa Julius par l'oreille pour le forcer à changer de cap, lui arrachant force grognements au passage. Après quoi, une prière aux lèvres, la jeune femme tendit la main vers ses ombres pour s'en envelopper – elle-même, tout comme la bête qu'elle chevauchait.

Une brume recouvrit immédiatement tout ce qui les entourait – pas aussi noire que lorsque deux soleils brillaient, mais nullement insignifiante. Julius trébucha aussitôt, à moitié aveugle, la jeune femme s'accrochant à lui comme si sa vie en dépendait – avec ses doigts, ses cuisses, ses *dents*. Mais grâce lui en soit éternellement rendue, aussi malodorante, aussi *laide* fût-elle, la bête ne tomba pas. Malgré la panique qui l'avait envahi, Julius vira vers l'est alors que les flèches commençaient à s'abattre. L'enténébrée entendit une centaine de projectiles s'enfoncer dans le sable que le chameau arpentait un instant auparavant, transperçant la terre et la créature qui nageait dessous.

Les cors de la cavalerie lui parvinrent à nouveau aux oreilles. Le grondement produit par leurs sabots diminuait à mesure qu'ils décéléraient, consternés par sa disparition.

Et puis…

« C'est quoi ce tr…

— *Un kraaaaaken !* »

Mia se débarrassa de son manteau d'ombres, planta ses ongles dans la fourrure de Julius et lança un regard par-dessus son épaule. Des sables retournés étaient en train de jaillir une demi-douzaine de tentacules massives – des appendices sombres, tannés, garnis d'horribles crochets dentelés. Attiré par son ombremancie, transpercé d'au moins une douzaine de flèches, le kraken des sables enragé s'extirpait de la terre disloquée pour s'en prendre aux hommes qui l'avaient blessé. La monstruosité enroula un tentacule crochu autour du cheval le plus proche – pour les emporter, lui et son cavalier, jusqu'à sa hideuse gueule à bec.

Une panique écumante envahit aussitôt les autres montures. Le commandant de la cavalerie hurla à ses hommes de passer à l'attaque. Mais alors même qu'un autre soldat poussait un cri de terreur, tout en montrant du doigt les deux nouvelles coulées de terre mouvante qui fonçaient sur la cohorte, un chaos absolu agita la scène.

Un deuxième kraken, plus grand que le premier, jaillit alors des sables maculés de rouge. Attiré par le sang et les hurlements, il sectionna en deux une demi-douzaine de cavaliers d'un seul mouvement de balayage. Une pluie de flèches s'abattit droit sur lui, et un monstrueux cri de douleur ébranla aussitôt le sol sous les sabots de Julius. Un nuage de poussière bouillonnante s'éleva dans les airs, du sable rouge et du sang s'éparpillant dans toutes les directions. Mia vit l'acier scintiller, des silhouettes danser dans la brume – et entendit le beuglement des cors quand un troisième kraken bondit de la terre rougie en rugissant de faim et de rage. Certains cavaliers rompirent les rangs, d'autres chargèrent, davantage encore ignoraient comment réagir. Tentacules, lances et épées *fendaient* l'air, hommes et monstres hurlaient de concert, la puanteur du sang et du fer imprégnait un nuage de poussière toujours plus dense.

Fermant son cœur à toute pitié, Mia se détourna du massacre qu'elle avait déclenché. Devant elle, à travers la poussière transportée par le vent et la brume de chaleur chatoyante, la jeune femme parvenait tout juste à distinguer les ombres des montagnes Flancs-Noirs.

La Couronne de la Lune l'attendait au-delà.

Elle enfonça donc ses talons dans les flancs de Julius, et reprit sa chevauchée.

Cinq tours plus tard, le dos tourné au soleil couchant, Mia s'employait à se ronger les ongles. Devant elle, des éperons de pierre rouge s'élevaient jusqu'à former des contreforts irréguliers, qui eux-mêmes laissaient place à des pics de mauvais augure. Julius se tenait derrière elle dans un nuage de poussière, ses bajoues blanches de crachat.

« Je crois bien qu'on y est », grommela la jeune femme.

Le chameau blatéra, puis laissa tomber par terre quelques kilos de merde.

« Écoute, grogna l'enténébrée, ce n'est pas comme si cette carte avait été dessinée par un maître cartographe. L'originale se trouvait sur le mur d'un temple millénaire, et elle a été *recopiée* dans une ruelle miteuse d'une ville perdue au milieu de nulle part sur la côte nord d'Ysiir. On ne pouvait sans doute pas s'attendre à ce que ce soit fiable à cent pour cent. »

Le chameau se remit à gazouiller – avec un mépris *manifeste*.

« La ferme, Julius. »

C'était la cinquième tentative qu'elle faisait en autant d'heures pour traverser la chaîne, et son espoir de trouver enfin un passage allait s'amenuisant. Chaque incursion précédente dans les montagnes s'était soldée par une impasse, ou avait abouti à des défilés trop étroits pour être empruntés. À force, l'avance qu'elle avait prise sur la dix-septième légion avait entièrement fondu : un coup d'œil vers le sud l'informa que les soldats n'étaient plus qu'à quelques heures de marche.

« Ces salopards ne renoncent pas facilement », murmura-t-elle.

Mia estimait avoir tué une petite *centaine* de leurs cavaliers. Indépendamment des ordres de leur imperator, ils ne manqueraient pas de la pourchasser – et de l'assassiner – pour le principe, désormais. Sauf qu'en regardant la horde de légionnaires en approche, la jeune femme pouvait voir que leur commandant ne lui envoyait pas seulement ses canassons, cette fois. Il lui envoyait *tout le monde.*

L'enténébrée traversa à grands pas le terrain accidenté, attrapa l'attelage de son chameau et se hissa entre ses bosses. La bête blatéra de mécontentement, puis regimba de son mieux pour tenter de la déloger de son dos.

Mia soupira. « Oh, ferme ta putain de *gueule,* Julius. »

Sa cravache s'abattit sur les flancs de l'animal, qui les emmena au trot dans un canyon niché entre deux falaises acérées. Mia s'interrogea sur la possibilité de tendre là une embuscade aux soldats qui la poursuivaient, mais elle ne tarda pas à abandonner cette idée – l'endroit était assez large pour que puisse passer de front une légion tout entière. N'empêche : sans cesser de progresser, accompagnée d'un corbeau solitaire occupé à chanter au-dessus de sa tête, elle se retrouva à étudier sourcils froncés les parois du ravin.

Elles ne ressemblaient en rien à celles qui entouraient la Montagne taciturne. Le temps n'avait ni altéré ni érodé les rochers que Mia avait sous les yeux. Les éminences qui s'élevaient à proximité de l'église avaient *l'air* vieilles, couvertes de la poussière des âges, chargées d'histoires. Celles-ci donnaient l'impression d'être… *récentes.*

La terre formait une pente descendante, comme si Mia chevauchait vers quelque dépression. Elle ne parvenait pas à se débarrasser du pressentiment qui rampait sur sa peau. Les Chuchotements se faisaient plus sonores encore – au point qu'à l'occasion, la jeune femme était certaine de distinguer des mots parmi leur bredouillement informe. Des voix qui lui faisaient penser à sa mère.

À son père.

À Ashlinn.

Mia secoua la tête pour s'éclaircir les idées – elle se sentait prise de vertige, *perdue*. À croire qu'elle progressait dans le brouillard, alors qu'en vérité la lumière d'un unique soleil brillait encore dans son dos. Elle sortit son outre de sa sacoche, avala une gorgée d'eau, essuya son front en sueur.

Quelque chose ne va pas, ici.

De la magik, peut-être. Des restes de mancies ysiiri, dispersés lors de la chute de l'empire. Même après tous ces siècles, toutes ces années écoulées sous les soleils brûlants, leur marque semblait persister, comme du sang s'infiltrant dans le sol morcelé. Mais au moins pouvait-elle enfin la *sentir* jusque dans ses os, à présent, cette certitude qui gonflait sa poitrine.

C'est le bon chemin.

Elle poursuivit sa route, le visage griffé par les vents. Mia avait des fourmis dans les mains et les pieds, une sensation de confusion saturait l'intérieur de son crâne. D'irritantes gouttes de sueur s'écoulaient le long de sa colonne vertébrale. L'enténébrée se concentra sur le sol brisé qui se déployait devant elle, malgré la voix de sa mère qu'elle avait à nouveau l'impression d'entendre. Elle sentait la froide pression des lèvres de Tric, qui lui faisait ses adieux d'un ultime baiser. La douceur des doigts d'Ashlinn entre ses jambes, le souffle de sa bien-aimée dans ses poumons. Sans trop savoir ce qui était réel, et ce qui n'était qu'un souvenir. Et toujours, *toujours*, les Chuchotements. Assez près pour qu'elle les sente chatouiller le lobe de son oreille, couvrir sa peau de chair de poule.

Le sol se mit à craquer sous les pieds de Julius. Mia baissa les yeux, pour découvrir que le sol était jonché de vieux ossements – d'êtres humains comme d'animaux – qui se fêlaient ou volaient en éclats quand son chameau les foulait. Elle fronça les sourcils, cligna des yeux lorsqu'un crâne privé de mâchoire se tourna vers elle pour la fixer de ses orbites vides.

« *Si tu t'engages sur cette voie, ma fille,* murmura-t-il, *tu vas mourir.* »

Le chemin devant elle commençait enfin à se rétrécir. De chaque côté s'élevaient des falaises acérées de pierre rouge. Mia leva les yeux vers le ciel – et fut prise de vertige, se rendant soudain compte qu'elle n'avait *aucune* idée du temps qui s'était écoulé depuis qu'elle avait franchi la fissure. Ses mains tremblaient. Elle avait la bouche sèche. Son outre était presque vide – la jeune femme ne se souvenait pourtant pas d'avoir bu autant.

Tu vas

mourir.

Deux statues se dressaient devant elle de chaque côté du passage. Chacune taillée dans du grès, de forme humanoïde – les années avaient eu raison d'éventuels détails. La plus à gauche était coupée en deux au niveau de la taille ; les vestiges de ses cuisses gisaient autour de ses chevilles. Celle de droite était pratiquement entière – une silhouette humaine affublée d'une longue coiffe, d'une tête de chat, et d'une base sur laquelle Mia distinguait les restes illisibles d'une écriture étrange. L'ensemble évoquait lourdement la lanterne posée sur le bureau de Marielle. La jeune femme se tourna vers l'épée en acier noir de Greffier qu'elle portait à sa taille – y étaient entrelacés des hommes et des femmes dans le plus simple appareil, dotés de têtes de félins.

« Ysiiri », murmura-t-elle.

Immémorial. Préhistorique ou presque. Il restait si peu de ces artefacts. Quelques babioles, des bribes de connaissances. Et pourtant il y avait jadis là un peuple, une civilisation, un *empire*. Totalement détruit par une calamité née de la jalousie et de la rage.

Elle s'arracha à la contemplation des deux statues pour se concentrer sur le chemin qui se poursuivait plus loin. Celui-ci se rétrécissait encore derrière les antiques monuments, au point de presque se résumer à un étroit défilé. Une profonde fissure marquait le sol, jusqu'à un embranchement un peu plus loin. Grâce à la carte tatouée sur la peau d'Ash, Mia savait qu'au-delà se déployait un labyrinthe de ravins et de défilés, qui formaient comme des toiles d'araignées sur ces terres à l'abandon.

Et au-delà...

Au-delà...

Au...

Elle entendait sa mère chanter, Ashlinn murmurer son nom. Sentait dans l'air l'odeur inimitable des cigarillos de Mercurio. *Voyait* son père lui demander de se joindre à lui. Une terreur sans nom était en train d'envahir sa poitrine telle une marée noire, tel un déluge, menaçant de la noyer entièrement.

Ne jamais reculer.

Ne jamais avoir peur.

Ses jambes et ses pieds lui faisaient horriblement mal – depuis combien de temps marchait-elle ainsi ? Des tours ? Des semaines ? La jeune femme ne se souvenait pas d'avoir mangé, mais son estomac semblait plein ; ne se souvenait pas d'avoir abandonné Julius, mais la bête n'était nulle part en vue. Elle s'avisa qu'il faisait sombre, comme si les soleils avaient fini par se retirer derrière l'horizon. L'espace d'un instant, Mia fut prise de panique, se croyant là depuis si longtemps que la vrainuit était tombée sans même qu'elle s'en rende compte. Mais non : en regardant le ciel au-dessus de sa tête, la jeune femme voyait toujours une mince bande d'un indigo boueux – le dernier œil d'Aa continuait à la réchauffer. L'Obscurité n'avait pas encore revendiqué la domination du ciel.

« Il y a *vraiment* un problème, ici », haleta-t-elle.

Elle était tout près.

Elle n'aurait pas dû se trouver là.

Elle aurait dû rebrousser chemin tant qu'elle le pouvait encore.

La jeune femme arpentait un labyrinthe de pierre rouge et d'ombres de plus en plus profondes ; de faibles cris lui parvenaient aux oreilles, mêlés au vacarme des trompettes – elle se demandait ce qui était advenu des soldats qui l'avaient suivie dans ce lieu abandonné. Se demandait *pourquoi* ils étaient venus ici, en premier lieu.

Ce qu'*elle-même* faisait là.

Elle baissa les yeux, pour découvrir ses ombres occupées à s'agiter à la manière de quelque flamme noire sur les os éparpillés. Pareilles à de douces mains, elles tiraient sur ses vêtements, caressaient sa peau. Elle regarda ses pieds, et vit le ciel qui la surplombait. Elle le regarda – et ne vit rien du tout. Elle sentit Ashlinn dans ses bras, nue, les lèvres de sa bien-aimée parcourir son cou. La sentit frissonner sous ses doigts affairés à suivre les lignes de son tatouage. Le chemin qui menait à cet endroit. Inscrit en noir sur la peau de la Vaanienne.

La roche se déformait autour d'elle, les ombres tourbillonnaient ; chaque coin et fissure semblait animé d'une vie propre. Ça lui donnait l'impression d'être entourée de visages gémissants, de griffes menaçantes. L'obscurité ne cessait de s'intensifier, insondable, *parfaite*. Mia ferma les yeux, s'avisa qu'ainsi elle ne sentait plus rien – ni le sol sous ses pieds, ni le pouls dans ses veines, ni même le vent dans ses cheveux. La lumière du dernier soleil évoquait celle d'une lointaine bougie, et pourtant le ciel brillait encore par terre.

« Tu n'es pas ma fille. »

« Tu n'es que son ombre. »

« La dernière *chose que tu seras dans ce monde, gamine, c'est l'héroïne de quelqu'un. »*

« Une fille qui a une histoire à raconter. »

« Tout ce que j'entends, Faiseuse de roi, ce sont des mensonges qui sortent de la bouche d'une meurtrière. »

« Je ne veux plus jamais te voir, tu m'entends ? »

« J'aurais tué le ciel pour toi… »

Les ombres s'étiraient dans sa direction, emplissant le néant qu'elle était devenue. Mia regarda la sienne – pour découvrir qu'elle était noire, comme du goudron, comme de la colle, et s'écoulait entre ses doigts comme de la cire de bougie. Des volutes de fumée chargées de particules de poussière lui titillaient les narines – le parfum des tombes vides. Quelque chose craquait sous ses pieds, aussi cassant que des brindilles. Comme en écho aux cris qui résonnaient dans son esprit.

« Ô, Déesse », murmura Mia.

Une désolation si *parfaite* qu'elle ne pouvait rien imaginer avant, après – jamais plus. Plus de lumière. Plus de son.

Plus de chaleur. Plus d'*espoir*. Des larmes s'accumulaient dans ses yeux.

« Ô, Déesse… je peux la *sentir*. »

Elle s'employa à l'écarter. La peur – mais aussi le chagrin, la perte et la douleur. Si *proche* à présent que Mia en avait le goût sur la langue. Tendre une main tremblante et la toucher. L'arracher à sa cage de côtes brisées et la faire sienne. Son droit de naissance. Son héritage. Son sang et sa vengeance. La promesse qu'elle avait faite à la seule personne qui lui restait.

Son frère.

« Je… je ne sais pas très bien nager.

— Moi si. » Elle lui serra la main un peu plus fort. « Et je ne te laisserai pas te noyer. »

Les falaises qui la cernaient désormais étaient zébrées de sombres fissures grouillantes d'ombres. Sur la terre lézardée sous ses pieds, dans les parois décrépites autour d'elle, elle voyait d'infimes marques de civilisation – un vague motif de briques ici, là un fragment de statue brisée. Le sol sur lequel elle avait posé ses bottes continuait à descendre, et la jeune femme distinguait dessus des empreintes de dalles presque invisibles – comme si une route passait là jadis, et qu'une indicible fureur l'avait proprement *fracassée*.

Elle était tout près, désormais. La même force d'attraction qu'elle avait ressentie en présence de Furian, de Cassius, de son père, Mia la percevait désormais – mais décuplée, voire multipliée une centaine, un *millier* de fois. Une noire pesanteur. Un contre-courant sans fond, qui ondulait sous la peau de réalité terriblement fine qui l'entourait. Le voile séparant ce monde d'un autre semblait tellement mince, ici, comme étiré. Quelque chose d'imposant, de *terrible*, l'attendait de l'autre côté. Et ce quelque chose lui évoquait…

Un foyer. Chez elle.

La première fois qu'elle avait entendu parler de la Couronne de la Lune, Mia avait imaginé quelque chose d'impressionnant. De *grandiose*. Une forteresse d'or, peut-être, scintillant au sommet de quelque montagne impossible. Une flèche d'argent, surmontée d'une couronne de lumière stellaire. Au lieu de quoi c'était une *désolation* qu'elle découvrait là. Une dissolution. À présent, la jeune femme avait compris qu'elle marchait dans un énorme cratère, creusé par un impact qui n'avait laissé derrière lui que des souvenirs brisés. De l'empire qui prospérait jadis en ces lieux, il ne restait quasiment plus de trace. Ses légendes, ses coutumes, sa magik, ses chansons et son peuple – effacés en un instant. Par un cataclysme qui avait déchiré la terre même, pour la laisser à jamais disloquée.

Mia suivait la pente vers l'intérieur. Vers le bas. Le vent s'enroulait dans ses cheveux. Des Chuchotements résonnaient dans ses oreilles. Le vertige redoublait d'intensité sous son crâne. Elle entendait clairement la voix d'une femme, à présent – discernable dans cet informe babillage hanté. Et à force d'arpenter des creux sillonnés, des défilés tortueux, sa peau couverte de poussière, ses yeux pareils à de l'acier, elle finit par se retrouver au cœur même du cratère ysiiri – et par là découvrir, gisant devant elle dans toute sa gloire brisée, la Couronne de la Lune.

Le spectacle qu'elle avait sous les yeux faillit lui arracher un sourire. L'ultime réponse à l'énigme de son existence. La dernière révélation d'une histoire écrite à l'encre et au sang par la lumière de l'aube et du crépuscule. Et au bout du compte, après tous ces meurtres, tous ces kilomètres, l'explication était si simple. Une image de la cité de Sepulcra envahit son esprit, comme vue d'en haut – l'Épée et les

Bras défensifs, les Génitaux, les imposantes Côtes ossifiées. Des îles éparpillées, striées de réseaux de canaux. Le tout évoquant irrésistiblement un géant couché sur le dos. Un corps auquel il manquerait un morceau.

Qui se trouvait là, face à elle.

Non pas une forteresse d'or, ou une flèche d'argent.

« Bien sûr », grommela Mia.

Mais un crâne.

Un crâne colossal, *impossible*.

LIVRE 5

ELLE ÉTAIT VÊTUE DE NUIT

CHAPITRE 40

Destin

« La Couronne de la Lune », murmura Mia.

Haute de centaines de mètres, large de plusieurs kilomètres, elle était enterrée jusqu'aux tempes dans de la terre lézardée. Son visage était tourné vers le ciel, un cercle ornait son vaste front parfaitement lisse. Le tout en ossacré bien sûr – comme les Côtes, le reste des fondations de Sepulcra, la lame de Mia dans son dos. Les ultimes vestiges du corps d'Anaïs, balancés du ciel par un père vindicatif qui aurait dû l'aimer comme un fils unique. Son corps avait heurté la terre si violemment que la péninsule itreyenne s'était retrouvée engloutie sous la mer ; là-bas, sur les ruines, Aa avait ordonné à ses fidèles de bâtir son nouveau temple. Mais ici, au cœur de la civilisation ysiiri, la tête coupée d'Anaïs avait percuté le sol avec une force impensable, mettant fin à l'empire qui le vénérait comme un dieu.

L'image, tragique, l'emplit de tristesse. Un infanticide, *gravé* dans de l'os immémorial.

Mia escalada les contreforts brisés, les rochers éclatés. Un unique corbeau décrivait des cercles dans le ciel, sans s'intéresser à personne. La poussière tournoyait autour des pieds de la jeune femme. Son ombre pointait en direction du crâne, telle l'aiguille de quelque boussole manciée. La peur lui rongeait l'estomac. Comprimait sa poitrine. L'enténébrée se sentait attirée, étirée – envahie d'une faim telle qu'elle n'en avait jamais connue.

C'était comme si sa vie durant Mia avait été *inachevée,* ce dont elle ne se rendait compte qu'en cet instant. Tous les fragments de sa brève existence semblaient soudain insignifiants – Jonnen, Tric, Mercurio, Scaeva, même Ashlinn –, se résumant à des fantômes perdus quelque part dans son obscurité intérieure. Parce qu'après toutes ces années, tout ce sang, la jeune femme était enfin, *enfin* chez elle.

Non.

Mia serra les dents, referma ses poings.

Ce n'est pas *chez moi.*

Une *seule* raison expliquait sa présence en ces lieux. Elle n'était pas là pour dormir, mais pour se réveiller. Pas pour quémander, mais pour réclamer. Le pouvoir d'un dieu déchu. L'héritage d'une lignée brisée. Le pouvoir de la lumière sur la nuit. Pour l'arracher, encore battant, en sang, d'une poitrine éclatée et soustraire son frère au salopard qui l'avait enlevé. Se battre et mourir pour la *seule* chose qui donnait encore un sens à sa vie. La seule chose qui lui restait.

Quand tout est sang, le sang est tout.

Mia passa par la bouche ouverte, entre des dents aussi grandes que des cathédrales. Les ombres qui l'entouraient se tortillaient en tous sens – c'était là une sombre descente, presque cauchemardesque. Un interstice lui permit de se faufiler à l'intérieur de ce palais caverneux – après quoi, à force d'arpenter un sol d'ossacré terni, elle finit par se retrouver dans une immense salle désolée au beau milieu de la couronne creusée du crâne. Ronde comme un amphithéâtre, aussi large qu'une douzaine d'arènes, la cavité était presque entièrement vide ; les centaines de fissures dans l'os qui la surplombait laissaient passer de fines lances de lumière, celle déclinante du dernier soleil disparaissant peu à peu dans une morne obscurité. Les Chuchotements étaient si bruyants que Mia les *sentait* sur sa peau, qu'elle entendait enfin leurs paroles à peine murmurées, ici, à leur source – un récit d'amour et de perte, de trahison et de massacre, d'un ciel *déchiré* et d'une terre suppliciée. Les larmes d'une mère, le sang d'un fils, les mains cramoisies d'un père.

Mia progressait sans bruit, évitant les minuscules taches de lumière qui s'infiltraient là par les fissures, restant dissimulée dans une obscurité qu'elle considérait depuis toujours comme une amie. Sans rien voir dans cette galerie aussi noire que vide. Et pourtant, la jeune femme avait l'absolue certitude, une certitude *terrible*, qu'elle n'était pas seule. Elle scruta chaque recoin, chaque sillon, en quête d'un signe quelconque de vie, de la source de l'effroyable peur *avide* qui lui transperçait le cœur. Et finalement, en levant les yeux vers un banc d'ossacré irrégulier niché dans son dos, Mia la découvrit – *seule*.

Une beauté. Une horreur. Une femme.

Enfin.

Cléo.

Elle était grande. Élancée comme un saule. Et jeune, ô, Déesse… *si* jeune. Mia n'aurait su dire à quoi elle s'était attendue – à une vieille bique, à une coquille vide sans âge –, sauf qu'en réalité Cléo avait l'air à peine plus âgée qu'elle.

Son épaisse chevelure noire, aussi brillante qu'une nappe d'huile, descendait au-delà de ses chevilles pour traîner par terre dans son dos. Elle portait une robe noire dos nu sans le moindre ornement, entièrement faite d'ombres aussi fines que du tulle. Le noir qui moulait sa silhouette s'étendait de son menton à ses pieds nus. Ses bras aussi étaient dénudés, sa peau d'une pâleur laissant suggérer qu'elle n'avait pas vu les soleils depuis…

… *eh bien, des siècles*, conjecturait Mia.

Elle était belle, avec ses lèvres et ses paupières d'un noir d'encre. Totalement immobile à l'exception des ourlets de sa robe, qui s'agitaient en tous sens comme quelque créature vivante. Et son ombre, Déesse – elle était si *intense* que le simple fait de la regarder faisait mal aux yeux. Mia les sentait s'emplir de larmes, comme si elle avait regardé les soleils trop longtemps. Les ténèbres formaient une espèce de flaque *liquide* aux pieds de cette femme, qui s'écoulait par-dessus le rebord sur lequel elle se tenait pour ensuite se volatiliser complètement avant de toucher le sol.

Avec une infinie lenteur, Cléo leva les mains et enfonça dans sa peau le bout de ses doigts. Mia vit que ses avant-bras étaient égratignés, couverts de croûtes – et que ses ongles y creusaient présentement une vingtaine de zébrures supplémentaires. Ses yeux verts fixaient le gigantesque dôme fissuré qui servait de plafond, tête inclinée comme si elle écoutait quelque chose – sauf qu'il n'y avait rien à entendre, à part le soupir perpétuel des vents.

Cléo tendit la main, doigts écartés – et Mia sentit quelque chose remuer dans sa poitrine. Cette… attraction, là encore. Pareille à la pesanteur qui nous cloue au sol. À une flamme dévorant de la poudre. Sa peau se couvrit de chair de poule, les coins et recoins ombragés de la pièce commencèrent à s'agiter, comme si eux *aussi* ressentaient l'appel de cette femme.

Mia perçut un mouvement du coin de l'œil, vit une petite forme noire surgir de l'obscurité pour aussitôt s'envoler. Un passager, comprit-elle – un démon arborant l'apparence d'un minuscule moineau. Il se posa sur les doigts de Cléo, qui éclata d'un rire joyeux, avant de remuer sa main en tous sens comme pour admirer la sombre beauté de la créature.

Le volatile se mit alors à triller un air improbable – jamais Mia n'avait rien entendu de tel. Les notes, cristallines, semblaient comme descendre le long de sa colonne vertébrale. C'était là le contraire d'une musique. Une *non*-chanson, qui résonnait dans les vastes renfoncements du crâne de ce dieu mort. Et, toujours en souriant, Cléo fourra le moineau dans sa bouche.

Des hurlements envahirent aussitôt l'arrière du crâne de la jeune femme. Cette faim qui *enflait* en elle, aussi sombre que terrifiante, jusqu'à l'emplir complètement. Cléo jeta sa tête en arrière sans cesser de mâcher ; les ombres commencèrent à trembler d'un bout à l'autre de la pièce, leur peur s'infiltrant à travers les fragments nichés dans la poitrine de Mia pour s'écouler, froide et huileuse, dans son ventre.

C'est comme ça qu'elle s'est alimentée pendant tous ces siècles, comprit alors Mia.

En engrangeant les fragments d'Anaïs et…

… et en les dévorant.

Le menton de Cléo s'abaissa. Une chevelure d'un noir d'huile recouvrit son visage. Tout en déglutissant, elle se tourna vers l'alcôve dans laquelle Mia se cachait. Un sourire étira ses lèvres, alors même qu'une voix – aussi froide, aussi claire qu'un ciel de vrainuit – envahissait la tête de l'enténébrée.

Tu peux sortir maintenant, doux cœur, joli cœur, noir cœur.

Mia sentit déferler en elle une marée glacée de peur, depuis le bout de ses doigts jusqu'à ses jambes – qui se mirent aussitôt à flageoler. Mais elle se maîtrisa, força son cœur à se blinder. Ses mains se posèrent sur les poignées de l'épée longue en ossacré, dans son dos, et de celle en acier noir de Greffier, à sa taille. La jeune femme prit une interminable inspiration, puis alla se poster juste en dessous de Cléo.

Qui la dévisagea, ses cheveux ondulant de concert avec les ourlets de sa robe. Un sourire se dessina sur ses lèvres ; un mince filet de quelque substance noire *collante* vint maculer son menton.

« Je m'appelle Mia. Mia Corvere. »

Cléo inclina la tête.

Nous le savons.

Elle ouvrit les bras ; les ombres de la pièce s'animèrent aussitôt. Émergeant des fissures et des crevasses, se déversant des ténèbres insondables qui s'étendaient autour d'elle. Des dizaines, des *centaines* de formes, chacune constituée d'obscurité *vivante*. Serpents, loups, rats, renards, chauves-souris et hiboux – une légion de démons, qui fendaient l'air, glissaient sur l'ossacré ou filaient d'ombre en ombre. Une ombrevipère serpenta entre les pieds de Mia, un faucon fait de noir ondulant se posa sur le rebord qui surplombait sa tête, une souris s'assit face à elle et cligna de ses non-yeux. Les chuchotements s'intensifièrent – une cacophonie dans son esprit, qui parlait d'une seule voix effrayante :

Tu viens de si loin. Et tu as tant souffert. Mais tu n'as plus besoin de souffrir.

Mia plissa les yeux, les leva vers la beauté, l'horreur, la femme. « Qu'est-ce que vous savez de mes souffrances ? »

Nous savons tout de toi.

Un sourire aux lèvres, Cléo tendit une main. Comme générée par l'obscurité qui l'entourait, une forme se matérialisa aussitôt sur sa paume ouverte. C'était une forme que Mia connaissait presque aussi bien que la sienne. Une forme qui l'avait trouvée le tour où son monde lui avait été soustrait, qui avait marché à ses côtés pendant tous ces kilomètres, qui avait été témoin de tous ses meurtres, toutes ses aventures, jusqu'à ce que…

Jusqu'à ce que je l'envoie balader.

« Gentilhomme, haleta-t-elle, les larmes aux yeux.

— *… bonjour, mia…*

— … Qu'est-ce que tu fais ici ?

— *… tu m'as dit de trouver quelqu'un d'autre à chevaucher…* »

Les non-yeux du non-chat se plissèrent ; sa queue fouettait l'air de colère.

« … c'est ce que j'ai fait… »

Gentilhomme remonta le bras pâle de Cléo pour fourrer son non-museau dans ses sombres salines, s'enroulant autour de sa gorge et de ses épaules tout comme il l'avait fait d'innombrables fois avec Mia. Un frisson parcourut Cléo, dont les doigts se mirent à parcourir la fourrure de l'ombrechat – qui fit le dos rond, et essaya de ronronner.

Une jalousie sans nom envahit aussitôt la poitrine de l'enténébrée, qui entendit alors la voix de Cléo résonner sous son crâne :

Nous savons pourquoi tu te trouves ici.

Petit pion.

Pauvre créature brisée.

« Vous ne savez rien de moi », répliqua Mia.

Oh, détrompe-toi. Nous voyons les ecchymoses qu'ont laissées leurs doigts sur ta gorge, encore maintenant. « La multitude était une », c'est bien ça ? « Ne jamais reculer, ne jamais avoir peur », hein ?

Comme tu as été maltraitée, doux cœur, joli cœur, noir cœur, par celles que tu appelais Mère.

Mia se tourna vers le non-chat, le cœur au bord des lèvres. « Tu lui en as parlé ?

— *... je savais que tu finirais par te pointer ici...* »

La queue de Gentilhomme s'enroula autour du cou de Cléo ; ses non-yeux se levèrent en direction du dôme qui les surplombait.

« ... mieux valait donc se préparer à ton arrivée... »

Cléo fixa sur Mia des prunelles aussi profondes que des siècles.

Nous savions que tu allais venir. Nous t'avons entendue appeler dans le désert. Tout comme les créatures des plaines qui ont répondu à ta convocation.

« Les krakens. » La jeune femme hocha la tête. « Les vergurgites. Comment arrivent-ils à nous... entendre ? »

Ils sont tout ce qui reste de la cité qui s'élevait jadis ici. Des vers et des insectes, dénaturés par la magik qui a suinté de ce cadavre qu'était l'empire.

« Et pourquoi ne supportent-ils pas que nous mancions l'obscurité, dans ce cas ? »

Leur âme se souvient. Leur sang. *Sa chute a causé leur ruine. Et nous sommes tout ce qui reste de lui.*

« Anaïs », chuchota Mia.

Les yeux de Cléo se plissèrent à la mention du nom de la Lune.

Tu viens réclamer ce qui nous appartient.

« Sauf si vous avez *envie* de me le donner. »

Cléo poussa un soupir, secoua la tête.

Petite chose. Moins que rien. Serve flagorneuse d'une puissance trop faible *pour sauver toute seule sa tête. Nous ordonnant de mourir pour que son fils puisse vivre. Nous condamnant à la tombe de manière à s'octroyer un sursis. Demandant tout sans rien donner en retour, ni s'interroger sur la légitimité de ses actes.*

Les ténèbres qui les entouraient se mirent à frissonner lorsque la femme leva les mains, paumes ouvertes.

Cette déesse, *ainsi qu'elle-même se nomme – tout en nous qualifiant d'esclaves. En nous considérant comme de minuscules joueurs sur une scène faite de faiblesse et de grandeur dérisoire.*

Cléo se tourna alors vers Mia ; un mépris infini étirait ses lèvres noires.

Elle n'offre rien, à part ce qu'elle compte reprendre. Et pourtant, tu t'agenouilles devant elle.

« Je ne me prosterne devant *personne* », cracha Mia.

Le rire de Cléo résonna sur les murs en ossacré, se diffusant parmi l'assemblée de démons comme des ondulations à la surface d'une eau noire.

« Je ne plaisante pas, reprit l'enténébrée. Je n'en ai rien à foutre des dieux et des déesses. Peu m'importe de gagner une guerre ou de rétablir l'équilibre entre la Lumière et la Nuit ; je n'en ai rien à foutre de Niah ou d'Aa – rien *du tout*. Ça ne m'a jamais intéressée. Si je suis là, c'est pour mon frère. »

Cléo s'humecta les lèvres, le bout de ses doigts s'enfonçant dans sa peau. Les murmures qui l'entouraient parurent se taire, l'obscurité s'intensifiant à mesure qu'elle faisait courir des ongles cassés le long de ses bras. Elle frissonna de douleur ; un scintillement avait envahi ses yeux écarquillés.

Nous avions une familia, jadis. Un garçon. Une beauté. Tout ce que nous avions, nous le lui avons donné. Et il nous a quittés, doux cœur, joli cœur, noir cœur. Il nous a laissés tout seuls. Ne cherche pas ta valeur dans les yeux d'autrui. Car ce qui est donné peut être repris. Et que restera-t-il, ensuite ?

« Je ne suis pas venue ici pour répondre à vos énigmes, grogna Mia. Ni pour trouver le sens de la vie. Si je suis venue, c'est pour obtenir le pouvoir de sauver la seule chose qui compte encore à mes yeux. »

Nous ne te le donnerons pas.

L'enténébrée fit un pas supplémentaire. « Alors je vais le prendre.

— *... mia, tu ne peux pas gagner de cette manière...*

— Ferme ta putain de gueule, Gentilhomme.

— *... regarde autour de toi...*, insista l'ombrechat... *regarde où tu te trouves, ce que tu affrontes. pour une fois dans ta vie, prends un* instant *de réflexion avant d'agir...*

— Va te faire foutre », siffla-t-elle, avant de dégainer son épée.

Cléo leva les bras – et les ombres parurent comme entrer en éruption. Des rubans de ténèbres vivantes jaillirent telles des ailes de ses épaules nues. Elle s'éleva dans les airs, ses longs cheveux noirs s'agitant en tous sens, sa légion de démons grouillant, piquant vers le sol, virevoltant autour d'elle.

Mia porta la main à sa ceinture ; une poignée de verrewyrd rouge fila presque aussitôt droit sur le visage de Cléo. Son corps se mit à scintiller, le verre éclata, des flammes s'épanouirent brièvement dans la pénombre. Sauf que la femme avait déjà disparu, s'extrayant du corps d'une chauve-souris pour se retrouver en surplomb de Mia, un sourire sombre aux lèvres. Les longs cheveux noirs de Cléo se transformèrent en lames d'ombre, aussi fluides que du liquide, tranchantes comme de l'acier, qui filèrent telles des lances en direction de Mia. Celle-ci

fit un Pas

de côté, pour ensuite récupérer une poignée de verrewyrd – blanc, cette fois – à sa ceinture. Les globes explosèrent en un nuage toxique – sauf que là encore Cléo s'était bornée à disparaître, s'extirpant de la forme fugace d'un ombrefaucon pour ensuite retrouver sa place en surplomb de Mia. Qui s'éleva, toujours plus haut, jusqu'à atteindre le toit ombragé de cette étrange cathédrale. Elle rebondit sur le plafond décrépi en ossacré pour ensuite piquer en direction du sol, sa lame prête à frapper. Cléo s'évapora à nouveau, évitant le coup de Mia tout en l'enveloppant de vrilles de noir liquide. L'enténébrée taillada l'obscurité, puis

s'Écarta

à la manière d'un colibri, en lançant de nouveaux globes de verrewyrd rouge. Cléo se contenta de disparaître, pour s'extraire de la forme de Gentilhomme – qui n'avait pas bougé d'une non-patte.

Ainsi donc elles dansèrent, toutes les deux. Dans la fumée noire, dans les ténèbres remplies d'échos, au rythme de sourdes détonations. Mia gardait un silence de mort – son visage se résumait à un masque sinistre, sa lame à un flou étincelant. La jeune femme papillotait tel un spectre dans la pièce. L'une comme l'autre pouvaient se déplacer à leur guise, tant il y avait d'ombres, si *profondes* celles-ci étaient. Mais Cléo lui était simplement *supérieure*. L'air *fourmillait* de ses démons – une multitude dans laquelle elle pouvait disparaître à volonté, pour mieux réapparaître là où elle le souhaitait. Ses lames d'ombre semblaient être partout à la fois, ses cheveux se déployaient sur des distances impossibles – Mia parvenait tout juste à garder une longueur d'avance sur leur tranchant. Des murmures assourdissants lui martelaient la tête, noyant le bruit de son pouls sous leur pilonnement. Ses lèvres étaient retroussées, ses yeux plissés, son visage trempé de sueur. Et pendant tout ce temps, portée par des ailes de noir, Cléo se bornait à sourire.

Elle s'amuse avec moi…

Une demi-douzaine d'ombrelames sillonnèrent l'endroit où Mia se trouvait une seconde auparavant. Elle s'avança, son épée longue fendant l'air en direction de la gorge de Cléo – uniquement pour voir son adversaire se volatiliser à nouveau. Encore. Et encore. Autant pourchasser des lumières fantômes. Essayer de tuer de la fumée. Cette femme se déplaçait trop vite ; Mia ne s'imaginait pas pouvoir égaler un jour sa maîtrise des ombres. Tout son entraînement, toute sa volonté, toute sa rage désespérée, ne servaient à *rien* face à un pouvoir aussi impossible.

Elle marcha jusqu'au banc en ossacré à côté duquel patientait Gentilhomme, atterrit maladroitement dessus – sa lame lourde comme du plomb dans ses mains tremblantes. Cléo se tourna vers elle, ses longs cheveux noirs fouettant l'air qui l'entourait. Mais plutôt que de repartir aussitôt à l'attaque, elle se borna à planer dans les airs. Mia était trempée de sueur ; de la fumée *brûlait* dans ses poumons.

Tu as eu ton compte ? lui demanda Cléo directement dans son esprit.

Gentilhomme apparut alors sur son épaule, ses non-yeux fixés sur la jeune femme.

« … *regarde autour de toi, mia…*, supplia-t-il… *tu ne peux pas la battre de cette manière…*

— … *CAPITULE…*, lui murmuraient les démons qui l'entouraient.

— … *Rends-toi…*

— … *REGARDE AUTOUR DE TOI… !* » tonna l'ombrechat.

Cléo franchit l'espace qui les séparait, irradiant d'une sombre majesté insondable, pour se poser devant Mia. Un rictus étirait ses lèvres noires.

Tu ne peux pas me vaincre, cœur noir. Tu ne peux même pas me toucher.

Mia frotta ses yeux brûlants, à court de mots. Un appel ou une prière, quelque chose qu'elle pourrait dire. Elle se sentait dans la peau d'un enfant empoté confronté à la force d'incalculables siècles. D'un simple insecte en présence d'un quasi-dieu. La puissance d'une divinité déchue bouillonnait sous la peau de cette femme. Un héritage forgé à partir d'innombrables meurtres, les fragments d'une âme brisée *arrachés* à d'innombrables poitrines pour être ensuite réassemblés, un morceau sanglant après l'autre, dans celle de Cléo.

La première élue de Niah.

Qu'était donc Mia, en comparaison ?

Tu n'es rien, lui dit la femme.

« Je suis Mia Corvere, siffla-t-elle. Championne du *Venatus Magni*. Reine des Vauriens et Dame des Lames. »

Tu n'es personne.

« Je suis une fille de l'obscurité qui s'étend entre les étoiles. Je suis la pensée cauchemardesque qui réveille en pleine non-nuit tous les salopards de ce monde. Je suis la guerre que vous... »

Non, doux cœur, joli cœur, noir cœur.

Un rictus aux lèvres, Cléo tendit une main gracile dans sa direction, comme pour lui décerner un présent.

Tu as peur.

Mia mit un moment à en sentir le poids. À en reconnaître la forme. Depuis ses dix ans, Gentilhomme chevauchait son ombre, depuis laquelle il déchirait en rubans l'intégralité de ses craintes – la rendant indomptable lorsque Éclipse était venue se joindre à lui. La peur était un souvenir brumeux, un goût oublié – quelque chose qui n'arrivait qu'aux autres. Mais après toutes ces années, sur un ordre *souriant* de Cléo, la terreur avait *vraiment* fini par la trouver, formant une marée glacée dans son ventre et faisant flageoler ses jambes.

On ne sait jamais ce qui peut vous briser jusqu'à ce qu'on tombe en morceaux.

Votre ombre ne vous manque jamais jusqu'à ce que vous vous perdiez dans l'obscurité.

L'épée de Mia échappa à ses doigts sans force.

Et la jeune femme tomba à genoux.

Elle avait déjà été seule, mais *jamais* comme ça. Les brefs moments qu'elle avait passés sans ses démons se voyaient toujours tempérés par la certitude qu'ils allaient revenir. Mais à présent il n'y avait plus rien pour s'interposer entre Mia et un ennemi qu'elle n'avait jamais véritablement affronté. Un ennemi qu'elle n'avait jamais vraiment vaincu. Un goût de cendre avait envahi sa langue, son corps était de plomb, ses yeux écarquillés scrutaient l'obscurité, son souffle était rauque à travers le claquement de ses dents.

Pourquoi était-elle venue ici ? Qu'était-elle en train de faire ? *Qui* était-elle pour s'inscrire dans cette prophétie, pour prendre place sur une scène peuplée d'imperators et de dieux ? Une fille faible, *frêle*, qui devait *uniquement* aux créatures qui chevauchaient son ombre d'être allée aussi loin. Et maintenant qu'elle ne pouvait *plus* compter sur elles…

Cléo sourit. *Tu n'es rien.*

Tu n'es personne.

Elle avait de nouveau dix ans. Debout sous la pluie, sur les murs du forum. À regarder son monde s'effondrer devant une foule hurlante. Sa mère se tenait derrière elle, un bras collé à sa poitrine, l'autre entourant son cou. Mia pouvait la sentir, presque la voir – sa peau pâle et ses longs cheveux noirs, ses bras blancs graciles qui enveloppaient les épaules de sa fille. Des griffes étaient en train de s'enfoncer dans ses poumons. Des lèvres effleurèrent ses oreilles lorsqu'elle se fut penchée suffisamment près pour sentir une haleine digne d'un charnier, une peau comme rouillée. Mia ferma les yeux, secoua la tête, s'efforçant d'ignorer le sifflement qui avait envahi son esprit.

Tu aurais dû t'enfuir quand tu en avais encore l'occasion, petite fille.

« Non », rétorqua-t-elle.

Demande-moi pardon.

« Allez vous faire foutre. »

Implore ma pitié.

« Allez. Vous. Faire. Foutre. »

C'était un poids qui appuyait sur ses épaules. Un marteau qui la brisait comme du verre. Elle se sentit sombrer dans son propre contre-courant, sentit des fragments d'elle-même disparaître dans l'obscurité. Sa bien-aimée avait péri. Tout espoir était perdu. Sa chanson était terminée. Il ne restait plus *rien*. Mia cherchait désespérément quelque chose à quoi s'accrocher, n'importe quoi susceptible de la sauver, de lui tenir chaud dans un monde devenu si soudainement noir, *froid*. Elle se tourna vers sa vengeance – et la découvrit vaine. Elle se tourna vers sa colère – et la découvrit dérisoire. Vers son amour – et ne trouva que des larmes. Aussi se mit-elle à fouiller les cendres amères dans lesquelles son cœur avait fleuri, la terre noire sous ses ongles, la douleur cinglante derrière ses yeux.

En quête d'une raison.

En quête de *n'importe quoi*.

« ... TU AS LE CŒUR D'UN LION..., persiflait Éclipse.

— *D'un corbeau, peut-être.* » *Elle remua ses doigts à l'adresse de la louve.* « *Noir et racorni.*

— ... TU VERRAS À QUEL POINT CECI EST UN MENSONGE AVANT LA FIN DE CETTE HISTOIRE, MIA. C'EST LÀ UNE PROMESSE... »

Et là, à genoux, tandis que l'obscurité absolue de son âme se refermait sur elle, Mia finit par la voir. Une minuscule étincelle, qui scintillait dans le noir. À laquelle l'enténébrée s'accrocha, comme pour éviter de geler, de se *noyer*. Une forme étrange, parfaitement inhabituelle – ni la vengeance qui l'avait mue, ni la rage qui l'avait soutenue, ni même l'amour auquel la jeune femme s'était adossée. C'était là une chose *simple*, presque impossible à saisir. Une chose minuscule, presque impossible à voir dans toute son ampleur.

La vérité.

« *Ne jamais reculer*, lui avait dit sa mère.

— *Ne jamais avoir peur.* »

Mais là, seule dans l'obscurité de Cléo, Mia prit enfin conscience de l'inanité de ces mots. Forcée d'affronter sa peur pour la première fois depuis d'innombrables années, la jeune femme appréhendait finalement sa véritable nature. La peur était un poison. Une prison. La peur était la demoiselle d'honneur du regret, la bouchère de l'ambition, une sombre désolation qui vous isolait de votre passé comme de votre avenir.

La peur n'était pas l'Impossible.

La peur n'était pas le Refus.

Mais la peur n'était jamais un choix.

Ne jamais avoir peur, ça revenait à ne jamais espérer. Ne jamais aimer. Ne jamais vivre. Ne jamais craindre l'obscurité, à ne jamais sourire quand l'aube venait embrasser votre visage. Ne jamais redouter la solitude, à ne jamais connaître la joie d'avoir une beauté entre vos bras.

La peur de perdre est intrinsèque au fait d'*avoir* quelque chose.

Celle de la fin intrinsèque à l'acte de création.

Celle de mourir intrinsèque au métier de *vivre*.

La peur n'est jamais un choix.

Jamais un choix.

Contrairement au fait de la laisser vous dominer.

Aussi prit-elle une interminable inspiration, pour imprégner ses poumons de son odeur. L'envahit aussitôt une irrésistible envie de voler en éclats, de se recroqueviller et de mourir, de s'allonger et de laisser ses ossements pourrir dans ce cimetière. Mia laissa tout ça se déverser en elle, l'imbiber, la *récurer*, sans pour autant se départir de la certitude que tout irait bien. Parce qu'être en vie revenait *toujours* à avoir peur, d'une manière ou d'une autre.

Elle riva donc ses yeux sur ceux de Cléo. L'obscurité *pesait* sur ses lèvres, ses ongles s'enfonçaient dans ses paumes ensanglantées. Les ombres se déchaînaient, les démons hurlaient et rugissaient, les ténèbres *frissonnaient* tout autour d'elle. Cléo leva la main – des griffes d'obscurité vivante avaient poussé au bout de ses doigts. Des gémissements bruissaient aux oreilles de Mia. Son estomac grognait d'une faim assez insondable pour qu'elle s'y noie. La jeune femme *chancelait* au bord des Abîmes…

« … REGARDE AUTOUR DE TOI… ! » hurla une fois encore Gentilhomme.

Mia leva la tête en direction de la pâle lumière qui s'infiltrait par les fissures parsemant le dôme dans les hauteurs de la pièce. De l'unique soleil qui brillait au-delà. Et enfin, elle l'entendit. Elle *comprit* ce qu'il lui disait. Ses doigts se rapprochèrent de l'épée en acier noir qu'elle portait à sa taille – une arme au tranchant assez affûté pour fendre de l'ossacré –, et Mia lança la lame scintillante, aussi coupante que du verre brisé, vers le plafond qui les surplombait.

L'arme transperça l'os millénaire, y formant un trou par lequel un éclat bleu pâle afflua – l'ultime souffle d'un soleil déclinant, toujours incroyablement brillant dans la quasi-obscurité. Une lance de lumière s'abattant du ciel à l'agonie frappa Cléo là où elle se tenait. Le rayonnement soudain la fit tituber, une main levée pour se protéger du flamboiement. Les ombres commencèrent à se tordre en tous sens.

Les doigts de Mia trouvèrent alors la poignée de l'épée de son père.

Les yeux ambre du corbeau *scintillaient*.

Et les dents grinçantes, les paupières papillonnantes, la jeune femme se redressa, en brandissant dans le mouvement sa lame sifflante. Elle la sentit transpercer la poitrine de Cléo, sa chair, ses os – et le cœur niché au-delà. La femme haleta, et le monde entier se figea. Elle étreignit l'acier enfoncé dans son torse, se coupant les paumes jusqu'à l'os sur son tranchant, ses yeux rivés sur ceux de son ennemie. Qui vit le vert émeraude laisser place à un noir abyssal.

« La peur n'a jamais été mon destin », siffla Mia.

Et dans un ultime souffle noirci, Cléo tomba.

Une sensation d'écrasement envahit aussitôt la colonne vertébrale de la jeune femme. Les poils de sa peau se hérissèrent. Son pouls *tonnait* dans ses veines. Sa chair s'enflamma – une douleur aussi atroce qu'extatique, à la fois infinie et infinitésimale, qui la fit chanceler sur ses pieds. Un millier de cris, un millier de chuchotements : le noir l'enveloppait à présent – des centaines de démons qui grouillaient, fulminaient, bouillonnaient autour d'elle. Ses cheveux volaient en tous sens au-dessus de sa tête comme mus par quelque vent soufflant des profondeurs ; elle avait les bras tendus, la tête rejetée en arrière, et ses yeux noirs étaient fermés. Des ombres griffaient le sol devant elle, l'air qui l'entourait – des écheveaux déments de noir liquide.

La faim en elle la submergea. Le vide l'avala. Éveil et séparation. Bénédiction, baptême, communion. Tous les fragments perdus de son être enfin retrouvés. Chaque question obtenant sa réponse. Chaque énigme sa résolution. Le monde entier s'effondrant autour d'elle, vacillant, frémissant, comme si c'était la fin de toute chose.

Et le début.

Le visage tourné vers le ciel, elle le revit alors – tout comme dans l'arène de Sepulcra, au moment où Furian était tombé sous sa lame. Un champ d'un noir aveuglant, aussi large que l'éternité. Un sombre infini parsemé de minuscules étoiles, tout comme les robes de sa Mère noire.

Et là, au-dessus de sa tête, Mia vit brûler un globe de lumière blafarde. Non pas rouge, bleu ou or, mais d'un blanc pâle fantomatique. Et elle savait de quoi il s'agissait, désormais. Elle connaissait ses mystères, ses objectifs, savait qu'il brûlait en elle aussi sûrement qu'elle connaissait son nom. Tout comme le cercle dans ses rêves, inscrit dans le front du garçon qu'elle voyait dans son reflet.

Le garçon à côté d'elle.

Le garçon à *l'intérieur* d'elle.

Anaïs.

« La multitude était une », chuchota-t-il.

Les innombrables fragments de son âme.

« Et le redeviendra. »

Unis en moi.

« Un sous les trois. »

Une lune sous trois soleils.

« Pour ressusciter les quatre. »

Les Quatre Filles.

« Libérer le premier. »

Niah, la première divinité.

« Aveugler le deuxième et le troisième. »

Éteindre les deuxième et troisième soleils.

Et que resterait-il alors ?

Un soleil.

Une lune.

Une nuit.

En équilibre. Tel que jadis, tel que c'était censé *être, tel que ce* sera.

Elle tomba à genoux. Haletante. Sanglotante. La totalité était presque trop lourde à supporter. La puissance qui brûlait dans sa poitrine presque écrasante. Les ombres demeuraient immobiles – des centaines de non-yeux la fixaient à présent depuis la pénombre. Les autres fragments de son âme, longtemps enchaînés ici, dans l'obscurité, pour assouvir les faims les plus sinistres d'un tyran.

D'un faux messie.

D'une Élue déchue.

Et moi, *qu'est-ce que je vais devenir maintenant ?*

Mia souleva alors la tête ; des rivières de noir encadraient ses traits.

Les ombres retenaient leur souffle.

« La multitude était une, murmura-t-elle. Et le redeviendra. »

Des mains ensanglantées se tendirent pour leur faire signe. Le noir s'agitait autour d'elle. La peur se *répandait* parmi les intrépides. Et de l'obscurité tremblante, affamée, s'extirpa une forme. Une forme que Mia connaissait presque aussi bien que la sienne. Une forme qui l'avait trouvée le tour où son univers lui avait été enlevé, qui avait marché à ses côtés pendant tous ces kilomètres, qui avait été témoin de tous ses meurtres, toutes ses aventures, jusqu'à ce que…

Jusqu'à ce que je l'envoie balader.

« … *le moins qu'on puisse dire…*, affirma Gentilhomme… *c'est que tu as pris ton temps pour te pointer ici…* »

Elle sourit ; des larmes s'écoulaient le long de ses joues balafrées. « Pardonne-moi », chuchota-t-elle.

Le non-chat inclina la tête.

« … au risque de me répéter, mia, je fais partie *de toi. et tu me constitues entièrement… »*

Elle enfonça ses doigts dans sa fourrure, aussi réelle que l'os sous ses pieds désormais. Leurs deux essences se confondant, une multitude faite une.

« … il n'y a rien à pardonner… »

Et il réintégra alors son foyer. Retourna dans l'ombre qu'il chevauchait depuis le tour où il l'avait trouvée enfant, petite, effrayée – et délivrée de sa solitude.

Les autres suivirent aussitôt son exemple. Des démons de toute forme : chats et chauves-souris, rats et loups, serpents, faucons, chouettes… Des centaines de fragments d'un tout brisé, des centaines d'ombres qui fusionnaient avec la sienne. Une obscurité plus *profonde* que tout ce qu'elle avait pu expérimenter se concentrait désormais à ses pieds, un feu plus *vif* que jamais brûlait à l'intérieur de sa poitrine. Et l'espace d'un instant, d'un souffle, une sombre forme vacillante se dressa derrière elle. Une flamme noire parcourait sa peau, des ailes noires avaient fait leur apparition dans son dos. Un cercle blanc ornait son front ; ses yeux flamboyaient de l'intérieur, d'un pâle éclat fantomatique.

Le clair de lune.

De faibles bruits de pas dans le lointain. Le battement de cœurs effrayés à l'intérieur de poitrines haletantes. Le tintement de l'acier, et des prières adressées à l'Omnivoyant.

Des hommes, comprit-elle. Les soldats de la dix-septième qui l'avaient poursuivie dans le labyrinthe. Il y en avait cinq mille. Sauf que le pouvoir d'un dieu coulait à présent dans ses veines. Une force sombre, insondable, qu'aucun enfant né d'une femme ne pouvait *espérer* égaler. Même sans la légion de passagers qu'abritait désormais son ombre, elle ne craignait aucun mortel. Elle allait *s'occuper* d'eux, l'un après l'autre, telle une flamme noire dévorant des papillons de nuit.

Ensuite, Sepulcra.

Et puis…

Leurs voix résonnaient d'un bout à l'autre de ce crâne brisé, de cette couronne évidée.

Une multitude. Qui ne faisait qu'une.

« Père. »

Les ombres déposèrent dans sa main son épée ensanglantée.

« On arrive. »

CHAPITRE 41

Rien

Posté au beau milieu d'une forêt de bois sombre et poli, Aelius écoutait les bruissements des feuilles de vélin, des parchemins, du cuir et de la peau.

Tout autour de lui, des livres.

Des livres rédigés sur du papier fabriqué à partir d'arbres qui n'avaient jamais poussé. Des livres écrits à l'apogée d'empires qui jamais ne furent. Des livres parlant de gens qui n'avaient jamais existé. Des livres impossibles, impensables, insaisissables. Des livres aussi vieux que lui, liés à cet endroit comme lui-même l'était. Une bizarrerie inconcevable que la magik de la Mère noire avait créée, en vérité, pour une seule et unique raison.

Et maintenant, alors même qu'Aelius entendait le chœur se remettre à chanter dans l'obscurité de l'athénée, alors qu'il sentait presque *physiquement* Niah soupirer de soulagement, le chroniqueur sut qu'il avait réussi.

Mia l'avait emporté.

Sa mère était morte.

Sa tâche était achevée.

Le vieillard tira longuement sur son cigarillo, en savoura le goût sucré sur sa langue tout en contemplant la forêt de bois sombre et de feuilles bruissantes. Tous ces mots impossibles, impensables, *insaisissables*. Des traités d'apostats en exil. Des autobiographies de despotes assassinés. Des opus rédigés par des maîtres n'ayant jamais été apprentis. Des mots que lui seul connaîtrait jamais. Des mots auxquels il était *lié*, corps et âme.

Il exhala un nuage grisâtre dans l'obscurité.

Et jeta son cigarillo allumé dans les piles.

Cela dura un moment – un souffle, des volutes de fumée s'élevant des pages qui avaient commencé à se consumer. Mais bientôt le papier prit comme du petit bois, fragilisé par les siècles, aussi sec que de la poussière. Les flammes eurent tôt fait de se répandre, d'abord le long d'une étagère, puis de la suivante – crépitantes, *affamées*. Des doigts orange, tremblants, *agiles*, bondissaient à présent de couverture en couverture, d'une allée à l'autre.

Mus par la haine éternelle que la Dame de la Flamme vouait à sa Mère de la Nuit.

Assis au beau milieu des flammes, Aelius regardait la conflagration s'élever toujours plus haut. Écoutait les vers des livres rugir dans une pénombre de moins en moins insondable. Une fumée noire envahissait l'obscurité murmurante. Le chroniqueur était trop fatigué pour dormir, mais n'aspirait qu'à cela. Malgré la domination qu'elle exerçait sur la mort, même la Mère n'avait pas le pouvoir de donner deux fois la vie aux défunts. Elle n'avait d'autre choix que d'exaucer son vœu, à présent. À son immense satisfaction – cela faisait… si longtemps.

Enfin.

Dormir.

Il tira sur sa clope. En savoura le goût, tout en sentant ce qui composait son être disparaître dans le néant en même temps que les pages qui le liaient à cette terre. Souriant à la pensée qu'au bout du compte, ce n'étaient pas des lames, des poisons ou l'arkémie qui avaient eu raison des meurtriers qui avaient pris racine en ces lieux après l'avoir terrassé. Mais des mots.

De simples mots.

Il lâcha un soupir. « Un lieu pour le moins étrange, si fait. »

Les flammes s'élevaient toujours plus haut.

L'obscurité *brillait* désormais.

Et enfin,

enfin,

le vieil homme s'endormit.

Le parfum d'Ashlinn emplissait encore ses narines.

Tric se tenait au bord de l'Autel céleste, et c'était tout ce qu'il parvenait à se remémorer. Non pas le sang qu'elle avait craché sur la pierre, ni le vin doré empoisonné répandu à ses pieds. Les yeux fixés sur les Abîmes qui s'étendaient au-delà de la balustrade, il se focalisait sur le parfum qu'elle portait de son vivant.

De la lavande.

Ça le rendait heureux. De se souvenir d'elle de cette façon. D'avoir des fleurs dans son esprit, pas des épines. Pardonner la Vaanienne lui avait fait l'effet de percer une plaie infectée. Renoncer à sa haine, s'en décharger, lui donnait suffisamment de liberté pour la pleurer. Son fardeau s'était considérablement allégé, désormais. Les menottes à ses poignets étaient presque brisées.

Ne restait plus qu'une chaîne.

Aussi songea-t-il alors à tout ce que lui et Mia auraient pu partager. À ce qu'ils étaient *presque* devenus. Pour en savourer une dernière fois le goût sur sa langue avant d'y renoncer. De se débarrasser de cette ultime chaîne – ce qui aurait *pu* être – et d'accepter ce qui *était*.

Loin de lui suffire. Mais peut-être assez pour lui tenir chaud.

Le baiser d'adieu de Mia s'attardait sur ses lèvres. Sa propre promesse s'attardait dans l'air.

TU ES MON CŒUR. MA REINE. TOUT CE QUE TU PEUX ME DEMANDER DE FAIRE, JE LE FERAI.

Le garçon baissa les yeux sur ses mains tachées de noir.

Poussa un soupir. « TOUT COMME CE QUE TU TE *REFUSES* À ME DEMANDER. »

Il contempla à nouveau les Abîmes qui s'étendaient au-delà de l'autel.

Monta sur la balustrade.

Et sauta.

CHAPITRE 42

Carnivalé

Des mots ne peuvent tout simplement pas rendre justice à la splendeur d'un coucher de soleils itreyen.

Le rouge sang presque imperceptible de la lueur disparue de Saan, tel du fard sur la joue d'une courtisane. Le bleu pâle de Saai, tel l'œil d'un nouveau-né qui s'endort. Un magnifique portrait à l'aquarelle, qui faisait scintiller l'océan pour ensuite s'élever jusqu'aux pignons du ciel. Des taches sombres s'écoulaient au-delà des bords de la toile.

La lumière met trois tours à disparaître complètement. L'intégralité de la République baigne dans la puanteur du sang – les ministres d'Aa sacrifiant des animaux par centaines, par milliers, en implorant leur Omnivoyant de revenir aussi vite que possible. De longues ombres pareilles à des linceuls envahissent les rues de Sepulcra. À mesure que la Nuit se rapproche sans bruit sur ses pâles pieds nus, les citoyens de la ville sont pris d'une sorte d'hystérie : ils sortent acheter de jolis *dominos*, de terrifiants *voltos* et des *punchinellos* souriants aux fabricants de masques. Se font confectionner de magnifiques robes et manteaux par les tailleurs et les couturières. Sans qu'un instant leurs mains ne cessent de trembler. Les plus pieux affluent dans les cathédrales dans l'espoir de chasser la longue nuit à coups de prières. Les autres cherchent du réconfort dans la compagnie de leurs amis, dans les bras d'étrangers – ou au fond des bouteilles. Une succession sans fin de soirées et de salons pimente le calendrier dans les tours précédant la disparition de la lumière, au cours desquels les citoyens exorcisent leurs peurs à coups de rixes, de flatteries ou de parties de jambes en l'air.

Puis la vrainuit tombe. Et le Carnivalé débute.

Mercurio contemplait la nuit qui se déployait au-dessus de sa tête. Aussi noire que le manteau recouvrant ses frêles épaules. La gondole progressait tranquillement sur le canal sous la direction prudente de Sidonius. Charmeuse-de-Lames, assise à l'avant, fixait de ses yeux sombres une foule de fêtards occupés à traverser le pont des Vœux. Marius était installé à côté du vieil homme, son regard rouge scintillant à la lumière des étoiles. Tout comme Mercurio, l'orateur de sang était en train d'admirer le ciel, ses longs doigts habiles entrelacés sur ses genoux.

Ils avaient attendu le retour de Mia aussi longtemps que possible, mais après que Saai eut entamé son ultime descente, l'évêque de Sepulcra avait tranché : ils n'avaient plus d'autre choix que de passer à l'action. Sidonius avait promis à Mia de sauver son frère si d'aventure elle ne revenait pas, et le gladiatii n'était pas du genre à prendre ses promesses par-dessus la jambe. Marius parlait exclusivement de sa Marielle bien-aimée depuis que Tueuse-d'Araignées et Scaeva avaient pris la fuite en emmenant avec eux la tisseuse. Quant à Tric, il s'était borné à disparaître au beau milieu d'une non-nuit – et Mercurio avait une petite idée de l'endroit où le garçon s'était rendu. Leur groupe se réduisait à peau de chagrin. Mais la Mère noire seule savait ce qui se passait au Sépulcre depuis que l'imperator s'était arrogé le sang divin. Et ils n'osaient imaginer ce qui resterait de la ville après la tombée de la vrainuit... À la disparition des soleils, ils s'étaient donc réunis dans les appartements de l'orateur – et résolus à passer à l'action.

Ils avaient trouvé le palazzo de Drusilla désert – Mercurio présumait que sa familia et ses serviteurs s'étaient enfuis à un moment convenu à l'avance au cas où la Dame des Lames ne reviendrait pas de la Montagne. Ses compagnons avaient néanmoins déniché des armes en abondance dans ses caches – des épées courtes et des poignards en acier liisien, aussi raffinés que tranchants. En fouillant dans les affaires de sa familia, ils s'étaient dégoté des vêtements qui leur allaient assez bien, de noirs manteaux venant dissimuler le reste. Le goût du sang de porc sur sa langue, Mercurio était sorti vagabonder dans les rues, avait hélé un coursier pour lui confier un message codé à remettre à l'un de ses anciens contacts vivant dans le quartier de la Petite Liis. Au cours des huit heures suivantes, la rumeur s'était répandue d'un bout à l'autre de la Cité des Ponts et des Os, le réseau d'information du vieil homme bruissant de murmures telle une toile d'araignée poussiéreuse. Satisfait, l'évêque avait conduit son groupe à la jetée privée située derrière la propriété de Drusilla, et volé la plus belle de ses cinq gondoles.

Une nouvelle salve de feux d'artifice illumina les cieux au-dessus de leurs têtes – le bruit et la lumière étant censés effrayer suffisamment la Mère de la Nuit pour la renvoyer derrière l'horizon. Dans les rues situées au-delà des réseaux de canaux, Mercurio entendait des citoyens crier de joie et applaudir de gratitude. La propriété de Drusilla se trouvait en plein cœur du quartier moelle-né, aussi ne leur restait-il qu'un court trajet à parcourir pour atteindre les Côtes. Sauf que les canaux étaient truffés de bateaux de toutes formes et de toutes tailles, et les rues plus bondées encore. Chaque taverne, chaque pub fourmillait de fêtards, l'air résonnait de musique et de rires, de hurlements avinés et de serments vindicatifs. Les citoyens qu'ils croisaient sur l'eau leur souhaitaient une brève vrainuit et un joyeux Carnivalé. Le visage dissimulé derrière un *punchinello* subtilisé, l'évêque de Sepulcra hochait la tête et les saluait en retour, sans qu'un instant son vieux cœur ne cesse de marteler sa poitrine.

Qu'était-il advenu de Mia ?

Quelles étaient leurs chances sans elle ?

Et si elle avait mené sa mission à bien à la Couronne de la Lune, qu'était-elle *devenue* ?

« Tu ferais mieux d'être sûr de ton coup, Mercurio, murmura Marius.

— C'est le cas, répliqua le vieil homme.

— Si tu m'entraînes dans une joyeuse course-poursuite et que ma sœur…

— J'ai servi près d'un an comme évêque dans cette cité, grommela-t-il. Et j'ai récolté des informations pour l'Église pendant *quinze* ans avant ça, depuis mon magasin. J'ai des yeux absolument *partout*. Scaeva n'a pas déplacé Marielle de la première Côte depuis leur arrivée là-bas. Elle est emprisonnée quelque part à l'intérieur de sa propriété.

— Jonnen aussi ? s'enquit Sidonius.

— Oh que oui, répondit Mercurio. Le garçon se trouve avec son père.

— On va donc devoir tuer son géniteur pour le récupérer, marmonna Charmeuse-de-Lames.

— Tu plaisantes, pas vrai ? ronchonna le vieillard. Même sans le sang divin qui coule désormais dans ses veines, on n'aurait *aucune* chance d'accomplir un miracle pareil. Sauf que Scaeva a l'habitude d'organiser chaque vrainuit un grandiose gala dans son palazzo. Toute la haute société de Sepulcra va y assister. Sénateurs, préteurs, généraux – le gratin des moelle-nés. Si on se la joue malins, on devrait parvenir à se frayer un chemin à travers cette cohue. Jonnen n'a que neuf ans – il va donc aller se coucher à un moment donné. On va l'attendre dans le noir – et l'arracher à son lit d'enfant.

— Marielle ne passe pas en second après le petit de Scaeva, fit Marius.

— On agit avec prudence le temps de récupérer le garçon. Après quoi on se charge tous les deux de récupérer Marielle pendant que Sid et Charmeuse-de-Lames emmènent Jonnen en lieu sûr.

— Ici, je ne suis point pour le frère de ta Petite Corneille, Mercurio. Pour ce que nous en savons, Mia est *tombée* à la Couronne. Seule ma sœur bien-aimée compte à mes yeux – personne d'autre.

— On ne partira pas sans la tisseuse, dit le vieillard. Tu as ma parole. Mais il y a un *seul* capitaine dans cette compagnie, Marius. Et c'est moi qui donne les ordres à bord de ce navire.

— Bateau », murmura Charmeuse-de-Lames depuis la proue de la gondole.

Mercurio poussa un soupir, fatigué jusque dans ses os. « Pour critiquer, il y a toujours du monde. »

Ils accostèrent à un quai bondé à proximité du forum. Les Côtes se profilaient au sud, les grandes structures d'os-sacré partant à l'assaut du ciel nocturne. Les moelle-nés de la cité vivaient dans leurs entrailles creusées – leurs appartements étaient *creusés* dans l'os lui-même. Plus ils possédaient un statut élevé, et plus ils habitaient près de la première Côte, où sénateurs et consuls avaient coutume de résider le temps de leur mandat. Sauf que le réseau de Mercurio l'avait informé qu'au cours des deux dernières semaines, Scaeva avait ordonné la libération des appartements supérieurs et une réinstallation des sénateurs dans leurs palazzos du quartier moelle-né ; il semblait bien que dans le nouvel ordre mondial de l'imperator d'Itreya, *personne* ne devait se trouver au-dessus de lui. D'autres rumeurs, plus inquiétantes, étaient également parvenues aux oreilles du vieillard. On murmurait qu'une ombre avait commencé à planer au-dessus de la métropole avant même la tombée de la vrainuit. Couraient des histoires de dissidents arrêtés en pleine non-nuit, d'hommes et de femmes qui *disparaissaient*, tout simplement, sans qu'on n'en entende plus jamais parler par la suite. De la dissolution du Sénat, de poings de fer dans des gants de velours. Ça aurait déjà été suffisamment fâcheux de confier le pouvoir absolu à un homme ordinaire, Mercurio le savait. Mais le confier à *Julius Scaeva*, un homme imprégné de meurtre et de brutalité, à présent gorgé de la puissance et de la malveillance d'un dieu déchu…

Le vieil évêque considéra la cité qui l'entourait – et secoua la tête.

Par la putain de Mère noire, à quoi *s'attendaient-ils ?*

Le quatuor se fraya un chemin à travers des rues bondées, franchit le pont des Lois, celui des Hôtes, puis passa sous un arc de triomphe donnant sur une vaste cour pleine à craquer. Au sud s'élevait la Basilica Grande, la plus grande cathédrale de la ville – une construction de vitraux et de marbre poli, d'arcs et de flèches éclairés par un millier de globes arkémiques qui s'efforçaient vainement de chasser la nuit qui la surplombait. Derrière la basilica se profilait l'un des dix Fantassins de Sepulcra. Le géant de fer mancié, construit à l'image d'un soldat itreyen, veillait en silence sur la ville en contrebas. Sauf qu'aucun carburant ne l'alimentait, et qu'aucun équipage ne l'occupait – les antiques gardiens n'ayant vocation à être utilisés qu'en cas de crise gravissime.

Au beau milieu de la cour, entourée de fidèles, se dressait une statue du tout-puissant Aa. L'Omnivoyant les dominait du haut de ses quinze mètres, son épée brandie vers l'horizon ; trois globes allumés occupaient l'autre paume. Mia avait réduit cet édifice en ruine lors du Massacre de la Vrainuit, mais Scaeva avait ordonné sa reconstruction – à ses propres frais.

Les rues dans lesquelles Mercurio guidait son groupe grouillaient de légionnaires, les Luminatii arborant leurs armures de plate en ossacré et leurs manteaux cramoisis. Les pavés fourmillaient de fêtards affublés de leurs plus beaux masques, brillants, criards – et leurs porteurs étaient ô combien bruyants. Mais il y avait une étrange fraîcheur dans l'air. L'intégralité de la ville semblait comme sur les nerfs. Mercurio aurait pu jurer que même les ombres paraissaient un peu plus intenses que d'habitude.

La vieille Lame et ses compagnons progressaient promptement, Mercurio se fondant si aisément dans la foule que Sidonius et Charmeuse-de-Lames avaient du mal à suivre. Pour la première fois depuis longtemps, et malgré son inquiétude croissante, le vieil homme se sentait vraiment vivant. Ses genoux le faisaient à peine souffrir, ses bras étaient pleins de force, sa prise ferme. Tout cela lui rappelait les tours passés, sa propre jeunesse. Une lame à sa taille. Une gorge à trancher ou une belle damoiselle à charmer. Le monde entier à sa portée. Il ne savait évidemment pas ce que la nuit leur réservait, ni comment cette histoire allait se terminer. Mais il avait fait une promesse à Mia, et, par la Mère noire, il comptait bien la tenir. Il lui devait bien ça.

L'Épine dorsale dominait l'horizon devant eux, à présent – s'y trouvaient réunis le Sénat, la grande bibliotheca, le Collegium de Fer : les lieux principaux du pouvoir itreyen. Tout autour d'eux, dans les hauteurs du ciel baigné de vrai-nuit, s'élevaient seize gigantesques tours ossifiées – les Côtes de Sepulcra. À leur gauche se dressait la première d'entre elles. La plus grande. Des bâtiments plus modestes s'agloméraient à son pied, de beaux jardins bordés de tous côtés par une fastueuse clôture de fer forgé et de calcaire. Les larges portes d'entrée étaient grandes ouvertes, mais des dizaines de Luminatii équipés de lames d'acier igné montaient la garde devant.

Le vieil homme s'arrêta à un stand de barbe à pater qui occupait un coin de rue bondé, pour demander à la jeune vendeuse quatre confiseries à la fraise. La fille sourit derrière son *domino* puis se mit à l'ouvrage, faisant tourner la confiserie pelucheuse sur de longs bâtons de saule. Mercurio attendit en silence, les yeux fixés sur la première Côte. De splendides carrosses transportant les moelle-nés de la ville étaient alignés devant les portes ; s'en déversaient d'éblouissantes donas et de beaux dons qui, après une brève vérification de leurs pièces d'identité, pénétraient dans le magnifique parc situé au-delà.

« Je ne suis guère optimiste sur nos chances d'entrer ici, bon évêque, murmura Marius.

— Ouaip, fit Sidonius en tirant sur ses vêtements sans recherche. Pas habillés comme ça.

— Personnellement, je te trouve rien de moins que parfait. » Le *volto* de Charmeuse dissimulait son sourire, mais celui-ci *scintillait* dans ses yeux. « Je te laisserais *volontiers* franchir les portes si tu me le demandais gentiment. »

Sid gloussa. « Ma foi, je pourrais...

— Prévenez-moi quand vous aurez fini de flirter, tous les deux », grogna Mercurio tout en distribuant la barbe à pater.

Marius examina avec un profond dédain la touffe de confiserie rose. « Aucune subsistance un orateur ne peut tirer d'une telle chère, Évêque.

— Ouaip, fit Sid, moi non plus je ne suis pas fan de la fraise.

— Par les dents de la Vorace, siffla le vieillard, fermez-la et contentez-vous de me *suivre*. »

Les friandises en main, le quatuor se fraya un chemin à travers la foule compacte qui occupait une large rue latérale. La haute clôture en fer forgé de la première Côte s'élevait sur leur droite, la troisième Côte se déployait sur leur gauche. L'endroit était bien éclairé, et bondé – de fêtards s'acheminant d'un gala au suivant, de serviteurs et de messagers, mais aussi d'un nombre conséquent de légionnaires en patrouille et de Luminatii. Ils n'avaient aucune chance de passer par-dessus la clôture sans se faire repérer.

Charmeuse souleva son *volto*. « D'accord, fit-elle en mâchonnant pensivement sa barbe à pater. Et maintenant ? »

Une puissante détonation retentit alors derrière eux, aussitôt suivie d'un cri strident.

« Maintenant *ça* », répondit Mercurio.

D'autres hurlements succédèrent au premier, accompagnés d'une série de petites déflagrations. Les badauds qui les entouraient se tournèrent aussitôt en direction du bruit, histoire de découvrir ce qui causait un tel vacarme. Un grand panache de fumée noire s'élevait dans la vrainuit, en même temps que de nouveaux cris. Curieux et courageux foncèrent jeter un coup d'œil, une patrouille de légionnaires passa en trombe devant eux, en hurlant aux citoyens de se pousser. Bien vite, toute une foule de fouineurs, plus ou moins désœuvrés, s'étaient rassemblés dans la rue derrière eux.

Les laissant presque seuls.

« L'âge avant la beauté », dit le vieil homme.

Mercurio balança sa barbe à pater derrière lui, puis tendit une main vers la clôture en fer forgé. Pestant contre son propre poids, ses jambes s'agitant dans les airs, il s'employa à en faire l'ascension. Mais aussi fringuant fût-il, soixante-deux ans dans la partie l'avaient rendu difficilement capable de se livrer à un concours d'acrobaties improvisées. Le visage rouge, des jurons aux lèvres, il s'accrocha d'un bras à la clôture et lança par-dessus son épaule un regard noir à un Sidonius estomaqué.

« Ne reste pas planté là comme un téton de taureau et *viens* m'aider, putain. »

Reprenant ses esprits, le gladiatii s'empressa de lever des mains en coupe. Prenant appui sur les paumes du colosse, Mercurio se jeta par-dessus la clôture, pour retomber dans d'épais buissons parfaitement entretenus en lâchant un nouveau blasphème. Charmeuse-de-Lames s'empressa de l'imiter, dans un tourbillonnement de salines. Marius en fit ensuite de même, Sidonius touchant lourdement le sol à côté de lui en dernier.

« Par les abîmes, c'était quoi ça ? s'enquit la Dweymeri, les yeux rivés sur l'artère située derrière eux.

— Une petite bombe pierre-tombale et du verrewyrd noir, répondit Mercurio. Dénichés dans une des caches de Drusilla. Je les ai jetés dans la charrette de barbe à pater pendant que la vendeuse préparait nos friandises.

— Tu as fait *exploser* cette pauvre gamine ? demanda Sid, horrifié.

— Bien sûr que non, espèce de mou du bulbe, grogna Mercurio. C'était principalement de la fumée et du bruit. Mais assez pour faire distraction. Bon, si vous avez fini de jouer les putains de gonzesses, on a un sauvetage audacieux à mener à bien. »

Le vieillard se releva tant bien que mal (avec l'aide de Charmeuse-de-Lames) et entreprit de traverser sans bruit le jardin, sa canne s'enfonçant dans l'herbe. Les arbustes étaient aussi épais que luxuriants, la brise de la vrainuit faisait osciller les arbres fruitiers. Mercurio savait que l'entretien d'un tel terrain devait coûter une fortune, mais toute cette verdure se révéla être une excellente couverture lorsque le quatuor se rapprocha à pas de loup d'une entrée réservée aux domestiques. Levant une main pour enjoindre à son équipe de faire halte, le vieil homme considéra les quatre sentinelles Luminatii de garde à l'extérieur.

Postées devant la porte, elles étaient vêtues des manteaux rouges et de l'armure en ossacré de leur ordre, avec les triples soleils de la Trinité gravés sur leur plastron. Ils arboraient le genre d'expressions renfrognées caractéristiques des plantons de garde pendant les soûleries les plus bruyantes du calendrier de la République.

« Bon, fit Sidonius. Environ douze mètres de terrain dégagé nous séparent de ces hommes. On va devoir franchir cette distance et les éliminer *avant* qu'ils n'aient remarqué notre présence. Vous deux, restez ici, Charmeuse et moi allons… » Le gladiatii cligna des yeux – Marius venait de tirer un long couteau de sa ceinture. « C'est censé servir à quoi, ça ? »

Ignorant complètement Sid, l'orateur s'employa à creuser un profond sillon dans son poignet. Du sang s'écoula de la blessure, recouvrant peu à peu son avant-bras. Son front pâle plissé de concentration, il murmura alors une poignée d'inconcevables mots ésotériques. Le sang se transforma en une longue corde écarlate, aussi pointue qu'une lance, aussi tranchante qu'une lame.

D'un geste fulgurant de la main, Marius projeta le liquide écarlate en direction des Luminatii. Serpentin, *scintillant*, il se courba dans les airs pour trancher en une succession rapide la gorge des quatre gardes. Les malheureux s'effondrèrent à genoux en étreignant leur trachée sectionnée, un gargouillis inarticulé aux lèvres. L'orateur de sang agita ensuite ses deux mains tel un chef devant son orchestre ; sa lame d'hémoglobine rebroussa aussitôt chemin, pour rejoindre son poignet ouvert.

« … Ou on pourrait faire ça », dit Sidonius.

Charmeuse-de-Lames fit le signe de protection contre le mal.

Les lèvres exsangues de Marius s'étirèrent en un sourire.

Mercurio renifla, cracha. « Bon, on peut y aller, maintenant ? »

Le quatuor s'empressa de rejoindre l'entrée des serviteurs. Les gladiatii dissimulèrent les corps dans une remise voisine, pendant que Marius s'employait à modeler le sang répandu en un long fouet de rouge, qu'il avala promptement en s'autorisant une petite grimace.

« Si vite cela refroidit, fit-il tristement.

— Mon putain de cœur *saigne* », grommela Mercurio.

L'orateur le regarda du coin de l'œil. « Taquin. »

Sitôt dans la remise, la porte verrouillée derrière eux, les quatre camarades dévêtirent les soldats morts et s'empressèrent d'enfiler leurs armures. L'ossacré avait beau être une matière assez légère, il n'en restait pas moins pesant sur les épaules douloureuses de Mercurio. Les casques, dotés de longs protège-joues et de grands panaches rouges, dissimulaient assez efficacement le visage de leur porteur. N'empêche…

« Vous ne faites pas des légionnaires *extrêmement* convaincants, tous les trois », fit Sid.

Mercurio ne pouvait qu'en convenir : Charmeuse-de-Lames s'efforçait de caser son nid de salines à l'intérieur du casque ; Marius portait une armure bien trop grande pour son svelte corps ; et lui-même, avec ses vieux bras flétris et sa canne… « Écoute, répliqua l'évêque, il s'agit là du plus grandiose gala de tout le calendrier itreyen. La crème de la haute société de Sepulcra est en train de se rassembler dans cette salle, et chaque serviteur, chaque esclave présent dans ce bâtiment n'a *qu'une* chose à l'esprit : éviter de perdre son travail – ou sa tête. Garde la tête haute, Sidonius, tu restes à côté de moi. Si jamais quelqu'un nous arrête, c'est toi qui feras la conversation.

— Qu'est-ce qui va se passer quand ils découvriront la disparition de ces gardes ? s'enquit Charmeuse.

— J'imagine qu'une alarme va se déclencher et que les Abîmes vont se déchaîner, répondit Mercurio tout en enfilant son casque. On ferait donc bien de se bouger le cul. »

Après un rapide coup d'œil dans le couloir – une servante confuse passa devant eux en courant –, le quatuor se décida à sortir de la remise. Leurs bottes martelant le sol, leurs capes rouges flottant dans les airs autour d'eux, ils s'employèrent (plutôt bien) à donner l'impression qu'ils étaient à leur place en ces lieux. La supposition de Mercurio se révélait tout à fait exacte – avec les invités qui arrivaient en masse et le gala qui battait son plein, les serviteurs, esclaves, maîtresses et domos subalternes qu'ils croisaient semblaient tous bien trop occupés pour ne fût-ce que regarder dans leur direction. Une longue procession d'esclaves se déversait des innombrables cuisines et garde-mangers, lestés de carafes remplies des meilleurs vins et de plateaux sur lesquels étaient habilement empilés quantité d'apéritifs exotiques. Le quatuor n'eut donc guère de mal à traverser le chaos ambiant jusqu'à une cage d'escalier plus tranquille, pour ensuite monter jusqu'à l'étage des appartements. N'empêche…

C'est trop facile.

Un autre groupe de Luminatii patientaient sur le palier niché en surplomb ; leur centurion regardait sourcils froncés, une question aux lèvres, Mercurio monter les escaliers à la tête de sa petite troupe. Marius le réduisit au silence avant même qu'il ne l'ait posée, d'un geste de la main : une lame de sang vint leur transpercer la gorge, et les soldats s'écroulèrent comme un seul homme sur la surface marbrée. L'orateur de sang but quelques gorgées rapides à même le cou du centurion tombé, Sid et Charmeuse se chargèrent de traîner les corps dans une antichambre, après quoi le quatuor ne tarda pas à arpenter le niveau des appartements – passant devant un immense bureau sur le sol duquel se déployait une gigantesque carte de la République ; ce qui ressemblait à une salle de conseil, aux murs couverts de tableaux et d'étagères remplies de parchemins ; des bains recherchés, ornés d'or et truffés de splendides statues. Le vieil évêque n'arrivait pas à se débarrasser de l'inquiétude qui pesait sur ses épaules, du sentiment que quelque chose n'allait décidément p…

« Où est la chambre de Jonnen ? demanda Sidonius.

— *Comment* pourrais-je le savoir ? marmonna Mercurio.

— Parce que vous avez servi comme évêque dans cette cité pendant presque un an ? chuchota Charmeuse-de-Lames d'une voix incrédule. Que vous avez récolté des informations pour l'Église pendant *quinze* ans et que vos yeux sont absolument *partout* ?

— Eh bien, pas *partout*, à l'évidence.

— Par le sang et les abîmes, siffla Sid. Du coup on se contente de déambuler ici et là jusqu'à tomber dessus ? »

Un homme chauve vêtu d'une luxueuse livrée de serviteur, sa joue rebondie ornée du triple cercle des esclaves éduqués, sortit alors des toilettes en se frottant les mains. À la vue des quatre Luminatii mal assortis qui se trouvaient devant lui, le type se figea, l'air passablement confus.

Mercurio haussa les épaules. « On peut peut-être lui demander ? »

En un clin d'œil, Sidonius avait plaqué le serviteur contre le mur ; sa paume recouvrait sa bouche, son couteau était collé contre son aine. « Lâche un *seul* couinement, rondouillard, grogna l'ex-gladiatii, et je te coupe tes putains de bijoux de familia. »

Charmeuse soupira, se pinça l'arête du nez. « C'est un eunuque, Sid.

— Oh… » Il baissa les yeux, puis sa lame remonta jusqu'à la gorge du chauve. « Mes excuses.

— Nulbevouindevouefquvé », répliqua l'eunuque.

Sidonius écarta sa paume. « Qu'est-ce que tu as dit ?

— Nul besoin de vous excuser, chuchota l'esclave.

— Je présume que tu préférerais garder tes entrailles *intactes* ? »

Le malheureux opina du chef. « Oh, certainement.

— Alors dis-nous où dort le jeune maître de maison. »

Une explication détaillée, un coup violent à la tête, et un eunuque inconscient bazardé dans des toilettes plus tard, les quatre camarades reprirent leur progression. Une multitude de voix leur parvenaient de la salle de bal, désormais, mêlées aux belles notes d'un orchestre de cordes. La magik de Marius eut tôt fait de venir à bout d'une autre patrouille de Luminatii, et finalement, comme par *miracle,* l'évêque de Sepulcra se retrouva devant les appartements de Jonnen sans qu'aucune alarme n'ait retenti. Un rapide coup d'œil à l'intérieur lui révéla un grand lit vide recouvert de draps impeccablement blancs, de somptueuses tapisseries sur les murs, des petits soldats, de longues ombres projetées par un unique globe arkémique. Mercurio se faufila dans la foulée à l'intérieur, les autres sur ses talons ; Marius referma tout doucement la porte derrière eux.

Le vieil homme sentait la peur peser sur ses épaules – un vent glacé tourbillonnait dans le creux de son ventre.

Bien *trop facile…*

« Bon, dit-il, il est dix voltes passées. Le garçon ne va pas tarder à aller se coucher. On se cache ici, on récupère ce petit bâtard sitôt qu'il s'est allongé, et on se casse – d'accord ?

— D'abord nous retrouvons Marielle, répliqua l'orateur en débouclant ses jambières en ossacré.

— Cet eunuque nous a dit qu'elle se trouvait au sous-sol, dans une cellule. » Sidonius regarda Marius se débarrasser de son plastron. « Vous risquez fort d'avoir besoin d'une armure dans des quartiers aussi bondés.

— L'amour sera mon armure. » Marius écarta de ses yeux rouge sang une mèche de cheveux blancs, jeta ses brassards sur le lit. « La dévotion, ma lame.

— … *Touchant…* », murmura alors quelqu'un.

Mercurio aurait au moins aimé se sentir surpris. Mais quand il se retourna, pour voir la forme sombre du démon de Scaeva s'extraire des longues ombres, ce fut une fort désagréable sensation d'inéluctable qui l'envahit. Le serpent léchait l'air de sa langue translucide tout en fixant Marius de ses non-yeux.

« … *Fort touchant, Orateur,* siffla-t-il doucement. *Ta sœur a chanté à peu près la même chose quand des fers chauffés à blanc ont caressé ce qui lui reste de peau…* »

L'orateur fit un pas en avant, poignard levé. « Si vous lui avez fait le moindre mal…

— … *Oh, mais nous lui en avons* fait, *Marius, n'en doute pas un instant. Tu as menacé mon maître, après tout…*

— Nulle menace, démon : une *promesse.* » Le sorcerii passa la lame sur son autre poignet, laissant échapper deux longues gouttelettes cramoisies. « Et pour tout ce qui concerne le sang, sur la promesse d'un orateur compter tu peux. »

Le cœur de Mercurio s'arrêta de battre lorsqu'il entendit des bottes arpenter lourdement le couloir. Il jeta un coup d'œil par-dessus son épaule, pour découvrir au moins deux douzaines de Luminatii occupés à se rassembler à l'extérieur de la salle. Des armures en ossacré ornementées. Des lames d'acier igné flamboyantes qui faisaient danser les ombres. Des manteaux écarlates ourlés de pourpre.

La garde d'élite de Scaeva.

Sidonius dégaina son épée, un juron noir aux lèvres, tandis que Charmeuse-de-Lames allait se coller à son dos. Mercurio, lui, se borna à secouer la tête en les dévisageant.

« Ce n'est pas le moment de jouer les héros, les enfants. »

L'évêque de Sepulcra tourna des yeux chassieux vers l'ombrevipère. « Depuis combien de temps êtes-vous au courant de notre venue ?

— … *Dès l'instant où vous avez commencé à fouler les ombres de Sepulcra, vieillard…* »

Mercurio poussa un soupir, fourra une main dans son manteau pour y récupérer un cigarillo qu'il s'empressa d'allumer avec sa boîte à feu dérobée. Il tira dessus, exhala un panache grisâtre. « Et donc, qu'est-ce qu'on fait maintenant ?

— … *Mon maître, Julius Scaeva, sénateur du peuple et imperator de la République itreyenne, a le plaisir de vous inviter au grandiose gala qu'il organise ce soir. Il me faut néanmoins insister pour que vous respectiez le code vestimentaire…*

— Code *vestimentaire* ? » grogna Sidonius.

Une demi-douzaine de gardes d'élite pénétrèrent dans la pièce, les yeux rivés sur Marius. De l'acier igné brûlait entre leurs mains.

« … Le fer est à la mode cette saison… », siffla Murmure, alors même qu'un des soldats produisait de lourdes menottes.

CHAPITRE 43

Cramoisi

Une odeur de peur lui titilla les narines dès que Mercurio eut mis un pied dans la gigantesque pièce.

En surface, l'endroit donnait l'image d'une opulente splendeur. Le gratin de Sepulcra – peut-être un millier de dons et de donas – emplissait les lieux. Un kaléidoscope de sons et de couleurs, de soie chatoyante et de bijoux scintillants. La salle de bal proprement dite était en ossacré et en or, et décorée d'innombrables statues d'Aa et de ses Quatre Filles. Des piliers gravés s'élevaient jusqu'au haut plafond tels des troncs d'antiques ormes, d'immenses lustres de cristal chantant dweymeri brillaient telles des étoiles dans les pignons. La piste de danse était une mosaïque rotative manciée représentant les trois soleils, damasquinée d'or. Sur les longues tables paradaient des mets délicats venus des quatre coins de la République – des viandes occupées à grésiller sur des charbons ardents, des friandises merveilleusement sucrées disposées sur des plateaux d'argent. Un orchestre de vingt musiciens jouait sur une mezzanine dans les hauteurs de la pièce ; les belles notes d'une sonate voletaient telle de la fumée au-dessus des convives.

Tous les invités étaient vêtus de leurs plus beaux atours, pareils à des oiseaux chanteurs dans une cage parée de bijoux. Ils dissimulaient leur visage derrière une multitude de masques stupéfiants – des *dominos* en porcelaine délicate, des *voltos* de verre noir, des masques en plumage de paon et en corail sculpté, en cristal scintillant ou en soie fluide, souriants, grimaçants, riants. Des serviteurs tatoués d'une marque d'esclave arboraient des casques de gladiatii et des armures décorées de filigranes d'or – peut-être en hommage à la survie miraculeuse de Scaeva lors du *Venatus Magni*. Ils étaient lestés de plateaux d'argent sur lesquels trônaient des verres en cristal dweymeri remplis des meilleurs crus, des vins dorés les plus chers. Des friandises confites et des fruits épicés. Des cigarillos et des aiguilles chargées d'encre.

Ce qui n'empêchait nullement Mercurio de *sentir* la peur.

Les portes se refermèrent derrière eux ; de lourds verrous glissèrent en place. Les légionnaires d'élite s'avancèrent avec leurs prisonniers, Mercurio, Sidonius, Charmeuse-de-Lames – Marius fermant la marche, mains menottées dans le dos. La mer d'invités s'ouvrait devant eux, certains fixant sur eux des yeux empreints de curiosité. Mais la plupart des regards restaient braqués sur le fond de la salle – sur l'estrade où se trouvaient précédemment les sièges des consuls.

Intrinsèquement, la République itreyenne avait été fondée sur un principe simple : toutes les fonctions de pouvoir étaient fractionnées, et drastiquement limitées dans le temps. Un sénateur ne pouvait siéger qu'une seule fois en tant que consul, et même là, il partageait son rôle avec quelqu'un d'autre. Les consuls étaient censés se faire élire pendant la vrainuit – précisément au cours du Carnivalé qui battait son plein autour d'eux. Alors que là ?

Depuis la rébellion du Faiseur de roi, Julius Scaeva pervertissait cette vérité fondamentale, corrompant la Constitution de la République tels quelques vers à l'intérieur d'un fruit pourri. Refusant haut et fort, *publiquement*, les responsabilités toujours plus importantes qu'il s'arrogeait peu à peu, ne les acceptant qu'à contrecœur pour la « sécurité de notre glorieuse République ».

Avant le soulèvement qui avait mis fin à leur monarchie, les souverains d'Itreya avaient le front ceint d'une couronne en ossacré. Depuis l'insurrection qui avait aboli la monarchie, cette couronne était conservée au Sénat, toujours maculée du sang du dernier roi à l'avoir portée. Le socle sur lequel elle reposait était gravé des mots *Nonquis Itarem*.

« Plus jamais ».

Julius Scaeva avait toujours veillé à éviter de donner l'impression qu'il devenait le genre de souverain dont les Itreyens s'étaient débarrassés jadis. Jouant en permanence les chefs circonspects, la figure de proue hésitante, s'élevant contre l'accroissement de ses pouvoirs alors même qu'il en voulait toujours davantage. Sauf qu'en cet instant, alors qu'il s'approchait de l'estrade sur laquelle l'imperator attendait, Mercurio découvrit qu'il était confortablement installé dans ce qui était à l'évidence…

Un trône.

De facture austère – rien de trop voyant ni de trop flamboyant. Mais un trône. De l'or et du velours brodé de motifs d'Aa, de ses Quatre Filles et des trois cercles de la Trinité. Mercurio ne put s'empêcher de remarquer que le siège du second consul avait été déplacé sur un côté – et que s'y trouvait installé le petit Jonnen, occupé à le dévisager de ses yeux sombres.

Quant à celui du *premier* consul, Scaeva s'en servait comme repose-pieds.

Liviana Scaeva se tenait à côté de son époux, vêtue d'une belle robe pourpre corsetée – la couleur de la noblesse itreyenne. Son masque arborait les traits de Tsana, la déesse de la Flamme ; un éventail de plumes chatoyantes d'oiseau de feu mettait ses yeux en valeur. Sauf qu'aucun masque ne pouvait dissimuler la peur qui brillait dans ses prunelles lorsqu'elle regardait son mari.

Une tache de sang tout sauf négligeable, luisante, *humide*, maculait les carreaux devant le trône, étalée sur la mosaïque en rotation à mi-chemin du mur. Mercurio n'aurait su dire à qui il appartenait – il n'y avait là aucun corps à voir. Mais la multitude de serviteurs qui virevoltaient dans la pièce avait à l'évidence reçu l'ordre de ne pas y toucher.

Julius Scaeva regarda le vieillard approcher, un pied posé sur l'ex-siège du consul. L'imperator d'Itreya était vêtu de blanc immaculé, ourlé de pourpre. Le poignard en ossacré de Mia pendait à sa taille – Mercurio reconnut instantanément le corbeau qui ornait sa poignée. Le masque de Scaeva était une représentation du dieu de la Lumière, Aa. Trois visages, trois apparences : le Voyant, l'Omniscient, l'Observateur. Alors qu'il jetait un regard aux ombres de la pièce, à travers lesquelles Scaeva voyait apparemment tout, Mercurio s'imagina avoir été le seul à saisir la plaisanterie.

Omnivoyant.

Le vieillard *sentait* le pouvoir battre sous la peau de Scaeva. C'était quelque chose de similaire à ce qu'il avait perçu chez Mia quand il l'avait trouvée après le Massacre de la Vrainuit, en sang, en pleurs – et seule. Sauf qu'un certain malaise filtrait du rayonnement qui émanait du trône de l'imperator. Quelque chose de malsain imprégnait la salle, rampait sur la peau des invités, faisait sonner subtilement faux chaque note tremblante jouée par l'orchestre.

Peut-être qu'ici, trop tard pour y faire quoi que ce soit, la fine fleur de Sepulcra avait eu un aperçu du monstre qu'elle avait contribué à créer.

Jonnen était assis à la droite de son père, le visage dissimulé derrière un masque reproduisant la Trinité de soleils. À l'instar de son géniteur, il était tout de blanc vêtu – sauf qu'il y avait de la *peur* dans ses yeux sombres. Mercurio repéra Tueuse-d'Araignées tapie dans les ombres au fond de la salle, à proximité d'une des sorties. Les habits de la Shahiid des Vérités étaient d'un vert émeraude éclatant, sa gorge et ses poignets parés d'or, ses lèvres aussi noires que le bout de ses doigts. Ses yeux ne quittaient le vieil homme que pour s'attarder de fugaces instants sur Scaeva. Et l'évêque de Sepulcra y voyait quelque chose d'indubitable, aussi sûrement qu'il le voyait sur chaque visage présent dans cette salle.

Il les terrifie, *tous autant qu'ils sont.*

La musique parut se taire lorsque leur petite troupe se retrouva devant le trône de l'imperator. Le masque de Scaeva ne dissimulait pas ses lèvres, aussi les accueillit-il d'un beau sourire chaleureux.

« Ah, se réjouit-il. Y a-t-il plaisir plus agréable que des invités-surprise ? »

Sidonius prit une inspiration, se préparant à répliquer de quelque saillie spirituelle, mais un regard noir de Charmeuse-de-Lames suffit à lui faire comprendre la nature *rhétorique* de la question. Le gladiatii garda donc sagement la bouche close, ses muscles aussi tendus que du fer.

« Mercurio de Liis », dit Scaeva. Ses yeux noirs se tournèrent vers lui. « Votre réputation vous précède, j'en ai peur. »

Le vieil homme opina du chef. « Ravi de vous revoir, Julius. »

L'imperator secoua la tête. « Mes excuses, mais nous ne nous sommes jamais rencontrés.

— Effectivement pas, mais *moi* je vous ai vu – je vous ai… observé. C'est mon truc. » L'évêque renifla, toisa son interlocuteur de pied en cap. Un film de sueur recouvrait la peau de Scaeva ; ses doigts étaient blancs tant ils *s'agrippaient* aux accoudoirs de son trône. Ses muscles tremblaient. « Vous avez franchement une sale gueule.

— Mmmh. » L'imperator sourit. « Je vois à présent de qui notre Mia a hérité son esprit éblouissant.

— Oh, non – elle ne le doit qu'à elle-même, j'en ai peur. » Le vieillard désigna d'un petit geste la tache de sang qui maculait le sol. « Un accident de rasage ?

— Un désaccord avec trois de nos estimés sénateurs, répondit Scaeva. Sur des questions de Constitution et de légalité – en rapport avec mon nouveau statut d'imperator.

— Un bon juriste est un juriste mort – c'est bien ce qu'on dit, pas vrai ? »

Le rictus de Scaeva s'élargit. « Ceux-là étaient *vraiment* très bons. »

L'évêque inclina la tête, étudia attentivement son interlocuteur. Le déchiffrant en un clin d'œil, ainsi qu'il l'avait appris à Mia. Ce type *souffrait*, c'était une évidence. Des muscles raides, une peau luisante. Tric avait dit vrai, apparemment – absorber le sang divin avait acculé l'imperator très près du bord de quelque falaise métaphorique. Mercurio pouvait presque *voir* s'effilocher la tapisserie qui le constituait. Le vieil homme se demanda combien de fils il pouvait se permettre de perdre avant de se désintégrer complètement.

« Pas facile de tout garder à l'intérieur, hein ? lui lança-t-il.

— Qu'entendez-vous par là ? répliqua Scaeva.

— Il y a une dîme à payer pour tout pouvoir, expliqua Mercurio. Parfois elle se mesure en conscience, ou en pièces. Parfois, on s'en acquitte avec des fragments de notre âme. Mais quelle que soit la nature de notre dette, ça reste vrai – tôt ou tard, on finit toujours par raquer.

— Vous vous écoutez *beaucoup* parler, pas vrai ?

— Savez-vous au moins ce que vous avez en vous ? » Le vieil homme secoua la tête, ses lèvres se retroussèrent. « Ce que vous êtes *devenu* ? »

Les ombres de la pièce parurent alors comme s'assombrir, onduler telle de l'eau dans laquelle on aurait jeté une pierre. Un murmure parcourut l'assistance, et pour la première fois Mercurio remarqua la flaque de noir insondable qui entourait les pieds de Scaeva. Un frisson se propagea d'un bout à l'autre du gala, toute vie se retrouvant comme *aspirée* de la salle de bal. L'orchestre se tut, les notes s'éteignant comme si quelqu'un les avait lentement étouffées. La peur qui pesait sur les épaules du vieil homme lui semblait faite de plomb : presque assez *lourde* pour le forcer à s'agenouiller.

Scaeva cligna des yeux – et Mercurio vit qu'ils se résumaient désormais à un noir insondable, y compris la sclérotique. Les veines de sa gorge pareilles à des cordons, l'imperator ferma les paupières, mâchoire serrée. Jonnen, dont la lèvre inférieure *tremblait* désormais, se tourna vers son père. Liviana Scaeva posa une main sur l'épaule de son époux, son regard empreint de peur et d'inquiétude. Mais l'imperator finit par baisser la tête et prit une interminable inspiration, comme pour rassembler quelque réserve cachée de volonté. Et lorsqu'il ouvrit à nouveau les yeux, ceux-ci étaient normaux – aussi sombres que ceux de sa fille, certes, mais à nouveau encadrés de blanc.

« Je sais fort bien ce que je suis, fit-il – avant de braquer les yeux en direction de la mezzanine. Et je vous ai dit de continuer à *jouer* ! »

Les musiciens s'exécutèrent sans tarder : des notes *tendues* se remirent à résonner dans le froid.

Marius s'avança alors d'un pas. « Il suffit, grogna-t-il. Où est ma Marielle ? »

Scaeva se tourna vers l'orateur, déglutit. Son dos se redressa, sa douleur parut s'atténuer quelque peu. Un beau sourire étirait à nouveau ses lèvres. « Votre sœur est une invitée d'honneur de la République itreyenne. »

Le sorcerii le foudroya du regard. « Tu vas me l'amener *immédiatement*. »

L'imperator le gratifia d'un petit rictus amusé. « Vous vous introduisez par effraction dans ma demeure. Tuez mes hommes. Tentez de me prendre mon fils et de m'assassiner au beau milieu de mes invités. Et vous avez la témérité de me mendier une faveur ?

— Je ne mendie *rien* », cracha l'orateur.

Scaeva secoua tristement la tête, puis jeta un coup d'œil à sa garde d'élite. « Vous ne me semblez guère en position d'exiger quoi que ce soit, Orateur. »

Les yeux cramoisis de Marius se plissèrent ; encerclé comme il l'était par les sbires de Scaeva, l'orateur semblait totalement impuissant. Sauf que Mercurio, dans son dos, s'avisa qu'il s'était rouvert les poignets en frottant sa chair contre ses menottes. Son sang s'écoulait librement des blessures, désormais – de fins rubans s'attaquant aux boulons qui maintenaient ses liens fermés, aux serrures qui le retenaient.

« Je te préviens, Julius…, dit-il.

— Ce n'est pas la première fois, si ma mémoire est bonne.

— Il n'y en aura pas de troisième. »

Un minuscule déclic – et les menottes glissèrent des poignets de Marius. D'un mouvement fluide, quasi poétique, l'orateur écarta les bras et se mit à fredonner presque imperceptiblement ; de longs fouets de sang jaillirent aussitôt des blessures qu'il s'était infligées, scintillants, terriblement *acérés*. Ils tranchèrent une demi-douzaine de gorges de Luminatii en autant de secondes, les malheureux étreignant leur cou alors même que des giclées de rouge fusaient dans les airs.

Les convives se mirent à hurler, tout en battant en retraite jusqu'aux portes verrouillées. Même Sidonius et Charmeuse reculèrent de quelques pas, les yeux écarquillés d'horreur. Marius agita ses mains, tout en fredonnant une chanson d'antique magik. Le sang des légionnaires égorgés s'éleva alors du sol, pour former dans l'air une véritable tempête cramoisie.

L'orateur foudroya Scaeva du regard, menton baissé. « Tu vas me rendre ma Marielle, cracha-t-il. *Maintenant*. »

Sans un instant cesser de sourire, l'imperator fit un petit signe de la tête à l'intention d'un autre de ses gardes d'élite. Une petite cloche sonna quelque part au loin, et presque aussitôt une nouvelle cohorte de Luminatii pénétra dans la salle de bal – deux d'entre eux lestés d'une silhouette affaissée. La mâchoire de Mercurio se crispa à cette vue, tandis qu'un sifflement de haine absolue s'échappait des lèvres de Marius.

Ils l'avaient vêtue d'une belle robe de bal, sans bretelles, dos nu : le summum de l'audace pour l'élite. Mais ce qui aurait pu être éblouissant, porté par une jeune et belle dona, n'en rendait que plus *tragique* le corps de la tisseuse. Sa peau plissée, sanguinolente, d'ordinaire cachée sous ses habits, était à présent visible de tous : des plaies ouvertes et du pus, des craquelures qui donnaient à sa chair des airs de terre desséchée. Ses cheveux ternes formaient comme un linceul devant son faciès, trop fins pour le dissimuler. La plaie laissée par la disparition de son oreille coupée par Drusilla s'était rouverte, et son visage présentait des signes de coups – des yeux au beurre noir, des lèvres fendues et enflées. Des menottes de fer enserraient ses mains, et elle n'était qu'à moitié consciente, lâchant un gémissement quand les Luminatii la jetèrent devant le trône sur le sol ensanglanté.

Mercurio sentit son cœur se gorger de pitié. Les yeux de Marius scintillaient de rage.

« Sœur bien-aimée, haleta-t-il.

— Mon f-frère », murmura Marielle à travers des lèvres ensanglantées.

L'orateur se tourna aussitôt vers Scaeva. « Ignoble couard, s'emporta-t-il. Fils de chien. »

Les convives battaient en retraite à mesure que disparaissait le sourire de l'imperator. « Maîtrisez votre fureur, Marius. Ce n'était là qu'un rappel bien mérité de la place de votre sœur dans mon nouvel ordre mondial. Marielle et vous m'avez bien servi toutes ces années, et je ne suis pas homme à gaspiller des dons tels que les vôtres. Il y a une *place* pour vous à mes côtés. Prosternez-vous devant moi. Jurez-moi allégeance. Implorez mon pardon. » Les ombres à ses pieds se mirent à onduler. « Et je vous l'accorderai. »

Des étincelles envahirent alors les prunelles de Marius ; la tempête de sang qui l'entourait se mit à tourbillonner, comme bouillonnante. « Tu parles de *dons* ? siffla-t-il. Comme si je les avais trouvés dans une jolie boîte à l'occasion de quelque Grande Dîme ? » Il secoua la tête ; ses longs cheveux pâles se détachèrent de leurs attaches, pour former un rideau devant ses yeux cramoisis. « *Payé* mon pouvoir a été, salopard. Avec du sang et de la souffrance. *Toi,* par contre, tu as *volé* un pouvoir immérité. » Ses paupières se plissèrent, et il pointa un doigt en direction de Scaeva. « Usurpateur, je te nomme. Misérable et scélérat. Déjà je vois la dîme que prend sur toi ton pathétique larcin. Mais je n'ai ni la patience ni le désir d'attendre que s'abatte sur toi la main froide du destin. Je t'ai promis de la souffrance, Julius. » Marius leva ses mains d'un blanc osseux, doigts écartés. « Et à présent je t'en fais don. »

La tempête de sang *explosa* en une centaine de lames d'un cramoisi étincelant, qui jaillirent des mains de Marius. Un cri de terreur se propagea dans les rangs des invités, qui recommencèrent à se presser contre les portes. Fauchés comme de l'herbe de printemps, les gardes restants s'écroulèrent sur le sol carrelé dans un feu d'artifice écarlate. Une Liviana Scaeva *hurlante* attrapa son fils et se laissa tomber par terre, pour éviter les lames que Marius avait envoyées en direction de la poitrine de l'imperator. En un clin d'œil, cependant, Scaeva disparut.

Le trône fut transpercé, déchiqueté, taillé en pièces. Marius agitait ses mains à la manière d'un sinistre chef d'orchestre ; le sang des Luminatii qu'il venait d'occire s'élevait du sol, la tempête de cramoisi qui l'entourait ne cessait de s'épaissir. Sidonius et Charmeuse-de-Lames battirent en retraite, Mercurio dans leur sillage. Leurs mains étaient encore menottées, mais l'ancien évêque avait des crochets dissimulés dans le talon de sa botte : il s'agenouilla tant bien que mal pour les récupérer.

L'orateur de sang, posté au centre de la piste de danse, protégeait de son corps sa sœur blessée. Il arracha ses robes, exposant ainsi sa lisse poitrine musclée. Ses longs cheveux ondulant autour de son crâne, Marius écarta alors les bras. Le sang de deux douzaines d'hommes assassinés s'agita aussitôt autour de lui comme sous l'effet de quelque tempête, tourbillonnant, cinglant l'air de leur fureur impie. Un vent rouge *hurlait* dans la vaste salle.

« Affronte-moi, usurpateur ! » rugit-il.

Les ombres de la pièce s'animèrent, se transformant en longues lances pointues qui filèrent en direction de la poitrine de Marius et du dos de sa sœur. D'un rapide mouvement de la main, l'orateur projeta son sang dans les hauteurs de la pièce, telle une vague surgissant d'une mer déchaînée. Le mur écarlate s'écrasa sur les ombres acérées, neutralisant l'attaque – le cramoisi l'emportant sur le noir.

« Espèce de lâche ! hurla Marius. *Affronte-moi !* »

Les ombres fondirent à nouveau sur l'orateur – et une fois de plus, la vague de sang l'emporta sur les assaillantes. Les yeux brillants, Marius tourna sur lui-même, bras écartés, son beau visage déformé par la rage. Mercurio sentit alors ses menottes s'ouvrir ; après s'être brièvement frotté les poignets, il se tourna vers Charmeuse pour s'attaquer aux liens de la Dweymeri avec ses crochets. À l'autre bout de la salle, les invités moelle-nés – tous ces sénateurs, préteurs et généraux de haute lignée – cognaient frénétiquement les portes scellées. Le vieillard ne voyait Tueuse-d'Araignées nulle part, par contre – la Shahiid des Vérités avait apparemment déjà réussi à s'échapper.

Marius, en revanche, ne semblait pas d'humeur à fuir. « Où es-tu, Julius ? tonna-t-il. Tu donnes ainsi la preuve que tu *mérites* d'être qualifié de bâtard ! » Il effectua une nouvelle rotation, bras écartés. « Ma foi, reste donc caché dans tes ombres ! Tu t'en es pris à ma familia ? Eh bien, la tienne va me payer ta dîme ! »

Il riva ses yeux injectés de sang sur Liviana Scaeva, recroquevillée avec son fils à côté du trône fracassé. Jonnen se posta aussitôt devant sa mère, ses petits poings serrés.

« Marius ! l'avertit Mercurio. *Ne fais pas ça !*

— Non ! » s'écria Sidonius.

L'orateur tendit les bras en direction de la femme et du garçon. Des rubans de sang fendirent aussitôt l'air vers leurs deux corps. Sid se jeta en avant, tout en agonissant Marius d'injures. Mais Mercurio savait qu'il allait arriver trop tard.

Trop tard…

Dans un rugissement chuchoté, une forme se matérialisa entre le garçon et le sang en approche – un homme vêtu d'une robe blanche ourlée de pourpre. Julius Scaeva écarta les bras, poussa un cri quand le sang le transperça de toute part. Il tituba, le souffle coupé, les yeux dilatés. Étreignant sa poitrine, le tyran fit lentement volte-face, une main tendue vers son rejeton.

« Père ? murmura Jonnen.

— M-mon fils… »

Et dans un soupir gargouillant, l'imperator d'Itreya s'effondra sur le sol.

Un lourd silence s'abattit aussitôt sur la salle – les invités se figèrent, la tempête de sang qui entourait l'orateur formant de larges arcs de cercle paresseux dans les airs. Refusant de prendre le moindre risque, Marius replia à nouveau ses doigts, et d'autres lances écarlates vinrent transpercer des dizaines de fois le corps de Scaeva. Le son mat de la viande qu'on découpe envahit les lieux, le beau visage de l'orateur rendu hideux par la fureur qui brillait dans ses yeux.

Chlak.

Chlak.

Chlak.

Les poings de Marius se fermèrent enfin, et le sang qui l'entourait s'immobilisa aussitôt. Pour ensuite s'écraser par terre, sans vie, enduisant la piste de danse d'improbables motifs luisants.

Mercurio sentait son cœur *marteler* sa poitrine. « Par le sang et les abîmes, murmura le vieillard, ce salopard l'a *eu*. »

Jonnen fit un pas vers le cadavre de l'imperator ; des larmes scintillaient dans ses yeux écarquillés. « ... Père ? »

Marius cracha par terre. Sans un instant quitter du regard le corps de Scaeva. « *Mérité* mon pouvoir a été. »

Il s'agenouilla ensuite auprès de sa sœur, pour l'envelopper dans ses bras. Les mains menottées de Marielle glissèrent le long des épaules nues de son frère, se refermèrent dans son dos. La tisseuse fermait les paupières pour empêcher ses larmes de s'en échapper.

« Je craignais le pire, fit-elle doucement.

— Toujours tu pourras compter sur moi, chuchota-t-il. *Toujours.* »

Marius s'arracha doucement à son étreinte, effleura de ses doigts effilés les yeux meurtris de sa sœur, ses lèvres fendues. Marielle se détourna aussitôt, ses bras se refermant sur sa poitrine comme pour couvrir sa peau dévastée, ses plaies suppurantes. Mais son frère entoura alors ses joues de ses mains en coupe, puis la fit pivoter face à lui.

« Combien de fois dois-je te le dire, sœur mienne, sœur bien-aimée ? » Il lui embrassa les yeux. Les joues. Les lèvres. « Tu es belle. »

L'ombre lui transperça alors la poitrine. Noire, luisante, aussi coupante que du verre brisé. Marius haleta, ses yeux rouges écarquillés – son sang éclaboussa le visage de Marielle, qui poussa un hurlement déchirant. Une autre lame d'ombre vint perforer la cage thoracique de l'orateur, puis une autre, et encore une autre ; la tisseuse se remit à gémir quand le corps de son frère échappa à ses bras, pour s'élever aussitôt dans les airs. Une grimace de douleur déformait le beau visage de Marius, du sang s'écoulait de ses lèvres, ses mains empoignaient les ombres qui avaient transpercé sa chair. Ses yeux cherchaient Marielle, qui tendait les bras dans sa direction.

Mercurio se tourna vers le corps de Scaeva, vit avec horreur l'imperator poser une paume sur le sol ensanglanté, se redresser. Une noirceur liquide s'échappait de ses plaies, ses ombres s'agitaient en tous sens. Murmure s'extirpa de l'obscurité qui s'étendait aux pieds de son maître, s'enroula autour de son épaule. Scaeva fixa alors sur l'orateur immobilisé des yeux aussi noirs que les cieux qui les surplombaient.

« J'ai le sang d'un dieu en moi, Marius. » L'imperator secoua la tête. *« Comment avez-vous pu ne serait-ce qu'imaginer me blesser avec du sang* humain *? »*

Son poing se ferma.

Et Marius se fit tailler en pièces.

Marielle poussa un hurlement de rage et d'horreur, assez puissant pour ébranler les murs de marbre et faire chanter le cristal dweymeri. Une nouvelle vague de panique s'abattit sur les convives, qui repartirent à l'assaut des portes de la salle de bal – avec succès, cette fois – pour ensuite se déverser dans les couloirs du palazzo. Mercurio, les oreilles emplies de leurs hurlements et du fracas de leur fuite, fixait avec incrédulité les restes de Marius.

Pas Sidonius : le massif gladiatii avait arpenté à pas de loup le sol ensanglanté, dans le dos de Scaeva, pour aller ramasser une épée d'acier igné. Charmeuse-de-Lames, qui avait déjà pris Jonnen dans ses bras, s'employait à relever une Liviana Scaeva médusée. Mercurio les exhorta d'un geste à le rejoindre, espérant retrouver la protection de l'obscurité – et prendre ses jambes à son cou en leur compagnie.

Sauf que l'obscurité pouvait voir *tout* ce qu'il faisait, à présent.

Les ombres se déchaînèrent, arrachant Jonnen des bras de Charmeuse avant de projeter la Dweymeri contre le mur du fond. Dans un rugissement d'anthologie, Sidonius brandit sa lame en acier igné, qui s'enflamma dans la foulée. Une ombrelame lui transperça alors le ventre, laissant le gladiatii stupéfait, le souffle coupé. Une autre frappa, assez fort pour faire glisser le colosse itreyen sur le sol ensanglanté et l'envoyer s'écraser sur l'un des hauts piliers cannelés.

« Sidonius ! » cria Jonnen.

L'imperator d'Itreya tituba, sa tête entre ses mains, qu'il passa ensuite dans ses cheveux. Il poussa un unique cri, la bouche grande ouverte, sa langue d'un noir luisant. La pièce se mit à trembler, comme sous l'effet d'un tremblement de terre. Son ombre se dilata autour de ses pieds, éclata telle une bulle – pour ensuite se répandre par terre en une centaine de ruisselets informes. Scaeva arracha ses robes ; du vomi noir jaillit de sa bouche lorsqu'il se remit à rugir.

« Julius ! » Liviana gémissait d'horreur à la vue de son mari. *« Julius ! »*

Partout dans la salle les ombres se déchaînaient, s'extirpant continuellement des carreaux qui entouraient les pieds de Scaeva. Un vent venu de nulle part s'était levé, balayant la salle de sa fureur tempétueuse. Liviana se rapprochait tant bien que mal de son époux, yeux plissés, main tendue.

« Julius ! hurla-t-elle. Je t'en supplie, *arrête* ! »

Scaeva lâcha un nouveau hurlement, ses mains pressées contre ses tempes. Les ombres, animées d'une fureur aveugle, creusaient de profondes entailles dans les murs, allaient transpercer le plafond – forçant Mercurio à s'accroupir lorsque le niveau de la mezzanine finit par s'effondrer. C'était toute la structure du bâtiment qui tremblait, à présent. Un immense lustre se détacha, écrasant dans sa chute l'épouse de l'imperator avant de se briser en un million d'éclats scintillants.

« Mère ! » s'écria le garçon.

Scaeva rugit alors si fort que sa voix se brisa – une douleur sans nom semblait comme *marteler* son crâne.

« PÈRE ! »

Une pellicule de noir vint recouvrir les yeux de l'imperator, qui arracha son masque et le jeta par terre en poussant un grognement haineux. Ses joues striées de larmes couleur de nuit, il leva un pied et l'écrasa sous son talon. En riant. Ses bras enroulés autour de son corps. Mercurio, qui fixait ces yeux noirs insondables, y voyait se déchaîner librement l'ire d'un dieu déchu. Toute la rage, toute la douleur, toute la haine *absolue* d'un fils trahi qui ne souhaitait qu'une chose : détruire le temple consacré à celui qui l'avait renié.

Scaeva tendit les bras, et la pièce se remit aussitôt à trembler. Des ailes de ténèbres liquides jaillirent de ses épaules, le soulevant dans les airs. Marielle s'éloigna tant bien que mal de sa sombre fureur, pour aller s'abriter derrière le pilier à côté duquel gisait un Sidonius mal en point. Les vents noirs qui balayaient la salle étaient presque assez puissants pour faire tomber Mercurio. Les charbons ardents d'un des feux de cuisson s'étaient renversés, mettant le feu aux nappes. Progressant tant bien que mal sur les taches de sang, son cœur martelant sa poitrine, le vieil homme alla saisir Charmeuse-de-Lames par sa tunique et traîna son corps inconscient jusqu'à l'endroit où se trouvait la tisseuse.

D'une main tremblante il s'attaqua aux menottes de Marielle, ses crochets cliquetant jusqu'à ce qu'il soit parvenu à la libérer de ses fers. L'odeur de fumée gagnait le vent impie à mesure que les flammes se propageaient. Mercurio désigna d'un geste le frère de Mia, à présent adossé au mur à proximité du trône fracassé de Scaeva.

« Il faut récupérer le garçon – et *foutre* le camp d'ici ! » beugla-t-il.

Leur pilier fut alors mis en pièces, l'ossacré volant en éclats comme du vieux bois pourri. Mercurio poussa un cri, pendant que ses compagnons se retrouvaient dispersés sur le sol maculé de sang. L'évêque sentit des rubans de noir se saisir de sa gorge, s'enrouler autour de sa taille – aussi solides que du fer, froids comme des tombes. Il fut soulevé dans les airs, haletant, s'agitant en tous sens, en étreignant les bandes de ténèbres qui lui enserraient la gorge.

Il se retrouva à flotter devant la chose qui avait été Julius Scaeva. Ses joues pâles étaient maculées de larmes noires. Ses lèvres d'un sang infiniment sombre.

« Mais… », gargouilla-t-il.

Il regardait la mort en face. Et la mort lui souriait en retour.

« Mais… q-qui est l'auteur du… troisième livre ? »

De noires lames s'approchèrent, horriblement affûtées, d'une obscurité *luisante*. Prêtes à fendre en deux son cœur et sa poitrine. Mais la chose qui avait été Scaeva lâcha alors un soupir sifflant, puis leva sans transition ses yeux noirs vers le plafond. Ses doigts pâles se refermèrent. Les vents se turent un instant, pour ne laisser audible qu'un minuscule souffle irrégulier.

Et dans ce silence, la divinité murmura : « *Elle arrive.* »

CHAPITRE 44

Fille

Elle semblait vêtue de nuit.

Sa robe était d'un noir soyeux. Les bijoux à sa gorge, des étoiles scintillantes. De longues jupes partaient de sa taille pour ensuite se déployer jusqu'à ses pieds nus ; un corset de minuit moulait sa peau fantomatique.

De la poudre blanche enduisait ses joues.

Du noir ses lèvres.

Des légions grouillaient dans ses yeux.

Elle se posa sur le rivage pierreux des Génitaux – devant ses yeux s'étendait une cité faite d'ossements – la même matière que la lame qu'elle tenait entre ses mains. Les ailes de velours noir dans son dos étaient aussi vastes que les cieux ; leurs extrémités effleuraient les jetées, les pavés, les bâtiments adjacents, à mesure qu'elle s'éloignait du niveau de la mer. Les ombres de la ville soupiraient à son passage, caressant son visage de leurs mains aimantes, l'accueillant chez elle.

Les fêtards. Les colporteurs. Les mendiants, les prêtres et les putains. Tous *sentirent* sa présence avant de la voir.

Leur musique s'interrompait, leurs rires s'éteignaient. Un frisson leur effleurait la nuque. Les envahissait une immobilité d'outre-tombe. Et aux oreilles des pieux comme à celles des pécheurs bruissait un murmure.

Un avertissement.

Un mot.

Fuyez.

La peur se déversait de ses pieds telle une marée noire. Les soleils n'avaient jamais semblé aussi lointains, la nuit aussi sombre au-dessus de leurs têtes, et ils la percevaient, ces mortels – ils la sentaient dans leur poitrine, jusque dans leurs os. Elle était un châtiment. Leur ruine. La vengeance de chaque fille orpheline, de chaque mère assassinée, de chaque enfant bâtard. Son père l'attendait, devant elle comme dans le ciel.

La multitude aspirait à redevenir une.

Aussi prirent-ils la fuite. Les pavés se vidaient devant elle. Des rats se déversaient des égouts, fuyant comme devant quelque flamme ténébreuse. Les badauds se dispersaient, craignant pour leur vie ; certains partaient retrouver le confort de leur foyer, mais un bon nombre traversaient l'aqueduc en direction des eaux, comme la vermine qui grouillait tout autour d'eux. Une panique noire, absolue, ondulait devant la jeune femme. La cité *tremblait* tout autour d'elle, ce sépulcre d'une divinité déchue trop longtemps profané par des pas mortels. La tombe d'un dieu tombé, vouée à devenir celle d'un empire.

Elle arpentait d'un pas raide des rues de plus en plus vides, des artères désertes, en direction du forum. S'arrêtant devant un chariot retourné, elle ouvrit une main pâle. Les ombres soulevèrent un masque tombé par terre, recouvert de feuilles d'or, pour le placer devant ses yeux. Il avait la forme d'un croissant. Comme une lune pas encore pleine. L'obscurité était *vivante* autour d'elle, comme en son for intérieur.

Aussi pâle que belle, elle reprit sa progression.

Elle était vêtue de nuit, chers amis.

Et toute la nuit l'accompagnait.

CHAPITRE 45

Amante

Tueuse-d'Araignées ferma les yeux.

La brise de la vrainuit était fraîche sur sa peau.

Le ciel au-dessus de sa tête aussi vide que l'endroit où se trouvait jadis son cœur.

Un chaos sans nom régnait sur la ville – et ne semblait pas parti pour s'apaiser. Quelque part derrière elle, ces imbéciles moelle-nés qui s'étaient réunis pour le gala de Scaeva se déversaient enfin de la première Côte en une multitude gémissante. Tout l'archipel vibrait comme sous l'effet d'un tremblement de terre, de gigantesques fissures zébraient les pavés et les façades des bâtiments qui l'entouraient. Des nuages noirs s'étaient amoncelés dans le ciel, étouffant la lumière des étoiles et saturant l'air de chants tonitruants. À un endroit quelconque du quartier des entrepôts, les séismes avaient déclenché un incendie – une fumée noire s'élevait dans l'obscurité. Une vague de rats déboulait des Génitaux, dans un concert de culbutes et de couinements.

Si elle devait en croire ses oreilles, une foule croissante de citoyens terrifiés suivaient de près les queues des rongeurs.

Sepulcra était en train de partir en morceaux tout autour d'elle.

Lier son destin à celui de Scaeva avait constitué un pari, la Shahiid des Vérités l'avait su dès le début – sauf qu'en vérité elle n'avait pas misé gros. Avant de devenir une disciple de la Mère noire, puis un membre du Ministère de l'Église rouge, Tueuse-d'Araignées avait été une *survivante*. Elle avait fait son chemin dans une société qui semblait *vouloir* sa mort – or la Dweymeri ne s'était pas contentée de rester en vie : elle avait *prospéré*. Une femme ne tenait pas longtemps dans un monde comme le sien en jouant absolument tout sur un seul lancer de dés. Et peu importait à quel point le pari semblait sûr.

La Shahiid prit une longue inspiration, se maîtrisa, puis rouvrit les yeux. Elle se trouvait bien au nord du forum ; le chaos qui avait envahi le sud s'écoulait dans sa direction. Bon, elle avait encore pas mal d'avance dessus, pour l'instant, à force de franchir les petits ponts et les canaux murmurants, de se frayer à coups d'épaule un chemin à travers les badauds – trop curieux pour leur bien – qui accouraient *vers* la clameur.

Elle pouvait comprendre ça – le réflexe de s'approcher de la falaise pour jeter un regard en contrebas. Le besoin de sauter quelques chapitres pour découvrir comment le récit se termine. Sauf qu'elle-même n'avait aucune envie de savoir comment s'achevait l'histoire du premier imperator d'Itreya. Tout ce qu'elle voulait, c'était rester en vie suffisamment longtemps pour pouvoir en faire la lecture *ensuite*.

Les hommes de Scaeva avaient détruit la chapelle de la nécropole, mais Tueuse-d'Araignées connaissait au moins une cache remplie d'armes et d'argent qu'il avait laissée intacte. L'Église avait en outre une demi-douzaine de bateaux amarrés aux quais du Bras Armé, dont au moins deux assez petits pour qu'elle puisse les manœuvrer seule. Elle était peut-être devenue l'un des assassins les plus meurtriers que l'Église ait jamais produits, mais Tueuse-d'Araignées était née fille des îles dweymeri. Son père avait travaillé comme charpentier naval, son frère aîné à ses côtés. Elle connaissait les océans presque aussi bien que les poisons.

Les artères se remplissaient, désormais – la panique dans son dos ne cessant d'enfler, aggravée par les secousses qui ébranlaient encore et encore Sepulcra, tel un diorama dans les mains d'un enfant exécrable. Des gens se déversaient de leurs demeures et des tavernes, pour se retrouver sur les piazzas – désorientés, ivres, *effrayés*. Des cris et de la fumée leur parvenaient du sud, la peur se répandait dans les rues comme du millenuances dans une bouteille de vin doré – de l'Albari. La Shahiid s'en tenait pour sa part aux voies secondaires, grommelant contre ses longs ourlets recherchés alors qu'elle franchissait le pont des Ligneuls. Elle tira de sa taille une de ses lames empoisonnées, dorée à l'or fin, et fendit avec soin sa robe de manière à pouvoir courir plus aisément. Ce à quoi elle s'attela dans la foulée.

La cité se remit à trembler. Un flot de vermine s'écoulait à ses pieds. Tueuse-d'Araignées voyait à présent les portes de la nécropole devant elle, ses clôtures de fer forgé se profilant dans le ciel tempétueux. La Dweymeri ne se trouvait plus qu'à quelques pâtés de maisons du niveau de la mer, désormais – depuis lequel elle pourrait prendre la fuite. Tout en accélérant le pas, elle se frotta les yeux, piquants de sueur ; une longue saline s'échappa des complexes torsades qui surmontaient sa tête. Des éclairs faisaient scintiller l'or qui ornait sa gorge et ses poignets lorsqu'elle pénétra dans les maisons des morts de Sepulcra.

Une fois arrivée devant la cache, dissimulée dans la tombe d'un sénateur depuis longtemps disparu, elle colla son corps tout contre pour éviter de tomber. Elle scruta l'inscription d'un œil sombre le temps que la secousse s'apaise. Le nom s'était effacé avec le temps, qui ne s'était guère montré plus clément avec les traits du buste en marbre.

« De la bouffe pour les vers, tous autant que nous sommes », murmura-t-elle. Elle lança un regard au ciel nocturne – et ses lèvres noires s'étirèrent en un sourire. « Mais pas ce soir, Mère. »

Un frisson l'envahit – sombre, presque funèbre. Sa peau se couvrit de chair de poule. La foudre qui zébrait le ciel faisait ressortir les ombres de la nécropole. Une forme encapuchonnée se dressa devant la Shahiid des Vérités, des épées à l'évidence faites d'ossacré entre ses mains.

« Par les dents de la Vorace », chuchota-t-elle.

Ce n'était pas humain. À l'évidence. Oh, cette créature en avait la morphologie sous son manteau. Sauf que la nuit n'était pas si froide, et que son souffle formait de petits nuages blancs devant ses lèvres – le corps de Tueuse-d'Araignées *tremblait* de froid.

« *Salutations, Shahiid.*

— Par le sang et les abîmes », haleta la Dweymeri.

La chose ôta sa capuche. Une peau blafarde. Des ongles d'un noir d'encre. De longues tresses se tortillant tels des êtres vivants. Des yeux sombres insondables, de l'albâtre refaçonné par la main de la Mère. Mais malgré la vrainuit, malgré le chaos qui était en train de gagner la cité, Tueuse-d'Araignées aurait reconnu *n'importe où* ce visage.

La lumière d'un millier d'étoiles scintillait dans le regard de la jeune femme.

Aussi vide que les Abîmes qu'elle avait traversées pour revenir ici.

« … Ashlinn ?

— *Lui-même n'était pas en mesure de venir.* » Des larmes noires scintillaient dans ses yeux. *« Même la Mère n'a pas le pouvoir de faire deux fois le don de la vie aux défunts. Aussi a-t-il dû se contenter de me montrer le chemin du retour.* Voilà *ce qu'il était prêt à donner pour elle.* Voilà *le genre de garçon qu'il était. Mais Tric m'a demandé de vous saluer, Tueuse-d'Araignées. »* Les épées en ossacré s'élevèrent entre ses mains. *« Et il m'a demandé de vous donner* ceci. *»*

La brise de la vrainuit était fraîche sur sa peau.

Le ciel au-dessus de sa tête aussi vide que l'endroit où se trouvait jadis son cœur.

Et Tueuse-d'Araignées ferma les yeux.

CHAPITRE 46

Père

Les ombres relâchèrent leur prise sur sa gorge, et Mercurio tomba à genoux.

Le vent était un chant funèbre, dont les hurlements lui *griffaient* la peau. Le feu se propageait d'un meuble fracassé au suivant depuis les charbons ardents renversés ; l'odeur de la fumée envahissait ses narines. La chose qui avait été Julius Scaeva s'arracha à la contemplation du plafond pour regarder l'entrée de la gigantesque salle, dont toutes les portes explosèrent dans un bruit du tonnerre. Les ombres se déformaient, s'étiraient – c'était *l'intégralité* de la Côte qui tremblait désormais. L'obscurité parut s'approfondir, suffoquant au passage la lumière des quelques globes arkémiques encore en état de marche. Mercurio sentait un poids sur ses épaules, sur sa poitrine, qui le vidait de son souffle. Un frisson *descendit* sur la pièce, chargé d'une odeur de clous de girofle et de feuilles mortes ; l'air frémissait d'un chant tempétueux. Le vieillard releva la tête ; ses yeux fatigués se tournèrent vers la porte.

Pour la trouver là. Dans toute sa gloire.

« Mia », chuchota-t-il.

Déesse, qu'elle était belle. Le poids d'années de sang et de sacrifices se déployait telles de sombres ailes sur ses épaules. Les cicatrices consécutives à ses épreuves, gravées sur sa peau comme dans le creux de sa poitrine, se reflétaient dans ses yeux. Mais rien, personne, ni les cœurs brisés ni les rêves fracassés, pas même la simple tragédie d'être vivante, de *respirer*, n'avaient jamais suffi à l'arrêter. C'était une fille… hors du commun.

Une fille qui avait une histoire à raconter.

Elle était toute de noir vêtue : un corset et de longues jupes qui s'écoulaient telle une rivière autour de ses pieds. Une épée longue en ossacré patientait entre ses mains. Un masque doré lui couvrait le visage, du noir enduisait ses lèvres, qui s'ouvraient présentement pour laisser s'échapper une voix capable d'ébranler le monde :

« Père, dit-elle.

— Oui ? » répondit Mercurio.

Elle se tourna alors vers lui. Toutes les années qu'ils avaient partagées se réduisirent aussitôt à rien. Il était de retour dans son petit magasin, avant que toute cette histoire ne commence. Rien que tous les deux, ensemble. Mia avait onze ans : assise à ses pieds, elle le regardait lui montrer comment baratiner un cadenas. Treize ans : ses yeux noir silex scintillants, elle lui demandait pourquoi les garçons ne saignaient pas. Quinze ans : elle lui taxait un cigarillo en lui racontant une blague paillarde – une petite chose aussi maigre que bagarreuse, avec une frange de travers, pas encore terminée. Et à ce moment-là il comprit pleinement à quel point elle *faisait* partie de lui, à quel point elle comptait à ses yeux, à quel point elle l'avait *changé*, pour toujours et à jamais. Cette fille qui avait *osé* là où d'autres avaient échoué, qui n'avait *jamais* vu le monde comme le voyait le reste de ses congénères.

Y compris lui-même.

Déesse, comme il l'aimait…

Elle lui sourit. À peine une fraction de seconde. Ses yeux noirs luisaient de larmes qu'elle ne laisserait jamais couler dans un endroit pareil. Et ça le stupéfia, d'y voir tout l'amour qu'elle lui portait également.

« Je ne parlais pas de toi », murmura-t-elle tristement. Et la jeune femme braqua ses yeux sombres sur l'homme qui se trouvait derrière lui. « Mais de *vous*. »

Julius Scaeva lança à Mia un regard aussi noir que le sang qui coulait en lui. Il flottait à peut-être six mètres du sol, de sombres ailes translucides ondulaient dans l'air autour de lui, un liquide noir s'écoulait du bout de ses doigts. On n'avait aucun mal à voir la chose logée en lui, la divinité mineure qui se débattait dans sa cage de chair en poussant force hurlements. Sauf que l'imperator d'Itreya semblait s'être retrouvé pour cette dernière danse – une minuscule partie de sa personnalité tentait de remonter jusqu'à une surface aussi fine que craquelée. Suffisamment, en tout cas, pour retrousser ses lèvres en une horrible parodie de sourire. « Ça me fait plaisir de te revoir, ma fille.

— *Mia !* »

Mercurio comme l'enténébrée se tournèrent vers les vestiges du trône de Scaeva, parmi lesquels le jeune Jonnen demeurait accroupi. Les yeux écarquillés de peur, il tendait une petite main en direction de sa sœur. Mais les ombres s'élevèrent alors du sol telles des lames de rasoir, pour empêcher la jeune femme de rejoindre son frère.

« Laissez-le partir, Père, dit Mia. C'est entre vous et moi, maintenant.

— Jonnen est *mon* fils. » Une grimace impie déformait le visage de Scaeva ; du noir recouvrait ses dents. « *Mon* héritage.

— C'est un garçon de neuf ans ! Laissez-le partir, espèce de sale *connard* !

— Une insulte dont m'a déjà gratifié ta mère, jadis. » Un petit sourire aux lèvres, Scaeva considéra un instant le plafond, comme perdu dans ses souvenirs. « Je crois bien avoir pris ça comme un compliment. »

Mia secoua la tête, balaya du regard la pièce en ruine. Le trône fracassé. Les flammes occupées à se propager. Le sang de sénateurs courageux, de soldats loyaux et de frères bien-aimés, répandu par terre. Les restes de la propre épouse de Scaeva, écrasée sous du verre étincelant. Toutes ses machinations, tous ses mensonges, tous ses meurtres – pour en arriver *là*. Un sang noir bouillonnait dans le ventre de l'imperator. S'écoulait de ses yeux et de ses lèvres. L'enténébrée fixa sur lui des yeux empreints d'une effrayante pitié.

« Vous vous croyiez en train de *construire* quelque chose. Alors que tout ce temps, vous ne faisiez que *creuser*. » Elle secoua à nouveau la tête. « Et regardez ce que vous avez fait de vous. Uniquement par peur de votre propre fille.

— Ce que *j'ai* fait de moi ? » Scaeva éclata de rire ; des filets de bave noire recouvraient ses dents. Il ouvrit la main. Et là, dans sa paume, se trouvait un pion taillé dans de l'ébène polie, maculé de noir goudron et de rouge sang. Les doigts de l'imperator tremblaient, ses veines *s'étiraient* comme des chaînes rouillées sous sa peau. Du noir recommença alors à s'écouler de sa bouche – il y avait à présent trop du dieu brisé en lui pour qu'il parvienne à tout contenir.

« Je t'avais prévenue de ne pas participer à un jeu que tu ne pouvais pas *espérer* gagner. Ne le vois-tu donc pas, Mia ? Voilà ce que *tu* as fait de nous deux : de simples pions dans un jeu divin.

— Rassurez-vous, espèce de salopard. La partie se termine ce soir. »

L'ombrevipère enroulée autour du cou de Scaeva ouvrit alors sa bouche, dévoilant des crochets translucides.

« … Tu ne vois donc toujours pas ce que t'a fait ta précieuse Déesse… ? »

Mia ne daigna même pas la gratifier d'un regard. « Murmure, l'avertit-elle doucement, si tu m'adresses encore une fois la parole, je te promets que ça va *très* mal tourner pour toi. »

Le serpent plissa ses non-yeux, siffla presque imperceptiblement.

« … Je ne te crains pas, petite fille. Tu n'aurais jamais dû venir ici. Encore moins toute seule… »

Mia fixa alors sur le serpent des yeux aussi brillants que du jais poli. « Oh, mais Murmure, soupira-t-elle. Je ne suis *pas* seule. »

Elle écarta les bras – et l'obscurité parut comme entrer en éruption : une armée, une horde, une *légion* de démons jaillissant des ombres qui s'étendaient à ses pieds, du noir même de sa robe. Ils filaient devant elle sur de noires ailes, bondissaient en avant sur de noires pattes. Par dizaines, par centaines – une multitude tourbillonnante, furieuse.

Ils arboraient la forme de créatures nocturnes : chauves-souris, chats, loups, hiboux, rongeurs, corbeaux… – toutes celles qui avaient arpenté les ténèbres de ce monde. Couvraient les vents de leurs grognements, rugissements et autres hurlements. Grinçant des dents, sortant leurs griffes, ils s'abattirent tel un déluge sur Scaeva, arrachant au passage Murmure des épaules de son maître.

Tout en sifflant de fureur, l'ombrevipère chuta parmi les innombrables formes – et toutes se mirent aussitôt à mordre, à cracher, à gigoter en tous sens. Le serpent était plus sombre que les autres – suffisamment pour deux : le goût d'une non-louve assassinée n'avait toujours pas quitté sa non-langue. Sauf que la multitude le déchiquetait littéralement, implacable, tant elle avait *faim* ; des fragments de Murmure éclaboussaient le sol de noir.

« *... Julius, aide-moi... !* lança-t-il à son maître.

— Lâchez-le ! » rugit l'imperator.

La main de Scaeva fendit l'air ; l'obscurité se fit aussi tranchante que des couteaux. Mais malgré tous ses efforts pour les poignarder, les saigner, les disperser d'un bout à l'autre de la salle, les démons de Mia étaient tout simplement trop nombreux. Ils *s'acharnaient* sur Murmure, dont les cris se faisaient pathétiques, dont la forme tremblante s'amenuisait peu à peu. *S'empiffraient* de son essence, jusqu'à ce qu'il n'en reste même plus une ombre.

Tous sauf un, en forme de chat.

Qui s'installa sur l'épaule de Mia, semi-translucide tant il était fin, aussi noir que la mort. Sa queue s'enroula autour de la gorge de la jeune femme. Et de ses non-yeux il regarda périr le serpent de Scaeva, savourant chacun de ses hurlements.

« *... ça...*, murmura Gentilhomme... *c'est pour éclipse...*

— Tu oses... » Tremblant de tous ses membres, Scaeva se tourna vers sa fille, ses doigts pareils à des griffes, une fureur noire *s'échappant* de ses lèvres. « TU *OSES* ? » hurla-t-il à pleins poumons.

Les lèvres de Mia s'étirèrent en un sourire glacé. « Alors, salopard, qu'est-ce que ça fait de perdre quelque chose que vous aimez ? »

D'une main pâle, elle lui désigna le stylet en ossacré qu'il portait à la taille. Le poignard que lui avait donné des années auparavant l'ombrechat présentement installé sur son épaule. Le poignard qui lui avait sauvé la vie. Le poignard qu'elle avait planté dans le cœur d'un sosie, lorsqu'elle osait encore rêver que toute cette histoire puisse se terminer d'une autre manière. Les prunelles d'un rouge ambré scintillaient dans la pénombre. Sa poignée prenait la forme d'un corbeau aux ailes déployées – l'emblème de la familia que cet homme avait si complètement détruite. « Cette arme m'appartient, dit-elle.

— *Rien* ne t'appartient », cracha Scaeva. Des larmes noires s'écoulaient de ses yeux. « Tu n'as donc toujours pas compris ? Tout ce que tu as, *tout* ce que tu es, tu me le dois.

— Je ne vous dois rien, Père. » Mia brandit entre eux son épée longue. « À part *ceci*. »

L'ombre de Scaeva s'agitait en tous sens. Ses yeux noirs restaient rivés sur sa fille. De la bave tout aussi noire maculait son menton. L'obscurité s'approfondit entre eux, jusqu'à ce qu'il ne reste plus rien d'autre. Il regarda un instant l'endroit où Murmure avait péri ; ses lèvres se retroussèrent – et la rage pure, absolue, qui bouillonnait en lui se déversant de tous côtés, prenant définitivement le contrôle de son hôte.

« Viens me la donner, dans ce cas », murmura-t-il.

Mia se volatilisa sans un bruit, pour réapparaître dans les airs une seconde plus tard – et chuter dans sa direction, son épée prête à frapper. Les ombres se déformèrent, se transformant en mains terriblement tranchantes. Mais plutôt que de s'évaporer, ou de s'écarter, Scaeva poussa un rugissement et referma ses mains autour de sa gorge. Avec une force titanesque, il profita de l'élan de sa fille pour la projeter violemment par terre.

Un coup de tonnerre – le marbre et l'ossacré se fendirent lorsqu'elle heurta le sol. Mercurio évita tant bien que mal les éclats qui fendaient l'air, tandis qu'un bruit blanc envahissait son crâne. En un clin d'œil une forme noire décolla des ruines tel un sombre phénix pour aller frapper Scaeva en pleine poitrine et l'écraser contre les pignons. Le plafond se brisa comme de la glace, d'énormes morceaux d'ossacré accompagnant leur retour sur le sol de la salle. L'épée longue de Mia glissa au loin, pour s'immobiliser parmi les décombres.

Le corps de l'enténébrée était enveloppé d'ombres, désormais. Des vrilles d'un noir d'encre poussaient telles des ailes de ses épaules, des rubans d'obscurité aussi affûtés que des rasoirs jaillissaient du bout de ses doigts. Le vieil évêque avait toutes les peines du monde à reconnaître la fille qu'il aimait maintenant que le pouvoir en elle avait fini par se libérer complètement. Ses cheveux, plus longs, s'agitaient autour d'elle comme des serpents. Sa peau semblait comme *enflammée*. Un cercle pâle brûlait sur son front, comme gravé dans sa peau. Elle semblait faite d'ombre davantage que de chair, à présent – sa taille ne cessait de croître, au point d'emplir la salle. Scaeva aussi s'était comme dilaté, les deux entités déployant désormais une puissance digne des pires tempêtes. Des fragments en miroir d'un dieu assassiné, deux moitiés d'Anaïs en guerre contre elles-mêmes, dévastant tout ce qui les entourait au passage. L'air se résumait à une tempête de démons, à un chœur de cris noirs – c'était là l'intégralité des Abîmes qui se déchaînait.

La cité *frémissait* tout autour d'eux, le tonnerre grondait dans le ciel, le vent avait laissé place à un véritable ouragan.

Mercurio s'était éloigné en rampant de l'affrontement, pour retourner à l'extrémité de la salle. Il retrouva Sidonius parmi les débris, occupé à agripper son ventre en lambeaux, trempé de sang. Tout en retenant ses intestins d'une main, le gladiatii s'efforçait de traîner une Charmeuse-de-Lames inconsciente vers un semblant de sécurité. Le vieil évêque repéra Marielle tapie dans les ombres à proximité, harcelée par le vent hurlant, ses longs cheveux plaqués sur sa peau torturée.

C'était le monde *entier* qui semblait toucher à sa fin, en même temps que leurs propres existences. Et là, au milieu de tout ce chaos, de tout ce bruit, toute cette *fureur*, une fine forme noire apparut auprès de lui sur le sol craquelé. Sa queue s'agitait de droite à gauche.

« … tu dois les emmener loin d'ici, mercurio…

— Je ne l'abandonnerai pas !

— *… tu seras toujours avec elle. et elle avec toi. mais il est temps de la laisser partir, vieil homme…*

— Non ! Elle ne va pas mourir comme ça – pas si j'ai mon mot à dire !

— *… tu as promis de te souvenir d'elle. pas seulement des bons côtés. des* mauvais, *également – son égoïsme, son sale caractère… tout ce qui fait ce qu'elle est, mercurio. qui en serait* capable, *sinon toi… ?* »

Le vieillard considéra le non-chat malgré la tempête noire qui faisait rage tout autour d'eux. L'amour qu'ils lui portaient tous deux était aussi réel, aussi *tranchant* que du verre brisé. Ça lui *fendait* le cœur, mais Mercurio savait que l'ombre disait vrai.

« … ne l'oublie pas… »

Depuis le tout début, il savait comment cette histoire allait se terminer.

On le savait *tous*, pas vrai ?

Il se tourna vers la tisseuse. « Marielle ! » beugla-t-il.

Celle-ci semblait presque comateuse, comme perdue dans son chagrin, en dépit du chaos qui les entourait. Appuyée contre le mur, elle attendait la mort en regardant les titans s'affronter.

« *Marielle !* » rugit Mercurio de plus belle.

Ses yeux rouge sang cillèrent. Elle regarda le vieil évêque.

« Tu peux marcher ? » hurla-t-il.

La tisseuse tressaillit – Mia et Scaeva venaient de percuter le mur du fond, laissant une énorme fissure dans l'ossacré. Les restes du plafond se mirent à trépider, d'autres lézardes vinrent strier les piliers de soutien, sans pour autant que la légion de Mia ne cesse de hurler tout autour d'eux. L'île trembla si violemment que Mercurio se retrouva à genoux. Sidonius protégea de son corps celui de Charmeuse-de-Lames ; des prières silencieuses animaient ses lèvres ensanglantées.

« Tu peux *marcher*, oui ou non ? répéta le vieillard.

— Oui. » Marielle papillonna des yeux pour en chasser l'ombre de son frère. « Marcher je peux.

— Va aider Sidonius ! Il faut qu'on se tire d'ici ! »

Dents serrées, la tisseuse commença à ramper sur le sol instable. Sitôt après avoir atteint le gladiatii blessé, elle tendit une main difforme dans sa direction, tout en chuchotant des mots impies que les vents rendaient inaudibles. Sidonius haleta, étreignit son ventre déchiqueté. Mais devant ses yeux ébahis, ses entrailles *remontèrent* lentement en lui, et sa blessure se referma comme si elle n'avait jamais existé.

« Par le sang et les abîmes…, murmura-t-il.

— La tisseuse connaît son travail ! beugla Mercurio. Et maintenant, bouge-toi le cul ! »

Sidonius se releva tant bien que mal – pour aussitôt tituber, les deux titans ténébreux ayant heurté un autre mur. Les yeux de Mercurio se plissèrent, comme si l'obscurité qu'ils contemplaient était d'une certaine manière trop lumineuse pour être regardée. Mia et Scaeva étaient presque totalement méconnaissables, désormais – ils se résumaient à des silhouettes noires imposantes, dotées d'ailes translucides et de corps ondulant telles des ombreflammes, qui se *percutaient* comme des raz-de-marée au beau milieu d'une tempête de passagers hurlants. Seuls les longs cheveux de Mia – et le cercle gravé sur son front – permettaient de les distinguer.

« Miséricordieux Aa, haleta Sid. Regardez-la…

— Où allons-nous nous rendre ? demanda Marielle. Sans Marius…

— On doit quitter ces putains d'îles ! hurla Mercurio. Une république en cendres, tu te souviens ? Une ville de ponts et d'os gisant au fond de la mer ! On sait *tous* ce qui va se passer ici !

— Et *quid* de Jonnen ? » cria Sid.

Mercurio se tourna vers le gosse, accroupi à proximité de ce qui restait du trône de Scaeva, terrifié. Enfermé derrière des barreaux d'ombre solide, les yeux grands ouverts, les joues humides de larmes, il regardait son père et sa sœur s'affronter.

« … le garçon doit rester… »

Le vieillard considéra Gentilhomme, occupé à se lécher calmement une patte d'un noir d'encre sur les pierres disloquées.

« … lui aussi a une histoire à raconter… »

Les avatars percutèrent un autre pilier, l'arrachant littéralement du sol au passage. Les murs de la Côte se fendirent de plus belle, et tous se retrouvèrent à genoux. Mercurio haletait, le souffle coupé, l'intégralité de son corps secoué de tremblements. Il avait de la poussière d'ossacré sur la langue, son ombre s'agitait sous ses pieds. Gentilhomme se matérialisa alors devant lui, ses non-yeux écarquillés.

« ... *partez... !* hurla-t-il... *rejoignez les génitaux* immédiatement... *!* »

Sidonius attrapa Mercurio par le col pour le remettre debout. « Allez ! »

Après avoir également aidé Marielle à se relever, le colosse itreyen jeta Charmeuse-de-Lames sur ses épaules et poussa la tisseuse à travers une fissure béante qui venait d'apparaître dans le mur. La ville était en flammes, à l'extérieur. La tempête hurlait. La terre tremblait. Une houle surpuissante agitait les océans. Les Quatre Filles, liguées contre un ennemi commun. L'évêque lança un ultime regard à la pièce, dans laquelle les fragments de la Lune s'affrontaient impitoyablement. En quête de ce qui restait de la fille qu'il avait aimée. Parfaitement conscient de ce qu'il avait à faire.

« Mercurio, *vite* ! » rugit Sid par-dessus le tumulte.

Le vieil homme appuya ses doigts sur ses lèvres, puis envoya un baiser en direction de Mia. « Je ne t'oublierai pas », murmura-t-il.

Avant de faire volte-face et de se mettre à courir.

CHAPITRE 47

Tout

Une sombre flamme brûlait dans la poitrine de Jonnen, qui les regardait se percuter l'un l'autre, fracassant au passage tout ce qui les entourait. L'un comme l'autre étaient une émanation d'un dieu déchaîné, la lune se révélant sous le ciel de leur Mère. Tous deux étaient des *géants*, désormais – l'obscurité qui les englobait ne cessait de croître, de se dilater. Leurs ailes effleuraient les extrémités de la salle dévastée ; les flammes sombres qui s'élevaient de leurs couronnes étaient assez hautes pour roussir le plafond. Mais s'il plissait suffisamment les yeux à travers la tempête de noir, le garçon s'imaginait encore capable de distinguer dans les ombres vivantes qu'étaient devenus leurs corps quelques bribes des individus qu'ils étaient précédemment.

Son père. Son monde. L'homme dans les pas duquel il avait rêvé de marcher. Le dieu qu'il avait adoré, et qui arborait à présent l'apparence d'une *véritable* divinité, corrompue, pourrie jusqu'à la moelle. Emplie de rage, de haine et de détresse, ne cherchant qu'à faire souffrir autant que lui-même avait souffert. Le garçon, dont le regard passait du corps désarticulé de sa mère à ce que son père était devenu, pouvait comprendre cela : il *savait* ce que ça faisait de haïr celui qui vous avait façonné.

Mais sa sœur. Sa *de'lai*. Une fille qu'il n'avait rencontrée que quelques mois plus tôt, et qu'il avait pourtant l'impression, sans trop savoir pourquoi, de *toujours* avoir connue. Plus courageuse que lui-même ne l'avait jamais été. Sombre, maculée de sang, marquée jusqu'à l'os. Elle avait toutes les raisons du monde de n'être que rage, haine et détresse. Sauf que même si elle s'efforçait de le cacher, Mia n'avait jamais laissé la vie la dessécher – Jonnen était bien placé pour le savoir. Elle *aimait* avec la férocité d'un lion. S'abandonnait à son cœur d'une manière qui la laissait en sang, mais jamais brisée. Parce que malgré tout ce qu'elle avait perdu, tout ce qu'elle avait sacrifié, toute la souffrance qui s'accumulait sur ses épaules, elle revenait toujours.

Et cette fois, elle est revenue pour moi.

Il pouvait le sentir brûler dans cette tempête de rage et d'ombres. L'amour qu'il lui inspirait. Trop brillant pour être étouffé, même par le pouvoir d'un dieu.

Mais un fragment de ce pouvoir brûlait *aussi* en lui. Même en cet instant le garçon le sentait s'étirer vers les autres éclats d'Anaïs, aspirant à redevenir entier. Une faim le remplissait, le consumait – insondable, *vorace*. Jonnen voulait se joindre à eux, s'avisa-t-il alors. Se laisser emporter dans la totalité, dans la multitude faite une, et s'élever jusqu'à son légitime trône céleste.

Il s'attaqua aux ombres qui l'enserraient, s'efforça de les plier à sa volonté. Son père et sa sœur s'entretuaient sous ses yeux, secouant la première Côte tout autour d'eux, faisant *hurler* l'obscurité au passage. Les démons de Mia lacéraient l'air tel un ouragan, s'abattant furieusement contre la peau de leur géniteur ; ses griffes l'entaillaient profondément, du noir éclaboussait les murs. Mais plus la bataille se prolongeait, plus ils se *déchiquetaient* l'un l'autre, et plus Jonnen se rendait compte que les deux adversaires rivalisaient de puissance. Chacun un sombre opposé de l'autre. Ça donnait l'impression de regarder quelqu'un se battre contre son propre reflet – chaque centimètre gagné aussitôt perdu, chaque blessure infligée aussitôt rendue.

Ils se ressemblaient *tellement*, ces deux-là, à *tellement* d'égard. Ô, Déesse, tout ce qu'ils auraient pu accomplir s'il l'avait aimée comme un père. Mais trop de choses les séparaient, à présent – trop de sang, de haine et de ténèbres. Aussi chacun d'eux vitupérait-il contre l'autre, frappant et jurant sans rien gagner du tout. Tout autour d'eux l'obscurité murmurait une prière, une supplication, qui résonnait dans le noir de son propre cœur.

La multitude était une.

LA MULTITUDE ÉTAIT UNE.

Sauf que leur combat était en train de mettre en pièces l'intégralité de Sepulcra.

La terre tremblait quasiment en permanence, désormais, forçant Jonnen à rester à genoux. La foudre zébrait les cieux, des vagues s'écrasaient sur les littoraux découpés, la lueur rouge d'un brasier flamboyait dans les rues au-delà. Réveillées toutes les quatre par la fureur de leur frère, les Filles s'attaquaient à sa tombe dans l'espoir de l'y maintenir. Jamais Jonnen n'avait été à ce point terrifié – son corps tout entier agité de tremblements, il tirait sur les barreaux qui l'emprisonnaient en cherchant à l'intérieur un fragment de l'acier qu'il voyait en elle. Concentrant sa volonté sur les ombres, il s'efforçait de les faire siennes, les yeux plissés de concentration.

« Mais vous allez *céder*, saloperies », grommela-t-il.

Et là, au beau milieu de l'obscurité écrasante, le garçon finit par repérer un éclat doré. Jonnen se tourna vers les doubles portes fracassées, et son cœur se figea dans sa poitrine lorsqu'il découvrit sur le seuil une pâle silhouette vêtue d'une robe blanche, maculée de terre et de sang. Chacune de ses mains serrait une lame en ossacré entre ses doigts maculés de noir. Ses yeux étaient noirs, également, son visage aussi blême que beau, et de longues tresses blondes s'agitaient autour de ses épaules, comme mues d'une volonté propre.

« Ashlinn ? » murmura-t-il.

Les prunelles sombres de la Vaanienne fixaient les ombretitans occupés à s'affronter dans la salle ravagée. Sa prise se resserra sur les poignées de ses épées. Mais la tempête de démons ne cessait de l'assaillir, au point de *traverser* son corps ; une centaine de non-voix venaient chuchoter à son oreille :

« … le garçon…

— … LE GARÇON…

— *… LE GARÇON… »*

Elle se tourna alors vers lui. Ses yeux plus sombres que l'endroit duquel elle s'était extirpée, Ashlinn ouvrit les lèvres et murmura son nom : *« Jonnen. »*

Sa sœur porta alors un coup terrifiant à son père – qui *traversa* le sol, les dispositifs manciés nichés dedans, et les caves au-delà. Il en rejaillit aussitôt telle une lance noire, des ailes battant dans son dos, et les deux adversaires *perforèrent* les niveaux qui les surplombaient dans un fracas assourdissant d'ossacré brisé, de verre hurlant, de bois volant en éclats. Jonnen dut même se couvrir les oreilles quand toute la moitié supérieure de la première Côte commença à se détacher de sa base. L'imposante tour résista encore un moment, l'inertie livrant une pesante bataille contre la gravité – et finissant par la perdre. Des milliers de tonnes d'ossacré s'effondrèrent d'un coup, pour aller s'écraser sur la troisième Côte et l'arracher dans un grondement impie.

« Jonnen ! »

Le garçon cilla dans la poussière aveuglante, puis fixa l'obscurité constellée d'un million d'étoiles. Ses mains appuyées contre les barreaux, Ashlinn s'efforçait en vain de les plier.

« Recule ! »

Brandissant ses épées en ossacré, la Vaanienne entreprit de taillader le noir qui l'enserrait. Une tentative ô combien futile, s'étonna Jonnen. Sauf que ses yeux s'écarquillèrent lorsqu'il vit les lames s'enfoncer profondément dans les ombres, jusqu'à les fendre en deux. Ashlinn frappa à nouveau, tel un bûcheron coupant du bois, venant à bout de la majeure partie de l'obscurité. Et le garçon comprit alors comment *tout* s'imbriquait, quelle *vérité* se nichait là. Les os. Le sang. La ville qui l'entourait, les titans qui se battaient dans les airs, le fragment niché à l'intérieur de son être – *tout* était connecté.

Tout cela ne faisait qu'Un.

Aussi ouvrit-il les mains en direction de l'obscurité. S'*enlaça*-t-il au noir qui l'entourait, au noir qui l'habitait – fragment unique d'un tout autre plus grand. Ses doigts s'enroulèrent autour, le trouvèrent froid et lisse sous sa peau. Et les dents grinçantes, le visage grimaçant, il mit les barreaux en pièces, qui s'éparpillèrent autour de lui dans un feu d'artifice d'ombres déchiquetées.

Ashlinn le prit dans ses bras, le calant contre sa hanche d'une main tout en tenant de l'autre une épée ensanglantée.

Tous deux levèrent les yeux vers la vrainuit à travers la Côte brisée ; deux formes noires passèrent au-dessus de leurs têtes, pour aller s'écraser sur les pavés à l'extérieur et *fendre* l'île jusqu'à ses fondations. La Vaanienne titubait – même sa force d'outre-tombe suffisait à peine à la maintenir debout. Les secousses les brimbalaient, la Cité des Ponts et des Os se débattait dans les affres de la mort. Jonnen vit de l'eau s'engouffrer dans la pièce par le mur fissuré – elle *recouvrait* la rue à l'extérieur. Son odeur salée emplissait les narines du garçon.

« L'océan, murmura-t-il.

— *Ne t'inquiète pas,* répliqua la jeune femme, avant de lui embrasser le front. *Je ne te laisserai pas te noyer.* »

Des mots qu'il avait déjà entendus. À bord de la *Vierge sanglante,* alors même que les Dames des Tempêtes et des Océans s'employaient à les envoyer par le fond. Lui revint en mémoire l'image de sa sœur assise face à lui, jambes croisées, trempée jusqu'aux os. Il la détestait encore, à l'époque. Du plus profond de son être. Et pourtant elle lui avait serré la main, chantant pour lui dans l'obscurité, lui promettant de ne pas le laisser couler.

Ashlinn se frayait présentement un chemin à travers ce qui restait du mur, de l'eau jusqu'aux chevilles, en le tenant d'un bras. La cité brûlait au-delà, volait en éclats, *s'effondrait*. Tous deux se retrouvèrent bientôt dans une rue pratiquement déserte. Du sud, dans la direction de la Basilica Grande, leur parvenaient les hurlements de l'obscurité – la rage de divinités mineures en guerre. Au nord gisaient les décombres du forum, et au-delà, les ports de l'Épée et du Bras défensif.

Des navires.

Un moyen de s'échapper.

Ashlinn fixa le garçon droit dans les yeux. Une question tournoyait dans le noir étoilé de ses prunelles. Les dieux seuls savaient ce qu'elle avait enduré pour revenir ici. La force qu'il lui avait fallu pour s'extirper des Abîmes. Il l'avait entendue jurer à Tric qu'elle tuerait le ciel pour être celle qui se tiendrait aux côtés de Mia à la fin de cette histoire. Sauf que là, face à elle, Jonnen voyait qu'elle comprenait à quel point il comptait pour celle qu'ils aimaient tous les deux. Il savait que s'il le lui demandait, elle ferait volte-face et privilégierait la sécurité de son frère.

Le garçon serra les lèvres. Ignorant la peur, le chaos, la faim, la douleur, il s'accrocha à ce qui comptait le plus, et tint bon. Il secoua la tête. « Quand tout est sang, le sang est tout. »

« Espèces de putains de fouines bouffeuses de merde, faites-les monter avant que je vous balance par-dessus bord ! »

Nuage Corleone passa un bras par-dessus le bastingage pour hisser un autre enfant en lieu sûr. La gamine frissonnait, terrifiée, trempée jusqu'aux os. À côté de lui, les membres de son équipage remontaient des cordes auxquelles s'accrochaient d'innombrables personnes victimes des océans déchaînés. N'étant pas d'un grand secours en matière de physicalité, GrandJon arpentait le pont arrière, en hurlant des obscénités à ses sels dans l'espoir de les motiver davantage.

Comme si assister à la fin de toute cette putain de République ne suffisait pas.

Nuage prit la petite fille dans ses bras, la tendit à Andretti qui patientait derrière lui. Après avoir passé sa manche sur ses joues maculées de suie, le capitaine colla sa longue-vue à son œil et prit un moment pour observer la Cité des Ponts et des Os. De la fumée s'échappait des entrepôts, des flammes dévoraient les silos des Génitaux, une pluie de cendres recouvrait la zone.

L'incendie avait débuté dans la partie sud du Sépulcre, et la plupart des gens avaient fui vers le nord, de l'autre côté de l'aqueduc ou bien en rejoignant les ports des Bras. Mais il restait néanmoins pas mal de personnes qui avaient rejoint les eaux les plus proches en quête d'un tant soit peu de sécurité. L'océan déchaîné était couvert de barques, de gondoles, de petits canots, de tonneaux de vin et de planches de bois ployant sous le poids d'hommes, de femmes et d'enfants braillant – toutes sortes d'embarcations capables de flotter, et d'autres beaucoup moins. Il y avait là des Itreyens, des Liisiens, des Vaaniens, et, par le sang et les abîmes, une horde innombrable de chiens, de rats et même de chevaux. Citez une croyance ou une familia et leurs représentants étaient *là*, à s'éloigner tant bien que mal de la ville mourante, à s'accrocher aux flancs de la *Vierge*, à s'agripper aux cordes que son équipage leur lançait, ou simplement à nager pour rester en vie, aussi vite qu'ils le pouvaient. La lumière des flammes *rougissait* l'océan ; les vents qui soufflaient autour d'eux les glaçaient jusqu'à la moelle.

« On ne va pas pouvoir en accueillir beaucoup plus, cap'taine ! beugla GrandJon par-dessus le grondement du tonnerre, son petit corps collé au bastingage. On n'est *vraiment* pas loin d'avoir fait le plein !

— Continue à en faire monter à bord tant qu'on ne coule pas ! » cria Corleone en réponse.

Nuage avait déjà ordonné à ses hommes de vider ses soutes de manière à faire de la place pour d'autres infortunés passagers – il savait exactement ce que sa *Vierge* pouvait supporter avant de se retrouver en difficulté. Mais avant de le prendre pour une adorable canaille, et de ne plus voir en lui un salopard de mercenaire, vous devriez savoir qu'il tenait *autant* que son second à prendre congé de la métropole agonisante. Hélas...

« Je ne les vois nulle part ! » hurla GrandJon.

Corleone agita sa longue-vue. « Au risque de me répéter, cette saloperie *fonctionne* ! Mais l'ombrechat nous a dit qu'ils allaient arriver, et on ne bouge pas d'ici tant qu'ils ne seront pas à bord !

— J'ignorais qu'on avait commencé à recevoir des ordres de la part de *démons*, cap'taine !

— Je ne savais pas non plus que tu avais troqué tes couilles contre un vagin – comme quoi !

— Vous savez, beugla GrandJon, ça m'a toujours paru incompréhensible ! Je veux dire, les femmes font sortir des *bébés* de ces trucs, alors pourquoi les considère-t-on co...

— Les voilà ! » cria Kael depuis le nid-de-pie.

Nuage plissa les yeux en direction de l'eau, à travers la fumée et les cendres ; un nouveau coup de tonnerre le fit grimacer. Il découvrit là une gondole occupée à fendre les vagues déferlantes, des silhouettes familières à son bord. Sidonius se tenait à la proue, ses bras luisant à la lumière des flammes, occupé à ramer avec une planche brisée. Nuage distinguait également une vieille bique difforme enveloppée dans une cape sombre, installée à côté d'un vieil homme qui ne pouvait être que le mentor de Mia, Mercurio. Charmeuse-de-Lames était assise à l'arrière, pas au mieux de sa forme, mais n'en pagayant pas moins énergiquement. Le quatuor avait récupéré une bonne dizaine de passagers au cours de sa fuite – il y avait des hommes et des femmes accrochés aux flancs de l'embarcation, des enfants entassés autour d'eux à l'intérieur.

« Lancez-leur une corde ! » beugla Nuage.

Ses sels se hâtèrent d'en jeter une dans les mers déchaînées par-dessus le bastingage. Sitôt après l'avoir attrapée, Sidonius entreprit de les rapprocher du navire. Le massif gladiatii aida d'abord les enfants à monter à bord, allant jusqu'à balancer les plus petits comme des jouets dans les bras de son équipage. Suivit la femme difforme, grâce à un coup de main de Charmeuse-de-Lames – tête baissée, l'étrange créature serrait sa capuche autour de son cou. La Dweymeri lui emboîta le pas, après quoi Sidonius en fit de même, pour aussitôt tendre une main vers Mercurio en l'exhortant à les rejoindre.

Le vieil homme se retourna vers la Cité des Ponts et des Os, le visage pâle, les traits tirés. La capitale de la République itreyenne était en train de s'effondrer, dévorée par des eaux affamées – les plus petites îles commençaient déjà à couler sous les vagues. La lueur des flammes faisait briller ses yeux emplis de larmes.

« Mercurio, beugla Sidonius, *vite* ! »

Le vieillard secoua la tête. Mais finit néanmoins par attraper la corde, pour se laisser hisser à bord par le colosse itreyen.

« Bon, brailla GrandJon, hissez les voiles, espèces de taches de foutre à deux mendiants ! Toliver, emmène ta peau sans valeur là-haut avant que je te l'arrache ! Andretti, bouge ton cul ou je le passe par-dessus bord ! On se remue, bande d'enculeurs de nonnes – et on se *tire* d'ici ! »

Satisfait de voir son équipage s'empresser d'obéir, Corleone aida Mercurio à retrouver son équilibre. Après avoir essuyé son visage couvert de sueur et de suie, le corsaire fixa le vieil homme droit dans les yeux. « Où est Mia ? » demanda-t-il.

Mercurio revint à la ville condamnée – et laissa enfin couler ses larmes. « Partie », chuchota-t-il.

Une éternité brûlait en elle au clair de lune.

La vie qui était la sienne avant celle-ci.

Mia se souvenait de tout. De ce que ça faisait de traverser le noir velouteux qui surplombait ce plan mortel. De se tenir assis sur un trône d'argent, de faire don de la magik au monde et d'apporter la lumière aux ténèbres. D'être un enfant. D'être un dieu. D'être craint et vénéré, d'être vivant, d'être mort, d'être quelque part – et à jamais – entre les deux.

D'aimer et de vivre.

De haïr et de mourir.

La fureur bouillonnait dans ses veines, crépitait dans les yeux de son père lorsqu'ils s'écrasèrent par terre, réduisant au passage les dalles en ruine. L'impact brisa un millier de fenêtres d'un bout à l'autre du forum, arrachant les portes de leurs gonds et les cloches de leurs tours vacillantes. La ville qui était jadis leur corps gémissait, saignait, brûlait et se noyait, et ils se déchiraient rageusement l'un l'autre sans même s'en soucier. Mia sentait tout – toutes ces années et tous ces kilomètres, le sang et le mal qui les séparaient. Il n'existait pas dans l'intégralité de la création de trou assez profond pour enterrer tout ça. Aussi était-ce *lui* qu'elle allait enterrer.

Père.

Sauf que Scaeva était son égal. Tout aussi fort. Tout aussi rapide. Tout aussi *affûté*. Au point de l'envoyer se crasher sur les murs du Sénat, puis sur les marches pavées de crânes ayant appartenu aux légionnaires de Darius Corvere, puis sur le corps d'un gigantesque Fantassin – le géant de métal s'écrasa sur le Collegium de Fer et le brisa comme du verre. Des piliers de marbre s'écroulaient, la pierre éclatait, la foudre zébrait le ciel au-dessus de leurs têtes. Leurs silhouettes étaient aussi vastes que noires désormais, le dieu niché en eux se déchaînant, *s'étouffant* dans sa propre tombe.

Ils se percutaient l'un l'autre comme des vagues s'abattant sur un rivage brisé. Se déchirant mutuellement et dévastant la ville au passage. Elle lui lacérait le visage ; il s'en prenait à ses yeux. Il la projetait dans le ciel ; elle l'envoyait par terre. Des bâtiments s'écroulaient, des cathédrales tombaient, les Côtes s'effondraient, les océans se soulevaient, des feux se déclaraient un peu partout – et là-haut, dans les cimes du ciel, leur Mère se mordait la lèvre en espérant ne pas avoir fait tout cela en vain.

Père et fille. Créateur et destructeur. Deux moitiés en guerre, en dehors comme en dedans. Obscurité et lumière. Silence et chant. Terre et ciel. Sommeil et éveil. Sérénité et rage. Eau et sang. Mia n'aurait su dire quelle moitié allait l'emporter.

« *Tu aurais dû te joindre à moi quand je te l'ai demandé,* siffla-t-il.

— *Vous auriez dû me tuer quand vous en avez eu l'occasion* », cracha-t-elle en retour.

Ils s'écrasèrent contre l'immense statue d'Aa – trois globes arkémiques brûlaient toujours dans la main tendue de l'Omnivoyant, dont l'imposante épée était pointée en direction de l'horizon. Scaeva se tourna vers la métropole en ruine, un sourire noir aux lèvres.

« *C'est là ce que tu voulais, ma fille ?*

— *Tout juste,* fit-elle. *Plus une petite chose, Père.* » *Ses mains se refermèrent autour de sa gorge, s'enfoncèrent dans sa peau noire.* « *Votre* mort. »

Une légion de démons se mirent à griffer l'air qui les entourait, des vents sombres à hurler aussi puissamment qu'un ouragan. Scaeva repoussa sa fille d'un coup tonitruant, le sang pareil à de la pluie.

« Tu ne peux pas me tuer », lui lança-t-il alors. Un sourire dégoulinant étira ses lèvres. *« Tu es moi. »*

Des mots qui la figèrent. Qui la frappèrent. Qui l'ébranlèrent jusqu'au plus profond de son être, tant ils avaient le goût de la vérité. N'était-ce pas *là* la moitié qu'elle avait nourrie ? La moitié censée l'emporter à la fin ? De quoi était faite Mia Corvere, sinon de meurtre et de rage ? Qu'est-ce qui l'avait extirpée des ténèbres de son passé ? Soutenue quand tout le reste baissait les bras ? *Tellement* de gens avaient péri de sa main. Des soldats, des sénateurs et des esclaves. Se souvenait-elle de leurs visages ? Elle ne connaissait même pas leurs *noms*. Et combien d'heures de sommeil avait-elle perdues à cause de ça, sincèrement ? Combien de femmes lui devaient-elles d'être veuves ? Combien d'enfants d'être orphelins ?

S'était-elle donné la peine, un seul instant, de s'interroger sur ces individus ? Les avait-elle un tant soit peu considérés comme des *personnes* ? Avec des espoirs, des vies, des rêves ? Ou simplement comme des obstacles sur le chemin de ses ambitions ? Une contrariété à supprimer, tout comme Julius Scaeva avait supprimé Darius et Alinne Corvere ? Parce qu'au final, si elle faisait preuve d'un minimum d'honnêteté, dans les longues heures de non-nuit silencieuse passées sans passagers, en tête à tête avec son cœur, la plus grande peur de Mia Corvere n'avait jamais été d'échouer à tuer son père.

Mais bien plutôt de *devenir* comme lui.

N'empêche : combien d'autres Mia avait-elle contribué à créer ?

Après tout ça – tout ce sang, tous ces morts ?

Comment puis-je le haïr ?

Alors que je lui ressemble tant ?

Et puis elle les vit.

Deux minuscules silhouettes dorées dans l'obscurité.

Deux vérités brûlantes, qui brillaient dans la nuit.

Elles semblaient si petites au beau milieu de tout ce bruit, de toute cette fureur. Jonnen serrait entre ses mains le poignard en ossacré de Mia. Ashlinn tenait le garçon dans ses bras, ses doigts maculés de noir depuis qu'elle avait refranchi les murs des Abîmes. Ensemble, ils progressaient tant bien que mal dans la tempête hurlante, un pas après l'autre. Non pas pour s'éloigner, mais pour se *rapprocher* du dos de son père. En contournant la base de la statue d'Aa, en arpentant la pierre fracturée, un centimètre après l'autre.

Son frère et son amante.

Son sang et sa bien-aimée.

La différence entre lui et moi.

Mia fixa des yeux noirs sur son père. La statue de l'Omnivoyant se dressait derrière lui – l'épée pâle brillait encore dans sa divine main. L'obscurité se mit à frissonner autour d'eux. Des ailes noires se déployèrent dans son dos. Elle se souvint de ce que ça faisait de traverser l'obscurité qui surplombait ce monde. Les fragments brûlants se dilataient en son for intérieur, *aspirant* à faire leur retour.

Elle voyait encore ses deux amours avancer avec difficulté dans leur direction. La blondeur dorée d'Ashlinn fouettée par les vents, la tempête qui forçait Jonnen à plisser les yeux. La nuit brûlait intensément au-dessus de sa tête, son cœur se serrait à l'idée de ce qu'elle allait laisser derrière elle. Mais c'était une bonne chose, comprit-elle alors. Vraiment. Une république en cendres. Une cité de ponts et d'os gisant au fond de la mer…

Ça faisait une bonne fin – bien meilleure que la plupart.

La jeune femme écarta les bras, comme pour enlacer Scaeva.

Qui se prépara à encaisser son coup.

« Bonne nuit, Père », dit-elle.

Et là, niché dans les bras d'Ashlinn, Jonnen *frappa*. Une piqûre d'épingle, rien de plus. Une aiguille plantée dans le talon d'un titan. Mais, outre tout ce qu'elle représentait, cette lame était en ossacré. Taillée dans un corps qui s'était écrasé sur terre un millénaire plus tôt, encore imprégnée d'un minuscule fragment de la puissance du dieu auquel elle appartenait.

Et au final, qui peut vous couper plus profondément que vous-même ?

La lame pénétra dans les ombres.

Un sang noir jaillit aussitôt.

Et Scaeva se mit à hurler.

Les bras grands ouverts, Mia entra en collision avec son père. Le repoussant sur la lame tendue de l'Omnivoyant. L'épée de la statue lui transperça la poitrine, ressortit dans le dos de l'enténébrée, d'une blancheur scintillante à la lumière de la foudre qui *léchait* les cieux. Une secousse ébranla alors l'île, la terre se fendit sous leurs pieds. Des vents noirs se mirent à rugir, ponctués de coups de tonnerre. La jeune femme attrapa son visage, le forçant à reculer davantage sur la lame, pendant que ses pouces trouvaient ses yeux. Des gémissements d'agonie saturaient la nuit hurlante. Les fragments en elle étaient chauffés à blanc, le monde entier s'effondrait autour d'elle, une voix assourdissante *vociférait* en son for intérieur…

La multitude était une.

LA MULTITUDE ÉTAIT UNE.

Mia sentait le sol s'écrouler sous ses pieds. Sentait l'infini accueillant qui l'attendait au-delà. La naissance et la mort. Le jour et la nuit. Tout en écrasant son père entre ses mains, elle l'enveloppa de ses bras pour le gratifier d'un baiser d'adieu. Une houle impétueuse déferla aussitôt, plus profonde que les océans, que le noir séparant les soleils, que l'obscurité à la fin de toute lumière. Et tous les éclats en elle s'enflammèrent – un milliard de minuscules points de lumière, une totalité brisée enfin ressuscitée.

Ils étaient tout.

Ils n'étaient rien.

La fin.

Le commencement.

Un univers tout autour d'eux – chaud, rouge, à peine aussi large qu'une main. Une sombre pression qui les forçait à sortir, les invitait à entrer. Une gravité qui les arrachait à l'apesanteur, vers le bas, toujours plus bas, en direction d'une terre qui finira immanquablement par reprendre possession de nous tous. La source abandonnée, adieu cette douce chaleur amniotique. Un air glacé sur une peau ensanglantée, des bruits trop nets, trop *réels* ; des yeux tout neufs fermés, incapables de supporter l'horrible luminosité, la violence de leur devenir. Une incision, qui les dépouille de leur essence, les coupe de tout ce qu'ils connaissaient, les laissant seuls, en feu, *vivants*.

Un hurlement qui s'échappe de leurs gorges vierges.

Et ensuite ?

Ensuite, le refuge de bras puissants. Une chaude poitrine, pareille à un coussin. La joie parfaite d'un baiser sur leur front enfiévré, la promesse que tout irait bien à la fin.

« *Mère ?* demandèrent-ils.

— *Je t'aime, mon fils.* »

La multitude était une.

Brûlant dans les yeux du soleil.

Régénérant ce qui était morcelé.

La multitude était une.
LA MULTITUDE
EST
UNE.

CHAPITRE 48

Dîme

Le ciel était aussi gris qu'à l'instant où vous vous rendez compte que vous ne pourrez plus jamais rentrer chez vous.

Anaïs arpentait une eau si calme qu'on aurait dit de la pierre polie, du verre, de la glace sous ses pieds nus brûlants. L'étendue se déployait à perte de vue, parfaite, infinie.

Sa mère marchait à sa gauche. Aussi belle que terrible. Malgré ses tentatives, cependant, il refusait de la laisser lui tenir la main. Il était en colère contre elle, voyez-vous. Contre ses ingérences et ses machinations. Les petites visites qu'elle avait rendues aux rêves du rejeton de l'imperator avaient eu pour effet d'aiguillonner l'Élue, de la forcer à embrasser son destin, mais tout cela aurait pu fort mal tourner, il en était parfaitement conscient. Sans même parler de la dîme qui avait été payée pour lui permettre de renaître.

Aussi sa mère se bornait-elle à tenir sa balance, ses gants noirs remontés jusqu'aux coudes dégoulinant sur l'éternité qui s'étendait à leurs pieds comme du sang d'un poignet ouvert. La robe de Niah était noire elle aussi, constellée d'un milliard de minuscules points lumineux. Ses yeux étaient aussi sombres que l'avait été sa prison, son sourire une vengeance ruminée pendant mille ans.

Et à l'autre bout de l'infini de gris, il les attendait.

Père.

Il était tout de blanc vêtu. Aussi grand qu'une montagne. Mais Aa ne brillait pas aussi intensément que dans son souvenir. Ses trois yeux, un rouge, un jaune et un bleu, étaient tous fermés désormais. Son éclat s'atténua. L'obscurité qui les entourait se dilata ; Anaïs sentait la présence de sa mère dans son dos, aussi noire que le ciel de vrainuit qui scintillait sous les pignons du ciel.

Les sœurs de la Lune s'étaient déployées autour de leur père. Tsana, enveloppée de flammes, Trélène de vagues, et Nalipse de vent ; quant à Keph, elle dormait par terre, parée de feuilles d'automne. Dans leurs yeux brillait une malveillance tout sauf dissimulée, mais il voyait sans peine qu'elles le craignaient. Et il savait pourquoi. Son domaine était le ciel, après tout. Il les surplombait toutes.

Peut-être était-ce à cause de cela qu'elles le haïssaient.

« Mon époux, dit Niah.

— Ma femme », répliqua Aa.

Anaïs hocha la tête. « Chères sœurs. »

Elles s'inclinèrent, l'une après l'autre. « Cher frère. »

Un silence long de plusieurs années s'abattit alors sur la scène. Un millénaire de souffrance, de rage et de chagrin les séparait. Et puis la Lune finit par se tourner vers les soleils. Les trois yeux d'Aa étaient fermés, mais Anaïs savait que son père le voyait. Rien *n'échappait à l'Omnivoyant, après tout.*

« Père », dit-il.

Sa réponse lui fit l'effet d'un coup de couteau à l'aube.

« Tu n'es pas mon fils. »

Ça faisait mal, de l'entendre dire une chose pareille. Même après tous ces siècles. L'injustice était totale – le fait d'être détesté par celui qui aurait dû l'aimer le plus. Le silence se fit assourdissant, l'esprit de la Lune bourdonnant d'un millier de Si seulement *et de* Pourquoi.

Des questions futiles, il le savait. Mais même les dieux peuvent saigner.

Anaïs baissa les yeux, vit son reflet dans le miroir de pierre/verre/glace à ses pieds. Sa forme se mit à onduler, à s'agiter comme une flamme ténébreuse. Des langues de feu sombre se propageaient de ses épaules, du sommet de sa couronne – cela lui donnait des airs de bougie allumée. Sur son front était inscrit un cercle. Et, tel un miroir, ce cercle captait la lumière émise par les robes de son père pour ensuite la renvoyer, un rayonnement aussi pâle que brillant. Alors il hésita, même *à ce moment-là, s'interrogeant sur tout ce qui aurait pu advenir.*

Sauf que dans son dos, il voyait une silhouette se découper sur l'obscurité.

Une fille.

Une peau pâle, de longs cheveux sombres drapés sur ses épaules, des yeux d'un noir brûlant. Féroce et courageuse, aussi vive qu'intelligente. Anaïs comprit alors de qui il s'agissait. Ce qu'elle avait sacrifié. Ce qu'elle avait perdu. Il sut également que, contrairement à ses propres sœurs, elle avait aimé son frère de tout son être. Et, surtout, il connaissait son nom.

Mia.

Elle posa ses mains sur ses épaules et se pencha vers lui. Sourcils froncés, sa mère regarda la jeune femme lui murmurer quelques mots à l'oreille. Ses doigts étaient pareils à de la glace sur sa peau ; sa voix à un feu qui réchauffait son cœur.

« Ne recule jamais », *chuchota-t-elle.*

Et la Lune leva alors les yeux. Vers les soleils qui auraient dû l'aimer. Ses poings se refermèrent. « Tu m'as donné la vie, mais cela ne te donne aucun pouvoir. Et bien que tu m'aies laissé en mille morceaux, cela ne fait pas de moi un être brisé. Les fragments de moi que tu as abandonnés derrière toi sont aussi tranchants que des couteaux. Aussi affûtés que la vérité. Aussi écoute-moi, maintenant, et apprends.

» Je n'étais qu'un enfant lorsque tu m'as frappé. Tu m'as occis dans mon sommeil. Mais je ne suis plus un enfant, Père.

» Et je suis réveillé. »

Il était tout de blanc vêtu, mais pas assez brillant *pour empêcher la Lune de le voir. Il était grand comme une montagne, mais pas au point que la Lune ne puisse l'atteindre. Et Anaïs tendit les bras en direction de son père, pour prendre son visage entre ses mains en coupe. Les soleils tentèrent de battre en retraite. Mais c'était la vrainuit, à présent – et avec la Nuit à ses côtés, la Lune était plus forte.*

Anaïs se pencha en avant – ses sœurs retinrent leur souffle.

Il embrassa le front de son père, juste au-dessus du premier de ses yeux.

Et de ses pouces, il éteignit le deuxième et le troisième.

Les soleils se mirent aussitôt à hurler. Ses sœurs à gémir. Sa mère à sourire. *Il sentait ses orbes de rouge et de bleu céder sous la pression, sentait la courbure chaude, osseuse, des orbites en dessous. Comme il lui aurait été facile d'appuyer davantage, à ce moment-là. De sentir l'os voler en éclats, d'arracher le dernier, de plonger le monde sous leurs pieds dans un froid et une obscurité sans fin.*

Sauf que les mains de la jeune femme revinrent alors se poser sur ses épaules, pour ensuite s'enrouler autour de lui dans une froide étreinte. Sa joue se colla à sa nuque, et toute la rage, toute la haine, toute la tristesse amère et le regret, les Si seulement *et les* Pourquoi *inutiles, fondirent comme neige aux soleils au son d'un seul mot :*

« Assez », *dit Mia.*

Il se retourna, croisa son regard – aussi noir qu'un ciel de vrainuit.

Elle embrassa ses lèvres, colla son front au sien ; des larmes s'écoulaient de ses yeux. « C'est fini », *soupira-t-elle.*

Et elle s'en fut.

Son père était à genoux ; du sang s'échappait de deux de ses orbites. Ses sœurs se tenaient agenouillées devant lui, la tête basse. Sa mère déploya ses robes à travers les cieux, les chaînes de sa prison à jamais brisées.

Et Anaïs monta sur son trône.

Un soleil.

Une nuit.

Une lune.

En parfait équilibre.

« Tout a retrouvé sa place légitime, déclara la Nuit. Chaque plateau de la balance est chargé du même poids. »

Le prince de l'aube et du crépuscule se tourna vers l'infini qui les surplombait.

Secoua la tête. « Il reste une dîme à payer », dit-il.

Avant de tendre de noires mains brûlantes vers un morceau d'éternité.

CHAPITRE 49

Silence

Mercurio contemplait l'obscurité de l'athénée ; une odeur de cendres planait dans l'air.

Si les étagères demeuraient intactes, tous les livres s'étaient volatilisés. Des mémoires de tyrans assassinés. Des théorèmes d'hérétiques crucifiés. Des chefs-d'œuvre de génies disparus prématurément. L'incendie du chroniqueur avait tout emporté, en même temps que le fils de Cléo. Les rayons étaient vides devant le vieil homme, à présent ; la bibliothèque de la Mère ténébreuse complètement détruite.

Aucune page n'avait survécu. Pas une seule.

« Marielle vous cherche en haut », annonça le garçon.

Le Seigneur des Lames tapota sa robe, en quête de ses cigarillos. Finissant par en dégoter un derrière son oreille, il l'alluma avec sa boîte à feu et exhala du gris dans le noir chantant. « Elle peut patienter », répliqua-t-il.

Jonnen lança un regard par-dessus la balustrade, les yeux rivés sur l'obscurité. Les murmures de la chorale fantomatique hantaient une pénombre que la lumière diffusée par les vitraux peinait à dissiper, et Mercurio se demanda ce que le garçon voyait exactement. Les ombres qui l'entouraient ondulaient, *soupiraient*, formant autour de ses pieds une flaque épaisse bruissante de voix que le vieil homme ne parvenait pas tout à fait à entendre.

« Vous avez eu des nouvelles d'Ashlinn ? finit par s'enquérir le frère de Mia.

— Pas depuis qu'on vous a extirpés tous les deux de l'océan cette nuit-là. Ne me demande pas pourquoi, mais je doute fort qu'on réentende parler d'elle un tour.

— Un message est arrivé pour nous à Dernier Espoir, informa Jonnen. De Bonifazio. »

Le vieillard cligna des yeux. « De qui ?

— Nuage, répondit le garçon. Corleone.

— Ah. » Il opina du chef. « Et qu'est-ce que le roi des Canailles et des Pantalons de cuir moulants a à dire pour sa défense ?

— Il voulait savoir si nous souhaitons un laissez-passer pour nous rendre à Donjon blanc.

— … Pour quoi faire ?

— Sidonius. Charmeuse-de-Lames. »

Mercurio cilla de plus belle.

Jonnen poussa un soupir. « Le *mariage*.

— Oh. » Le Seigneur des Lames se renfrogna. « Rien à foutre. Je vais leur envoyer quelque chose de chic. Je n'ai pas franchement le temps d'aller me balader sur le champ de bataille que sont devenues les Quatre Mers uniquement pour me mettre une mine.

— Et trop vieux.

— Surveille tes putains de manières. »

Le garçon riva sur l'obscurité des yeux bien trop matures pour son âge. « On ne va peut-être pas tarder à ne plus avoir besoin des mers.

— J'en conclus que les leçons avancent bien, petit Orateur ? »

Jonnen revint au vieillard. Un petit sourire aux lèvres. « Marielle n'arrête pas de répéter que ça n'a rien d'un jeu, mais… »

Le garçon tira de sa ceinture le stylet en ossacré qu'il gardait là en permanence. Le corbeau qui en ornait la poignée parut fixer Mercurio de ses prunelles ambre quand le frère de Mia leva la lame et se piqua le bout du doigt.

Du sang s'échappa de la blessure – une minuscule perle écarlate sur la peau pâle de Jonnen. Qui fronça les sourcils et murmura quelques mots incompréhensibles. Sous les yeux de Mercurio, le sang *décolla* du doigt du garçon, pour prendre dans les airs la forme d'un petit corbeau, qui se mit à battre des ailes autour de la tête du vieillard.

« Impressionnant, fit le Seigneur des Lames.

— La magik est morte en même temps qu'Anaïs, dit Jonnen. Elle est réapparue au moment de sa résurrection. » Il haussa les épaules. « Et une partie de lui *vit* en moi. »

S'il plissait les yeux, Mercurio s'imaginait capable de voir un clair de lune sur la peau du garçon. Un *pouvoir*, qui palpitait juste sous la surface. Ça n'avait déjà pas été une partie de plaisir, d'élever une fille dans laquelle était niché le fragment d'un dieu mort. Il ignorait complètement comment gérer quelqu'un habité d'un fragment de dieu *vivant*. Sauf qu'en vérité, dernier enténébré ou pas, Mercurio *aimait* Jonnen. Il y avait du Corvere en lui. Du *Mia*. Et les Filles en étaient témoins, il n'y avait personne d'autre à qui le vieillard confierait l'éducation d'un demi-dieu affublé d'une langue aussi bien pendue…

« Te voilà », lança alors une voix dans leur dos.

Jonnen sursauta ; la goutte de sang échappa à son contrôle, pour aller s'écraser par terre. Mercurio se tourna vers les portes de l'athénée et y découvrit une belle femme enveloppée de noir, dont les cheveux d'un blond profond s'enroulaient en vagues épaisses autour de ses épaules. Sa peau d'albinos était aussi parfaite que les statues qui occupaient jadis le forum de Sepulcra ; elle avait des iris roses, et des lèvres rouge sang.

Ça faisait sens qu'elle ait utilisé sa magik sur son propre corps sitôt après avoir réalisé combien ses pouvoirs s'étaient accrus après la renaissance de la Lune. N'empêche que…

Il poussa un soupir. « La tisseuse connaît son travail.

— Dommage, dans ce cas, répliqua Marielle avec une charmante grimace, qu'il en soit autrement pour le Seigneur des Lames. Le roi de Vaan attend une réponse à sa missive. Les quatre factions en guerre dans les ruines d'Itreya réclament toutes notre intervention. Je me suis laissée dire qu'un nouveau roi mage avait fait son apparition à Liis. Un chaos sans nom règne absolument partout. Douze pauvres heures séparent à présent l'aube du crépuscule, la Lune monte sur son nouveau trône chaque nuit, la Mère est libérée de sa prison. Et nous n'avons même pas encore déterminé quelle forme va prendre sa nouvelle Église. »

Mercurio passa une main dans ses cheveux. Tira sur son cigarillo, puis exhala un panache grisâtre. « Je suis trop vieux pour ces conneries…

— Je suis d'accord, fit Jonnen.

— Tu te crois drôle, espèce de petit bâtard ? » Le Seigneur des Lames agita sa clope, frotta son bras douloureux. « Je ne suis pas à l'abri de casser bientôt ma pipe, au demeurant.

— J'ai comme l'impression que vous allez encore rester dans le coin un bon moment, répliqua Jonnen, qui fixait sur lui des prunelles qui n'auraient pas *dû* appartenir à un garçon de neuf ans. Il vous reste encore tellement à faire. »

Mercurio jeta un coup d'œil à l'obscurité qui les surplombait. À la bibliothèque dévastée qui les entourait. « Tu penses qu'elle… »

Jonnen haussa les épaules. « La Mère ne garde que ce dont elle a besoin. »

Le Seigneur des Lames se tourna vers la tisseuse, lâcha un soupir. « Nous en parlerons après dîner. Tu as ma parole. »

Lèvres pincées, Marielle s'inclina devant lui. « Comme il te plaira. » Et elle s'en fut dans un bruissement soyeux de robes aussi noires que la nuit.

Mercurio se tourna vers l'obscurité remplie d'échos, clope au bec. Écouta le chœur fantomatique tout en fumant, *savoura* la douleur qui emplissait son cœur. Pour enfin remarquer que le garçon continuait à le regarder du coin de l'œil.

D'un signe de tête, Jonnen lui désigna les étagères vides. « Avec quoi allons-nous les remplir ?

— Tu n'as pas un cours qui t'attend ? lui demanda le vieil homme.

— Vous n'avez pas une canne à retrouver ?

— Je suis sérieux, espèce de petit salopard. Hors de ma putain de vue.

— Qu'est-ce que vous faites de tout le temps que vous passez seul ici ? »

Mercurio considéra les étagères, tira sur son cigarillo. « Je tiens une promesse », finit-il par murmurer.

Le garçon hocha la tête, yeux baissés. À pas de loup, il se dirigea vers les imposantes doubles portes qui donnaient sur la Montagne proprement dite. « Elle me manque aussi, avoua-t-il.

— Dehors », grogna Mercurio.

Jonnen disparut sans un bruit dans les ombres.

Le vieil homme se tourna alors vers l'ancienne étude du chroniqueur, y pénétra d'un pas traînant, une fine volute de fumée dans son sillage. Il s'installa derrière l'imposant bureau en chêne, frotta ses yeux chassieux. Tira une dernière bouffée de sa clope avant de l'écraser dans le cendrier, pour ensuite sortir une pile de parchemins blancs d'un épais folio en cuir. Le titre inscrit en gras sur la couverture l'avait été de sa main.

NEVERNIGHT
LIVRE 1 DE LA CHRONIQUE DE LA NON-NUIT
par Mercurio de Liis

Le Seigneur des Lames feuilleta les pages jusqu'au passage en cours de rédaction. Il poussa un soupir ; un nuage grisâtre s'échappa de ses lèvres, pour ensuite disparaître dans l'obscurité qui le surplombait. « Je me souviens », dit-il.

Et il se mit à écrire.

CHAPITRE 50

Argent

Une maison solitaire, sur la rive de Trois-Lacs.

Elle était surplombée d'un ciel sans fin ; un parfait silence enveloppait la vallée dans laquelle elle était nichée. Du bon chêne, de hauts pignons, de larges vérandas et de hautes fenêtres donnant sur l'eau qui s'étendait derrière.

Une fille contemplait le coucher de soleil au bord du lac.

Un spectacle étrange, avec un seul soleil dans les cieux. Et plus étrange encore était le fait de suivre sa course réduite à quelques heures, de le regarder rejoindre son repos de ses prunelles intégralement noires. Aa et Niah se partageaient une fois encore la domination du ciel. L'obscurité et la lumière, à jamais changées : l'aube la porte de l'éveil, le crépuscule celle du sommeil. Le monde *entier* s'efforçait de s'habituer au nouvel équilibre ; se demandait que faire de l'orbe pâle qui allait croissant puis décroissant dans le nouveau ciel nocturne.

Mais Ashlinn savait que l'humanité ne tarderait pas à se *souvenir*.

Il était en train de se lever, maintenant que le soleil avait disparu – Anaïs montant sur son sombre trône, les étoiles aussi scintillantes que des diamants, de l'acier partout autour de lui. Il était beau, elle devait bien l'admettre. La lumière étincelante qu'il projetait sur le lac transformait tout en vif-argent. Mais d'une certaine manière Ashlinn trouvait ça triste de le voir flamboyer là-haut tout seul.

Aussi seul qu'elle-même.

Elle ignorait comment mourir. Ne savait même pas si c'était possible. Elle avait suivi les instructions de Tric, empruntant le chemin qu'il avait déjà creusé à mains nues – son baiser d'adieu lui brûlait encore le front. Ses doigts à jamais noircis de s'en être extirpée à coups de griffes, sa peau à jamais pâlie d'avoir parcouru ces boyaux sans lumière, son souffle à jamais volé par l'obscurité sans fin. Ash n'avait aucun regret – elle avait promis de tuer le ciel pour être celle qui, à la fin, se tiendrait aux côtés de Mia. Et alors qu'elle levait les yeux vers la Lune en surplomb, vers cette nuit d'une folle brièveté, la Vaanienne se dit qu'elle y était parvenue, d'une manière pour le moins étrange. Sauf qu'Ashlinn n'avait jamais cessé de se demander ce qu'elle deviendrait une fois toute cette histoire terminée. Ou comment elle allait faire pour endurer l'éternité sans elle.

« Mia. »

Le nom était comme une prière sur ses lèvres. Un baiser sur une peau d'albâtre. Une question sans réponse. Car qu'était-il advenu d'elle ? Où se trouvait-elle, à présent ? Pelotonnée bien au chaud devant l'Âtre avec ceux qu'elle chérissait pendant qu'Ashlinn s'attardait ici, immuable, immortelle, sans amour ? Se promenant sur quelque rivage empyréen en compagnie de divinités ? Ou bien avait-elle simplement été anéantie, consumée en même temps que tous les autres fragments afin que la Nuit récupère sa couronne et la Lune son trône ?

Une immortalité de solitude ne lui semblait pas être une dîme équitable à payer pour cela.

Et pourtant elle s'en acquitterait à nouveau sans hésiter. Persuadée qu'elle était qu'en fournissant un effort suffisant, Ash parviendrait encore à la *goûter*. Du sel et du miel. Du fer et du sang. Le bout de sa langue qui explorait ses lèvres. Leurs souffles qui se mêlaient. Les yeux fixés sur l'étendue d'argent qui scintillait doucement sous le regard impassible de la Lune, elle remercia le dieu, la déesse ou le coup du sort qui avait fait entrer cette fille dans sa vie.

Ne fût-ce que brièvement.

Mia.

Et puis, à l'autre bout du lac, elle aperçut une silhouette.

Occupée à arpenter une eau si calme qu'on aurait dit de la pierre polie, du verre, de la glace sous ses pieds nus. Aussi pâle que belle, drapée dans une robe faite d'ombres. Ses cicatrices avaient disparu, tout comme sa marque d'esclave – les stigmates de ses épreuves semblaient s'être évanouis, comme de la fumée. Une cascade de longs cheveux noirs enveloppait ses épaules nues ; ses yeux cernés de khôl étaient aussi profonds que le trou qu'elle avait comblé dans la poitrine d'Ashlinn.

« Mia ? » fit-elle, sans oser s'abandonner à l'espoir qu'elle sentait l'envahir.

Les yeux écarquillés, Ash pénétra dans l'eau d'un pas hésitant. Des vagues scintillaient à la surface argentée, et la Vaanienne craignait que Mia ne disparaisse – comme une illusion, un rêve fiévreux, quelque mirage désespéré né d'une espérance impossible. Mais sa bien-aimée continua à se rapprocher sur le verre, suffisamment pour qu'elle parvienne à voir le noir de ses yeux, la courbe de ses lèvres. Et puis Mia se retrouva dans ses bras, sa chair aussi pâle, aussi *réelle* que celle d'Ashlinn. Leurs os se *percutèrent*, leurs corps s'entrelacèrent. Elle n'avait cru discerner dans les yeux de Mia qu'une obscurité vide, mais d'aussi près, d'aussi dangereusement, *merveilleusement* près, elle pouvait voir qu'ils étaient constellés de minuscules étincelles de lumière, telles des étoiles disséminées sur les rideaux de nuit au-dessus de leurs têtes.

Tout comme les siens.

Magnifique.

Elles s'embrassèrent. C'était aussi doux qu'un cigarillo au clou de girofle. Aussi profond que minuit. Un baiser qui parlait de sang versé et de batailles gagnées, de lunes ressuscitées et de soleils aveuglés, de l'obscurité intérieure et de la lumière extérieure, des ombres du passé consumées par la lueur de l'aube nouvelle. Elles s'embrassèrent comme pour la première fois, comme si c'était *écrit*, comme si rien – ni dieux ni déesses, ni flammes ni tempêtes ni océans – ne s'interposerait plus jamais entre elles.

Leurs lèvres se séparèrent ; leurs sourcils se trouvèrent, leurs nez se frôlèrent – délicatement. Échangeant un regard d'immortelles, elles comprirent alors la signification du mot *Toujours*.

« *Comment ?* » chuchota Ashlinn.

L'ombre de Mia s'agita ; une forme se matérialisa sur la sombre rive à leur côté. Ses non-yeux fixaient l'orbe d'argent suspendu au-dessus de leurs têtes. Elle arborait la silhouette d'un chat, sauf qu'en vérité elle n'avait *rien* à voir avec un félin.

« *... il restait une dîme à rembourser...*, murmura-t-il... *dont acte...* »

Ashlinn sanglota. Mia sourit. Elles s'embrassèrent de plus belle ; des larmes noires s'écoulaient autour de leurs lèvres.

« Je t'aime, Mia.

— Moi aussi. »

Tout était silencieux autour d'elles, parfait, *entier*. Assises côte à côte sur la douce courbe de la rive, elles regardèrent Anaïs gagner de l'altitude dans le ciel. Bras dessus bras dessous, peau contre peau – albâtre, onyx et or. Deux filles sous une seule lune, un seul soleil, une seule nuit. Un seul cœur. Le tout en équilibre absolu.

« … c'est beau… », soupira le non-chat.

La vallée tout entière exhalait un parfum d'houxites et d'hélianthèmes – il en poussait absolument partout.

Le lac était si calme qu'on y voyait le ciel comme dans un miroir.

« Je vais rester avec toi pour toujours, chuchota Mia.

— Pour toujours ? Rien que ça ? » murmura Ashlinn.

Mia sourit dans la lumière argentée. *« Pour toujours et à jamais. »*

DICTA ULTIMA

La partie est jouée.

La guerre est gagnée.

Et, chers amis, sa chanson est terminée.

On peut dire, j'imagine, que vous la connaissez, à présent – au moins aussi bien que moi. Les mauvais côtés – son égoïsme, son sale caractère… tout ce qui *faisait* ce qu'elle était. Une fille que certains appelaient Fille Pâle. Ou Faiseuse de roi. Reine des Vauriens. Dame des Lames. Personnellement, c'est *Petite Corneille* que je préfère. Une fille qui ne s'est jamais agenouillée devant personne, qui n'a jamais rien cédé, qui n'a jamais, jamais laissé la peur devenir son destin.

Une fille que j'ai aimée autant que vous.

Regardez à présent les ruines qu'elle a laissées dans son sillage. Une lumière pâle scintille sur les eaux qui ont englouti une cité de ponts et d'os, les cendres d'une République dansent dans l'obscurité au-dessus de vos têtes. Fixez en silence le ciel fracturé, goûtez le fer sur votre langue, écoutez les vents solitaires murmurer son nom comme si eux aussi la connaissaient. Je vous ai donné tout ce que je vous avais promis, chers amis. Doux euphémisme. Et si sa mort ne s'est pas déroulée comme vous le redoutiez, j'espère que vous ne me qualifierez pas pour autant de menteur. Elle est *bel et bien* morte – je ne vous ai pas raconté de craques.

Mais même la Lune aimait trop notre Mia pour la laisser mourir longtemps.

L'encre est en train de sécher sur la page. L'histoire se termine devant vos yeux. Et si vous éprouvez du chagrin à l'occasion de cet ultime au revoir, sachez qu'il en est de même pour votre narrateur. Ce ne sont pas les histoires que nous lisons qui nous rendent plus forts, mais les histoires que nous *partageons*. Et dans *ce* récit, avec *elle*, je pense qu'on a eu notre compte de partage.

Tout cela va me manquer.

Mais vivre dans les cœurs qu'on laisse derrière soi, c'est ne jamais mourir. Et brûler dans la mémoire de ses amis, c'est ne jamais dire adieu. Alors laissez-moi plutôt terminer par ceci :

Bonne nuit, chers amis. Bonne nuit.

Ne reculez jamais.

N'ayez jamais peur.

Et n'oubliez jamais. *Jamais*.

FIN

N
ce fut là qu'elle tomba

REMERCIEMENTS

Un merci aussi incommensurable que l'Obscurité aux personnes suivantes :

Amanda, Pete, Jennifer, Paul, Joseph, Hector, Young, Steven, Justin, Rafal, Cheryl, Martin, et toute l'équipe de St. Martin's Press ; Natasha, Katie, Emma, Jaime, Dom, et toute la bande d'Harper Voyager UK ; Rochelle, Alice, Sarah, Andrea, et tous leurs collègues d'Harper Australia ; Mia, Matt, LT, Josh, Tracey, Samantha, Stefanie, Steven, Steve, Jason, Kerby, Megasaurus, Virginia, Vilma, Kat, Stef, Wendy, Marc, Molly, Tovo, Orrsome, Tsana, Lewis, Shaheen, Soraya, Amie, Jessie, Caitie, Nic, Ursula, Louise, Tori, Siân, Caz, Marie, Marc, Tina, Maxim, Zara, Ben, Clare, Jim, Rowie, Weez, Sam, Eli, Rafe, AmberLouise, Caro, Melanie, Barbara, Judith, Rose, Tracy, Aline, Louise, Adele, Jordi, Kylie, Iryna, Joe, Andrea, Piéra, Julius, Antony, Antonio, Emily, Robin, Drew, William, China, David, Aaron, Terry (RIP), Douglas (RIP), George, Margaret, Tracy, Ian, Steve, Gary, Mark, Tim, Matt, George, Ludovico, Philip, Randy, Oli, Corey, Maynard, Zack, Pete

(RIP), Robb, Ian, Marcus, Tom (RIP), Trent, Winston, Andy (RIP), Tony, Kath, Kylie, Nicole, Kurt, Jack, Max, Poppy, et tous les lecteurs, blogueurs, vlogueurs, bookstagrammeurs et autres espèces de bibliophages qui ont contribué à faire connaître cette série. C'est grâce à vous que ces livres sont ce qu'ils sont. Je vous aime, mes petits monstres.

Ce livre a été écrit dans le monde entier, de New York à Zurich, en passant par Los Angeles et Sydney. Mais j'en ai rédigé au moins la moitié dans la ville de Venise. C'est en vagabondant dans ses rues battues par le vent, en me promenant le long de ses canaux en plein hiver, que j'ai découvert l'histoire qu'allait devenir *L'Aube obscure*. J'ai une dette éternelle envers les habitants et la ville de Venise, avec néanmoins une mention spéciale pour Ola, l'hospitalité quotidienne de toute l'équipe du *Sullaluna*, le merveilleux *signore del caffè* du *Caffè del Doge*, ainsi que le personnel de la *Torrefazione Cannaregio* et de *L'Angolo della Pizza*, qui m'a aidé à ne pas mourir de faim.

Enfin je tiens à *vous* remercier, mes incroyables lecteurs. Cette série, plus que toutes celles sur lesquelles j'ai travaillé par le passé, a trouvé auprès des gens un écho que j'essaie encore d'appréhender. C'est là une leçon d'humilité *stupéfiante*, et je n'oublierai jamais la façon dont vous avez accueilli ma petite salope meurtrière. Merci pour vos lettres. Merci pour les fanarts. Merci pour vos tatouages, vos histoires et votre passion. Merci d'avoir laissé Mia entrer dans vos têtes et dans vos cœurs. J'espère qu'elle vous a été *utile*, ne fût-ce qu'un peu.

C'est grâce à vous que je vis en plein rêve.

Mon existence actuelle, c'est à vous que je la dois.

Je ne l'oublierai jamais.

JK

CONTENU ADDITIONNEL

Chers lecteurs monomaniaques,

Bienvenue à la fin.

L'Aube obscure est la dernière étape d'un voyage qui a commencé il y a cinq ans, à l'occasion d'un débat éthylisé entre deux de mes amies lors d'un réveillon du Nouvel An. Après avoir été témoin de leur discussion animée (désœuvré que j'étais), j'ai écrit une scène dans laquelle une fille aux longs cheveux noirs fumait une cigarette en racontant à un garçon son point de vue sur les rapports homme-femme. Le temps que je l'achève, Mia était déjà bien ancrée dans ma tête. Et elle ne l'a pas quittée depuis.

Mia enfreint beaucoup de règles, tant dans ces ouvrages qu'en termes de personnages considérés ou non comme « sympathiques ». Elle boit, elle fume, elle jure. Elle couche avec qui elle veut. Elle tue des gens. Elle est égoïste, vaniteuse. Elle a un putain de sale caractère, qui vient souvent faire obstacle à son bon sens. Mais elle est également intrépide, *loyale*. Aussi implacable qu'impitoyable, elle n'a que faire des conventions sociales. C'est une fille qui n'a pas peur de se salir les mains. Peut-être n'est-elle pas *sympathique*, mais elle est assurément *aimable*. Et ça m'étonne toujours autant de voir combien d'entre vous ont craqué pour elle.

Alors merci d'avoir voyagé en compagnie de cette petite salope meurtrière – et de son créateur. Pour paraphraser les mots de notre narrateur, ce ne sont pas les histoires que nous lisons qui font de nous ce que nous sommes, mais celles que nous *partageons*. Et avec Mia, je pense qu'on a eu notre compte de partage. Aussi triste que je sois d'avoir terminé cette série, je suis *ravi* qu'elle ait touché tant de vies, et je pense avoir donné à notre petite enténébrée la fin qu'elle méritait.

J'espère que ça vous a plu autant qu'à moi.

Salut, les drougs.

Et bienvenue dans les bonus de L'Aube obscure. *Merci d'avoir précommandé cet ouvrage, de soutenir ces livres – de tout ce que vous avez fait pour donner à cette série la dimension qui est la sienne.*

Bon, un mot sur ce qui va suivre.

Tout d'abord, et surtout, ***ne lisez pas cette scène avant d'avoir lu*** **L'Aube obscure**. *Elle contient* d'énormes *spoilers.*

Ensuite, un mot dessus avant de sauter dedans.

L'un des avantages d'être un auteur à l'ère des réseaux sociaux, c'est qu'on peut interagir avec ses lecteurs et se faire une idée de ce qu'ils apprécient dans votre travail. Et la vérité, c'est que je reçois beaucoup de compliments sur les passages osés des Chroniques de Nevernight. C'est un peu surprenant, vu que je suis un don, que la plupart de mes lecteurs sont des donas, et que dans la perception courante les hommes ne savent *pas écrire des textes érotiques pour les femmes. Bon, il s'avère que j'en écris – nous y voilà, donc. Vous* appréciez *mes obscénités – et je trouve ça génial.*

Toujours est-il qu'en plus de découvrir ce que vos lecteurs apprécient, vous découvrez aussi ce qu'ils **attendent** *de vous. Cela peut fonctionner comme une sorte d'épée à double tranchant, néanmoins – l'auteur peut alors se sentir… obligé de trouver un équilibre entre les attentes de ses lecteurs et ce qu'il pense être bon pour son histoire.*

Cette scène en est un parfait exemple.

Beaucoup de lecteurs n'ont pas caché leur envie de voir Mia, Ashlinn et Tric coucher ensemble dans L'Aube obscure, *et j'avais constamment cette idée à l'esprit lorsque j'ai écrit ce livre. À première vue, ça pouvait paraître plausible. Mia a toujours été un personnage sexuellement aventureux – et je ne parle pas là de sa bisexualité, comprenez-moi bien, mais simplement parce que ses passagers la rendent totalement intrépide. Mia n'en a rien à foutre de ce que les gens pensent d'elle, ce qui l'autorise à faire des choses que nombre d'entre nous se contentent d'imaginer.*

Le vrai problème, c'était Tric et Ashlinn : il me fallait trouver une bonne raison de les mettre dans une position (sans jeu de mots) où ils pourraient *se retrouver au lit avec Mia. Compte tenu de leurs antécédents, cela ne semblait guère probable, mais par égard pour les attentes de mes lecteurs, j'ai essayé.*

Pour un résultat mitigé, je dois bien l'avouer.

Je veux dire, la scène en tant que telle fonctionne parfaitement. Sauf que même si l'idée de les voir tous les trois au lit ensemble *peut paraître séduisante, il n'en reste pas moins qu'Ashlinn a* **assassiné** *Tric. Elle l'a poignardé en plein cœur et l'a balancé du sommet d'une putain de* montagne. *Dans mes plans, leur arc narratif dans* L'Aube obscure *finissait par les conduire à un point où Tric pouvait pardonner Ash, et la Vaanienne (qui, soyons justes avec elle, a été élevée par un meurtrier sans pitié pour* **devenir** *une meurtrière sans pitié) prenait conscience de l'ampleur de ses actes. Cependant, les rendre plus* intimes *que ça repoussait un peu trop les limites de la* *plausibilité, aussi ai-je fini par couper la scène en question – et je pense sincèrement que le livre fonctionne mieux sans.*

Mais elle a été écrite. Et vous appréciez *mes obscénités. Nous y voilà, donc.*

Cette scène fait suite au chapitre 34, juste après l'invasion de la Montagne par Mia et sa bande. Elle n'a absolument rien de canonique. Ce n'est pas non plus une novella *– n'y voyez rien d'autre qu'une scène supprimée. Considérez-la si ça vous chante comme un passage uchronique, ou un rêve qui ne s'est jamais réalisé. Ça arrive, parfois. Mais ça ne le rend pas pour autant déplaisant à imaginer.*

JK

CHAPITRE 35

Question

Ash avait encore le goût de sa bien-aimée sur les lèvres.

Du sel et du miel. Du fer et du sang. Les paupières lourdes, elle se léchait la lippe du bout de la langue. Savourant les effluves de Mia. S'en enivrant. Les yeux fixés sur la sombre étendue de vide qui s'étendait au-delà de la balustrade de l'Autel céleste, elle remercia le dieu, ou la déesse, ou le coup du sort qui avait fait entrer cette fille dans son existence.

Mia.

Elle l'avait laissée à ses rêves. Nue sur les fourrures. Les cheveux éparpillés autour de sa tête comme une auréole de feu noir. Après l'avoir gratifiée d'un baiser aussi léger que des plumes, Ash s'était levée de leur lit, pour ensuite enfiler une combinaison de soie noire. La Vaanienne avait verrouillé leur chambre derrière elle, attaché ses longs cheveux blonds en arrière, puis, pieds nus, était partie en quête de quelque chose à boire. Sa langue était douloureuse. Sa gorge sèche. Satisfaire la championne du *Venatus Magni,* la Reine des Vauriens – et Dame des Lames –, avait tendance à donner soif.

Un silence de mort régnait sur l'Église. Le chœur fantomatique n'avait toujours pas fait son retour ; les disciples et les Mains capturés se trouvaient derrière les barreaux, sous l'œil vigilant de Mercurio. Bien peu avaient survécu à l'attaque, à dire vrai, et tous avaient prêté serment à Mia, la reconnaissant *de facto* comme la cheffe de leur Église. Mais la nouvelle Dame des Lames avait insisté pour qu'on les mette quand même sous les verrous – pour le moment, du moins. Ils ne pouvaient pas se laisser aller à une quelconque négligence. La victoire qu'ils avaient remportée n'était qu'une première étape, mineure qui plus est. Scaeva s'était échappé de la Montagne, en compagnie de Tueuse-d'Araignées. Jonnen se retrouvait à nouveau entre les griffes de son père. La question de la Lune n'était toujours pas résolue.

Cette histoire était loin d'être terminée.

Aussi Ashlinn se tenait présentement sur l'Autel céleste, à contempler le noir éternel par-dessus la balustrade. À prendre un moment pour souffler un peu. S'il fallait en croire Aelius, cet endroit était celui où les murs séparant le monde des Abîmes s'avéraient les plus fins ; la nuit perpétuelle qu'elle contemplait présentement n'était nullement une nuit *normale*. Les bancs et les chaises étaient vides dans son dos. L'air qui l'entourait, aussi calme que silencieux. Munie d'un godet en terre cuite et d'une bonne bouteille de vin doré récupérée dans les celliers de la cuisine – de l'Albari, l'appellation préférée de Mia –, elle étanchait sa soif en se languissant du goût de sa bien-aimée, que le breuvage brûlant faisait peu à peu disparaître de sa langue. En fixant cet Abîme tout en se demandant s'il lui rendait son regard – et à quoi la nuit ressemblerait si d'aventure la Lune revenait un jour dans le ciel.

Une partie d'elle-même craignait encore que Mia ne change d'avis. Que le chroniqueur ne la convainque de suivre son plan insensé. Mais le reste d'Ashlinn Järnheim, la partie qui *connaissait* Mia, qui lui faisait confiance, qui l'*adorait*, avait davantage de jugeote.

La nuit. Les soleils. La *Lune*… qu'ils aillent tous se faire foutre.

Mia Corvere voulait vivre.

Avec moi.

Un sourire lui étira les lèvres, et elle sentit des picotements la parcourir jusqu'à ses orteils. Elle visualisa la maison que son père avait fait construire à Trois-Lacs. Des fleurs sur le rebord de la fenêtre, un feu dans le foyer.

Et un grand lit de plume.

Jamais Ashlinn n'aurait cru avoir un tour une vie pareille. Elle n'en avait même jamais *rêvé*. Elle était née enfant de tueur, tout comme son frère, Osrik, et Torvar Järnheim avait façonné son fils et sa fille à son image. Sa jeunesse n'avait été que vols et brutalité – avec la promesse d'une existence de meurtrière au service de Notre-Dame du Saint-Meurtre. Les remords, c'était bon pour les faibles. Les regrets, pour les lâches.

Elle se remémora le tour où son père était revenu de sa captivité à Liis. L'offrande qui avait mis fin à ses fonctions d'assassin. Les mutilations qu'il avait subies dans les tours d'Épine d'Elai l'avaient marqué à jamais. Empli d'une amertume éternelle. Car même si Marielle avait soigné les blessures que Torvar avait endurées lors d'innombrables séances de torture, la tisseuse ne pouvait remplacer les membres qui lui avaient été définitivement *ôtés*.

Son œil. Sa virilité. Sa foi.

Le père d'Ashlinn avait perdu davantage que ses couilles et ses croyances à l'occasion de cette offrande. Il ne souriait jamais comme avant après son retour. N'embrassait jamais sa mère comme il en avait l'habitude jadis, n'étreignait jamais ses enfants comme il le faisait autrefois, ne dormait jamais sans se réveiller en criant, tiré de son sommeil par quelque cauchemar. Quelque chose en Torvar Järnheim s'était brisé à Liis, et n'avait jamais correctement guéri. Et l'Église rouge, malgré toute sa puissance et toute sa piété, n'était pas en mesure de le lui rendre.

Ce qui lui avait valu la haine éternelle de la Vaanienne.

Torvar avait donc monté ses enfants contre l'Église, et ses enfants avaient *plongé* tête la première. Il en avait fait des armes contre le temple qui avait fait de lui une épave. Des armes censées faire tomber la maison de la Déesse qui l'avait abandonné. Ils avaient tout bien planifié. Oz et sa sœur étaient passés à *ça* d'y parvenir. Ils avaient menti, volé, assassiné Briseur-d'Écluses, Carlotta, Tric – dans le seul but de mettre la main sur Lord Cassius et le Ministère. Et bien que leur échec se soit soldé par la mort de son frère des mains de Marius, Ashlinn avait vu tout ce pour quoi elle avait œuvré s'accomplir ces derniers tours.

Le Ministère, anéanti – de même que l'intégralité de l'Église rouge.

Torvar Järnheim aurait été fier de sa fille. Et s'il lui restait encore un compte à régler avec Marius, eh bien, cela pouvait attendre un autre tour. Car à dire vrai, malgré tout l'amour qu'elle lui portait, son grand frère était de son vivant un sacré connard.

Aussi Ashlinn se retrouvait-elle là, sur l'Autel céleste. À contempler le noir qui drapait la Montagne. La nuit qui n'était nullement une nuit. Un silence de tombe régnait tout autour d'elle – le Ministère gisait présentement dans ses tombes anonymes. Elle dénoua ses cheveux, les secoua, laissant s'écouler des rivières de blond sur ses épaules. Se délectant d'un enivrant sentiment de liberté, elle se versa un autre godet de vin doré et le leva en direction de l'obscurité.

« À la tienne, Père, espèce de vieux salopard pitoyable. Et à la tienne, Oz, espèce de petit fils de chien morveux. »

Elle vida son verre, le jeta par-dessus le balcon. « Je vous ai enfin vengés.

— BONJOUR, ASHLINN. »

Le cœur de la Vaanienne s'arrêta de battre dans sa poitrine. Des papillons glacés arpentèrent son ventre. Gardant néanmoins un visage de marbre, elle fit volte-face pour le découvrir là, face à elle. Grand, puissant, aussi beau qu'une statue façonnée par la Mère ténébreuse en personne. Son serviteur. Son guide. Un semblant de vie animait désormais sa peau, mais ses yeux n'en restaient pas moins des flaques de vrainuit constellées de points de lumière stellaire. Ses salines s'agitaient comme sous l'effet de quelque brise. Ses mains avaient la couleur du meurtre.

Il la dévisagea sans mot dire. Pendant ce qui lui parut durer des siècles. Ash s'avisa alors que c'était là le dernier lieu où elle l'avait vu vivant.

Ce palier, cet endroit même – c'était là où elle l'avait tué.

« Au risque de me répéter, Tricounet, c'est un sacré nez que tu as là. Et je ne peux te laisser renifler l'entrée de ce soir.

— *Qu'est-ce que tu* – hrrk. »

« Salut, Tricounet, dit Ash.

— DES PROBLÈMES D'INSOMNIE ? »

Elle haussa les épaules. « Parfois.

— DE CULPABILITÉ, PEUT-ÊTRE ? »

Ash secoua la tête, calculant mentalement combien de pas la séparaient des escaliers. Sa main se referma presque imperceptiblement autour de la bouteille de whisky. « Notre Mia a… de l'appétit.

— NOTRE MIA.

— Enfin… » Elle le gratifia d'un sourire de biais. « *Ma* Mia. »

Le garçon soupira, secoua à son tour la tête. « TU NE GRANDIS PAS, ASHLINN. À ESSAYER DE ME FROTTER LE NEZ DEDANS.

— Je n'ai pas à essayer de frotter quoi que ce soit, Tricounet, répliqua Ash. Je *sais* que tu peux la sentir sur moi. La fumée, la sueur, ces recoins doux et secrets. Je sais que tu te souviens de ce que ça faisait, de visiter ces lieux. Et à quel point tu crèves d'envie d'y retourner. Ton nez a toujours été une source d'ennuis franchement problématique. »

Tric lança un regard par-dessus la balustrade, en direction du vide dans lequel elle avait poussé son cadavre après l'avoir poignardé à mort. Ash pouvait sentir la force qui émanait de lui, en cet instant, dans cette maison des morts, si près des Abîmes desquels il s'était extirpé. Elle l'avait vu se battre pendant l'assaut de la Montagne, avait assisté au déchaînement sans frein de la puissance ténébreuse qui l'habitait. Jamais elle n'aurait pu espérer se déplacer aussi vite. Posséder autant de force. Il *fauchait* littéralement tous ceux qui osaient l'affronter, telle une extension de la Dame du Saint-Meurtre en personne.

La Vaanienne avait froid. Ressentait ce que l'air glacé faisait à son corps, prenait conscience de la finesse de la combinaison de soie qu'elle portait. Elle s'étreignit la poitrine d'un bras, l'autre se resserrant autour du goulot de la bouteille.

« TU JOUES À UN JEU DANGEREUX, ASHLINN, fit le Sans-Âtre.

— Ce sont les seuls qui en vaillent la peine, Tricounet. Mais tu ne vas pas me tuer. »

Il lui sourit – un rictus que venait démentir ce qu'elle voyait dans ses yeux. « ET POURQUOI ÇA ? »

La Vaanienne le toisa alors de pied en cap ; il y avait des étincelles dans ses prunelles bleues. « Parce qu'au fond de toi-même ? *Sous* le meurtre et toutes ces conneries ? Tu as bon cœur. Oh, tu essaies de le cacher. Mais au bout du compte tu ne peux pas t'empêcher de pencher du côté du bien. » Elle sourit de plus belle, en inclinant la tête. « Et tuer une fille qui ne porte rien d'autre que ses sous-vêtements, ce n'est tout simplement pas ton style.

— LE GARÇON DONT TU PARLES EST MORT, ASHLINN. » Les yeux de Tric se plissèrent presque imperceptiblement. « TU L'AS TUÉ.

— Qu'est-ce que tu – *hrrk.* »

Ash cilla en découvrant les reflets argentés de la dague que tenait Tric – celui-ci venait de lui assener un coup en pleine poitrine. Elle recula d'un pas titubant, lâcha un grognement. La bouteille de whisky alla se briser par terre. La main gauche de Tric s'abattit sur son épaule, l'immobilisant sur place. La droite enfonça le couteau dans sa chair, juste au-dessus du cœur.

La *poignée* de l'arme, du moins.

Suffisamment pour y former un hématome. Pas plus. Suffisamment pour lui montrer qu'il aurait pu la tuer s'il en avait eu l'intention. Ses mains étaient chaudes, sa peau aussi noire que la nuit, sa prise aussi lourde qu'une conscience coupable. Ses yeux brillaient de rage, des larmes sombres s'échappaient de ses cils et il avait les lèvres retroussées.

« JE VEUX TE TUER, dit-il d'une voix *dégoulinante* de fureur. LA DÉESSE M'EN SOIT TÉMOIN, J'EN CRÈVE D'ENVIE. JE VEUX COUPER TON PUTAIN DE CŒUR EN DEUX ET TE JETER DANS LE NOIR COMME TU L'AS FAIT AVEC MON CORPS. ON ÉTAIT AMIS, TOI ET MOI. J'AVAIS *CONFIANCE* EN TOI. ET TU M'AS SUPPRIMÉ, SANS UNE ONCE DE REMORDS OU UNE SEULE PUTAIN DE LARME. »

Le pouls de la Vaanienne tambourinait dans ses veines. Sa bouche lui semblait remplie de cendres.

« MAIS JE NE FERAIS JAMAIS RIEN QUI PUISSE BLESSER MIA. PARCE QUE JE L'AIME, ASHLINN. » Tric cligna des yeux ; deux larmes noires coulèrent le long de ses joues pâles. « ET QUE C'EST *TOI* QU'ELLE AIME. »

Il relâcha sa prise, puis se tourna vers la balustrade – sur laquelle il appuya ses coudes, ses mains noires réunies devant lui. Le visage à moitié dissimulé par ses salines, il se mit à fixer l'obscurité qui leur faisait face. Il était beau. Brisé. À cause d'elle.

Ash restait pour sa part figée, ses deux mains collées à sa poitrine. Les yeux rivés sur le Sans-Âtre, la jeune femme la sentait *monter* en elle. Au-delà des murs qu'elle avait construits pour se protéger du monde, des remparts derrière lesquels elle avait tout caché. La chose qu'elle avait essayé de tuer, de piétiner avec ses talons jusqu'à ce qu'il n'en reste plus rien – la vie qu'elle s'était efforcée de vivre. Toutes les leçons de son père sonnaient creux sous son crâne.

Les remords, c'était pour les faibles.

Les regrets, pour les lâches.

Sauf que c'était là des mensonges, et elle le savait.

En vérité, elle l'avait *toujours* su.

Elle *savait* ce qu'elle avait pris à ce garçon. Et elle savait *pourquoi*. Mettant ainsi fin à tout ce qu'il était et aurait pu devenir. Elle savait à quel point ça devait être difficile pour lui, de revenir dans un monde à ce point *changé*. De voir la fille qu'il aimait dans les bras de celle qui l'avait tué. Et alors qu'il avait toutes les raisons du monde de les haïr, de laisser sa rage se déchaîner et de briser tout ce qui l'entourait, il restait fidèle à lui-même. À son amour. Loyal jusqu'au bout. Voilà le genre de garçon qu'il était.

Voilà le genre de garçon qu'elle avait tué.

« … Je suis désolée », murmura-t-elle.

Tric baissa la tête. Ferma les yeux.

Des larmes chaudes parcouraient les joues d'Ashlinn, sa lèvre inférieure tremblait. La chaleur de son angoisse inondait sa poitrine, remontait jusqu'à ses lèvres en un sanglot amer. La jeune femme faillit avoir un haut-le-cœur quand ses larmes se mirent à couler. Elle s'agenouilla au milieu du verre brisé, dans la flaque de vin doré, emmaillotée dans ses propres bras – toutes ses murailles étaient en train de s'effondrer. « T-Tric... Je suis désolée. »

Seuls ses sanglots venaient briser le silence de l'Église.

« J-j'aimerais pouvoir r-revenir en arrière, articula tant bien que mal la Vaanienne. J'aurais aimé qu'il y ait un a-autre moyen. On était des *tueurs*, Tric. Tueurs l'un, tueurs tous. J'ai fait ce qui s'imposait. Pour ma familia. Mais j'aurais p-préféré... que ce soit quelqu'un d'autre. N'importe qui, mais pas *toi*. Et je sais que c'est j-juste un putain de mot. Je sais qu'il n'a plus guère de s-signification, après tout ce qui s'est passé. Mais... je suis désolée. »

Elle secoua la tête, ferma les yeux. « Déesse, je suis tellement *désolée*. »

Ses bras se resserrèrent autour de sa poitrine, comme pour maintenir le chagrin en son for intérieur. Les choses qu'elle avait faites, la personne qu'elle était... elle avait bien du mal à croire que quiconque puisse l'aimer en cet instant. Que toute cette histoire ait le moindre sens. L'exaltation consécutive à sa victoire, presque palpable avant l'arrivée de Tric, se résumait désormais à un goût amer de cendres sur sa langue. Parce que quand on faisait don d'une âme à la Vorace, on lui donnait un peu de soi-même. Jusqu'à ce qu'il ne reste plus rien.

Mauviette, entendit-elle son père murmurer.

Lâche.

Des mots dénués de toute vérité, elle le savait. Ash connaissait la forme du mensonge. Mais là, agenouillée comme elle l'était, ils lui semblaient si réels, si *tranchants*, qu'ils parvenaient quand même à la couper. À la *saigner* sur la pierre qui s'étendait sous ses pieds. Comme il est facile pour des parents de faire de leurs enfants un triomphe, chers amis. Et avec quelle facilité ils peuvent les endommager irrémédiablement.

Un bruit de botte sur du verre brisé.

Ash sentit une main chaude se poser sur son épaule.

La jeune femme ouvrit les yeux, pour le découvrir agenouillé devant elle. Son beau visage pâle, encadré de salines aussi noires que le ciel qui les surplombait. Des yeux aussi profonds que la nuit elle-même, tachetés de minuscules points étincelants. Elle trouva un étrange réconfort dans ce spectacle – dans le fait que même au beau milieu de toute cette obscurité, de tout ce froid, une faible lumière brûlait encore.

« TU ES UNE PUTAIN DE SALOPE », lui lança Tric.

Ashlinn cligna des yeux. « … Et toi une putain de vierge effarouchée », se risqua-t-elle à riposter.

Ce qui le fit glousser. Un bref ricanement acerbe, sa fossette plissant sa joue. La bouche de la Vaanienne s'étira en un minuscule sourire mêlé d'une amère tristesse – le goût de ses larmes toujours sur ses lèvres. Et puis elle éclata d'un rire qui réchauffa sa poitrine, contribuant ainsi à chasser le froid qui les entourait. Après qu'elle se fut essuyé les yeux, laissant au chagrin le temps de se dissiper, tous deux se retrouvèrent là, face à face, à genoux, séparés d'un mètre et d'un millier de kilomètres. Deux tueurs. Deux victimes. Deux amants aimés en retour.

Peut-être pas si différent que ça, après tout.

« Je l'aime *vraiment*, tu sais, murmura Ash.

— JE SAIS.

— Je serais prête à tout pour la rendre heureuse.

— MOI AUSSI.

— ... je sais. »

Ashlinn glissa ses bras autour des épaules de Tric, l'attirant dans une douce étreinte. Il resta tendu dans un premier temps, aussi dur que de la pierre, résistant avec le peu de rage qu'il lui restait. Mais finalement, avec une infinie lenteur, le Dweymeri ferma les yeux, et la Vaanienne sentit sa tête se poser doucement sur son épaule, ses bras encercler sa taille. Sa peau était chaude sous les doigts de la jeune femme – en totale contradiction avec son apparence de statue insensible. Ils s'agenouillèrent par terre en s'étreignant l'un l'autre, entourés de tessons de bouteille, surplombés d'Abîmes incommensurables.

Elle resta là pendant ce qui lui parut durer une éternité. Son corps contre le sien. Tout autour d'eux, le silence. Une parfaite immobilité. Et puis Ashlinn s'écarta pour regarder le Défunt droit dans les yeux. Tout en effleurant son beau visage du bout des doigts, elle pensa à la fille endormie dans leur lit, à ce qu'elle-même était *prête* à faire pour la rendre heureuse.

Et puis elle l'embrassa.

Un baiser aussi léger qu'une plume. Aussi bref qu'un clignement d'œil. D'une douceur absolue, avec entre eux le goût de leurs larmes, du vin doré, de la fille qu'ils aimaient tous les deux, des cendres amères du passé.

Un baiser.

Une question.

Tric la fixa droit dans les yeux, ses propres prunelles aussi insondables que le mystère qui se déployait devant eux. « QU'EST-CE QUE TU FAIS, ASHLINN ? »

Elle baissa le menton, le dévisagea à travers le voile de ses cils. « Je la rends heureuse. »

CHAPITRE 36

Trois

Ce fut un début d'incendie *intérieur* qui tira Mia de son sommeil.

Se laissant porter par une vague de sensations, elle s'étira, poussa un interminable soupir tout en se mordant la lèvre. La chaleur allait croissant, se propageant entre ses cuisses, mettant le feu à ses entrailles. S'extrayant des profondeurs brumeuses du sommeil, nue sur les fourrures, la jeune femme tendit la main pour caresser le visage d'Ashlinn, tout en jouant avec une mèche de cheveux dorés. Sa bien-aimée la gratifia de baisers plus doux, ses doigts séparant les pétales de l'enténébrée de manière à laisser sa langue s'enfoncer plus profondément dans son intimité, alimenter le brasier qui couvait en elle.

Les lèvres de Mia s'étirèrent en un sombre sourire ; elle n'avait toujours pas ouvert les yeux. « Tu n'en as pas eu assez ? » murmura-t-elle.

Ashlinn se borna à soupirer en retour – un souffle chaud vint chatouiller la peau de l'enténébrée. Après quoi la

Vaanienne écrivit sa réponse du bout de la langue sur le bourgeon dilaté de sa bien-aimée.

J

A

M

A

I

S

Baissant les armes, Mia resserra sa prise sur sa maîtresse. Se délectant des doux assauts de sa bouche, de sa langue, de ses doigts – qui la taquinaient, l'amadouaient, l'*enflammaient*. Ses cheveux noirs éparpillés sur les fourrures, ses hanches cambrées, l'enténébrée laissa sa tête retomber en arrière, son souffle s'échappant de ses lèvres entrouvertes en un long gémissement grave.

Qu'un autre baiser vint étouffer.

Ses paupières s'ouvrirent aussitôt, son cœur se mit soudainement à cogner contre sa poitrine. Un frisson parcourut sa colonne vertébrale, pour envahir finalement le fin fond de ses entrailles. Elle découvrit Tric en surplomb de son corps, pâle, *glorieux*, ses lèvres pressées contre les siennes. Sa peau était comme sculptée dans l'albâtre, ses salines d'un noir de nuit attachées en arrière – laissant dégagé un visage qui aurait pu être façonné par la Déesse en personne. Il l'embrassa doucement, longuement, en caressant sa joue, avant de reculer enfin, les yeux brillants de questions inexprimées. Il était nu, s'avisa alors l'enténébrée, agenouillé sur le lit à côté d'elle pendant qu'Ashlinn s'enfouissait plus profondément entre ses cuisses, pour attiser un peu plus encore les flammes déjà occupées à les consumer.

Un millier de pensées lui traversèrent la tête, se percutant comme des étoiles mourantes. Mille questions. Était-ce là quelque rêve enfiévré ? Ou bien son désir le moins avouable, *remonté* du plus profond de son être pour la laisser hors d'haleine ?

Ashlinn gratifia son sexe d'une dizaine de baisers passionnés, *vertigineux*. Par-dessus la surface plane de son ventre, Mia fixait ses yeux d'un bleu brûlé par les soleils. Elle lâcha un soupir quand Tric se pencha pour l'embrasser dans le cou, ses cils battant au rythme des chatouilles que sa barbe semait sur sa peau. Ash la lécha de plus belle, sa langue tourbillonnant sur ses lèvres luisantes de désir.

Déesse, comme c'est bon…

L'enténébrée ne savait toujours pas s'il s'agissait là d'un fantasme. Si même elle était éveillée. N'empêche : elle *sentit* bel et bien les doigts d'Ashlinn frôler ses seins gonflés, puis descendre le long de son bras jusqu'à son poignet. La Vaanienne souleva doucement sa main, la poussa vers le garçon posté tout près d'elles – par-dessus les muscles tendus de ses cuisses, les courbes glacées de sa peau tatouée, pour enfin la poser sur la lisse longueur de sa queue dressée.

« Oh, putain », chuchota Mia.

Dans un soupir, Tric se rapprocha encore – au point que son nez lui effleura le cou. La langue d'Ashlinn *dansait* entre ses cuisses brûlantes, ne cessant d'attiser l'incendie qui les dévorait déjà. Mia effleura du bout des doigts le gland gorgé de sang du Sans-Âtre ; un frisson parcourut le garçon, dont les gémissements vinrent échauffer sa peau. Le dos cambré, l'intégralité de son corps couvert de chair de poule, l'enténébrée sentit le déluge submerger ses ultimes bribes d'inhibition. *Enflammée* par l'intensité de l'instant, par la douce torture que lui infligeait la bouche d'Ashlinn, par les lèvres glacées de Tric, Mia s'abandonna à la seule vérité qui comptait en cet instant.

La seule vérité *factuelle*.

J'en ai envie.

Déesse, aide-moi, mais j'en crève *d'envie.*

Elle fourra ses doigts dans les cheveux de Tric, pour l'entraîner dans un baiser *bouillonnant* de désir. Leurs lèvres comme collées, elle savoura le goût des feuilles brûlées sur sa langue, les gémissements de baryton qui résonnaient jusqu'à son ventre et faisaient vibrer l'intégralité de son corps. D'une main elle parcourait la large étendue familière de ses épaules, les lignes tendues de son torse. L'autre remontait la longueur brûlante de son membre – elle sentait le pouls du Sans-Âtre palpiter sous ses doigts. La langue d'Ashlinn écrivait le nom des cieux entre ses jambes, le frisson sensuel, *licencieux* qui accompagnait leur situation actuelle amenant Mia au bord d'une jouissance plus rapide que jamais.

S'abandonnant complètement au moment présent, l'enténébrée poussa Tric contre la tête de lit. Tout en se sentant fondre sous les assauts d'Ashlinn, elle parcourait de ses lèvres la gorge de Tric, sa poitrine, pendant que sa bouche explorait les sillons et vallées de ses abdominaux. Il lâcha un gémissement lorsqu'elle atteignit sa queue et la prit dans sa main, couvrant de baisers sa longueur avant de faire tournoyer sa langue autour de son gland, se perdant au passage dans ses saveurs. Son cœur *martelait* sa poitrine, à présent ; le ventre envahi d'une tempête de papillons, les mains tremblantes, elle fixa sur son amante des prunelles habitées d'une ultime question.

Trop essoufflée pour parler, la Vaanienne se borna à gémir en réponse. Ses supplications se firent plus rauques, soupirantes, alors même qu'elle se *noyait*. Mia lança un bref regard en direction de Tric, ferma les yeux – et plongea son sexe brûlant dans sa bouche.

Putain de Déesse, il était tellement *dur*. Un membre lourd, aussi chaud que du fer venant d'être forgé, lisse comme de la soie. Mia sentit une main puissante s'enfouir dans ses cheveux, entendit l'autre agripper la tête de lit assez violemment pour faire grincer le bois. La jeune femme se mit fiévreusement à l'ouvrage, tel un fidèle fervent, *avide*, le prenant aussi loin qu'elle le pouvait. Il commença à gémir, ses hanches se soulevant du lit alors même qu'il la guidait de sa main. Ses joues creusées, envahie d'un délectable vertige, Mia sentit Ashlinn glisser une main dans son intimité – et *embraser* le monde entier. La gorge pleine, la poitrine haletante, elle ne parvint qu'à gémir lorsque la semence du garçon jaillit tel un déluge incontrôlable. Un feu noir envahit ses entrailles, l'envoyant virevolter dans les airs tandis qu'une explosion de lumière illuminait l'obscurité nichée derrière ses yeux. Mia retira la bite de sa bouche pour la coller contre sa joue ; chacune des convulsions de ce sexe indomptable lui arrachait un cri, la laissant comme désincarnée.

Elle baissa la tête, hors d'haleine, frissonnante, s'efforçant de reprendre son souffle sans pour autant lâcher le membre palpitant. Ash s'attardait quant à elle entre ses jambes écartées ; sa langue dessinait sur ses lèvres des spirales de plaisir insoutenables ou presque. Tric hissa le corps de Mia le long du sien pour coller sa bouche à la sienne, pendant que ses mains habiles s'employaient à lui pétrir le cul. L'enténébrée voulait leur rendre la pareille, voulait les posséder tous les deux *totalement*, laisser le plaisir s'épanouir jusqu'à en perdre la tête.

Elle passa donc du Sans-Âtre à la Vaanienne pour la gratifier d'un interminable baiser. Le goût de sa propre intimité sur les lèvres de son amante lui arracha un nouveau frisson, pendant que ses mains exploraient la poésie de son corps, que sa bouche allait titiller malicieusement sa gorge.

Mia sentit alors Tric se mettre à genoux derrière elle. Ses tendres mains lui écartèrent les cheveux, et les jambes de l'enténébrée se mirent à flageoler quand il commença à lui embrasser la nuque. Le doux contact de sa bouche la faisait fondre, la dureté de sa bite pressée contre son cul la faisait *gémir* ; tout en se frottant à lui, elle s'efforçait de trouver suffisamment d'air pour respirer. Pour supplier. Elle croisa alors les yeux d'Ashlinn – pour les découvrir *vitreux* de désir. La Vaanienne se relaissa choir sur les fourrures, écarta les jambes tout en caressant ses cuisses du bout de ses doigts.

« Approche, ma belle. »

Mia se positionna à quatre pattes sur sa maîtresse et entreprit d'embrasser sa gorge, ses seins – le cœur d'Ashlinn *battait* contre ses lèvres. Sa langue parcourut des mamelons aussi durs que des cailloux, en goûtèrent le sel, pour ensuite prendre la direction de son sexe dans une cascade de baisers enflammés. Un gémissement sorti du plus profond d'elle-même lui échappa lorsqu'elle sentit des mains puissantes se mettre à caresser ses hanches, descendre le long de la raie de son cul et écarter doucement ses lèvres gonflées. Un membre de fer se mit alors à marteler son derrière, Tric pressant son gland contre ses plis trempés, le faisant bouger d'avant en arrière sur son intimité. Les yeux rivés sur ceux de sa bien-aimée, Mia se laissa chuter dans une spirale sans fin, au fond de laquelle l'attendait le paradis. Tout en léchant le petit grain de beauté niché dans le creux de la cuisse d'Ashlinn, elle écarta ses pétales du bout des doigts et emplit ses narines de l'odeur étourdissante de son désir.

« Oui, soupira la Vaanienne. Oh, oui… »

Ash gémissait à chacun des baisers dont elle la gratifiait – des prières aussi légères que des plumes aux portes soyeuses de son temple, le sombre autel de sa dévotion.

Déesse, elle était si *chaude* là en bas, glissante, aussi douce que du miel. L'enténébrée enfonça sa langue un peu plus profondément ; un doux nectar envahit ses lèvres. Elle lança un regard à Tric par-dessus son épaule ; le moindre de ses muscles tendus, il évoquait un taureau tirant de toutes ses forces sur les chaînes qui le retiennent.

« Baise-moi », murmura-t-elle.

Sauf qu'il n'en fit rien, se bornant à faire courir ses formidables mains le long de sa colonne vertébrale, de ses hanches déjà ondulantes. La taquinant. La *torturant*. Ses lèvres étirées en un sourire malicieux, il se rapprocha un peu plus de la lisière de son vagin – si près, Déesse, si près que c'en était *exaspérant*. Incapable d'en supporter davantage, tremblante d'impatience, Mia tendit une main en arrière et lui griffa la peau.

« Ô, Déesse, le supplia-t-elle, s'il te plaît. Baise-moi, *baise*-moi. »

Elle *grogna* contre les lèvres d'Ashlinn quand Tric se résolut à obéir, se décidant enfin à la pénétrer – *terriblement* lentement. Elle avait la tête qui tournait. Son cœur battait à tout rompre. De petits cris lui échappaient à mesure qu'il s'enfonçait plus profondément, un centimètre après l'autre, Déesse, sa bite était si *énorme,* si incroyablement lisse, chaude à vous couper le souffle. Elle ferma les yeux et gémit de plus belle, *remplie* à ras bord, presque submergée par ce mélange de douleur et de plaisir. Tout en lui tenant les hanches, il allait et venait lentement, adoptant un rythme presque lancinant. Mia ouvrit la bouche, pour de sa langue honorer Ashlinn du même tempo, suppliante, adjurante – encore, encore, *encore*. Tous trois se mouvaient à l'unisson, désormais, les yeux de l'enténébrée roulant dans leurs orbites, la Vaanienne se tortillant sur les draps, les gémissements du Sans-Âtre résonnant jusqu'aux profondeurs de la poitrine de Mia. Elle sentit alors la main de Tric s'insinuer entre les cuisses trempées de sa bien-aimée, pour la caresser, la titiller, l'emmener toujours plus haut dans ces cieux enflammés.

« Ô, Déesse, murmura Ashlinn, ne t'arrête pas.

— Oh, oui, gémit Mia. Oh, putain que c'est *bon*… »

La danse à laquelle ils se livraient était aussi vieille que le temps. Lente, abyssale, presque *violente*. Chaque mouvement des hanches de Tric poussait Mia contre la Vaanienne, qui l'accueillait d'un râle, d'un halètement, d'une *supplication* toujours renouvelée. Sentant monter le désir d'Ashlinn, ses cuisses commencer à trembler, l'enténébrée sourit de la voir à ce point enflammée. Ash avait glissé une main dans les cheveux de Mia ; l'autre parcourait sa propre poitrine, émoustillante, *caressante*. Sa tête était renversée en arrière, chaque baiser brûlant, chaque *contact* de la langue de Mia engendrant une nouvelle supplication éperdue, un nouveau gémissement tremblant, un nouveau soupir frémissant. Elle glissa une main entre ses jambes, ses doigts se joignant à ceux de Tric pour la masturber alors même qu'il pilonnait sa propre intimité, baise-moi, *baise-moi*. Elle voulait plus de lui, elle voulait *tout* de lui, envahie qu'elle était d'un irrépressible frisson d'interdit. Accompagnant ses va-et-vient, se délectant de chaque glorieux centimètre, totalement embrasée à présent – absolument plus *rien* d'autre ne comptait en cet instant.

« Plus fort, supplia-t-elle, la langue vacillante. *Plus fort.* »

Un cri informe s'échappa de la bouche d'Ashlinn, ses doigts se resserrant sur les cheveux de sa bien-aimée alors même que les jambes de la Vaanienne se crispaient et que se recroquevillaient ses orteils, son corps tout entier aussi tendu qu'un arc. Le dos d'Ash se décolla du matelas, le drap de lit se froissant dans ses poings comme pour accompagner ses hurlements. Mia s'employait à la maintenir immobile, les bras autour des cuisses, s'abreuvant à sa source. Tric gémit de voir Ashlinn jouir – l'enténébrée sentit son membre *gonfler* en elle, le rythme de ses coups de boutoir s'accélérer au point de la faire tressaillir, son corps trembler. Mais elle posa une main à plat sur son ventre tendu, et d'un regard lui intima de tenir, *tenir*.

Pas encore, mon amant, lui dirent ses yeux.

Pas encore.

Elle le força donc à se retirer, se retrouvant douloureusement *vide*. Sa langue remonta le long du corps d'Ashlinn en y dessinant de lentes spirales, après quoi elle écarta les cheveux du visage de son amante et la ranima d'un long baiser enfiévré. Mia écarta alors de ses cuisses celles de sa maîtresse, puis se *colla* à elle. Dans un gémissement, la Vaanienne enroula ses bras autour des épaules de sa bien-aimée, sa langue glissant dans sa bouche tandis que leurs autres lèvres se trouvaient. Avec mille baisers, mille soupirs, elles commencèrent à se frotter l'une contre l'autre, trempées jusqu'aux os.

D'un regard par-dessus son épaule, l'enténébrée invita Tric à repasser à l'action – désireuse qu'elle était de le partager en entier, de le *sentir* en entier. Et alors même que les deux jeunes femmes se frottaient l'une à l'autre, elle entreprit de le guider lentement là où elle voulait, où elle avait *besoin* qu'il aille. Surexitée par les halètements d'Ashlinn, elle sentit le membre du Sans-Âtre s'insinuer dans la chaleur glissante qui les séparait, son insupportable *dureté* prise en étau dans une douceur impossible.

Tric se remit en mouvement, *huileux* de leur désir, son membre tout entier allant et venant entre leurs lèvres douloureuses. Ashlinn gémissait à chaque coup de boutoir, sa bouche *écrasée* contre celle de Mia, leurs langues entrelacées. Tric se pencha en avant, les muscles de ses bras et de son torse contractés, pour embrasser la nuque de l'enténébrée, ses omoplates – chacun de ses baisers la faisait *trembler* d'un bout à l'autre de sa colonne vertébrale. Mia n'aurait su dire où tout cela allait les mener ; des mains parcouraient chaque centimètre de son corps, un feu dévorant envahissait ses entrailles, leurs peaux ne faisaient qu'une. Des lèvres d'une infinie douceur, des gémissements de plus en plus sonores, trois amants *tremblant* plus fort à chaque instant. La sensation de l'avoir entre leurs deux poitrines, l'idée qu'elles le partageaient, *l'enflammait* de plus belle – son cœur battait à tout rompre désormais. Elle sentait poindre une petite mort, une immolation assez *brillante* pour l'annihiler, ce qui ne l'empêcha nullement de s'y abandonner complètement.

Sa main se referma autour de la bite du Sans-Âtre, pour la caresser, la titiller, *l'implorer*. Elle sentit celles d'Ashlinn rejoindre les siennes, sentit Tric bander sous leurs doigts ; ses tremblements l'ébranlaient jusque dans ses os.

« Oh, Déesse, grogna-t-il.

— Oui, l'exhorta Mia. *Oui.* »

Tout en la fixant droit dans les yeux, la Vaanienne fourra sa main libre dans ses cheveux ; ses hanches commencèrent à s'agiter, des mots inarticulés à s'échapper de ses lèvres à mesure qu'une nouvelle vague de jouissance déferlait en elle. Sa tête partit en arrière, l'intégralité de son corps se mit à trembler. La voir ainsi se perdre dans un plaisir absolu, alors même que Tric ne cessait de la pilonner et de la couvrir de baisers, eut pour effet de réattiser le feu qui couvait dans les entrailles de Mia – un feu si intense désormais qu'il en devenait aveuglant. Tous ses muscles se serrèrent, un oubli haletant monta de ses entrailles jusqu'à exploser derrière ses yeux dans un feu d'artifice de blancheur. Incapable de se retenir de crier, Mia sentit Tric glisser de plus en plus vite entre leurs corps, comme en fusion, pour finir par jouir entre ses mains. Alors même que son sperme jaillissait sur leur ventre et leurs seins, une autre vague la frappa, engloutissant la première – une liqueur de glace et de feu qui s'écoula, picotante, jusqu'au bout de ses doigts et de ses orteils, la projetant dans un ciel enflammé.

Vidée.

Remplie.

Éperdue.

« Déesse, haleta-t-elle. Ô, douce déesse… »

La langue de Mia remonta le long du corps d'Ashlinn, ensuite ; la tête toujours ailleurs, l'enténébrée savoura le sel blanc nacré qui le parsemait, sa chaleur. La Vaanienne soupira, dos voûté, à la limite de ronronner. L'enténébrée atteignit enfin la bouche de son amante et l'embrassa goulûment, partageant avec elle la saveur du garçon. Tremblant si fort qu'elle n'arrivait pas à parler.

Tric s'effondra sur les fourrures à côté d'elles, trempé de sueur. La gravité avait repris ses droits ; le Sans-Âtre gisait béatement, épuisé, *triomphant*. Mia avait mal aux lèvres. C'était même son corps tout entier qui lui faisait mal, de cette façon merveilleuse, *malicieuse*, qui accompagne ce chatoiement particulier d'un corps après pareille bataille. Elle était *rassasiée*, tel un désert submergé par une mer en furie, comme la terre après une pluie de printemps.

Et finalement, Mia se retourna entre ses deux amants. S'efforçant de respirer. De respirer, et d'*être*.

Ce qui ne l'empêchait pas de s'interroger sur ce qu'ils venaient de faire.

De se demander dans quelle mesure ça n'avait pas été une folie.

Si cela définirait entièrement leurs rapports futurs, ou pas.

Ashlinn était en train de l'observer, les lèvres rouge rubis, ses tresses blondes humides de sueur. « Je t'aime », murmura-t-elle.

Tric se blottit contre son dos ; sa bouche lui effleurait l'oreille à chacun de ses souffles. « JE T'AIME. »

Mia les enlaça tous deux ; un soupir s'échappa du fin fond de son cœur. Elle n'avait aucune idée des conséquences de ce qui venait d'arriver. Ne voyait pas comment ça pourrait marcher, ou même *si* ça pouvait fonctionner. Mais à ce moment-là, elle se jura de ne *jamais* le regretter. Ni en cet instant, ni jamais. Les chemins trop bien tracés, ça n'avait jamais été pour elle ; l'enténébrée ne s'était jamais souciée de ce que les autres pensaient, ou disaient. Et en vérité, quand bien même il lui était impossible de se dédoubler, elle était plus que suffisante pour satisfaire tout le monde. Mia Corvere était quelqu'un qui *prenait* ce qu'elle voulait, et quoi que *ceci* ait pu être d'autre, elle en avait eu envie. Aussi se tortilla-t-elle entre le corps de ses deux amants, trempée jusqu'aux os, pour s'installer plus confortablement. Après quoi elle attrapa leurs mains, les pressant l'une après l'autre contre ses lèvres.

Et soupira. « Je vous aime tous les deux. »

Composition et mise en pages
Nord Compo à Villeneuve-d'Ascq

PEFC
PEFC/18-31-280
Certifié PEFC
Ce produit est issu de forêts gérées durablement et de sources contrôlées
www.pefc-france.org

Le papier intérieur de cet ouvrage est composé de fibres naturelles, renouvelables, recyclables et fabriquées à partir de bois issu de forêts plantées expressément pour la fabrication de pâte à papier.

ISBN : 978-2-37876-161-5 (broché)
ISBN : 978-2-37876-160-8 (relié)

Dépôt légal : juin 2022

N° d'édition : 0062-015-05-01 (broché)
N° d'édition : 0063-015-06-01 (relié)

Achevé d'imprimer en Italie par L.E.G.O. – Lavis